Un papillon sous la neige

Daphne Kalotay

Un papillon sous la neige

Traduit de l'anglais (États-Unis) par Alice Delarbre

ÉDITIONS
FRANCE
LOISIRS

Titre original : *Russian Winter*
Publié par HarperCollins Publishers.

Édition du Club France Loisirs,
avec l'autorisation des Presses de la Cité.

Éditions France Loisirs,
123, boulevard de Grenelle, Paris
www.franceloisirs.com

ISBN : version reliée : 978-2-298-03268-0
version souple : 978-2-298-03269-7

Pour Mamuka,

Et en mémoire d'Imre et Bambi Farkass

«Ce fut à cette époque que je découvris
que l'amour n'est pas seulement
une source de joie ou un jeu,
mais qu'il fait partie de la tragédie continuelle
de la vie, qu'il trouve son sens à la fois
dans sa malédiction éternelle
et sa puissance irrésistible.»

Nadejda Mandelstam

«Son mari avait des idées obsolètes sur les bijoux :
un homme les achetait à sa femme
pour lui témoigner la reconnaissance de choses
que la décence lui interdisait d'exprimer tout haut.»

Willa Cather

Premier livre

Lot n° 7

Boucles d'oreilles en diamants : diamants taille brillant (rond) d'environ 1,64 et 1,61 carat sertis quatre griffes, couleur H, pureté VS2, montures en or blanc 18 carats, poinçons russes. Estimation : 20000 – 22000 $.

1

L'après-midi était si froid et si désespérément gris que seuls de rares piétons traversaient l'îlot d'arbres divisant Commonwealth Avenue. Même les petits chiens, traînés par des maîtres impatients, portaient des manteaux et semblaient contrariés. Côté nord, depuis une fenêtre du deuxième étage d'un immeuble dont les balcons décoratifs en cuivre avaient depuis longtemps viré au vert pâle, Nina Revskaïa observait la rue. Bientôt les rayons blafards du soleil renonceraient définitivement, et les lampadaires éclaireraient timidement l'alignement des bâtiments bien entretenus.

Nina voulut se pencher pour avoir une meilleure vue, mais la raideur dans son cou l'élança. Comme son fauteuil ne lui permettait pas de s'approcher davantage, elle endura la douleur et inclina le buste. Son souffle laissa des traces de buée sur la vitre. Elle espérait repérer son visiteur de loin.

Elle sentit le froid lui monter aux joues. Quelqu'un approchait, mais non, c'était une femme, trop jeune de surcroît. Le claquement de ses bottines résonnait dans la rue déserte. Soudain celle-ci s'immobilisa, cherchant apparemment une adresse. Nina la perdit de vue ; elle s'avançait vers la porte de l'immeuble. C'était impossible… et pourtant la sonnerie de l'interphone retentit. Nina éloigna lentement son fauteuil roulant de la fenêtre pour rejoindre l'entrée.

— Oui ? dit-elle d'un ton revêche.

— Drew Brooks, de Beller.

Ces Américaines et leurs prénoms d'hommes…

— Montez.

Bien qu'elle eût conscience de son accent et de sa voix éraillée, Nina était toujours étonnée de les entendre. Dans son esprit, dans ses pensées, ses paroles sonnaient toujours clair. Elle s'avança pour ouvrir la porte et guetta le ronronnement de l'ascenseur. À sa place, elle entendit des bruits de pas dans l'escalier, de plus en plus distincts jusqu'à ce que « Drew » apparaisse, dans un manteau de laine ajusté, les joues rosies par l'air vif, un sac en cuir en bandoulière. Elle était grande et avait une certaine allure. Elle tendit sa main gantée.

C'est parti, songea Nina, avec un léger pincement au cœur, et c'est moi qui ai tout provoqué. En contrôlant le tressaillement de sa main, elle saisit celle de la jeune femme.

— Entrez, je vous prie.

— Je suis enchantée de vous rencontrer, madame Revskaïa.

Elle lui donnait du « madame », comme une secrétaire.

— Vous pouvez m'appeler Nina.

— Bonjour, Nina, répondit Drew avec un sourire.

Les coins de ses yeux s'ornèrent de petits plis ; elle était plus âgée que Nina ne l'avait d'abord pensé. Ses cils étaient sombres, ses cheveux auburn négligemment passés derrière ses oreilles.

— Lenore, la directrice du département joaillerie, est vraiment désolée de ne pouvoir être présente, expliqua-t-elle en retirant ses gants. Ses deux enfants sont malades.

— Vous pouvez poser votre manteau ici.

La jeune femme portait une minijupe et un pull moulant à col cheminée. Nina apprécia les longues jambes, la pâleur des cuisses et les bottines. Ce n'était pas une tenue adaptée au temps. Et pourtant, Nina l'approuvait. Beaucoup connaissaient l'expression « Il faut souffrir pour être belle », mais bien peu la mettaient réellement en pratique.

— Nous allons nous installer dans le salon.

Nina fit pivoter son fauteuil, et une douleur vive éclata dans ses genoux. Elle était habituée à ces crises subites, qui frappaient sans prévenir.

— Asseyez-vous, je vous en prie.

La jeune femme prit place et croisa ses jambes fines.

« Il faut souffrir pour être belle. » Nina avait maintes fois éprouvé le bien-fondé de cette maxime : danser en dépit d'une foulure, d'un rhumatisme à la hanche, en dépit d'une pneumonie ou d'une fièvre. Et, dans sa jeunesse, à Paris et à Londres, elle avait naturellement sacrifié à la mode, portant des robes impossibles et des talons démesurément hauts, sans parler de ces tailleurs des années 1960 qui grattaient horriblement, comme s'ils avaient été doublés de crin. En 1978, elle avait subi un « minilifting ». Il ne s'agissait que de quelques points derrière les oreilles... Une intervention si minime, en réalité, que le jour de son rendez-vous pour qu'on lui retire les fils, elle avait décidé qu'elle pouvait s'en charger elle-même.

C'était d'ailleurs ce qu'elle avait fait, munie d'un miroir grossissant et d'une paire de ciseaux à ongles pointus.

La jeune femme lissa sa jupe en ôtant des peluches invisibles d'un mouvement gracieux de la main. La grand-mère de Nina qualifiait ces petits gestes féminins de « manières pétersbourgeoises ». Puis elle sortit de son sac un bloc-notes à couverture en cuir. Des pommettes hautes, un teint pâle, des iris marron aux reflets verts… Elle avait quelque chose de familier qui déplaisait à Nina.

— Je suis ici pour dresser une liste sommaire des bijoux. Nos experts prendront ensuite le relais.

Nina hocha brièvement la tête, et la base de sa nuque se contracta. Parfois, elle avait le sentiment que le cœur de sa maladie se trouvait là. Elle dut faire un effort pour répondre, et la douleur s'intensifia brièvement.

— Naturellement.

En ouvrant son bloc-notes, la jeune femme poursuivit :

— J'adorerais vous poser un tas de questions… mais je m'en tiendrai à l'affaire qui nous occupe. J'aime beaucoup la danse classique. Je regrette de ne vous avoir jamais vue sur scène.

— Vous n'avez pas besoin de me flatter.

— J'ai lu quelque part qu'on vous surnommait « le Papillon ».

Nina s'entendit rétorquer sèchement :

— C'est le surnom que m'avait donné un journal de Moscou. Je ne l'aimais pas.

Il donnait d'elle une image inexacte de fragilité et de légèreté, évoquant un pétale de rose ballotté par la brise.

— Il est trop… mièvre, conclut-elle.

La jeune femme sembla approuver, ce qui étonna Nina.

— J'ai remarqué que le motif du papillon se retrouvait dans certains de vos bijoux, reprit Drew Brooks. J'ai consulté l'inventaire de l'exposition à Saint-Botolph. Nous pourrions le passer en revue, ajouta-t-elle en montrant la liste en question, et vous me diriez quels sont les bijoux que vous souhaitez mettre aux enchères et ceux que, le cas échéant, vous comptez garder.

— Ça me convient.

La raideur dans son cou la fit tressaillir. Elle éprouvait désormais une forme d'affection pour cette rigidité qui n'avait d'abord été qu'une source de souffrance. Un jour, quelques mois plus tôt seulement, Nina s'était souvenue de la façon dont sa grand-mère lui nouait son écharpe, en hiver, à Moscou, lorsqu'elle était encore trop petite pour le faire elle-même : elle faisait le nœud contre sa nuque, pour pouvoir l'attraper facilement si la fillette essayait de s'enfuir. Ce souvenir, auquel Nina n'avait pas songé depuis cinquante ans au moins, agissait à la façon d'un baume. À présent, chaque fois que la douleur se rappelait à elle, Nina l'attribuait à sa vieille écharpe en laine, nouée par sa grand-mère. La douleur n'en était pas moins vive, mais au moins elle réveillait un bon souvenir.

Drew Brooks lui tendait la liste. Nina la prit d'une main tremblante, pendant que la jeune femme lançait, sur le ton de la conversation :

— Pour tout vous dire, je suis moi-même un quart russe.

Comme Nina ne répondait rien, elle ajouta :

— Mon grand-père était originaire de Russie.

Nina ignora volontairement ces remarques. Sa vie là-bas lui semblait si lointaine, la personne qu'elle était à l'époque si différente de celle qu'elle était devenue. Elle posa l'inventaire sur ses genoux et le parcourut en fronçant les sourcils.

— Qu'est-ce qui vous a poussée à mettre vos bijoux en vente ? lui demanda la jeune femme.

Nina espérait que sa voix ne tremblerait pas.

— Je veux pouvoir investir l'argent qu'ils me rapporteront de mon vivant. J'ai près de quatre-vingts ans, vous savez. Comme je vous l'ai expliqué, tous les bénéfices iront à la fondation du Boston Ballet.

Les yeux résolument baissés, elle se concentrait sur la liste, tout en se demandant si la rigidité de son corps dissimulait ses émotions. Elle craignait à présent d'avoir pris une décision inconsidérée. Cette impression était liée à cette femme, d'une certaine façon, qui allait tenir les trésors de Nina entre ses mains. Ces mains si pleines d'assurance.

— Ces pièces vous rapporteront une belle somme, c'est certain, dit Drew. Surtout si vous nous autorisez à préciser qu'elles proviennent de votre collection, ajouta-t-elle, une lueur d'espoir dans le regard. Nos ventes aux enchères sont en principe anonymes, naturellement, pourtant, avec votre notoriété, il serait plus payant de la rendre publique. Je suppose que Lenore a évoqué cette question avec vous. Ainsi, même les bijoux les moins précieux pourraient partir à un bon prix. Nous ne sommes pas obligés d'inclure ceux qui ont une valeur sentimentale, bien sûr, mais...

— Prenez-les aussi.

Drew observa Nina en penchant la tête, comme si elle la jaugeait. Elle donnait l'impression d'avoir remarqué quelque chose, et Nina sentit son pouls s'accélérer. Pourtant, la jeune femme se contenta de se redresser sur son siège en disant :

— Le simple fait qu'ils vous appartiennent attirera davantage d'enchérisseurs potentiels. Sans compter l'attrait lié à la présence de pièces sorties illégalement d'Union soviétique. Au péril de votre vie.

Et voilà. On en arrivait, comme toujours, au point de la conversation où Nina passait pour une femme courageuse qui avait fui l'oppression et défié le gouvernement de son pays au nom de la liberté artistique. Ce développement était inévitable : elle était d'abord perçue comme une artiste avant de devenir un symbole.

— Je veux parler de votre fuite.

Ses yeux bruns si expressifs... Une fois de plus, Nina se sentit assaillie par les souvenirs. Des souvenirs déplaisants. Mais lesquels, exactement ? Une colère diffuse grandit en elle.

— Les gens sont persuadés que j'ai quitté la Russie pour échapper au communisme. En réalité, c'était ma belle-mère que je fuyais.

La jeune femme crut à une plaisanterie, car de petites rides se creusèrent de nouveau autour de ses yeux et un sourire complice s'épanouit sur ses lèvres. Des cils sombres, des pommettes hautes, des sourcils bien dessinés... Le souvenir surgit dans l'esprit de Nina avec une précision et une clarté surprenantes :

le visage lumineux, le mouvement gracieux des bras lorsqu'elle traversait la scène…

— Quelque chose ne va pas?

Nina frissonna. La fille de Beller la dévisageait avec insistance. Elle se ressaisit et répondit :

— Vous me rappelez une vieille amie. Une très vieille amie.

La jeune femme parut contente, comme si elle trouvait flatteur d'être comparée à une personne d'une autre époque. Elle faisait le commerce de choses anciennes, après tout. Elle se mit à commenter la liste de Saint-Botolph avec un professionnalisme qui interdisait à Nina tout sentimentalisme ou regret de dernière minute. En dépit de son efficacité, pourtant, celle-ci eut l'impression qu'il s'écoulait beaucoup de temps avant que Drew Brooks remette son manteau et disparaisse dans l'escalier d'une démarche assurée, emportant l'inventaire bien rangé sous la couverture en cuir de son bloc-notes.

Une matinée chaude, au début du mois de juin, à la fin de l'année scolaire.

— Ne peux-tu pas rester assise tranquillement?

Les dents du peigne se plantent dans le cuir chevelu de Nina et tracent une raie. La question est purement rhétorique. Nina a appris à courir dès qu'elle a su marcher et ne se lasse jamais de sauter de marche en marche dans la cage d'escalier sombre de leur immeuble. Elle est capable de traverser la cour de part en part en bondissant.

— Arrête de gigoter!

Mais Nina balance les jambes et cogne ses talons l'un contre l'autre pendant que les doigts de mère, avec une précision chirurgicale, tressent ses propres rêves en deux nattes bien serrées. Nina sent que sa mère y glisse ses espoirs, au tremblement nerveux de ses mains agiles, aux battements précipités de son cœur à travers le tissu de sa chemise. C'est une journée trop importante pour laisser la grand-mère de Nina, avec sa vue défaillante et son fichu noué sans soin, lui tripoter les cheveux. Enfin on arrive au bout des nattes, qui sont ramenées sur le sommet du crâne et nouées avec un nouveau ruban pour empêcher les rêves et les espoirs de s'en échapper. Le cuir chevelu de Nina la tire.

Vera aussi porte des rubans dans les cheveux quand Nina la retrouve dans la cour. De violentes bourrasques de vent malmènent les liserons sur les balcons de guingois. Il a suffi de quelques jours pour que le froid et la bruine laissent place à la chaleur et la sécheresse. Nina ne peut s'empêcher de s'inquiéter de toute cette poussière ; elle porte la nouvelle robe blanche que mère lui a cousue. Les yeux sombres de la grand-mère de Vera luisent sous un fichu clair. L'air renfrogné, elle serre sa petite-fille contre elle. Comme n'importe quelle grand-mère, elle est toujours de mauvaise humeur, s'entête à appeler la rue Gorki rue Tverskaïa et se plaint tout haut de choses que personne n'ose évoquer, même dans un chuchotement. Son visage est entièrement strié de rides minuscules, comme la surface de la glace lorsqu'on pose le pied dessus pour la première fois.

— Nous nous sommes couchées très tard, confie Vera à Nina dans un murmure.

Le ton de sa voix interdit toute question sur la raison de cet événement.

— Tard comment ? demande Nina.

Vera et elle ont neuf ans et se couchent toujours de bonne heure. Son amie se contente de remuer la tête d'un mouvement si infime que ses tresses châtain cuivré bougent à peine. Depuis l'un des balcons, une femme qui vit dans le même appartement que Vera se penche par-dessus la rambarde pour secouer ses draps. La grand-mère lui jette un coup d'œil fugace, faisant ainsi passer un message discret à la mère de Nina, comme dans une langue secrète. Elles échangent quelques mots, mais tellement bas que Nina n'en distingue aucun.

Elle redoute de voir cette journée gâchée après une aussi longue attente. Celle-ci a commencé le jour où mère lui a parlé de l'école de danse pour la première fois. Elle la lui a décrite comme un pays féerique où des petites filles aux chignons bien serrés apprenaient non seulement la lecture, la géographie et l'histoire, mais aussi à se mouvoir. À danser. Autrefois Nina n'aurait même pas pu auditionner. Mais aujourd'hui, grâce à Tonton Staline, n'importe quel enfant en âge de le faire peut se présenter au concours d'entrée.

Car tout le monde ne sera pas accepté, a expliqué mère. Elle a pris sa matinée pour cette occasion spéciale, avec l'autorisation des médecins du dispensaire où elle travaille comme secrétaire. Lorsqu'elle donne enfin le signal du départ, Nina est soulagée. La mère de Vera devait les accompagner, mais c'est sans elle qu'elles franchissent la grille de la cour et s'engagent dans la ruelle. Un vieux matou détale lorsque la grand-mère de Vera leur lance :

— Je suis sûre que vous serez les meilleures !

Sa voix reste prisonnière des barreaux de fer tandis que le portail se referme avec fracas.

Une rue balayée par le vent chaud. De larges avenues envahies par la poussière. Celle-ci se soulève en tourbillons gris à chaque bourrasque et les fillettes passent leur temps à la chasser de leurs cheveux et de leurs robes alors que la mère de Nina ouvre la marche d'un pas vif.

— J'ai froid, dit Vera d'un air maussade, en dépit du soleil et de la brise tiède. Je ne me sens pas bien.

Mère ralentit et lui touche le front. L'inquiétude se peint sur son visage, mais elle lance à Vera en soupirant :

— Ce sont les nerfs, mon petit poussin.

Elle la serre contre elle. Nina aimerait que mère la prenne, elle aussi, dans ses bras. Mais elles arrivent déjà à l'angle de Pouchetchnaïa et Neglinnaïa, devant un bâtiment de quatre étages. Au-dessus de l'entrée, un panneau indique : ACADÉMIE DE DANSE DU THÉÂTRE DU BOLCHOÏ. Le père de Nina y travaillait comme peintre décorateur avant sa mort, survenue alors que sa fille était encore bébé. Chaque fois que mère évoque son souvenir, sa voix laisse transpirer sa fierté. Vera et Nina n'ont jamais mis les pieds au théâtre. Cette dernière a vu son premier ballet l'an passé, dans un kiosque du parc Gorki. C'était une idée de mère, bien sûr. Après tout, Nina passe son temps à sauter, à virevolter, à faire la roue ou l'équilibre. Et un jour, alors que les fillettes jouaient dans la cour, Vera s'est haussée sur la pointe des pieds. Pas sur les phalanges des orteils, non, sur l'extrémité de ses chaussures. Naturellement, Nina a voulu essayer, elle aussi. La sensation grisante d'équilibre, les petits pas qu'on enchaîne sans tomber… Tout l'après-midi, elles se sont déplacées sur les pointes, jusqu'à ce que la grand-mère de Vera les gronde parce qu'elles abîmaient leurs souliers. Mère était déjà rentrée du travail, et, au lieu de les réprimander, elle aussi, elle leur a fait part de son idée.

Lorsque Nina a dit à ses camarades qu'elle irait peut-être dans une école de danse, elle n'a pas suscité de jalousie. Aucune d'entre elles n'avait jamais assisté à un ballet et Nina était incapable de décrire ce qu'elle avait vu sous le kiosque. Parfois le soir, dans son lit, pour chasser la peur – ce souffle glacial qui s'infiltre dans les immeubles, la nuit, et laisse son empreinte sur le visage des adultes –, elle repense aux ballerines dans le parc, aux ondulations de leurs tutus vaporeux ; elle imagine ses propres cheveux ramenés en une petite couronne sur le sommet de sa tête et les rubans des chaussons enroulés autour de ses chevilles.

Vera et Nina sont introduites dans une grande pièce avec d'autres petites filles. Le plancher légèrement incliné descend jusqu'à un mur couvert de grands miroirs encadrés. Des hommes et des femmes sont assis derrière une longue table. Un morceau de papier indiquant un numéro a été épinglé sur la robe de chaque candidate. À l'appel de leur numéro, celles-ci doivent s'avancer par petits groupes jusqu'au centre de la pièce.

Certaines sont recalées avant même d'avoir dansé. À l'issue de cette première sélection, Nina, Vera et les autres candidates retenues sont regroupées dans un coin de la pièce. Là, un homme à l'air strict leur explique qu'elles vont devoir traverser le plancher en se laissant porter par la musique. Une femme assise derrière un piano verni attaque un air doux et lent, dont les notes tintent comme des gouttes de pluie. L'une après l'autre, les filles s'avancent. Lorsque son tour arrive, Vera se fige, les yeux écarquillés, et l'inquiétude saisit Nina.

— Viens !

Nina entraîne son amie par la main et l'accompagne jusqu'à ce qu'elle la sente plus détendue. Tandis que Vera s'élance, aérienne, Nina reprend sa place derrière elle.

Quand toutes les candidates ont traversé, on leur demande de reprendre l'exercice, cette fois en enchaînant un grand pas et deux petits. La musique est à présent plus rapide et majestueuse. En évoluant dessus, Nina a l'impression de devenir quelqu'un d'autre.

Lorsqu'elles ressortent du théâtre, l'air embaume le lilas. Le soleil chauffe leur peau à travers leurs robes en coton. Elles achètent des glaces à un vendeur de rue. Dans un premier temps, Vera semble partager avec Nina la certitude d'avoir bien dansé. Mais elle se réfugie rapidement dans le silence, et comme mère est perdue dans ses pensées, elle aussi, Nina se laisse progressivement gagner par un sentiment obscur, contraire à la légèreté environnante, à la liberté d'un mois de juin ensoleillé, aux passants sans manteau ni chapeau. Afin de chasser son angoisse, elle repense à l'école de danse, à l'homme qui s'est approché d'elle pour tirer sur sa jambe, dans un sens puis l'autre, et regarder la plante de ses pieds, qu'elle a successivement tendus et fléchis. Il a semblé satisfait de son examen. Vera a subi le même, et l'homme a affiché la même satisfaction, tandis qu'il ignorait la majorité des candidates.

En arrivant devant le grand hôtel, à l'angle de la rue, elles constatent que la terrasse du café est ouverte pour la première fois depuis la fin du long hiver.

Une femme sort de l'établissement par une grande porte à tambour – la seule de la ville – actionnée par deux hommes en veste longue, à la mine sévère.

Nina n'a jamais vu une femme habillée de la sorte : elle porte un ensemble gris-bleu, un petit chapeau posé de biais et des gants blancs. Des gants au printemps ! Et cette nuance de bleu est tellement subtile... En matière de vêtements, les connaissances de Nina se limitent à quelques matières, aux mêmes tons sombres et monotones en hiver et aux affreux motifs criards en été.

Soudain, elle remarque que la femme a des bijoux aux oreilles. Des diamants, petits, mais qui lancent mille éclats. Nina en a presque le souffle coupé. Ces minuscules diamants scintillants sont d'autant plus surprenants qu'ils semblent incrustés dans les oreilles de la femme.

La mère de Nina détourne le regard lorsque la femme les dépasse, mais Vera demande :

— Qui est-ce ?

— Une Américaine, j'imagine, répond mère en prenant Nina par la main pour indiquer qu'il faut se remettre en route.

Mais l'ovale parfait du visage de mère et sa taille fine ont dû impressionner les chasseurs, à moins qu'ils ne s'ennuient et voient là l'occasion de se donner de l'importance. D'un geste de la main, ils invitent Nina et Vera à essayer la porte à tambour.

Ils escortent solennellement les fillettes. Nina aperçoit, quelques secondes à peine, l'immense hall de l'hôtel, le sol brillant et les épais tapis d'escaliers, ainsi qu'un gigantesque miroir au cadre chargé. Le plafond est incroyablement haut, les lumières scintillantes lui rappellent les diamants accrochés aux lobes de l'Américaine comme deux étoiles. Cependant, la porte poursuit sa lente rotation et, bientôt, le sol de marbre, les tapis somptueux, les dorures et les lustres disparaissent derrière elle.

Une fois ressortie, Nina demande :

— Tu as vu les oreilles de cette femme ?

Mère se contente de lui lancer un regard pour lui rappeler de remercier les portiers.

— Merci beaucoup, disent Nina et Vera, qui font la révérence comme on le leur a appris lors de l'audition, un pied derrière l'autre, en écartant les plis de leur jupe.

À regret, elles détachent les yeux de cette porte fascinante, qui offre un passage vers un autre univers. Nina éprouve la sensation, encore plus forte qu'au Bolchoï, qu'elle vient de vivre un événement capital.

La vieille gardienne de leur immeuble détourne le regard dès qu'elle les aperçoit pour suivre les mouvements de son balai. Elle mastique en permanence des graines de tournesol, ce qui donne à sa bouche un pli narquois. Elle interrompt son travail pour rejoindre les seules autres personnes présentes dans la cour, un jeune couple qui partage l'appartement avec Nina, sa mère et sa grand-mère.

Mère a dit à Nina et Vera de rester jouer dehors, elle enverra leurs grands-mères les chercher. Nina tend l'oreille pour suivre la conversation de la gardienne. Elle surprend les noms des parents de Vera, puis :

— Je les ai toujours trouvés bizarres.

Nina a déjà entendu dire au sujet d'autres habitants de l'immeuble, partis depuis, qu'ils étaient « bizarres ».

Vera s'élance en courant vers sa grand-mère qui vient d'apparaître à l'autre bout de la cour. La grand-mère de Nina est descendue, elle aussi, un fichu noué à la hâte sous le menton.

— Viens ici, Nina !

Mais la fillette s'attarde.

— Qu'est-ce qu'ils ont fait ? demande le jeune couple à la gardienne, qui vide un seau d'eau sale.

Vera est entraînée à l'intérieur, sans avoir le temps de dire au revoir.

— Ninotchka ! Viens !

La voix de sa grand-mère, d'habitude pleine d'affection, se fait coupante. La gardienne reprend :

— J'ai toujours su qu'il y avait quelque chose de louche chez eux.

Nina lève les yeux au-delà des petits balcons de travers, jusqu'à la fenêtre de la pièce où vit la famille de Vera. Des liserons pâles frémissent dans la brise. La fillette court se réfugier dans les bras de sa grand-mère et se serre contre sa poitrine pour sentir la chaleur de son corps.

Après le départ de la fille de chez Beller, Nina constata que le ciel s'était assombri et que le salon était devenu lugubre. Elle déplaça son fauteuil roulant dans la pièce pour allumer plusieurs lampes qui ne projetaient qu'un faible halo safran, n'éclairant pas beaucoup au-delà de leur pied. Loin de se sentir confortée dans sa décision, elle éprouvait toujours l'angoisse qui la harcelait depuis quinze jours maintenant.

Nina rejoignit son secrétaire. Elle sortit la petite clé qu'elle gardait dans sa poche et ouvrit le tiroir du haut. Elle n'avait pas relu la lettre depuis qu'elle l'avait reçue, deux semaines auparavant. Et même alors elle l'avait rapidement survolée. Elle avait toujours pris des décisions impulsives, c'était dans son caractère. Cette fois, cependant, elle déplia lentement la feuille dactylographiée, en évitant de poser les yeux sur la photographie qu'elle contenait.

> *Je vous envoie cette lettre et la photographie qui l'accompagne après mûre réflexion. Peut-être avez-vous déjà reconnu mon nom au dos de l'enveloppe, peut-être même vous êtes-vous rappelé la première lettre que je vous avais adressée, après notre brève rencontre, il y a trente ans, quand je...*

Elle entendit le bruit du verrou de la porte d'entrée.

— Bonsoir !

C'était Cynthia, l'Antillaise qui passait tous les soirs préparer le dîner de Nina et lui poser des questions embarrassantes sur ses fonctions corporelles. Durant la journée, elle travaillait comme infirmière à l'Hôpital général du Massachusetts. Nina rangea la lettre et la photographie dans l'enveloppe, alors que Cynthia poursuivait, avec son habituel mélange d'arrogance et d'amabilité :

— Où êtes-vous, chérie ?

Pour une raison qui échappait à Nina, elle l'appelait souvent ainsi.

— Je suis là, Cynthia, tout va bien, répondit Nina en fourrant l'enveloppe dans le tiroir.

Dire qu'à une époque elle se suffisait à elle-même, qu'elle n'était pas placée sous la surveillance inquiète des autres... Depuis plus d'un an, la présence de Cynthia était nécessaire. Elle était la dernière personne que Nina voyait, avant de s'endormir, la personne qui l'aidait à quitter son fauteuil roulant pour prendre un bain. D'âge incertain, sans doute dans la quarantaine, Cynthia avait un petit ami du nom de Billy dont l'emploi du temps et la disponibilité avaient une influence directe sur les menus des repas de Nina. Les soirs où elle le retrouvait, Cynthia évitait l'ail et l'oignon et ne faisait cuire ni brocolis ni choux de Bruxelles, de peur que l'odeur n'imprègne ses cheveux.

Nina l'entendit accrocher son manteau puis déposer son sac à provisions dans la cuisine. La situation était proprement effroyable. Surtout pour une femme comme Nina, autrefois si forte et pas encore très vieille. Tous les octogénaires étaient des globe-trotters à présent, ils enchaînaient croisières et voyages organisés. Mais le corps de Nina, autrefois si souple, lui interdisait ce genre d'activités. Pas plus tard que cet après-midi, la fille de la salle des ventes n'avait pu s'empêcher de glisser dans la conversation :

« La danse doit vous manquer. »

Son regard avait trahi de l'effroi à la vue des articulations enflées de Nina – c'est toujours le cas, d'ailleurs, lorsque les jeunes gens sont confrontés aux désagréments de la vieillesse.

«En effet, avait répondu Nina. Il ne se passe pas un jour sans qu'elle me manque. Sans que je regrette les sensations qu'elle me procurait.»

Cynthia l'interpella de nouveau et, s'approchant d'un pas vif, avec ses chaussures blanches d'infirmière, elle menaça de lui raconter sa journée par le menu. Nina poussa l'enveloppe au fond du tiroir. Ses doigts l'élancèrent lorsqu'elle fit tourner la minuscule clé dans la serrure. La présence de cette photographie ne cessait de l'oppresser.

Grigori Solodin trouva l'annonce le troisième jour du second semestre. Il aimait arriver au bureau avant huit heures : le département de langues étrangères restait calme jusqu'à l'ouverture du secrétariat. Pendant une demi-heure environ, le plancher des couloirs glacials – le chauffage était éteint la nuit – ne craquait pas, l'escalier étroit, aux marches en marbre creusées par l'usure, ne résonnait pas de bruits de pas. Il y était mieux que chez lui, ne s'étant pas encore habitué au silence qui régnait là-bas. Dans son bureau, Grigori pouvait lire le journal tranquillement et fumer sans que sa collègue, Evelyn, lui fasse la morale en lui parlant de ses poumons, ou que Carla, la secrétaire, lui rappelle avec une moue exagérée que c'était un campus «non fumeur». À huit heures et demie, Carla et son assistant, Dave, mettraient en route les photocopieurs, les imprimantes et toutes les autres machines susceptibles de ronronner.

Grigori sortit son briquet. La cigarette semblait toute petite dans sa paume. Au départ, ça n'avait été qu'un soutien, un réconfort pendant la maladie de Christine. Maintenant, c'était devenu un de ses rares plaisirs quotidiens. Pourtant, il ne fumait pas encore chez lui, sachant pertinemment ce que Christine en aurait pensé. De toute façon, il n'avait pas l'intention de continuer encore longtemps (même si cela faisait déjà deux ans). Confortablement installé derrière son bureau, il savoura l'arôme réconfortant de la première bouffée. Il portait un costume propre bien que légèrement froissé. Une pochette pointait fièrement de la poche poitrine. Il avait choisi ce costume vingt-cinq ans plus tôt, lorsqu'il avait commencé à enseigner dans cette université. À l'époque, il s'était également laissé pousser la barbe et s'était essayé à la pipe – il était prêt à tout pour se vieillir d'un an ou deux. Aujourd'hui encore, à cinquante ans, il avait très peu de rides, et ses cheveux n'étaient ni clairsemés ni grisonnants. Il était grand, et son corps ferme avait conservé la nonchalance de sa jeunesse. Pourtant, la veille, un étudiant boutonneux de deuxième année qui l'interviewait pour la revue de l'université lui avait demandé, très sérieusement : « Qu'est-ce que ça fait d'être un vétéran de l'enseignement ? » Pour ses vingt-cinq années de service, Grigori avait reçu un beau stylo à bille bordeaux et un mot de remerciement de la main du président. Au boutonneux, il avait répondu, une lueur de malice dans les yeux : « C'est terrifiant. »

Il adoptait souvent ce ton impassible, accompagné d'une expression indéchiffrable, avec ses étudiants. Ceux-ci appréciaient son humour pince-sans-rire et son numéro de vieux ronchon. Certains appréciaient même sa personne. Et Grigori les aimait bien, ou plutôt il ne les détestait pas. Il s'efforçait de dissimuler sa consternation quand ils affichaient des lacunes scandaleuses, ou une absence de curiosité, et prenaient place dans l'amphi avec leurs casquettes des Red Sox et leurs sweat-shirts à capuche, comme s'ils appartenaient à un gang de privilégiés. Pendant les mois les plus chauds, ils venaient chaussés de tongs qu'ils retiraient en plein cours, à croire qu'ils confondaient les bancs de l'université avec des serviettes de plage. Ce n'était que l'un des nombreux signes que le monde courait à sa perte. Grigori, pour sa part, s'entêtait à porter le costume, parce qu'il n'avait pas encore renoncé à l'idée qu'il exerçait un métier honorable, et parce qu'il conservait la crainte de ses débuts : dans un accès de distraction, se présenter un jour en pantoufles devant ses étudiants.

Il tira sur sa cigarette et déplia son exemplaire du *Globe*. C'était toujours les mêmes nouvelles déprimantes – le Président préparait sa deuxième guerre en deux ans. À la rubrique Culture, pourtant, un titre lui sauta aux yeux : « L'ex-danseuse étoile N. Revskaïa vend ses bijoux aux enchères. »

À la surprise succéda une amère déception.

Un mois s'était déjà écoulé, mais il n'avait pas abandonné tout espoir. Il avait cru, ou voulu croire, qu'un rapprochement entre eux deux était possible… du moins jusqu'à cet instant.

Après tout, rien ne l'autorisait à attendre autre chose. Deux années durant, l'idée d'essayer à nouveau l'avait tenaillé, mais le chagrin l'avait paralysé, et ce n'était que lorsque celui-ci s'était dissipé qu'il en avait trouvé la force. Et il avait échoué, à nouveau. Il y aurait toujours une distance entre eux. Il ne réussirait jamais à l'abolir.

Il entreprit de lire l'article, mais il ne comprenait pas les mots qu'il avait sous les yeux. Son cœur battait à tout rompre, comme la dernière fois où il avait vu Nina Revskaïa, plus de dix ans auparavant, à l'occasion d'une représentation de charité du Boston Ballet. Depuis le majestueux hall du Wang Theater, il avait assisté au discours qu'elle avait prononcé, sur le grand escalier en marbre. Dans un anglais parfait, elle avait souligné l'importance du mécénat pour les artistes. Son port altier n'était pas dénué d'une certaine raideur, et ses cheveux, presque noirs en dépit de son âge, étaient ramenés en un chignon si serré qu'il tirait les rides de son visage. À côté de lui, Christine s'appuyait légèrement sur son bras, une flûte de champagne à la main. Nina Revskaïa était agitée de tressaillements tandis qu'elle parlait : à l'évidence, chaque mouvement lui coûtait. Lorsque le directeur du ballet l'avait conduite, lentement, au pied des marches, puis à travers le hall, Grigori s'était interrogé : Et si ? Et si je l'approchais ? Évidemment, il n'avait pas osé. Christine l'avait presque aussitôt entraîné dans la direction opposée, à la rencontre de la nouvelle étoile de la compagnie, un jeune danseur cubain.

Grigori repoussa le journal. Dire qu'elle brûlait de se débarrasser de lui au point de se séparer de ses bijoux !

Il recula sa chaise et se leva. Soudain, le cocon de son bureau ne lui était plus d'aucun réconfort. Grigori attrapa son manteau, ses gants et sortit.

Dans la cafétéria du campus, tout était déjà en place pour le service du matin. Derrière le comptoir, une fille maigre aux cheveux teints en noir servait du café et d'énormes bagels, pendant que le chef d'équipe, dans les vapes, faisait chauffer du lait avec une lenteur remarquable et chantait avec la radio. Quelques étudiants de première année étaient réunis autour d'une table ronde, et, au fond de la salle, des professeurs étrangers s'étaient lancés dans un débat amical. Tout en passant sa commande, Grigori observa la scène avec un sentiment de défaite.

La serveuse lui lança une œillade savamment travaillée en lui tendant une part généreuse de gâteau au café. En le soulevant de son morceau de carton, Grigori éprouva aussitôt du remords : Christine n'aurait pas plus approuvé que la cigarette. Il songea à elle, à tout ce qu'il aurait donné pour l'avoir auprès de lui, à cet instant précis.

— Grigori !

Zoltan Romhany était installé près de la fenêtre, et la table qu'il occupait était entièrement recouverte de sacs en plastique bourrés de livres et de papiers.

— Viens ! lui cria-t-il en gesticulant, puis il se pencha sur son carnet pour y gribouiller quelque chose avec une vélocité surprenante pour son âge.

Depuis un an, il écrivait un livre évoquant sa fuite de Hongrie, après la révolution de 1956, et le rôle – parfois de second plan – qu'il avait joué sur la scène artistique londonienne dans les années qui avaient suivi.

— Bonne année, Zoltan !

— Quelque chose ne va pas, Grigori ?

— Ça se voit tant que ça ?

— Tu es magnifique, comme toujours... mais tu as l'air fatigué.

Grigori ne put retenir un rire en s'entendant dire une chose pareille par un homme de vingt-cinq ans son aîné – un homme à la santé fragile de surcroît, qui avait passé la majeure partie des vacances de Noël à l'hôpital pour se remettre des suites d'une pneumonie diagnostiquée tardivement et qui, l'hiver précédent, s'était cassé l'épaule pour la deuxième fois en glissant sur du verglas.

— Tu as raison de me secouer, Zoltan. Je n'ai aucune raison d'être fatigué. Je suis contrarié, ce matin, c'est tout. Mais je suis ravi de te voir. Tu as l'air en bien meilleure forme.

Certains auraient pu s'étonner qu'une génération sépare Grigori de son collègue préféré, de son ami – mais, à tout prendre, il préférait cela au phénomène inverse, aux professeurs qui traînaient avec leurs étudiants au pub. Les rides profondes de Zoltan, les poches sous ses yeux, le tremblement de ses mains, le petit nuage de cheveux grisonnants sur le dessus de son crâne… rien de tout cela n'évoquait l'homme que Zoltan avait été autrefois, bien que brièvement : la fierté puis la honte de la scène littéraire d'Europe de l'Est, un symbole pour l'Occident éclairé, un jeune poète émigré qui flottait dans des vêtements empruntés.

— Je me sens beaucoup mieux. J'adore cette heure de la matinée, pas toi ?

Son accent (le rythme saccadé de la langue hongroise, adouci par la cadence de l'anglais) donnait un aspect presque surnaturel à sa conversation.

— Le lever du soleil est un moment magique… Assieds-toi donc, dit-il en repoussant quelques papiers sans parvenir à dégager de la place.

— Je ne peux pas rester longtemps, répondit Grigori en s'installant. J'ai un cours à huit heures et demie.

— Et moi à treize heures.

— Ah oui ?

Malgré ses efforts, Grigori eut du mal à dissimuler son étonnement. Des bruits circulaient au département, on disait que l'unique cours de Zoltan pour ce semestre avait été annulé : seuls deux étudiants s'y étaient inscrits, ce qui était insuffisant.

— La poésie et les surréalistes, reprit Zoltan. Deux élèves brillants se sont montrés intéressés. Le cours a été supprimé officiellement, mais j'ai proposé aux jeunes gens de le maintenir officieusement, et ils ont accepté. Va-t-on à l'université pour les notes ? J'admire leur enthousiasme.

— Ils savent ce qui est bon pour eux.

C'était une occasion qui ne se présentait qu'une fois dans une vie, celle d'étudier avec un homme qui avait connu personnellement certains des poètes qu'il enseignait. Sans oublier que la plupart des cours improvisés de Zoltan n'étaient pas seulement émaillés de pépites de sagesse mais aussi d'un ou deux potins mondains. Le premier recueil de poèmes de Zoltan avait été traduit par un poète anglais en vogue, peu de temps après son arrivée à Londres, faisant rapidement du Hongrois – du moins dans certains cercles – le nouvel enfant terrible de l'Europe. Zoltan était alors devenu une sorte de dandy, avec ses paupières tombantes et son sourire confiant ; Grigori avait vu des photographies de cette époque dans des éditions ultérieures (toutes épuisées à présent). Même si Zoltan n'était pas du genre à égrener des noms, le sien apparaissait dans les autobiographies de plusieurs peintres, auteurs dramatiques, collectionneurs, muses et musiciens célèbres. Rien de plus qu'une ligne ici ou un paragraphe là, mais Zoltan avait laissé son empreinte. À qui savait l'interroger avec doigté, il pouvait citer Mary Quant et Salvador Dalí, ou faire un aparté surprenant, accompagné d'un soupir : « Ah, Ringo... Il avait de si longs cils... »

Malheureusement, à cause des nouveaux sites Internet dont les étudiants se servaient pour évaluer leurs enseignants, tout le monde savait que les cours de Zoltan évoquaient davantage de longues conversations entre lettrés auxquelles les élèves devaient être parfaitement préparés. Il attendait d'eux qu'ils aient non seulement lu les œuvres au programme mais qu'ils aient également mené un travail de réflexion, d'analyse, voire qu'ils aient rêvé d'elles. En conséquence, on se passait le mot d'éviter ses cours.

Grigori avait résisté à la tentation d'aller regarder ce que ses propres étudiants disaient à son sujet. Il gardait ses distances avec Internet de façon générale. Son aventure la plus audacieuse, dans ce domaine, avait eu lieu quatre ans plus tôt, lorsqu'il avait effectué son premier et unique achat sur eBay : un magazine de 1959 contenant un article sur les bijoux de Nina Revskaïa. Un reportage de quatre pages, présentant des boucles d'oreilles et des montres, des colliers et des bracelets, pour la plupart offerts par des admirateurs, des diplomates internationaux et des bijoutiers désireux de se faire de la publicité. La photographie, en page trois, d'un bracelet en ambre et de boucles d'oreilles assorties avait confirmé à Grigori ce qu'il soupçonnait depuis longtemps. Il conservait le magazine dans son bureau, dans le tiroir supérieur du classeur consacré à ses cours sur la littérature russe, derrière un dossier intitulé : « Nouvelles, XIXe ».

Aujourd'hui, pourtant, ces bijoux allaient être vendus aux enchères... Et la preuve de Grigori s'envolerait. Un soupir avait dû lui échapper, car Zoltan lui demanda d'une voix inquiète :

— Comment vas-tu vraiment, Grigori ?

— Oh, très bien, tu n'as aucune raison de te faire du souci, je t'assure.

Le rôle du veuf éploré lui avait convenu à merveille la première année, mais, ensuite, il avait commencé à s'en lasser. Et depuis un moment, Carla et Dave ne lui laissaient plus de répit : il était temps que Grigori prenne modèle sur ces hommes qui, après six, douze ou dix-huit mois de solitude, s'installaient avec une nouvelle femme et abandonnaient définitivement leur tête d'enterrement. Son amie Evelyn, qui lui proposait régulièrement une séance de cinéma ou une autre sortie culturelle, partageait leur avis. Grigori avait donc renoncé, depuis plus d'un an, à porter le petit ruban rose de l'hôpital. Maintenant que le deuxième anniversaire de la mort de Christine était passé, il avait même ôté son alliance. L'anneau en or avait rejoint, dans une petite boîte, les épingles à cravate qu'il ne portait jamais. Il était temps de se ressaisir, de se montrer plus enjoué. Quant aux nouvelles de Nina Revskaïa et à la déception qui en découlait, il n'avait pas l'intention d'en parler.

— Je n'ai pas de nouveaux motifs de plainte, dit-il à Zoltan.

— Inutile quand on en a déjà un bon vieux ?

Les yeux de Zoltan souriaient, mais sa bouche faisait la moue.

— L'univers est capricieux, il nous envoie parfois des messages étranges, poursuivit-il.

— Et toi ? lui demanda Grigori.

— Mange-le donc, ce gâteau. Tu chipotes comme s'il était dans l'assiette de quelqu'un d'autre.

Grigori sourit. Zoltan avait raison. Se laisser aller, passer à autre chose.

Renoncer.

Grigori se rendit compte qu'il hochait la tête, acquiesçant à ses propres pensées, bien qu'elles lui fissent horreur, tout comme celle qui leur succéda. C'était pourtant le seul moyen. Ainsi, il prouverait au moins que... quoi ? Qu'il avait tourné la page. Qu'il respectait Nina Revskaïa et qu'elle n'avait pas besoin de le craindre. Qu'il avait rendu les armes.

Oui, il savait ce qu'il lui restait à faire. Se sentant beaucoup plus léger, il termina son gâteau pendant que Zoltan gribouillait frénétiquement dans son carnet.

— Il faut que nous discutions dès que possible, dit le vieil homme en relevant soudain la tête.

Surpris par son sérieux, Grigori marqua un temps avant de répondre :

— Je croyais que c'était ce que nous étions en train de faire.

Zoltan secoua la tête, visiblement contrarié, puis murmura :

— Pas ici.

— Oh...

Grigori regarda autour de lui, mais personne ne les écoutait. Il fit glisser les miettes du gâteau sur le morceau de carton.

— Dans ce cas-là, reprit-il, veux-tu que je t'appelle à la maison ?

— Non, nous devons parler de vive voix.

Grigori haussa les épaules, perplexe.

— Eh bien, dis-moi simplement quand. Pour l'heure, je dois y aller, dit-il en se levant et en enfilant ses gants.

Zoltan acquiesça discrètement. Deux habitués s'installèrent à la table voisine avant d'échanger tout bas quelques mots et de déménager un peu plus loin. Grigori comprit qu'ils avaient pris Zoltan pour un vagabond à cause de ses sacs en plastique crasseux, de son pantalon taché – bien que parfaitement coupé –, et des nombreux fils qui pendaient de sa cravate en soie. C'était bien l'Amérique, cette grande nation égalitaire, où les poètes vénérés passaient pour des SDF.

— Très bien, Zoltan, à bientôt alors.

— J'ai hâte.

Zoltan semblait sincère. Grigori, troublé, tenta de se souvenir, en tournant les talons, de la dernière chose qu'il avait attendue avec impatience.

Il avait été jeune et confiant, autrefois. Il se rappelait encore très bien le sac à dos en toile rêche qu'il avait emporté avec lui de Princeton, celui avec les longues bretelles fines qui lui faisaient mal aux épaules, au fond constellé de taches. Il se souvenait de l'odeur de son tee-shirt après le long voyage en bus, de la faim qui le tenaillait alors qu'il remontait l'avenue. Il avait dix-neuf ans, il était grand, dégingandé, les cheveux ébouriffés et pas très propres. Il s'était trompé d'arrêt et avait dû marcher plus longtemps que prévu. Paris et New York étaient les seules villes qu'il connaissait, et, en comparaison, les vieux bâtiments du quartier de Back Bay lui avaient semblé à la fois surannés et majestueux. Un seul avait vraiment retenu son attention, cependant, un immeuble au perron imposant et aux balcons en fer forgé. L'épaisse porte d'entrée, en bois sculpté, était entrouverte. Grigori avait pris une profonde inspiration en s'essuyant les mains sur les jambes de son pantalon. Comme il continuait malgré tout à transpirer, il avait tiré son mouchoir de sa poche pour s'éponger le front.

Dans le hall d'entrée, il avait sorti la grande enveloppe en kraft de son sac à dos et l'avait tenue dans ses mains tremblantes. Elle contenait les différents éléments qui constituaient, d'après lui, des « preuves ». Grigori avait trouvé l'interphone et le bon bouton. Il avait concentré tous ses espoirs sur ce bouton.

La voix avait résonné, indécise et méfiante :

— Oui ?

Il s'était présenté en russe.

— Pouvez-vous me répéter votre nom ? avait-elle demandé, également en russe.

Elle avait paru surprise, mais pas ennuyée.

— Grigori Solodin. Mes parents connaissaient vos voisins. À Moscou.

Ce n'était pas la vérité exacte, mais ça s'en rapprochait.

— J'aurais aimé vous entretenir d'une affaire importante, avait-il poursuivi.

Sur un coup de génie, il avait ajouté :

— Ce ne sera pas long.

— Un instant, s'il vous plaît, avait-elle répondu d'une voix catégorique.

L'attente... À travers la paroi vitrée, il avait guetté l'ascenseur, le cœur tambourinant, pourtant elle était apparue dans l'escalier. Sa nuque fine, ses longs bras minces... On aurait dit qu'elle glissait sur les marches. Elle l'avait observé à travers la vitre, avec une curiosité polie. Son visage à l'ovale parfait, ses cheveux sombres, tirés en arrière. Et ses mains surprenantes, déjà vieilles alors qu'elle ne l'était pas, aux articulations gonflées. Elle avait à peine entrouvert la porte.

— Maintenant, dites-moi qui vous êtes exactement, avait-elle demandé en russe.

Un minuscule sourire semblait flotter sur ses lèvres, suscité, peut-être, par la jeunesse et la maladresse de son visiteur.

Grigori interrompait toujours ici le souvenir. Il le fallait. La suite était trop douloureuse.

Lot n° 12

Broche en platine, onyx et diamants représentant un papillon : platine massif, ailes ornées de six onyx noirs taille fantaisie d'un poids total de 27,21 carats, corps pavé d'environ 7 carats de diamants demi-taille. Pierre centrale taillée en biseau, épingle à cannelures. 5 cm de long sur 3,8 cm de large, 11,5 g, poinçon du maître Shreve, Crump & Low. Estimation : 8 000 – 10 000 $.

2

Il est décidé – de cette façon abrupte et silencieuse qu'ont les adultes de prendre des décisions – que Vera et sa grand-mère iront vivre avec une tante et un oncle, dans une ville loin au nord de Moscou.

C'est ce qui arrive, comprend Nina, lorsque vos parents sont obligés de partir. Lorsque deux autres personnes, qu'on n'avait jamais vues auparavant, s'installent dans leur chambre. C'est ce qui se produirait si la propre mère de Nina devait subitement s'en aller. Mais peut-être Nina pourrait-elle rester ici avec sa grand-mère… Elle se console avec cette idée en accompagnant Vera et sa grand-mère à la gare. C'est une belle matinée, douce, la deuxième de septembre – la veille de la rentrée des classes. Les rues se remplissent de nouveau, c'est le retour des grandes vacances. Les garçons ont l'air idiot avec leurs cheveux trop courts et leurs oreilles qui paraissent immenses ; quant aux filles, elles achètent les rubans prescrits par l'école pour leurs queues-de-cheval. La gare, elle aussi, est bondée. Sur le quai, c'est à peine si on peut se faufiler entre les personnes qui attendent et les paniers en osier bosselés. Nina n'arrive pas à se sortir de la tête que Vera n'ira pas à l'école du Bolchoï avec elle, qu'elle ne sera plus là, dans la cour cendreuse, à inventer des jeux aux règles compliquées et pourtant indispensables.

Vera, elle, paraît sereine, contente de sa valise imposante et du petit paquet contenant des provisions pour le voyage. Mère et la grand-mère de Vera s'éloignent de quelques pas pour échanger des politesses.

— J'ai reçu un télégramme, chuchote Vera.

Nina la considère avec de grands yeux ; elle n'en a jamais vu.

— Quand ?

De la poche de son manteau, Vera tire un carré de papier fin et le déplie, en tournant le dos aux adultes, comme pour protéger un secret important.

— Regarde.

La phrase dactylographiée au centre du morceau de papier est si courte qu'on dirait que le message a été délivré dans l'urgence, ce qui ne lui en donne que plus de valeur : « Nous t'aimons Verochka. Maman et Papa. »

Les yeux de Vera brillent de fierté.

— Ils font un travail important. C'est pour cette raison qu'ils ont dû partir.

Nina accepte cette explication, plus complète que celle que sa mère a été capable de lui fournir. Vera relit une fois le télégramme, puis le replie et le range dans sa poche.

Avec un énorme fracas métallique et une odeur de charbon chaud, le train pénètre lentement dans la gare, crachant des nuages de fumée blanche.

— Reculez, dit la grand-mère de Vera, laissez d'abord les gens descendre. Oh, regarde un peu tes cheveux !

De ses vieilles mains grises, elle lisse les tresses auburn de Vera et replace une mèche rebelle derrière son oreille.

— Les filles, annonce gravement mère en rassemblant les sacs des voyageuses, l'heure est venue de vous dire au revoir.

Vera s'exécute sans une larme, tandis que sa grand-mère se hisse péniblement dans le wagon. Nina non plus ne pleure pas, distraite par la foule qui entraîne son amie vers les profondeurs du compartiment. Mère a dit que Nina et Vera pourraient s'écrire et rester amies, mais une seule image obsède Nina, tout le long du chemin du retour : celle du train emportant Vera.

Lorsqu'elles s'arrêtent devant la poste, mère demande à Nina d'aller faire la queue pour le pain, derrière l'angle de la rue.

Nina court rejoindre la longue file silencieuse devant la boulangerie. Elle aime regarder le boulier du caissier, les billes de bois qui se déplacent le long des barres. Après quelques minutes, alors que la queue progresse un peu, elle se rend compte que sa mère a oublié de lui donner de l'argent. Elle se dépêche de retourner à la poste.

À l'intérieur, elle l'aperçoit et se précipite vers elle. Mais celle-ci ne l'a pas remarquée, tout occupée à dicter un message dans un téléphone spécial : « Sois sage, Verochka chérie. Avec tout notre amour, Maman et Papa. »

Nina fuit et déboule dans la lumière éblouissante de septembre. Elle sent un grand froid dans sa poitrine, et ses yeux la brûlent. Elle voudrait crier, hurler, raconter à quelqu'un, n'importe qui, ce triste hasard, ce mensonge, ce double secret. Et avouer la terrible contrariété qui l'étreint, dans le même temps : mère doit sincèrement aimer Vera pour être capable d'une telle chose, oui, elle doit l'aimer beaucoup.

En l'attendant près de l'entrée, Nina s'efforce de contrôler les battements de son cœur. C'est une bonne chose que Vera soit partie, comme ça elle ne pourra pas lui raconter ce qu'elle sait.

La sonnerie du téléphone tira Nina de ses pensées. Il n'avait pas arrêté de la journée, mais elle s'était refusée à répondre. Sans doute un bijoutier de Charles Street... Elle était trop fatiguée pour parler à quiconque. Ces derniers jours avaient été pénibles ; elle souffrait tellement qu'elle ne trouvait pas le sommeil. Cynthia s'évertuait à la convaincre de prendre ses cachets.

Postée près de la fenêtre, elle observa, dans l'avenue, les monceaux de neige déposés par la tempête du week-end. Les arbres noueux, toujours décorés de guirlandes lumineuses givrées, semblaient frissonner. À travers leurs branches, Nina apercevait les voitures garées le long des congères. Elle s'installait souvent à cet endroit. Le salon était sa pièce favorite, avec ses grandes fenêtres, sa luminosité... Et c'était là qu'elle entendait le mieux la musique diffusée par la chaîne stéréo. Il n'y avait qu'un seul inconvénient : l'air froid qui pénétrait par une fente en haut de la fenêtre du milieu. Cela faisait deux ans à présent, depuis que la vitre supérieure avait glissé, Nina ignorait pourquoi, de quelques millimètres. Elle n'avait pas pris la peine de le signaler. Pendant les mois d'été, cela ne la dérangeait pas, sauf lorsqu'il y avait du vent et que le store vénitien battait avec un bruit insupportable.

Aujourd'hui, le store était entièrement relevé. Une feuille morte depuis longtemps, vestige de l'automne, s'introduisit par la fente de la fenêtre et tomba silencieusement sur le rebord. Elle resta posée là, comme une lettre secrète, brunie par le temps, et, pendant quelques minutes, Nina se contenta de la regarder. Puis elle la saisit entre ses doigts froids et sentit la fragilité de ses minuscules nervures séchées.

Quelqu'un remarquerait-il un jour ce trou ? Nina ne recevait plus que de rares visites. À part elle-même, Cynthia était la seule à passer du temps dans cette pièce, où elle venait accabler Nina de questions indiscrètes pendant que ses petits plats mijotaient. Les femmes de ménage – Marya et l'équipe d'aides anonymes qui, toutes les trois semaines, pénétraient dans l'appartement à la façon d'une tornade – étaient négligentes et ne s'attachaient pas aux détails. Elles n'avaient évidemment jamais lavé une seule vitre.

Personne d'autre n'avait de raison de venir dans cette pièce. Près de dix ans s'étaient écoulés depuis la dernière réception que Nina avait donnée. Quant aux amis – les vrais, ceux qui comptent –, elle ne s'en était fait aucun à proprement parler au cours du dernier chapitre de sa vie, le plus long pourtant. Elle avait beaucoup de connaissances, bien sûr, et d'anciens collègues, mais pas d'amis chers comme à Paris ou à Londres, pas d'intimes à la façon de Tama, sa précieuse confidente russe, ou d'Inge, « la fille de Berlin », comme elle aimait encore l'appeler dans ses souvenirs. Bien sûr, il y avait Shepley, avec lequel elle s'était liée d'amitié quarante ans plus tôt. Mais depuis qu'il avait déménagé en Californie, Nina se sentait moins proche de lui.

Comme Veronica, en Angleterre, Shepley était progressivement passé du statut d'admirateur à celui d'ami. Ce jeune avocat amateur de ballet s'était immiscé dans la vie de Nina avec tact et retenue, par le truchement de petits présents et de messages intelligents et respectueux. Sa prévenance n'était jamais pesante, ni altruiste à l'excès, mais sage et réservée. Même Nina – qui, après avoir perdu dans le premier tiers de sa vie tous les êtres qui lui étaient chers, se montrait habituellement circonspecte lorsqu'elle faisait une nouvelle rencontre – l'avait immédiatement apprécié. À ses yeux, il était toujours resté un jeune homme maigre à la voix calme et juvénile, et, à chacune de ses visites annuelles, elle était étonnée de voir arriver un sexagénaire grisonnant.

Au début de sa maladie, dix ans plus tôt, Shepley (qui n'avait pas encore rencontré l'amour de sa vie à Los Angeles) s'était dévoué corps et âme, mélangeant de manière plaisante les rôles de neveu et de majordome : il conduisait Nina chez le médecin, l'accompagnait à ses examens médicaux, venait régulièrement la voir et ne l'oubliait jamais les jours de fête. Mais, huit ans plus tôt, il s'était installé sur la côte Ouest avec Robert, et Nina s'était habituée à son absence. Celle-ci ne lui pesait que rarement, en général après une de ses visites. Il l'emmenait toujours prendre le thé au *Four Seasons* et faire des courses chez *Saks* (même si elle n'avait jamais besoin de rien et continuait à se sentir exposée en public). Chez elle, il faisait cuire des rôtis, des gâteaux et les congelait pour les mois à venir. Sa conversation joyeuse flottait encore dans l'air après son départ – elle s'accrochait aux murs de l'appartement, comme un papier peint aux couleurs gaies, pendant quelques jours, puis disparaissait.

À l'exception de Shepley, Tama, une journaliste d'origine russe, de dix ans sa cadette, que Nina connaissait depuis 1970, était la seule amie à qui elle parlait encore régulièrement. Tama lui téléphonait souvent de Toronto, la plupart du temps pour se plaindre. Mais c'était le genre de griefs anodins qui divertissaient Nina et qui, surtout, lui donnaient le plaisir de converser dans sa langue natale.

Shepley l'appelait souvent, lui aussi, mais il y était toujours poussé par l'inquiétude. Nina craignait d'être un poids pour lui. Non que son affection pour elle ne fût sincère, mais, depuis que Nina était tombée malade – et elle n'avait aucune chance de guérir –, elle craignait que l'amitié que Shepley lui portait ne devienne un fardeau pour lui. Le quotidien posait de nombreux problèmes logistiques et Shepley s'était chargé de les régler avec l'aide de Cynthia. Malgré tout, Nina n'avait pas envie de mourir. Elle occupait son temps à bon escient, écoutait la radio, lisait les journaux – le *Globe* et le *Times* de Londres –, et choisissait chaque jour un album différent dans sa discothèque. Shepley lui avait installé une chaîne stéréo et lui envoyait régulièrement de nouveaux enregistrements de ses œuvres préférées. Aujourd'hui, son choix s'était porté sur une version récente des sextuors à cordes de Brahms. Si seulement le téléphone avait cessé de sonner... Nina persista à l'ignorer.

Non, l'isolement ne lui pesait pas. Elle pouvait consacrer de longues minutes à observer la rue par la fenêtre, des heures à écouter la BBC à la radio. Elle appréciait le fait que ses journées lui appartiennent presque entièrement, ainsi que l'espace et la liberté dont elle jouissait. La plus grande partie de sa vie, elle n'avait jamais eu un moment d'intimité, un recoin ou une étagère à elle, et il lui en était resté une soif primaire de solitude : passer d'une pièce à l'autre dans son fauteuil roulant sans avoir jamais à contourner personne, n'être dérangée la nuit, allongée dans son lit, que par les conversations des passants ou les crissements de pneus occasionnels à l'extérieur.

Ces intrusions répétées (elle percevait ainsi les sollicitations des journaux, de la salle des ventes et les appels téléphoniques des derniers jours) mettaient en péril sa tranquillité. Et depuis la visite de cette fille, Drew, les souvenirs resurgissaient avec une acuité incroyable. À cet instant précis, elle les sentait planer au-dessus d'elle, menaçant de s'emparer de son esprit. Elle s'efforça de se concentrer sur Brahms, les yeux tournés vers la fenêtre. Une nouvelle sonnerie du téléphone vint pourtant à bout de sa patience.

Elle fit rouler son fauteuil jusqu'au guéridon à plateau de marbre pour décrocher le combiné.

— Allô ?

— Bonjour, madame Revskaïa, ici Drew Brooks, de Beller.

Bien qu'elle eût préféré l'ignorer, Nina demanda :

— Comment allez-vous ?

— Très bien, je vous remercie. Mieux que bien, même. Nous avons eu une surprise.

Le cœur de Nina se serra.

— Une personne, qui souhaite garder l'anonymat, nous a apporté une pièce qui semble compléter votre demi-parure en ambre comprenant le bracelet et les boucles d'oreilles. Leur pendentif d'ambre de la Baltique avec inclusions. La monture et le poinçon sont identiques aux vôtres. Le propriétaire soutient que son collier provient non seulement du même joaillier, mais qu'il fait partie du même ensemble que les pendants et le bracelet.

Nina se rendit compte qu'elle retenait son souffle.

— Madame Revskaïa ?

— Nina.

— Ah oui… Nina. Nous avons les trois pièces ici et, même s'il nous faut évidemment attendre d'avoir confirmation de l'authenticité du collier, nos experts pensent, en se fondant sur les montures et les poinçons, qu'il peut bien s'agir d'un ensemble.

Nina répondit lentement :

— Vous n'avez pas envisagé que les experts puissent se tromper ?

— Bien sûr, l'expertise est une question de jugement, situé sur une échelle flottante, comme nous aimons le dire. Sans oublier que les fermoirs et les chaînes se changent facilement… et que parfois, même, les pierres des montures originales sont remplacées. Nous allons donc l'envoyer au laboratoire pour nous assurer qu'il s'agit bien d'ambre de la Baltique. Je voulais simplement vous appeler avant, au cas où vous auriez des informations à nous communiquer à ce sujet. Le propriétaire du pendentif voudrait l'inclure dans la vente aux enchères. Il est prêt à en faire don. Ce qui est proprement incroyable, pour tout vous dire.

— Je ne sais rien. Je possède un bracelet et des boucles d'oreilles en ambre. C'est tout. Ces bijoux sont très rares.

— Oui, justement, nous nous sommes demandé si vous n'aviez pas, à un moment de votre vie, possédé le collier également… Ou si vous aviez connaissance de son existence.

— Absolument pas. Je possède ces bijoux depuis 1952. Je les ai emportés en fuyant la Russie.

— Nos experts ont suggéré qu'il pourrait s'agir d'un cadeau, ou d'un héritage. Ce qui expliquerait que la parure ait été dispersée.

Nina rétorqua d'une voix blanche :

— Vos experts trouveront la réponse, alors, je suppose.

— Eh bien… c'est l'ennui avec l'ambre. Comme les pierres se forment naturellement, et ne sont pas taillées par un bijoutier, il est quasiment impossible de savoir avec certitude si elles appartiennent à une même collection. Certaines pièces, les plus remarquables, peuvent être répertoriées dans les archives du fabricant, mais sans date ou numéro de série.

Nina se détendit légèrement.

— Je ne suis pas en mesure de vous aider.

— Ce n'est pas grave.

La voix de Drew était étonnamment calme.

— Je me devais de vous poser la question, néanmoins, reprit-elle, au cas où vous auriez… oublié.

Nina sentit le sang lui monter au visage.

— Je suis vieille, pas sénile.

— Non, non, bien sûr, je n'impliquais pas…

— Sachez, mademoiselle Brooks, que les danseuses ont une excellente mémoire. Nous devons nous souvenir de tout.

La mémoire physique, musculaire qu'elle évoquait n'avait pas grand-chose à voir avec ce qui préoccupait Drew Brooks... mais Nina tenait à la remettre à sa place.

— Je me rappelle encore des ballets entiers. Et je me rappelle avec précision d'où viennent mes bijoux.

— Naturellement, dit Drew avant de prendre une brève inspiration. Si jamais quelque chose vous revenait, vous voudriez bien nous prévenir ?

— Bien sûr.

— En attendant, nos experts feront leur possible pour confirmer la provenance de cette nouvelle pièce et confirmer les déclarations du propriétaire. Ça paraît possible, avec des montures aussi atypiques. Si l'expertise paraît suffisamment probante, nous aimerions ajouter le pendentif au catalogue. En précisant qu'il s'agit d'un ajout de dernière minute, complétant votre parure mais n'appartenant pas à votre collection personnelle.

Nina conserva le silence.

— Nos experts sont très doués.

— Je n'en doute pas. Mais je sais aussi que les gens...

Elle s'interrompit le temps de trouver la formulation appropriée :

— ... se trompent parfois en toute bonne foi.

Drew ne répondit pas immédiatement. Mais, lorsqu'elle reprit la parole, sa voix était étonnamment enjouée :

— C'est une pièce remarquable, vous savez. Aussi exceptionnelle que votre bracelet et vos boucles d'oreilles. Elle nous permettra d'attirer non seulement les amateurs de bijoux mais aussi les collectionneurs. Autrement dit d'élargir considérablement notre cercle d'enchérisseurs. Sans oublier qu'une pièce aussi rare pourrait rapporter beaucoup d'argent. À la fondation, s'entend.

Elle attendit la réaction de Nina avant de reprendre :

— Cette précision est probablement inutile, mais le fait que cette personne souhaite garder l'anonymat attisera sans doute la curiosité du public et nous amènera des enchérisseurs supplémentaires. Ce qui, au risque de me répéter, signifie plus d'argent pour la fondation.

Nina voyait très bien où elle voulait en venir.

— Oui, bien sûr, répondit-elle faiblement, puis elle se dépêcha d'ajouter : Au revoir.

Drew laissa la tonalité du téléphone résonner dans son oreille, puis elle reposa le combiné, prit une profonde inspiration et essuya une goutte de café sur le rebord de sa tasse. Elle savait qu'il ne fallait pas le prendre comme un affront personnel, et pourtant... La vente Revskaïa signifiait beaucoup plus pour elle que les autres, et pas seulement parce qu'elle adorait la danse. Drew avait, dans son arbre généalogique, une branche marquée d'un point d'interrogation. C'est pourquoi elle ne voyait pas d'un mauvais œil, contrairement à d'habitude, le fait que toute l'organisation lui incombe, quand Lenore était loin d'être débordée. Drew s'en plaignait rarement ;

elle ne voulait pas risquer de perdre son travail. Tant qu'elle continuerait à aimer ce qu'elle faisait, elle serait capable de prendre du recul et d'observer avec amusement les aspects les plus irritants de celui-ci. Cette technique se révélait d'ailleurs efficace dans bien des domaines de la vie.

Elle consulta la liste des tâches du jour, les objectifs griffonnés à la hâte, aux énoncés d'une brièveté trompeuse. Certains d'entre eux pourraient bien lui demander des semaines d'efforts. Telle l'enquête sur la parure en ambre, Drew savait que la plupart de ses missions progressaient par à-coups, étape par étape. Pour ne rien arranger, le répertoire des poinçons russes avait été «égaré», et Drew avait dû en commander un nouveau dans une librairie spécialisée. Même si Lenore avait décrété qu'ils se satisferaient d'une date approximative de fabrication, Drew espérait que les poinçons permettraient d'identifier un lot spécifique. Ainsi, peut-être serait-elle en mesure de démontrer que le collier appartenait à la même parure. Rien ne la satisfaisait autant qu'apporter une réponse à une question difficile, ou faire la preuve concrète d'une intuition.

Comme si elle avait accès aux pensées de Drew, Lenore choisit ce moment pour passer la tête par la porte de son bureau. Ses cheveux étaient ramenés en un chignon lâche, vaporeux, et quelques mèches échappées encadraient son visage.

— Comment va mon lieutenant ?

Elle persistait à l'appeler ainsi, alors que Drew avait été promue directrice associée des ventes presque un an plus tôt.

— Je viens d'appeler Nina Revskaïa au sujet du collier en ambre.

— Bien, bien.

Lenore s'était déjà détournée et observait distraitement son reflet dans le miroir. Avait-elle seulement écouté la réponse de Drew ? Pourtant, celle-ci ne pouvait s'empêcher d'admirer son aplomb naturel. Elle aimait la regarder pendant les ventes, avec son autorité tranquille et sa façon de flirter discrètement avec les enchérisseurs pour les pousser à dépasser la limite qu'ils s'étaient fixée.

— Dès que tu auras une partie du texte pour le supplément, j'aimerais beaucoup le lire.

— J'y travaille.

En réalité, Drew avait déjà rédigé au brouillon l'introduction de la brochure qu'ils imprimeraient en complément du catalogue. Elle singea un salut militaire lorsque Lenore s'éloigna dans le couloir.

Quand celle-ci l'avait surnommée « mon lieutenant », quatre ans plus tôt, Drew n'avait pas encore atteint la trentaine. Elle avait trente-deux ans à présent, et des petites rides se dessinaient au coin de ses yeux dès qu'elle souriait. Le mois dernier, elle avait même remarqué un changement dans sa voix, manifestation physique d'une maturité qui la terrifiait. Quelques jours plus tôt, la vendeuse du Dunkin Donuts l'avait appelée « madame ». Drew s'était aussitôt rendue dans un grand magasin pour acheter un tube du soin antirides que sa meilleure amie, Jen, lui avait recommandé ; la crème translucide et légèrement visqueuse lui avait coûté vingt-cinq dollars. Elle pouvait s'en remettre à Jen pour ce genre de choses. Quelques mois plus tôt, celle-ci avait appliqué sur ses cheveux un gel qui sentait le chewing-gum – pour lui donner « un air moins sévère » –, l'avait prise en photo et, sans lui demander sa permission, lui avait créé un profil sur un site de rencontre en ligne.

Le subterfuge avait amusé Drew : Jen était bien intentionnée, ayant elle-même rencontré son fiancé par ce biais. Elle avait même accepté quelques rendez-vous, mais elle ne recherchait pas vraiment un mari. Le seul amour qu'elle avait connu avait été éphémère et naïf, peut-être même n'avait-il été que le fruit d'une illusion. Quatre années s'étaient écoulées depuis son divorce, mais la culpabilité qu'elle éprouvait n'avait commencé à se dissiper que très récemment. Elle s'en voulait toujours d'avoir fait souffrir Eric, mais elle trouvait horripilante l'attitude de sa famille, qui, malgré la distance, continuait à lui témoigner une pitié vaguement malveillante, et sa propre propension à se reprocher une erreur ancienne, alors que quantité de gens rompaient du jour au lendemain même après avoir juré qu'ils s'engageaient pour la vie.

Bien sûr, le fait qu'Eric ait enfin tourné la page contribuait à la déculpabiliser. Après deux années d'un silence blessé, et une brève avalanche de lettres pleines de rancune, il lui avait envoyé un e-mail pour lui annoncer qu'il était amoureux. Il n'avait pu s'empêcher d'ajouter que cette femme était « solide », avait « la tête sur les épaules » et « les idées bien en place », soulignant une fois de plus les valeurs qu'il prisait plus que tout et que seule une forme de folie passagère avait pu faire oublier à Drew, la poussant à sacrifier leur mariage. Puis, le mois précédent, la mère de Drew – qui était restée en contact avec son ancien gendre et lâchait involontairement, de temps à autre, une information le concernant – lui avait appris qu'Eric avait changé de travail et déménageait à Seattle avec la femme aux idées « bien en place ».

Drew était donc parfaitement consciente que le temps passait, qu'elle était devenue, à son insu, une « femme », même si elle n'avait rien accompli de remarquable et ne se sentait pas plus sage pour autant. Depuis son arrivée à Boston, elle vivait dans un minuscule appartement ancien de Beacon Hill dont le loyer augmentait progressivement, comme une lente hémorragie que rien ne peut arrêter, alors qu'elle remarquait chaque année davantage de taches sur les murs et de fissures au plafond. Lorsqu'elle y avait emménagé, il lui était apparu comme le symbole d'un nouveau départ, tant il était différent de l'appartement flambant neuf d'Hoboken qu'elle partageait avec Eric, envahi par leurs cadeaux de mariage : linge de lit en percale, épais draps de bain en coton d'Égypte, couteaux Laguiole, machine à cappuccinos qu'ils n'avaient jamais utilisée. Les « nouveaux » meubles de Drew étaient tous de seconde main et de qualité médiocre : fauteuils massifs en bois abîmé, table éclaboussée de peinture grise, couverts dépareillés, achetés en lot dans un vide-grenier. Elle ne possédait plus ni télévision ni voiture. Ce confort spartiate lui convenait, il prouvait définitivement à Eric et aux autres qu'elle n'avait pas mis un terme à son mariage pour un parti plus intéressant. Et il lui prouvait à elle qu'elle avait eu raison de partir : elle n'avait pas besoin de partager sa vie ni de la remplir de biens matériels. Elle était fière de son indépendance, fière d'être capable de changer un fusible toute seule, fière de sa vaisselle rudimentaire, de son étagère trouvée sur le trottoir, de ses verres à vin dénichés dans une brocante.

Jen l'accusait de se punir. Mais Drew aimait cette vie réduite à l'essentiel. Elle avait compris qu'on se satisfaisait de peu, tout comme on n'avait réellement besoin que de quelques amis proches et d'une seule passion – pas forcément pour une personne, d'ailleurs. Ce n'était pas qu'elle ne croyait pas à l'amour ; simplement elle n'y croyait plus pour elle. Et si elle avait, les premières années qui avaient suivi son arrivée à Boston, partagé son lit avec des hommes charmants, elle avait peu à peu pris l'habitude de considérer sa chambre comme un lieu de solitude et de silence. Le beau couvre-lit en coton violet foncé qu'elle avait acheté en s'installant dans l'appartement s'était décoloré. Chaque fois qu'elle changeait les draps, elle se disait qu'il était temps de le remplacer.

En vérité, elle sentait toujours une distance entre elle et les autres. Même lorsqu'elle était mariée, elle n'avait jamais eu l'impression, en dépit de ses aspirations, d'être la partenaire d'Eric. Ils avaient beaucoup d'amis en commun depuis l'université, et, après la rupture, Drew avait coupé les ponts avec la plupart d'entre eux. Aujourd'hui encore, lorsqu'elle jouait des coudes dans le métro pour obtenir une place assise, déjeunait sur un coin de table à la cafétéria ou faisait son jogging bi-hebdomadaire le long de la Charles River, elle avait parfois le sentiment non seulement d'être entourée d'étrangers mais d'être elle-même une étrangère, incapable d'abolir la distance qui la séparait de tous ceux qui croisaient sa route.

Selon Jen, son indépendance et son attrait pour la solitude s'expliquaient par son statut d'enfant unique.

Elle n'avait pas grandi entourée de frères et sœurs avec lesquels elle aurait partagé secrets et traits hérités de leurs parents. Et même si, à une époque, elle avait été proche de sa mère, son père, un homme réservé, n'avait jamais été très doué pour communiquer. Il avait attendu que sa fille Drew entre dans le monde du travail pour avoir avec elle des discussions approfondies, la noyant sous les questions d'ordre professionnel comme il l'aurait fait avec un compagnon de table ou un voisin d'avion. Pour toutes ces raisons, avait conclu Jen, Drew n'avait pas un besoin impérieux de compagnie. Elle avait peut-être raison, songea celle-ci en se tournant vers son écran d'ordinateur.

L'Envers du décor :
l'histoire derrière les bijoux,
par Drew Brooks, directrice associée
du département de joaillerie

À l'époque où Nina Revskaïa dansait avec le ballet du Bolchoï, l'État soviétique avait constitué des dossiers sur les deux tiers de la population. Lorsqu'elle a quitté l'URSS, ce même État avait tué près de cinq millions de citoyens, un nombre effrayant. Et pourtant, en fuyant, Nina Revskaïa a réussi à emporter des bijoux et des objets d'art remarquables…

Drew attendit que la suite lui vienne, mais elle ignorait par où commencer. Elle soupçonnait qu'il y avait beaucoup à dire, même si Nina Revskaïa prétendait n'avoir aucune information à partager. Ce qui était risible, en vérité. Surtout lorsqu'elle s'empressait d'ajouter que les danseurs avaient une mémoire infaillible, qu'elle se rappelait des ballets entiers… Drew entendait encore très distinctement l'intonation montante de sa voix, les « r » roulés et les voyelles nasales, bien que son accent fût discret, et son anglais quasi parfait. Ses réticences étaient d'autant plus surprenantes. Couplées à l'apparition soudaine de Grigori Solodin et du collier en ambre, elles laissaient penser à Drew que Nina Revskaïa ne lui avait pas tout dit.

Grigori Solodin, lui aussi, s'était montré mystérieux. C'était un homme grand, mince quoique robuste, au large front pensif et aux yeux rêveurs. Aux cheveux épais, légèrement ébouriffés comme ceux d'un enfant. Drew repensa à sa mâchoire bien dessinée, à l'expression résolue de son visage. Il possédait un très léger accent que Drew ne parvenait pas à identifier – il ne lui semblait pas russe. Lorsqu'elle lui avait demandé s'il détenait des documents confirmant ce qu'il avançait, à savoir que le collier en ambre avait appartenu à Nina Revskaïa, Grigori Solodin avait pincé les lèvres.

« Je suis au regret de vous apprendre que je n'ai aucune preuve formelle. »

Mais Drew était habituée aux situations délicates. Les énigmes et les drames faisaient partie de ce qu'elle aimait dans son travail : découvrir l'origine d'un piano, le véritable auteur d'un portrait, confronter les récits contradictoires de deux sœurs qui vendaient la collection de flacons de parfum de leur tante défunte ou la boîte à cigares de leur père et les trésors qu'elle contenait… Qu'est-ce qui empêchait Grigori Solodin d'expliquer comment le collier était entré en sa possession ? Lorsque Drew l'avait interrogé, sans le brusquer, sans insinuer quoi que ce soit, il s'était contenté de répondre qu'il en avait hérité.

« Je le possède depuis toujours, mais, pour différentes raisons, notamment après avoir vu les boucles d'oreilles et le bracelet en ambre de Nina Revskaïa, je suis persuadé qu'il lui appartenait également. Ou plutôt qu'il appartenait à la même parure. »

Drew se demanda quel âge il pouvait avoir. La quarantaine ? La cinquantaine ? En tout cas, il n'était pas de la génération de Nina Revskaïa. Elle trouvait surprenant, pour ne pas dire suspect, que Grigori Solodin partage avec Nina Revskaïa non seulement un patronyme russe et une existence bostonienne, mais une réticence à se livrer.

Lenore serait sans doute de son avis, mais ne consacrerait pas de temps à lever le voile sur ce mystère. Sa priorité n'allait pas aux détails enfouis mais aux évidences : ce qui lui importait, c'était que la vente soit un succès, que le public apprécie le spectacle et que son département prospère. Drew, elle, aimait les histoires cachées derrière les objets, les anecdotes des clients qui vendaient les biens d'un parent, de la muse inconnue d'un peintre du groupe des Huit ou du musicien de jazz propriétaire d'une trompette dont Miles Davis avait, un jour, joué.

En toute honnêteté, les bijoux ne l'avaient pas particulièrement intéressée, au début. Ses études d'histoire de l'art lui avaient donné le goût de la peinture et du dessin, et elle avait rêvé, à une époque, de devenir conservateur de musée. Après l'obtention de son diplôme, elle avait travaillé dans une galerie d'art de Chelsea et fait un stage chez Sotheby's avant de décrocher un emploi mieux rémunéré. Le poste qu'elle occupait chez Beller était le premier qui s'était présenté à elle lorsqu'elle avait quitté son mari et New

York. Elle s'était alors transformée en experte, capable d'annoncer à des clients que l'aquarelle qu'ils avaient retrouvée dans leur grenier était une rareté valant plusieurs milliers de dollars. Cinq mois plus tard, elle était devenue l'associée de Lenore. Cette promotion l'avait incitée à suivre des cours par correspondance pour obtenir un diplôme de gemmologie.

Elle-même possédait un seul bijou de valeur, acheté trois ans plus tôt à l'issue de sa première vente aux enchères : une bague avec un grenat qui, à cause d'un léger défaut de la pierre, n'avait pas trouvé preneur. Drew avait pu se l'offrir avec le petit héritage que lui avait laissé sa grand-mère. Le grenat, à taille ronde, était serti sur un anneau d'or blanc. Drew le portait à l'annulaire droit, en souvenir de grand-mère Riitta, à qui elle s'adressait encore parfois en pensée. C'était la seule qui ne lui avait fait aucun reproche lorsqu'elle avait décidé de mettre un terme à son mariage.

« Tu n'avais pas fini de grandir, n'est-ce pas ? Et tu as grandi. »

Elle n'avait rien ajouté – c'était d'ailleurs l'une des dernières fois où elle avait parlé à Drew –, et la jeune femme avait su qu'elle l'avait comprise.

Elle entendait encore la voix de Riitta, de temps à autre. Mais si elle se rappelait parfaitement son accent, les quelques mots de finnois qu'elle avait appris à son contact s'évanouissaient déjà. La mère de Drew, qui était arrivée aux États-Unis quand elle était bébé, avait toujours mis un point d'honneur à répondre à sa mère en anglais. C'est pourquoi Drew n'avait pas seulement perdu sa grand-mère mais aussi sa langue.

Détachant ses yeux du grenat, Drew reporta son attention sur l'écran de son ordinateur. « L'Envers du décor : l'histoire derrière les bijoux. » Son titre, au moins, sonnait bien.

Elle repensa à la véhémence avec laquelle Nina Revskaïa avait exclu la possibilité que le collier en ambre appartienne à la même parure que son bracelet et ses boucles d'oreilles, et à l'absence d'échanges – du moins apparent – entre Grigori Solodin et elle. Drew se demanda quel pouvait être leur lien… ainsi que celui entre les trois bijoux en ambre. À force de persévérance, et avec un peu de chance, elle réussirait sans doute à lever le voile sur ce mystère.

Motivée par cette idée, Drew plaça ses doigts au-dessus du clavier et se mit à taper : « Le diamant est peut-être le meilleur ami de la femme, mais dans le cas de Nina Revskaïa… »

Elle s'interrompit, attendit l'inspiration… puis elle enfonça la touche EFFACER.

Il avait encore neigé, plus de dix centimètres. Le matin même, la radio avait diffusé un message du maire annonçant qu'alors que le mois de février n'avait pas encore commencé, le budget annuel de déneigement avait déjà été dépensé. En ce qui concernait la météo du jour – délivrée avec une bonne humeur déconcertante par le présentateur –, la température ne dépasserait pas deux degrés et, avec le vent, la température ressentie avoisinerait les moins dix.

Ah, ces Américains qui avaient toujours besoin de connaître la température exacte pour décider s'ils avaient chaud ou froid ! Grigori avait exprimé ses pensées à voix haute et, en pénétrant dans la cuisine, il éprouva la déception familière – pour ne pas dire embarrassante – de ne pas trouver Christine en train de siroter un café décaféiné et de manger un yaourt tout en corrigeant des copies d'anglais. Elle faisait partie de ces personnes toujours parfaitement réveillées à peine l'œil ouvert, qui n'ont jamais besoin de temps pour s'arracher aux brumes du sommeil.

Il se servit un verre de jus de tomates glacé, en avala une gorgée puis sortit chercher le journal sur le perron. Le titre suivant s'étalait sur la Une : « Mystère à la salle des ventes ». Et, en plus petit : « Un inconnu fait don d'un bijou précieux, l'excitation est à son comble. »

Dans sa tête, il entendit la voix de Christine dire avec une acuité confondante : « C'est plus fort que moi, je ne l'aime pas. »

« Allons, allons, disait-il chaque fois qu'ils abordaient le sujet de Nina Revskaïa, ne sois pas trop sévère avec elle. »

Son instinct le portait toujours à la défendre. Il savait que Christine devait faire des efforts surhumains pour ne pas intervenir dans son histoire. Des années durant, il avait hésité à lui parler de Nina Revskaïa. Ce n'était pas par manque de confiance, par timidité ou par gêne, mais parce qu'il avait conscience qu'une femme comme Christine n'accepterait jamais de rester sans réponse. Sa femme était une optimiste chevronnée, une spécialiste reconnue en sciences de l'éducation, matière idéaliste s'il en est. Grigori s'était contenté, dans un premier temps, d'évoquer avec elle ses parents, son enfance de fils unique, adopté, en Russie, puis en Norvège et en France, et son arrivée, à la fin de son adolescence, aux États-Unis.

Il fréquentait Christine depuis six mois – il avait vingt-cinq ans – lorsqu'il s'était enfin résolu à lui parler de Nina Revskaïa. Mais auparavant, il lui avait fait jurer de ne rien entreprendre et de le laisser régler cette affaire à sa façon.

« D'autant que tu es le seul à avoir jamais pris le temps de traduire les poèmes de Viktor Elsin en anglais. Et de leur trouver un éditeur. Je ne comprends pas comment elle peut montrer autant d'indifférence pour l'héritage de son propre mari. »

Ah, Chrissie... Tu me manques tant.

« Pas même un merci... »

L'intérêt que Grigori portait à Nina Revskaïa et à son mari l'avait amené à définir son domaine d'expertise : la poésie de Viktor Elsin. Et son obsession personnelle, chose rare, avait abouti à un succès professionnel. Chaque fois qu'il avait dû mentionner les réticences de Nina Revskaïa (pas seulement avec Christine, qui connaissait toute l'histoire, mais avec ceux qui s'enquéraient de ses traductions et de ses recherches universitaires), il avait expliqué sans sourciller :

« Cette époque a été très difficile pour elle. On peut comprendre qu'elle n'ait pas envie qu'on lui rappelle... certaines choses. Revenir sur son passé avec un universitaire, qui s'attache au moindre détail, c'est un peu comme ouvrir la boîte de Pandore. »

À ceux qui lui demandaient s'il avait déjà sollicité l'aide de Nina Revskaïa, Grigori répondait invariablement :

« Pas sur des points précis. »

Lorsque son interlocuteur insistait, il ajoutait :

« Elle sait que je suis le traducteur de ses poèmes, bien sûr, mais… elle n'a joué aucun rôle actif en tant qu'héritière de l'œuvre d'Elsin. »

Elle prétendait même n'avoir en sa possession aucun papier ou affaire personnels ayant appartenu à Viktor Elsin. Grigori avait décidé d'ajouter foi à cette déclaration. Après tout, il n'était pas le premier universitaire à relever un défi de ce genre. Nombreux étaient les biographes, mais aussi tous les chercheurs à qui, pour une raison ou une autre, on mettait des bâtons dans les roues. Ça faisait partie de son travail. De toute façon, les poèmes et les vérités qu'ils contenaient avaient davantage de signification à ses yeux que n'importe quel livre qu'il pourrait publier sur eux ou leur auteur, que tous les articles solidement documentés qu'il avait écrits ou que toutes les conférences qu'il avait données. Si bien que lorsque Nina avait refusé de l'aider, des années auparavant, alors qu'il l'avait contactée en tant que professeur respecté – et non plus jeune étudiant naïf –, il ne l'avait pas pris comme un affront personnel. Pas comme la première fois, dans le hall de son immeuble…

En pressant la touche de l'interphone, ce jour-là, il avait eu le sentiment d'actionner le détonateur d'une bombe.

Grigori ferma les yeux. Si seulement il pouvait découvrir la vérité. Il ne serait jamais vraiment lui-même tant qu'il ne connaîtrait pas sa propre histoire.

Il soupira. Le collier avait été envoyé dans un laboratoire.

« Nous devons vérifier qu'il ne s'agit pas de copal ou que le bijou n'a pas subi de modification », lui avait expliqué la jeune femme de Beller lors de leur entretien.

Elle s'était montrée charmante et professionnelle, ce que Grigori avait trouvé très reposant.

« C'est une simple formalité, l'avait-elle rassuré. Avec une monture aussi rare que celle-ci, nous avons peu de doutes sur l'authenticité de la pierre. Mais Lenore aime à dire que s'il y a bien une chose qu'elle a apprise en vingt ans d'expérience, c'est que les meilleures collections réservent toujours une mauvaise surprise.

— Une mauvaise surprise ? »

Grigori avait paniqué.

« Un faux, ou une pièce altérée. Tout le monde peut se faire berner. »

En se rappelant cette conversation, Grigori ne put s'empêcher de s'interroger : n'avait-il pas lui-même été, d'une certaine façon, berné durant toutes ces années ?

« Surtout dans ce domaine, avait poursuivi la jeune femme. À l'époque victorienne, les femmes vouaient une passion aux bijoux anciens, et l'ambre était particulièrement apprécié. La demande a alors connu un pic… tout comme les imitations, naturellement. Mais, encore une fois, nous ne doutons pas que le collier soit en ambre véritable. Nous voulons juste pouvoir inscrire dans le catalogue que nous en avons la preuve. Avec un peu de chance, le laboratoire sera même capable de confirmer la provenance de la pierre. La composition chimique de l'ambre de la Baltique est très particulière. »

Grigori avait alors, pour la toute première fois, compris que ce bijou possédait sa propre histoire, son passé intime et organique. Cette pierre était une création de la nature, elle n'avait rien à voir avec les artifices humains. Jusqu'à cet instant, elle n'avait constitué qu'une preuve à ses yeux.

Il en avait toujours éprouvé une certaine honte, comme s'il s'était rendu coupable de fétichisme – non parce qu'il s'agissait d'un bijou féminin, mais parce qu'il l'avait chargé d'une signification particulière, du poids presque insupportable de ses soupçons indémontrables. Seule Christine connaissait la vérité. Assis à côté d'elle sur le sol de la chambre qu'il louait, à l'époque, dans une immense maison délabrée en surplomb de la rivière, Grigori lui avait exposé les pièces du puzzle qu'il avait déjà réunies et montré les quelques preuves dont il disposait. Elle avait caressé l'ambre, comme s'il s'était agi d'un être vivant.

« C'est féerique, non ? avait-elle dit en le déposant dans sa paume avec précaution. Je peux l'essayer ? »

Pourquoi avait-il été surpris ? Sans doute parce qu'il ne lui était jamais venu à l'esprit que ce collier était destiné à être porté.

« Bien sûr », avait-il répondu, en réussissant à dissimuler son malaise.

N'ayant pas remarqué son hésitation, Christine s'était penchée vers lui en soulevant ses cheveux pour qu'il puisse attacher le collier. Il s'était débattu avec le fermoir. L'odeur de son savon, parfumé à la rose, lui avait chatouillé les narines.

« C'est bon », avait-il dit, et elle s'était retournée.

Le pendentif ne lui allait pas. Christine l'avait reconnu d'elle-même.

« C'est pour cette raison que je ne porte que de l'argent, avait-elle expliqué en s'observant dans le miroir en pied fixé à la porte de la chambre. L'or ne me va pas au teint. Et l'ambre pas davantage, je suppose. »

Grigori s'était levé pour la rejoindre et l'enlacer. La contrariété qu'il avait éprouvée à la voir porter ce bijou chargé de mystère commençait déjà à se dissiper. Il était surtout soulagé de constater que la femme qu'il aimait demeurait extérieure à cette partie de son histoire. En redressant la tête, il avait aperçu un jeune couple amoureux dans le miroir.

À dater de ce jour, les questions qui lui avaient paru si essentielles avaient été reléguées au second plan : sa vie avec Christine avait pris le pas sur ces énigmes, devenant plus importante que le passé, engendrant un *autre* passé. Il avait écrit une nouvelle histoire avec Christine, Christine qui le connaissait comme personne, Christine qui avait été l'aboutissement de sa quête.

Ah, Chrissie…

Grigori finit son jus de tomates. Ces deux dernières années avaient été d'autant plus douloureuses qu'elles avaient rouvert la blessure. Il avait l'impression que le besoin de retrouver la trace de son passé grandissait de jour en jour.

Il posa le verre vide dans l'évier. Christine aurait choisi ce moment pour regarder l'horloge et lancer : « Mince, je suis en retard », avant de l'embrasser, lui laissant un parfum de café sur les lèvres.

Chassant cette pensée, Grigori récupéra son manteau et ses gants dans la penderie et se prépara à affronter la journée glaciale.

Lot n° 16

Broche ancienne en or 14 carats et pierre de lave, représentant la cathédrale Basile-le-Bienheureux, avec poinçon russe de 56 zolotniki, présentée dans sa boîte d'origine avec inscription en cyrillique. Estimation : 1 500 – 3 000 $.

3

Le téléphone sonnait, encore et toujours. Il y avait d'abord eu le *Herald* et le *Globe*, auxquels s'étaient depuis ajoutés les journaux à sensation, ainsi que les chaînes de télévision et radio locales. Tout ça à cause du deuxième communiqué de presse de Beller. À croire qu'il ne se passait rien d'autre dans le Massachusetts ! Bien sûr, c'était l'essence même de Boston, cet emballement pour des affaires sans grand intérêt. Les reporters y étaient toujours à l'affût de scoops... Dans un premier temps, Nina s'était contentée de leur servir la réplique universelle, et quelque peu malhonnête : « Je n'ai aucun commentaire à faire. » Mais elle se reprochait sa lâcheté et, plus elle répétait cette phrase, plus elle avait l'impression de perdre le contrôle de la situation.

« Avez-vous la moindre idée de l'identité de son propriétaire ?

— Je n'ai aucun commentaire à faire.

— Avez-vous été surprise d'apprendre que quelqu'un possédait un collier en ambre complétant votre parure ?

— Je n'ai aucun commentaire à faire. »

Après une journée entière d'échanges de cet ordre, Nina regretta de ne pas avoir eu la présence d'esprit de décrocher son téléphone. Lorsqu'elle trouva l'interrupteur de la sonnerie sur l'appareil, elle eut le sentiment de comprendre ce qu'éprouvaient les scientifiques face à une découverte simple et pourtant révolutionnaire. Elle avait ainsi joui d'une journée et demie de tranquillité, jusqu'à ce que Cynthia repère, elle aussi, l'interrupteur. Elle avait alors infligé à Nina un long sermon sur les règles de sécurité. La sonnerie avait de nouveau retenti, évidemment, et Cynthia avait reproché à Nina de ne pas avoir de répondeur.

Le jour suivant, elle avait décrété :

« Vous savez, chérie, si vous leur accordiez une interview, je parie qu'ils cesseraient d'appeler.

— J'en ai suffisamment donné au cours de ma vie. »

Le problème, c'est que les journalistes de Boston considéraient que Nina leur appartenait. Les autres ex-danseurs célèbres résidaient tous à New York, Paris ou Majorque. En plus, depuis quelque temps, elle se surprenait parfois à dire des choses qu'elle aurait voulu garder pour elle. C'était à cause de ses médicaments, sans doute. Non seulement ils l'assommaient, mais ils lui déliaient la langue. La semaine précédente, elle s'était rendu compte, au beau milieu d'une description de son studio de danse à Londres, que c'était à Cynthia qu'elle s'adressait, et non à une amie.

« Ce que je veux vous expliquer, avait poursuivi celle-ci, c'est que tant que vous ne leur parlerez pas, ils continueront d'appeler. Tandis que si vous leur donnez satisfaction, ils se calmeront. »

Voyant que Nina réfléchissait à sa suggestion, elle avait insisté :

« Optez pour une interview exclusive. »

À croire qu'elle évoluait dans le milieu et qu'elle était habituée à utiliser ces termes.

Voilà comment Nina en était venue à accorder un entretien à la chaîne d'information Channel 4 News. Ils étaient parvenus à un arrangement en un temps record. Lorsque Cynthia avait appris que June Hennessey et son équipe viendraient tourner chez Nina le lendemain soir, elle n'avait pas caché sa surprise :

« Quand Billy saura ça ! »

Apparemment, June Hennessey était elle-même une célébrité ; d'après Cynthia, elle était la dernière journaliste à avoir interrogé Rose Kennedy avant sa mort. Cette information aurait fait hausser un sourcil à Nina si le moindre mouvement n'avait pas été aussi douloureux.

« Elle a sans doute l'intention de me tuer, moi aussi. »

Cynthia n'avait même pas feint de trouver ça amusant.

« Quelque chose me dit qu'il en faudrait plus que ça pour vous achever. »

L'après-midi du tournage, Cynthia se présenta chez Nina non dans son habituelle tenue d'infirmière mais vêtue d'un pantalon noir élégant, d'un pull violet moulant et les lèvres peintes en rouge cerise. Nina était résolue à traiter June Hennessey, les deux cameramen, le réalisateur renfrogné et l'ingénieur du son avec la même indifférence. Ils installèrent des micros, de grands spots et des panneaux réfléchissants, ils maquillèrent Nina, et, pendant tout ce temps, le réalisateur resta les bras croisés à distribuer des ordres. Cynthia avait insisté pour installer Nina sur un divan, calée par un tas de petits coussins en velours. La vieille femme avait soigneusement préparé ses réponses, de sorte qu'elle marqua à peine une pause après la première question de June Hennessey, qui avait pris place à ses côtés :

— N'est-il pas surprenant que le collier en ambre complétant votre ensemble se trouve également aux États-Unis, et non en Russie ?

— C'est un mystère, en effet. Mais je suis certaine que ce n'est pas la première fois que cela arrive. Les éléments d'un même ensemble, qu'il s'agisse de bijoux ou d'objets d'une autre nature, sont souvent dispersés. On peut évoquer le vol… ou la revente à un antiquaire… mais aussi le désespoir, le chantage… qui sait ?

La lumière éclatante placée au-dessus du premier caméraman l'éblouissait.

— Le chantage…, répéta June Hennessey d'une voix pathétique.

Nina comprit qu'elle attendait qu'elle développe cet aspect.

— En Union soviétique, c'était une pratique courante.

June Hennessey hocha la tête d'un air entendu.

— Vous avez également évoqué la possibilité d'un vol. Vous pensez que le collier a pu être dérobé ?

— Très probablement. Le bracelet et les boucles d'oreilles appartenaient à la famille de mon mari, mais beaucoup de leurs biens ont été spoliés au cours de la guerre civile.

La dernière partie de sa réponse était vraie, au moins.

— Quelle tragédie…

June Hennessey se composa une expression affligée, et le caméraman zooma sur elle.

— Votre mari a perdu la vie, n'est-ce pas ? Pas durant la révolution, mais…

— Si l'on en croit les comptes rendus officiels, oui.

— C'est terrible, vraiment.

June Hennessey secoua la tête, et ses boucles soigneusement dessinées rebondirent sans aucune souplesse.

— Lorsque vous vous êtes enfuie, reprit-elle, ces bijoux sublimes vous ont accompagnée.

— Je les ai emportés avec moi en quittant la Russie, pour échapper à une situation difficile et dangereuse.

Nina identifia le léger bourdonnement de l'objectif de la caméra qui se déplaçait pour la filmer en gros plan.

— Pourrait-on dire que, d'une certaine façon, ces bijoux ont une valeur symbolique ? demanda June Hennessey d'un ton plein d'espoir. Il ne s'agit pas seulement de pièces rares, magnifiques et précieuses ; ils vous viennent de la famille de votre mari, et sont le seul souvenir qui vous reste de lui.

La journaliste semblait très contente d'elle-même. D'une petite voix, Nina répondit :

— Oui. C'est en effet tout ce qu'il m'a laissé.

En 1947, elle a vingt et un ans. Elle danse au Bolchoï depuis trois ans. Cinq en comptant les années de guerre – elle a fait partie de la troupe restée à Moscou alors que l'essentiel de la compagnie a été évacué vers une ville au bord de la Volga. À cette époque-là, seules deux élèves – Nina et une autre – ont été engagées pour rejoindre le corps de ballet : un rêve devenu réalité, sinon une surprise.

Après tout, Nina s'est distinguée dès son entrée à l'école de danse, ne trouvant jamais à redire aux répétitions éreintantes, aux dix années de pliés et de relevés, les fesses serrées (« Imaginez que vous tenez un ticket de tram entre elles, leur a dit le professeur dès le premier cours, et que vous ne devez surtout pas le laisser tomber ! »). Dix années de chassés sur un plancher incliné assombri par les taches laissées par les bouteilles d'eau, dix années de studio aux vitres couvertes de buée par la transpiration. Et toujours une douleur quelque part. De la première année, où, vêtue de blanc, elle devait faire la révérence chaque fois qu'un adulte passait dans le couloir, aux années suivantes, en justaucorps noir et collants couleur chair (pour révéler le contour du moindre muscle), Nina a supporté les remarques assassines des maîtres de ballet, leur insatisfaction chronique, leur index posé avec dédain ici ou là : « Les épaules un peu plus en arrière », « Le menton incliné »... Mais elle s'est aussi laissé porter par la lueur de satisfaction aperçue dans leur regard quand elle exécutait des pirouettes et des sauts et qu'ils la prenaient pour modèle :

« Nina, s'il te plaît, montre aux autres ce que j'attends. »

Le simple fait qu'ils se soient toujours souvenus de son prénom est révélateur : elle les impressionne depuis le début. Même petite, elle a toujours été sélectionnée pour apparaître dans les scènes dansées des opéras ou jouer les rôles d'enfants dans les ballets – une souris, une fleur ou un page. Au fil du temps, ses muscles se sont renforcés, ses tendons allongés, elle est devenue plus souple, elle a appris à occuper l'espace, à donner à chacun de ses mouvements une grâce infinie. Mais c'est sa détermination – sa dévotion à la danse, son ambition et sa discipline intransigeante – qui l'ont placée au-dessus du lot. Elle possédait une telle capacité de concentration que même l'exercice en apparence le plus simple couvrait son visage, sa nuque, ses bras et sa poitrine de sueur. Son perfectionnisme tyrannique la poussait à vouloir toujours plus, à connaître les limites de son corps tout en cherchant à les dépasser, les membres tremblants de fatigue. Elle dansait toujours au maximum de ses capacités, finissant ses diagonales dans le mur d'en face. Elle restait à l'issue des cours pour apprendre à atterrir silencieusement après un jeté, pour répéter des triples tours jusqu'à en devenir toute rouge. Elle s'entraînait même à signer des autographes, comme si c'était un moyen supplémentaire de s'assurer le succès. Et à la fin de la guerre, elle est devenue soliste.

Pourtant, quand elle repense à tous les obstacles franchis, aux nombreuses humiliations, à la sévérité des examinateurs, aux blessures (faiblesse de la rotule, callosité récurrente entre les quatrième et cinquième orteils), elle ne peut s'empêcher d'y voir un miracle. Depuis la cour poussiéreuse de l'immeuble où elle vit toujours avec mère, elle en est arrivée là : non seulement elle est montée sur scène, mais elle exerce le métier qu'elle désirait le plus au monde, et ce autant grâce à sa ténacité et à son travail que grâce à la chance.

Décembre est là. L'obscurité de l'hiver comme une bougie soufflée. Depuis le début du mois, une épidémie de grippe sévit au sein de la compagnie, comme chaque année, juste au moment des représentations interminables de *Casse-Noisette*. La moitié de la troupe frissonne à cause de la fièvre, et les nez coulent à chaque pirouette. Ce soir, les trois étoiles sont malades, et Nina se voit confier, à la dernière minute, le rôle de la Fée Dragée.

Son cœur bat encore la chamade après que les lourds rideaux sont retombés. La voici de retour dans la loge glaciale qu'elle partage avec Polina, maintenant qu'elles ont toutes deux été promues coryphées. Polina a le même âge que Nina, des taches de rousseur, des cils immenses et un long cou fin. Ce soir, elle a dansé le rôle de la Reine des neiges et a encore des paillettes dans les cheveux. Elle retire à la hâte ses collants humides de sueur, les mains tremblantes, en priant pour ne pas faire d'accroc. Un fonctionnaire du ministère des Affaires étrangères a réquisitionné deux ballerines pour une réception le soir même, et, en l'absence d'étoiles, ce sont Nina et Polina qui danseront.

Ce n'est qu'après le cours du matin que le directeur leur a expliqué de quoi il retournait : la délégation étrangère, la résidence particulière d'un membre du Parti, la voiture et l'escorte qui viendraient les chercher…

« Vous comprenez, bien sûr, que c'est un honneur extrême de divertir nos dirigeants… »

Naturellement, Nina est flattée. Il est fréquent que les meilleurs danseurs (et acteurs, écrivains, chanteurs) donnent des représentations dans les réceptions officielles, mais, jusque-là, elle ne s'était produite que dans les fêtes les moins prestigieuses. Elle a bien saisi qu'elles sont au service de l'État, que danser est un devoir. Si seulement elle n'était pas aussi fatiguée, si seulement il n'était pas aussi tard… Cette semaine, elle a déjà dansé deux fois plus que de coutume. Ses chaussons, qu'elle a enduits de colophane, menacent de se déchirer.

— Je suis tellement impatiente ! s'écrie Polina en fourrant des collants roses et des jambières dans son sac. Simplement, je regrette de n'avoir rien de mieux à mettre.

— Dis-toi qu'ils ne nous verront qu'en costume.

Nina enfile sa plus jolie robe, mais elle se sent quelconque, elle aussi. La semaine passée, sa mère a reprisé son manteau – elle a posé un galon aux poignets et en bas –, mais les coudes sont lustrés. À la dernière minute, elle a une idée.

— Où as-tu déniché ça ? lui demande Polina, qui l'attend dans son manteau que l'usure a également rendu brillant.

— À ton avis ?

Nina a jeté sur ses épaules une étole trouvée parmi les costumes.

— Ce n'est qu'un emprunt, ajoute-t-elle en frottant son menton sur la fourrure blanche et soyeuse.

Munies de leurs costumes et de leurs chaussons de pointe, de leurs sacs renfermant chausse-pieds, jambières et alcool à 90° et de leurs pochettes contenant parfum et rouge à lèvres, Nina et Polina sortent et rejoignent leur escorte, un homme maussade aux épaules larges.

La neige tombe depuis l'après-midi, et les flocons commencent à givrer. Polina discute du temps tout le long du trajet dans la longue limousine noire.

C'est la première fois qu'elles circulent à bord d'une voiture aussi luxueuse, l'une comme l'autre. Nina n'est montée qu'une seule fois dans une automobile particulière – avant la guerre, où le cousin d'un ami lui a fait faire un tour dans une vieille Opel. Le jeune homme a dû partir ensuite à la guerre, et Nina se demande, avec cette appréhension familière et légèrement écœurante, s'il est rentré chez lui ou a fini dans une boîte en métal. À moins qu'il n'ait connu le sort des mendiants qu'elle croise parfois dans la rue, et qui n'ont plus que des moignons. Elle s'arrête toujours pour leur donner quelques kopecks. Elle garde gravé dans sa mémoire le vers que tout le monde connaît : « Mieux vaut perdre un bras que son âme. »

La limousine s'arrête devant un joli bâtiment en pierre grise. On les dirige vers une nouvelle loge, où elles enfilent collants en soie et tutus plateaux avant d'enfoncer du papier épais dans leurs chaussons, à l'endroit où le tissu est usé. Elles danseront des extraits du *Lac des cygnes*. Il y a à peine un an, la danse des cygnes, à six ballerines, ou des petits cygnes, à quatre, était l'un des meilleurs rôles de Nina… et, cette année, elle a déjà interprété le pas de trois de l'acte I et la fiancée hongroise de l'acte III. Pourtant, elle rêve de ne plus être perdue dans la foule anonyme de filles aux bandeaux de plumes, dans la longue file qui traverse la scène en diagonale, du coin droit avant au fond…

La « scène » de ce soir est une immense salle de bal scintillante, plus exactement une estrade de bois grossier dressée sur un sol de marbre si brillant qu'on peut se voir dedans. Le cœur de Nina bat tellement fort qu'elle a la certitude que tous les spectateurs assis aux tables des premiers rangs l'entendront. Elle aperçoit des assiettes remplies de nourriture, des hommes en costume sombre – ils ont sans doute des postes importants, des pouvoirs immenses. Les femmes sont plus rares, à peine quelques épouses en robes de soirée. Le pianiste attaque un morceau, et les visages du public se brouillent dès qu'elle commence à danser. Son corps semble mû par une volonté propre.

Ce n'est que lorsque Polina entame son solo que Nina, tout en reprenant son souffle, remarque les hauts plafonds voûtés, le buffet somptueux, la débauche de bougies, de lanternes et de fleurs. À croire que le dénuement et la faim qui épuisent le peuple depuis des années n'ont pas cours ici. Les couverts ne cessent de s'entrechoquer, les assiettes de se remplir pendant que Polina danse. Tout en la regardant d'un œil distrait, les invités fument, mangent, trinquent…

Les jambes de Nina se refroidissent déjà ; il doit y avoir un courant d'air quelque part. Puis c'est de nouveau à elle de danser. Elle ressent une poussée d'adrénaline tandis qu'elle se concentre pour ne pas trébucher sur les planches irrégulières de l'estrade de fortune. Le tintement des assiettes, les bruits de mastication… C'est déjà terminé, Nina et Polina saluent modestement avant d'être renvoyées dans la loge.

— Tu as vu le buffet ? chuchote Polina en dénouant les rubans de ses chaussons et en découvrant que la poussière de l'estrade a sali ses collants.

Nina acquiesce, l'estomac serré ; elle n'a rien avalé depuis des heures. Maintenant qu'elle y pense, la faim la tenaille.

— J'ai reconnu des têtes dans le public, ajoute Polina en ôtant son costume.

Le froid a rosi ses jambes et ses bras. Nina aussi a identifié quelques visages : le vice-ministre des Affaires étrangères avec sa crinière blanche, et aussi le président de la Commission des arts. Mais la plupart mangeaient et lui ont à peine accordé un regard…

— Ils nous ont vues de près, s'enthousiasme Polina.

Nina s'étonne de ne pas partager son excitation. Elle ne s'est jamais intéressée à la politique, gardant son enthousiasme pour les défilés militaires et le Salon de l'aéronautique. Elle assiste le moins possible aux réunions du Komsomol. Quand elle était plus jeune, les seules choses qu'elle appréciait chez les pionniers étaient les danses folkloriques et les jolis foulards rouges. Aujourd'hui encore, elle doit se faire violence pour assister aux conférences obligatoires sur le marxisme, et elle accompagne rarement les autres membres de la troupe lorsqu'ils entonnent des chants révolutionnaires dans le car.

Elle finit tout juste de se rhabiller lorsqu'une domestique frappe à la porte : Polina et elle sont attendues à la table du vice-ministre.

Polina ouvre de grands yeux, et Nina attrape sa pochette avant d'enrouler l'étole de fourrure blanche autour de son cou. Son cœur s'emballe à nouveau quand elle pénètre dans l'immense salle de bal. Les lumières scintillantes des lustres adoucissent les teints blafards et donnent l'illusion qu'il y fait plus chaud qu'en réalité. Attablé avec plusieurs convives, le vice-ministre des Affaires étrangères, rougeaud et enjoué, présente Nina et Polina aux invités d'honneur. Ils viennent de Hollande, et la femme porte une robe comme Nina n'en a jamais vu. Son tissu bruisse à la façon des feuilles d'un peuplier lorsqu'elle se lève pour leur serrer la main.

— Voici Nina Timofeïevna Revskaïa, notre papillon.

Un critique l'a surnommée ainsi la semaine précédente, et il a dû lire l'article – « La grâce de Nina Revskaïa, sa légèreté, ses grands jetés aériens donnent parfois l'impression qu'elle vole. Elle accompagne chacun de ses mouvements, physiquement et émotionnellement. »

Les étrangers prononcent quelques compliments que l'interprète, une femme grisonnante, traduit à Nina. Les sonorités de cette langue inconnue rendent la jeune femme nerveuse ; en temps normal, le moindre échange avec des étrangers peut déboucher sur une visite de la police secrète. Et pourtant, Nina est incapable de détacher son regard d'eux. Ce sont les premiers Occidentaux qu'elle voit d'aussi près. Les seules villes étrangères qu'elle a visitées – avec la troupe – sont Budapest, Varsovie et Prague.

— Pour vous, annonce d'une voix forte le vice-ministre en leur tendant des coupes de champagne.

Son épouse, une femme trapue avec une étole en renard, dégage une odeur déplaisante mais familière. Serait-ce son parfum ? Celui de Nina, Violette de Crimée, se dissipe à peine l'a-t-elle vaporisé.

Soudain, tous les convives portent un toast :

— À la paix !

Nina trinque avec les autres, même si elle aimerait manger quelque chose pour atténuer les effets de l'alcool. Elle est soulagée lorsqu'on leur propose, à Polina et à elle, de s'approcher du buffet. Polina s'extasie devant les assortiments de viandes froides, salades, esturgeon fumé, les corbeilles de pain blanc et noir, les blinis servis avec du caviar et de la crème… Il y a également des pommes cuites et, au centre, un énorme saumon à peine entamé. L'estomac de Nina gronde, bien qu'elle soit habituée à la sensation de faim. Le rationnement n'a été aboli que le mois dernier. Mère allonge toujours le lait avec de l'eau, fait infuser des épluchures de carottes en guise de «thé» et se bat au marché pour quelques patates pourries et un ou deux navets ratatinés. Face à une telle abondance, Nina se sent perdue… L'homme qui les a accompagnées au buffet s'est éloigné, personne ne les regarde remplir leurs assiettes. Humant l'arôme caractéristique du café, Nina cale sa pochette sous son bras pour tartiner son pain de véritable beurre. Même les couverts – fourchettes, couteaux, cuillères de service – sont magnifiques. Nina étale le beurre en couche épaisse; elle en a tellement l'eau à la bouche que sa main tremble. Le couteau lui échappe.

— Veinarde, lance Polina lorsqu'il atterrit par terre. Tu sais ce que dit le dicton: tu vas recevoir la visite d'un homme.

Polina est superstitieuse. Elle ajoute:

— Et moi, je vais rencontrer mon prince charmant ce soir. J'en ai des frissons.

— Tu es sûre que ce n'est pas la grippe? demande Nina en ramassant le couteau.

— J'ai un sixième sens pour ces choses-là.

Polina tombe amoureuse tous les quatre matins.

— Tu rencontreras peut-être le tien, toi aussi, ajoute-t-elle d'un ton qui indique qu'elle est persuadée du contraire.

Elle sait que les seuls baisers que Nina a jamais donnés étaient des baisers de scène, ses lèvres rouge vif pressées sans passion contre celles de son partenaire. Même si, comme toutes les danseuses, Nina a l'habitude d'être touchée par des hommes, conduite, soulevée, jetée dans les airs, elle a rarement été attirée par eux, par leurs corps athlétiques. Andreï, son partenaire dans *Casse-Noisette*, a des jambes en côtelettes d'agneau. Il contracte parfois les muscles de ses fesses pour la faire rire.

— Tu as repéré quelqu'un ? demande Nina.

Sa question est biaisée, bien sûr : tous les hommes de leur âge ont disparu à la guerre, des années auparavant, ou en sont revenus infirmes. Les seuls valides que Nina peut croiser sont les danseurs du ballet, et certains d'entre eux ont même perdu des dents à cause du scorbut. Les autres ont été tués au combat, ou exilés parce qu'ils portaient un nom allemand. Les aspirations romantiques de Nina tiennent du fantasme adolescent : elle rêve de parachutistes, de pilotes d'avion, de plongeurs en eaux profondes... mais n'en a jamais rencontré aucun. Elle passe en revue les militaires et les fonctionnaires réunis dans la pièce, ils ont tous le double de son âge. On vient d'annoncer le dessert, les petits-fours et les boules de glace circulent. Nina repère les diplomates étrangers à leurs costumes élégants et à leurs coupes de cheveux soignées. Aucune chance, bien sûr, de trouver son prince charmant parmi eux. Une nouvelle loi vient d'interdire le mariage avec les étrangers.

En comparaison, les Soviétiques paraissent débraillés avec leurs vestes froissées et leurs pantalons à revers trop courts. Nina observe la Hollandaise, si différente des Russes engoncées dans leurs robes en panne de velours et leurs fourrures.

— Tu connais quelqu'un en particulier ? demande Nina.

— Non. Ah, si, il y a Arkadi Lievny.

Il est conseiller du ministre de la Culture, et son visage évoque un gros jambon rose. Il ne se départit jamais d'un immense sourire, comme s'il apprenait en permanence des bonnes nouvelles, alors que ses mains tremblent toujours, elles. Il s'approche justement, avec son sourire inamovible.

— Bonsoir, mesdemoiselles.

Il se passe distraitement une main dans les cheveux.

— Vous voilà ! s'exclame gaiement Polina, apparemment soulagée de voir une connaissance.

Ils engagent aussitôt la conversation. Très vite, les joues de Polina rougissent, estompant ses taches de rousseur.

— Oh, mais si !

— Je vous dis que non !

— Et moi, je vous dis que si !

À un pas de Nina, deux autres couples sont en pleine discussion. L'une des femmes lui rappelle vaguement quelqu'un. Il s'agit d'Ida Tchernenko, la célèbre dompteuse d'animaux sauvages ; elle paraît plus âgée que sur les affiches. L'autre femme est plus jeune, bien faite, avec de longs cheveux dorés tombant en cascade. Elle porte une grosse bague ovale à l'index et un rang de perles en ambre. L'homme qui l'accompagne est différent des autres, plus jeune, élancé voire dégingandé : rien en lui n'évoque un Moscovite. Il raconte une histoire drôle ; Nina le lit sur le visage d'Ida et de l'autre homme. Les coins de leurs bouches se soulèvent et leurs yeux étincellent comme ils anticipent la chute. Ida arbore une énorme broche, et lorsque l'homme conclut sa plaisanterie, elle rit si fort que le bijou danse sur sa poitrine.

— Arrêtez, je vous en prie, lance l'autre homme, le visage écarlate à cause de l'alcool ou de l'hilarité. Vos histoires finissent par me faire mal au ventre.

La jeune femme se contente de sourire. L'homme qui a fait la plaisanterie doit être son mari. Avec sa mâchoire carrée, son nez aquilin, ses épais cheveux châtains, il est très séduisant. Ses membres sont si déliés que son costume trop grand lui donne de l'allure au lieu de paraître mal coupé. Il n'a pas dû faire la guerre. Il semble en trop bonne santé, trop gai.

Soudain il croise le regard de Nina et sourit. Il ouvre la bouche pour parler, mais...

— Merveilleux, vous êtes encore là !

Lida Markova, qui dirige les Archives d'État pour la littérature et l'art, s'approche de Nina. C'est une femme trapue, avec des cheveux crépus, une grosse voix et des perles de verre aux oreilles. Lida adore la danse classique et prise toujours la compagnie des jeunes danseurs, moins distants que leurs aînés.

— C'était un réel bonheur de vous voir danser ce soir.

— Merci. Quelle chance que vous soyez là !

Nina risque un regard derrière Lida pour essayer de capter l'attention de l'homme.

— Je vous ai adorée dans *Coppélia*, le mois dernier. Vous êtes si aérienne.

Nina a dansé la Prière de l'acte III – elle rêve de tenir un jour le rôle de Swanilda.

— C'est mon ballet préféré, poursuit Lida. Il se termine tellement bien... Ça peut paraître simpliste, mais ne rêvons-nous pas tous d'une fin heureuse ?

— Certes ! s'esclaffe Nina.

Par-dessus l'épaule de Lida, elle s'aperçoit, avec un pincement au cœur, que le bel inconnu s'est volatilisé.

— Même le méchant est content au bout du compte, poursuit Lida.

Elle dégage la même odeur que la femme du vice-ministre des Affaires étrangères. Une fragrance capiteuse, un mélange de fleurs fanées et de fruit trop mûr, que Nina a déjà sentie auparavant.

— Oh ! s'exclame soudain Lida, mon mari me fait signe !

Elle hoche la tête à son intention, et la fourrure sur son épaule reproduit le même mouvement. Nina remarque qu'elle est mitée.

Voilà ce que lui rappelle le parfum de Lida : un rongeur mort.

Nina baisse les yeux pour dissimuler son dégoût et caresse sa propre étole.

— Il est temps d'y aller, lui souffle Lida.

— Déjà ?

Nina, qui n'a pas eu le temps de goûter aux desserts, se précipite pour se verser une tasse de café.

— Bonne nuit, lui lance Lida en rejoignant à la hâte son mari.

Sirotant son café avec inquiétude, Nina constate que les autres invités – les hommes mal rasés en costume bon marché et les femmes contaminées par l'odeur de charogne de leurs fourrures – quittent également la fête. Un départ massif, qui paraît mis en scène.

Comme dans *Cendrillon*, lorsque l'horloge frappe les douze coups. Le café a un goût de chicorée.

Près de Nina, une femme aboie des ordres à une domestique asiatique. C'était peut-être sa maison et non celle du vice-ministre. À moins qu'il ne s'agisse d'une sorte de théâtre temporaire, grandiose et luxueux, dont les invités sont maintenant chassés. Nina remarque soudain que les rideaux aux fenêtres sont élimés, et les vitres fêlées.

— *Niet !* hurle la femme à la domestique, qui prend la fuite l'air penaud.

Nina aperçoit alors Polina, qui quitte la réception avec Arkadi Lievny. Le grand homme élégant est probablement déjà parti avec la femme qui l'accompagnait. À la hâte, Nina se prépare une nouvelle tartine de pain beurré et la dévore. Le buffet, lui aussi, a perdu de sa superbe : le saumon et l'esturgeon sont réduits en charpie, on aperçoit des traces rosâtres à l'endroit où se trouvaient les desserts. Un énorme saladier en bois accueille une pyramide de mandarines. Nina en prend une sur le dessus et la serre dans sa paume, elle s'y insère parfaitement. Sa peau est lisse, fraîche, uniformément orange. Nina n'a jamais rien vu d'aussi éclatant en hiver à l'exception des costumes de la danse des mirlitons dans *Casse-Noisette*. Elle pense à sa mère, à la maison, dînant comme chaque soir de vieux pain noir et de soupe aux choux. Après un rapide coup d'œil alentour, Nina ouvre son sac et y lâche la mandarine. Elle le referme, puis en prend une autre dont elle fend la peau avec le pouce, libérant un parfum puissant, acide. Elle porte le fruit à son nez.

— C'est bon contre les congestions, n'est-ce pas ?

L'homme, celui qu'elle avait remarqué, se tient à côté d'elle. Le cœur de Nina s'emballe, elle se demande ce qu'il a vu exactement. Elle pèle néanmoins sa mandarine, les veinules blanches viennent avec la peau, qu'elle tend à l'inconnu.

— Pressez-la légèrement.

Il se saisit délicatement de l'épluchure comme s'il s'agissait d'une feuille d'or, puis la replie sur elle-même et la hume en fermant les yeux. En observant ses narines qui se dilatent, le sourire qui flotte sur ses lèvres, Nina songe qu'il doit avoir la même expression lorsqu'il dort et fait des rêves plaisants. Cette pensée lui donne l'impression d'assister à une scène intime – trop intime, ils viennent juste de se rencontrer. Mais il a peut-être vu qu'elle avait volé une mandarine. Lorsqu'il rouvre les paupières, elle baisse les yeux, gênée de l'avoir dévisagé.

— Tenez, dit-elle en lui tendant la moitié du fruit épluché.

Ils mangent les quartiers en silence. Le jus sucré picote la langue de Nina, qui, envahie par son goût exquis, a la sensation d'avoir pénétré dans un endroit où elle n'a pas vraiment le droit d'être. Et la femme blonde… où a-t-elle disparu ?

Lorsqu'il a fini sa moitié de mandarine, l'homme sourit d'un air complice à Nina. Il a un sourire étonnamment juvénile, comme s'il ignorait l'inquiétude et n'avait jamais souffert de la faim. Nina est même séduite par le chevauchement de ses dents, parce que c'est la seule chose chez lui, à ce qu'elle en a vu, qui ne soit pas lisse.

Peut-être est-ce la raison pour laquelle elle se décide à lui poser la question, presque dans un murmure :

— Pourquoi partent-ils tous ?

L'homme semble sur le point d'éclater de rire.

— C'est la première fois que vous assistez à ce genre de soirée, à ce que je vois. Il en est toujours ainsi. On se montre pour faire son devoir, on se saoule, et on prend le large aussitôt son dessert englouti.

Son franc-parler pousse Nina à s'enhardir.

— Et les Hollandais…

— Vous n'ignorez pas, sans doute, qu'il faut éviter de se lier d'amitié avec des étrangers.

À son expression, on dirait qu'il vient de raconter une bonne blague.

— Ah, Viktor Alexeïevitch, vous voilà ! Je tenais à vous féliciter !

Vladimir Frolov, de l'Association pour la diffusion de la conscience politique, vient dans leur direction. Ce spectateur assidu des représentations du Bolchoï est un petit homme au visage amène, quoique légèrement terreux. Ses cheveux séparés par une raie au milieu grisonnent sur les tempes.

— Ah, bonsoir, Papillon, vous êtes encore ici, c'est merveilleux !

Il lui prend la main – celle qui, quelques minutes plus tôt, tenait la mandarine – pour la baiser, tandis que Viktor renchérit :

— Je suis de votre avis, c'est tout à fait merveilleux.

— Saviez-vous, demande Frolov à Nina, que notre cher ami ici présent a obtenu d'excellentes critiques pour son dernier livre ?

Elle n'ose pas demander de précisions, de peur d'attirer l'attention sur son ignorance.

— Des critiques vraiment excellentes, insiste Frolov. Je suis impatient de le lire. Nina, méfiez-vous de cet homme… C'est un poète au talent dévastateur !

Nina exprime à haute voix la première idée qui lui traverse l'esprit :

— Vous n'avez pas l'air d'un poète.

Viktor hausse les sourcils.

— Et selon vous, quel air un poète doit-il avoir ?

— L'air endormi, répond-elle sans réfléchir.

Viktor et Frolov éclatent de rire.

— Je voulais dire l'air égaré. Comme s'il venait d'un autre monde.

— C'est vous qui venez d'un autre monde ! s'exclame Vladimir Frolov. N'est-ce pas Viktor ?

Viktor acquiesce lentement.

— Comme si vous étiez arrivée sur un radeau d'étoiles.

— Vous voyez ? demande Vladimir Frolov, écarquillant les yeux avec une démesure comique. C'est un vrai poète.

— Ou peut-être sait-il simplement jouer avec les mots, rétorque Nina.

— Ce sont les mots qui jouent avec moi, dit Viktor. Parfois, ils m'empêchent de dormir.

— Je vous félicite pour votre dernier livre.

— Je vous en donnerai un exemplaire.

— Malheureusement, je ne lis plus.

Bien que ce soit la vérité (le ballet ne lui laisse aucun loisir), craignant de paraître grossière, elle ajoute :

— J'adorais lire quand j'étais petite, mais, à présent, j'ai à peine le temps de prendre connaissance des affiches dans la rue Gorki.

— Il va falloir y remédier.

Contrarié d'avoir été évincé de la conversation, Frolov lance :

— Il est bien plus qu'un poète, voyez-vous ? Il a l'œil en plus d'avoir l'oreille ! Il a réussi à capter l'attention de la plus belle femme de la soirée ! Mais je vous interdis de la monopoliser, Viktor Alexeïevitch. Venez, tous les deux, je vous emmène faire un tour.

Il a déjà réuni un petit groupe d'invités. Nina se sent mal à l'aise au milieu de tous ces inconnus. Il y a une chanteuse de l'Opéra, un fonctionnaire du Comité central des syndicats, aux cheveux hirsutes et aux joues roses, dont la femme semble appartenir à une autre époque avec ses dentelles noires et son face-à-main doré. Il y a aussi un homme à la moustache jaune, un comédien du Théâtre des Arts de Moscou, dans un état d'ébriété avancé. Les uns et les autres se saluent mutuellement avec l'assurance que donne l'habitude, et Nina se rend compte, avec un petit frisson d'excitation, que, pour la première fois de sa vie, elle se retrouve du côté des privilégiés. Les sorties improvisées – encadrées par aucun club, association ou organisation – sont l'apanage de ceux-ci.

— Allons, allons, suivez-moi, lance Vladimir Frolov en agitant une clé.

Nina va chercher son sac, son costume et son manteau avant de suivre le groupe à l'extérieur. Il neige toujours, et les minuscules flocons ressemblent à des grains de poussière scintillants.

— Oh ! s'exclame Nina en glissant sur du verglas.

À sa grande déception, c'est l'acteur, et non Viktor, qui la retient.

— Vous êtes aussi légère qu'une plume, dit-il en lui soufflant son haleine alcoolisée au visage.

— Et voilà ! s'exclame Vladimir Frolov, fier comme un pape, en s'arrêtant devant une grosse Pobieda noire couverte de neige fraîche.

Les hommes dégagent entièrement la carrosserie rutilante, puis Frolov ouvre la porte arrière et s'écrie :

— Tout le monde en voiture !

Trois invités s'entassent devant et, l'espace d'un instant, Nina craint que Viktor ne soit parmi eux... mais non, il a attendu, et Nina se glisse à côté de lui sur la banquette arrière qui sent le tabac. Il lui semble entendre les reproches de la costumière quand elle laisse tomber son tutu en tas à ses pieds. De l'autre côté de Viktor se trouvent le fonctionnaire hirsute et sa femme. Avec un naturel déconcertant, Viktor passe un bras autour des épaules de Nina. Elle en est estomaquée ; aucun homme ne s'autorise ce genre de geste en public. Mais le visage de Viktor ne trahit aucune expression. Son bras pourrait aussi bien reposer sur le dossier d'un fauteuil. Nina décide de rester de marbre.

Il fait froid dans la voiture, et la respiration des passagers se transforme en buée. Frolov tourne la clé de contact et enfonce plusieurs fois la pédale d'accélérateur. Les rues et les trottoirs ont été déblayés quelques heures plus tôt, mais une nouvelle couche de neige s'est accumulée depuis. Le moteur gronde quand Frolov démarre brusquement et prend la direction du centre. Nina est ballottée, d'abord vers la portière puis vers Viktor. Les autres poussent des «oh» et des «ah», s'émerveillant des lumières de la nuit et des embardées du conducteur.

En regardant par la vitre, Nina songe que, pour une fois, la ville est belle. La majeure partie de l'année, elle la trouve morne, comme voilée d'un film terne, grisâtre ou marronnasse. La neige a tout nettoyé, lui donnant un nouveau lustre.

— Moscou n'est jamais aussi belle que sous la neige, n'est-ce pas?

Elle a parlé bas, afin que seul Viktor puisse l'entendre.

— Tout le contraire d'une femme, répond-il d'une voix douce qui caresse l'oreille de Nina. Notre ville est à son avantage quand elle se cache, alors qu'une femme n'est jamais aussi belle que lorsqu'elle ne dissimule rien.

Nina se raidit devant tant d'audace. Mais son instinct lui dicte de retirer son étole de fourrure blanche de son cou et de la poser sur ses genoux, à l'endroit où les deux pans de son manteau s'ouvrent en V. Elle prend une expression ennuyée, pour le cas où Viktor l'observerait.

Il déplace très légèrement sa main. Nina sent ses doigts frôler sa nuque. Un frisson la parcourt. Viktor, lui, intervient dans la conversation des passagers à l'avant.

— Il n'y a rien de tel que conduire dans la neige fraîche, je vous le dis! s'écrie-t-il.

Nina brûle de se tourner vers lui, mais elle n'ose pas. Du coin de l'œil, elle constate qu'il regarde droit devant lui, comme si elle n'existait pas.

Ne cherchant pas à comprendre ce qui amuse Frolov et les autres, elle observe le paysage : ils sont en train de passer devant les cinémas, les librairies et les bureaux de change de l'Arbat. Des bannières reprenant le slogan « Rattraper et dépasser » ondulent dans le vent. Il est si tard que seuls les officiers de police en civil sont de sortie, perdus au milieu des congères. Dans les vitrines, on aperçoit des arbres de Noël couverts de guirlandes et des représentations du Père Gel. La rue aussi est décorée, on se croirait dans un conte de fées. Les énormes haut-parleurs continuent à cracher de la musique, mais la neige l'assourdit, lui donnant un caractère lointain et irréel.

L'ivrogne devant grommelle les paroles d'une chanson que Nina ne connaît pas. Elle a à peine bu. Et Viktor ? Est-ce l'alcool qui l'a encouragé à caresser, du bout des doigts, le cou de Nina ? Et qu'est devenue la blonde qui l'accompagnait à la réception ?

L'acteur se met à chanter plus fort. Il entonne un chant de la fin de la guerre : *Gloire au camarade Staline*. Nina se crispe : son débit d'ivrogne donne aux paroles une tonalité légèrement moqueuse.

— Dommage que ce ne soit pas notre chanteuse lyrique qui s'époumone ! remarque l'homme assis à côté de Viktor, en s'éclaircissant la gorge d'un air gêné.

L'acteur s'entête ; Frolov, désireux de mettre tout le monde à l'aise, s'exclame :

— La vodka fait ressortir le meilleur de chacun d'entre nous !

Il a dû élever la voix pour couvrir celle du chanteur, lequel, percevant enfin l'embarras général, passe à un chant folklorique avant de se taire.

La neige continue de tomber, les flocons grossissent de nouveau. La voiture glisse le long des rues blanches, mais Nina se sent en sécurité malgré la vitesse, la présence d'inconnus et la main de cet homme sur son cou. Elle a le sentiment étrange d'être protégée, par la neige qui fait luire les trottoirs et par la chaleur de tous ces corps serrés, projetés les uns contre les autres à chaque virage.

La Pobieda ralentit en traversant la place Rouge généreusement éclairée, vaste et vide, dépasse les pauvres miliciens raidis par le froid qui se tiennent à chacun de ses angles, puis les sapins alignés devant la façade du Kremlin. Derrière eux se blottissent le mausolée de Lénine et l'ancien lieu d'exécution.

— Ça tombe bien maintenant, remarque la femme devant. Regardez comme les flocons sont épais !

Nina, elle, a les yeux rivés sur l'extrémité de la place et les coupoles dorées de la cathédrale Basile-le-Bienheureux. Si le reste de la ville tombe en décrépitude, l'église, elle, se dresse dans toute sa majesté.

— Dire que c'est un édifice humain, s'étonne-t-elle à voix haute. Quelqu'un a construit une chose pareille !

Alors qu'elle observe les coupoles battues par les bourrasques de neige, Viktor retire sa main de sa nuque. Au passage, il replace sur son oreille une mèche échappée de son chignon. Puis, d'un mouvement leste, il glisse sa main sous l'étole de fourrure, à l'endroit où les pans du manteau se rejoignent, et presse doucement sa cuisse à travers sa robe. La respiration de Nina s'accélère, mais elle ne dit rien.

La voiture fait une embardée sur la droite, et Frolov pousse un cri ravi. Le couple à l'arrière s'esclaffe, non sans inquiétude, lorsque les roues dérapent. Nina ferme les yeux, effrayée par la sensation nouvelle qui l'envahit. Elle appuie sa tête sur l'épaule de Viktor.

— Ah ! s'écrie Frolov. Vous avez vu ce dont cette automobile est capable !

L'autre femme pousse un petit cri, alors que Nina retient son souffle. Devant, l'ivrogne commence à protester, disant qu'il se sent mal.

— Très bien, j'arrête, dit Frolov en ralentissant.

Nina se laisse submerger par la vague qui monte en elle. Le couple à côté de Viktor discute des desserts de la soirée, alors que l'ivrogne continue à se plaindre. Nina sent ses hanches basculer, sa nuque se tendre. Elle reste interdite. Sans s'en apercevoir, elle saisit l'autre main de Viktor, essaie de prétendre qu'il ne se passe rien, tandis que la voiture poursuit sa route.

Lorsque Frolov s'arrête pour déposer l'ivrogne, Nina lâche Viktor. Il déplace légèrement sa main et appuie la paume contre l'intérieur de sa cuisse. Frolov reconduit le couple, puis la chanteuse lyrique, chez eux.

— Et vous, mademoiselle Papillon ? demande-t-il à Nina en redémarrant. Où voulez-vous que je vous laisse ?

Nina ne lui indique pas la rue où elle vit avec sa mère mais l'avenue juste à côté. Viktor retire alors sa main pour la poser sur ses genoux. Nina se redresse et entreprend de se recoiffer.

— Nous y voilà ! s'écrie joyeusement Vladimir Frolov en ralentissant.

Nina enroule l'étole de fourrure autour de son cou. Elle n'a aucune envie de quitter cet homme dont elle n'aurait pu soupçonner l'existence il y a encore quelques heures. Pour la première fois de sa vie, elle a éprouvé le désir de sentir une autre peau contre la sienne.

Elle leur souhaite bonne nuit alors que Frolov descend pour lui ouvrir la portière.

— Elle sera bonne, lui répond Viktor en lui prenant le poignet.

Nina reste interdite. Elle est persuadée qu'il peut sentir son pouls battre.

Il dépose un baiser à la naissance de sa paume tandis que Frolov lui tient la portière. Nina s'écarte, ramasse sa pochette, son sac et son costume qui sont tombés en tas à ses pieds. Elle va vraiment avoir droit à un sermon. Elle retrouve sa voix pour remercier son chauffeur pendant qu'il se rassied derrière le volant.

Elle s'avance ensuite vers l'immeuble dont elle a donné l'adresse, où un veilleur de nuit monte la garde sans conviction. La voiture s'éloigne, emportant Viktor, et Nina touche son étole : elle est ébouriffée, comme si elle venait d'affronter une tempête.

Il doit être cinq heures du matin. Sur les trottoirs, de vieilles femmes déblaient la neige et brisent la glace en dessous sans accorder un seul regard à Nina. Elles portent des bottines en feutre et des robes de chambre molletonnées. Nina s'engage dans sa ruelle, où la neige a formé des congères compactes, et aperçoit une faible lueur à travers certaines fenêtres de son immeuble : il y a tellement de locataires qu'une lumière est toujours allumée à n'importe quelle heure du jour ou de la nuit.

Par-dessus son épaule, Nina jette un dernier coup d'œil à la rue. Sous la couche fraîche de neige que les lampadaires font scintiller, elle paraît propre, purifiée. Le calme n'est troublé que par le raclement incessant et familier des pelles sur la glace. Nina se répète une nouvelle fois: ma ville est plus belle en hiver, quand tout est caché sous la neige.

Lot n° 20

Collier de perles des mers du Sud : composé de 29 perles blanches à reflets roses de taille croissante, d'environ 10,28 à 14,10 mm, et d'un fermoir en or blanc 18 carats et diamants, longueur totale de 47,3 cm. Estimation : 30 000 – 35 000 $.

4

« L'ambre est l'une des rares gemmes organiques. Il s'agit plus précisément de résine de conifère oxydée et fossilisée, contenant souvent de petits organismes fossiles. En Lituanie, on l'appelait gintras *– un dérivé du mot signifiant « protection », car il passait pour écarter le mal. De fait, au milieu du* XIX*e siècle, les Européens utilisaient des pièces d'ambre avec inclusions d'insectes fossilisés ou d'autres formes de vie en guise de talismans. »*

Lovée dans son canapé, près du vieux radiateur chuintant, Drew griffonna le mot « talisman » sur son bloc-notes et le souligna deux fois, pas tant parce qu'elle pensait qu'il pourrait la mener où quoi que ce soit que parce que l'idée d'utiliser une simple pierre pour se protéger du danger la séduisait. Elle ne se considérait pas comme superstitieuse, pourtant elle traitait son grenat comme une amulette. Elle le retirait souvent pour cuisiner ou faire le ménage, elle le plaçait sur sa table de nuit avant de s'endormir, mais elle s'assurait toujours qu'elle le portait avant de sortir. Plus d'une fois, constatant qu'elle l'avait oublié, elle était retournée le chercher alors même qu'elle était en retard. En réalité, il ne lui était jamais rien arrivé de significatif avant, ou depuis, l'acquisition de ce bijou. Mais il y avait si peu de choses que l'on pouvait contrôler dans la vie que cette bague était devenue un réconfort en soi.

Drew se redressa sur les coussins et avala une gorgée de bourbon. Dans le petit verre à fond carré, l'alcool avait exactement la même couleur que le pendentif en ambre – mais il ne contenait heureusement pas d'insecte. Drew repensa au bracelet et aux boucles d'oreilles de Nina Revskaïa, se demandant si la parure originale avait pu inclure d'autres pièces. Si c'était le cas, et si elles existaient toujours, Drew pourrait les rechercher. La clé du succès était de rester ouverte à toutes les possibilités, de rassembler le maximum d'informations sans négliger le moindre indice, même le plus insignifiant en apparence.

« Les gisements d'ambre, parfois appelé "or lituanien", sont principalement situés dans la région qui s'étend du sud de la Finlande et de la Suède au nord-est de Gdansk. L'ambre se trouve dans les sédiments sur les rivages de la mer Baltique, mais aussi dans les forêts du Danemark, de Norvège et d'Angleterre. On l'extrait des sols argileux au moyen d'excavateurs et de dragues. Le minerai est ensuite passé au tamis dans l'eau, le courant séparant les nodules d'ambre du sable, puis façonné à l'aide d'un perforateur à rotation lente. En Ukraine, l'ambre se trouve dans des forêts marécageuses à la frontière entre la Volhynie et la Polésie et se décline selon toute une gamme de couleurs, comme le montre le décor restauré de la "chambre d'ambre" du palais d'été de Catherine la Grande à Tsarskoïe Selo. »

« Peut-on identifier des gisements précis ? » Drew appréciait le grattement de la pointe de son stylo sur le papier, les vibrations qui remontaient dans sa main. C'était un vieux stylo-plume qu'elle avait miraculeusement réussi à ne jamais égarer : les sons qu'il produisait, la sensation qu'il lui procurait étaient rassurants, ils donnaient de la consistance à son existence.

« Nulle part on ne trouve de plus grandes quantités d'ambre que dans la région de Kaliningrad, en Russie, où les vagues de la Baltique délogent l'ambre des profondeurs du plancher océanique pour l'entraîner vers le littoral. À marée basse, munis de filets et de râteaux, les prospecteurs draguent les eaux peu profondes pour trouver des morceaux d'ambre pris dans la vase et les algues. »

Drew se représenta de nouveau les pierres à l'éclat intense et au contact doux, enserrées dans des montures en or tressé – inhabituelles pour ce genre de gemmes – censées représenter les volutes d'une tige. L'ensemble formait un mélange surprenant : l'ouvrage humain servait d'écrin aux pierres façonnées par la nature. Elle s'interrogea sur la personne qui avait commandé les bijoux, à moins que le bijoutier ne les eût fabriqués sans aucune commande préalable. Elle imagina des voitures à cheval filant vers de vastes propriétés campagnardes, des traîneaux emportant des hommes aux chapkas rabattues sur les oreilles et des femmes dont les mains disparaissaient dans d'immenses manchons de fourrure. Depuis qu'elle avait commencé à travailler sur la vente Revskaïa, Drew avait entamé un recueil de nouvelles de

Tchékhov qu'elle possédait depuis presque toujours et dont la couverture représentait un paysage dessiné à la plume. Le texte, composé dans une police petite et serrée, était imprimé sur un papier jauni par le temps. Elle avait beau savoir que ces histoires avaient été écrites à une autre époque, elle comprenait parfaitement les états d'âme des instituteurs désemparés et des filles promises contre leur gré, des veufs vieillissants et des pauvres ouvriers agricoles, dont le plus grand malheur était simplement d'être humains – de connaître l'amour puis de le perdre, de vieillir ou de mourir jeune. Elle lisait une ou deux nouvelles le soir avant de s'endormir et, au moment de fermer enfin les yeux, elle avait l'impression de connaître ces gens et de partager leurs peines. Parfois, alors qu'elle cherchait le sommeil, l'image de son grand-père russe surgissait dans son esprit. Elle revoyait son visage buriné par la vie, ses épais sourcils et son sourire malicieux, encadré par un énorme chapeau en fourrure. Pourtant, Drew n'avait jamais vu de photo de lui. Grand-mère Riitta en avait possédé une, mais elle l'avait perdue au moment d'émigrer aux États-Unis.

« L'ambre de la Baltique se distingue des autres types d'ambre par son importante concentration en acide succinique. De couleur jaune clair lorsqu'il vient d'être extrait, il vire au rouge de plus en plus foncé au fil des siècles sous l'effet de l'oxydation. Les insectes que l'on trouve souvent inclus dans l'ambre de la Baltique témoignent de l'écosystème des marécages il y a plusieurs millénaires. La présence, fréquente, de papillons permet de déduire que tel ambre provient de

conifères qui étaient situés en lisière de prairies herbues.»

Voilà qui aurait parfaitement convenu à Nina Revskaïa, songea Drew. Si la parure lui avait été destinée, il aurait été opportun que l'une des gemmes contienne un papillon.

Aucune des trois pièces mises en vente n'en renfermait. Mais quelle était la probabilité de trouver une pièce d'ambre avec une inclusion correspondant parfaitement à la personne à laquelle on la destinait ? Et quelle était la probabilité, si elle existait, que l'acquéreur ait les moyens de se l'offrir ? Avant la révolution, les classes aisées auraient pu se procurer de tels bijoux grâce aux échanges commerciaux, mais l'achat d'une parure en ambre relevait du miracle en Union soviétique – si c'était bien là qu'elle avait été achetée… Après tout, d'où Grigori Solodin tenait-il ce pendentif ? Pourquoi faisait-il, lui aussi, autant de mystères ? Drew s'efforça de rester concentrée sur les faits. Pourtant, bien vite, elle se perdit en spéculations – sur Nina Revskaïa, sa vie en Russie, sa carrière de danseuse reconnue et admirée. Pourquoi alors avait-elle fui ? Elle n'avait pas de raison particulière de le faire, à moins qu'elle n'ait eu conscience des horreurs qui se perpétraient dans son pays. Son propre mari avait bien fini par être victime du régime. Nina était-elle au courant des menaces qui pesaient sur lui ? Il y avait forcément eu des signes avant-coureurs. Était-elle partie pour cette raison ? À moins que sa fuite n'ait provoqué le drame…

Nina avait fait un pari risqué. Peut-être n'avait-elle même pas eu le sentiment de choisir ce départ :

certains actes de bravoure, songea Drew, n'étaient pas le fruit de réflexions mais de simples réactions instinctives. Pourtant, l'histoire de Nina dévalorisait considérablement les décisions que Drew avait été amenée à prendre. Elle n'avait connu aucun drame à proprement parler. Simplement, elle s'était mariée trop jeune, se berçant de l'illusion qu'elle avait trouvé l'amour quand il s'agissait d'à peine plus que d'une amitié, et s'était retrouvée coincée dans une existence qui ressemblait moins à un choix conscient qu'à un cadeau de mariage qui ne lui plaisait pas vraiment.

Elle avala une gorgée de bourbon puis regarda sa montre. Une heure plus tard, elle avait rendez-vous avec son ami Stephen, dans un cinéma de Somerville qui passait de vieux films. C'était l'un des rares amis qu'elle avait gardés. Il y avait eu une période étrange, au cours de laquelle il avait tenté, à plusieurs reprises, et sans succès, de devenir davantage que cela, mais Drew avait réussi à lui expliquer pourquoi c'était impossible. Pour s'investir dans une véritable histoire d'amour, elle avait besoin d'éprouver des sentiments puissants, qui lui donneraient envie de retenter sa chance. Et Stephen ne lui inspirait malheureusement pas ce genre de sentiments.

La sonnerie du téléphone retentit, faisant sursauter Drew. Elle faillit ne pas décrocher, mais se ravisa en songeant qu'il pouvait s'agir de Stephen.

C'était sa mère. Drew ressentit un léger pincement au cœur.

« Tu as une bonne nouvelle à m'annoncer ? » lui demandait-elle toujours, d'une voix de plus en plus hésitante à mesure que le temps passait.

Drew savait que sa mère s'inquiétait pour elle, à cause de son travail mal rémunéré et de son entêtement à vivre seule. Mais elle n'ignorait pas que cette inquiétude était également motivée par le désir de voir sa fille réussir dans un domaine clairement identifié. Sa promotion au rang d'associée l'avait rassurée pendant un moment. Drew se préparait à lui parler de ses avancées sur le dossier Revskaïa quand sa mère lui posa une question qui la prit totalement au dépourvu :

— Où l'as-tu mise ?

Drew prit une longue inspiration et se répéta que n'importe quelle personne extérieure s'amuserait de cet échange. Sa mère parlait d'un portrait grand format, réalisé par un photographe professionnel, de Drew le jour de son mariage.

« C'est une si belle photo », avait-elle plaidé lorsque Drew avait remarqué sa présence dans la bibliothèque du salon, un an environ après son divorce.

Le ciel derrière elle était d'un bleu d'azur, et Drew ne paraissait pas ses vingt-trois ans avec ses joues pleines et son visage lisse. L'expression de sa mère changeait chaque fois qu'elle posait les yeux sur ce portrait. Bien que sa fille lui eût demandé, des années plus tôt, de le faire disparaître, il était resté dans le lourd cadre en cristal que son père avait reçu un jour en cadeau de son entreprise.

Drew était toujours amusée de constater combien chacun s'attachait à des objets auxquels les autres n'accordaient pas la moindre attention. À l'évidence, cette photographie avait bien plus de valeur aux yeux de sa mère qu'elle ne pouvait l'imaginer. Elle avait pourtant essayé de se mettre à sa place, de comprendre ce que la robe et le voile de mariée représentaient pour elle, dont le mariage s'était résumé à un rapide passage devant le maire en compagnie de deux témoins, suivi d'une collation dans un salon de thé. Même grand-mère Riitta n'avait pas eu de véritable cérémonie de mariage (elle n'avait jamais épousé officiellement le grand-père de Drew).

Le Noël précédent, profitant d'un séjour chez ses parents, Drew avait décidé de se débarrasser de cette photo une fois pour toutes. Le lourd nuage de culpabilité qui pesait sur elle semblait enfin se dissiper. Elle avait retiré le portrait du cadre, mais, constatant qu'elle était incapable de le jeter, elle l'avait caché au fond d'un tiroir de la commode de son ancienne chambre. S'étant aperçue dans un deuxième temps qu'elle ne voulait plus jamais voir l'immense cadre en cristal, elle l'avait remisé au même endroit.

— Tu viens seulement de t'en apercevoir ?

— Ça me fait de la peine, Drew. Tu sais combien j'aime cette photo.

— Tu préfères la personne qu'elle représente à celle que je suis en réalité.

Drew n'avait jamais envisagé les choses ainsi. Pourtant, comme elle prononçait ces paroles, elle se rendit compte que c'était la vérité.

— Comment peux-tu penser une chose pareille ? Dirais-tu la même chose des photos de toi bébé ? Je les ai bien gardées !

Deux d'entre elles trônaient dans la même bibliothèque, à côté d'un cliché montrant ses parents en train de faire du vélo à Lyon.

— Ces photos-là ont un sens. Mais celle de mon mariage…

— Je l'aime parce que tu as l'air heureuse !

— C'est toi qui étais heureuse. Tu avais une raison d'être fière de moi.

Si elle avait cru que cela pouvait changer quoi que ce soit, Drew aurait pris la peine de lui expliquer qu'elle avait le sentiment d'avoir perdu non seulement un mari, mais aussi des beaux-parents adorables et qui continuaient, bien que de plus en plus rarement, à lui manquer.

— Pourrait-on clore le sujet, s'il te plaît ? se contenta-t-elle de répondre.

Sa mère resta un moment silencieuse.

— Drew, reprit-elle d'une voix qui trahissait un étonnement sincère, si j'avais su que ça te dérangeait autant…

Ce genre de revirement était typique de sa mère : elle prétendait que c'était Drew qui avait créé le problème de toutes pièces.

— Écoute, je dois y aller, dit celle-ci d'un ton las.

Elle ne savait que trop ce qui arriverait si elle laissait parler son cœur. La dernière fois qu'elle l'avait fait, elle avait fâché ses parents, ses beaux-parents et son mari.

— J'ai rendez-vous avec un ami, ajouta-t-elle.

En raccrochant, elle s'efforça de chasser cette conversation de son esprit. Après tout, il n'y avait rien de grave, et le problème était réglé. Si elle parvenait à la considérer ainsi, comme la conclusion d'un chapitre de sa vie, elle finirait même par devenir totalement insignifiante.

Son premier souvenir se déroulait en hiver.

Un dimanche, avec ses parents, après d'importantes chutes de neige, sur la place Rouge. Le blanc recouvrait tout. L'immense place était silencieuse. Les passants n'étaient autorisés à la traverser qu'à un endroit précis et, vus de loin, on aurait dit des points noirs se déplaçant lentement sur une vaste surface blanche. Grigori n'avait que trois ans. Il observait les points, fasciné, alors que sa mère le pressait de continuer à avancer pour ne pas se refroidir. Il avait entendu les corbeaux croasser au-dessus de leurs têtes et avait levé les yeux. Le ciel aussi était tout blanc, à l'exception des oiseaux. Lorsque l'un d'eux était descendu plus bas que les autres, Grigori s'était exclamé :

« Regarde l'oiseau ! »

« *Voron* », l'avait repris sa mère : le mot russe pour corbeau.

« *Voron* », avait-il répété.

Mais Fiodor l'avait corrigé, à son habitude.

« Non, *vorona*. Regarde bien, il y a un peu de gris sur les plumes, avait-il expliqué en pointant son index vers le haut.

— *Vorona* », avait dit Grigori.

Corbeau croassant dans le ciel de plomb. Ce n'était pas un mâle, *voron*, mais une femelle, *vorona*. Une simple touche de gris, différence ténue entre deux êtres si similaires.

Tout en cheminant sur le trottoir déblayé à la hâte de St. Mary's Street, Grigori songea que sa vocation – cette attention portée au moindre détail de la langue, aux images, aux légers glissements de vocabulaire et de sens, à la différence introduite par une simple lettre – avait dû naître sur cette place, ce jour-là, un jour de neige aussi. L'évolution de certaines prononciations et de certaines significations, les homonymes, les synonymes... Aujourd'hui encore, Grigori se surprenait souvent à relever les petites surprises que lui réservait le langage, comme le fait que le mot «aimant» contienne celui d'«amant»... Cette attention aux mots l'avait suivi en Norvège, puis en France. Pourtant, il avait été sincèrement surpris de découvrir, au lycée, que son don pour les langues surpassait, et de loin, celui pour les matières scientifiques, et qu'en dépit des longues heures de travail personnel qu'il effectuait pour intégrer le groupe de tête de la classe, il était incapable d'exceller dans ce domaine.

«Vos parents ne sont-ils pas des scientifiques?» lui avait un jour demandé un professeur interloqué en lui remettant un devoir de physique auquel il avait obtenu une mauvaise note.

Comme si l'un découlait naturellement de l'autre...

Grigori voûta les épaules pour décourager le souvenir qui l'assaillait, mais celui-ci revint à la charge. Ses articulations saillantes comme celles d'une femme plus âgée; la porte vitrée à peine entrouverte, qu'elle agrippait comme un bouclier; la froide détermination qui avait percé dans sa voix: «Je ne suis pas la personne que vous cherchez.»

Grigori pénétra avec soulagement dans le snack éclairé au néon où il avait rendez-vous avec Zoltan.

Il le découvrit près de la vitrine, courbé sur une table recouverte de feuilles de papier – il lui tournait le dos, et ses cheveux grisonnants étaient de plus en plus clairsemés. Grigori s'installa en face de lui, sur la banquette inconfortable. Tout en retirant ses gants, il s'éclaircit la gorge.

— Ah ! s'exclama Zoltan en relevant la tête d'un air surpris. C'est toi !

— Tu sais que je suis toujours à l'heure.

Zoltan lui avait fixé rendez-vous par téléphone : « Je te propose de me retrouver dans un café que je viens de découvrir, il est bien plus agréable que l'autre. Il est situé en face de la station de métro St. Mary's. Son enseigne est rose et orange. »

Zoltan avait passé la matinée là, sans être perturbé par les passages en coup de vent des hommes d'affaires, des commerçants et des ouvriers, le bourdonnement de la télévision, fixée au mur, les clochards qui entraient se réchauffer et les employés qui échangeaient des ragots en portugais. Grigori se débattit pour ôter son manteau, mais conserva son chapeau et son écharpe : l'endroit n'était pas bien chauffé.

— Sais-tu ce qu'une femme vient de dire il y a une minute ? lui demanda Zoltan. « Les jours comme aujourd'hui, c'est une vraie gageure de garder la chaleur. » Ah, ça ne sonne pas pareil avec mon accent. Mais tu perçois la poésie, n'est-ce pas ? La « gageure de garder la chaleur »...

Il inscrivit la phrase dans son carnet. Grigori ne put retenir un sourire : non seulement Zoltan voyait dans cet endroit peu accueillant le refuge idéal, mais il trouvait aussi de la poésie là où on ne l'attendait pas.

Comme s'il pouvait lire dans les pensées de Grigori, Zoltan reprit, légèrement sur la défensive :

— L'éclairage est idéal, ici. Ce n'est pas comme la cafétéria lugubre du campus, dit-il en feignant de frissonner, bruissante des murmures incessants de ces ego surdimensionnés… Je n'avais pas perçu à quel point le bavardage assourdissant des universitaires me pesait, Grigori.

En réalité, Zoltan avait été mis à la porte de la cafétéria, quelques jours plus tôt. Grigori l'avait appris par un professeur d'espagnol. Porté par l'inspiration, Zoltan y était resté encore plus longtemps qu'à son habitude (ce qui expliquait pourquoi Grigori n'avait pas eu de ses nouvelles durant plus d'une semaine). Le nouveau gérant avait dû le prendre pour un squatteur, et il avait exigé qu'il libère la table qu'il occupait à longueur de journée, en vitrine.

— Le café est excellent ici, Grigori, dit-il en buvant une gorgée dans son gobelet en plastique. Tu devrais le goûter.

— Je crains de ne pas avoir beaucoup de temps. Tu voulais discuter de quelque chose…

— Oui, de quelque chose de très important ! J'aimerais te demander, au nom du respect et de l'amitié que je te porte, d'être mon exécuteur littéraire.

Grigori s'était attendu à tout sauf à ça.

— Thaddeus Weller avait accepté ce rôle, tu dois le savoir. Un bon bougre, ce Thaddeus. Mais je viens d'être informé de son décès.

— Je suis désolé, répondit Grigori, qui n'avait jamais entendu parler de cet homme.

— Une véritable tragédie… Il avait à peine soixante ans. Il n'a jamais écrit le roman extraordinaire qu'il portait en lui. Il bouillonnait dans ses tripes, menaçant de le faire exploser. D'aucuns appelaient ça un ventre de buveur de bière… Juste après avoir appris la triste nouvelle, je me suis demandé : qui d'autre me comprend réellement ? Avec qui d'autre ai-je une relation totalement dénuée de tension ? C'est l'ennui, vois-tu, avec mes camarades poètes. La compétition, la rivalité… La jalousie. Ce genre de problème ne s'est jamais posé avec toi. Bien que tu ne sois pas poète, en tant que traducteur, tu comprends la poésie, avec ton intelligence et ton cœur. Et je ne parle pas de la qualité remarquable de tes traductions. Et puis, toi et moi, nous partageons une sensibilité commune.

— Eh bien, je suis très surpris et très flatté.

Cette responsabilité incombait habituellement au conjoint ou aux enfants d'un auteur, mais Zoltan n'avait ni l'un ni l'autre. (Grigori et Christine n'avaient pas de descendance, eux non plus ; les grossesses de Christine n'avaient jamais passé le cap de la huitième semaine.)

— Je suis très honoré, reprit Grigori, même si je suis curieux de savoir ce que tu entends par « sensibilité commune ».

Zoltan s'accouda à la table.

— La plupart des gens ne voient pas que tu portes une partie de ton passé enfouie en toi. J'étais plus vieux lorsque j'ai quitté mon pays, mais je crois que nous avons, chacun, recommencé une nouvelle vie tout en gardant, en nous, les vestiges de l'ancienne. Des vestiges qui pèsent sur nos épaules. Je me trompe ?

Grigori songea combien ce pays, qui offrait un nouveau départ à tous ceux échoués sur son rivage, avait affaibli, à sa façon, non seulement Zoltan mais aussi ses propres parents, contrairement aux autres nations qu'ils avaient traversées. Il avait miné leur autorité, assourdi leur talent; les qualités intellectuelles n'étaient pas appréciées à leur juste valeur au royaume des braves. En plongeant ses yeux dans ceux de Zoltan, Grigori éprouva le besoin pressant, presque physique, de partager son histoire. Il se contenta pourtant de dire:

— Une sensibilité commune. En effet.

— Ce qui ne t'oblige pas, bien entendu, s'empressa d'ajouter Zoltan, à accepter ma proposition. Je ne te demande pas une décision immédiate. Il n'y a aucune urgence. Par ailleurs, mon œuvre n'est pas très importante, j'en profite pour te le signaler. Il y a mes poèmes, quelques essais, et les textes qui n'ont pas été traduits... Je me rends compte en t'en parlant que tu auras besoin d'aide pour ces derniers. Mes journaux sont en anglais, même si je doute que tu puisses en faire quoi que ce soit, ajouta-t-il en indiquant un épais carnet à la couverture décolorée sur la table. Treize volumes, copieusement pillés, au cours des dernières années, par votre serviteur, pour servir de matière à ses mémoires.

— Y a-t-il des révélations savoureuses?

— Oh, une palanquée! Secrets d'État, chagrins d'amour..., répondit Zoltan en éclatant de rire. J'attendrai ta décision, Grigori. Tu es l'homme de la situation. J'espère que tu sais que j'admire sincèrement ton travail. Tu as ressuscité les mots d'un poète mort depuis longtemps. Et dans une langue qui leur rend leur jeunesse.

Un vers jaillit dans l'esprit de Grigori: *Dais de velours noir, que retiennent dans le soir les étoiles...*

— C'était essentiellement un travail personnel, dit-il.

— Il n'y a pas de motivation plus noble. C'est toujours ainsi que les écrivains donnent le meilleur d'eux-mêmes.

Ombres reprisées, tapis d'aiguilles de pin, gouttes fauves de soleil. Mélopée dans l'air…

— Si je n'écrivais pas pour moi-même, poursuivit Zoltan, ça ne m'intéresserait pas le moins du monde.

Bien que ses deux premiers livres eussent été traduits en plusieurs langues, aucun de ses autres recueils de poésie n'avait franchi la frontière hongroise. Il devait être peiné, songea Grigori, que ses œuvres les plus abouties, composées à l'apogée de son talent, aient été écrites dans une langue qui, en dépit de sa beauté, était considérée par beaucoup comme anecdotique d'un point de vue linguistique.

— Oui, je suppose, en effet, qu'il est impossible de rendre compte de façon sensée des heures qu'un écrivain consacre à ses obsessions, dit Grigori.

Il avait pris un réel plaisir à traduire les poèmes de Viktor Elsin. Sa langue était simple, ses images rarement ambiguës. Grigori n'avait pas été contraint de s'arracher les cheveux des heures durant pour déchiffrer des tournures mystérieuses ou s'interroger sur les intentions de l'auteur. À l'exception des deux derniers poèmes : *Baignade nocturne* et *Rive*. Grigori y avait lu une preuve supplémentaire venant étayer ses soupçons, à l'instar du magazine acheté sur Internet, des photos en noir et blanc et du certificat de l'hôpital frappé de l'emblème soviétique. Des lettres et de l'incroyable pendentif en ambre…

La résine fauve, larme coulant doucement de l'arbre, comme si lui-même connaissait l'avenir.

Grigori aurait pu offrir tous ces objets à Nina Revskaïa – c'était d'ailleurs son intention lorsqu'il s'était rendu chez elle, puis lorsqu'il lui avait adressé une lettre implorante. Mais que prouvaient-ils au fond ? Les photographies représentaient d'autres personnes également, et il n'avait aucun moyen de savoir si elles appartenaient à Nina Revskaïa (pour autant, se répétait-il, elle devait savoir à quelle occasion elles avaient été prises). Les lettres, elles, demeuraient en partie énigmatiques, à cause de l'emploi de surnoms, d'initiales et de tournures souvent allusives – à cause, sans doute, des censeurs. À part Christine, pour laquelle il n'avait aucun secret, Grigori n'avait jamais montré aucune de ces pièces à personne depuis qu'il avait produit les lettres devant un professeur.

… frais et délicieux, le damier ombrageux des branches. Je pense parfois que c'est la raison pour laquelle je vis, pour des journées comme celle-ci, parfaites.

Il avait alors vingt et un ans et n'avait jamais été aussi fier d'un de ses devoirs. Avec une excitation authentique, il avait rendu : « Les larmes du pin : relecture de *Baignade nocturne* et de *Rive*, de Viktor Elsin, à la lumière d'une lettre inédite. »

Il était en maîtrise. Son professeur, un petit homme, possédait d'énormes oreilles et un nom d'origine mongole que Grigori avait effacé de sa mémoire depuis. Il lui avait tendu, d'une main tremblante, le devoir qu'il avait tapé, avec frénésie, sur sa machine à écrire.

« Merci, lui avait répondu Grandes Oreilles, sans même jeter un regard à l'intitulé de son travail. Je vous ferai signe lorsque je l'aurai lu. »

Grigori avait attendu ce qui lui avait paru une éternité – en réalité, le téléphone situé dans le couloir à côté de la chambre qu'il louait avait sonné à peine une semaine plus tard. Grandes Oreilles n'avait qu'une question, mais de taille : où se trouvait la fameuse lettre citée dans son devoir ?

« Je vous la montrerai », avait répondu Grigori avec un enthousiasme à peine entamé par l'appréhension.

En prenant la photocopie que Grigori lui tendait (il avait conservé l'original), Grandes Oreilles avait lâché :

« Très intéressant… »

Grigori n'avait pu s'empêcher de relire le premier paragraphe par-dessus son épaule.

Ma chérie, je te prie de me pardonner. Tu ne me crois sans doute pas quand je te dis que je t'aime. Tu sais pourtant que c'est la vérité. Tu comprends ce que c'est qu'être prisonnier d'un filet si grand qu'on ne peut espérer y échapper – comme le soleil sur le lac, l'autre jour, lorsque nous ne rêvions que de nous réfugier sous un arbre. Mais le sol était humide, et tu t'es inquiétée de ne pouvoir enlever les traces de sève sur ta jupe. Je peux encore sentir l'odeur des aiguilles de pin, l'hiver tapi sous elles, frais et délicieux, le damier ombrageux des branches. Je pense parfois que c'est la raison pour laquelle je vis, pour des journées comme celle-ci, parfaites. Mais il y avait les taches de sève sur ta jupe. La résine fauve, cette larme coulant doucement de l'arbre, comme si lui-même connaissait l'avenir.

Pendant que Grandes Oreilles poursuivait sa lecture, Grigori avait fait les cent pas, le cœur battant.

« Fascinant, même », avait conclu Grandes Oreilles.

Puis, soudain, il avait ajouté :

« Mais qu'est-ce qui vous permet de penser que c'est Viktor Elsin qui l'a écrite ?

— Il l'a signée. »

En réalité, la lettre se terminait par : « À toi, à toi seule », mais Grigori n'avait pas hésité à en tirer des conclusions.

« Il n'y a aucun nom, Grigori. N'importe qui pourrait en être l'auteur. Et nous ignorons même à qui cette lettre est adressée.

— Très probablement à sa femme, avait répondu Grigori. Ils se sont beaucoup écrit. Elle était souvent en tournée, et il voyageait également. Sans parler de ses séjours fréquents dans sa datcha, à Peredelkino. »

Grandes Oreilles avait opiné en fronçant les sourcils.

« L'ennui, Grigori, c'est que nous n'avons pas la certitude que Viktor Elsin a écrit cette lettre. N'importe qui d'autre aurait pu le faire.

— Mais… et l'essai que je vous ai rendu ? C'est précisément ce que je démontre ! Il y a des références communes à la lettre et aux poèmes !

— Vous ne les avez trouvées que parce que vous les y cherchiez, Grigori. Ne voyez-vous pas ? Il n'est pas difficile d'établir des parallèles lorsqu'on se persuade qu'il y en a. Il me faut plus que des points communs pour me convaincre que ces images sont exactement les mêmes. Qu'est-ce qui me prouve que quelqu'un ne s'est pas inspiré d'un poème d'Elsin ?» avait-il ajouté en poussant un soupir impatient.

Grigori avait fermé les yeux. Peut-être que lorsqu'il les rouvrirait…

« Mais…

— Rappelez-moi comment cette lettre s'est retrouvée entre vos mains ? Je vois que c'est une photocopie. Quelqu'un vous a-t-il dit que Viktor Elsin en était l'auteur ?

— Je l'ai déduit tout seul, avait répondu Grigori.

— À partir de quels éléments ?

— Eh bien, elle appartenait à sa femme, et…

— Vraiment ? Eh bien, voilà du concret. Si vous pouviez fournir un témoignage écrit de sa main…

— Non, je ne crois pas que ce soit possible. »

Grandes Oreilles avait fait une grimace. Cette grimace, Grigori la reverrait, encore et encore, au cours des années suivantes, et, chaque fois, il ressentirait la même déception. Cette grimace de tristesse feinte, les yeux tombants, la bouche pincée, comme un adulte qui réprimanderait un enfant ayant commis une erreur attendrissante.

« Grigori, avait-il repris en secouant la tête. Cette lettre aurait pu être écrite par… n'importe qui. Par mon oncle Vassili, tiens ! Comment savoir d'ailleurs lequel a précédé l'autre, de la lettre ou des poèmes ? L'auteur de cette lettre pouvait très bien connaître la poésie d'Elsin et lui avoir emprunté des images. Écoutez, Grigori, avait-il ajouté face à l'abattement de son étudiant, votre essai offre, dans un anglais excellent, une très bonne analyse de texte, je vous ai donc mis un A. »

La colère de Grigori avait enflé. Un A ? Voilà donc à quoi cela se résumerait toujours ? À une bonne note ?

« Je vous félicite sincèrement pour la qualité de votre travail, avait poursuivi Grandes Oreilles, mais je vous conseille d'en rester là. Du moins tant que vous n'aurez pas trouvé de preuves pour étayer votre intuition concernant l'origine de ce document très intéressant. »

Grigori avait jeté son devoir dans la poubelle, qui empestait à cause des boîtes de ragoût de bœuf que son colocataire consommait sans modération.

Pourtant cette lettre – ainsi que l'autre qu'il avait en sa possession – avait conservé la même valeur à ses yeux, y compris les parties qui n'évoquaient aucunement les poèmes.

J'aime fermer les yeux pour me souvenir. De nos baisers dans le parc, interrompus par ce policier maigrichon. Les heures, les jours et les semaines ne me servaient qu'à mesurer le temps qui me séparait d'une nouvelle occasion de t'embrasser.

Notre cher V. propose de t'amener. Nous sommes si chanceux d'avoir de tels amis ! Mais je t'en prie, mon amour, ne viens que si le temps le permet. Et n'oublie pas d'apporter tes papiers. Une chanson me trotte dans la tête, celle qui parle d'un mari qui se languit de sa femme comme une vague du rivage – sans relâche. Voilà à quel point tu me manques.

Ça paraissait si évident lorsqu'il l'avait expliqué à Christine. Elle l'avait cru dès qu'il lui avait montré la lettre.

Quant aux bijoux en ambre, je doutais de jamais rencontrer la femme qui pourrait les porter. Ces petits éclats de soleil... Les boucles d'oreilles en particulier. Chacune d'elles renferme son propre univers. Elles me rappellent la datcha (tous ces insectes!) et le soleil de fin d'après-midi, lorsqu'il plongeait dans le lac. La perfection incroyable de cet été... J'attendais le moment idéal pour te les offrir. Je regrette d'avoir tant tardé.

Inconfortablement installé sur la banquette, dans le courant d'air, Grigori tenta de se débarrasser de ce souvenir obsédant. En face de lui, Zoltan expliquait que la poésie était un paradoxe : une chose en apparence inutile que les gens continuaient cependant inlassablement et spontanément à créer.

— Eh bien, lança Grigori, je suis très flatté par ta proposition. Je ne vois pas pourquoi je refuserais.

Zoltan sourit, visiblement satisfait. Malgré l'âge, en regardant bien, on apercevait toujours le dandy en lui, bien qu'il se fondît dans la foule de personnages louches qui tuaient le temps dans ce snack.

— Réfléchis bien, malgré tout. Même si j'espère que tu accepteras.

Au moment où Grigori se levait pour boutonner son manteau, son attention fut attirée par la télévision : une présentatrice brune et enjouée évoquait un débat sur les moyens de transport. Puis, comme si elle avait remarqué la présence de Grigori, elle annonça gaiement : « Une ballerine célèbre, une vente de bijoux aux enchères et un collier mystérieux... Voilà le sujet de l'émission de June Hennessey, qui a obtenu une interview exclusive de l'ex-danseuse Nina Revskaïa. Rendez-vous ce soir à six heures, sur News 4. »

Bon sang, il n'y avait aucun moyen d'y échapper ! Grigori se surprit à éviter le regard de la présentatrice, alors même qu'un homme surgissait sur l'écran et qu'un flot de mots défilait sur le bandeau en bas : *Un terroriste condamné à la prison à perpétuité après un attentat à la bombe. L'Irak refuse de coopérer avec les inspecteurs en armement de l'ONU.* Grigori enfila ses gants.

— Bien, Zoltan, j'y vais.

Celui-ci leva les yeux de son carnet.

— Passe une bonne journée, Grigori, dit-il en reportant aussitôt son attention sur ses notes.

— Toi aussi, répondit Grigori en se dirigeant vers la porte.

Stephen possédait un de ces téléviseurs à écrans plats dont Drew avait entendu parler sans jamais en voir. Comme elle-même n'avait pas de télévision, elle se rendit à son appartement directement après le travail pour regarder l'interview de Nina Revskaïa. Pour remercier son ami, elle apporta une bouteille de son vin préféré, qu'il versa dans deux grands verres.

— Tchin ! dit-il en entrechoquant les deux verres, visiblement heureux de voir Drew sur son canapé en cuir gris.

Drew se sentit coupable d'être incapable d'aimer cet homme en retour.

Sur l'écran de télévision, une femme d'une soixantaine d'années, en tailleur rouge vif, lança le sujet sur un rythme trépidant, face à la caméra :

« Nina Revskaïa, la célèbre danseuse russe, surnommée le Papillon, a longtemps fasciné et inspiré les amateurs de ballet du monde entier. Danseuse étoile au Bolchoï, épouse du poète Viktor Elsin, Nina Revskaïa a fui l'URSS en 1952, et a été imitée, au cours des décennies suivantes, par de nombreux danseurs soviétiques, qui ont trouvé refuge à l'Ouest. »

Une série de photographies se succédèrent alors rapidement : Noureïev, Makarova, Barychnikov.

« La carrière de Nina Revskaïa au sein du ballet de l'Opéra de Paris a été écourtée par la maladie. Après avoir enseigné à Londres, elle s'est installée à Boston, où elle est devenue maîtresse de ballet pour le Boston Ballet à sa création, en 1963, ainsi que consultante artistique, et ce jusqu'en 1995. Elle est connue pour ses formidables talents d'ambassadrice culturelle et pour son incroyable collection de bijoux. »

La femme ponctua sa phrase d'un sourire espiègle comme pour dire : « Dieu merci, enfin un sujet intéressant ! » Sur l'écran apparut une photographie, datant sans doute des années 1960, de Nina Revskaïa avec un collier de diamants.

« Les Bostoniens qui ont découvert ces bijoux, cadeaux d'amis, de fans et de célèbres joailliers, lors du gala de bienfaisance organisé par le Club de Saint-Botolph, il y a cinq ans, en ont eu le souffle coupé. Aujourd'hui, la salle des ventes Beller met aux enchères plus d'une centaine de pièces, d'une valeur globale estimée à près d'un million de dollars. L'ensemble des bénéfices ira à la fondation du Boston Ballet. L'excitation a été décuplée, la semaine dernière, par l'annonce du don anonyme d'un collier en ambre de la Baltique, qui semble appartenir au même ensemble qu'un bracelet et une paire de boucles d'oreilles de la collection de la danseuse. J'ai eu l'immense honneur de rencontrer Nina Revskaïa dans son appartement de Back Bay pour discuter avec elle de sa vie et de ce mystérieux collier. »

Vint ensuite l'interview enregistrée. Nina Revskaïa et la journaliste étaient toutes deux installées sur un canapé. Drew reconnut l'appartement de Commonwealth Avenue et l'air revêche de Nina Revskaïa. Pourtant elle éprouva la même curiosité que lorsqu'elle tombait sur une interview d'une star dans un magazine. Cette avidité avec laquelle elle se jetait sur le détail le plus anodin, comme si des confessions insignifiantes pouvaient lui donner les clés de la vie de quelqu'un d'autre... Elle savait que son intérêt provenait autant de son côté midinette que d'une motivation professionnelle – découvrir comment une étrangère avait mené sa vie, ce qu'elle avait réussi à obtenir de ce monde. En vérité, c'était bien à cette quête que se résumaient toutes les recherches qu'elle avait effectuées pour la vente Nina Revskaïa : comprendre comment vivre, comment être.

« Cette vente au bénéfice du Boston Ballet est extrêmement généreuse de votre part, commença la journaliste de News 4. Les institutions culturelles manquent si cruellement de fonds. Votre soutien doit changer profondément la donne pour le monde de la danse.

— Je l'espère », répondit Nina Revskaïa en détournant le regard.

La journaliste poursuivit sans se démonter, faisant preuve d'une décontraction remarquable, comme si elle passait sa vie à discuter sur ce canapé.

« Ces magnifiques bijoux sont en grande partie des cadeaux de joailliers et d'admirateurs, reçus à Paris puis à Londres. Mais nos téléspectateurs seront intéressés d'apprendre que vous avez rapporté certains d'entre eux de Russie. »

La mâchoire crispée, Nina Revskaïa dit :

« Oui, certaines pièces sont très caractéristiques de ce pays. »

— Elle ne lui facilite pas plus la tâche qu'à moi, fit remarquer Drew.

La journaliste hocha la tête pour encourager son interlocutrice.

« J'ai le sentiment que, d'une certaine façon, ces bijoux ont une valeur symbolique. Ce sont de véritables œuvres d'art qui ont survécu à un régime autoritaire, de la même façon que l'artiste sublime et talentueuse que vous êtes a fini par fuir l'oppression.

— Il vous faut comprendre, rétorqua Nina Revskaïa non sans irritation, que tous les citoyens étaient en danger, tous, en permanence, pas seulement les artistes. N'importe qui pouvait être dénoncé par n'importe qui, pour n'importe quelle raison. Même la plus futile. Pour avoir plus d'argent que son voisin. Pour une réflexion, une mauvaise blague. Voilà le monde dans lequel nous vivions. Vous devez comprendre que les arrestations étaient quotidiennes. Chacun connaissait quelqu'un qui avait été emmené.

— Quelle horreur ! »

Nina Revskaïa reprit :

« L'État usait de cette méthode pour nous mettre en garde, pour s'assurer que nous nous tenions à carreau.

— Dieu merci, vous en avez réchappé ! s'exclama la journaliste avec un mouvement de tête qui fit à peine bouger ses cheveux teints en blond doré. Nos téléspectateurs seront sans doute d'accord avec moi sur ce point : les bijoux que vous avez emportés sont un symbole très émouvant de ce passé tragique.

— Tragique, oui. Pour des millions de citoyens.

— L'ambre, en particulier, représente le souvenir, dans la mesure où il contient des vestiges du passé. Il s'agit en effet d'une résine qui renferme souvent de petits insectes ou d'autres formes de vie, extrêmement anciens. De ce point de vue, les bijoux en ambre ne sont pas seulement magnifiques, mais ils ouvrent aussi une fenêtre sur le passé.

— Sans doute.

— Avez-vous la moindre idée de l'identité du mystérieux propriétaire du collier complétant votre parure ? »

Drew se pencha automatiquement vers la télévision. Mais Nina Revskaïa se contenta de répondre :

« Ce collier peut provenir de n'importe où. »

— Qui est-ce ? demanda Stephen avec un éclat de rire.

— Qui ça ?

— Il y a quelqu'un au fond, là, dit-il en pointant son index vers un coin de l'écran. Tu vois ? Ce n'est qu'un bras, mais…

— Où ça ? Ah oui, je vois.

Dans la pénombre, Drew distingua la manche de quelqu'un qui se penchait lentement en avant.

« N'est-il pas surprenant, reprit la journaliste, que le collier en ambre complétant votre ensemble se trouve également aux États-Unis, et non en Russie ? »

— Évidemment que c'est surprenant, commenta Drew.

On discernait à présent une femme, en pantalon noir et pull violet, à l'arrière-plan. Pendant que Nina Revskaïa répondait, celle-ci, une Noire élancée, se pencha en avant et, regardant la caméra bien en face, fit un petit signe de la main en souriant, avant de sortir précipitamment du champ.

« Vous avez également évoqué la possibilité d'un vol. Vous pensez que le collier a pu être dérobé ?

— Très probablement, répondit sèchement Nina Revskaïa. Le bracelet et les boucles d'oreilles appartenaient à la famille de mon mari, mais beaucoup de leurs biens ont été spoliés au cours de la guerre civile. »

— Je n'en reviens pas ! s'exclama Drew.

Si les bijoux lui venaient de sa belle-famille, le nom de celle-ci devait apparaître dans les archives du joaillier. Pourquoi ne l'avait-elle pas dit plus tôt ? Drew se promit de l'appeler le lendemain, à moins qu'elle ne lui rende visite, pour que Nina Revskaïa puisse lui écrire en cyrillique les noms des parents de son époux sur autant de générations que possible – en espérant que, de son côté, elle réussirait à remettre la main sur les archives des joailliers.

— Cette femme finira par me rendre folle, compléta-t-elle à l'attention de Stephen.

— Allons, allons, répondit-il en lui tapotant l'épaule, avant de retirer brusquement sa main pour signifier qu'il avait compris les limites de leur relation.

Drew sentit, une fois de plus, son cœur se serrer. S'il y avait ne serait-ce qu'une minuscule étincelle, elle pourrait essayer… mais elle ne réussirait sans doute qu'à le blesser davantage. Elle ne parvenait tout simplement pas à imaginer que Stephen puisse lui inspirer les sentiments dont elle rêvait, puisse répondre à cette aspiration qui avait précipité la fin de son mariage : trouver un véritable partenaire. Autant rester avec Eric, dans ce cas.

Elle se souvenait encore de la gêne qu'elle avait ressentie en constatant qu'ils avançaient chacun de leur côté, et du moment où elle avait compris qu'il était trop tard pour faire marche arrière. Ça avait commencé lorsqu'elle avait décroché son premier véritable emploi rémunéré, un poste d'assistante dans le service d'acquisition d'œuvres d'art d'une compagnie d'assurances. Son patron, Roger, avait des manières élégantes et un langage châtié. Il était probablement homosexuel, même s'il mettait un point d'honneur à ne jamais mentionner sa vie privée. L'important était qu'il appréciait Drew et l'emmenait avec lui pour effectuer des transactions – pas seulement chez les antiquaires de la 11e Rue ou dans les salles des ventes à l'extérieur de New York, mais aussi à Londres, Athènes et Paris, en Bolivie et en Turquie, au Maroc. C'était en 1996, l'entreprise avait les moyens. Drew avait pris de l'assurance. Elle négociait ses achats en s'exprimant par gestes ou avec les rudiments de français qu'elle avait appris au lycée. Chaque fois, elle éprouvait la petite excitation qui accompagne tout succès, même mineur.

Elle avait emmené Eric lors d'un de ces déplacements, afin de prolonger ses deux journées de travail par un long week-end à Londres. Le premier matin, ils avaient pris le métro pour rejoindre Bloomsbury. En arrivant sur le quai, Drew avait constaté que leur rame était déjà là.

« C'est le nôtre ! » s'était-elle exclamée en s'engouffrant à l'intérieur.

Eric, lui, s'était figé le temps de lui demander si elle en était certaine, et les portes s'étaient refermées sur elle. Pressée par la foule des voyageurs, Drew avait indiqué à Eric, à travers la vitre, le nom de la station où elle l'attendrait. Pourtant, lorsque le métro s'était lentement mis en branle, elle n'avait pu s'empêcher de penser que quelque chose d'irréparable venait de se produire.

Chassant ce souvenir, Drew reporta son attention sur l'immense écran de télévision devant elle.

« J'ai parcouru nos archives, expliquait la journaliste de News 4, pour retrouver des photos vous représentant avec le bracelet et les boucles d'oreilles en ambre, mais je n'en ai pas trouvé une seule. En revanche, j'ai mis la main sur beaucoup de clichés incroyables, entre autres un de vous avec Jackie Onassis ! »

Comme Nina Revskaïa ne réagissait pas, son interlocutrice insista :

« Mais je regrette cependant, j'aurais aimé vous voir avec ces magnifiques boucles d'oreilles.

— Elles ne m'allaient pas.

— À cause de la couleur ?

— Les grosses pierres exigent un visage plein, une certaine stature. Sinon, elles écrasent celle qui les porte. Non, ces boucles d'oreilles n'étaient pas pour moi. »

La morsure de l'hiver, la grisaille frissonnante des matins, le crépuscule éternel. Certains jours, le Bolchoï fait des économies en ne chauffant pas pendant la journée ; pour répéter, Nina enfile alors des collants de laine, un long tricot et des jambières qui lui donnent l'impression d'avoir des cuisses épaisses. Avant d'entrer sur scène, elle se trempe les pieds dans de l'eau chaude. Elle n'a eu aucune nouvelle de ce Viktor, alors que, depuis une semaine maintenant, elle espère un rendez-vous. Elle s'est peint les ongles avec un vernis couleur perle et a fait ressemeler ses plus belles chaussures. Elle a même déniché une jolie robe en rayonne dans un dépôt-vente. Dans la petite loge où elle se trouve à présent, elle gratte le cuir sous ses pointes pour les empêcher de glisser. À chaque passage de la râpe sur la semelle, elle s'efforce de chasser Viktor de ses pensées. Elle doit rester concentrée, et se préparer : ce soir, ils donnent *La Belle au bois dormant*, et elle interprète la Fée des lilas.

Assise devant une coiffeuse, juste à côté d'elle, Polina, qui sera la Fée diamant, se colle des faux cils en lui expliquant qu'elle est amoureuse.

— D'Arkadi Lievny ? demande Nina d'une voix où perce l'incrédulité.

Elle a vu trop de danseuses se « lier » à des membres du Parti. C'est un moyen de s'élever quand on n'a pas de réel talent. Polina n'en est pas dénuée, même si elle manque de ce don indéfinissable qu'aucun entraînement, même acharné, ne permet d'acquérir : le charisme, la présence en scène, la grâce d'une véritable étoile. Il y a quelque chose de rigide chez elle, une absence de naturel, en dépit de ses longues jambes puissantes et de sa maîtrise parfaite. Elle danse avec ses muscles, pas avec son cœur.

— Non, pas d'Arkadi, chuchote Polina. De son *ami*.

Elle écarquille les yeux – elle n'a eu le temps de mettre qu'un seul des postiches en plume, si bien que son second œil paraît étrangement petit et larmoyant. À l'instar de Nina, elle est déjà maquillée, et sa peau luit d'un éclat factice.

— Oleg. Il occupe un poste important au ministère du Commerce.

Polina emploie toujours un ton obséquieux lorsqu'elle évoque les huiles. Elle se retourne vers le miroir pour appliquer l'autre faux cil, un petit sourire aux lèvres, comme si elle venait de commettre une bêtise.

— Arkadi m'a emmenée dîner en ville, et son ami, Oleg, était là. Il est si charmant, Nina ! Il m'a jeté de ces œillades à table... Je suis incapable de t'expliquer pourquoi, mais j'ai tout de suite *su*.

Nina s'est attaquée à son deuxième chausson, qu'elle gratte avec des mouvements rapides, presque distrait.

— Su quoi ?

— Que quelque chose allait se passer entre lui et moi !

— Tu vas laisser tomber Arkadi, alors ?

— Je vais devoir lui parler, oui.

L'espace d'une seconde, Nina trouve qu'avec son long cou osseux, son maquillage exubérant et ses faux cils en plumes, Polina ressemble à une autruche.

— Il m'a offert son étui à cigarettes, ajoute-t-elle dans un murmure.

— Arkadi ?

— Non, Oleg !

Du tiroir de sa coiffeuse, elle tire une fine boîte en argent dont le couvercle est en partie recouvert d'un motif en ivoire. Nina observe l'étui, les volutes fleuries qui le décorent. En l'examinant plus attentivement, elle constate, choquée, qu'il ne s'agit ni de fleurs ni de plantes mais de deux corps dénudés, un homme et une femme enlacés. À l'évidence, Polina la lui a montrée pour cette raison, pour faire la démonstration d'une forme de maturité que Nina ne possède pas encore. Feignant de n'avoir rien remarqué, celle-ci lui rend l'étui.

Polina le range fièrement dans son tiroir et le verrouille. Depuis qu'elles ont été promues coryphées, elles disposent d'une loge indépendante, exiguë et froide, sans fenêtres. Aux murs fissurés, aux ampoules nues éblouissantes. Elles y suspendent leurs collants le soir pour qu'ils sèchent pendant la nuit. Nina a orné son miroir d'une bande de tissu à œillets pour égayer un peu la pièce. Polina, elle, a coincé deux photographies dans le cadre du sien, et le dessus de sa coiffeuse est encombré de produits de beauté – elle en possède au moins le double de Nina –, tubes de rouge à lèvres, pots de poudre pailletée, fards à paupières de toutes les couleurs, cold cream baptisée « Flocon de neige ». Sans oublier le flacon de « boue persane », contenant un ingrédient secret originaire de Géorgie. Affiché au mur juste à côté, un article du Dr Iakov Veniaminov, cosméticien, dont Polina suit religieusement les conseils.

La costumière est à la porte. Elle leur remet sèchement leurs costumes puis s'éclipse.

— En tout cas, concède Nina en enfilant son tutu lavande, je suis contente que tu aies trouvé quelqu'un qui te plaise.

Pendant que Polina lui agrafe son corsage dans le dos, Nina brûle de lui dire qu'elle aussi a rencontré quelqu'un, mais elle a l'impression d'avoir rêvé. Dans l'évier, elle fait couler de l'eau froide sur les talons de ses chaussons pour qu'ils adhèrent à ses collants, puis elle va s'asseoir et enfile une première pointe.

Elle enfonce ses orteils, pressés les uns contre les autres, jusqu'au tampon d'ouate qu'elle a placé au fond. C'est la première fois qu'elle danse cette partition, des heures difficiles l'attendent, elle n'a pas le temps de penser à Viktor… Elle s'attaque au second. Tout en enroulant et nouant les rubans autour de ses chevilles, elle se répète qu'elle est prête, même si ses mains tremblent.

La sonnerie. Jetant son cardigan sur ses épaules, elle souhaite bonne chance à Polina avant de se précipiter vers la salle de maquillage, où on lui fixera sur la tête un petit diadème à fleurs violettes et on lui appliquera quelques touches finales de fard à paupière. Le trac l'assaille pendant qu'elle s'échauffe dans le studio. En coulisses, alors que les princes, les pages, la reine, le roi et leur cour défilent solennellement sur la musique du Prologue, elle enchaîne les pliés en prenant appui sur un projecteur. Autour d'elle, les costumières vérifient une dernière fois les rubans et le diadème dans ses cheveux, les danseuses du corps de ballet piaillent comme une volée de moineaux et le régisseur tente de les faire taire tout en se plaignant des traces de colophane qu'elles laissent sur le plancher.

L'un des accessoiristes lui tend une branche de lilas pailletée – sa baguette magique –, alors que résonnent les premières notes de la valse qui marque son entrée. S'abandonnant à la mélodie, Nina pénètre sur la scène pentue, accompagnée d'une file de danseuses en tutus qui avancent sur les pointes, pour se trouver sous les lumières éclatantes. Nina est le pivot du groupe, la figure centrale et apaisante autour de laquelle le ballet s'organise, même lorsqu'elle introduit les autres fées, agitant d'un mouvement gracieux sa branche de lilas, enchaînant les petits pas de bourrée, n'effectuant que quelques grands jetés pour traverser la scène. Cette ouverture très lente, à mille lieues des sauts rapides et des tours que Nina affectionne, ne présente aucune difficulté particulière, à l'exception d'une pirouette qui se termine sur une arabesque. La Fée des lilas étant une présence bienveillante et protectrice, Nina effectue chacun de ses mouvements dans l'idée que le bien peut triompher du mal, que les sorts peuvent être brisés. Comme chaque fois qu'elle danse sur scène, les minutes s'écoulent à la vitesse des secondes : déjà elle entame sa dernière diagonale, enchaînant deux petits sissones, un relevé, puis une double pirouette.

Ce n'est que plus tard, alors qu'elle attend patiemment, avec d'autres, un pas de deux, qu'elle s'autorise à scruter le public, au-delà des feux de la rampe et des premiers rangs de l'orchestre, comme si, parmi tous ces visages plongés dans l'obscurité, elle pouvait – en le désirant suffisamment fort – trouver Viktor.

Mais elle n'aperçoit que sa mère et sa beauté lasse, dans la loge où elle s'installe toujours. Depuis la mort de sa grand-mère, elles vivent seules dans la pièce au plancher nu. Mère passe toujours ses matinées au dispensaire et ses après-midi à faire des courses pour les amis et parents trop faibles ou trop vieux. Et puis, elle a toujours quelqu'un à aller voir à l'hôpital, sans parler de son frère, en prison depuis trois ans (« Il est innocent, victime d'une erreur, et, dès que le Camarade Staline l'aura découvert, répète-t-elle, il rétablira la justice »). Elles n'évoquent jamais la situation désespérée de celui-ci, même si mère parcourt la ville en tous sens pour lui acheter des médicaments et de la nourriture – une quête infinie, qui la force à faire la queue par tous les temps, l'été avec son fichu en coton blanc, l'hiver avec celui en laine foncée. Néanmoins elle ne rate jamais un nouveau rôle de Nina et assiste au moins à une représentation de chacun des ballets que sa fille interprète, agitant son programme dans sa direction comme si elle n'avait jamais vu personne danser avec autant de brio.

Ce soir, pourtant, Nina préférerait voir le visage de Viktor, avec son nez altier et ses yeux en amande. Il suffit qu'elle pense à lui pour qu'un petit oiseau se mette à battre des ailes dans sa poitrine.

Avant d'entrer en scène pour le deuxième acte, elle s'approche au maximum pour observer la salle – elle connaît pourtant la règle : si on peut voir le public, on peut être vu. Elle tend le cou, inspecte les fauteuils. Soudain le régisseur lui demande de reculer ; elle est trop près d'un projecteur et risque de projeter une ombre…

Les applaudissements diminuent, les rideaux se referment, les lumières se rallument. Nina a bien dansé – elle le sait, et le public le sait, elle l'entend dans leurs applaudissements. Même les autres ballerines la félicitent.

Sa mère l'attend dans le couloir du fond, sous l'affiche clamant « Travailler est une fête ! ». Elle est resplendissante, son maintien parfait alors qu'elle est presque toujours voûtée à la maison, comme pour montrer aux danseurs qu'elle aurait pu, dans d'autres circonstances, être l'une d'entre eux.

— Ils admirent tous ta performance, tu devrais les entendre ! dit-elle avant, comme toujours, de se répandre en plaintes. Cette blonde te cachait. Lorsque vous étiez toutes en diagonale, pendant le mariage. Je t'apercevais à peine.

Nina est habituée à ses récriminations ; sa mère ne sera jamais satisfaite.

— C'est normal qu'elle soit là, c'est sa place.

— Elle se mettait en avant.

— Je le dirai au metteur en scène, compte sur moi ! s'esclaffe Nina en déposant un baiser sur les joues lisses de sa mère. Il est tard, ne m'attends pas.

Elle la serre dans ses bras avant de lui souhaiter bonne nuit, heureuse qu'elle ait assisté à cette soirée importante. Éludant les félicitations des autres danseurs, elle rejoint, épuisée, sa loge, où flotte une odeur froide de renfermé – un mélange de parfum et de vieille transpiration. Nina dénoue ses chaussons, libère ses pieds fatigués, ses pauvres orteils écorchés. Elle ôte ses faux cils et les range dans leur petit étui. Sur leur coussin de mousse, ils ressemblent à des mille-pattes.

Un coup frappé à la porte.

— Entrez.

— Vous avez été sublime.

Viktor, les bras remplis de roses. Stupéfaite, Nina recule et renverse un tabouret en bois.

— Comment êtes-vous arrivé ici ?

— Ça n'a pas été facile… J'ai dû soudoyer le portier. Tenez, elles sont pour vous.

La plupart des bouquets sont composés de fleurs communes, soucis ou lupins ; voire, en hiver, de fleurs artificielles, capucines et violettes en tissu. Mais des roses…

— Il y en a tant ! s'exclame Nina en s'assurant qu'elles sont en nombre impair – dans le cas contraire, elles lui porteraient malheur.

— Je voulais vous offrir des fleurs aussi belles que vous.

— Elles sont parfaites, répond-elle en perdant le compte. Comme cette soirée, grâce à vous.

— Attendez qu'elle soit terminée… Acceptez-vous de dîner avec moi ?

Elle répond par l'affirmative, mais, en dépit de ses efforts, sa voix tremble.

— Laissez-moi simplement le temps d'enlever cet affreux maquillage.

— Je l'adore, vous ressemblez à une fille de mauvaise vie.

La costumière ouvre la porte pour récupérer le costume de Nina, mais, constatant que celle-ci ne l'a pas encore quitté – et qu'elle n'est pas seule –, elle tourne les talons.

— Je vous laisse, dit Viktor. J'attendrai dans le couloir.

Il disparaît aussi vite qu'il est apparu. Nina se démaquille rapidement et prend une douche bien chaude, contrairement à chez elle. Puis elle se sèche et enfile le soutien-gorge rose vif qu'elle remplit à peine, regrettant de ne pas avoir mis sa robe en rayonne… Polina l'a rejointe et, assise sur son tabouret en bois, observe ses orteils abîmés.

— Comment je suis ? lui demande Nina.

— Ravissante, répond Polina, lui accordant à peine un regard, trop occupée à bander ses pieds.

Nina passe son manteau et se coiffe d'un turban. En sortant dans le couloir, elle ne voit que le portant avec les costumes pour la représentation du lendemain, recouvert d'un drap. Son cœur se serre... mais soudain elle aperçoit Viktor derrière le portant. Adossé au mur, il fume une cigarette avec décontraction comme s'il était un habitué des lieux. L'espace d'une seconde, Nina se surprend à douter : et si c'était une illusion, s'il n'était pas celui qu'elle croit, s'il ne partageait pas ses sentiments ? Et que penser de la femme blonde qui l'accompagnait à la fête ? Mais lorsqu'il lui sourit, ses craintes s'envolent.

Ils se rendent à l'Aragvi et s'installent au fond, près de l'orchestre qui joue des chansons géorgiennes. Nina, qui n'a pas l'habitude des restaurants aussi chic, laisse Viktor commander : une bouteille de vin de Teliani, de la salade de poisson et du caviar pour commencer. Des chachliki en plat de résistance.

— Avez-vous toujours voulu être poète ? lui demande-t-elle.

— Pas du tout. Comme tous les petits garçons, je rêvais de partir à la conquête des pôles, répond-il en éclatant de rire.

L'orchestre, trop heureux d'avoir un public, se fait de plus en plus bruyant, et Viktor est contraint d'élever la voix pour raconter à Nina qu'il a grandi près de Moscou, avec sa mère et sa grand-mère.

— Notre petite ville était plutôt un gros village. Ma mère était enseignante, et c'est ma grand-mère qui m'a élevé, mon père étant mort peu après ma naissance. Elle adorait la nature. J'ai coutume de dire que j'ai passé mon enfance dans les bois.

— Moi aussi, j'ai perdu mon père jeune, dit Nina. J'avais trois ans. Il avait une maladie du sang, ajoute-t-elle avant de reprendre : Quelle matière enseignait votre mère ?

Viktor paraît surpris par la question, mais il se ressaisit rapidement.

— Elle était professeur de langues, répond-il vaguement.

— Votre don doit vous venir de là.

Il sourit.

— Je suppose que je devrais la remercier, en effet. Même si je n'avais pas l'intention de devenir poète. Dès que j'ai été en âge, j'ai suivi une formation de soudeur.

Il lui raconte alors ses années d'usine, son manque évident d'aptitude pour ce métier, malgré ses efforts.

— Je n'avais aucune prédisposition pour le travail manuel, même si je refusais de l'admettre. Tout au long de mon apprentissage, j'ai composé des petites chansons et des poèmes pour me donner du courage. Ou pour m'empêcher d'accepter mon échec, peut-être. Un jour, un professeur est tombé sur des mots que j'avais jetés sur le papier. Il les a envoyés à une revue qui publiait un article sur l'Institut de l'acier, et en voyant mes poèmes imprimés j'ai éprouvé un sentiment d'accomplissement inédit. Aujourd'hui encore, je suis persuadé que mon professeur a agi à dessein, pour me pousser à changer de carrière et à quitter l'école !

Il avale une gorgée de vin avant de conclure :

— Heureusement, j'ai été accepté à l'Institut de littérature.

Autour du plat principal, il évoque le poète de Leningrad qui lui a servi de mentor. Sa façon de parler est à la fois chaleureuse et directe, elle témoigne de son aisance et de son ouverture aux autres. Les yeux plantés dans ceux de Nina, il décrit son évacuation à Tachkent pendant la guerre, et les trois années qu'il y a passées aux côtés d'autres artistes – musiciens, acteurs, réalisateurs.

— Je n'ai jamais eu aussi chaud de ma vie, dit-il en grignotant un morceau de mouton grillé. Pour la première fois de ma vie, j'ai compris qu'on puisse préférer l'ombre au soleil.

Il lui raconte qu'il s'est promené à dos de chameau avec des Ouzbeks, qu'il a mangé des abricots frais et qu'à la Maison des écrivains de Moscou il n'avait qu'à tendre le bras par la fenêtre pour cueillir des mûres.

— 17, rue Karl-Marx, dit-il le regard rêveur. Et tout autour, il y avait des amandiers.

Puis son expression se fait sérieuse.

— Bien sûr, nous ne pouvions pas réellement en profiter... nous savions que, jour après jour, nos frères perdaient la vie. J'aurais aimé combattre à leurs côtés. Si seulement on m'avait laissé partir au front...

— Pourquoi vous en a-t-on empêché ?

— J'ai un trou dans le cœur. Je suis né avec. Les docteurs l'entendent avec leur stéthoscope.

— Un trou !

— C'est une façon de parler. En réalité, il s'agit d'une valve qui se referme mal. Cette malformation n'est pas mortelle, même si, à cause d'elle, les battements de mon cœur sont irréguliers. J'ai donc été réformé.

Nina se rappelle qu'elle a songé, la première fois où elle a posé les yeux sur lui, qu'il n'avait pas dû faire la guerre. Il est évident que c'est son statut social, et non son état de santé, qui lui a évité de se battre. En fin de compte, presque tout le monde, handicap ou non, a été envoyé au front. Viktor n'a été épargné que parce qu'il est un poète reconnu, de même que la plupart des danseurs du Bolchoï ont été déplacés à Kouibichev. Nina acquiesce pourtant tandis que Viktor poursuit son récit, évoquant à présent son retour à Moscou et sa vie dans un foyer d'artistes avec sa mère.

— C'est la raison pour laquelle je n'ai pu venir vous voir plus tôt, ajoute-t-il. Elle était malade. Le médecin a hésité toute la semaine sur le traitement à lui administrer. Mais elle s'en est sortie, heureusement.

Nina ne peut s'empêcher de se demander s'il est sincère. Elle imagine la mère de Viktor comme la sienne : une femme autrefois charmante passant ses journées à courir à droite et à gauche, emmitouflée dans un châle alourdi par les frustrations quotidiennes. Enfin, Nina ose poser la question qui lui brûle les lèvres :

— La femme qui vous accompagnait à la fête…

— Lilia, vous voulez dire ? Étonnante, n'est-ce pas ? C'est une vieille amie. Elle vit à Leningrad à présent, mais, de temps à autre, elle vient rendre visite à sa famille à Moscou.

Nina contient à grand-peine sa surprise. Il la trouve *étonnante*… Mais Viktor semble décider que son récit, et son repas, sont terminés. Il dépose sa serviette sur son assiette vide et sourit d'un air joyeux et paisible. Pourtant la serviette est parcourue de petits plis, comme s'il avait passé la soirée à la tordre.

— Et vous ? demande-t-il. Parlez-moi de votre famille.

— Il n'y a plus que ma mère et moi. Elle travaille dans un dispensaire. Mon père était peintre décorateur pour le Bolshoï. Je soupçonne d'ailleurs ma mère de l'avoir épousé pour cette raison. Elle a toujours été fascinée par le monde du spectacle, même si elle n'a pas grandi dedans. C'est à cause d'elle que je suis devenue danseuse. J'ai récemment pris conscience, que le ballet était son rêve à elle…

Tout en parlant, Nina se représente distinctement les chevilles fines de sa mère, ses mollets musclés, étroits mais puissants, comme les pattes d'une biche. Elle s'en veut aussitôt d'avoir exposé au grand jour les sentiments intimes de celle-ci. Elle se détourne pour regarder l'orchestre. Viktor ne semble pas s'en formaliser.

— Vous avez un cou gracieux, dit-il. J'imagine que c'est indispensable pour être danseuse, non ? Est-ce qu'on le mesure lors des auditions ?

Nina éclate de rire.

— C'est une illusion d'optique. On nous apprend à monter sur les pointes, puis, à reposer les pieds sans redescendre la tête.

On pourrait croire qu'elle plaisante, pourtant elle est sincère.

— Un peu comme un tour de magie, conclut-elle.

— En effet, reprend-il. Votre nuque est superbe. J'aimerais beaucoup pouvoir la toucher à nouveau.

Rougissant du décolleté aux joues, Nina pose une main sur son cou comme pour dissimuler le feu qui la brûle.

— Un cou comme le vôtre mériterait d'être mis en valeur par toutes sortes de bijoux.

L'audace de cette déclaration réjouit Nina. Elle supporte mal ceux qui s'opposent, par principe, à la propriété personnelle et mettent un point d'honneur à le marteler, comme pour démontrer une forme de supériorité. À l'instar de ses voisins de palier, qui ont toujours un commentaire dédaigneux au sujet des possessions futiles des autres. Même sa mère, avec une humilité sincère, prétend se satisfaire du peu qu'elle a. Elle n'admettra jamais avoir besoin de telle ou telle chose et se contente d'un bout de ficelle en guise de ceinture. En comparaison, Nina passe évidemment pour avide.

Elle se sent en confiance avec Viktor, comme lors de leur première rencontre. Il lui semble qu'elle ne s'est pas sentie aussi proche de quiconque depuis une éternité.

— Pour tout vous dire, confie-t-elle à voix basse, j'ai toujours rêvé de boucles d'oreilles.

— Des boucles d'oreilles… oui.

Viktor plisse les yeux, comme si une vision précise venait de surgir dans son esprit.

— Depuis l'âge de dix ans, reprend Nina avant de lui parler de la femme de l'hôtel et des diamants qui ornaient ses oreilles.

Elle prend le risque d'être accusée de matérialisme, mais elle est persuadée qu'un homme comme Viktor ne la jugera pas aussi rapidement.

— Je n'avais jamais rien vu de pareil.

— Vous devriez en porter, Papillon. Et des rangs de perles si longs qu'ils iraient jusqu'à terre, où ils formeraient une petite flaque.

Il ponctue sa phrase d'un sourire, le sourire d'un homme auquel rien ne résiste. Comme si sa vie entière n'était qu'une immense plaisanterie. Ce sourire est si vivant que Nina se surprend à vouloir le reproduire. En même temps, elle sent sourdre en elle une inquiétude face à la confiance inébranlable de cet homme qui semble croire que le monde entier lui appartient.

Elle se rappelle alors la serviette froissée.

Après dîner, Viktor propose de la raccompagner chez elle. Cette fois, Nina le laisse pénétrer dans la ruelle qui mène à son immeuble, partagée entre l'espoir et la crainte que, dans l'obscurité, il la touche de nouveau comme il l'a fait dans la voiture. Mais il annonce qu'il attendra à l'entrée de la ruelle pour s'assurer que Nina rentre bien dans son immeuble. Son attitude a été irréprochable toute la soirée. À peine lui a-t-il pris le bras avec délicatesse. Pendant que Nina descend la ruelle, l'excitation prend le pas sur la déception. Tout en se concrétisant, son aventure avec Viktor prend un tour respectable.

Une semaine entière s'écoule, les roses se fanent et Nina n'a toujours pas de nouvelles de Viktor. Elle coupe les bouts des tiges, puis fait bouillir de l'eau avant de les y plonger brièvement, le temps que la vapeur rougisse ses mains. Aussitôt elle replace le bouquet dans son vase et le remplit d'eau froide. Il suffit qu'elle réussisse à maintenir ces roses en vie...

En moins d'une heure, les fleurs ont retrouvé leur superbe.

Lot n° 23

Flacon de parfum : 3 cm de large, 4,5 cm de hauteur en incluant le bouchon à vis en cornaline, décor peint à la main sur porcelaine blanc cassé représentant un papillon, verre et argent sterling, 18 g. Estimation : 1 000 – 1 500 $.

5

— C'est vous qui sentez aussi bon, Carla ? demanda Grigori en entrant dans le secrétariat du département de langues étrangères.

— C'est le nouveau détergent utilisé par le personnel d'entretien. Il est à l'ananas, je crois.

Grigori ôta ses gants raidis par le froid.

— Un petit parfum des tropiques, quoi de plus subversif ?

Dehors il neigeait de nouveau, de minuscules flocons qui tourbillonnaient en réfléchissant faiblement la lumière. En commençant son cours sur l'acméisme, Grigori était encore obnubilé par l'interview de Nina Revskaïa diffusée la veille et par la frustration qu'elle avait suscitée en lui. Pourtant ses étudiants, qui avaient lu avec passion les poèmes au programme et chérissaient la langue russe, avaient réussi à lui remonter le moral et à donner, ne serait-ce que brièvement, un sens à sa vie.

Après avoir refermé la porte de son bureau derrière lui, il retira son manteau et son chapeau. Cette pièce aussi sentait la piña colada. Grigori alluma une cigarette et se carra dans son lourd fauteuil. Le mur en face de lui était couvert de diplômes encadrés, que plus personne n'était capable de déchiffrer – ils étaient en latin. Depuis la mort de Christine, il éprouvait souvent le besoin de les contempler, comme pour se rappeler ce qu'il avait réussi dans sa vie. Il était quelqu'un, il était parvenu à devenir quelqu'un : Grigori Solodin, directeur du département de langues étrangères, propriétaire d'une maison en parfait état dont il louait à présent le rez-de-chaussée à un couple et d'une Audi qui avait fait de nombreuses fois le voyage jusqu'à Tanglewood, pour le festival de musique, jusqu'à Jacob's Pillow, pour le festival de danse, et jusqu'aux monts Berkshire. Une plaque en bois l'instituait Professeur de l'année, et même si cette année était révolue depuis longtemps, elle avait existé. Grigori songea qu'il serait temps de la décrocher. Elle avait quelque chose de pathétique, comme ces articles de journaux décolorés, affichés aux devantures de restaurants lugubres.

En faisant tomber la cendre de sa cigarette dans la petite soucoupe qu'il conservait dans un tiroir de son bureau, il résolut pourtant de laisser encore un peu la plaque sur le mur, pour les moments comme celui-ci où seuls les objets matériels lui apportaient du réconfort : la lettre de remerciement du spécialiste de Tolstoï, toujours punaisée sur le tableau en liège, la carte d'un éditeur réputé (décédé depuis) le félicitant pour son deuxième livre – une lecture comparée de trois poètes soviétiques –, l'annonce de la remise de sa récompense par l'Académie des arts et des lettres. Il occupait ce bureau depuis si longtemps qu'il n'osait imaginer ce qu'il retrouverait s'il s'aventurait à le nettoyer. Un tiroir, au moins, était rempli de sa correspondance de la décennie précédente.

Ses attentes étaient démesurées, voilà où était le problème. Le fait de se séparer du collier en ambre ne l'avait pas libéré, en définitive. Le pendentif ovale et la surprise qu'il renfermait… De la petite collection d'objets qu'il avait constituée, ce collier était le seul que Grigori avait montré à Nina Revskaïa. Après tout, il était unique, au point qu'il semblait doté de pouvoirs. Bien sûr, autrefois, les lettres lui avaient inspiré le même sentiment, nourrissant ses soupçons, mais il était jeune et idiot à l'époque… *Frais et délicieux, le damier ombrageux des branches. Je pense parfois que c'est la raison pour laquelle je vis, pour des journées comme celle-ci, parfaites.*

Laissant libre cours à ses souvenirs, Grigori se leva pour rejoindre l'immense bibliothèque, recouvrant un mur entier, qui faisait sa joie. D'un seul regard, il pouvait embrasser l'étendue de son savoir. Il se dirigea vers l'étagère qu'il désignait mentalement comme le «rayon Elsin» et y prit un fin volume relié, *Poèmes choisis de Viktor Elsin, édition bilingue*. En plus petit, on pouvait lire : «Traduction et préface de Grigori Solodin.» Ce travail continuait à lui inspirer un sentiment de fierté, contrairement à son essai, *Trois poètes soviétiques, Étude comparée*, qu'il rouvrait rarement, ou *Le Réalisme socialiste*, une anthologie qui avait nécessité quantité d'autorisations de reproduction difficiles à obtenir. Tout en travaillant sur ces deux projets, Grigori traduisait les poèmes d'Elsin, pour le plaisir. Le recueil avait été imprimé à cinq cents exemplaires.

C'était peut-être pour cette raison qu'il conservait les éloges sur son travail de traducteur dans un dossier à part, dans l'immense armoire de classement métallique. Ces félicitations ne provenaient pas tant d'universitaires que de poètes, si talentueux que Grigori pouvait seulement espérer leur arriver un jour à la cheville. L'un avait dit qu'il s'était « approché de la voix d'Elsin autant que lui-même aurait pu s'imaginer le faire ». Un autre, dans une revue, avait vanté « la fidélité aux recherches formelles d'Elsin dans le respect des tournures luxuriantes ». Même Zoltan, qui, pour avoir grandi en Hongrie après la guerre, avait été obligé d'apprendre le russe, reconnaissait à Grigori une « oreille de poète », sensible aux nuances de la poésie d'Elsin.

En réalité, quelle qu'ait été la popularité du poète de son vivant, il ne pourrait jamais être qualifié de « majeur ». La beauté de son œuvre provenait principalement de sa simplicité, cette simplicité qui avait fait son succès, non seulement auprès du public mais aussi de ses éditeurs, qui suivaient naturellement les directives gouvernementales. Ses premiers poèmes célébraient la campagne de sa jeunesse avec candeur, recourant à l'humour et à l'argot tout en respectant cependant les recommandations officielles. Ses tourneurs étaient toujours séduisants, ses laitières toujours belles. Son écriture avait gagné en maturité avec le temps, et il l'avait fait évoluer autant que le lui permettaient les consignes stylistiques et thématiques. Si, pour effectuer sa sélection, Grigori avait lu beaucoup de poèmes simplistes, il en avait trouvé certains très émouvants, pour ne pas dire magnifiques. *Ombres reprisées, tapis d'aiguilles de pin, gouttes fauves de soleil.*

Parfois, tout cela semblait terriblement futile à Grigori – ses efforts, sa curiosité, ses découvertes minuscules. Son métier, même, et le fait que sa principale motivation, et il en était gêné, restât personnelle. Il avait passé cinquante années sur cette planète, et pour quoi exactement ? Écrire lettre de recommandation sur lettre de recommandation pour des étudiants prénommés Courtney, Heather ou Brian, afin qu'ils puissent passer un semestre au bord de la mer ou dans l'endroit qu'ils avaient choisi pour prolonger la fête permanente à laquelle se réduisaient désormais les études universitaires.

On frappa à la porte. C'était sans doute Carla, venant délivrer une remarque assassine au sujet de la cigarette. Grigori remit le livre à sa place sur l'étagère avant d'ouvrir.

— Oh, Zoltan ! Entre.

Le vieil homme pénétra dans le bureau, légèrement voûté comme toujours – sans doute sa fracture à l'épaule avait-elle été mal réduite, à moins que ce ne soit le résultat de sa manie de porter de vieux sacs en plastique remplis de carnets et de papiers.

— J'ai trouvé quelque chose d'intéressant dans mon journal, hier soir. Ça m'a fait penser à toi. Il y est question de ta danseuse, et de ce qu'elle a pu dire de son mari.

« Ta danseuse »... Depuis des années, Zoltan la surnommait ainsi.

— Je relisais mon journal quand je suis tombé sur la description d'une fête... une sacrée fête, je dois bien le dire. La princesse Margaret...

Zoltan éclata de rire, songeant à l'énormité de ce qu'il s'apprêtait à révéler, et se ravisa.

Il tira un carnet abîmé d'un de ses sacs et reprit :

— J'ai repéré le passage pour toi.

— C'est très gentil de ta part, lui dit Grigori, même si les allusions à Elsin que Zoltan avait pu faire dans son journal (ce n'était pas la première fois que son ami venait le trouver à ce sujet) n'avaient jamais constitué une révélation de taille.

Zoltan n'avait fait que croiser Nina Revskaïa à Londres, il la connaissait à peine.

— Ce n'est pas grand-chose, reprit le vieil homme en cherchant un passage avec son doigt. Mais où était-ce, déjà ? Ah, voilà ! Je lis tout ou seulement ce qui se rapporte à Viktor Elsin ?

— Tout, bien sûr.

Grigori tira une longue bouffée de sa cigarette. D'une voix légèrement plus forte, Zoltan commença :

— « La "Papillon" était là ; elle évoque plutôt une mante religieuse, aux longs membres repliés. Je suis toujours surpris de constater combien les danseuses sont menues lorsqu'on les rencontre en chair et en os. Elle était littéralement drapée de perles, et projetait d'ailleurs elle-même un faible éclat. Elle parle un anglais parfait, même si sa syntaxe souffre parfois de légères distorsions que je serais incapable de reproduire ici. Au départ, nos échanges ont été très superficiels, mais elle a fini par s'adoucir. De l'autre côté de la pièce, Isabel et lady Edgar chantaient une chanson polissonne, il me semble – en dépit de mon anglais prétendument "époustouflant", la plupart des allusions m'échappaient –, qui ne semblait pas amuser beaucoup Nina. J'ai dans l'idée qu'elle ne comprenait pas tout, elle non plus. Elle m'a avoué qu'elle avait été choquée la première fois où elle avait assisté à une soirée chez Roger. Elle n'avait jamais vu des gens aussi désinvoltes, qui s'asseyaient par terre et retiraient leurs chaussures. “C’est le genre de détail que l’on remarque au début puis auquel on s’habitue progressivement”, a-t-elle ajouté. Je savais très bien ce qu’elle voulait dire. J’avais presque oublié ces petites choses que je trouvais fascinantes un an plus tôt. Mais Papillon n’était pas encore parfaitement à l’aise, et lorsque, plus tard, quelqu’un a évoqué Margot… »

Zoltan releva les yeux et précisa à l’intention de Grigori :

— Fonteyn, bien sûr.

Puis il poursuivit :

— « … j’ai eu la certitude que les rumeurs étaient fondées et qu’ils n’étaient plus ensemble. Elle n’en a rien dit, bien sûr, mais tout dans son attitude le clamait, le regard froid, les mouvements crispés.

« Plus tôt dans la soirée, quelqu’un avait parlé de mes poèmes, et j’attendais qu’elle mentionne son mari. Mais elle ne l’a pas fait. Quand je lui ai demandé si elle lisait encore de la poésie, elle m’a répondu que non, qu’elle avait perdu son goût pour elle. C’est l’expression qu’elle a employée, “perdre le goût”. Je l’ai interrogée à ce sujet, et elle m’a dit qu’elle était d’accord avec Platon, ou du moins avec ce qu’elle était en mesure de comprendre de sa philosophie : que les poètes avaient quelque chose de malhonnête, et qu’il avait bien raison de vouloir les bannir de la Cité. J’ai été horrifié, naturellement. »

Zoltan regarda de nouveau Grigori pour ajouter :

— Je n’ai jamais pardonné à Platon.

Il reprit sa lecture :

— « Elle entendait par là, m’a-t-elle expliqué, que la seule réalité était la vie, la vraie vie, et que ces versions magnifiées n’étaient que des mensonges. J’ai osé suggérer que son époux serait d'un avis contraire. Elle a réfuté cette hypothèse, expliquant que c'était lui qui lui avait parlé des idées de Platon et que, d'après elle, il était parfaitement conscient que ses poèmes n'étaient pas la vérité. La réalité à laquelle il voulait croire n'existait pas, a-t-elle dit, et c'était pour cette raison qu'il devait la créer sur le papier. "Il voulait y croire, a-t-elle ajouté, mais je ne pense pas qu'il y parvenait." Puis Roger a déboulé, une décoration de Noël pendue à une narine… » Voilà, c'est tout.

Grigori hocha lentement la tête, se demandant si Nina Revskaïa avait dit la vérité.

— Merci beaucoup d'avoir partagé ton journal avec moi. Ça donne un autre relief à la poésie de Viktor Elsin.

— Je te ferai une copie du passage, si tu veux. Amusant, n'est-ce pas, comme on oublie ces choses ? C'est la vente des bijoux qui m'a rappelé à la Papillon. Les journaux en font leurs choux gras.

Zoltan rassemblait déjà ses affaires pour quitter le bureau de son ami.

— Passe une bonne journée, Grigori. Je déposerai la photocopie dans ton casier. Je suis toujours étonné de constater qu'on voit les choses sous un angle différent selon ce qu'on cherche…

Il s'éloigna dans un bruissement de plastique. Grigori allait refermer la porte derrière lui lorsque Carla glissa la tête dans l'embrasure :

— C'est un bâtiment non fumeur, vous savez.

Une nouvelle année commence. De petites stalactites crasseuses pendent des toits, et le soleil ne se lève pas avant dix heures. Les fenêtres sont calfeutrées avec des tampons d'ouate qui noircissent rapidement à cause de la suie. Mère partage ses journées entre le dispensaire, les magasins, l'hôpital et la prison, elle rend visite aux amis et aux parents. Pendant ce temps, Nina va et vient entre les cours de danse et les conférences marxistes obligatoires, consacre ses après-midi aux répétitions et les soirées aux représentations. Sans parler des missions d'intérêt public, des longs trajets dans des cars inconfortables pour rejoindre les villages lointains où elle danse devant des paysans ou des ouvriers. Pour arrondir les fins de mois, il y a les représentations privées dans les clubs, les instituts et les facultés. Lorsqu'elle a trop sollicité ses muscles, il lui semble que son corps entier tremble. Ses collants sont tachés de sang à l'extrémité. Certains jours, tout se déroule à merveille, son corps lui obéit et la surprend même. Mais d'autres fois, il la déçoit. Sans relâche, elle nettoie ses pointes, repasse ses costumes, coud des élastiques et des rubans sur ses chaussons. Écoute les remarques après les répétitions, et verse, parfois, quelques larmes. La frustration de la perfection inaccessible… Au crépuscule, elle dépose un baiser sur la joue de sa mère et sort dans la ruelle, où des enfants jouent au hockey, leurs voix évoquant des clochettes dans l'air pinçant. Le long du chemin, les tramways bondés, des passagers accrochés à l'extérieur, la dépassent lentement. Puis elle rejoint son univers de collants et de tutus, d'immenses rideaux de velours aux glands dorés qu'on ouvre puis qu'on referme. Et pendant tout ce temps, elle attend des nouvelles de Viktor.

Deux semaines se sont écoulées depuis leur dîner. Elle se demande si elle a commis un impair, s'il a rencontré quelqu'un d'autre… Et s'il lui était arrivé un accident ?

Puis, un jour, elle le voit.

Elle vient de danser en matinée – pas au théâtre du Bolchoï, non, dans une salle de spectacle beaucoup plus petite, pour un récital privé. C'est un dimanche, les températures sont froides sans être insupportables, le soleil amorce seulement sa descente vers l'horizon. Nina s'engage sur le trottoir où se presse une foule de flâneurs profitant de leur jour de congé. Soudain, devant elle, près d'un kiosque d'angle, elle aperçoit la femme blonde – l'« étonnante » Lilia, en manteau de fourrure grise, avec un chapeau sombre et étroit qui met en valeur sa chevelure blonde. Puis le regard de Nina tombe sur un homme élégant, qui achète des cigarettes au petit kiosque en bois. Son chapeau et son écharpe dissimulent en partie son visage, pourtant il s'agit bien de Viktor, si grand, si élancé, si beau. Le cœur de Nina se serre.

Elle s'apprête à le rejoindre, il le faut, elle rassemble son courage. Mais la foule inerte l'empêche d'avancer, et bientôt Viktor et sa compagne s'insèrent dans le flot.

Nina ferme les yeux, s'efforçant d'oublier ce qu'elle a vu. De l'oublier, lui. Elle est jeune, elle n'a pas besoin de lui. Au lieu de rentrer chez elle, elle décide de continuer à marcher, comme si, en allant suffisamment loin, elle pouvait se débarrasser de cette fièvre, de ces pensées. Elle se confie en silence à une amie imaginaire, lui raconte comment s'est déroulé son rendez-vous avec Viktor, il y a tout juste deux semaines, leur proximité à laquelle elle a cru. Accorder ainsi sa confiance, sans le moindre doute…

C'est peut-être impossible. Des enfants poussent des cris en faisant des glissades sur le sol gelé. Une vague de souvenirs submerge Nina : la cour poussiéreuse où elles jouaient, Vera et elle, des heures durant, riant si fort qu'elles ne parvenaient pas à s'arrêter. Puis la vague reflue, et elle se retrouve à marcher, seule.

Elle marche, encore et encore, sur la rive de la Moskova. Les voix joyeuses de choristes se déversent par les haut-parleurs. Elle observe les couleurs changeantes du fleuve, la glace qui vire au rose pâle alors que le soleil s'éteint. Puis, soudain, elle a froid, si froid que ses pieds sont presque gelés, son visage anesthésié par l'air vif.

Le lendemain, elle trouve un morceau de papier sur le sol de sa loge : un mot glissé sous la porte. « Désolé pour mon long silence. Ma chère mère a été de nouveau souffrante, je n'ai pas pu me libérer. Je vous prie d'accepter mes excuses. Et d'accepter de sortir avec moi ce soir. Bien à vous, Viktor. »

Sa mère, évidemment... Pourtant, lorsque, à la fin de la représentation, Nina découvre Viktor négligemment adossé au mur face à sa loge, elle lui dit d'un ton glacial :

— Je ne m'attendais plus à avoir de vos nouvelles.

— Pardonnez-moi. J'ai dû rester chez moi avec ma vieille mère... Mais ne lui en voulez pas, je vous en supplie !

Pas une seconde. C'est à vous que j'en veux.

Viktor se contente de sourire.

— Et si je vous promettais que ça ne se reproduira pas ?

— Je ne vous croirais pas, riposte-t-elle avec un calme étonnant. Je vous ai vu avec cette femme. Lilia.

Viktor paraît plus étonné que contrarié.

— Quand ça, hier ? Au restaurant ? Pourquoi n'êtes-vous pas venue me saluer ?

— Je ne voulais pas vous déranger.

— Vous ne pensez tout de même pas… Je vous l'ai dit, c'est une vieille amie, réplique-t-il en s'esclaffant comme si rien de tout ça n'avait d'importance. Papillon, j'ignore si ça peut changer quoi que ce soit, mais elle est partie pour l'Ukraine, où on lui a proposé un poste intéressant dans un théâtre. Mais même si elle vivait ici…

Il secoue brièvement la tête, et son expression change : pour la première fois depuis que Nina le connaît, il est à court de mots.

— Il m'est arrivé quelque chose avec vous, reprend-il, presque perplexe, il m'est arrivé quelque chose.

— Quoi ?

L'inquiétude perce dans sa voix, elle en est consciente.

— J'ai constamment envie d'être avec vous, dit-il.

À la surprise de Nina, cela semble vrai. À compter de ce soir-là, Viktor l'emmène dans des restaurants, des cafés obscurcis par la fumée de cigarettes, des boîtes de nuit bondées au bourdonnement incessant. L'aisance de son compagnon la libère de sa gêne. La barrière invisible qui la sépare habituellement des autres n'existe plus. Un appétit nouveau l'assaille, un appétit plus que physique : la faim de connaître cet être dans son entier, de découvrir les différentes strates qui le constituent, jusqu'à ses bizarreries. Pour la première fois de sa vie, Nina éprouve le besoin de connaître le cœur de quelqu'un.

Viktor est devenu empressé, il la courtise avec tact et sérieux, et seule la soudaineté de ce revirement l'embarasse. Pourtant, il semblerait bien qu'il n'y ait personne d'autre. Viktor profite de leurs rares moments d'intimité – dans la loge lorsque Polina est absente, dans un couloir momentanément vide, ou dans l'obscurité glaciale d'une ruelle pavée au cœur de la nuit – pour l'embrasser subrepticement, passionnément, tout en murmurant à son oreille. Parfois il la touche, comme il l'a fait dans la voiture, et Nina s'émerveille d'avoir vécu jusqu'à présent dans l'ignorance d'un tel plaisir. Elle rentre chez elle à des heures avancées, accueillie par les ronflements sifflants de sa mère, et se glisse, heureuse, sous les draps de son étroit lit de fer.

Certaines nuits, mère l'interpelle d'une voix où point l'inquiétude :

— Il est tard !

Depuis son lit, Nina répond :

— Je suis désolée, je ne voulais pas te réveiller.

— Une mère poule ne dort jamais tant que ses poussins ne sont pas en sécurité au poulailler.

— Ah ! Tu devrais t'entendre ronfler !

Mère éclate d'un rire léger, puis reprend d'une voix aiguë d'écolière :

— Tu es de bonne humeur, ça s'entend ! Je veux seulement te savoir en sécurité, ajoute-t-elle avec sérieux. En compagnie de gens fiables.

— Tu n'as pas de souci à te faire, je t'assure.

Mère soupire.

— Tu restes ma petite fille, tu sais.

Puis soudain, alors que Nina n'a pas encore mentionné Viktor, elle demande :

— Est-il beau ?

— Très.

— Très ! s'exclame-t-elle avant de reprendre, après un silence : S'il tente quoi que ce soit, sais-tu où le frapper ?

— Maman ! proteste Nina, sans pouvoir retenir un rire cependant.

Le déferlement des vagues sombres de l'hiver, le froid extrême et le ciel mélancolique, la neige qui noircit, durcit, fond, regèle... Tout cela lui semble beau désormais, grâce à Viktor. Elle fait la rencontre de ses amis et relations : un couple marié qui traduit des œuvres littéraires, un jeune romancier sibérien plein d'audace, un auteur dramatique pâle et nerveux qui réussit toujours à renverser quelque chose. Viktor fréquente également des gens plus âgés : Roudnev, l'académicien chauve, Kaminski, l'architecte, et la femme qui dirige les Archives d'État du servage et de l'époque féodale. Mais il n'a pas encore invité Nina chez lui pour lui présenter sa mère.

Il y a, en particulier, le compositeur Aron Simonovitch Gershtein (ses proches l'appellent Gersh), le meilleur ami de Viktor. Il enseigne au conservatoire de Moscou et vit dans le même foyer que Viktor et sa mère, un immense bâtiment que possède le Bolchoï, juste à côté de la place des Théâtres. Réservé aux compositeurs, musiciens et artistes, il est en bien meilleur état que l'immeuble en bois vermoulu où habitent Nina et sa mère. Des miliciens montent la garde devant chacune de ses façades, et des odeurs de friture assaillent les visiteurs dès qu'ils pénètrent à l'intérieur.

À chacun des trois étages s'étend un long couloir sombre ponctué de plusieurs portes. Lorsque Nina et Viktor viennent en visite, toutes les portes s'entrouvrent sur un regard inquiet. Quelle que soit l'heure, il y a toujours quelqu'un pour fumer dans l'entrée, téléphoner, crier ou faire cuire des pommes de terre dans la cuisine commune. La chambre de Gersh se trouve au milieu du couloir, un piano à queue en occupe la majeure partie.

La petite trentaine, Gersh a de larges épaules et des cheveux châtains qui commencent à tomber. Ses yeux gris-vert brillent derrière de petites lunettes rondes, l'un d'eux louchant très légèrement vers l'arête de son nez, comme s'il avait reçu un mauvais coup sur la tête. Pourtant, il est loin d'être vilain, sans doute grâce à la lueur qui éclaire son regard.

— Entrez, entrez, dit-il la première fois que Viktor lui amène Nina. Je suis enchanté de faire votre connaissance, Papillon, ajoute-t-il en portant la main de la jeune femme à ses lèvres. Toi aussi, Viktor, je suis enchanté de te voir, comme toujours. Vous arrivez juste à temps pour essayer le nouveau thé préparé par Zoïa.

Viktor répète silencieusement le prénom en regardant son ami, qui hausse les épaules d'un air de s'excuser. Viktor lance un regard d'avertissement à Nina. Elle se tourne, gênée, vers la brune menue qui s'affaire à l'autre extrémité de la pièce.

— Viktor Alexeïevitch ! s'exclame la jeune femme en relevant la tête.

Ses cheveux courts et bouclés encadrent son visage.

— Il y avait si longtemps ! poursuit-elle. Et quel plaisir, ajoute-t-elle à l'intention de Nina, de faire votre connaissance ! Je vous ai vue danser. Vous êtes incroyable. Vous ne retirez pas votre manteau ? J'adore le ballet. J'ai toujours rêvé d'être une danseuse.

Elle parle très vite, avec un léger zézaiement, et Nina est forcée de se concentrer pour la suivre.

— Vous avez choisi le meilleur moment pour nous rendre visite. J'espère que vous resterez prendre une tasse de thé. C'est la première fois que j'en prépare.

Elle explique qu'elle tient les fleurs de thé d'un médecin chinois.

— Il m'a dit qu'en en buvant un jour sur deux, on pouvait prolonger son espérance de vie de dix ans.

— Bonté divine ! s'exclame Viktor. Que ferions-nous de tout ce temps supplémentaire ?

— Moi, je me demande surtout ce qui arrive si on en boit tous les jours, ajoute Gersh.

— Les fleurs ne s'ouvrent que toutes les vingt-quatre heures, poursuit Zoïa. Ou quelque chose dans le genre. J'ai oublié les détails, à vrai dire, mais c'est très bon pour la santé.

— Pourquoi ? demande Nina, qui ne sait où donner de la tête entre le babil de la femme, l'appartement inconnu et Gersh, avec son œil vagabond.

Le thé est très fort, Nina le sent à l'odeur amère qu'il dégage.

— Je ne me rappelle pas, avoue Zoïa, mais ça a à voir avec le fait qu'il purge les intestins, il me semble.

Ses boucles bondissent. Ses cils sont recourbés, et elle en bat avec une affectation que Nina n'a jamais vue ailleurs que sur scène.

— Vous n'êtes pas obligés d'en boire, les informe Gersh. Zoïa ne vous en tiendra pas rigueur. N'est-ce pas, pomme ?

Nina a le regard attiré par la coquetterie dans l'œil de Gersh – elle n'arrive pas à décider si elle lui donne un air studieux ou voyou.

— Mais nous tenons à y goûter, dit-elle, n'osant pas refuser. Tous les remèdes qui aident à passer l'hiver sont les bienvenus.

— Le docteur m'a assuré qu'il n'avait jamais été malade.

Zoïa verse le breuvage sombre dans des tasses en porcelaine ébréchées. Elle a des mains de petite fille. Le samovar, d'un modèle récent et bon marché, est en fer-blanc.

— Asseyez-vous, je vous prie, dit Gersh en prenant place sur le canapé (qui perd une partie de son rembourrage), en face du lit couvert d'un dessus-de-lit en soie rouge.

Le reste du mobilier est constitué de trois fauteuils en acajou, d'un placard flanqué d'un lavabo, d'une énorme radio sur un meuble bas, aux planches encombrées de partitions dont s'échappent des feuilles par dizaines et d'une petite table ronde aux pieds magnifiquement travaillés. Sur celle-ci, Nina remarque des œufs et une soucoupe remplie de poivre noir : des produits de luxe. Gersh possède également son propre téléphone et un petit poêle portatif. Viktor et ses amis sont de vrais privilégiés, tellement précieux qu'on les a mis à l'abri à Tachkent pendant la guerre.

— Cette tasse est légèrement abîmée sur le rebord, ici, explique Zoïa alors que Nina et Viktor s'installent dans les fauteuils en acajou. Faites attention en buvant. Oh, et regarde celle-ci, Gersh, je t'avais bien dit qu'elle était fendue ! Ne vous brûlez pas non plus ! Ça alors, j'ai failli tout renverser… J'espère que ce sera bon.

Gersh interrompt Zoïa, qui continue à se répandre en remarques sur la porcelaine et le thé, en proposant un toast :

— À une vie longue et à des tasses bien remplies !

Ce n'est pas un vœu très réaliste, mais Nina garde cette pensée pour elle et lève sa tasse. Le thé lui laisse un goût âpre sur la langue après la première gorgée.

— Tu sais, Zoïa, lance Viktor, je vais sans doute devoir renoncer à ces dix années supplémentaires.

Gersh n'a pas de sucre, mais Zoïa propose du lait.

— Qui aurait pensé que ce serait aussi fort ? Bien sûr, ça vient de Chine…

Elle verse le lait contenu dans une bouteille verte sale, et Nina observe le précieux liquide blanc qui se mêle au thé.

— Je parie que ça vous aidera à danser.

Zoïa semble sincère. Elle travaille au bureau des conférences du Département d'éducation de la ville de Moscou, elle organise des manifestations culturelles pour les citoyens.

— C'est un programme merveilleux, vraiment, je suis très honorée d'en faire partie. Nous avons tellement de talents dans notre magnifique pays !

Nina a cerné Zoïa, toujours prête à témoigner son soutien au Parti, à l'afficher au revers de sa veste. Elle parle à présent du spectacle de variétés qu'elle a récemment organisé pour la Commission des bourses.

— Nous avons rencontré un énorme succès, dit-elle sur le ton de l'évidence, comme si elle était habituée à la réussite. Il y avait un accordéoniste, un magicien, un chanteur absolument extraordinaire et un jongleur d'une drôlerie irrésistible. Un vieux conférencier de l'Institut de formation des maîtres a fait une intervention. Oh, et j'oublie cet adorable petit chien dressé…

— Je me demande comment s'est senti ce pauvre conférencier, lance Gersh, coincé entre un jongleur et un chien !

— Moque-toi, rétorque Zoïa, je sais que tu aimes te donner de l'importance et laisser penser que tu es au-dessus de tout ça…

Elle a beau feindre d'être vexée, l'expression de son visage la trahit : elle trouve Gersh irrésistible.

— Je ne laisse rien penser du tout. Je suis sincèrement persuadé que mon travail, en dépit de ce que pourrait dire le Comité central, dit-il en se tournant vers Viktor et en changeant de ton, appartient à une sphère supérieure à celle des tours d'un chien savant. Peut-être pas à ceux d'un magicien…

Le regard de Viktor scintille : il se délecte de l'impudence de Gersh.

— Ces magiciens et ces jongleurs sont des artistes, eux aussi, réplique Zoïa. Leur art vise au divertissement plutôt qu'au… Eh bien, je ne sais pas comment tu définirais l'objectif de ton œuvre, à vrai dire.

— La beauté, mon petit sucre. La beauté, rien de moins. N'êtes-vous pas de mon avis ? demande Gersh en cherchant du soutien auprès de Viktor et Nina, mais le premier est moins à l'aise maintenant qu'il est impliqué dans le débat, et la seconde, ébahie par l'audace de Gersh, ne sait comment réagir.

Officiellement, l'art a pour but d'éduquer le peuple et de servir la révolution. Sans contexte social, la beauté pure est insuffisante – c'est ce que Nina a appris lors des conférences données par la Maison des artistes.

— Place ton travail sur un piédestal si ça te chante, reprend Zoïa avec une moue méprisante qui doit se vouloir adorable, mais moi, je préfère la compagnie de certains jongleurs à celle des poètes. Pas la vôtre, naturellement, s'empresse-t-elle d'ajouter à l'intention de Viktor.

— Ah ! je connais le moyen d'adoucir ce breuvage ! s'exclame Gersh en allant chercher de la liqueur.

— Accepteriez-vous de danser pour nous ? demande Zoïa à Nina.

— Certainement, répond celle-ci d'un air absent.

Elle cherche encore à cerner la relation de Zoïa et Gersh, se demande comment ce dernier peut professer aussi librement ses opinions devant quelqu'un comme elle. Il a, à l'évidence, ravi son cœur. Les opposés s'attirent peut-être véritablement.

— Viktor a déclamé pour nous, vous savez. Il a un sens merveilleux du spectacle. J'adore son poème sur les champs de coquelicots.

L'expression de son visage change subitement. Elle se tourne vers Gersh en silence.

— J'ai appris que…

Elle s'interrompt, comme si elle cherchait les mots justes.

— … votre vieille amie Zhenia était veuve.

Gersh, occupé à déboucher la bouteille d'alcool, se fige. Viktor marmonne en plongeant le nez dans son thé :

— Oui, je sais…

Naturellement, ce n'est pas Zhenia qui intéresse Zoïa. C'est son mari et sa mort, dans des circonstances apparemment tragiques. Voilà le sujet qu'elle brûle d'aborder.

— Je l'ignorais, murmure Gersh.

Nina sent un froid, même si elle est habituée à ces révélations voilées.

— Je viens tout juste de l'apprendre, ajoute Zoïa.

Gersh verse la liqueur dans les tasses, le regard résolument baissé, puis, d'une voix étranglée, il demande :

— J'imagine qu'il n'a pas été renversé par un camion ?

Cette fois, Nina comprend l'allusion. Le mois dernier, l'incroyable acteur qui dirigeait le Théâtre juif de Moscou a été tué dans un accident de voiture. Du moins, c'est ce qu'ont raconté les journaux… parce que la rumeur n'a pas tardé à enfler : c'est le ministère de l'Intérieur qui aurait placé ce camion sur sa route. Nina ne s'est pas encore fait d'opinion sur la question. Pourquoi voudraient-ils – ou plutôt comment pourraient-ils – tuer quelqu'un, un innocent, d'un simple claquement de doigts ? Son cœur se serre, comme chaque fois qu'elle y pense. Le Théâtre juif a fermé ses portes depuis.

— Je connaissais mal sa poésie, reprend Zoïa, éludant la question de Gersh.

— Ses poèmes étaient bouleversants, dit Viktor d'une voix très douce.

Se rasseyant, Gersh déclare d'un ton définitif :

— Oui. C'est exactement ainsi que je conçois l'art.

— Tout ça, c'est pour les masses, lance Viktor à la cantonade, et Nina comprend qu'il cherche à détourner la conversation. La poésie, le jonglage, les tours de magie… Ils sont tous destinés au même bien, en fin de compte. Il ne s'agit pas tant des artistes ni de leurs œuvres que du peuple. Peu importe la forme que l'art prend.

Il avale une gorgée de thé avec appréhension, avant de lâcher :

— Mmm, c'est buvable maintenant. Merci.

— Les masses, oui, reprend Gersh. Vous savez ce que ça signifie…

Il s'enfonce dans le canapé, apparemment remis du choc, de la colère, ou de la peur qui vient de le saisir. Puis il soulève un coussin qu'il pose négligemment sur le téléphone.

— Pendant trois jours, le mois dernier, le Comité central nous a exposé, à mes camarades compositeurs et moi, les « lignes directrices » de la musique soviétique. Pendant trois jours, nous nous sommes entendus dire que nous faisions tout de travers : ceci est « antipopulaire », cela est « formaliste », et ce « brouhaha » n'est pas de la musique… C'est le grand retour de 1936. Nous avons été contraints d'acquiescer pendant que Jdanov établissait la liste de tous les coupables dans l'assemblée : Chostakovitch, Prokofiev, Khatchatourian. Qui sait pourquoi mon nom n'y figurait pas…

Nina a eu vent de cette réunion par les conversations des pianistes et des chefs d'orchestre du Bolchoï, les messes basses des musiciens au front plissé par l'inquiétude. Gersh n'est-il pas imprudent de se plaindre devant Zoïa ? Il doit la connaître suffisamment bien pour avoir confiance.

— Les compositeurs de second rang étaient enchantés, naturellement, poursuit-il. C'est bon pour la médiocrité. Les orateurs ne cessaient de répéter : « Le Comité central veut des compositions belles et harmonieuses. » Voilà ce qu'ils martelaient : « Belles et harmonieuses. » Qui peut s'opposer à ça ?

Puis il ajoute avec un demi-sourire :

— J'ai parlé avec ce pauvre Chostakovitch après. Il m'a raconté que Prokofiev et lui avaient été convoqués par Jdanov. Il leur a expliqué que l'élément le plus important dans la musique…

Son ton est teinté de mépris, mais ses yeux semblent rire. Il allume une cigarette, souffle la fumée avant de reprendre :

— Jdanov leur a dit qu'un morceau de musique devait posséder une mélodie que l'on puisse *fredonner*. Voilà le conseil qu'il a donné à nos deux plus grands compositeurs vivants…

Nina et Viktor rient tandis que Gersh secoue la tête tristement. Zoïa hésite, comme si elle désirait approuver sans le pouvoir. Les lèvres pincées, mais le regard brillant, elle observe Gersh, fascinée. En la regardant, Nina se demande si ses yeux trahissent également ses sentiments lorsqu'elle les pose sur Viktor.

Viktor, qui, à son habitude, s'est mis à raconter des blagues. Nina l'a déjà vu dissiper la tristesse ou un désaccord avec une plaisanterie. Ses réserves semblent inépuisables. Bientôt elle se surprend à rire.

— Moi aussi, je connais une blague, lance-t-elle, heureuse de se souvenir d'une histoire illustrée de la revue satirique *Krokodil*. Une femme essaie une robe dans un magasin. La vendeuse lui demande si elle est décidée à l'acheter, et la femme dit : « Je ne sais pas. J'aime beaucoup le tissu, mais le motif me déplaît. » « Oh, ne vous inquiétez pas, lui répond la vendeuse, il disparaîtra complètement au premier lavage. »

Les autres s'esclaffent, mais Viktor lance :

— Patience, tu auras bientôt ta jolie robe.

Nina se sent comme une enfant prise en faute.

— À mon tour ! s'exclame Zoïa. Deux fermiers observent deux tracteurs. Le premier interroge l'autre : « À ton avis, lequel a été réparé et lequel a besoin de l'être ? » « Fais-les rouler, tu verras bien. » « J'ai déjà essayé. Aucun des deux ne démarre. »

Elle sourit d'un air innocent et propose de remplir leurs tasses, mais elle est la seule à reprendre du thé.

— Je préfère l'autre breuvage, dit Gersh.

Zoïa lui ressert de la liqueur.

— Merci, mon chou.

— Je t'en prie, Gersh, intervient Viktor, Zoïa n'est pas comestible.

— C'est moi qui lui ai dit que je n'aimais pas être comparée à un animal, explique Zoïa. Même « chaton » me dérange. Alors il s'est mis à me donner d'autres petits noms.

— Tu vois ? Je ne fais qu'obéir, lâche Gersh en se carrant dans le canapé.

— C'est un séducteur, explique Viktor lorsqu'il raccompagne Nina chez elle. Il collectionne les femmes comme une souche d'arbre collectionne les champignons. Il aime être entouré.

Le ton admiratif de Viktor suggère qu'il a eu un comportement semblable à une époque.

— Il s'est calmé ces derniers temps, je dois le reconnaître, ajoute-t-il comme pour rassurer Nina.

Mais Gersh inspire surtout de la pitié à celle-ci : il sent le renfermé, comme les vêtements qu'on a laissés trop longtemps dans un tiroir.

Elle demande doucement :

— Était-il vraiment obligé de mettre un coussin sur le téléphone ?

— Oh, les gens le font depuis des années, tu sais…

— Mais pourquoi ?

Elle n'ignore pas qu'on ne doit ouvrir la bouche qu'avec prudence, mais elle n'en sait pas beaucoup plus, ayant passé presque toute sa vie entre le Bolchoï et sa mère.

— Ce ne sont que des rumeurs, lui explique Viktor. Des appareils d'écoute datant de la guerre. Confisqués aux Allemands.

Il a cette expression qu'elle adore, à la fois insouciante et légèrement suffisante.

— Les gens aiment s'imaginer que leurs propres appartements ont été mis sur écoute, ajoute-t-il en jetant le mégot de sa cigarette par terre.

De l'entrée lui parvint un bruit sourd : l'avalanche quotidienne de factures et de catalogues que sa voisine de palier jetait par la fente de sa porte au passage. Nina n'y prêtait que peu d'attention : elle écrivait rarement et n'attendait donc aucun courrier intéressant. Naturellement, il y avait les cartes postales d'anciens élèves en voyage, les paquets occasionnels de Shepley ou Tama, et, environ une fois l'an, une longue lettre d'Inge. La moisson du jour gisait sur le sol, aussi insignifiante qu'un tas de détritus… jusqu'à ce que Nina repère, sur le dessus, une enveloppe couleur crème.

Elle approcha son fauteuil pour confirmer ses soupçons. Oui, comme sur la précédente lettre, l'adresse était tracée d'une écriture confiante, à l'encre noire.

Dans un premier temps, elle se contenta de la fixer. Puis elle essaya de se pencher pour l'atteindre, sans succès – ce qui était une humiliation, un affront en soi. Pourtant Nina s'acharna, respirant d'abord lentement et profondément, comme elle l'avait appris bien des années auparavant. Elle respirait puis s'étirait, respirait, s'étirait, et réussissait, ainsi, à étendre un peu plus le bras. Nina prit une dernière inspiration, expira. Sa main se rapprocha encore, mais pas assez.

Après s'être brièvement reposée, elle fit une nouvelle tentative. Elle savait que les défis physiques exigeaient de la patience. Inspirer, expirer, tirer. Ses mouvements lents lui permettaient de gagner, par la simple force de sa volonté, millimètre après millimètre. Sa main touchait presque le sol à présent. Inspirer encore une fois, puis expirer. Elle réussit alors l'impensable et approcha ses doigts tremblants du coin de l'enveloppe. Mais, soudain, son flanc droit céda, sans prévenir, et elle s'effondra sur l'accoudoir du fauteuil, les côtes cisaillées par la douleur.

Elle dut attendre l'arrivée de Cynthia, à cinq heures.

— Voilà, trésor.

Ses bracelets en jade s'entrechoquèrent lorsqu'elle tendit la pile de courrier à Nina, qui la remercia en feignant l'indifférence. Dès que Cynthia eut disparu dans la cuisine, elle déchira délicatement l'enveloppe couleur crème et en tira une lettre.

Madame,

J'ai été, vous vous en doutez, étonné d'apprendre que Beller mettait aux enchères vos bijoux. Et lorsque j'ai découvert que la vente incluait les fameuses pièces d'ambre coordonnées à mon pendentif, je n'ai pas pu m'empêcher de me sentir coupable.

Je vous prie de me croire quand je vous assure que je n'avais pas l'intention, par ma requête initiale, de créer une situation d'urgence. Mon unique but était de vous prouver, par le biais de ce fait incontestable – ces bijoux magnifiques –, que les liens entre nous sont réels et impossibles à démentir.

Que vous ayez choisi, plutôt que de l'admettre, de vous défaire de toute preuve matérielle, ne me laisse aucun doute quant aux sentiments que vous nourrissez à mon égard, ou à l'égard de cette partie de votre passé. Aussi douloureux cela soit-il, je respecte vos souhaits. C'est pour cette raison que j'ai également décidé de mettre en vente le collier en ma possession.

Après tout, bien que cet objet ait eu, pendant des dizaines d'années, une valeur inestimable à mes yeux, il ne m'a pas apporté les réponses que je cherchais si ardemment. Je souhaite donc qu'il retrouve au moins ses compagnons, afin que la parure (contrairement à moi, à mon histoire personnelle) puisse être, même brièvement, complétée.

J'ai pris cette décision avec les intentions les plus honnêtes, n'y voyez aucune ruse. Malgré tout, je continue d'espérer que nous pourrons, vous et moi, nous rencontrer un jour en personne, et que vous serez en mesure de répondre aux questions qui me hantent toujours. Par respect pour vous, j'ai tenu à conserver l'anonymat aux yeux du public. Et je caresse l'espoir que, par respect pour moi, vous m'accorderez, enfin, un rendez-vous,

Bien à vous,

Grigori Solodin

Une douleur terrible enfla en elle, labourant de nouveau ses hanches en dépit des comprimés qu'elle avait pris trois heures plus tôt. Elle avait capitulé la veille aussi, alors qu'à une époque elle avait été capable de se priver de médicaments des jours durant. Jusqu'au moment où la douleur la réveillait, l'empêchait de dormir ou lui arrachait un cri en présence d'un témoin indésirable, comme Cynthia. L'obscurité de sa chambre, la nuit, rendait toujours les crises plus violentes : les murs étaient si sombres qu'elle ne savait plus où elle se trouvait. Mais qui disait médicaments disait sommeil vaseux et réveil embrumé, ce qui la laissait à la merci des longs bavardages sans intérêt de Cynthia. Elle se surprenait même parfois à somnoler, et une fois, elle avait découvert de la bave sur son chemisier en se réveillant. Elle renonçait alors aux médicaments, et le cycle recommençait.

La lettre posée sur les genoux, Nina fit rouler son fauteuil jusqu'au secrétaire, ouvrit le tiroir du haut et en tira la première, enfouie tout au fond. Une fois de plus, elle fut tentée de la réduire en boule – ce qui, bien entendu, n'aurait servi à rien. Elle sortit la lettre de son enveloppe avec un malin plaisir, brûlant de revoir ce qu'elle s'efforçait d'oublier depuis longtemps. Dépliant la feuille, elle prit la photographie entre ses doigts tremblants. Elle était en couleurs, d'une netteté remarquable. Nina supposa qu'il s'agissait de cette nouvelle technologie dont on lui rebattait les oreilles. La fille de chez Beller avait également dit qu'ils prendraient des photos numériques et les mettraient « en ligne » pour les acheteurs potentiels.

Celle-ci avait été prise en gros plan : elle permettait d'apprécier la taille exacte de la pierre. Nina éprouva la même surprise que précédemment en constatant que la couleur était identique à celle de son souvenir : une cuillerée de miel épais et chaud. Elle approcha le cliché de ses yeux pour inspecter la pierre. Malgré le tremblement de sa main, elle parvint à discerner son inclusion. Cet examen était déplacé, d'une certaine façon. Elle devait mettre un terme à tout cela.

Elle retourna la photographie, fit glisser une feuille de papier crème sur le sous-main devant elle et ôta le bouchon d'un stylo à plume. « Cher monsieur Solodin, commença-t-elle d'une écriture fine et serrée, à l'encre bleue. J'ai reçu vos lettres. » Elle cherchait quoi écrire ensuite – quelque chose de ferme et de définitif – quand l'encre forma une tache à l'endroit où la plume entrait en contact avec le papier. Une fois de plus, elle avait agi trop vite, sans prendre le temps de réfléchir, de contrôler sa respiration. Elle referma le stylo et rangea le papier dans le tiroir, avec les deux lettres de Grigori Solodin. Fini les décisions impulsives, se dit-elle. Elle mûrirait ses décisions avant d'agir, dorénavant.

Peu après la soirée chez Gersh, Viktor introduit de nouveau Nina dans le grand bâtiment cubique, gardé par les mêmes miliciens transis. Cette fois, ils se rendent à la chambre que le jeune poète occupe avec sa mère, au fond d'un couloir lugubre et en face du téléphone. Une femme en robe de chambre, occupée à hurler dans le combiné, leur accorde à peine un regard. La pièce sombre, à l'atmosphère confinée, est coupée en deux par une cloison que Viktor a dressée lui-même pour que sa mère ait sa propre chambre.

— Mais ne le répète à personne ! ajoute-t-il, car les autorités pourraient alors considérer que nous possédont deux pièces et décider d'en attribuer une à une autre famille.

— Chut… Est-ce qu'on ne va pas la réveiller ?

— Non, elle n'entend rien. Elle fait la sourde oreille en permanence.

— Il vaut sans doute mieux, avec le téléphone juste devant votre porte.

La femme dans le couloir crie : « Tu avais dit quatre-vingts roubles ! J'ai très bien compris ! » En dépit de l'heure tardive, l'étage résonne de bruits variés : un homme qui tousse, un chat qui miaule, des casseroles qu'on entrechoque.

La porte en contreplaqué qui sépare les deux parties de la pièce est fermée, aucune lumière ne filtre en dessous.

— Elle dort profondément, ne t'inquiète pas, ajoute Viktor.

Nina est comme seule avec Viktor, qui presse les lèvres sur sa nuque et pose ses mains sur ses fesses. Elle ne quitte pas des yeux la porte de la chambre, s'attendant à la voir s'ouvrir, pendant que Viktor, pour la première fois, la déshabille et l'entraîne vers le lit étroit. Le matelas est mince ; l'oreiller lourd comme un sac de sable. Bientôt, pourtant, Nina ne sent plus que les caresses de Viktor sur sa peau, ses doigts qui se fraient un chemin en elle.

— Ce n'est rien, murmure-t-il lorsqu'un cri lui échappe.

Il est très tard lorsqu'il la raccompagne chez elle, où elle se glisse dans son propre lit étroit.

À partir de ce jour, chaque fois qu'ils se rendent chez Viktor, il est toujours assez tard pour que la lumière soit éteinte dans la chambre de sa mère et que les voisins s'adonnent à leur routine nocturne. La première fois que Viktor presse son corps contre celui de la jeune femme, elle pousse un cri de surprise. Il éclate de rire, s'assied dans le lit et l'observe, fasciné, en caressant ses cheveux depuis longtemps libérés du chignon serré.

— C'est donc vrai ? demande-t-il, un sourire aux lèvres. Tu ne l'as jamais fait avant ?

— Non, jamais.

Viktor secoue la tête d'un air incrédule.

— Mais tu as déjà vécu une histoire d'amour !

— Jamais.

Et elle n'a aucune envie d'entendre celles de Viktor, de presque dix ans son aîné. Elle a déjà du mal à ne pas imaginer les femmes qu'il a connues. Elles surgissent parfois dans son esprit, et pas seulement Lilia… Nina a aussi inventé une poétesse aux yeux sombres, à Tachkent, et une actrice du théâtre Vakhtangov. Toutes des artistes, moins naïves qu'elle.

— Pourtant, poursuit Viktor, les hommes avec lesquels tu danses posent en permanence les mains sur toi.

— Ça n'a rien à voir.

— Pour toi, rétorque-t-il en éclatant de rire.

Nina s'efforce de lui expliquer que le contact des mains de son partenaire sur sa taille, lorsqu'il la porte sur ses épaules ou au-dessus de sa tête, n'est pas plus intime que celui des doigts de la costumière dans son dos, qui marquent un arrêt rapide à chaque crochet, chaque boutonnière. Le lendemain, pourtant, les paroles de Viktor la poursuivent et elle observe les hommes de la compagnie pendant les répétitions. Obsédée par sa propre personne – par son reflet dans les nombreux miroirs, et ses trente-deux fouettés enchaînés –, elle ne s'est jamais beaucoup intéressée aux autres jusque-là. Son partenaire le plus fréquent, Andreï – en qui elle a toute confiance, même si elle a parfois des bleus sur le corps à cause des portés compliqués –, n'éprouve apparemment aucune excitation autre que professionnelle en posant ses mains sur son corps. En réalité, il ne témoigne d'intérêt à aucune danseuse. Et il repart toujours en compagnie de Sergeï, un danseur du corps de ballet.

Nina se sent soudain stupide d'avoir mis autant de temps à comprendre. Mais c'est le genre de choses dont on ne parle pas ouvertement. Elle frémit aussitôt :

ils pourraient être considérés comme un «danger social» et écoper de cinq années de camp de travail.

Quant à elle, elle éprouve de plus en plus de difficultés à contrôler son corps. Ce corps qu'elle a mis plus de dix ans à perfectionner, à façonner pour qu'il devienne l'instrument de son art... et auquel les caresses de Viktor révèlent de nouveaux efforts, de nouvelles sensations. Elle pense sans arrêt au plaisir que Viktor lui procure, à celui qu'ils se procurent mutuellement. Ces pensées sont pareilles à une poudre douce qu'elle ne se lasse jamais de sentir glisser entre ses doigts.

Une nuit, au début du printemps, elle s'abandonne. Ils sont allongés sur le lit étroit de Viktor, ses bras à elle étendus au-dessus de sa tête, agrippés au cadre métallique. L'air est imprégné de l'odeur de leurs transpirations mêlées et de Peut-Être, un véritable parfum français, que Viktor lui a offert. Il y a un petit papillon peint sur le flacon en argent et en porcelaine.

— Ne pourrais-tu pas la retirer? chuchote Viktor en tirant sur sa culotte.

À son tour, Nina fait glisser son caleçon; il n'y a plus que leurs deux corps nus, et la surprise de le sentir en elle. Elle enroule ses jambes autour des hanches de l'homme pour l'attirer plus près, et l'onde du plaisir monte en elle. Des lèvres, il cherche son visage, son cou, ses épaules, comme si son salut s'y cachait.

Elle ne peut retenir ses larmes après – ce n'est pas de la tristesse, mais le sentiment d'une libération physique et de quelque chose qui s'apparente à une perte.

— Tu as mal?

Elle secoue la tête.

— C'est juste que… je voulais attendre d'être mariée.

Elle se sent ridicule de ne l'avouer que maintenant.

— Alors marions-nous !

Son expression se fait grave, et il s'agenouille pour prendre les mains de Nina dans les siennes. D'une voix douce et profonde, il lui demande de devenir sa femme.

Elle éclate de rire.

— J'ignorais que ma proposition était aussi comique !

Elle s'excuse, mortifiée de ne pas retrouver entièrement son sérieux. Après toutes ces années de danse classique, elle ne peut s'empêcher de voir dans la position de Viktor une pantomime outrée et éculée.

— Tu as déjà vu des scènes de déclaration, non ? tente-t-elle de lui expliquer.

Avec une intensité feinte, elle ajoute :

— Je t'aimerai toujours !

Elle lui effleure la poitrine, puis y applique la paume, avant de porter ses deux mains à son propre cœur. D'une voix de fausset, elle reprend, tendant les bras dans un geste implorant : « Et si tu me quittes ? » Secouant alors la tête, elle poursuit, d'une voix plus grave : « Je ne te quitterai jamais. » Levant les bras au ciel, elle conclut : « Promets-le-moi ! »

Viktor attrape ses mains et l'attire contre sa poitrine.

— Je te le promets, dit-il d'un air affecté avant de lui mordiller le lobe de l'oreille.

En l'entendant prononcer ces mots, Nina est frappée, avec autant de force que d'étonnement, par leur importance – le besoin qu'elle avait de cette promesse, la solennité qui l'accompagne, les craintes qu'elle traduit. Elle s'écarte pour pouvoir regarder Viktor dans les yeux. D'une voix tremblante, elle dit à son tour :

— Je te le promets.

— Mais je ne peux pas quitter ma mère, s'empresse-t-il d'ajouter.

Nina lui serre la main.

— Je comprends, et je suis prête à venir vivre ici avec toi. Le Bolchoï n'est qu'à deux pas, en plus.

Ce soir-là, il la raccompagne plus tard que d'habitude. Nina pénètre dans l'appartement sur la pointe des pieds et va s'asseoir sur un coin du lit de sa mère profondément endormie.

— Réveille-toi, chuchote-t-elle en lui frottant doucement l'épaule. J'ai une bonne nouvelle.

Mère ouvre les yeux en plissant les paupières, éblouie par le mince rayon de lune qui perce l'obscurité.

— Quelle bonne nouvelle ? demande-t-elle d'une voix rauque.

Nina ouvre la bouche pour parler, mais ce sont des sanglots qui s'en échappent. Sa mère se redresse, inquiète, et essuie les larmes de sa fille de ses doigts rugueux. Puis elle la prend dans ses bras comme elle seule peut le faire ; elle n'est que chaleur, sa mince chemise de nuit en coton constitue la seule barrière entre elles deux. C'est pour cette raison que Nina pleure, à la pensée de quitter tout ceci : l'odeur des cheveux de sa mère au réveil, les plis laissés par l'oreiller sur sa joue, le frottement de ses pantoufles en cuir sur le plancher. Sa mère, qui lui a offert cette vie, qui a tressé ses propres espoirs et ses rêves dans ses nattes. Qui est toujours là, à son retour, endormie

dans son lit. Il s'écoule quelques minutes avant qu'elle trouve la force d'annoncer :
— Je me marie.

La cérémonie a lieu un beau jour de printemps, alors que la ville elle-même semble commencer une nouvelle vie. Les premiers bourgeons apparaissent sur les jeunes érables qui bordent les rues. Les miliciens, postés à chaque intersection, ont troqué leurs sombres manteaux d'hiver contre des vestes en coton blanc.

La mère de Viktor n'est pas présente, ce qui ne pose aucun problème à Nina. Elles ne se sont rencontrées qu'une fois, et l'entrevue ne s'est pas bien passée. Mais elle préfère ne pas y penser à présent qu'elle se rend à la mairie avec sa propre mère, Gersh et Viktor. Mère a fait la connaissance de Viktor deux mois plus tôt et elle l'apprécie énormément. Nina porte une robe neuve et un bouquet d'arums blancs de Lettonie. Viktor a revêtu son plus beau costume et a glissé une fleur du bouquet de Nina à sa boutonnière.

Ils n'ont pas d'alliances. Celles du grand magasin Mostorg sont de mauvaise qualité, les pierres sont belles mais mal serties, et Nina a dit à Viktor qu'elle n'en voulait pas. À la place, il lui offre une broche cerclée d'or. Le camée en pierre de lave représente les coupoles de la cathédrale Basile-le-Bienheureux. La précision du dessin frôle la perfection. Nina en déduit que Viktor se souvient, lui aussi, de leur balade nocturne dans la voiture de Frolov : l'habitacle douillet, la neige scintillante, et la beauté extravagante de l'église au loin, symbole d'un monde à portée de main et pourtant inatteignable.

Lot n° 28

Diamant de couleur non monté : diamant jaune taille radiant, 1,85 carat. Estimation : 10 000 – 15 000 $.

6

Dans son rêve, la lettre arrivait par livraison spéciale. Elle était entourée d'un ruban, comme un cadeau, et ne comportait que le nom de Grigori, sans adresse d'expéditeur. L'écriture légèrement tremblante était celle d'une personne âgée. Tout cela semblait parfaitement naturel, et Grigori avait le sentiment d'avoir toujours su qu'elle finirait par arriver. Pourtant, il dénouait le ruban lentement, afin de prolonger le moment vers lequel tous ses espoirs avaient convergé. Il ouvrait l'enveloppe avec le coupe-papier en argent que la sœur de Christine lui avait offert et dépliait la lettre avec fébrilité – mais moins sans doute qu'il n'en éprouverait dans la vraie vie.

Il n'y avait rien d'écrit. Mais au centre de la feuille, à l'endroit du pli, telle une tache d'encre noire, une énorme araignée était écrasée.

En hiver, lorsque l'air était trop vif pour courir, Drew faisait de longues promenades le long de la Charles River. Elle aimait observer ses eaux changeantes, tumultueuses, tantôt ridées, tantôt lisses. Lorsque le ciel était dégagé, elles étaient parsemées de voiliers blancs, et, au petit matin, de skiffs glissant sans bruit.

Certains jours, elles étaient d'une couleur métallique, sombre et luisante, avec quelque chose de cruel. Et la nuit, les lumières de la ville dansaient à leur surface.

Ce jour-là, un après-midi glacial sans vent, la rivière était d'un gris opaque qui répondait à celui de la neige sur ses rives. À peine distinguait-on une touche bleutée dans tout ce blanc. Drew marchait d'un pas rapide, portant, de temps à autre, ses mains à sa bouche et soufflant sur l'extrémité de ses doigts pour les réchauffer. Elle aimait la sensation de l'air froid sur son visage, sa pureté, sa façon brutale de rappeler la réalité de la vie, son intensité sublime et parfois, également, douloureuse. Ayant atteint l'Esplanade, elle se détourna de la rivière et gravit les marches pour traverser Storrow Drive et longer le côté nord du Jardin public jusqu'au Common. Sa pause déjeuner était presque terminée, mais elle avait quelque chose à faire avant de retourner au bureau.

Quand elle était étudiante, la perspective d'une recherche en bibliothèque lui retournait l'estomac. Elle avait ainsi réussi à achever son premier semestre universitaire sans avoir mis les pieds dans l'imposant bâtiment évoquant une cathédrale qui constituait le joyau du campus. Elle avait entendu dire que l'intérieur était un labyrinthe de couloirs et d'escaliers en colimaçon menant à des réduits, des combles et des pièces secrètes dont, pour une raison obscure, seul l'étudiant albinos qui habitait le même résidence qu'elle avait la clé. Mais au second semestre, un devoir d'histoire nécessitant l'examen de plusieurs « sources primaires » l'avait contrainte à pénétrer dans la bibliothèque. En deuxième année, pour les besoins d'un cours de psychologie du développement, elle avait passé beaucoup de temps dans des pièces en sous-sol, basses de plafond, où il lui suffisait d'actionner une poignée pour écarter ou rapprocher des rayonnages mobiles. Au cours de sa troisième année, alors qu'elle avait une nouvelle fois modifié son cursus pour revenir en histoire de l'art, elle avait brusquement cessé de se sentir les mains sales après avoir consulté des revues poussiéreuses dans la réserve ; elle n'avait plus éprouvé aucun dégoût à toucher les couvertures abîmées des livres. Elle s'était même prêtée aux chasses au trésor dans les couloirs étroits et sombres, les escaliers abrupts qui permettaient de rejoindre les galeries supérieures et les pièces reculées de l'immense bâtiment. Enquêter était aussi excitant que découvrir ce qu'on cherchait ou apprendre de la bibliothécaire qui enregistrait les prêts qu'elle était la première à faire sortir tel ou tel ouvrage en trente-cinq ans.

Elle se rendit soudain compte, en apercevant le dôme doré du capitole puis en gravissant les marches grises et basses de la bibliothèque du Boston Athenaeum, que cette conversion initiale annonçait peut-être son futur goût pour les objets anciens, négligés et, parfois, cachés.

La bibliothécaire l'attendait et avait mis de côté le livre qui l'intéressait : *Or et argent russes.* Quand Drew lui avait appris que l'exemplaire de la salle des ventes avait disparu, Lenore avait rétorqué que les informations dont elles disposaient déjà suffisaient. Drew avait malgré tout tenu à venir consulter l'ouvrage lourd et épais, avec une couverture brillante comme un carreau de faïence. Elle pénétra dans la salle de lecture, déjà occupée par deux hommes d'un certain âge en veste de tweed et nœud papillon, plongés dans des revues, qui ne lui accordèrent pas un seul regard. Pleine d'espoir, Drew s'installa confortablement dans un fauteuil en cuir. Si les bijoux provenaient bien de la famille de Viktor Elsin, et si elle parvenait à estimer la date à laquelle ils avaient été fabriqués ou achetés, alors peut-être… La jeune femme continuait cependant à se demander si Nina Revskaïa avait dit la vérité. Elle avait d'abord prétendu tout ignorer de la provenance de ces bijoux, avant de citer la famille de son mari durant l'interview. Mais ce n'était pas la première fois que Drew obtenait des renseignements contradictoires d'un client.

Après avoir consulté la table des matières, elle se reporta à la section consacrée aux «poinçons de maîtres» pour voir si, par le plus grand des hasards, Anton Samoïlov en possédait plus d'un, ou s'il avait évolué au fil du temps. Elle avait déjà vu le cas d'un orfèvre qui avait modifié son poinçon dans les dernières années de sa vie pour indiquer l'entrée de ses fils dans l'affaire familiale. Des éléments de ce genre permettaient de cerner plus précisément la date de création d'un bijou. Malheureusement, il n'y avait qu'une seule photographie de la marque AS, telle qu'elle apparaissait sur les tiges des pendants d'oreilles et sur les fermoirs du bracelet et du collier (même si, sur ce dernier, elle était en partie effacée). Drew dut se résoudre à admettre qu'elle ne trouverait pas d'indice de ce côté.

Elle consulta ensuite une section à la fin de l'ouvrage, «Poinçons des villes avant 1899». Il consistait en deux pages remplies de petits dessins représentant les écussons ou les armoiries de chaque ville, d'Astrakhan (une couronne stylisée flottant au-dessus d'une épée horizontale) à Zhitomir (un palais à trois tours qui évoquait un gâteau d'anniversaire planté de bougies). Comme il s'agissait d'estampes, les détails manquaient de précision ; les contours flous à l'encre reproduisaient l'effet du poinçon sur l'or ou l'argent. Celui d'Irkoutsk figurait un chat tenant un animal mort dans sa gueule, et celui de Kazan une créature ailée et couronnée. Pour Moscou, l'ouvrage recensait dix poinçons différents, à partir de 1677, d'abord l'aigle impériale à deux têtes, puis, plus tard, un chevalier de profil, épée à la main : saint Georges tuant le dragon.

Drew se surprit à rêver du visage que pouvait offrir Moscou à cette époque. Non qu'elle eût une image précise de la ville à présent. Elle s'était toujours promis de visiter un jour la Russie, le pays de son grand-père maternel. Il était mort peu après la naissance de sa fille, au terme de deux années de bonheur – les plus heureuses de sa vie, selon grand-mère Riitta. Drew avait si souvent entendu le récit de leur rencontre qu'elle se représentait la scène aussi nettement que s'il s'était agi d'un film qu'elle aurait connu par cœur.

À trente ans, grand-mère Riitta passait pour la vieille fille de son village. Bien que vivant depuis plusieurs années à Helsinki, où elle travaillait comme laborantine, elle retournait chaque week-end chez ses parents, redevenant alors la personne qu'ils croyaient connaître : impatiente, séduisante mais trop âgée et trop singulière pour les garçons du village qui étaient autrefois ses amis.

C'était le printemps. Elle revenait de la poste où elle était allée chercher le courrier dans la voiture à trois roues de ses parents. Il avait plu, et la route était boueuse. Sur le bas-côté, elle aperçut un vieil homme qui cheminait lentement et se pencha par la vitre ouverte pour l'interpeller :

« Voulez-vous que je vous emmène ? »

L'homme redressa la tête, et Riitta constata qu'il était moins âgé qu'elle ne l'avait cru, mais il était voûté, ses vêtements déchirés, et il ne semblait pas la comprendre.

« Vos chaussures sont crottées, montez ! » reprit-elle d'une voix plus forte en tapotant le siège à côté d'elle.

La surprise se peignit sur le visage de l'homme, avant d'être chassée par un sourire. Il lui manquait plusieurs dents du bas. La douceur de son expression le fit paraître encore plus jeune. C'était un jeune vieillard. Il se hissa dans la voiture, et son odeur assaillit les narines de la jeune femme. Une odeur de sueur, dominée par celle des feuilles mouillées, de la boue et de la paille, qui manquait tant à Riitta en ville. Il avait dû dormir à la belle étoile.

Il dit avec un fort accent :

« Merci. »

Il n'était pas sourd, simplement étranger. Riitta découvrit, stupéfaite, qu'en dépit des nombreuses rides qui sillonnaient son visage il était beau.

« Quelqu'un vous a battu », remarqua-t-elle.

Il lui lança un regard impuissant.

« Mon finnois pas bon. »

Puis il haussa les épaules comme pour s'excuser avant d'ajouter :

« *Russki*. »

Un Russe… L'ennemi. Le souvenir était encore frais dans toutes les mémoires : le propre oncle de Riitta avait été tué durant la guerre d'Hiver.

Pourtant cet homme n'avait pas l'air d'un ennemi mais d'une âme lasse. Riitta essaya l'anglais. Elle l'avait appris à l'école et elle se débrouillait bien. Pas l'homme. Peut-être était-ce un fugitif ? Un condamné ? Dans ce cas, il aurait beaucoup marché.

En finnois, à l'aide de gestes, elle lui demanda comment il s'était retrouvé là.

Il comprit sa question et traça des rails dans les airs, en imitant le bruit d'une locomotive à vapeur. Riitta prononça le mot « train », qu'il reconnut.

« Oui, train. »

Mais que faisait-il dans ce village ? Il secoua la tête et poursuivit :

« Moi très sale… désolé. »

Elle le ramena chez ses parents et lui servit à déjeuner. Repu, il paraissait encore plus jeune ; il devait avoir une quarantaine d'années. Ses cheveux gris étaient encore semés de noir. Riitta lui proposa de l'accompagner châtrer les cochons.

Elle n'avait plus l'habitude des corvées quotidiennes de la ferme, et elle était fière de ne pas avoir oublié comment on procédait. Les cochons, encore petits, étaient adorables. L'espace d'une seconde, elle craignit que leurs cris ne dérangent le Russe. Mais il avait dû grandir à la campagne, lui aussi, car il lui offrit son aide, ce qui la surprit. Ce ne fut que plus tard, en y repensant, qu'elle mesura la cruauté du spectacle qu'elle lui avait imposé, lui qui avait, d'une certaine façon, perdu sa virilité en s'exilant.

Elle recueillit les testicules pour les servir au dîner. L'inconnu et elle avaient déjà échangé leurs prénoms. Il s'appelait Trofim. Il ne lui expliqua pas d'où il venait, mais Riitta pouvait l'imaginer sans difficulté. Au fil de la journée, il devint évident qu'il comprenait mieux le finnois qu'il ne le parlait. Elle lui proposa de rester en dépit des réserves de ses parents. Il se baigna, se rasa et emprunta des vêtements que le frère de Riitta avait laissés derrière lui en partant à Turku. Ce fut la première étape de ce qu'elle considéra, plus tard, comme la renaissance de Trofim – lorsqu'il sortit de la salle de bains avec un pantalon trop grand et une chemise dont les manches bouffaient, les joues et le menton rougis par le rasage, soulagé d'être de nouveau propre. « Un visage de prolétaire », disait toujours Grand-Mère Riitta (cette expression faisait frémir la mère de Drew). « Il était beau, mais d'une beauté rude. On lisait sur ses traits que la vie n'avait pas été tendre avec lui. »

La deuxième étape de sa renaissance, selon elle, s'était produite ce soir-là, au dîner, lorsque, à la façon des ossements mis au jour par le pinceau délicat d'un archéologue, sa personnalité avait affleuré.

Il aimait plaisanter. Riitta en fut étonnée, après tout ce qu'il avait traversé, tout comme elle fut étonnée de constater que l'humour ne passait pas nécessairement par les mots. Quelques minutes après s'être attablé avec Riitta et ses parents, Trofim les fit rire. Sa première plaisanterie portait sur les testicules, et il l'exprima par une série de grimaces. Ce fut la première fois que Riitta perçut la vraie nature de Trofim.

Elle l'emmena en ville avec elle. Il n'avait nulle part où aller. En une semaine, il avait trouvé un emploi dans une usine d'embouteillage. Il lui fallut plus longtemps pour donner à Riitta un premier baiser, aussi soudain qu'audacieux, un soir au retour du travail.

L'un des deux hommes en veste de tweed et nœud papillon s'éclaircit bruyamment la gorge. Drew redressa soudain la tête, se rappela où elle était et pour quelle raison. Baissant les yeux vers l'énorme livre posé sur ses genoux, elle parcourut de nouveau la liste de poinçons de la ville de Moscou, retrouva saint Georges combattant le dragon. C'était tantôt son profil droit, tantôt le gauche. Drew se reporta aux années : 1783... 1846... Ah ! Elle avait repéré la reproduction exacte de celui qui se trouvait sur les fermoirs des bijoux : en tout petit, le nombre de *zolotniki* et, à droite, le profil gauche du chevalier. C'était exactement le même poinçon.

D'après le livre, celui-ci avait été utilisé de 1880 à 1889. Lenore avait défini la même période, des semaines plus tôt.

Drew avait espéré que le livre lui permettrait de restreindre le champ de ses recherches. Ravalant sa déception, elle le rapporta à la bibliothécaire et regagna le bureau d'un bon pas.

Nina est assise devant la table en bois dans l'appartement de Viktor, une semaine environ avant leur mariage. C'est la première fois qu'elle se trouve chez lui en pleine journée ; elle est là pour faire la connaissance de sa mère, dès qu'elle se réveillera de sa sieste. Viktor discute dans le couloir avec un représentant du Comité de l'immeuble. Au son de leurs voix, Nina comprend que le problème ne sera pas résolu facilement. En sirotant du thé tiède, elle observe la pièce au mobilier spartiate où Viktor vit depuis trois ans. Comme chez elle, les lattes du parquet ont été peintes en orange foncé pour imiter une moquette. Un placard, un petit poêle mobile, une étagère chargée de vaisselle et d'ustensiles de cuisine sont alignés le long du mur de séparation avec le couloir. Il y a aussi un canapé, et, contre le mur perpendiculaire, le lit que Nina partagera avec Viktor. Puis, au-delà d'une grande malle, près du mur de la fenêtre, un fauteuil, une table basse et un séchoir. Les chaussettes de Viktor gouttent sur le journal étalé en dessous de celui-ci. Enfin, il y a la paroi en contreplaqué – celle que Viktor a installée pour délimiter la chambre de sa mère – contre laquelle sont adossés une grande armoire et un ensemble de petits meubles de rangement.

Soudain, une quinte de toux résonne derrière la cloison. C'est la première fois que Nina entend du bruit dans cette pièce, et elle se rend compte qu'elle s'est toujours arrangée, en accompagnant Viktor ici la nuit, pour oublier que sa mère vivait là.

La toux est violente, suivie d'un bruit étranglé. Nina pose sa tasse de thé. La mère de Viktor continue de tousser, encore et encore, jusqu'à ce que, soudain, le silence retombe.

Nina tourne des yeux craintifs vers la porte en contreplaqué.

— Est-ce que tout va bien ?

Aucune réponse.

Nina attend, puis elle se lève et colle son oreille contre le battant, mais elle n'entend que son propre cœur, qui tambourine. Elle se détourne pour aller chercher Viktor dans le couloir… et si elle n'avait pas le temps ? Elle imagine Viktor ouvrant la porte de la chambre de sa mère et découvrant…

Elle frappe à la porte.

Rien.

Elle se rappelle alors, avec soulagement, que la mère de Viktor entend mal. Qu'elle fait la sourde oreille. Elle cogne plus fort.

— Oui ?

Le cœur de Nina s'apaise alors que la toux reprend puis s'arrête. Elle entrouvre la porte et est aussitôt frappée par l'odeur qui s'échappe de la chambre. Elle jette un coup d'œil à l'intérieur.

Assise dans un fauteuil devant la fenêtre qui l'éclaire de dos, elle distingue une femme en longue robe de satin. Quand ses yeux se sont habitués à la pénombre, Nina constate que les cheveux de la femme sont ramenés en un épais chignon sur le sommet de son crâne, que sa robe est d'un bleu sombre et qu'elle porte des chaussures en velours éraflées.

Puis Nina pousse un cri.

Un petit rat grimpe sur l'un des pieds de la femme. Mais non, il ne s'agit pas d'un rat : c'est un oiseau, aux plumes blanches et vertes et aux ailes courtes mouchetées de bleu.

— Je voulais m'assurer que vous alliez bien, dit Nina.

L'oiseau escalade à présent les bouillons soyeux de la robe. Il se sert de son bec, de ses pattes griffues pour se hisser. Nina constate que le tissu est plein d'accrocs.

Une voix s'élève alors faiblement :

— Vous n'êtes pas Lilia.

— Je suis… Viktor a dû vous dire…

— Votre Excellence !

— Il a dû vous dire, Votre… Excellence…

— Je suis Mme Ekaterina Petrovna Elsin, épouse de Son Excellence Alexeï Nicolaïevitch. *S'il vous plaît*[1].

Son ton est fier, son souffle lourd, rauque. L'oiseau a atteint ses genoux. Une nouvelle quinte de toux résonne.

Nina se précipite pour lui taper dans le dos, mais pas trop fort, jusqu'à ce que la toux s'apaise. La vieille femme prend une profonde inspiration, puis elle lance d'une voix étonnamment puissante :

— Je vous INTERDIS de toucher mes cheveux !

— Je n'ai pas…

— *S'il vous plaît !* piaille l'oiseau en battant des ailes dans le giron satiné de la vieille femme.

— Personne ne touche mes cheveux !

Nina recule.

— Je voulais seulement…

Comprenant que ses explications n'auront aucun effet, elle reprend :

— Je suis confuse… Madame. Je vais vous laisser.

Elle s'éloigne de cette femme semblable à une montagne dans son fauteuil, encadrée par des rideaux poussiéreux. Les piaillements de l'oiseau accompagnent une nouvelle quinte de toux, moins violente, et Nina ne peut s'empêcher de jeter un dernier regard dans la chambre avant d'en refermer la porte. L'oiseau est tranquillement posé sur l'épaule de la femme, la

1. En français dans le texte (toutes les notes sont de la traductrice).

tête penchée vers elle, comme pour mieux entendre ce qu'elle a à dire.

Viktor revient quelques minutes plus tard. Lorsque Nina lui rapporte l'incident, il lui dit de ne pas s'inquiéter.

— Elle est comme ça. La toux disparaîtra. Je suis désolé que votre première rencontre se soit déroulée de la sorte.

Nina remarque, froissée :

— Elle a été déçue de découvrir que je n'étais pas… Lilia.

— Oh, voyons, ne t'en fais pas pour ça !

Riant d'un air las, il tente une plaisanterie :

— Ma mère a un faible pour les filles de Leningrad.

Quoique contrariée, Nina ne peut contenir plus longtemps sa curiosité.

— Elle m'a demandé de l'appeler Votre Excellence, murmure-t-elle.

Viktor plisse les yeux et explique, avec un sourire forcé :

— Elle ne s'est jamais habituée à « citoyenne ».

Puis il considère Nina avec un sérieux qu'elle ne lui a jamais vu, même lorsqu'il lui a demandé sa main.

— Puisque tu vas devenir ma femme, il est temps que tu connaisses toute la vérité. Mon père était dans la garde impériale.

Nina acquiesce comme si elle le savait déjà.

— Il était amiral, poursuit Viktor à voix basse. Et le père de ma mère était un banquier éminent. Ainsi que son frère. Ils ont tous deux été abattus dans les premiers jours de la révolution. Puis mon père a été tué, alors que ma mère venait d'apprendre sa grossesse.

Nina scrute le visage de Viktor, se demandant qui, à part elle, est au courant.

— Tu n'es pas responsable de ce qu'étaient tes parents, dit-elle d'une voix ferme mais douce.

Viktor courbe la tête avant de la redresser.

— Ma mère avait presque quarante ans lorsqu'elle est tombée enceinte. Elle devenait vulnérable, alors que tous ceux qu'elle aimait étaient soit morts, soit en fuite. Presque toutes ses connaissances sont parties.

— Pourquoi ne les a-t-elle pas suivies ?

— C'est une femme têtue, tu auras le loisir de le constater. Je ne suis pas sûr qu'elle croyait vraiment à ce qui arrivait. D'une certaine façon, elle n'y croit toujours pas. Elle doit sa survie à la gouvernante de la famille. Cette femme était à leur service depuis plusieurs dizaines d'années, elle avait vu ma mère naître. Sa loyauté était incroyable. Elle a pris pitié de ma mère et l'a cachée – avec ma grand-mère et ma tante – dans une isba, au milieu des sapins. Je suis né là-bas. C'est pour cette raison que je dis que les bois sont ma véritable maison. Nous n'y avons passé qu'une année, mais la forêt coule dans mes veines. En partie à cause de ma grand-mère. C'est elle qui m'a élevé. Elle y a été contrainte, car ma mère ne savait pas s'y prendre. Elle avait toujours été entourée de domestiques, vois-tu. Ça a été un tel choc de perdre son mari juste quand elle apprenait qu'elle était enceinte... C'était plus qu'elle n'en pouvait supporter. Elle ne s'en est jamais remise, en quelque sorte.

— Mais ta grand-mère a réussi, elle, non ?

— Elle était très différente. Elle essayait de tirer le meilleur parti des choses… sans doute par souci de moi.

— Et ta tante ?

— Sonia. Elle a trouvé du travail comme traductrice, du français et de l'anglais. Elle et ma mère parlaient couramment ces deux langues. Nous vivions sur son salaire – chichement, bien sûr, en comparaison de ce qu'elles avaient toujours connu.

Viktor prend une profonde inspiration ; il semble soulagé de raconter la vérité, et Nina comprend le fardeau qui pèse sur ses épaules, cette nécessité de mentir sur ses origines. Elle-même doit éviter d'évoquer son oncle emprisonné. Tandis que Viktor, lui, doit taire toute son histoire, tout ce qui le précède. Il pourrait être arrêté pour « dissimulation de ses origines sociales ». On a envoyé des gens en prison sur cette accusation. Nina songe subitement que Viktor cache peut-être sa mère, et que c'est autant pour cette raison que par dévouement qu'il a construit cette cloison.

— Que s'est-il passé après votre départ de l'isba ?

— Dans un premier temps, nous sommes retournés à la maison familiale. D'autres familles s'y étaient installées, naturellement. On nous a cantonnés dans les anciens appartements des domestiques, et…

Il s'interrompt, et Nina comprend que ce souvenir est une source de souffrance.

— Nous y avons vécu jusqu'à mes douze ans. J'ai tenté de lui expliquer…

Voyant qu'il est incapable de poursuivre, Nina demande :

— Quand tu as eu douze ans, vous avez de nouveau déménagé ?

— Nous avons été expulsés au profit de fonctionnaires. Ma tante nous a trouvé une chambre en ville.

— Que lui est-il arrivé ? À ta tante ?

Un long soupir.

— Elle me manque cruellement. C'est elle qui nous a nourris toutes ces années. Elle est morte il y a dix ans, de pneumonie.

— Tu m'as dit que ta mère était professeur de langue.

— C'est le métier qu'elle aurait dû exercer. Elle aurait également pu travailler comme traductrice, à l'instar de ma tante. Elle a été élevée par une gouvernante française, et elle a appris l'anglais dès qu'elle a su parler. Mais elle…

Viktor balaye l'air de la main, comme pour signifier que tout cela n'a plus d'importance.

— Elle a toujours considéré qu'elle appartenait à la classe supérieure, elle a été élevée dans cette idée. C'est pour cette raison qu'elle t'a demandé de l'appeler par son titre. Ça reste, aujourd'hui encore, son identité.

Nina sait qu'elle devra se faire à cette idée.

— Sa robe est…

Elle allait dire « abîmée » mais se reprend :

— … ancienne.

— Jusqu'à quarante ans, elle a vécu dans le luxe, reprend Viktor. Il nous est difficile de saisir ce que ça signifie… de passer de cette vie-là à la vie en communauté. Elle ne comprend pas pourquoi son monde a dû disparaître.

Il prend la main de Nina dans la sienne et la serre avant d'ajouter :

— Je t'en prie, aie pitié d'elle. Elle ne s'est jamais accoutumée à cette nouvelle existence.

— Tu la protèges énormément, dit-elle avant de compléter, pour qu'il n'y voie pas un reproche : c'est gentil de ta part.

Après tout, elle vivra bientôt avec cette femme, elle aussi.

Mais d'abord, Son Excellence – ou Madame, comme Nina décide de l'appeler – et elle-même doivent être officiellement présentées. Pour l'occasion, la vieille femme a revêtu une robe en dentelle déchirée par endroits qui balaye le sol. Son maintien est royal, même s'il trahit une certaine faiblesse, lorsqu'elle prend place sur la chaise que Viktor a tirée pour elle, devant la table.

— Merci, mon cher.

Les lèvres pincées, elle scrute Nina. Celle-ci incline légèrement la tête. Ils boivent du thé en dégustant des pâtisseries collantes.

— Je cache toujours l'argenterie, lui dit Madame. Les voleurs sont partout… les Arméniens surtout. Ils vivent juste à côté. Ils ont pris toutes nos fourchettes. Je les ai retrouvées, fort heureusement. Autrement, nous serions en train de manger avec nos mains.

Viktor fait un signe à Nina, qui baisse les yeux sur sa fourchette – dont elle doute qu'elle soit réellement en argent. Elle se concentre sur sa tartelette, la pâte croustille dans sa bouche.

— Je suis entrée chez eux, poursuit Madame. Leur pièce est remplie de meubles à nous. La psyché que mon père avait offerte à ma mère. Oh, ils seraient bien capables de vous dire que tout a disparu, qu'il ne reste rien. Même le piano.

Nina ignore comment réagir.

— Le piano… Est-ce que vous en… jouiez ?

Madame place une main en coupe autour de son oreille, et Viktor lui répète la question.

— J'aurais pu devenir concertiste si je l'avais choisi, dit-elle. Mais celle qui avait vraiment du talent, c'était Sonia. Ma sœur. Elle chantait comme un rossignol. C'est sans doute grâce à elle que les gens croyaient que je jouais bien. Elle les ensorcelait avec sa voix sublime.

Un piaillement sonore résonne dans sa chambre.

— Lola aussi a une jolie voix… quand elle le veut.

— Quel genre d'oiseau est-ce ?

— Le genre enquiquinant ! répond Viktor, en éclatant de rire.

— Un ara, reprend Madame. Il vient de très loin, d'Amérique du Sud. C'était un cadeau de mon mari.

Cette révélation laisse Nina perplexe.

— Mais… il doit être très vieux, alors.

— Trente-deux ans, l'informe Viktor. Il est plus âgé que moi. Ne me demande pas comment la pauvre chose survit, ajoute-t-il avec une grimace.

— Les oiseaux de son espèce ont une espérance de vie de soixante-dix ans, annonce fièrement Madame.

Nina se surprend à regarder dans la direction de Viktor, mais il ne réagit pas. C'est la vérité, apparemment. Soixante-dix ans. Si peu de gens vivent aussi longtemps…

— Comme moi, poursuit Madame. Nous sommes de bonne lignée, voyez-vous.

Son ton sous-entend que ce n'est pas le cas de Nina. Mais celle-ci s'efforce de se mettre à la place de cette femme, dont la vie a changé du tout au tout, presque du jour au lendemain.

— Lola sera toujours à mon côté. C'est ce que mon cher mari m'a dit en me la donnant.

— Dans ce cas, tu devrais vivre jusqu'à cent dix ans, rétorque Viktor.

— Je ne mourrai pas avant d'avoir fait la connaissance de mes petits-enfants. C'était ce que mon cher père me répétait : je ne quitterai pas ce monde sans avoir rencontré mon petit-fils.

Viktor reprend une tartelette, apparemment imperméable aux insinuations de sa mère. À l'entendre, c'est lui le fautif s'il est arrivé trop tard.

— Grigori Solodin voudrait te voir.

Ellen, la réceptionniste, interpella Drew au moment où elle franchissait la porte.

— Il est en train de jeter un œil dans la galerie, mais il aimerait te parler.

— Laisse-moi une seconde, le temps de me réchauffer un peu, et envoie-le-moi.

Dans son bureau, elle frotta ses mains l'une contre l'autre et contracta les orteils jusqu'à ce que le sang circule de nouveau dedans. Elle fut surprise par un petit coup frappé contre le mur à côté de sa porte ouverte.

— Mademoiselle Brooks, j'espère que je ne vous dérange pas.

— Je rentre tout juste de ma pause déjeuner. Asseyez-vous, je vous en prie.

Solodin s'avança d'une démarche pleine d'humilité, alors que c'était un homme imposant, au visage avenant. Il se carra dans le fauteuil, et de vagues effluves de cigarette parfumèrent la pièce, pas l'odeur désagréable de la cendre, mais celle douce, presque sucrée, du tabac.

— Je passais dans le coin, dit-il comme si c'était la chose la plus naturelle du monde, et j'en ai profité pour venir prendre des nouvelles. Je voulais savoir si vous aviez progressé dans votre enquête.

— Le labo a apparemment pris un peu de retard, lui répondit Drew en s'efforçant de dissimuler sa frustration. Rien d'inquiétant. Nous devrions avoir les résultats des tests d'ici la fin de la semaine. Au risque de me répéter, il s'agit d'une pure question de forme.

Grigori Solodin ne semblait pas convaincu.

— J'avais l'intention de vous contacter, de toute façon. J'ai commencé à travailler sur le supplément, et je me demandais si vous aviez des renseignements à me communiquer.

— Le supplément ?

— La brochure pour le dîner qui aura lieu la veille de la vente. Une sorte d'édition collector, en complément des photos et des notices biographiques qui apparaîtront dans le catalogue. Pour les ventes importantes, nous organisons parfois des événements privés, et je prépare alors un supplément avec des informations plus personnelles. J'aimerais pouvoir parler des bijoux en ambre. Alors, si vous aviez…

Grigori Solodin baissa les yeux vers le sol, et Drew eut le sentiment d'avoir commis un impair.

— J'ai déjà demandé à Nina Revskaïa de me fournir tous les renseignements dont elle disposait, sur les gens qui lui ont transmis ces bijoux, ou sur les tenues qu'elle portait avec. Des souvenirs relatifs à leur acquisition ou à leur transmission suffiraient.

—Je vous souhaite bonne chance, lâcha-t-il sèchement.

Drew fut légèrement piquée au vif mais, s'efforçant de le dissimuler, elle poursuivit :

—Oui, eh bien, nous ferons avec ce que nous aurons. C'est d'ailleurs pour cette raison que je vous en parle, pour le cas où vous auriez d'autres informations à partager. Même des détails qui pourraient vous sembler anecdotiques. J'essaie de rendre les choses un peu plus vivantes. D'autant que cette vente suscite beaucoup d'intérêt.

Le visage de Grigori Solodin était étonnamment impassible – comme s'il s'obligeait à contenir ses émotions.

—Rien de cela ne menace votre anonymat, le rassura-t-elle. Je ferai en sorte de ne mentionner que le collier. J'aimerais beaucoup récupérer des photos des écrins d'origine ou des cartes qui accompagnaient les bijoux. Ce genre de choses.

Grigori Solodin pinça les lèvres, ce qui fit ressortir les fossettes de ses joues.

—Je vois, dit-il sans autre précision. Ces suppléments sont-ils habituels ?

—Pour les ventes les plus courues, oui. Avez-vous déjà participé à l'une de nos ventes ?

—Non. Je crois n'avoir assisté qu'à un seul événement de ce genre, dans les Berkshires. Ma femme aimait les tapis d'Orient, et il y avait, enfin il y a toujours, j'imagine, un endroit où on peut en acheter aux enchères. Ils étaient de qualité, et bon marché. Je l'ai accompagnée, une fois.

Son visage ne trahissait qu'une légère tristesse, si bien que Drew ne sut s'il était veuf ou divorcé. Quoi qu'il en soit, il semblait habitué à parler de sa femme au passé. Elle s'interrogea de nouveau sur son âge. Il semblait posséder une forme de sagesse qu'elle associait à la maturité.

— Et vous ? lui demanda-t-il. Avez-vous le droit d'enchérir dans vos propres ventes ?

— Oui, les employés y sont autorisés, mais uniquement comme participants absents ; autrement, nous pourrions donner l'impression de chercher à faire monter les prix. Et s'il reste des pièces après la vente, nous pouvons, parfois, nous porter acquéreurs.

Elle lui montra la bague à sa main droite, lui expliquant que sa grand-mère lui avait légué un peu d'argent.

— Pas grand-chose, mais, durant deux ans, je me suis demandé comment le dépenser. Elle aurait voulu que je me fasse plaisir.

— Elle est très belle.

— Merci. J'ai acheté autre chose, l'an dernier. Une aquarelle dans une vente de peintures japonaises.

Elle était accrochée dans sa chambre, à présent. Toute simple, elle représentait un oiseau noir devant un arrière-plan vide qui le mettait d'autant mieux en valeur. Pour une raison mystérieuse, personne n'en avait voulu, et Drew avait pu l'acheter pour moins de deux cents dollars. Elle se surprenait souvent à observer l'oiseau comme s'il était vivant et pouvait lui rendre son regard. Il était d'un noir uni, et sa beauté résidait dans sa simplicité, sa solitude, sa façon de se détacher avec fierté et humilité sur le fond blanc.

Drew renonça à le décrire à Grigori Solodin, ç'aurait été trop compliqué.

— Vous êtes naturellement le bienvenu à cette vente, lui dit-elle. Personne n'aura besoin de connaître le rôle que vous y aurez joué.

— Merci.

Il sembla soudain mal à l'aise. Rassemblant son chapeau et ses gants, il déclara :

— Je serais heureux que vous me fassiez part des conclusions du labo, si vous le pouvez.

Le devinant prêt à se retirer, Drew ajouta précipitamment :

— S'il vous revient la moindre information, appelez-moi, vous voulez bien ?

— Malheureusement, dit-il en détournant le regard, je ne crois pas pouvoir vous être d'une grande aide.

Drew ne s'expliquait pas sa déception – elle ne s'était pas attendue à obtenir grand-chose du côté de Grigori Solodin. Bien après qu'il lui eut souhaité un bon après-midi et qu'il fut sorti de son bureau en courbant la tête – comme s'il était trop grand et trop large d'épaules pour passer la porte –, elle continua de se sentir blessée, comme s'il avait ouvertement refusé de l'aider.

Un mois plus tard, Nina est installée au foyer. L'immense cuisine, qu'ils partagent avec trente-trois autres personnes, contient trois poêles et six tables. Du linge est suspendu partout. Le téléphone noir est toujours occupé ou en train de sonner. Il y a en permanence la queue devant l'unique salle de bains contenant les W.-C. Maintenant que Nina vit sur la place des Théâtres, cependant, il lui suffit de courir au Bolchoï lorsqu'elle a besoin d'aller aux toilettes. C'est l'un des privilèges auxquels elle rend grâce quotidiennement – comme le poêle mobile avec lequel Viktor et elle chauffent leur chambre, le traitement que la Fondation pour la littérature de Moscou verse à Viktor, le pain qu'ils reçoivent de l'Union des écrivains et les services de Daria, la retraitée qui s'occupe, tous les jours, de leur cuisine et de leur ménage.

Sur le même palier qu'eux, vivant chacun avec leur famille, se trouvent deux autres danseuses, quatre chanteurs lyriques, un auteur dramatique, un peintre, une violoncelliste et trois acteurs. L'une des ballerines se promène toujours en robe de chambre soyeuse qui s'ouvre à chaque pas, et le mari de la violoncelliste passe la majeure partie de ses journées dans la baignoire. L'auteur dramatique crie sans arrêt contre son épouse. Deux des chanteurs, également ténors, qui vivent chacun à une extrémité du couloir, répètent en même temps, comme s'ils cherchaient à rivaliser. Les enfants de la famille en face possèdent un petit chat craintif qui se promène dans l'immeuble en miaulant.

«Les Arméniens», Nina le découvre, sont leurs voisins de droite, et ils ont trois enfants. Le père est un peintre renommé pour ses portraits de Staline.

Quant à la mère de Viktor, elle reste, la plupart du temps, enfermée dans sa chambre, avec son vieux samovar à charbon. (Viktor et Nina ont le leur, en cuivre, fabriqué à Toula.) Lorsqu'elle en sort, c'est pour donner des ordres à la pauvre Daria, si éreintée qu'elle traîne les pieds, pour lui demander quel morceau de viande elle a trouvé au marché ou pour se plaindre de la monotonie des repas qu'elle leur sert.

Daria subit ses récriminations en silence, comme si elles étaient méritées. Elle arrive à midi après s'être battue au marché et semble toujours sincèrement étonnée que ses achats ne correspondent pas aux désirs de Madame. Sans un mot, elle vide son pot de chambre, lave son linge et lui apporte des seaux d'eau chaude lorsqu'elle veut se laver, car Madame refuse d'utiliser la salle de bains commune. Daria est aussi au service de Nina à présent, mais elle a bien compris que Madame reste sa maîtresse. Elle est d'ailleurs surprise que Nina l'augmente. Celle-ci, qui n'a aucun don pour la cuisine, est ravie de pouvoir compter sur son aide.

Madame, quant à elle, feint toujours l'étonnement quand elle trouve Nina dans l'appartement, comme si celle-ci était une invitée malpolie qui s'impose. Elle donne l'impression d'avoir épuisé ses réserves de patience et de politesse lors de leur première véritable entrevue. Même si Nina passe l'essentiel de ses journées au Bolchoï et ne rentre à l'appartement que pour s'y reposer, seule la surdité de sa belle-mère lui donne un sentiment d'intimité. En prime, Madame est souvent malade ou de mauvaise humeur.

— Pas si fort, je vous prie, je suis un peu grippée, dit-elle le visage rouge, la tête lourde.

D'autres fois, elle décrète qu'elle ne trouve plus son pouls :

— J'ai essayé toute la journée, mais j'imagine que c'est le signe que mon heure est venue.

Lorsque Nina manifeste un doute, Madame plisse les yeux, brandit son poignet et lui dit :

— Trouvez-le, alors !

Parfois, elle réussit même à convaincre son fils qu'elle est gravement malade. Nina est persuadée qu'elle joue la comédie pour attirer son attention et le détourner de sa femme.

Madame se lave les cheveux de temps en temps et refait son chignon bien serré. Mais avec l'oiseau qui lui grimpe constamment sur la tête pour jouer avec son peigne en écaille, elle est presque toujours décoiffée et sa robe parsemée de fientes. Elle est si différente de Viktor, qui se rend régulièrement chez le coiffeur, cire ses bottines tous les matins et fait laver et repasser ses chemises à la blanchisserie tenue par des Chinois.

Certains jours, Madame s'attable pour compter l'argenterie. Lola se perche sur son épaule et picore les petits boutons sur le devant de sa robe. Les objets brillants l'attirent : les perles qui pendent des oreilles de sa maîtresse, ou le verre fin de son lorgnon. Nina s'est vite habituée au bruit de son bec ainsi qu'à ses piaillements. Très bavarde, elle répète à l'envi « Bonjour ! » et « *S'il vous plaît !*[1] ». Parfois, Madame ajoute ses plaintes aux siennes. On dirait alors deux femmes malheureuses s'entraînant l'une l'autre.

Les jours où elle est d'humeur loquace, Madame égrène ses souvenirs de l'époque où elle avait un cuisinier, une bonne, un tuteur et une gouvernante. Elle décrit à Daria la maison où elle vivait, des poignées de porte en verre taillé aux tableaux encadrés. C'est comme si elle lui faisait visiter mentalement la vieille demeure, s'arrêtant devant chaque objet précieux : le presse-papiers en cristal, les bougeoirs en argent,

1. En français dans le texte.

l'ombrelle à la poignée en émail de Fabergé. Parfois Nina l'imagine, elle aussi, avec ses nombreuses pièces consacrées, chacune, à des activités bien précises : bibliothèque, salon de musique, salle à manger. Son esprit suit Madame dans un salon tendu de papier peint soyeux aux motifs végétaux, puis dans une cuisine bien aérée et enfin sur un balcon ouvrant sur un immense parc.

— Quand nous sommes revenus, il ne restait pas un seul tableau. Ils étaient magnifiques. Enfant, j'avais l'habitude de m'y promener avec les yeux, comme on emprunte un chemin à travers bois.

Elle paraît soudain anéantie.

— Notre maison… remplie de rustres. Avec leurs bottes boueuses alignées le long des murs. Ils ne se lavaient jamais. Comme les Arméniens d'à côté, ces voleurs !

En prononçant ces mots, elle se souvient de ce qui la préoccupe et se remet à compter les couverts.

Après tout, la mère de Nina, aussi, range ses couverts et ses ustensiles de cuisine dans sa chambre et ne laisse pas ne serait-ce qu'un vieux pain de savon, dur et craquelé, à un endroit où d'autres locataires pourraient le récupérer. L'attitude de Madame est finalement à peine plus outrée que celle de ceux qui gardent jalousement leur savon, leur sel et leur pétrole et qui se méfient de tous – un sentiment que Nina partage également, elle doit l'admettre. La seule différence est que Madame se plaint à voix haute, ouvertement, comme, autrefois, la grand-mère de Nina. Madame est l'une des dernières survivantes de cette espèce.

— Est-ce qu'il lui arrive de sortir ? demande Nina à Viktor, presque trois mois après son installation.

Elle ne sait pas encore très bien dans quelle mesure le lignage de Viktor est « secret » et dans quelle mesure elle est autorisée à évoquer librement Madame. Si Viktor ne mentionne jamais sa mère en public, il n'a pas interdit à Nina de le faire et ne semble pas s'inquiéter de ce que Daria pourrait raconter. Son succès littéraire le préserve peut-être de tout danger. Après tout, il n'a pas choisi ses parents.

— Je sortais me promener avec elle, autrefois, mais elle revenait toujours de mauvaise humeur. Elle n'aime tout simplement pas le monde extérieur.

Il marque une pause, comme s'il réfléchissait.

— Elle n'est pas habituée à... eh bien, tu sais, les ivrognes, les mauvaises manières, l'absence de savoir-vivre. C'est lié à ses origines, bien sûr. Elle estime que personne ne la traite comme elle le mérite.

Et en effet, elle a grandi dans une maison privée, elle sait jouer de plusieurs instruments et parler des langues étrangères. Pas étonnant qu'elle se raccroche à son ancien titre, à sa naissance, à ses vieilles robes en soie et dentelle. D'une certaine façon, se dit Nina, elle est comme ces soldats démobilisés qui, bien que la guerre soit finie depuis trois ans, sortent toujours en uniforme le dimanche pour montrer leurs médailles et leurs blessures. Comme pour rappeler à tout le monde – à moins que ce ne soit simplement à eux-mêmes –, qui ils ont été.

Lot n° 34

Boucles d'oreilles en diopsides : taille brillant, 1 carat chacune, 5 x 5 mm, monture et tige en or jaune 14 carats, clarté VVS. Estimation : 800 – 1 000 $.

7

Evelyn passa la tête par la porte vers six heures.

— Je fais juste un saut aux toilettes, et on pourra y aller.

— Je suis prêt.

Les autres employés du département de langues étrangères étaient partis plus tôt, et Grigori en avait profité pour corriger trois devoirs. Il ne voulait pas rester seul chez lui aujourd'hui. Il avait ressenti le besoin de sortir dès qu'il s'était levé, et il n'avait même pas osé allumer la radio, redoutant la programmation musicale, les dédicaces, les messages personnels. Ça n'aurait fait que lui rappeler… tout. Oui, tout. Le bruit de la porte qui se refermait derrière elle lorsqu'elle rentrait du travail le soir lui manquait. Les messages téléphoniques aussi, si nombreux – elle avait beaucoup d'amies… Barb, annonçant la mort de Bowie, son vieux carlin, ou Amelie, qui venait à Boston la semaine suivante et proposait de prendre un verre au *Fairmount*. Le club de lecture de Christine lui manquait également, cette assemblée joyeuse dans le salon, qui riait d'une façon qu'il avait toujours enviée, en échangeant des confidences intimes qu'il trouvait parfois presque choquantes : apparemment, aucun sujet, n'était trop personnel pour ne pas être évoqué autour d'une assiette de fromages et d'une bouteille de vin blanc bien frais. Lui manquait ce qu'il éprouvait quand, la suivant à l'étage, il la déshabillait et lui faisait passionnément l'amour dans l'un de ces élans qu'il considérait comme un privilège secret de la vie maritale.

Bien sûr, il avait conscience de la nature de ses souvenirs, de leur inexactitude, il avait conscience d'oublier les fois où ils se chamaillaient, Christine et lui, pour des broutilles, d'oublier le poids que constituait parfois la présence constante de l'autre, les choses horribles – irrévocables et blessantes – qu'ils s'étaient dites et qui flottaient longtemps après dans l'atmosphère, comme une odeur nauséabonde. Mais les querelles et l'irritation faisaient partie de ce ciment fragile qui les liait l'un à l'autre, ce sentiment qui persistait même lorsqu'ils s'insupportaient mutuellement. Puis ils retrouvaient la forme la plus courante de leur amour, dompté et domestiqué, mais pour autant toujours réel et vivant.

— Ça y est, je suis prête !

Il releva la tête et découvrit Evelyn dans un manteau en cuir brillant assorti à ses bottines à talon, une écharpe nouée fermement autour du cou.

— Tu es sacrément élégante ! remarqua-t-il en boutonnant son pardessus.

Elle avait suggéré un dîner au restaurant thaï près du Wang Theater, et Grigori avait accepté en se disant que l'appétit finirait peut-être par venir. Il passait toujours des soirées sinon excellentes du moins très agréables avec Evelyn. Elle était intelligente, facile à vivre et ne rechignait pas à rire d'elle-même. De surcroît, elle avait bien connu Christine et n'avait pas peur de l'évoquer. Et pourtant, lors de leurs dernières sorties, Grigori avait conscience que quelque chose avait changé – un changement discret mais réel. Au moment où ils se souhaitaient une bonne nuit par exemple, Evelyn semblait attendre autre chose. Ce n'était pas la première fois que Grigori lisait cette attente sur ses traits, mais jusqu'à récemment il croyait qu'il se faisait des idées. Puis un léger malaise s'était installé, et la dernière fois il avait perçu clairement la déception d'Evelyn lorsqu'il l'avait quittée.

Pourtant Grigori ne l'avait jamais considérée comme autre chose que... Evelyn, une amie jolie et gracieuse, qui restait inexplicablement célibataire, au rire franc, aux cheveux blonds et aux trente paires de chaussures à talon.

Ce matin-là, cependant, Grigori s'était promis, en s'habillant à la hâte pour s'enfuir de chez lui, d'envisager une possible relation avec Evelyn. Il avait même mis sa plus belle chemise, un cadeau de Christine, qui se portait avec des boutons de manchette. Jusque-là, il ne l'avait sortie que pour de grandes occasions. Cette soirée en deviendrait peut-être une.

Cette idée le rendait nerveux. Au restaurant, il s'aperçut qu'il tirait continuellement sur les poignets de sa chemise. Evelyn, elle, semblait détendue et heureuse. Grigori fut soulagé lorsque le serveur leur demanda ce qu'ils désiraient boire.

— Tu as de jolis boutons de manchette, remarqua Evelyn.

— Ils appartenaient à mon père.

Son père... Un géologue souvent sur le terrain et qui n'avait que rarement l'occasion de les porter. Fiodor le silencieux, le contemplatif, qui caressait toujours son toupet de cheveux comme s'il symbolisait tout le désordre du monde... Pourtant, il était capable de crier lorsque Grigori l'interrogeait sur des problèmes mathématiques qui lui semblaient élémentaires. Ce ne fut qu'après avoir quitté la Russie, lorsqu'il s'était fait des amis en Norvège, que Grigori avait découvert que toutes les familles n'avaient pas pour habitude d'échanger leurs opinions en hurlant. Un de ses camarades de classe en visite chez lui, à Larvik, avait été effrayé d'entendre Fiodor hurler en russe contre Katia. Ils débattaient simplement d'un article de journal, mais, pour la première fois, Grigori avait compris que tout le monde n'avait pas des discussions aussi violentes.

— Tu es très élégant, lui dit Evelyn avec son habituel sourire radieux.

C'était peut-être sa chance d'aller de l'avant, même s'il craignait de risquer gros en transformant leur amitié en relation amoureuse. Sans oublier qu'Evelyn était plus jeune que lui d'une dizaine d'années. Elle, en revanche, ne semblait pas gênée par leur différence d'âge. Il était peut-être un « bon parti »... Plusieurs de ses étudiantes s'étaient entichées de lui, mais ce n'était pas la même chose. Au début de sa carrière de professeur, il avait parfois découvert des messages personnels sur la dernière page d'une copie : « Pourrions-nous en discuter de vive voix ? » ou « Accepteriez-vous de prendre un verre avec moi ? ». Il s'était dit que cela finirait par passer et, pendant quelques années, au début de la quarantaine, ça avait été le cas. Mais quelque chose s'était produit – il ne comprenait toujours pas quoi –, et les marques d'intérêt s'étaient multipliées. Une ou deux étudiantes s'éprenaient de lui chaque semestre ; certaines ne s'en cachaient pas quand d'autres manquaient malgré elles de discrétion. Il recevait des mails l'invitant à boire un café « à l'extérieur du campus » ou à visiter une exposition de peintres russes… dans le Connecticut. L'année précédente, une fille lui avait écrit une longue lettre lui expliquant qu'elle avait réussi à l'« oublier »… mais lui demandant s'il était d'accord pour la retrouver quelque part le lendemain soir.

C'était son chagrin qui devait les attirer. Car la tristesse possédait sa propre énergie, sa propre clarté.

Et maintenant Evelyn, avec ses cheveux blonds au vent…

Le serveur leur apporta du vin.

— Tchin ! dit Grigori en trinquant.

— Joyeuse Saint-Valentin !

La première répétition de la nouvelle saison du Bolchoï, un jour froid et humide, la deuxième année du mariage de Nina et Viktor. Elle est occupée à recoudre les rubans de ses pointes dans sa loge. En face d'elle, devant la petite coiffeuse, Polina s'applique de la crème hydratante sur le visage en tapotant légèrement la peau pour l'aider à pénétrer. Ce n'est que la première étape d'un processus complexe qui se terminera par un rinçage à l'eau froide additionnée de quelques gouttes d'ammoniac dans le but d'atténuer ses taches de rousseur.

Tout en tapotant son visage, Polina parle à Nina de son nouvel amour, un certain Igor. À l'entendre, on pourrait croire qu'il s'agit d'une star du cinéma, alors qu'en réalité c'est un fonctionnaire du Parti, le directeur adjoint d'une division d'un ministère quelconque – Nina ne suit plus depuis un moment.

— Il est si gentil avec moi, Nina. Il me traite comme son chaton.

— Tant mieux, c'est normal.

Nina aimerait lui dire : tu n'as pas besoin de lui, tu es une danseuse. Travaille ta technique, pas tes relations avec ces… larbins. C'est le mot qui lui vient à l'esprit, mais elle le garde pour elle. Nina les voit souvent, dans le bureau du personnel du théâtre, ces sbires en civil qui viennent éplucher les dossiers à la recherche d'une information à transmettre à leurs supérieurs. Elle les voit aussi lorsqu'elle va danser dans les ministères, fonctionnaires en costumes de laine sombre qui humilient leurs subordonnés. Sans parler des hommes du Comité central, en charge de l'agit-prop, qui depuis les fauteuils du fond de la salle assistent de temps à autre à une couturière afin de faire trembler le pauvre directeur. Ce ne sont que des carriéristes prêts à tout pour gravir les échelons.

— Je pense que c'est le bon, Nina. J'en suis persuadée.

— C'est formidable, Polina, je suis heureuse pour toi.

Elle n'a pas le courage de la regarder dans les yeux, pourtant. Elle a parfois le sentiment que ce qui intéresse Polina, c'est autant l'idée d'être une danseuse que la danse en soi.

La porte s'ouvre.

— On m'avait dit que je te trouverais ici !

Nina dévisage, interloquée, la femme magnifique qui vient d'entrer, avant de lâcher son chausson. C'est Vera.

Oui, c'est bien elle, souriante, heureuse de la surprise qu'elle a provoquée. Mince, les membres déliés, elle n'a plus rien d'une enfant. Nina pousse un petit cri puis embrasse son ancienne amie. En vérité, Nina n'a pas pensé à elle depuis bien longtemps.

— C'est toi !

Elle est incapable de dire autre chose. Vera se présente donc elle-même à Polina pendant que Nina reprend ses esprits et mesure à quel point les années, la guerre, et qui sait quoi d'autre encore ont transformé son amie.

— Je suis Vera Borodina, dit celle-ci à Polina.

Nina a déjà entendu ce nom – c'est celui de la nouvelle perle du Kirov. Vera a sans doute pris un nom de scène... Les souvenirs remontent à la mémoire de Nina : le jour de l'audition au Bolchoï, le départ précipité des parents de son amie... C'est la première fois depuis des années qu'elle repense à eux, à ce couple en apparence ordinaire dont rien n'aurait pu laisser présager leur destin. Ce n'est que maintenant, avec ses yeux d'adulte, que Nina comprend ce qui a dû se produire. Elle n'ose pas interroger Vera bien sûr, pas devant Polina. Quel qu'ait été le sort de ses parents, Vera a sans doute, dans son intérêt, gommé tout ce qui la rattachait à eux. Voilà pourquoi elle est devenue Vera Borodina...

Nina la scrute avec curiosité. Ses pommettes, plus marquées qu'autrefois, sont d'un rose délicat. Ses dents de devant, légèrement disjointes, la font paraître plus jeune lorsqu'elle sourit. Ses cheveux sont châtain foncé avec des reflets roux. Ses grands yeux sombres, écartés, possèdent quelque chose de mélancolique, presque étrange. À moins que ce ne soit la façon dont elle a appliqué son mascara, qui forme des petits paquets sur ses cils, comme si elle venait de pleurer.

Elle tient à la main le petit sac que tous les danseurs du Bolchoï reçoivent pour ranger leurs collants, leurs justaucorps et leurs précieux pains de savon. Ce qui signifie sans doute qu'elle a rejoint la compagnie. Mais, pour l'heure, ce sont d'autres pensées qui occupent Nina : Vera est vivante, elle a survécu, elle est de retour.

— Ça alors ! s'exclame Polina, comme si elle aussi avait connu Vera par le passé.

Lorsque Vera dépose, sans hésitation, son sac sur la chaise devant la coiffeuse inoccupée – laquelle a été repoussée dans un coin de la petite loge depuis trois ans –, Nina éprouve une pointe de contrariété ; elles vont devoir partager la pièce exiguë à trois, à présent. Mais c'est Vera, se répète-t-elle, sa Vera... Pourtant, elle reste sur ses gardes, comme chaque fois qu'elle se trouve en présence d'un inconnu. D'un mouvement vif et efficace, Vera chasse la poussière de la table. Sa présence dans cette loge signifie qu'elle dansera des solos, voire des rôles-titres. Nina en conclut que le directeur en personne l'a recrutée, ou que Vera connaît quelqu'un de haut placé – peut-être même au Kremlin. Le Bolchoï est très attentif aux relations – amicales, familiales, politiques. Il suffit de regarder Olga Lepechinskaïa, qui, aujourd'hui, à près de quarante ans, interprète toujours les rôles principaux : elle est mariée à un général de l'Armée soviétique, et tout le monde au Bolchoï la craint.

Vera doit être liée à quelqu'un d'important, elle aussi. Polina pense exactement la même chose, Nina le devine aux coups d'œil furtifs qu'elle lui jette dans le miroir de la coiffeuse. En plus d'être, sans doute, envieuse de sa beauté, ou simplement curieuse, elle redoute de découvrir qui est Vera et d'où elle vient. D'autant plus que c'est une rivale supplémentaire. Qui, comme n'importe quelle danseuse, veut, elle aussi, se hisser jusqu'au sommet.

Mais dès qu'elles la voient danser, leurs doutes s'envolent : elle ne doit sa place dans la troupe qu'à son talent. Elle est agile et rigoureuse, et ses pieds sont plus véloces que les leurs. Ses battements sont nets et assurés, ses pas de bourrée précis. Plus important encore, elle possède cette qualité – indéfinissable, magique – qu'on reconnaît aussi à Nina : l'étincelle qui aimante le regard des spectateurs.

Pourtant, Nina constate à quel point le style de l'école de Leningrad peut être froid. Les mouvements de Vera ont une certaine sévérité, elle réserve toute l'émotion à la partie supérieure de son corps (moulé dans un pull en laine fine, qui révèle ses clavicules si fragiles, sa peau si pâle). Cette retenue dans la perfection confirme à Nina que non seulement elles ont vécu des vies différentes mais qu'on a façonné leur corps diversement.

Au départ, Nina éprouve ce qui ressemble à de la jalousie devant la technique de son amie mais aussi devant sa silhouette – ses longs membres graciles, ses pieds cambrés. L'arrivée de Vera a rouvert une vieille blessure : Nina serait prête à presque n'importe quoi pour avoir un corps comme le sien (depuis des années, elles s'asseyent, ses compagnes du ballet et elle, sur les pieds les unes des autres, dans l'espoir d'allonger leurs cous-de-pied, et elles se massent les mollets pour les affiner). De l'extrémité de ses doigts à la pointe puissante de ses orteils, Vera incarne la dignité tranquille qui fait la réputation du Kirov. Son ossature délicate et ses grands yeux mélancoliques lui confèrent un caractère éthéré. Nina ne peut s'empêcher de lui envier cette qualité – sans parler de ses pommettes hautes et de ses épais cheveux auburn. Elle se répète qu'elle a d'autres atouts : l'énergie et la légèreté, la passion et un sens musical, des pirouettes rapides et des sauts d'un grand naturel. Elle est menue mais puissante, ce qui est un don en soi, et son joli minois aux traits réguliers, s'il manque de mystère, est élégant. Non, vraiment, c'est une chance que Vera et elle aient des styles et des physiques si différents ; cela signifie que, la plupart du temps, elles ne seront pas en compétition pour les mêmes rôles.

Elle se retient de noyer Vera sous les questions, ce premier jour, pendant que celle-ci installe ses affaires dans son casier. Elle lui demande cependant où elle va vivre.

— Avec une famille que je ne connais même pas. Il y a un lit dans le cellier. C'est temporaire, le ballet me trouvera un autre logement.

Plus facile à dire qu'à faire avec la crise du logement.

— Le mari et sa femme jouent dans l'orchestre, et ils ont trois petits garçons, poursuit Vera avec une grimace qui attendrit Nina. C'est presque drôle quand on y songe : j'ai la chance d'avoir obtenu un permis de résidence à Moscou, mais il n'y a pas de place pour moi, alors que je ne cesse d'entendre parler de gens qui sont inquiets parce qu'ils ont un appartement mais pas de permis !

Elle a installé sur sa coiffeuse la petite photo encadrée d'un jeune couple, si jeune qu'il faut un moment à Nina pour reconnaître les parents de son amie. Puis elle glisse dans un coin du miroir un rectangle de papier jaune. En regardant plus attentivement, Nina sent son cœur se serrer. C'est un télégramme, un de ceux que sa mère a dictés, il y a bien longtemps, se faisant passer pour les parents de Vera.

Sa mère, si seule dans sa chambre remplie de soupirs... Depuis qu'elle est à la retraite et qu'elle n'a plus à prendre soin de Nina, elle semble de moins en moins attachée à la vie. Elle ne traverse presque plus la ville pour s'occuper des uns et des autres. Au lieu d'avoir été libéré de prison, l'oncle de Nina a été envoyé en exil dans l'Oural. Quant à la vieille voisine du dessous, à qui mère rendait visite quotidiennement, elle est morte. Pourtant, mère continue de tenir son intérieur à la perfection, mettant des bouquets de capucines dans des bouteilles, alignant sur le rebord des fenêtres des boîtes de conserve contenant des plantes. Sa force semble lui venir de l'attention qu'elle porte aux autres, alors qu'elle n'a jamais su accepter d'aide de personne. Nina a beau lui acheter des vêtements neufs, elle s'acharne à repriser l'encolure et les poignets de ses pulls déformés et à mettre son vieux foulard à fleurs décoloré, qui tombe sur ses épaules déjà voûtées, alors qu'elle n'a pas encore cinquante ans. Elle qui, de son pas vif, a emmené Nina et Vera, comme deux canetons, à l'audition du Bolchoï...

Nina se rappelle que sa mère a toujours eu de l'affection pour Vera – et qu'elle a conservé le lit en fer avec le matelas en coton où Nina dormait avant son mariage.

— Si c'était possible, demande celle-ci, préférerais-tu habiter avec ma mère ?

— Oh, mais je ne voudrais pas la déranger !

— Elle t'adore, Vera. Elle sera aux anges, au contraire.

Nina jette un coup d'œil au télégramme coincé dans le cadre du miroir. Combien sa mère en a-t-elle envoyé ? Et quand a-t-elle cessé ? Nina aimerait interroger Vera, tout comme elle brûle de lui avouer la vérité. Mais elle sait que certains secrets sont faits pour être gardés.

Une semaine plus tard, Vera installe son manteau d'astrakan, cinq paires de chaussures et une énorme malle dans l'appartement que Nina a déserté un an et demi plus tôt. Il semble presque logique que Vera prenne sa place. Après tout, elle a été contrainte de quitter Moscou si brutalement… Elle retrouve enfin sa ville natale, sa meilleure amie et une mère, même si elles ont toutes trois changé. La mère de Nina est plus que ravie de l'accueillir, et les deux jeunes femmes se rendent souvent à l'appartement ensemble, parfois avec Viktor, pour y prendre le thé. Les premières semaines de retrouvailles sont remplies de confidences et d'évocations de souvenirs diffus – il y a tant d'années à rattraper –, comme si elles tricotaient un énorme pull ensemble, de façon totalement anarchique. Mais bientôt leurs échanges trouvent leur rythme, très semblable à celui d'autrefois, ne serait-ce que parce qu'ils sont redevenus quotidiens.

Nina n'aurait pas su que c'était la Saint-Valentin si Cynthia ne s'était pas mis en tête de la fêter. Bien sûr, elle avait reçu une boîte de chocolats de la part de Shepley et un coup de fil d'une Tama un peu déprimée, mais rien de bien exceptionnel. Cynthia, elle, avait apporté, en plus des courses du dîner, une rose et une carte de vœux. Nina songea d'abord que les services aux personnes âgées devaient en remettre à chacun de leurs employés, avant d'admettre que Cynthia pouvait être à l'initiative de ce geste. La carte représentait un chiot tenant un cœur en papier dans sa gueule. Cynthia avait écrit un mot au feutre rouge, qu'elle avait conclu en dessinant un cœur et en signant en lettres capitales comme si elle craignait que Nina n'eût du mal à lire.

Elle avait mis la rose dans un grand soliflore en cristal, qu'elle avait placé sur la table dans l'entrée – ainsi, Nina pouvait l'admirer depuis le salon. Le bouton commençait déjà à s'ouvrir à cause de la proximité du radiateur ; Nina supposa qu'il ne durerait pas longtemps. Finalement, n'était-ce pas comme l'amour lui-même ? La floraison subite, suivie de la chute des pétales, l'un après l'autre, d'abord, puis, subitement, tous ensemble.

Sa surprise en découvrant Viktor à la porte de sa loge, les bras remplis de roses…

— Tout va bien, trésor ? l'interpella Cynthia depuis la cuisine.

Pas d'oignons aujourd'hui, naturellement. Billy avait réservé une table dans un restaurant du South End, un endroit « chic », d'après Cynthia.

Posé près de la rose, le chiot de la carte de vœux l'observait avec insistance.

— Très bien, merci, répondit Nina, même si elle se sentait de nouveau gagnée par cette honte obscure et accablante.

Cynthia s'affaira bruyamment dans la cuisine, comme si elle cherchait à attirer l'attention de Nina. Pour ne rien arranger, la sonnerie, stridente, du téléphone résonna.

— Je décroche, Cynthia !

Nina avait parlé d'une voix tranquille, alors qu'elle savait, d'expérience, que cette sonnerie annonçait presque toujours un ennui. C'était Drew Brooks.

— De Bell...

— Je me souviens parfaitement de vous, mademoiselle Brooks, inutile de me rappeler qui vous êtes.

— Ah, oui... Alors, je vous appelais simplement pour vous informer d'un léger souci concernant votre collection.

Cette annonce lui fit l'effet d'un coup de poignard en pleine poitrine. Il s'agissait des boucles d'oreilles que la liste de Saint-Botolph présentait comme des émeraudes, poursuivit Drew.

— Après examen, nos experts ont constaté qu'il s'agissait en réalité de diopsides.

Nina n'avait jamais entendu ce terme auparavant. Son pouls s'accéléra à l'idée d'être accusée de mensonge – même involontaire.

— Je l'ignorais, dit-elle, j'ai été abusée.

— C'est une erreur fréquente, rassurez-vous. Dans notre jargon, on appelle même les diopsides « émeraudes de Sibérie », car on en trouve beaucoup dans cette région. Je ne suis pas étonnée que vous en possédiez.

— Donc ce sont bien des émeraudes, dit Nina, soulagée. De Sibérie.

— C'est bien là le problème. On parle d'« émeraudes » à cause de leur couleur, mais ce ne sont que des pierres semi-précieuses. Elles ont beaucoup moins de valeur que les émeraudes.

— Je vois.

Elle eut, ce qui était absurde, un pincement au cœur – exactement comme le jour où elle avait ouvert l'écrin cubique et découvert les petites boucles d'oreilles vertes. Elle était légèrement gênée d'avoir été prise en faute.

— Ça arrive très souvent, reprit Drew. Comme avec les tsavorites.

La gorge de Nina se serra. Elle ne pouvait s'empêcher de se demander si Viktor avait su. Des émeraudes de Sibérie… Avait-il cru, lui aussi, qu'il s'agissait de véritables pierres précieuses ?

— Tout va bien ? demanda Drew d'une voix qui lui parut extrêmement forte. Vous êtes toujours là ?

— Inutile de crier.

— Je voulais simplement m'en assurer.

Quelque chose dans le ton de Drew donnait l'impression qu'elle se retenait de rire. Lorsqu'elle était passée chez Nina quelques jours plus tôt, pour s'enquérir des noms des parents de Viktor, et que Nina ne lui en avait fourni qu'un seul, elle avait paru à peine contrariée de s'être déplacée pour si peu. Nina le lui avait écrit en cyrillique, en lui expliquant qu'à l'exception de sa belle-mère elle n'avait jamais rencontré personne de la famille de Viktor, du côté maternel comme paternel. Pourtant, Drew était demeurée imperturbable, comme si elle était persuadée que sa curiosité finirait par payer.

— J'en profite pour vous rappeler, ajouta-t-elle, que je rédige un supplément en vue de la soirée que nous organisons avant la vente. J'aimerais y faire figurer des photographies d'objets liés aux bijoux. Des choses personnelles, qui se rattachent à votre histoire. Je ne sais pas, vous avez peut-être encore la carte qui accompagnait l'un des bijoux qu'on vous a offerts ? Ou un portrait de la personne qui vous a fait tel ou tel cadeau ? Nous pourrions les numériser…

Encore ce numérique, c'était une épidémie !

— Vous m'avez entendue ? demanda Drew.

— Je n'ai rien pour vous.

Drew marqua une pause avant de reprendre :

— Ah, très bien. Mais, vous savez, je ne cherche pas nécessairement des objets liés aux bijoux. Il pourrait s'agir d'un souvenir du Bolchoï. Ou de votre installation à Boston. Ou simplement des noms des personnes ayant compté pour vous. De mon côté, je vais me mettre en quête de photos d'archives. Ça intéresse le public.

— Entendu, répondit Nina, consciente que c'était l'unique moyen de clore la conversation.

Drew la remercia avant de lui répéter combien elle était enthousiasmée par cette vente et de lui souhaiter une bonne soirée. Lorsque Nina raccrocha, elle ne put réprimer une sensation de frustration.

Des émeraudes de Sibérie…

C'était bien le problème avec cette vente, ce catalogue, ces experts… Il y avait trop de mauvaises surprises.

Une dernière explosion de chaleur automnale, et de phlox parme, dans la ville teintée de jaune par les feuilles mortes. La moiteur des mains sur la barre, les matinées interminables consacrées aux exercices, les après-midi aux répétitions, à l'attente fébrile de la soirée. Dans la loge, avant la deuxième représentation de la saison, Nina observe Vera, qui orne ses cils de perles. C'est une danseuse du Kirov qui lui a appris cette astuce. À la flamme d'une bougie, elle fait chauffer une minuscule poêle de la taille d'une cuillère à soupe, dans laquelle elle place un peu de mascara noir. Elle en récupère ensuite une petite boule au bout d'un bâtonnet en bois, qu'elle place à l'extrémité de l'un de ses cils supérieurs. Le voilà orné d'une perle.

— C'est douloureux, explique-t-elle à Nina en répétant l'opération, mais ça en vaut la peine. Surtout pour un soir comme celui-ci.

La *prima ballerina assoluta*[1] du Bolchoï, Galina Oulanova, est malade, et son rôle – dans *Le Lac des cygnes* – a été partagé en deux : Vera interprétera la Reine des Cygnes et Odette, tandis que Nina endossera le rôle de son double maléfique, Odile.

— Je peux t'aider, ajoute Vera, si tu veux essayer.

— Je ne sais pas…

Cette substance gluante et chaude si près de ses yeux… Même si elle n'en a rien dit, Nina est un peu vexée que la direction ne les croie pas, ni Vera ni elle, capables d'assumer le rôle-titre dans son entier. N'ont-ils pas confiance dans les pas de bourrée et les batte-

1. Titre inspiré des maîtres de ballet italiens, qui ne fut donné qu'à deux reprises en URSS.

ments précis de Nina, dans ses doubles pirouettes et ses arabesques en diagonale, dans la façon dont son corps écoute et répond à chaque variation de la musique de Tchaïkovski ? Après la répétition, le maître de ballet les a encouragées, en leur rappelant que le chef d'orchestre pouvait les aider en cas d'oubli. La couturière a repris le costume à plumes noires d'Odile pour qu'il aille à Nina, mais, pour l'heure, elle porte le bas de pyjama trop grand qui lui sert de tenue d'intérieur ; elle ne monte pas sur scène avant la fin de l'entracte.

— Ça pourrait affecter ma vision, répond-elle à Vera.

— On s'habitue très vite, tu sais.

Une à une, les minuscules perles prennent place à l'extrémité des cils de Vera, et, avec chacune d'elles, le visage de Vera devient plus innocent, ses yeux paraissant plus grands et plus ouverts. Nina s'émerveille constamment de la beauté de son amie et de n'avoir pas su la voir lorsqu'elles étaient petites. Cet étonnement permanent, et le petit pincement qui l'accompagne, est une sensation nouvelle pour Nina. C'est une conséquence naturelle, se convainc-t-elle, de la présence à ses côtés d'une véritable amie de son âge, d'une confidente, d'une sœur, de ce trésor dont elle a été privée depuis l'enfance. Ces dernières semaines, tout a changé, non seulement parce qu'elle a réappris à partager sa vie de cette façon, avec ce que cela suppose de dons et de sacrifices, mais aussi parce qu'elle redécouvre Vera, qui est, après tout, très différente de la fillette qui a quitté Moscou.

Ce soir, malgré tout, elle ne peut s'empêcher de s'interroger : si Vera n'avait pas rejoint la troupe, interpréterait-elle aussi Odette ? « Ne sois pas jalouse », se morigène-t-elle, avant de se remettre à repriser ses pointes, consolidant chaque point à l'aide d'un épais fil rose. Elle a besoin de sa paire la plus solide ce soir, car Odile enchaîne plusieurs tours très rapides. Et elle doit faire le vide dans son esprit pour se concentrer sur le tempérament fier et volontaire d'Odile, sur les manipulations diaboliques de Von Rothbart. Son estomac se noue lorsqu'elle songe qu'elle va danser ce rôle en public pour la première fois.

Vera souffle la bougie et nettoie la petite poêle avant de ranger le tout dans son tiroir : la direction du théâtre n'autorise pas les bougies dans les loges. Pour parfaire son maquillage, elle ajoute un petit rond rouge au coin de ses yeux.

Quel chemin elles ont parcouru, songe Nina, depuis ce jour de juin où elles ignoraient toutes deux ce qu'était un plié. Un souvenir enfoui tout au fond de sa mémoire surgit dans l'esprit de Nina.

— Et le trac ?

Dès qu'elle a prononcé ces mots, elle les regrette. Vera l'interroge du regard.

— Je repensais à l'audition. Pour le Bolchoï.

Les yeux de Vera se perdent dans le vide, comme si elle essayait de se rappeler.

— C'était un jour difficile pour moi, mes parents venaient d'être emmenés.

Elle parle d'une voix douce, presque affectée, provoquant l'irritation de Nina : croit-elle donc être la seule à avoir vécu un tel chagrin ? Chacun connaît quelqu'un qui a subi le même sort. Deux des trois meilleures solistes du ballet, Marina Semionova et Olga Lepechinskaïa, ont survécu à l'arrestation de leur époux. Le mari de Marina a été exécuté. Et, l'an dernier, une des danseuses du corps de ballet a été emmenée par un homme de la police secrète – tout le monde a reconnu sa veste –, au milieu d'une couturière. Elle n'est pas reparue. Au bout de quelques jours, son nom a disparu de la liste de service. Personne n'a plus jamais parlé d'elle.

Et il y a aussi le propre oncle de Nina, quelque part au goulag. Malgré tout, elle sait pertinemment que le drame vécu par Vera était bien plus terrible. Elle aurait pu finir dans un centre de placement pour enfants du NKVD, au milieu de délinquants. Et, si elle n'avait eu qu'un ou deux ans de plus, elle aurait risqué la peine capitale. Il y a sans doute un dossier sur elle quelque part. C'est même très courageux de sa part d'évoquer ses parents ainsi. C'est aussi une marque de confiance envers Nina, puisque, à l'évidence, la direction du Bolchoï n'est pas au courant. À moins qu'elle n'ait décidé de fermer les yeux. Comme pour Marina Semionova, qui, en dépit de son succès, reste « la femme de l'ennemi du peuple ». Cela dit, les parents de Vera, quoi qu'ils aient fait, n'étaient peut-être pas assez importants, puissants ou connus pour qu'on s'intéresse à leur descendance. Il suffit de regarder le couple sur la coiffeuse de Vera, si modeste, si innocent et si jeune.

Quoi qu'ils aient fait…

Pour la première fois depuis des années, Nina s'interroge. Tout bas, elle demande :

— As-tu découvert ce qu'ils…

Elle s'interrompt, hésitant à continuer.

— Ce que tes parents…

Elle n'ose pas terminer sa phrase. Vera ferme les yeux une seconde, comme pour chasser une vision déplaisante.

— Ce qu'ils ont fait, tu veux dire ? répond-elle d'une voix lente et très douce. Il y a quelques années, une vieille femme qui partageait notre appartement m'a raconté ce qui est arrivé. Elle a assisté à la scène. C'était le couple qui vivait dans la pièce à côté de la nôtre que les policiers étaient venus arrêter. Ils sont d'abord entrés chez eux, mais ils étaient absents. Ils ont donc pris les voisins à la place, conclut-elle en haussant les épaules.

— Alors, c'était une erreur ! s'écrie Nina, horrifiée. Comment... quelqu'un doit...

La rengaine de sa mère résonne à ses oreilles : Si le camarade Staline savait... dès qu'il l'aura découvert.

Vera, pourtant, ne semble pas en colère, seulement triste, et Nina comprend qu'il est trop tard, que ses parents ne peuvent pas avoir survécu aussi longtemps. Peut-être a-t-elle déjà appris leur mort. Et pourtant, une telle erreur... Sans parler de la tache indélébile sur le dossier de Vera...

— Tu pourrais faire réhabiliter leurs noms.

Nina a exprimé tout haut son besoin violent de rétablir un semblant de justice, mais Vera ne semble pas l'avoir entendue.

— Chaque fois que je prends un train, ou que je traverse un pont, je ne peux m'empêcher de me demander s'ils ont construit ces rails, tracé cette route...

Nina n'a jamais oublié les paroles de Vera, qui remontent pourtant à de nombreuses années. « Ils font un travail important. C'est pour cette raison qu'ils ont dû partir. » Soudain une autre pensée se présente à son esprit : la vieille femme a peut-être inventé cette histoire pour épargner à Vera la vérité. Et si c'était elle, et non les hommes du NKVD, qui avait menti ?

La porte de la loge s'ouvre sur la couturière, qui tend à Vera son costume – elle a recousu quelques plumes dessus.

— Merci, la remercie celle-ci, presque avec majesté.

Elle s'avance pour enfiler le tutu plateau blanc, l'ajuste sur ses collants en soie, puis remonte le justaucorps blanc et glisse ses bras dans les manches décorées de plumes. Son expression est absente, distante. Nina a remarqué qu'elle était souvent ainsi en présence des autres. Elle fait partie de ces solistes qui ne se mêlent guère au reste de la troupe et cette réserve la rend, d'une certaine façon, encore plus attirante. Pendant que la couturière ajuste le costume, Nina constate combien non seulement celui-ci mais également le rôle conviennent à Vera, avec sa grâce fragile et sa discrétion tourmentée.

— Il est temps que vous alliez trouver la maquilleuse, lui dit la couturière avant de sortir.

Nina souhaite à Vera :

— *Ni puha, ni pera*[1].

— *Kchortu !*[2] répond celle-ci en emboîtant le pas à la couturière.

---

1. Formule pour souhaiter bonne chance – littéralement « ni poil, ni plume ».

2. *Idem* – littéralement « Va au diable ».

Les spectateurs placés à la dernière minute, alors que la lumière s'éteignait déjà, ne cessèrent de faire bruisser leurs programmes et de bavarder pendant l'ouverture. Au lieu de se concentrer sur la musique de Tchaïkovski, Grigori, assis à côté d'Evelyn, était attentif aux sons périphériques : toux, respirations lourdes, chuchotements. Une jeune mère, derrière lui, expliquait à sa fille que bientôt le rideau se lèverait et qu'il y aurait des gens sur scène, alors que l'enfant se plaignait d'avoir peur du noir. À sa droite, un paquet de chewing-gum circulait parmi un groupe de jeunes femmes et le bruit du papier qu'on froisse croissait puis décroissait.

— On se croirait au cirque, chuchota-t-il à Evelyn.

Elle sourit en lui posant une main sur le bras, ce qui le réconforta. Il n'avait pas éprouvé cette sensation depuis très longtemps. Comme Evelyn ne changeait pas de position, Grigori la regarda, surpris, et la gêne s'immisça entre eux. Evelyn retira aussitôt sa main. Rougissant, Grigori se détourna pour fusiller du regard les jeunes femmes au paquet de chewing-gums, lesquelles ne semblèrent pas le remarquer.

Le rideau finit par se lever, permettant à Grigori de se perdre dans un univers à la fois beau et légèrement ridicule : le prince Siegfried, en collant blanc, exprimait son désespoir par une pantomime. Après l'intermède, les choses s'arrangeaient : sur une mélodie envoûtante, dans une sombre forêt embrumée, la glace se retirait progressivement pour révéler deux douzaines de cygnes. Le bruit sourd des pas des danseuses à travers la scène soulignait le trouble et la crainte d'Odette, coiffée de plumes. Ils étaient bien placés, si près que Grigori voyait les tutus des danseuses, ces corolles ruchées comme des œillets blancs, frémir. Evelyn soupira et s'inclina, très légèrement, vers lui. Il songea que ce n'était peut-être pas intentionnel; après tout, il était grand et large d'épaules, il la gênait peut-être.

Lorsque les lumières se rallumèrent pour l'entracte, Evelyn se précipita, comme beaucoup de femmes, aux toilettes. Grigori se fraya un chemin dans la foule, rejoignit le foyer et commanda deux verres de vin rouge. Tout en sirotant le sien, il écouta d'une oreille distraite les conversations qui lui parvenaient. Derrière lui, une femme exposait à un ami le contenu de son programme culturel bien rempli.

— La semaine prochaine, je vais deux fois au théâtre, disait-elle, agenda à l'appui, à l'ART et à l'Huntington.

Puis elle fit courir son doigt sur les semaines suivantes:

— Ballet, ballet, concert, théâtre, concert.

Ailleurs, un homme remarqua:

— Odette est un peu décevante ce soir.

— Tu trouves? lui répondit une femme.

— Elle est moins assurée qu'hier. Je me demande si elle s'est blessée, reprit-il avec un soupir outré. Sans parler du fait que les cygnes évoquent plutôt un troupeau d'éléphants.

Grigori aurait voulu leur dire: «Si vous vous entendiez... Vous ne savez plus profiter de ce qui vous est offert.» L'interprète d'Odette était merveilleuse, et le corps de ballet avait démontré son excellence. Si la soliste était «un peu décevante», il n'en avait rien remarqué. Ces gens – et il s'incluait dans le lot

– étaient si rompus à ces représentations qu'ils étaient incapables d'en apprécier simplement le miracle. De quel droit cet homme était-il déçu ? Ces gens attendent tellement… Ils se permettaient d'attendre beaucoup sans une once de honte pour leur déception mesquine.

Un couple d'adultes blonds tendait des friandises à leur petite fille chinoise, dans une robe à frous-frous.

— Nous sommes prêts à n'importe quoi pour lui faire apprécier la danse classique, lança la femme à Grigori, avec un sourire, lorsqu'elle le surprit en train de les observer.

— C'est son premier ballet ?

— Oui, répondit son mari. Elle n'a que quatre ans, et je ne suis pas sûr qu'elle comprenne grand-chose.

— Je ne pouvais pas attendre, reprit la femme, rayonnante. Je rêve de cette soirée depuis dix ans.

Grigori lui rendit son sourire. C'était merveilleux de voir des gens qui s'épanouissaient autant dans leur rôle de parents. Cette petite fille ne saurait sans doute jamais à quel point elle avait été désirée et aimée par ses parents avant même qu'ils ne fassent sa connaissance. Grigori comprenait cela, pour l'avoir éprouvé. L'espoir et l'attente. Christine et lui avaient envisagé d'adopter, suite aux échecs, nombreux, de ses grossesses, mais elle avait décrété qu'elle n'avait plus la force ni la volonté de supporter les années de délai, la paperasse, les espoirs déçus. Grigori n'avait pas eu le cœur à insister. Il n'y pensait plus aujourd'hui.

L'année passée, cependant, une amie de Christine, Amelie, qui avait des jumeaux âgés de trois ans maintenant, lui avait dit quelque chose qui l'avait marqué :

« Presque toute ma vie, je me suis interrogée sur mes parents naturels, je me suis demandé qui ils étaient, à quoi ils ressemblaient. Mais depuis que j'ai mes enfants, c'est fini. Il me suffit de les regarder pour avoir la réponse. Je la lis sur leurs visages, dans leurs personnalités. Tout ce qui ne leur vient pas de Rick et de sa famille doit venir de mon côté. Ce sont mes enfants qui, finalement, me montrent mes origines. »

Les parents de Grigori ne lui avaient livré que tardivement le récit complet de son adoption. Pour commencer, sa mère, bien que scientifique, croyait *mordicus* au destin ; elle n'avait pas voulu, Grigori l'avait compris bien après, ternir le miracle de son arrivée avec la vérité aigre des circonstances qui y avaient présidé. C'était une histoire sordide, lui avait-elle dit, dont ils ne connaissaient pas tous les détails. Quant à Fiodor, son père, il avait toujours préféré éviter les complications inutiles. Plus c'est simple, mieux c'est, répétait-il à l'envi – comme si la vie obéissait à ce principe.

Grigori se représentait encore, parfois, sa mère, avec sa raie bien centrée, divisant ses longs cheveux châtains. Enfant, il admirait la netteté et la simplicité de cette ligne qui incarnait, à ses yeux, la patience et la concentration de Katia. Un soir, il était tout petit – ils vivaient encore en Russie –, Grigori avait vu sa mère se brosser les cheveux. Libérés des épingles, ils étaient plus longs, plus doux, et Grigori avait été étonné de voir Katia se transformer, soudain, en petite fille. Il se rappelait toujours, à présent, la peur profonde qu'il avait ressentie devant ce changement si subit, en découvrant que cette femme qu'il croyait connaître pouvait devenir, si rapidement, une autre.

D'autres changements les attendaient, tous les trois. Lorsque Grigori avait onze ans, son père était passé à l'Ouest à l'occasion d'une conférence à Vienne. Comme convenu, Katia avait réussi à gagner, avec Grigori, la Norvège, où Fiodor les avait rejoints, cinq mois plus tard.

C'était en Norvège que Grigori, encore enfant, avait entendu une amie de ses parents, leur voisine de palier, dire à sa mère sur un ton taquin mais pour autant pas dénué de sincérité :

« Votre problème vient de vos origines russes : vous ne savez pas être heureux. »

Grigori avait gardé cette déclaration en mémoire, même s'il n'y ajoutait pas complètement foi. Si sa mère et son père passaient pour austères, c'était sans doute parce qu'ils avaient connu la peur et perdu beaucoup : leurs amis, certains parents (même s'ils avaient peu de famille), leur foyer, et une langue qui leur était naturelle. Grigori n'avait compris que bien plus tard qu'ils avaient quitté leur pays natal à cause de leur métier, de leurs connaissances et de leurs croyances. Autant de choses qu'ils n'avaient jamais vraiment partagées avec Grigori. Ils avaient vécu en Norvège pendant deux ans avant de s'installer à Paris, puis – Grigori avait alors seize ans –, Katia avait accepté un poste dans une université du New Jersey, dans le laboratoire de laquelle Fiodor avait lui-même obtenu un emploi intéressant. C'était ainsi que le jeune Grigori était devenu américain.

Il avait tout raconté à Christine, leur départ secret en Norvège, son arrivée en France où il ne comprenait pas un mot. Sa première visite dans un magasin hors d'URSS, avec sa mère, et son étonnement lorsque le vendeur les avait remerciés de leur achat. Sa découverte, à Paris, de plusieurs types de laitues. Son incrédulité en apercevant par-dessus les toits, lors de l'atterrissage aux États-Unis, de grands rectangles ou cercles bleus dont on lui avait dit qu'il s'agissait de piscines. Il avait tout raconté à Christine lors de leur troisième rendez-vous, et, ce soir-là, il était tombé amoureux d'elle : elle savait si bien l'écouter, avec une attention totale, comme si elle essayait de se représenter exactement ce qu'il avait vécu. Il avait fait, il l'avait compris bien plus tard, une expérience similaire à celle que décrivait Amelie : découvrir la part cachée de son être à travers l'amour que l'on porte à une autre personne.

Il avait parlé à Christine de ses parents si intelligents, qui après leur installation aux États-Unis étaient devenus l'ombre d'eux-mêmes. Alors qu'ils avaient réussi à s'accoutumer à la vie en Norvège, puis en France, ils avaient abordé ce nouveau pays avec réserve, sans le comprendre. Les habitudes américaines les plus anodines leur semblaient terriblement déroutantes : cette façon de demander « Comment allez-vous ? » sans attendre de réponse, les cartes de remerciements pour des invitations à dîner ou des cadeaux d'anniversaire alors qu'ils avaient déjà été remerciés en personne… Bien plus tard, Grigori découvrit que leur confusion ne venait pas tant d'eux-mêmes que du regard des gens sur eux : un couple vieillissant avec un adolescent étrange, à l'accent hésitant et au sens de l'humour décalé. On pensait parfois qu'ils étaient ses grands-parents. Ou peut-être ces gens percevaient-ils ce que Grigori ressentait depuis longtemps : en dépit de son amour pour le petit havre que constituait sa famille – la seule qu'il eût jamais eue, et à laquelle il se sentait appartenir, avec tout ce que cela suppose d'émotions complexes –, il y avait toujours eu une distance, petite mais irréductible, entre ses parents et lui. Ils étaient morts alors qu'il approchait de la trentaine.

— Oh, excusez-moi, monsieur. Ah… bonsoir !

Face à Grigori, cernée par la foule qui se pressait au bar, se tenait – il lui fallut un moment pour la reconnaître – la jeune femme de chez Beller.

— Drew ! Bonsoir.

Elle avait à la main un verre en plastique dont elle avait renversé une partie du contenu.

— Je suis désolée de vous avoir bousculé. Je ne vous ai pas éclaboussé, au moins ? Ah… je vous présente Stephen, un ami.

— Enchanté de vous rencontrer, répondit Grigori avec une ferme poignée de main.

— Excusez-moi, dit Drew, en portant une main à sa bouche pour effacer les traces de vin. Stephen, je te présente… Grigori Solodin.

Son expression changea alors subitement. Grigori comprit aussitôt que c'était dû aux circonstances de leur rencontre – la vente du bijou – et à son désir de conserver son anonymat dans cette affaire.

— Quel plaisir de vous voir ici, Drew ! reprit il pour lui témoigner sa confiance absolue.

Comme d'autres spectateurs les heurtaient au passage, le séduisant jeune homme, à la stature frêle mais au sourire assuré, posa délicatement une main sur le dos de Drew pour la faire avancer.

— Est-ce que vous appréciez le spectacle ? demanda-t-elle, toujours mal à l'aise.

— Beaucoup, et vous ?

Derrière eux, il aperçut Evelyn. Il se crispa aussitôt : il espérait que Drew comprendrait qu'Evelyn non plus ne savait rien de son implication dans la vente. Elle les rejoignit et observa Drew et Stephen pendant que Grigori lui tendait un verre de vin. Avec un peu de chance, elle pourrait les prendre pour deux anciens étudiants.

— Voici mon amie et collègue, Evelyn Bennett.

— Êtes-vous des étudiants de Grigori ? s'enquit-elle.

Drew jeta un coup d'œil à Grigori, comme si elle attendait qu'il lui souffle une réponse, alors que Stephen demandait :

— Ah, vous êtes professeurs ?

— Oui, tous les deux, lui dit Evelyn.

— Evelyn enseigne l'italien, intervint Grigori, et moi, la langue et la littérature russes.

— Ah, c'est vrai, Drew m'a raconté un jour qu'elle avait essayé d'apprendre le russe.

— Je crains de n'avoir aucun don pour les langues, dit la jeune femme en rosissant. Mais la culture russe a bercé mon enfance, et j'ai donc voulu m'inscrire à un cours d'introduction au russe. Malheureusement, je ne suis vraiment pas douée...

Une sonnerie stridente résonna soudain, signalant la fin de l'entracte.

— Ah ! Nous ferions mieux, je crois, de regagner nos places, dit précipitamment Grigori, alors qu'il savait que les lumières ne s'éteindraient pas avant dix bonnes minutes.

— Oui, nous aussi ! dit Drew, visiblement soulagée d'avoir trouvé une échappatoire. Bonne fin de ballet !

— Enchanté d'avoir fait votre connaissance, ajouta le jeune homme.

— Ce n'étaient pas d'anciens étudiants ? s'étonna Evelyn en riant. Tu as engagé la conversation comme ça pendant que j'étais aux toilettes ?

— Nous nous sommes rencontrés à cause du mouvement de foule, lui répondit-il en poussant les portes de la salle de spectacle, heureux de ne pas avoir à inventer un nouveau mensonge.

Ils descendirent l'allée pour rejoindre leurs fauteuils. Evelyn, qui s'était remaquillée et recoiffée, était particulièrement séduisante et avenante. Pourtant, Grigori était incapable de bavarder aussi naturellement qu'avant. Les sentiments qui l'avaient réchauffé pendant le premier acte s'étaient envolés ; il y avait à présent une distance, une gêne entre Evelyn et lui. C'était dû, réalisa-t-il, à la rencontre de cette jeune femme, Drew Brooks. Il avait été tellement embarrassé, ignorant quelle attitude adopter, quelle explication fournir. Maintenant encore, il se sentait inquiet, perturbé par sa présence, quelque part dans le théâtre.

L'orchestre reprit sa tâche ingrate, et le rideau se leva sur la présentation des différentes princesses. Puis ce fut l'entrée d'Odile, qui se faisait passer pour Odette. Grigori avait beau avoir vu *Le Lac des cygnes* plusieurs fois (à une époque, Christine et lui avaient un abonnement au ballet), la représentation de ce soir-là

– l'aisance de la maléfique Odile, sa beauté dévorante, la précision diabolique de ses fouettés tourbillonnants – lui fit oublier le décor ridicule et les interminables solos des princesses à la timidité affectée. L'intrigue lui apparaissait, pour la première fois, proprement tragique : comment pouvait-on échapper aux ruses de cette femme sublime ? Grigori fut saisi de pitié, non seulement pour la pauvre Odette, qui tremblait de peur quelque part dans la forêt, mais aussi pour Siegfried et sa trahison inconsciente. Il était également une victime. Étonnamment, Grigori n'avait jamais envisagé l'histoire ainsi, se contentant de plaindre sans conviction Siegfried d'être aussi naïf. À présent, en le regardant sauter, bondir et donner le meilleur de lui-même, Grigori comprenait le ballet d'une nouvelle façon. Il éprouvait parfois la même chose lorsqu'il lisait un poème magnifique ou un grand roman, et lorsque leur vérité l'avait atteint au plus profond de son être, elle ne le quittait plus jamais.

— Mes deux beautés ! s'exclame Viktor lorsque Nina et Vera, les joues rougies par le triomphe, les rejoignent, Gersh et lui.

La représentation s'est déroulée à merveille – même si Vera, toujours critique envers elle-même, insiste pour dire qu'elle a failli trébucher à la fin de l'Acte II. Malgré tout, Nina lit dans les yeux de son amie qu'elle éprouve, elle aussi, une immense satisfaction et un soulagement infini. Leur loge peine à contenir tous les bouquets qu'elles ont reçus. Nina a offert le plus grand, le plus beau, composé de zinnias et de soucis, à sa mère, lorsqu'elle les a retrouvées à l'issue de la représentation – rayonnant de fierté maternelle, grâce aux deux jeunes femmes.

Vera, quant à elle, a prélevé une fleur sur l'un des siens pour l'épingler au col du manteau de mère. Lorsque celle-ci fut partie et qu'elles eurent fini de se laver et s'habiller, Vera a fixé cette fois un glaïeul au revers de Nina – à gauche, le côté du cœur –, ses pétales blancs bordés de rose tournés vers le bas.

« Pour montrer que ton cœur est déjà pris, a-t-elle expliqué. »

Pour elle-même, Vera a choisi une gueule-de-loup, dont les multiples pétales blancs sont dirigés vers le haut.

À présent ils sont attablés chez *Kiev*, un nouveau restaurant géré par le ministère ukrainien du Commerce, et mangent du porc baignant dans une sauce aux carottes et aux oignons. Un petit orchestre confiné dans un coin de la salle joue une sérénade bruyante.

— Tu bougeais les bras d'une façon incroyable, Verochka, la complimente Viktor. Pour te dire la vérité, j'ai même entendu les plumes bruisser.

Il est toujours inspiré en présence d'une belle femme. Il n'a vu Vera que quelques fois, mais il la traite déjà comme une vieille connaissance ; Nina lui a raconté leur enfance commune et leur audition au Bolchoï – elle a passé sous silence la disparition des parents de Vera, en revanche. Lorsque Viktor a souligné, après sa première rencontre avec Vera, la tristesse infinie de son regard, Nina lui a expliqué que son amie avait réussi à fuir Leningrad pendant la guerre mais qu'elle avait perdu toute sa famille dans le blocus de la ville. Ce n'était qu'un demi-mensonge.

Gersh, qui voit Vera pour la deuxième fois, ajoute :

— Je me suis rendu compte, à un moment donné, que j'avais oublié que c'était vous. Je veux dire par là que vous étiez devenue Odette.

Vera s'est effectivement métamorphosée pour incarner cette créature éthérée, mi-femme mi-cygne ; pendant qu'elle dansait, parfois, une plume se détachait de son costume et flottait jusqu'au sol, illustrant la fragilité et les craintes du personnage. Face à la malédiction, qui les avait transformées, elle et les autres jeunes filles, en cygne, son émotion et sa tristesse paraissaient sincères, dépourvues de pathos, et l'on comprenait mieux l'obsession de Siegfried. Lorsqu'elle caressait des plumes invisibles avec sa joue, ou jouait avec celles de ses ailes imaginaires, Vera évoquait véritablement les mouvements d'un oiseau – jusqu'à ce léger frémissement de la colonne vertébrale, cette onde qui lui parcourait le dos d'un bras à l'autre, pendant qu'elle traversait la scène.

— Quant à toi, reprend Viktor, au risque de me répéter, tu as sidéré tout le monde.

Le public a effectivement retenu son souffle lorsque Nina a enchaîné ses trente-deux fouettés. Il s'est mis à applaudir alors qu'elle n'en était qu'à la moitié, si fort qu'elle n'entendait même plus la musique – il ne lui restait plus alors qu'à espérer que le chef d'orchestre la suivrait. À chaque fois, elle tournait plus vite, des gouttes de sueur lui piquaient les yeux, pourtant elle finissait toujours sa pirouette avec précision et comptait calmement jusqu'à cinq avant de reprendre. Secrètement, Nina méprise ces tours de force qui impressionnent facilement le public – cet étalage de virtuosité qui appelle les applaudissements. Elle veut que son corps chante, que ses yeux, ses mains et le placement de sa tête expriment les nuances de la musique et les multiples facettes du personnage qu'elle interprète.

Ça a néanmoins été une bonne soirée. Elle a senti dès son entrée en scène que son corps ne la lâcherait pas, que le public était déjà conquis.

— Alors, nous avons de nombreuses choses à fêter. Le nouveau livre de Viktor a suscité des critiques enthousiastes, ajoute-t-elle à l'intention de Vera.

Gosizdat, éditeur d'État, vient de publier un nouveau recueil de ses poèmes, que les quotidiens *Izvestia* et la *Pravda* ont encensé.

— Portons un toast ! s'exclame Gersh en levant son verre de vodka ukrainienne. À nos deux Pavlova, dit-il en regardant Nina et Vera.

Puis il ajoute, se tournant vers Viktor :

— Et bien sûr, à la nouvelle Annabelle Buscar !

Ils rient de son allusion à l'auteur de l'énorme succès de librairie, *La Vérité sur les diplomates américains*.

— J'ai une déclaration sérieuse à faire, reprend Nina en regardant Viktor. J'adore tes poèmes. Je sais que je te l'ai déjà dit, mais j'ignore comment l'exprimer autrement.

Elle trouve sa poésie belle et simple, elle aime l'authenticité de sa langue, la pureté de sa syntaxe. Ses vers courts, ses images évocatrices.

— Je suis fière de toi, ajoute-t-elle.

— Ninoulia, intervient Gersh, nous étions censés vous fêter, Vera et toi !

— Voyons, Gersh, pourquoi les en empêcher, si elles veulent partager ? demande Viktor.

Vera remplit les verres de vodka avant de lever le sien.

— À la poésie !

— À la danse ! renchérit Viktor.

— À la musique ! complète Nina en souriant à Gersh.

Gersh attend une seconde avant de lancer :

— À l'amour !

Pendant qu'ils vident leurs verres, la musique vire à la cacophonie avant de céder la place à un air américain connu de tous. Les regards se tournent vers la porte. C'est le signal que des étrangers viennent d'entrer.

À l'entrée de la salle se tiennent en effet deux couples d'étrangers, les femmes en manteaux de poil de chameau, les hommes en longs pardessus, mais sans chapeaux. Le maître d'hôtel les installe à une table, si près des quatre amis que Nina peut distinguer leurs voix. Ils parlent français, mais ils n'utilisent pas le vocabulaire familier du ballet et, en dépit des cours obligatoires qu'elle a suivis à l'école du Bolchoï, Nina ne saisit pas un seul mot de leur conversation. Elle éprouve un sentiment de frustration et une honte inexplicable.

— J'aimerais maîtriser une autre langue, dit-elle doucement.

— C'est le cas, réplique Viktor. La danse est une langue.

Mais Nina ressent le réel besoin de connaître un autre pays que le sien, de voir des endroits qu'elle ne peut qu'imaginer, d'entendre le son de langues étrangères – pas seulement les habituels géorgien, kalmouk, letton et ouzbek. Elle ne peut s'empêcher de nourrir une légère jalousie à l'encontre de Viktor, qui s'est même rendu au Royaume-Uni, l'an passé, pour une mission de relations publiques. Avec deux autres écrivains (et leur escorte du ministère de l'Intérieur), ils ont rendu visite à un poète russe installé là-bas depuis trente ans. Leur objectif implicite était de le convaincre de revenir, mais Viktor et ses collègues, qui avaient pourtant déployé une rhétorique à toute épreuve, n'ont pas réussi à le faire changer d'avis. Toutefois ils ont profité de l'occasion pour s'offrir des costumes en gabardine, des cols roulés, des cravates en soie brillante… et, plus important, de la pénicilline anglaise, bien plus efficace que celle qu'ils peuvent se procurer en URSS. Pour leurs femmes, ils ont rapporté des bas en Nylon et des produits de beauté.

Nina n'a jamais voyagé aussi loin avec le Bolchoï. La proximité de ces Occidentaux lui rappelle que le monde est vaste et plein de mystères. Elle se rappelle la femme qu'elle a vue sortir d'un grand hôtel, enfant, avec son chapeau posé négligemment sur la tête et ses minuscules diamants aux oreilles, et ce souvenir fait resurgir son insatisfaction – la conscience que l'URSS, cette nation majestueuse, malgré son étendue et sa puissance, n'est qu'une pièce de la grande mosaïque qui constitue le monde.

Le restaurant est soudain moins bruyant, les clients sont sur leurs gardes – les conversations sont étouffées, les toasts écourtés. Seul un jeune couple au fond, grisé par l'alcool, s'autorise à hausser la voix. Lorsqu'ils entonnent une vieille chanson tzigane aux paroles incompréhensibles, la honte consume Nina : elle aimerait être ailleurs.

Viktor et les autres sont prêts à partir, mais comme ils répugnent à se séparer déjà, ils décident d'aller chez Gersh. Nina préfère de beaucoup passer du temps chez leur ami, même si cela sent la fumée de cigarette, le thé réchauffé et le renfermé, que chez eux, à l'autre bout du bâtiment, avec Madame qui se remet d'une « grippe », ou qui compte les couverts en réclamant des petits-enfants de son air hautain et désagréable. Viktor a failli manquer la représentation de ce soir à cause d'elle, victime d'une longue et subite quinte de toux. Nina a la certitude qu'elle était feinte. Parfois, Madame pose sur elle un regard qui trahit, sans fard, la cruauté de ses pensées : Nina n'est qu'une fille ordinaire qui a visé plus haut que ce à quoi elle avait droit – l'amour de Viktor, mais aussi l'espace qu'elle occupe, qu'elle partage avec « Son Excellence », qui a du sang noble dans les veines. *Vous n'êtes pas Lilia.*

Mais Viktor est irrévocablement dévoué à sa mère. Un jour, quelques mois plus tôt, il a rempli un bac d'eau chaude pour qu'elle puisse prendre un bain de pieds. Par l'entrebâillement de la porte, Nina a vu Lola sur l'épaule de Madame, jouant avec ses boucles d'oreilles, tandis que Viktor plaçait le bassin aux pieds de sa mère avec amour (il n'y a pas d'autre mot pour décrire son geste).

Depuis, Nina n'ose plus les espionner, par crainte d'éprouver, de nouveau, ce sentiment pénible.

Elle se demande si, comme elle, Vera rentre en traînant les pieds dans l'appartement un peu triste de mère.

Chez Gersh, Vera se laisse tomber sur le sofa dur et sombre face au piano.

— Il faut que tu continues à avoir du succès, dit-elle à Viktor, pour que nous ayons toujours une raison de faire la fête.

Bien que visiblement flatté, Viktor parvient à garder un air détaché.

— Ça, alors ! D'où viennent-ils ? demande-t-il en apercevant des chocolats enveloppés dans du papier argenté.

— De Zoïa, répond Gersh. Servez-vous !

Viktor déplie le papier coloré d'un chocolat, et Nina se rappelle la femme aux yeux brillants et aux cheveux bouclés qui regardait Gersh avec vénération. Quel couple étrange ! Nina se demande où elle est ce soir. Pendant que Gersh fait chauffer de l'eau pour le thé, Vera retire ses chaussures et replie ses jambes sous elle. Nina et Viktor, après avoir distribué des chocolats, s'installent dans la causeuse à côté d'elle.

— Ninotchka, tu te souviens de notre concours de lever de jambe ?

Après leur admission au Bolchoï, au cours du dernier été qu'elles ont passé ensemble, Nina et Vera ont beaucoup joué à ce jeu.

— Nous voulions voir laquelle de nous deux levait la jambe le plus haut, explique Nina aux hommes. Nous ne savions même pas que cela s'appelait des grands battements.

— Un jour, poursuit Vera, j'étais sûre que j'allais gagner, j'ai lancé la jambe si fort qu'elle a entraîné le reste de mon corps et que j'ai atterri sur les fesses !

Elle éclate de rire et change légèrement de position, découvrant ses genoux sous le bord de sa jupe. Nina voit dans la décontraction de son amie le plus beau des compliments : c'est la présence même de Nina, et le fait que ces hommes soient liés à elle, qui permet à Vera de se défaire du masque de froideur qu'elle arbore habituellement.

— Badaboum, j'étais par terre. Et j'ignorais que ce genre d'accident m'arriverait plus souvent qu'à mon tour au cours de ma vie professionnelle !

Les souvenirs de Nina sont différents. Après avoir heurté le sol, Vera avait éclaté de rire. Nina avait alors compris, en dépit de son jeune âge, qu'à sa place, elle n'aurait pas aussi bien réagi. Elle voulait toujours être la meilleure ; elle refusait que quiconque la voie tomber sur les fesses, jamais. Elle éprouvait déjà – bien que de façon confuse et implicite – la férocité de son ambition, et l'inconvénient de la fierté.

— J'aurais aimé vous connaître à cette époque, dit Gersh en s'asseyant, les yeux fixés sur Vera d'un air rêveur.

Viktor s'est installé sur le tabouret devant le piano et exécute quelques accords avant de se lancer, tant bien que mal, dans un morceau. Gersh interroge Vera sur sa vie à Leningrad. À la surprise de Nina, son amie répond avec franchise. Nina ferme les yeux pour écouter Viktor, qui joue avec enthousiasme, sinon virtuosité, et la conversation entre Vera et Gersh.

— Les élèves et les professeurs ont été évacués, également, pas seulement les meilleurs danseurs, explique Vera, évoquant son exil à Perm pendant la guerre. J'ai sans doute eu l'opportunité d'interpréter davantage de rôles là-bas que si j'étais restée chez moi, avec la compagnie au complet. En même temps, nous étions si loin… Et quand nous sommes revenus, c'était comme si tout était… terminé. Je me rappelle quand j'ai revu le théâtre. C'était le seul endroit où je me sentais chez moi, et il avait été détruit.

Le cœur de Nina se serre en imaginant Vera là-bas, les souffrances qu'elle aurait pu endurer si elle n'avait pas fui. Elle a entendu des histoires de famine, d'enfants aux cheveux qui avaient blanchi, de corps gelés dans les rues.

Avec un enthousiasme un peu forcé, Vera ajoute :

— Enfin, c'était chez moi. J'y vivais depuis que j'avais dix ans. Le Kirov prend des pensionnaires, et comme j'avais été acceptée au Bolchoï avant de quitter Moscou, ça m'avait paru logique de postuler. Surtout que je n'intéressais pas vraiment ma tante et mon oncle.

— Votre tante et votre oncle…, répète Gersh d'un air interrogateur.

— J'ai été envoyée chez eux après ce qui est arrivé à mes parents.

Nina rouvre les yeux, déconcertée. Elle voit Gersh hocher brièvement la tête pour signifier qu'il a compris, sans en demander davantage. Les yeux de Vera parlent d'eux-mêmes.

— Les autres élèves étaient ma famille. Je me rappelle encore parfaitement lesquels d'entre nous ont été les premiers à être choisis pour l'opéra : c'était l'occasion de monter sur les planches. Pour moi, ça a commencé avec *La Dame de pique*.

Vera, qui a étendu les jambes sur le sofa, replie légèrement les genoux, de sorte que le tissu de sa jupe se tend sur les muscles de sa cuisse.

Elle ajoute :

— Le vendredi, nous allions aux bains.

Elle passe ses bras autour de ses genoux et se penche en avant, vers Gersh, plantant ses yeux dans les siens. Nina se souvient du soir où elle a rencontré Viktor, de la confiance immédiate qu'elle a éprouvée. Sans quitter Gersh du regard, Vera reprend :

— Le Kirov était devenu ma famille.

— Et pourtant, vous êtes partie…

— Le Bolchoï est la meilleure compagnie du monde. Comment aurais-je pu décliner leur proposition ?

Nina ne peut s'empêcher de se demander si les choses ont été aussi simples, si ça n'était pas autant un ordre qu'une proposition. De nouveau son cœur se serre en imaginant ce que Vera a dû traverser.

Viktor a cessé de jouer, et la pièce est plongée dans le silence. Gersh prend une cigarette, puis il balaye la compagnie du regard. D'un air amusé, il leur indique le coin opposé de la chambre où se dresse un tas de poussière, comme une fourmilière.

Mais ce n'est pas de la poussière.

— Du ciment, explique-t-il.

En levant les yeux, il désigne un petit point noir au plafond. Puis il allume sa cigarette, comme si rien de cela n'avait d'importance.

— Est-ce un trou ? murmure Vera.

On dirait qu'il a été peint, tellement il est petit et noir.

— Il semble avoir été percé il y a peu, dit Gersh en soufflant la fumée de sa cigarette.

Nina est horrifiée.

— On pourrait croire qu'ils prennent au moins la peine de nettoyer derrière eux, dit Viktor en allumant aussi une cigarette.

— Non, c'est justement leur but, rétorque placidement Gersh. De nous faire savoir qu'ils sont capables d'entendre.

Mais qu'auraient-ils pu entendre ? Personne n'a rien dit de mal et la musique du piano couvrait leurs voix de toute façon. Vera lève les yeux vers le trou avec un mélange de crainte et de fascination.

Viktor tourne légèrement la tête pour recracher un filet de fumée par-dessus son épaule.

— Tu as l'intention de balayer cette petite fourmilière ?

— Peut-être que d'autres feront leur apparition, répond Gersh. Je vais commencer une collection.

Leurs plaisanteries ne parviennent pas à dissimuler la vérité : le nom de Gersh s'est retrouvé sur une liste. Il y a eu des mots virulents – dans les journaux, dans les discours officiels – sur les gens comme lui. Chaque semaine, semble-t-il, un membre de l'intelligentsia juive est arrêté, ou une organisation juive démantelée. C'est peut-être pour cette raison que Zoïa n'est pas à ses côtés ce soir ; elle ne veut sans doute pas être associée à Gersh en ce moment. Et pourtant, il y a ces chocolats...

Gersh a remplacé Viktor au piano et joue la *Mazurka* de Glinka. Nina retrouve son calme en l'observant. C'est un de ces musiciens qui gagnent en intensité lorsqu'ils baignent dans leur élément. Son cynisme cède le pas à une émotion sincère, il semble soudain plus fort, plus profond. Nina a déjà observé cette métamorphose chez leur ami. Ils ont cette chose en commun, lui et elle – un lien physique et primitif aux notes, au rythme.

Vera aussi observe Gersh de ses grands yeux sombres, la tête posée sur la main, et Viktor se penche en arrière pour mieux écouter. Nina peut lire dans la position de son corps qu'il aimerait désespérément croire que ce trou n'a aucune signification. Après tout, si Gersh ne fait rien de mal, personne ne pourra ni voir ni entendre quoi que ce soit, et il ne sera pas en danger…

Gersh joue longtemps, fumant avec Viktor jusqu'à ce que la pièce soit envahie par une brume tiède. L'extrémité de leurs cigarettes se consume, la cendre tombe par terre – comme la poussière du trou dans le plafond. Nina préfère penser à l'amour qu'elle perçoit autour d'elle, pas seulement entre Viktor et elle, entre Viktor et Gersh, mais aussi entre Gersh et Vera, à présent. Ils restent là tard, à boire du thé. Comme si, tous les quatre, ils attendaient quelque chose, comme si aucun ne voulait que la nuit s'achève. Le matin a germé, pâle et hésitant, lorsqu'ils se disent enfin au revoir.

Lot n° 41

Épingle à chapeau Art nouveau en émail plique à jour et diamants représentant un papillon : ailes en plique à jour bordées de diamants taille rose, corps et tête en émail vert pavés de diamants mêlés taille ancienne (taille européenne, taille coussin, taille 8/8), pattes gravées, monture en or 18 carats, plaqué argent et platine, 9 × 6,4 cm. Estimation : 10 000 – 15 000 $.

Note : pour une pièce comparable signée d'Eugène Feuillâtre et mise en vente dans cette salle, se reporter à *Galeries Beller, Joaillerie, Vente 1462, lot 326, sept. 1990.*

8

Au petit matin, le lundi, le blizzard qui avait traversé le pays atteignit Commonwealth Avenue. D'épais flocons blancs tombaient en tourbillons rapides, formant un immense rideau de dentelle ondoyant. Le mardi, on annonça que la tempête qui avait frappé Boston avait battu tous les records. Grigori arriva à la faculté plus tard qu'à son habitude, ralenti, comme tout un chacun, par les congères qui envahissaient la ville.

Il n'avait pas parlé à Evelyn depuis leur sortie du vendredi. Assis à son bureau devant le journal qu'il avait acheté au kiosque du coin (la tempête avait réussi à décourager le livreur du *Globe*), il tenta, une fois de plus, de se convaincre que tout allait bien, qu'il n'était simplement pas habitué à ce genre de rendez-vous, au malaise qui pouvait en découler, surtout avec Evelyn. Pourtant, il ne cessait de repenser à leur embarras au moment où il avait pris congé d'elle, à la façon dont elle avait incliné la tête en refermant la porte derrière lui, comme pour signifier qu'ils avaient commis une folie.

Après le ballet, ils avaient marché jusqu'à un bar à vins du quartier, où Grigori, plus nerveux qu'il ne voulait bien se l'avouer, avait dû boire plus que de raison. Tout le long de la soirée, il s'était répété que sa gêne n'était pas liée à Evelyn, mais à sa rencontre fortuite avec Drew Brooks dans le foyer du théâtre. Grigori et Evelyn s'étaient installés dans un renfoncement près de la fenêtre, et, pour achever de dissiper son malaise, il avait bu trop de bourbon. Lorsqu'il l'avait raccompagnée chez elle, vers minuit, il lui avait pris le bras pour s'assurer qu'elle ne glisserait pas sur la glace, et lorsqu'elle lui avait proposé d'entrer boire une tasse de thé, il ne lui était pas venu à l'esprit de décliner l'invitation.

Elle portait sa jupe fendue sur le côté. Ce n'était pas la première fois que Grigori la voyait, mais ce soir-là, au bar, il avait remarqué qu'il pouvait apercevoir la cuisse d'Evelyn à travers l'ouverture. Une fois chez elle, lorsqu'elle s'était assise à côté de lui sur le canapé en cuir puis qu'elle avait posé une main sur son coude, il avait timidement baissé la tête, et son regard était tombé dessus. Il avait aussitôt détourné les yeux, mais le mal était fait, Evelyn avait surpris son regard. Elle l'avait alors embrassé, et, malgré sa confusion, Grigori avait subitement pris conscience qu'il était en train d'embrasser une femme qui n'était pas Christine, et que c'était ce que les gens entendaient par « aller de l'avant ». Puis Evelyn lui avait demandé s'il se sentait bien, et Grigori, sans vraiment le vouloir, s'était écarté.

Il aurait dû comprendre que la situation était délicate, qu'il ne fallait rien précipiter. Au lieu de quoi, rougissant, il avait bredouillé une excuse avant de presser une nouvelle fois ses lèvres contre les siennes, pour lui prouver que tout allait bien. Pourtant, lorsqu'elle avait répondu à son baiser, il avait retrouvé sa timidité, et

Evelyn, percevant son hésitation, lui avait élégamment proposé qu'ils prennent leur temps.

Elle était décoiffée. Et Grigori s'était reproché son attitude.

Dire que rien de tout cela ne serait arrivé, pensa-t-il, renonçant à lire son journal, s'il n'avait pas croisé Drew Brooks. Il n'aurait pas été aussi nerveux et n'aurait pas bu autant de bourbon. Il aurait même suffi que Drew et lui se mettent d'accord, à l'avance, pour expliquer le fait qu'ils se connaissaient... Grigori ne se serait pas inquiété, alors, d'avoir à inventer un mensonge pour ne pas parler à Evelyn de la vente des bijoux ou du pendentif. Car le nœud du problème, Grigori le comprit soudain avec une netteté surprenante, était là : il ne s'imaginait pas livrer ses secrets à Evelyn.

Après tout, ces choses prenaient du temps, se répéta-t-il, en plaçant le journal dans la corbeille du recyclage. Il jeta un coup d'œil dans le couloir. La porte d'Evelyn était close ; elle n'était pas encore arrivée. Grigori sentit son cœur se serrer sous le coup d'une émotion qu'il aurait été incapable de définir. Il retourna à son bureau pour interroger son répondeur téléphonique. Il n'y avait qu'un message. Tout le monde préférait les mails, aujourd'hui.

C'était Drew Brooks.

— Je voulais simplement vous informer, disait sa voix assurée, que nous avons reçu les conclusions du laboratoire et que le collier est bien en véritable ambre de la Baltique.

Ses paroles lui apportèrent un soulagement infini. Même si Drew Brooks ajoutait ensuite :

— J'ai une autre question pour vous, pourriez-vous me rappeler dès que possible ?

Le soulagement avait été de courte durée. Inquiet, Grigori décrocha le combiné et composa le numéro de la salle des ventes. La voix d'une femme, dans le couloir, le poussa à raccrocher, le cœur battant. Mais non, il ne s'agissait pas d'Evelyn. C'était Carla qui discutait avec Dave.

Détends-toi, se morigéna-t-il. Tout ira bien. Evelyn et lui étaient deux adultes raisonnables, il n'y avait aucune raison qu'ils ne réussissent pas à surmonter cette épreuve. Pourtant, il se sentait soudain incapable de l'affronter – se retrouver en face d'elle, choisir les bons mots… Après avoir réfléchi un instant, Grigori enfila son manteau et se dirigea vers l'avenue blanche de neige pour emprunter la ligne B du métro en direction de Back Bay.

Odeurs d'automne et de boue, premiers frimas et feu de bois. Le Bolchoï jusqu'à minuit, puis les dîners tardifs à l'*Aurora* : poisson salé, épaisses tranches de saucisson à l'ail… *La Fontaine de Bakhtchisaraï* – Nina interprétait le rôle de Zarema, et Vera celui de Maria – était un spectacle grandiose, comme c'est souvent le cas, avec costumes exotiques et hordes de Tatars. Le nouveau ballet, *Le Cavalier de bronze*, plus sérieux, traite du sacrifice nécessaire de l'individu au profit du bien commun d'une nation.

On joue aussi une œuvre inédite de Gersh cet automne-là, en 1949. Une sonate pour violoncelle – l'instrument qui fait entendre le son sublime et douloureux du désir. Pour Nina, cette musique parle de Gersh, de la tendresse et du mystère qu'elle a toujours perçus en lui, en dépit de ses discours bravaches. La semaine suivante, alors qu'il lit la *Pravda*, Viktor secoue la tête.

— Qu'y a-t-il ?

— C'est ce critique, il parle de la composition de Gersh.

— Puis-je voir ?

Il murmure dans un souffle :

— Opportunisme... Ce n'est que ça.

Il tend le journal à Nina.

L'article s'apparente davantage à un essai qu'à une critique musicale, exposant les qualités que la musique soviétique se doit de posséder – et les nombreuses raisons pour lesquelles la sonate de Gersh ne remplit pas ces critères. « Profondément gâtée par l'influence de la décadence bourgeoise, totalement dénuée de contexte social, cette nouvelle œuvre est un témoignage inopportun de la servilité de son compositeur à l'Occident. »

Le journaliste accuse Gersh d'« antipatriotisme » et, plus bas, de « cosmopolitisme », reproche de plus en plus répandu ces derniers temps. Une chansonnette sardonique circule même à ce sujet :

Si vous ne voulez pas passer pour un
[antisémite,
Il vous suffit de traiter les youpins de
[« cosmopolites ».

Nina ne devrait pas s'étonner de ces attaques, après en avoir lu tant d'autres comparables. Mais les conséquences de ces condamnations lui apparaissent soudain dans toute leur cruauté : Gersh a été mis à l'index. C'est officiel, c'est imprimé... Il n'y a plus aucun doute, à présent, sur la façon dont on doit juger sa musique. Et pourtant, Nina dit :

— Je ne comprends pas.

Parce que en dépit de tous les défauts que le critique relève, la sonate que Nina a entendue n'était que beauté.

— Chacun a le droit d'avoir son opinion, bien sûr, répond Viktor.

Nina est traversée par la peur des possibles conséquences pour Viktor, pour son amitié avec Gersh. Les deux hommes se connaissent depuis près de dix ans. Nina sait combien Viktor apprécie l'esprit, l'intelligence, l'audace de Gersh. Aucun de ses amis n'a le même franc-parler, et Nina soupçonne son mari d'être en partie attiré par l'irrévérence de Gersh – une qualité qu'il aimerait posséder. Elle connaît, aussi, l'admiration sincère qu'il porte à sa musique, le respect qu'il lui voue et qui n'est tempéré par aucun sentiment de rivalité ou de jalousie, comme c'est parfois le cas avec ses confrères écrivains.

Ils pourraient peut-être intervenir. Parfois, le soutien de quelqu'un de respecté réussit à faire la différence : les décrets sont réécrits, les verdicts révisés. Mais parfois, en revanche... cela revient à creuser sa propre tombe. Nina replie le journal en deux, comme pour bâillonner le critique.

En pénétrant dans la loge, le lendemain soir, elle constate aussitôt que Vera a pleuré.

— C'est Gersh, dit-elle, des larmes dans la voix.

Depuis quelque temps, elle consacre la majeure partie de ses loisirs à Gersh, et elle ne dissimule pas à Nina la force de ses sentiments. Pendant le concert, elle était assise à côté de lui, et sa nervosité était perceptible en dépit de la froideur qu'elle affiche en permanence. À la fin de la sonate, elle n'a pas caché son bonheur devant l'ampleur des applaudissements. La foule, qui continuait à taper des mains en rythme bien après les nombreux saluts de Gersh, l'avait forcé à remonter sur scène.

— Je l'ai appelé hier après-midi après les répétitions, pour lui demander si je pouvais passer. Quand je suis arrivée, il avait l'air heureux de me voir... Pourtant il m'a dit : « Tu sais, tu devrais m'avertir plus tôt avant tes visites. Et si j'avais de la compagnie ? Où la cacherais-je ? »

— Il te taquine, Verochka.

— Je sais, et ce n'est pas la première fois. J'essaie de m'y habituer. J'ai répondu : « Tu veux dire que, pour une fois, il n'y avait pas de fille avec toi ? » Il a rétorqué : « Elle se cache dans le placard, la pauvre. Tu vois ce que tu nous forces à faire ? »

Vera a un rire las.

— Je suis ridicule de pleurer pour si peu, j'en ai conscience. Mais je ne peux m'empêcher d'espérer qu'il va cesser. Je trouve son attitude blessante.

— C'est bien naturel. J'ignore pourquoi il se conduit de la sorte.

En prononçant ces mots, Nina se rappelle une des premières choses que Viktor lui a dites au sujet de Gersh, que c'est un « séducteur ». Il agit peut-être ainsi par fierté, pour rester fidèle à celui qu'il a toujours été, libre et sans attache. Mais en réalité, tous ceux qui les ont ne serait-ce que croisés ces deux derniers mois ont pu constater qu'il est éperdument amoureux de Vera.

— Pourquoi se comporte-t-il ainsi, d'après toi ? lui demande Nina.

— Par peur. Je crois qu'il essaie de se convaincre qu'il ne se laissera pas piéger par l'amour.

— Tu as raison.

Il se peut que l'apparente confiance de Gersh s'explique par la peur. Mais ce que Nina n'ajoute pas, et que Vera doit soupçonner elle-même, c'est que ce n'est pas l'amour qu'il redoute.

Au mois de décembre de cette année-là, le soixante-dixième anniversaire de Staline donne lieu à toutes sortes de célébrations, dont une visite de Mao Zedong. Pour l'occasion, le Bolchoï a prévu une représentation spéciale du *Pavot rouge*, qui raconte l'histoire de Tao Hoa, une jeune danseuse de cabaret se sacrifiant pour sauver un capitaine soviétique. D'après Vera, la production du Bolchoï est beaucoup plus luxueuse que celle du Kirov.

À travers la ville, les immeubles sont décorés de drapeaux et de bannières rouges ; on a dressé des estrades sur les places pour danser. Un immense portrait de Staline illuminé, suspendu par des ballons captifs au-dessus du Kremlin, éclaire la place Rouge. Lorsque Nina et Vera sortent du théâtre à la fin de la représentation, la musique se déverse par les haut-parleurs et, tout autour d'elles, les gens dansent, les femmes avec les femmes, les hommes avec les hommes. Ayant repéré Viktor et Gersh, si élégants avec leurs chapeaux sombres, Nina sent la joie l'envahir – l'air est frais sur son visage, et son amour pour Viktor aussi infini que le ciel au-dessus de leurs têtes. Ils ont les joues et le nez rosis par le froid, à moins que ce ne soit par l'alcool.

— N'ai-je pas droit à une danse ?

Zoïa s'est approchée d'eux, vêtue d'un manteau en peau de chèvre. Nina observe Gersh, qui la salue maladroitement. Bien qu'elle ne semble guère surprise de le voir avec Vera, une légère tristesse passe dans ses yeux tandis qu'elle bat des cils. Nina éprouve de la sympathie pour elle, pour la façon dont elle laisse transparaître ses sentiments. Et parce que, contrairement à beaucoup d'autres, elle ne feint pas de ne pas connaître Gersh, à présent qu'il est tombé en disgrâce.

Nina lui demande ce qu'elle pense des célébrations, et son visage s'illumine.

— Oh, c'est merveilleux ! Avez-vous entendu le discours de Staline ?

Son émotion paraît sincère, elle lui met des étoiles dans les yeux. Et Nina comprend presque pourquoi Gersh s'exclame, en lui prenant la main :

— Eh, pomme, joins-toi à nous !

L'adoration se peint aussitôt sur le visage de Zoïa. Mais Gersh lui lâche très vite la main pour entamer une danse comique, en balançant les jambes comme s'il allait se lancer dans un *kazatchok*. Il est ainsi ces derniers jours, excité, fanfaron.

Vera se montre distante.

— Je ne comprends pas, souffle Nina à Viktor. Zoïa et Gersh ?

— J'imagine qu'elle a toujours des vues sur lui, répond-il, quand bien même il est évident que c'est une cause perdue.

C'est vrai, n'importe qui peut lire sur le visage de Gersh son amour pour Vera. Un ivrogne passe en titubant, les bouscule.

— Puis-je avoir cette danse ? demande Viktor à Zoïa.

Elle lui sourit d'un air reconnaissant et il l'entraîne. Nina les trouve attendrissants. Elle s'interroge sur Zoïa, sur la sincérité des sentiments que Gersh a, ou a eus, pour elle, elle va jusqu'à se demander s'il ne l'utilise pas comme couverture, pour protéger son véritable amour. Pour l'heure, en tout cas, Vera et lui dansent avec une expression sérieuse, comme s'ils venaient de discuter d'un sujet grave.

À la fin de la chanson, Viktor remercie Zoïa, et celle-ci explique qu'elle doit s'échapper, qu'elle a rendez-vous avec des camarades. Nina ne peut s'empêcher d'admirer son cran.

Une nouvelle chanson a commencé ; Viktor et Gersh se mettent à faire tourner Nina et Vera entre eux deux. Le manteau de Nina tourbillonne autour de ses mollets, et elle rejette la tête en arrière pour rire, tandis qu'elle passe des bras de Viktor à ceux de Gersh, et inversement.

Drew Brooks, vêtue d'une robe verte, discutait avec une autre femme à l'accueil de la salle des ventes. Sa façon de se tenir, adossée contre le comptoir, trahissait une forme d'abandon. Avec un léger hochement de tête, elle conduisit Grigori dans une pièce à peine plus grande qu'un réduit, meublée d'une petite table ronde et de deux chaises en plastique.

Après l'avoir remerciée pour son message, Grigori poursuivit :

— Je suis désolé d'avoir pris la fuite l'autre soir. Mais mon amie ignore que nous sommes en contact. Tout le monde l'ignore. Si la situation devait se reproduire…

— Je dirai que je vous ai contacté pour m'aider à déchiffrer un document en russe. Ça vous convient ?

Il réfléchit avant de répondre :

— Parfaitement.

— Cela nous amène justement à ma question. Vous avez bien dit que vous enseigniez le russe ?

— Oui.

— Vous savez que je cherche des informations sur l'origine de la parure en ambre. J'essaie de remonter la piste de chaque pièce. J'espère découvrir à qui elles étaient initialement destinées – s'il s'agit d'une personne en particulier. Ce n'est pas une mince affaire, et je n'ai pas beaucoup progressé pour le moment, mais la plupart des joailliers célèbres ont conservé les registres listant leurs créations ainsi que les acheteurs. Lenore ne semble pas croire que nous ayons beaucoup de chances, mais qui sait ? La bibliothèque du Boston Athenaeum est d'une grande aide pour ce genre de recherches. Et puis, avec toutes les archives qu'il y a en ligne, je me suis dit que nous pourrions trouver quelque chose.

— Vraiment ? dit Grigori d'une voix qui trahissait son intérêt.

— L'ennui, c'est que, même si je réussis à obtenir des renseignements, ils seront sans doute en cyrillique. Auquel cas, je me demandais si vous accepteriez de m'aider.

— Très certainement.

Penser qu'il existait peut-être une confirmation de ce qu'il avait toujours pressenti...

— Je regrette de ne pas être capable de lire le russe, reprit Drew en secouant la tête. Le cours que j'ai suivi était très mauvais ! ajouta-t-elle en riant. En réalité, je voulais apprendre le finnois. Ma mère est née en Finlande, mais elle a grandi ici, et... Je suis triste de ne pas connaître cette langue. Naturellement, il est impossible de trouver un cours de finnois. À qui cela servirait-il ? Bref, de dépit, je me suis tournée vers le russe, puisque le père de ma mère venait de Russie. Mais je n'ai aucun don pour les langues, de toute façon.

— C'est le cas de beaucoup de monde.

— La prof a décrété qu'il n'y avait rien à espérer de moi.

— Je n'arrive pas à croire qu'un enseignant ait pu dire ça.

— En réalité, elle a dit qu'il n'y avait rien à attendre de ce cours. Il était donc inutile que je continue.

Elle s'esclaffa.

— Ma chère, j'ai l'impression que c'était de votre professeur qu'il n'y avait rien à attendre.

Drew sourit, et il fut charmé par son expression pleine de modestie. Puis elle reprit d'une voix plus professionnelle :

— Enfin, nous verrons si j'ai la chance de retrouver des documents concernant l'ambre.

— Les informations qu'ils fournissent ne sont-elles jamais... équivoques ?

— Elles peuvent être assez détaillées... les quantités pour chaque modèle, les acheteurs... Vous savez, reprit-elle après une pause, la parure en ambre comprenait sans doute davantage de pièces à l'origine.

— Vraiment ?

— Ça ne m'étonnerait pas. Une parure complète, à l'époque, consistait souvent, en plus des pièces dont nous disposons, d'un autre bracelet, d'une bague et d'un second collier qui se transformait en broche. Voire de fermoirs et boutons, ou d'aigrettes et épingles à chapeau. Sans parler d'un diadème.

Grigori essaya de se représenter le tout.

— Et personne ne trouvait ça excessif ?

Drew éclata de rire. Elle expliqua à Grigori que l'ambre de cette espèce, avec inclusion de spécimens préhistoriques, avait été en vogue à l'époque victorienne, et que ceux qui en avaient les moyens auraient très bien pu commander toutes ces pièces.

— Votre pendentif remonte, à l'évidence, au XIXe siècle. C'est à cette époque qu'on s'est mis à faire des montures fines pour les pierres précieuses.

C'était le genre d'informations, expliqua-t-elle à Grigori, qu'elle comptait inclure dans son supplément.

— Bref, je suis toujours preneuse du moindre document. Si vous pensez à quelque chose…

Grigori songea aussitôt au sac en vinyle, aux lettres manuscrites, aux photographies en noir et blanc. Au certificat d'hôpital comportant un tampon soviétique et un numéro d'identification – le lieu et l'heure, dactylographiés, étaient comme gravés dans le papier, on pouvait les sentir du bout des doigts… Pourtant, à l'endroit où aurait dû se trouver un nom, il n'y avait qu'une épaisse ligne noire suivie d'une autre adresse.

Seul un système où la bureaucratie était poussée à l'extrême pouvait aboutir à ce genre d'aberration.

Il sourit presque en imaginant ce que Drew ferait de ces objets. Mais il ne les lui montrerait pas. Il n'avait même pas osé les sortir devant Nina Revskaïa. Plutôt, il l'aurait fait si elle lui en avait donné la possibilité.

— Vous avez beaucoup de pain sur la planche à ce que je vois, se contenta-t-il de répondre.

— J'aime ça. Les recherches me rappellent mes cours d'Histoire. Je continue d'apprendre tous les jours, grâce à elles.

Grigori éprouva une forme de jalousie : pouvait-il dire la même chose de son travail ?

— Pour vous dire la vérité, je suis souvent touchée par des choses qui ne sont pas directement liées aux ventes.

— Vraiment ?

— Un jour, nous avons mis aux enchères de la porcelaine, des pièces magnifiques, des services à thé, des vases et des figurines. La majeure partie de ces pièces provenaient d'une femme dont la mère collectionnait des bibelots en porcelaine. Certains d'entre eux étaient charmants, c'étaient de petits animaux, des cygnes et des lapins, entre autres. J'accompagnais l'expert lorsqu'il a passé en revue la collection : sous chaque pièce se trouvait un morceau de Scotch comportant un nom. Il y en avait trois, je m'en souviens encore : Anne, Lise et Clara. Ils étaient écrits d'une main incertaine, on voyait que la personne qui avait tracé les lettres, la mère de la vendeuse, sans doute, souffrait de tremblements. Je n'ai jamais découvert qui étaient Anne, Lise et Clara, mais j'ai supposé qu'il s'agissait de petites-filles ou de nièces. La femme qui mettait la collection en vente ne répondait à aucun de ces prénoms. Pendant des semaines et des semaines, j'ai été obsédée par l'idée que les personnes à qui les pièces avaient été destinées ne les auraient jamais. Que la volonté de cette femme n'avait pas été respectée.

— Vous êtes-vous demandé si les inscriptions étaient antérieures ? Si la femme qui venait de décéder était Anne, Lise ou Clara ? Peut-être avait-elle fini par hériter de tous les bibelots…

— Non, le Scotch était récent, ça se voyait. Il sèche et jaunit avec le temps… Ce qui m'avait le plus émue, reprit Drew après une pause, c'était de penser à cette vieille femme malade, se sachant sur le point de mourir, qui faisait l'inventaire de ses trésors, en se demandant lequel elle donnerait à Anne, lequel à Lise, lequel à Clara… Chaque nom était écrit avec une telle application…

Grigori sentit des larmes lui monter aux yeux. Il se rappelait cette affreuse journée d'automne, trois jours avant la mort de Christine, où elle avait évoqué cette question avec lui, listant les objets qu'elle souhaitait léguer à Amelie et les souvenirs universitaires qui iraient à sa sororité. Elle avait surtout tenu, et ça avait été le plus pénible, à lui exposer en détail comment elle envisageait son enterrement.

— Je ne voulais pas vous déprimer, s'excusa Drew. Je suis désolée.

— Oh, non, je vous en prie, c'est à moi de vous présenter des excuses. Je vous empêche de travailler.

Elle avait croisé les jambes sous la table et l'un de ses pieds effleurait la cheville de Grigori. Celui-ci repoussa sa chaise et se releva.

— Je compte sur vous, dit-elle en se levant à son tour, pour me contacter si vous mettez la main sur quoi que ce soit...

— Je vais regarder.

— Merci, je vous en suis reconnaissante.

Elle lui serra la main, puis, avant de la lâcher, ajouta :

— Les gens sont souvent étonnés par ce qu'ils retrouvent.

« Maintenant, dites-moi qui vous êtes exactement. »

Elle avait parlé en russe, avec une esquisse de sourire, en découvrant le jeune homme dans le hall de l'immeuble. Un garçon encore, timide et maladroit. L'humidité faisait boucler ses cheveux. Il avait pris la parole, tout bas, courbant la tête comme pour réduire la différence de taille entre eux.

« Je m'appelle Grigori Solodin. »

Hésitant, il était resté derrière la porte vitrée que Nina avait entrouverte ; à l'évidence, il ne s'était pas attendu à ce que son nom ait le moindre effet sur elle.

« Je crois que vous et moi... »

Il croyait, avait-il fini par expliquer, que Nina et lui avaient des liens familiaux.

Elle n'avait pas la moindre idée de ce qu'il entendait par là. Pourtant, elle s'était mise à trembler, prise d'une faiblesse subite. Elle en avait déduit, *a posteriori*, qu'elle devait savoir inconsciemment. Peut-être

Grigori Solodin l'avait-il senti, lui aussi. Un flot de paroles s'était alors échappé de sa bouche :

« Je suis né en 1952, au troisième hôpital municipal de Moscou. »

Il avait précisé quel jour de mai, puis avait marqué une pause de quelques secondes, pour voir si Nina réagissait. Mais elle était trop étonnée de le voir, à présent, sortir une énorme enveloppe de son sac à dos.

« Je peux vous montrer le certificat. Il indique une adresse. »

Il avait bredouillé celle-ci pendant qu'il sortait le document de l'enveloppe.

C'était à cet instant que Nina avait compris, avec une certitude absolue, qui il était. Son corps entier s'était mis à trembler, et elle avait déclaré, simplement mais fermement :

« Vous faites erreur. »

Désemparé, il avait pioché un nouveau document dans la grande enveloppe.

« Regardez, j'ai d'autres preuves, si vous…

— Je ne suis pas la personne que vous cherchez. »

Sur ces mots, elle avait refermé la porte, le cœur battant à tout rompre, et avait tourné les talons pour gravir les marches à la hâte.

Elle avait reçu la lettre une semaine plus tard. Le jeune homme l'y priait de le laisser lui exposer plus en détail les preuves qu'il avait rassemblées. « Quel mal pouvait-il en ressortir ? » demandait-il naïvement. Il souhaitait seulement que Nina prenne le temps d'examiner ce qu'il avait à lui montrer. C'était impossible, bien sûr. Elle avait fui tout ça, elle ne pouvait pas s'y replonger de son propre gré. Elle avait enflammé les deux pages manuscrites et les avait regardées se consumer. La lettre était tombée dans l'évier, où elle s'était transformée en fleur de papier brune avant de disparaître dans une énorme flamme, ne laissant qu'une fine couche de cendre grise.

Quant à la dernière lettre de Solodin, Nina n'y avait pas encore répondu. Elle n'avait toujours rien à lui dire, à part : « Laissez-moi tranquille, s'il vous plaît. » La soif de savoir de cet homme était à l'opposé des aspirations de Nina. Peut-être pourrait-elle lui expliquer les choses de façon générale : « Comme beaucoup de mes compatriotes, après la mort de Staline… » Ou : « Toute ma génération a été aveuglée… » Ou : « Ayant ouvert les yeux sur tant de concepts erronés… Il m'est tout simplement insupportable de m'y replonger. »

Une fois, par le passé, Nina s'était vu arracher le bandeau qui lui cachait les yeux, et la lumière avait failli l'aveugler. À quoi bon rechercher, à nouveau, cette souffrance ? Elle en savait assez sur l'histoire, complexe, de cet homme qui n'était plus dans sa prime jeunesse, elle n'avait pas besoin d'en apprendre davantage. Elle était déjà accablée par des souvenirs, plus nombreux chaque jour, par des images si nettes qu'elle avait l'impression d'être à nouveau là-bas, et non dans son fauteuil roulant, près de la fenêtre disjointe, en robe de chambre de laine, en collants de coton et pantoufles épaisses. Elle soupira. Encore un an plus tôt, elle n'aurait jamais porté cette paire de chaussons en présence de quelqu'un. Elle était mauve, en laine pelucheuse. Tama la lui avait offerte une année à Noël. Sur le coup, Nina avait été terrifiée par l'image que ces pantoufles lui renvoyaient : celle d'une vieille femme qui n'avait plus à se préoccuper de ce qu'elle portait aux pieds.

Comme en réaction à ces pensées, un frisson glacé parcourut ses articulations. Elle ferma les yeux et attendit que la douleur relâche son étreinte. Une telle trahison, alors qu'elle avait consacré la majeure partie de sa vie à s'entraîner constamment pour se protéger des blessures. Une vie si pleine d'habitudes que Nina éprouvait encore, à dix heures, chaque matin, le besoin de se mettre à la barre. Toutes ces années d'étirement, d'endurcissement, d'échauffement. À la fin, ses efforts n'avaient servi à rien.

La fin… Elle avait beau employer cette expression, elle n'avait pas l'impression d'y être parvenue. Pas avec cette épine dans le pied, ce Grigori Solodin. Même si, avec un peu de chance, la vente des bijoux réglerait ce problème. Après, elle aurait la visite de Shepley. Il lui fallait encore patienter deux mois, jusqu'en avril, mais ce n'était pas si loin que ça, même si le courant d'air glacial qui passait au-dessus de la fenêtre laissait penser le contraire. Shepley lui avait téléphoné quelques jours plus tôt.

« Comme ça, j'apprends qu'une ballerine célèbre met ses bijoux en vente ?

— Comment es-tu au courant ? »

Nina était sincèrement étonnée ; elle ne parvenait pas à croire que la vente ait suscité de l'intérêt au-delà des frontières de la Nouvelle-Angleterre. Le *L.A. Times* lui avait pourtant consacré un article. Shepley l'avait découpé et le lui avait envoyé depuis : il tenait sur une seule colonne, mais il existait.

« Je suis fier de toi, Nina, lui avait-il dit au téléphone. C'est très généreux de ta part.

— Tu sais, je ne les porte jamais. Ils restent enfermés dans le coffre.

— Oui, mais je sais aussi que tu es possessive… comme moi, avait-il ajouté en riant de ce rire doux que Nina adorait. Nous sommes pareils, toi et moi. Nous tombons amoureux des belles choses. »

Août 1950. Jours précieux de tomates, d'énormes choux verts. Le souffle chaud de l'air. Tous les quatre, ils quittent les faubourgs de la ville, le long de routes jaunes, dans la voiture que Viktor vient d'acquérir. L'information a même été publiée dans la *Pravda* : « Viktor Elsin, poète et artiste distingué de la République de Russie, et Pavel Lisitsian, célèbre chanteur du Bolchoï, ont acheté, chacun, une Pobieda. » L'automobile soulève des nuages de poussière, dépasse des habitants du coin qui s'affairent dans leur jardin ou des kolkhoziens qui battent l'orge. Au-delà s'étendent des collines boisées et des taillis de bouleaux et d'aulnes. De hautes herbes se dressent sur les bas-côtés, et l'air embaume déjà la nature et les fleurs de roseaux. Ils pénètrent dans la forêt de pins. Dans une petite clairière, entourée par un haut grillage et une barrière rouillée, se trouve la datcha.

— Tout droit sortie d'un conte de fées, dit Nina en redécouvrant le toit pentu et les petites fenêtres encadrées de volets de bois et habillées de rideaux blancs.

C'est le deuxième été que Viktor et elle possèdent cette maisonnette, aux vieux meubles et au plancher usé. La plupart des autres datchas des environs appartiennent à l'Union des écrivains, qui les prête aux auteurs méritants – c'est ce qui a permis à Viktor de séjourner dans celle-ci, une des plus isolées. Comme il souhaitait pouvoir s'y rendre à sa guise et y emmener les invités de son choix, l'an passé, il l'a achetée. Certains écrivains vivent même ici à longueur d'année.

Ils déchargent les valises et les provisions : bidons de paraffine, sacs de pommes de terre et de carottes, belles laitues, bouteilles de bière Jigouli au goulot épais, pichets ventrus de vin de Napareouli. Sa valise sous un bras, une pastèque sous l'autre, Nina respire l'odeur des pins avant de pousser le portail ; il s'ouvre en grinçant et en étirant une toile d'araignée invisible.

Viktor la remercie de lui céder le passage et arrache la toile sans s'en rendre compte. Il s'arrête sur la petite terrasse en pierre à demi ombragée, avec son chargement de fruits et de légumes en conserve. Gersh le rejoint, les bras encombrés de sacs et de boîtes, mais Vera reste à côté de Nina le temps d'observer la maison et de remplir ses poumons d'air forestier.

— Voilà la rivière, lui dit Nina en lui indiquant une clairière voisine, juste au-delà d'un bosquet.

Le bourdonnement des insectes envahit l'atmosphère.

— Ça me rappelle les étés où j'étais pensionnaire à l'école de danse, dit Vera.

Le soleil de la campagne révèle les reflets roux de ses cheveux.

— On nous emmenait au bord de la mer Noire, poursuit-elle. Enfin, les élèves qui ne pouvaient pas rentrer chez elles.

Elle n'ose pas dire « orphelines ».

— On logeait dans des baraques en bois, on dormait dans des lits superposés, et je refusais toujours celui du haut parce qu'il y avait des araignées au plafond.

— Il y en a probablement ici aussi, répond Nina.

— Mais je n'ai plus peur !

Le confort de la datcha est spartiate. Des parois minces, des toilettes extérieures. Des murs blanchis à la chaux. Une baignoire en fer. Un tas de bois de chauffage à côté d'un poêle en briques avec un long tuyau. Des cannes à pêche en noisetier dans un coin. Des fauteuils cannés, des lampes à pétrole, un samovar en cupronickel. Des lits en fer avec des paillasses dures. De la suie, souvenir de nombreuses chandelles brûlées. Le *bania*, c'est-à-dire le sauna, est à l'extérieur, à l'arrière de la maison, pour que l'on puisse se rendre directement à la rivière après.

Nina aime le bruit des pieds nus sur le plancher – de moins belle qualité que celui des salles de danse, mais qui conviendra parfaitement à leurs entraînements. Le soleil filtre par les interstices des rideaux blancs dès trois heures du matin et joue avec les feuilles des arbres tout l'après-midi. Le pépiement des moineaux et le cri des pies. Les repas sous les pins, l'eau que l'on recueille à la source, la terre humide, l'air délicieux, la rivière verte et rafraîchissante.

Le crépuscule jette des pièces orange sur l'eau. Les baignades dans la rivière, et les matchs de volley-ball. Sans parler des nombreuses activités collectives proposées par l'Union des écrivains, auxquelles ils ne participent pas, préférant la tranquillité de la datcha. Viktor s'est promis d'écrire un poème par jour, et Gersh travaille à une nouvelle œuvre. Vera l'accompagne en chantonnant. Souvent, elle s'assied simplement à côté de lui, parfois avec un livre, ses longues jambes nues repliées sous sa jupe, et elle allume une lanterne à la tombée de la nuit. Nina se demande si Vera est aussi contente qu'elle d'être libérée de la présence quotidienne de sa colocataire : la pauvre Daria continue à veiller sur Madame, alors que la mère de Nina a quitté Moscou avec ses propres amis pour se rendre au lac d'Argent à Gatchina.

C'est un mois parfait, fait de liberté, de loisir et de paresse, de discussions interminables qui se dissipent sans se conclure. Les fleurs sauvages adoucissent l'air envahi par les papillons – ils ne soutiennent pas la comparaison avec la magnifique broche que Viktor a offerte à Nina pour leur anniversaire de mariage, mais ils sont très beaux, malgré tout, avec leurs ailes presque translucides, aux couleurs vives. Gersh et Viktor passent des heures en pyjamas à rayures dans les fauteuils en osier de la terrasse à parler de tout et de rien. Gersh taquine Viktor pour son titre d'« artiste distingué ». Ces distinctions n'existaient pas auparavant, et elles ne se limitent pas aux beaux-arts. Gersh les traite de « vulgaires carottes », et il évoque un chanteur de leur connaissance qui arpente toute la République de Russie pour récolter le maximum de titres. C'est pourtant en tant qu'« artiste distingué » que Viktor est autorisé à voyager à l'étranger et qu'il peut s'offrir une datcha. Si Nina ou lui deviennent un jour « artiste du peuple » – la plus haute distinction possible –, il y aura encore d'autres récompenses.

— Tu sais bien que je n'ai rien contre les divertissements populaires, dit Viktor, dans l'espoir évident de le provoquer.

Il aime polémiquer avec Gersh, alors que beaucoup ne s'y risqueraient pas.

— Quel est l'intérêt, poursuit-il, de créer une œuvre, aussi belle soit-elle, si elle ne réussit pas à parler au peuple ?

— On dirait Zoïa ! rétorque Gersh, comme s'y attendait Viktor.

Il peut se permettre de l'évoquer aujourd'hui, car Vera est allée cueillir des champignons. Près du portail, Nina s'exerce en prenant appui sur la clôture. Elle n'a pas manqué un jour d'entraînement. Une seule semaine d'interruption pourrait se traduire par des orteils meurtris et des membres douloureux au moment de la reprise.

— Cette vision utilitariste de l'art me fait frémir, dit Gersh. Tu ne l'ignores pas.

— Pourquoi continues-tu à la voir, alors ? l'interpelle Nina.

— Qui ?

— Zoïa !

— Elle me met en valeur, tu ne trouves pas ? répond Gersh. C'est une honnête citoyenne, qui possède l'esprit du Parti et tout et tout. Sa fréquentation est parfaitement recommandable et recommandée.

Nina ne rit pas. Gersh a beau fanfaronner, elle perçoit son malaise. Les attaques antisémites se multiplient dans la presse, sans parler d'une nouvelle croisade contre Gersh, menée par un critique particulièrement agressif que Viktor a surnommé « le rottweiller ». Plus d'une fois, Nina a aperçu le slogan : « À bas les cosmopolites ! » Et si Gersh se croyait réellement protégé par Zoïa ?

— Je ne plaisante pas, insiste Viktor. Je pense ce que j'ai dit à propos du peuple. Il y a une raison si les places des premiers rangs ne coûtent que trois roubles au Bolchoï, Nina. La vie est dure, les gens sont fatigués. Tu leur offres de la beauté. Tu les rends fiers. Tu nous rappelles que nous contribuons nous-mêmes à une grande œuvre, la création d'une nouvelle société. Pourquoi crois-tu que Joseph Vissarionovitch préfère les productions imposantes et pittoresques ? Il sait que ce sont les œuvres monumentales, les décors bigarrés, les costumes recherchés qui ont le plus d'impact.

— Exactement ! reprend Gersh. C'est exactement le problème ! Il n'y a plus aucune place pour la complexité, la sensibilité, pour tout ce qui est un peu exigeant. On nous demande d'inciter le public à la paresse. Quand apprendront-ils à apprécier une œuvre réellement profonde ? Le trait doit toujours être forcé. Sais-tu pourquoi ? Parce que les gens ont besoin qu'on leur souffle leurs opinions. Ils ont besoin qu'on leur dise quoi penser…

— Ils sont fatigués, insiste Viktor, ils travaillent dur, ils…

Gersh l'interrompt :

— On nous demande de leur dicter leurs réactions.

— Je ne suis pas certain que ce soit le cas, répond calmement Viktor, mais Nina perçoit son doute. Je crois qu'il s'agit de… rendre les choses simples, accessibles à tous.

— J'ai du mal à qualifier les productions du Bolchoï de simples, fait remarquer Gersh. Tout ce faste et ce clinquant. Comme si cela avait le moindre rapport avec la vie quotidienne. On ne t'entend pas beaucoup, d'ailleurs, Nina.

— Je réfléchis, lance-t-elle.

Elle a commencé une nouvelle série d'exercices. Avec les orteils d'un pied, elle rapproche d'elle la lirette qu'elle a étalée par terre, loin devant. Puis elle se sert des orteils de l'autre pied pour la remettre à sa place initiale.

— N'est-ce pas ce qu'on attend du théâtre ? interroge-t-elle. Un spectacle magnifique ?

Il est vrai que les représentations du Bolchoï sont démesurées et majestueuses. Tourbillons de couleurs, démonstrations d'exubérance. Pour quelques heures, le public oublie sa vie quotidienne dans les fauteuils en velours d'une salle splendide, avec cinq rangées de balcons rouge et or éclairés par des candélabres, un plafond doré, une loge impériale et un immense lustre à pendeloques de cristal. Pendant ces quelques heures, il y a de la belle musique, de la danse, de quoi redonner foi dans le monde à n'importe qui.

— Peut-être, mais..., objecte Gersh.

— Tu sous-estimes notre peuple, l'interrompt Viktor. Je ne pense pas qu'il ait besoin qu'on lui dicte ses émotions. Le grand art parle aux instincts. Personne ne peut se méprendre sur son sens.

Nina partage son avis. La danse lui permet d'éprouver, au plus profond d'elle, l'humanité du monde. Ce n'est que sur scène, quand elle se donne au public, qu'elle a le sentiment de collaborer à la construction d'une grande nation. Et pourtant... elle se souvient encore de la soirée où elle a interprété Odile, des regards des spectateurs alors qu'elle démontrait sa virtuosité, comme un chien de cirque. De leurs applaudissements machinaux, qui ne saluaient pas son sens musical ou sa sensibilité artistique, mais son enchaînement de fouettés, destiné à les impressionner. Ce n'est pas pour ces tours de force qu'elle est une artiste. Elle le sait au fond d'elle-même. Elle a vu l'effet que Galina Oulanova, sa danseuse préférée, produit sur le public, et comment sa grâce semble hisser celui-ci vers une sphère supérieure. Nina serait prête à tout pour atteindre le même degré de perfection, qui est une affirmation en soi du pouvoir de la vie...

— Ton problème, Viktor, reprend Gersh, c'est que tu es romantique.

— Romantique ? Pas du tout !

— Je ne parle pas de ta poésie, mais du regard que tu portes sur l'existence, de ta foi dans le monde. Dans ton Guide. Tu es un idéaliste.

Le couvert des bois offre cette liberté : on peut s'y exprimer sans contrainte, sans craindre une oreille indiscrète.

— Je ne suis pas un idéaliste, rétorque Viktor. C'est une simple question de perspective. Nous sommes en train d'inventer une nouvelle nation, un nouveau peuple. C'est un processus difficile. Tu décides de ne voir que le mauvais côté, alors qu'il y a beaucoup de positif.

C'est ce que Nina aime en lui : son optimisme, sa sagesse bienveillante et son espoir authentique.

— C'est facile pour toi, dit Gersh, tu peux continuer à faire ce que tu aimes tout en étant reconnu. Je ne voudrais pas avoir l'air grandiloquent, mais, soyons honnêtes, ce pays n'a plus rien à m'offrir. Je n'ai aucun avenir ici. Tout ce que je composerai maintenant finira dans un tiroir.

Il a sans doute raison, pense Nina. Aucun orchestre n'osera jouer ses œuvres à présent. Personne ne les enregistrera. Elle se surprend pourtant à lui rétorquer :

— Ça changera. Tu le sais... ça peut changer en une nuit.

Et c'est vrai.

Ce soir-là, ils préparent de la soupe aux champignons et des pommes de terre sautées, et ils boivent tellement de vin qu'au moment de finir son dernier verre, Viktor se frotte l'estomac en grognant de plaisir.

— Je suis désolée, Nina, je crois que nous ne ferons pas l'amour ce soir.

— Regardez ! dit Vera en indiquant d'un mouvement langoureux la fenêtre ouverte. Des lucioles !

Vêtue d'une robe en lin blanc brodée, elle est appuyée contre Gersh. À la lumière vacillante de la lampe à pétrole, avec son vêtement clair et ses cheveux brillants, elle ressemble presque à un papillon. Gersh la serre et lui baise la nuque. Dans des moments comme celui-ci, sa coquetterie dans l'œil le rend beau.

— Ah ! s'écrie Vera en feignant de le repousser. Tu sens mauvais.

Gersh l'attire contre lui.

— Et si nous allions tous nous baigner ? propose-t-il.

— Avec tout ce que j'ai mangé ? Je vais couler, rétorque Viktor.

Mais Nina le tire déjà de sa chaise.

— Allez, je te sauverai.

La rivière est au pied d'une pente boisée, au milieu d'une clairière éclairée par le clair de lune. Fixé à une bûche, sur la rive, se trouve le canoë avec lequel ils font parfois des sorties. Nina observe le miroir noir de l'eau, sa peau lisse et sombre. Des ombres s'étirent tout autour. Vera et elle se déshabillent avec soin, tandis que Gersh et Viktor jettent leurs vêtements et sautent, comme des enfants, dans la rivière. Nina s'approche prudemment de la rive, elle sent la douceur de la vase sous ses pieds, s'avance jusqu'à ce que l'eau atteigne sa taille, puis se penche pour immerger ses bras comme si elle les glissait dans de longs gants de soirée. Elle plonge, et l'onde l'enveloppe. Lorsqu'elle remonte à la surface, elle laisse affleurer ses pieds pour faire la planche. Au-dessus d'elle, le ciel est d'un noir d'encre, étendue infinie parsemée de minuscules étoiles.

Le silence épais de la nuit, percé, de temps à autre, par le hululement d'une chouette. Nina ne s'est pas encore habituée à ce calme, aux sons intermittents de la nature – à Moscou des haut-parleurs diffusent des chants révolutionnaires dans les rues jour et nuit.

Gersh a rejoint Vera, restée près du rivage.

— Viens là, dit-il en pataugeant.

Viktor fait quelques mouvements sur le dos pour se retrouver près de Nina. Leurs doigts se mêlent dans l'eau. Gersh s'est mis à fredonner une chanson que Nina connaît. Viktor entonne les paroles tandis que Gersh et Vera s'éclaboussent : *Je ne connais pas un pays où les hommes respirent aussi librement.* Puis il glisse ses mains sous les bras de Nina et l'entraîne dans l'eau.

— J'adore le chant des criquets, dit-elle. On dirait qu'ils ont pris le contrôle du monde.

Viktor reste un moment silencieux avant de répondre :

— Tu sais ce que c'est ? Le bruit de l'immensité.

Épuisée, Nina s'abandonne, avec délices, dans ses bras, sous le ciel incrusté d'étoiles, et éprouve – réellement – l'immensité de l'univers, dont ils ne constituent, Gersh, Vera, Viktor et elle, qu'une infime partie. Elle ressent, pour la première fois, qu'on peut être très, très loin de sa propre vie, et se réjouir de cette distance. La vaste béance de l'univers, ses possibilités infinies… L'illusion d'une liberté absolue.

Deuxième livre

Lot n° 50

Diadème : strass et cristal autrichien, 4,5 cm de hauteur, 14 cm de diamètre, plaquage en argent Sterling, petits peignes à chaque extrémité. Estimation : 800 – 1 000 $.

9

Dans sa boîte à lettres du département de langues étrangères, Grigori trouva une feuille de papier pliée.

Son cœur s'emballa aussitôt. Était-ce, enfin, une réponse ? Non, non, bien sûr que non, il était ridicule de continuer à espérer. Si Nina Revskaïa se décidait à lui écrire, ce ne serait certainement pas sous cette forme : une simple feuille sans enveloppe. L'araignée de son cauchemar resurgit dans son esprit... C'était peut-être un message d'Evelyn, une invitation ou une proposition de sortie amicale. Elle avait été absente la plus grande partie de la semaine passée à cause d'un colloque, mais elle lui avait envoyé des mails. Grigori se rappelait qu'elle devait rentrer la veille.

En dépliant la feuille, il découvrit qu'elle provenait de Zoltan. Il s'agissait d'une autre photocopie de son journal. Février 1962. Il avait tout juste vingt-six ans. Peut-être qu'à l'époque, il considérait Londres, où il résidait depuis six ans, comme sa maison. Grigori se demanda si, en relisant ces pages, Zoltan avait été nostalgique du jeune homme courtisé qu'il était alors, à présent qu'il passait pour un vieil excentrique.

Il déchiffra l'écriture épaisse et penchée de Zoltan, remontant à plus de quarante ans :

« Jeudi. Temps gris et pluvieux, ce qui me plaît, sincèrement, parce que ce ciel exprime, à mon avis, toute la beauté et la tristesse de la condition humaine. Nous sommes nombreux à marcher d'un pas lourd, enveloppés dans nos imperméables, à la fois conscients et inconscients de ce que nous sommes et de notre place dans ce monde détrempé. Ai assisté à un déjeuner organisé par un membre de la Chambre des lords qui se prend pour un poète. Qui suis-je pour le détromper ? J'aimerais néanmoins qu'il utilise moins d'allitérations. Samuel était là avec sa dernière conquête, un mannequin. J'ai cru que je l'avais déjà rencontrée avant de comprendre que c'était son visage que je connaissais, alors que je ne lui avais jamais adressé la parole, pour l'avoir vu sur des publicités et en couverture de magazines. J'étais entouré de célébrités : des députés et la chanteuse blonde dont j'oublie toujours le nom... La pluie m'a soudain manqué, je ne saurais expliquer pourquoi, mais j'ai éprouvé le besoin de m'éloigner, de peur de perdre ma réalité, mon authenticité. J'ai donc pris congé, avec, sans doute, une pointe de grossièreté, mais avec la sensation inestimable et exquise de la liberté. Au moment où je partais, j'ai aperçu la Papillon, Nina Revskaïa, avec son joli minois pointu et ses cheveux foncés. Elle possède une tristesse qui affleure à peine et que je trouve belle. Bien qu'elle ait au moins quarante ans, seuls ses mains – aux articulations épaisses et apparemment douloureuses – et ses yeux – d'un vert magnifique, brillant et vif, mais pleins de mélancolie – trahissent le passage du temps. Elle m'a

étonné en me suivant au vestiaire. Je ne m'en suis aperçu qu'en me retournant après avoir récupéré mon imperméable. Elle portait une robe en laine verte et un col en fourrure. "Je voulais vous dire quelque chose…, a-t-elle commencé. Suite à notre discussion, le soir de Noël, au sujet de mon mari et de sa poésie. Je veux que vous sachiez pourquoi je pense cela."

Elle s'est assise sur le divan en un mouvement délié, comme un Z se repliant sur lui-même, les mains posées sur les genoux. "Un jour, a-t-elle repris, j'ai exprimé devant mon mari la colère que m'inspirait la situation de notre pays. Il ne partageait pas ma frustration. J'ai crié : 'Comment peux-tu te comporter ainsi ? Comment peux-tu faire comme si rien n'allait mal ?' Il s'est éloigné de moi, parce que je me mettais en danger en parlant ainsi en public. Plus tard, de retour à la maison, il s'est assis à côté de moi et m'a dit, d'une voix très douce : 'Tu ne vois donc pas que j'ai besoin de croire en lui ?' Il parlait de Staline. Il a ajouté : 'J'ai besoin de croire. Sinon, comment trouverais-je la force de sortir du lit le matin ?' "

Son visage était impassible, mais son intonation a changé pendant qu'elle prononçait ces mots, et je me suis demandé si, tout en parlant, elle entendait la voix de son mari. Elle s'est relevée, et j'aimerais pouvoir écrire qu'elle paraissait soulagée, mais ce n'était pas le cas. Elle m'a souhaité une bonne journée et a pris congé.»

Arrivé à la fin de l'extrait, Grigori ferma les yeux. Il ressentait soudain une tristesse infinie, et une forme de culpabilité, comme s'il venait d'espionner quelqu'un. Ce n'était pas uniquement de la compassion pour Nina

Revskaïa et Viktor Elsin, ni pour Zoltan et son journal. Sa tristesse venait également, il le comprit, de ces poèmes qu'il avait tant aimés, des gardiens de chèvres et de moutons mélancoliques, des paysages idylliques, des paysans las mais heureux qui continuaient de nourrir des espoirs non pas vains mais purs. Il y avait forcément une part de vérité en eux. Parce que si Elsin n'avait pas cru… Comment aurait-il pu écrire ces poèmes s'il avait su qu'ils participaient à la propagande du Parti ? Les avait-il composés avec cynisme ? Pouvait-on être aussi insensible ? Ce n'était pas ainsi que Grigori percevait Elsin. Mais, encore une fois, quels choix les artistes avaient-ils ? Exploiter au mieux les règles et les recommandations, ou… quoi ? Faire comme Iessenine ? Se trancher les veines et écrire un poème avec son propre sang avant de se pendre ?

Ou s'enfuir, comme Zoltan. Vivre pour dire la vérité. C'était l'une des raisons pour lesquelles le travail de Zoltan importait tant : chacun de ses poèmes était un message qui avait franchi un mur, qui s'était échappé de prison, qui avait survécu pour partager avec le reste du monde ce qu'il savait. Tant d'autres – citoyens ordinaires ou poètes – ne l'avaient pas fait. Même les œuvres les plus récentes de Zoltan, songea Grigori, seraient toujours marquées par son histoire. Si seulement quelqu'un pouvait se décider à les publier…

Grigori s'assit à son bureau. Si Viktor Elsin avait sincèrement cru, ou s'était volontairement aveuglé, comme il l'avait expliqué à sa femme, alors comment était-il devenu à son tour une victime du régime ? Bien sûr, les chefs d'accusation n'avaient pas besoin d'être avérés. Il suffisait d'avoir de mauvaises fréquentations ;

inutile de se rendre coupable d'un crime politique. Il était évidemment plus séduisant de penser que Viktor Elsin avait agi de façon subversive que d'admettre qu'il avait obéi docilement. Depuis longtemps, Grigori prenait plaisir à s'imaginer qu'Elsin, en dépit de sa soumission apparente, avait fini par se rebeller. *Dais de velours noir, que retiennent dans le soir les étoiles...* Le premier vers de *Baignade nocturne*, un poème étonnant sur lequel Grigori avait beaucoup misé des années auparavant. Il n'était pas encore entièrement satisfait de sa traduction, et plus particulièrement de son rythme, mais les images et la précision de leur formulation étaient ce qui comptait le plus dans cette pièce.

Baignade nocturne

Dais de velours noir, que retiennent dans le
[soir
Les étoiles. Au clair de lune, des visages.
Lointains échos épars flottant sur le miroir,
Nos plongeons les repoussent vers le rivage.
Que nous étions jeunes, alors, sur les flots
De l'été. Cheveux mouillés, oreilles voilées,
Les cigales demandaient pardon dans l'air
[chaud,
Et nous n'entendions pas leur triste mélopée.
Envolée, perfection des bois éphémère :
Ombres reprisées, tapis d'aiguilles de pin,
Gouttes fauves de soleil. Mélopée dans
[l'air...
Invisible, le rossignol qui, trop tard, vient
Faire entendre son chant entêté... mais il est,
Entre les eaux noires et le dais, prisonnier.

C'était l'un des derniers poèmes d'Elsin, et l'un des moins caractéristiques de son œuvre. Sa mélancolie était infinie… Mais pouvait-on le qualifier de séditieux ? Si on y cherchait des indices, il y avait peut-être ce ton de regret, le thème de la perte, l'eau et le ciel noirs. Mais qu'est-ce que cela prouvait ? Rien ne permettait de conclure qu'Elsin avait fait quoi que ce soit. Invisible, le rossignol qui, trop tard…

Et si c'était le cas… Eh bien, qu'avait-il fait exactement ?

Grigori s'était déjà perdu plus d'une fois dans les méandres de ces interrogations. Elles ne menaient jamais nulle part. Pourtant, il se sentait étonnamment optimiste, comme s'il était sur le point de trouver la sortie de ce labyrinthe. Ce sentiment était lié, il s'en rendait compte, à Drew Brooks, à l'espoir qu'elle avait suscité en Grigori et qui résonnait encore dans son esprit. Avait-elle réussi à retrouver les archives de ces bijoutiers ? Grigori éprouva soudain le besoin urgent de décrocher son téléphone et de composer son numéro. Mais il ne s'était pas encore écoulé une semaine depuis leur dernière rencontre, à la salle des ventes. Elle lui aurait donné des nouvelles, s'il y en avait, non ? Pas de nouvelles, bonnes nouvelles, songea-t-il en luttant contre le désir de l'appeler.

Le premier scandale au ballet, la saison suivante, à l'automne 1950, se produit le soir où l'une des *prima ballerina* tombe. Ce sont des choses qui arrivent, bien sûr – un saut trop ambitieux, une pirouette déséquilibrée… C'est un des risques du métier. Cette danseuse n'est plus dans sa prime jeunesse ; elle a pris du poids et prépare ses muscles à coups de douches chaudes plutôt que d'échauffements. Le jour suivant, on informe la troupe qu'elle est en congé maladie.

Le lendemain, Nina répète à part dans une salle de l'étage. Elle reçoit les instructions sévères de la maîtresse de ballet, et, la semaine suivante, son nom apparaît tout en haut de l'affiche, à côté de celui de Giselle. *Giselle*, le sommet de la danse classique, cette histoire de Wilis, des fantômes de jeunes filles abandonnées le jour de leurs noces. Dans les bois, la nuit, elles sortent de leurs tombes en tenue de mariée et dansent jusqu'à l'aube. Si un homme croise leur chemin, il est contraint de danser jusqu'à ce que mort s'ensuive. Depuis des années, Nina rêve d'exécuter les déboulés en diagonale de Giselle, de tournoyer désespérément jusqu'à la folie, puis la mort. On rajoute une rangée supplémentaire de petits crochets dans le dos du costume de l'héroïne, pour l'adapter à la silhouette de Nina. On lui remet de nouveaux chaussons dont elle casse la pointe afin qu'elles ne fassent pas de bruit sur les planches, notamment lors de son duo de l'acte II. Elle veut créer l'illusion d'une légèreté spectrale – des pas presque silencieux, des pieds qui ne semblent pas toucher terre.

Alors qu'elle attend d'entrer sur scène, ses jambes se mettent à trembler légèrement. Dès les premières mesures, elle a l'impression d'être en feu, puis elle se sent gagnée par un engourdissement, son visage doit être écarlate. La première scène contient autant de pantomimes que de pas de danse, elle doit enchaîner une série de petites courses timides et de sauts délicats pour fuir Albrecht. Elle porte une jolie robe de paysanne qui la rajeunit. Nina convoque ses souvenirs récents pour interpréter cette amoureuse, jeune et naïve, qui connaît successivement la surprise, le doute et l'exaltation. Il m'aime, un peu, beaucoup, passionnément, à la folie… pas du tout. Elle effeuille la marguerite, la jette, assise à côté d'Albrecht sur le banc. Ce n'est que lorsqu'elle a accepté de répondre à son amour et fait le tour de la scène avec lui en sautant joyeusement que la tension de Nina finit par se dissiper. Son corps gracieux lui répond à la perfection, son dos dessine une courbe parfaite comme elle pivote lentement sur un pied puis l'autre. Ses pieds sont habitués à ce plancher, légèrement incliné, ils connaissent la moindre de ses imperfections, les trappes, les projecteurs et les morceaux de Scotch coloré. Lorsque arrive le moment de parcourir toute la scène en sautillant légèrement sur une seule pointe, Nina est si confiante qu'elle envoie un baiser à Albrecht en cours de route. Elle sent les regards des autres danseurs depuis les coulisses, qui l'encouragent ou la critiquent, elle sait que Vera (qui interprète la Reine des Wilis et ne dansera pas avant l'acte II) l'observe depuis le fond de la scène, tandis que Polina s'échauffe près de la boîte de colophane avant une série de sauts difficiles (elle joue le rôle de la parfaite coquette dans le pas de deux des jeunes paysans).

Nina est arrivée à l'un des moments les plus périlleux : la scène de « folie » à la fin de l'acte I, lorsque Giselle découvre que le beau paysan qui s'est prétendu amoureux d'elle est en réalité un prince déjà promis à la fille du duc. Bouleversée, terrifiée, elle examine le collier en or que Bathilde, la fiancée d'Albrecht, lui offre et le réduit en pièces avant d'en jeter les morceaux. Puis elle court se réfugier dans les bras de sa mère. Certaines ballerines miment la chute progressive de Giselle dans la folie, mais, comme d'autres avant elle, Nina préfère danser. Elle s'est préparée en imaginant ce qu'elle ressentirait si elle tombait dans un piège similaire, en se rappelant que Viktor lui a, dans un premier temps, caché ses origines – il a prétendu avoir reçu une éducation simple et avoir grandi dans la nature, avant de lui avouer la vérité. Le regard perdu au loin, la chevelure dénouée, Nina se déplace à pas heurtés, confus, comme si elle était en transe, comme si son corps et son esprit se brisaient.

Un tonnerre d'applaudissements salue la fin du premier acte. Il est encore plus sonore après le délicat adage du deuxième acte. Mère est dans le public, elle agite joyeusement son programme en direction de sa fille, mais Viktor est resté à la maison, avec Madame, pour contrôler son pouls et appliquer des linges frais sur son front ; elle a de la fièvre et délire dans son lit. Nina devrait peut-être se faire du souci pour elle… Mais elle sait pertinemment que, à la fin de la soirée, elle sera miraculeusement guérie. Ce n'est pas la première fois que la vieille femme tombe malade le jour d'une première de Nina.

Elle se répète que ça n'a aucune importance que Viktor ne soit pas là. Il y aura d'autres soirées comme celle-ci, ce n'est que le début… Puis la représentation est terminée, le public l'ovationne longuement et bruyamment, les applaudissements sont si synchronisés, si insistants que Nina doit saluer plusieurs fois. Arrivée dans les coulisses, elle fond brièvement en larmes – de soulagement et de fatigue.

Au bout de quelques représentations, elle maîtrise parfaitement son rôle : le public acclame chacune de ses entrées, jette des bouquets à ses pieds et multiplie les rappels si bien qu'elle continue à saluer longtemps après le départ de l'orchestre. La salle est bondée, les spectateurs des loges se penchent comme pour se rapprocher d'elle mais se tiennent tranquilles dès qu'elle se met à danser. Viktor est là, également, maintenant que Madame, rétablie, a déposé les armes face au succès de sa belle-fille. La *Pravda* salue « le grand talent et la légèreté exquise » de Nina et la qualifie de « nouvelle danseuse phare du Bolchoï ».

Au bout de quelques semaines, elle est officiellement promue première danseuse. À la fin du mois, elle reçoit le double de son ancien salaire. Et lorsqu'elle passe devant une affiche du Bolchoï dans la rue, elle découvre son nom en lettres immenses. Son succès lui paraît fragile au début ; le nom de Vera, ou de Polina, pourrait aussi bien être à la place du sien si le directeur en avait décidé autrement. Elles ont probablement pensé la même chose, d'ailleurs. À moins qu'elles ne considèrent, en dépit de leur ressentiment, que Nina méritait de figurer en haut de l'affiche.

Passent les jours et les nuits, les semaines, puis les mois ; elle apprend de nouveaux rôles, Kitri au lieu de la reine des Dryades, Aurore au lieu de la Fée des Lilas. Ses entrées sont plus lentes et plus majestueuses ; Nina est une star qui peut prendre son temps. Elle se voit accorder des faveurs – épingles à nourrice, produits de beauté et barrettes supplémentaires – et, les jours de représentation, elle passe l'après-midi alitée, les pieds surélevés sur un oreiller. Elle a déjà appris à ignorer la jalousie et la méchanceté diffuse qu'elle suscite chez certains danseurs.

Son partenaire est Piotr Raade, adulé par le public pour son allure fière et ses sauts audacieux. Elle danse également avec Youri Lipovetski, qui possède un grand sens de la scène. Quatre ans plus tôt, un soir que Staline assistait à une représentation, Youri a été convoqué dans sa loge pour un entretien particulier. Nina a entendu le récit de cette rencontre des centaines de fois, la description minutieuse de Staline, attablé, très sérieux, devant un bol d'œufs durs.

« Il m'a dit, raconte Youri à qui veut bien l'écouter, qu'il trouvait mon style "réflexif, particulièrement au niveau des épaules". »

Quatre années durant, Youri a cherché à tirer au clair ce commentaire. Lorsqu'il demande son avis à Nina, elle ose avancer que, peut-être, ça ne signifie rien du tout. Après tout, Staline ne maîtrise pas le vocabulaire de la danse ; peut-être a-t-il dit la première chose qui lui passait par la tête.

— C'est le plus grand des hommes, Nina, ses paroles ont forcément un sens.

— Mais ce n'est pas un danseur. Peut-être n'a-t-il pas su exprimer ce qu'il éprouvait…

Youri l'observe en plissant les yeux. Elle a été trop loin en suggérant que le Guide suprême ignorait ce qu'il disait.

— Ce que j'entendais par là…

— Je sais. Mais ça doit quand même avoir un sens.

Les tête-à-tête comme celui-ci, avec un des danseurs vedettes du Bolchoï, sont un privilège en soi… Nina reçoit des lettres d'admirateurs et assiste à présent aux spectacles où elle ne figure pas, depuis la loge tendue de satin du directeur. Son quotidien, en revanche, reste inchangé, partagé entre les répétitions, les représentations et les conférences politiques obligatoires. Elle coud des rubans en satin sur ses chaussons, trempe ses pointes dans de l'eau chaude, assouplit ses mollets. Elle reprise les trous dans ses collants au moyen d'un petit crochet. Le lundi – son jour de congé –, elle passe le plus de temps possible avec mère et court, le soir, d'un récital en solo à un autre, jusqu'au moment où elle s'effondre dans son lit. Ses moments d'intimité avec Viktor sont rares. Elle perd le fil des amants de Polina, ne suit plus d'aussi près l'évolution de la relation de Gersh et Vera. S'ils passent toujours leurs soirées à l'*Aurora*, autour d'une salade de radis épicée ou de céleri et de betterave à la crème, le tout arrosé de vodka, Nina est rarement de la partie. Elle assure moins de représentations pour le Bolchoï, mais elle danse de plus en plus fréquemment les soirs de relâche. Les meilleures danseuses arrondissent ainsi leurs fins de mois : concerts et soirées privés, solos au cinéma avant le début de la projection. Si bien que Nina travaille encore davantage les jours de repos. Sans parler des réceptions officielles, comme celle qui lui a permis de rencontrer Viktor.

On lui propose une nouvelle loge, plus grande et de plain-pied avec la scène, qu'elle partage avec l'autre ballerine qui vient d'être élevée au rang de première danseuse. Elle remplit son sac avec les objets posés sur son ancienne coiffeuse, son eau de Cologne et ses porte-bonheur. Vera et Polina ne sont pas là lorsqu'elle vide son tiroir et récupère, sur le crochet au mur, son pull, ses jambières, ses collants et son justaucorps.

Elle jette un dernier regard à la pièce où tant de ses rêves – de danse et d'amour – sont devenus réalité. Pourtant, ce n'est qu'un réduit sombre, aux ampoules nues et aux murs décrépits. Polina a décroché du mur les articles jaunis consacrés à son cosméticien. Pour les soins de son visage, elle applique à présent la recette de Vera, savon à la lanoline et eau tiède, comme si elle avait la moindre chance de devenir aussi belle que celle-ci.

Cette année-là est à marquer d'une pierre blanche pour une autre raison, étrangère à la danse. Les conditions de vie à Moscou s'améliorent. Les boutiques de la rue Gorki sont mieux approvisionnées, il n'y a plus de pénurie alimentaire, on trouve de la chair de crabe et du caviar en quantité. Les tissus, et même les coupes des robes, se sont améliorés – ils sont de meilleure qualité, et plus variés. Mère accepte même la jupe que Nina lui offre, avec un joli motif à fleurs. En novembre, de nouvelles chaussures arrivent de Tchécoslovaquie ; la gamme de coloris et de modèles est très étendue, qu'il s'agisse des paires en toile ou en imitation cuir, à laquelle ils sont habitués.

Les fils électriques ne pendent plus çà et là. Les immeubles sont repeints, les pierres branlantes sont scellées, les trous des trottoirs comblés. De nouvelles résidences s'élèvent partout, couronnées, pour certaines, de clochetons afin de les rendre encore plus majestueuses. À travers la ville, les grues de chantier se découpent sur le ciel comme les squelettes d'animaux préhistoriques.

Viktor l'avait prédit, il avait raison. Après toutes ces années, les choses finissent par s'arranger.

Dans la rue Mokhovaïa, de jeunes femmes restaurent la chaussée. Un jour, en passant, Nina les observe pendant qu'elles déchargent des briques, soulèvent des pelletées de gravillons, font couler du goudron brûlant qui colle aux semelles. Elles ont, comme elle, une vingtaine d'années, peut-être moins, portent des jupes légères et des fichus rentrés dans leurs vestes matelassées. Certaines sont juchées sur des rouleaux compresseurs, comme des princesses sur des éléphants de cérémonie. Sauf qu'évidemment ce sont des paysannes qu'on a arrachées à leurs steppes pour les installer dans des baraques des faubourgs de la ville, et qu'on entasse dans des camions, comme n'importe quelle marchandise, pour les ramener chez elles, le soir… Nina presse le pas, prenant soudain conscience avec une acuité désagréable de ce qu'elles accomplissent à la seule force de leurs bras.

Elle se rappelle soudain qu'elle aussi porte un fardeau depuis le début de la semaine. Elle se détourne pour éviter le spectacle des travailleuses s'essuyant le visage avec leur fichu. Une fille est appuyée sur une pelle, la tête baissée. À voir ses épaules se soulever, Nina comprend qu'elle sanglote en silence.

Lorsqu'elle arrive chez elle, ce soir-là, elle trouve Viktor sur le canapé, à la place qu'il occupe généralement pour écrire, un verre d'alcool à la main, l'air las et triste.

— Qu'y a-t-il ? lui demande-t-elle. Qu'est-ce qui ne va pas ?

— C'était à prévoir… On n'y peut rien, répond-il en avalant une gorgée. Ces discours sont nécessaires…

Nina suppose qu'il parle de la réunion de l'Union des écrivains. Il reprend, en baissant sensiblement la voix :

— C'est difficile à supporter néanmoins. C'était une très longue diatribe.

— Sur… ?

Il hoche lentement la tête, les yeux mi-clos, lui signifiant qu'elle devrait le savoir.

Les cosmopolites, bien sûr. *Bezrodnie kosmopoliti* est une expression que l'on entend de plus en plus ces derniers temps. Ça, et « éléments bourgeois de l'étranger ». Mais cette expression, « cosmopolites déracinés », apparaît comme la plus révélatrice. Le pouvoir a pour habitude de façonner des concepts mystérieux, des périphrases aussi étonnantes que celle-ci, qui désigne le « Juif errant ».

Viktor reprend dans un murmure :

— Tout au long du discours, Leo Stern était assis juste à côté de moi, sans broncher. Il était forcé de prétendre que ça ne le concernait pas.

— Tu n'y es pour rien.

— Je le sais bien.

— Je veux dire que tu es impuissant.

— Évidemment, chuchote-t-il avant d'ajouter d'une voix normale : Il est important de le dire. L'antipatriotisme…

Un profond soupir, puis Viktor avale une gorgée.

— Nous avons Tolstoï, Maïakovski, Gorki. Notre œuvre n'a pas besoin de l'Occident. Il nous faut, comme l'a dit le Camarade Staline lui-même, des classiques soviétiques. Des « lumières révolutionnaires »…

Il porte le verre à ses lèvres, et Nina constate que sa main tremble.

— Tout va bien, lui dit-elle. Personne ne peut attendre de toi que tu… défendes les gens.

Tout en parlant, cependant, il lui vient une autre pensée : il faudrait pourtant que quelqu'un s'en charge, que quelqu'un se sacrifie. C'est sans doute pour cette raison qu'elle a fait cette réponse à Viktor. Ce qu'elle voulait lui dire en réalité, c'est : « Ne te mets pas en danger, sois prudent, pour moi. »

— Je suis tombé sur Gersh hier, poursuit-il. Je l'ai croisé par hasard sur Pretchistenka. Nous nous sommes aperçus au même moment, il a détourné le regard. J'étais passé chez lui deux jours plus tôt ! Je me suis approché et je lui ai demandé ce qui lui prenait. Il m'a répondu qu'il cherchait à « faciliter la tâche » à ses amis.

Nina ferme les yeux.

— Oh, Gersh… Il sait bien que nous ne ferions jamais une chose pareille !

— Il y a eu un autre article dans la presse. Hier. Il ne lui était pas spécifiquement consacré, mais son nom était cité.

Il n'y a rien à ajouter – pas ici en tout cas, à l'intérieur, avec tant de gens autour. Elle rejoint Viktor sur le canapé et pose la tête sur son épaule. Elle attend d'être sûre qu'il n'a rien à ajouter. Autant lui annoncer la nouvelle maintenant.

Elle avait prévu de le faire à l'extérieur – c'est le seul endroit où l'on puisse avoir une conversation privée. Une promenade, rien que tous les deux. Mais elle risquerait d'inquiéter Viktor en lui proposant de sortir maintenant et, de surcroît, elle ne veut pas donner une importance excessive à son annonce.

Elle prend une inspiration tout en observant à la dérobée la porte de Madame. La lumière est éteinte, elle doit dormir. Dans le couloir, quelqu'un répète «Oui, mais...» dans le combiné du téléphone en soupirant, encore et toujours.

— Je suis enceinte, déclare Nina.

Le visage de Viktor s'illumine, au grand étonnement de Nina.

— Ma chérie ! Quelle nouvelle... merveilleuse !

Nina baisse les yeux.

— Mais je ne veux pas d'enfant, souffle-t-elle. Pas maintenant. C'est impossible, ce n'est pas le bon moment. Je suis première danseuse depuis trois mois à peine.

Viktor ne comprend pas combien il est difficile de reprendre la danse après une grossesse – les suites de l'accouchement, les modifications subies par le corps, ruinant des années de travail et de perfectionnement. Sans parler du temps perdu, de sa carrière mise entre parenthèses alors qu'elle est encore dans sa prime jeunesse. Et pourtant, Nina n'aurait jamais pensé prendre cette décision. Il y a encore un ou deux ans, la perspective d'avoir un bébé avec Viktor lui réchauffait le ventre, cette idée avait quelque chose de romantique – pas juste un enfant, mais toute une famille, leur propre famille. À présent, elle a la certitude que ce rêve devra patienter, qu'être adulte, c'est cela : faire des choix difficiles.

Viktor se compose une expression plus grave.

— Oui, bien sûr, dit-il en expirant bruyamment par les narines. Évidemment.

— Je voulais te le dire.

Elle parle si bas que sa voix est presque inaudible.

— J'ai pris rendez-vous. Pour lundi.

L'avortement est illégal et pourrait lui valoir deux ans de prison, mais tout le monde y a recours. Enfin, ceux qui en ont les moyens. Nina a obtenu les coordonnées de quelqu'un par les filles du ballet. Viktor acquiesce brièvement, et elle comprend soudain que ce n'est pas par hasard qu'elle lui a appris la nouvelle ici, dans leur immeuble grouillant de locataires : elle s'est ainsi évité une longue conversation et a réglé le problème une bonne fois pour toutes.

— Viens là, dit Viktor en l'attirant vers lui.

Pour la première fois, Nina lit sur son visage, dans ses yeux fatigués et ses épaules tombantes, un sentiment dont elle le croyait incapable : la résignation.

Elle s'appuie contre lui et il l'étreint puissamment. Elle ferme les yeux pour se perdre dans ses bras. Ce n'est qu'une fois que la chaleur de Viktor l'enveloppe qu'elle songe que sa tendresse ne lui est pas seulement destinée à elle, qu'elle vise aussi l'être minuscule dans son ventre.

Pourquoi ne pas appeler Tama ? C'était la seule amie russe à qui Nina pouvait parler, avec aisance et naturel, sans crainte de buter sur un mot, d'adopter une distance rhétorique involontaire. Quoique plus jeune que Nina, peut-être Tama avait-elle fait une expérience similaire. Peut-être avait-elle aussi été tourmentée par des souvenirs défilant devant ses yeux comme sur un écran. Malheureusement, leur amitié ne reposait pas sur les confidences, pas plus qu'aucune des amitiés de Nina d'ailleurs. En Russie, les secrets étaient dangereux, et Nina préférait, encore aujourd'hui, oublier ceux qu'on lui avait confiés. Bien après avoir quitté sa terre natale, elle avait conservé certains réflexes, au nombre desquels mutisme et instinct de protection. Elle ne s'était jamais abandonnée au plaisir d'une conversation détendue entre amies, à la sensation vertigineuse des éclats de rire et des confessions murmurées. Si elle en était parfois la destinataire, elle était incapable de rendre la pareille. Non, c'était impossible, même si ses premières véritables amies, à Paris et à Londres, l'avaient accueillie sans retenue. Quelque chose en elle s'était noué, s'était verrouillé. Il avait suffi de quelques années pour que son corps, à son tour, soit en proie à cette raideur.

Il en avait été de même pour l'amour, bien qu'au début de sa nouvelle vie Nina eût porté en elle l'espoir, certes ténu, d'une rencontre. Rien de passionnel. Rien de bouleversant. Il devait bien exister une autre forme d'amour, moins absolue et peut-être moins belle, mais tout aussi réelle. Une veste de printemps légère à la place d'un manteau de fourrure. Une bonne soupe et une salade plutôt qu'un repas à huit plats. Elle se contenterait d'une relation simple. C'était même ce à quoi elle aspirait.

Et elle avait d'ailleurs été sollicitée à de nombreuses reprises. À Paris, elle avait été pour ainsi dire assaillie par les prétendants – mais elle leur accordait autant d'intérêt qu'à un essaim de moucherons, même aux plus séduisants d'entre eux. Elle les confondait et ne parvenait pas à en isoler un seul. Malgré tout, elle était flattée par leurs attentions, et elle se répétait qu'il y aurait quelqu'un un jour. Elle était encore jeune et son esprit restait ouvert aux nouvelles expériences. Mais son cœur… Non, même lorsqu'elle s'était efforcée de l'ouvrir, d'abord avec le jovial Armand, puis, après une rupture pénible, avec le discret Patrice, son cœur était resté sec.

Après ces deux expériences, elle n'avait plus cherché à découvrir quelqu'un en profondeur. Elle avait trop de difficulté à se plier aux désirs d'autrui, à se dévoiler, à livrer ses pensées. Sans parler du fait qu'elle était, au fond, incapable d'accorder sa confiance. À personne. C'était plus fort qu'elle. À Londres, elle avait souvent été présentée à tel ou tel gentleman, placée à côté de célibataires séduisants ou de veufs respectables. Sa vie sociale avait pris un nouveau tour, elle avait en permanence un agenda bien rempli. Elle était toujours tirée à quatre épingles, elle portait des bijoux magnifiques – sa collection semblait se renouveler constamment –, elle posait pour des magazines… Elle ne se sentait pas supérieure mais isolée, ne parvenant jamais à se fondre entièrement dans la foule londonienne. Si elle avait été honnête avec elle-même, elle aurait reconnu qu'elle n'avait jamais réellement posé ses valises, qu'elle s'était laissé porter d'un endroit à un autre, enseignant avec passion la danse, assistant aux premières des spectacles, organisant des goûters pour ses relations, dont le cercle s'élargissait toujours sans pour autant lui apporter d'amitiés sincères. Elle avait encore des nouvelles d'anciens élèves, même s'ils avaient, eux aussi, pris leur retraite.

Nina avait oublié la plupart des gens de cette époque. Elle aurait pu déterrer certains souvenirs en fouillant sa mémoire, mais elle n'avait aucune raison de s'imposer cette souffrance. Sauf que la jeune femme de chez Beller recherchait des documents liés aux bijoux. Peut-être avait-elle conservé quelque part des cartes, des mots ou des photographies provenant de ces bijoutiers français ou anglais qui rampaient devant elle, lui proposant de porter tel ou tel modèle lors d'une soirée afin que la presse s'en fasse l'écho...

En revanche, sa mémoire continuait à la torturer, lui rappelant en particulier ses vieux amis, disparus depuis longtemps et qui, pourtant, surgissaient chaque jour devant ses yeux.

— Qu'est-il devenu ?

Nina redressa vivement la tête. Cynthia était assise en face d'elle, sur le canapé. Elle l'observait avec intensité, attendant, sans doute, que la soupe finisse de cuire.

— Bon Dieu, son nom m'échappe ! Vous l'avez revu ?

Était-ce la vieillesse ? Elle ne songeait pas seulement au passage des ans, mais à la décrépitude, à la démence, au présent qui, progressivement, cédait le pas au passé... Elle ne voulait pas devenir l'une de ces personnes âgées qui perdaient le compte des journées, ne distinguaient plus le jour de la nuit et mangeaient dans leur lit, en répandant des miettes sur les draps.

— Je... eh bien...

Nina se tourna vers la fenêtre, vers les arbres recouverts d'une croûte de neige. Le vent dispersait de minuscules flocons comme autant de paillettes.

Elle n'avait jamais imaginé que la sénilité pouvait l'atteindre. Personne dans sa famille n'avait souffert de ce mal... mais on ne vivait pas vieux à cette époque.

Cynthia parlait des petits amis et des rendez-vous, expliquant combien elle était chanceuse d'avoir rencontré Billy et d'en avoir terminé avec ce cirque. Elle s'interrompit pour admirer le petit diamant carré qui ornait son annulaire. Billy lui avait demandé sa main à l'occasion de la Saint-Valentin.

— Mon premier mari m'offrait des hibiscus pour me courtiser. Il m'en apportait chaque jour, comme s'il n'avait rien d'autre à faire, dit-elle en éclatant de rire. Sans avoir le temps de comprendre ce qui m'arrivait, je l'ai épousé et je me suis installée chez mes beaux-parents.

Nina scruta Cynthia, avec sa blouse d'infirmière et ses chaussures blanches, comme si elle la voyait pour la première fois.

— Vous avez été mariée ?

— De vingt et un ans à trente-quatre. J'ai eu trois enfants avec mon premier mari.

Nina se demanda pourquoi elle était étonnée d'apprendre que Cynthia avait une famille. Celle-ci ne l'avait jamais évoquée devant elle, si ? À moins que Nina n'ait oublié ?

— Charles et Raymond sont partis étudier en Floride, mais Penny est toujours là. Ils m'ont suivie quand je me suis venue vivre à Boston.

Elle s'interrompit. C'était peut-être la solitude, la prise de conscience, subite, d'avoir laissé une partie de sa vie derrière elle qui lui imposait le silence.

— Le mois prochain, cela fera douze ans.

La question s'échappa des lèvres de Nina sans qu'elle ait le temps de la retenir :

— Et c'est pour cette raison que vous êtes partie ? Pour quitter votre mari ?

— Non, nous étions déjà divorcés. J'avais juste besoin de prendre le large, vous voyez ce que je veux dire ?

« Prendre le large... » Nina répéta silencieusement ces mots et se surprit à acquiescer. Sa nuque ne la tirait pas trop aujourd'hui.

— Qui ne rêve pas d'une meilleure vie ? reprit Cynthia. Ce n'est pas pour cette raison que vous êtes venue ici ?

Toutes ces questions... Pourquoi diable alimentait-elle la conversation ? Elle répondit :

— Je n'aime pas en parler.

Elle ne pouvait s'empêcher d'être horrifiée à l'idée qu'elle en avait peut-être déjà trop dit...

— Comment avance le supplément ?

Lenore possédait un sixième sens : elle venait toujours trouver Drew lors de ses rares moments d'inaction.

— Lentement mais sûrement.

Les photographes avaient pris des clichés des bijoux mis en scène, et le planning avait été respecté jusqu'à présent. Une nouvelle conférence de presse aurait bientôt lieu, pour porter à la connaissance du public la description des pièces les plus remarquables.

— Je viens d'avoir des nouvelles des entomologistes chargés d'examiner les pièces d'ambre, et il se pourrait que le pendentif ait plus de valeur que nous ne le supposions.

Elle avait employé le « nous » par diplomatie.

— Formidable ! répondit Lenore, sans percevoir, apparemment, le problème que soulevait cette nouvelle.

Grigori Solodin avait fait don de son pendentif sans conditions, mais Drew soupçonnait qu'il ignorait la valeur du bijou. Elle attendit le départ de Lenore pour lui téléphoner.

Il parut étonné de l'entendre. Non sans appréhension, elle lui répéta ce que l'entomologiste lui avait appris :

— Il s'agit d'une espèce d'araignée très rare.

Elle se reporta à ses notes avant de reprendre :

— De la famille des *Archaeidae*. Elles sont surtout présentes dans l'ambre dominicain, pas dans celui de la Baltique. En plus, ce spécimen est parfaitement centré et d'une transparence exceptionnelle.

À son grand étonnement, Grigori Solodin ne broncha pas lorsqu'elle lui fit part de l'estimation réévaluée.

— Très bien. Espérons que les enchérisseurs se battront. J'aime l'idée que la science soutienne les arts.

Drew éclata de rire, même si cette générosité lui semblait suspecte. Grigori Solodin changea soudain de ton pour lui demander, d'une voix presque hésitante, si elle avait retrouvé les archives du fabricant de la parure. Malheureusement, elle n'avait rien de neuf.

— J'ai fait une recherche sur Anton Samoïlov, le joaillier, mais je n'ai pas réussi à mettre la main sur un quelconque registre ou une description de parures spécifiques.

Ayant la sensation de l'avoir déçu, elle réfléchit avant d'ajouter :

— Cela dit, je suis seulement capable de lire les publications et les pages Internet en anglais. Il y a peut-être des informations disponibles en russe.

—Je peux effectuer une recherche dans cette langue, si vous voulez.

Cherchait-il à lui signifier qu'elle n'était pas assez rapide ?

—Je n'avais pas l'intention de vous charger de faire mon travail à ma place...

—Ça ne me dérange vraiment pas, mademoiselle Brooks.

—Vous pouvez m'appeler Drew.

—Bien sûr, je vous prie de m'excuser. Drew... Voulez-vous que j'effectue des recherches ?

—Oui, même si je ne m'attends pas à trouver les véritables archives en ligne, à supposer que ce joaillier en possède. Mais nous pourrions découvrir des indices qui nous permettraient de remonter jusqu'à elles. La maison Samoïlov n'existe plus, il m'est donc impossible de les contacter.

—Quel dommage !

—Pas nécessairement. Les entreprises en activité acceptent rarement de communiquer leurs archives.

—Vraiment ?

Le soulagement transparaissait dans la voix de Grigori Solodin. Il reprit :

—Nous cherchons donc quelqu'un qui aurait des traces écrites des ventes réalisées par la bijouterie Samoïlov.

—Exactement. Le bijoutier, ou plutôt ses descendants, possèdent peut-être ces documents, à moins qu'ils n'en aient fait don à une université, un musée, une société historique.

—En Russie ?

—Pas forcément, s'ils ont émigré... Pendant ce temps, je poursuivrai mes recherches sur le sol américain. J'ai déjà appelé le département des Collections spéciales à la bibliothèque. On m'a mise en relation avec le Centre pour les études russes et eurasiennes, à Chicago, mais ça n'a rien donné. J'ai contacté plusieurs musées du bijou et de la Russie, mais ils exposent principalement des joyaux impériaux, des pièces de Fabergé, ce genre de choses…

— Si je trouve quelque chose en ligne, quels types de descriptions doivent retenir mon attention ?

— « Pendants d'oreilles en ambre », « pendentif en ambre de la Baltique », « cabochon avec inclusion »…

Elle prenait des notes tout en parlant : « garniture en or »… « taille en biseau »… « monture ovale »… « or jaune 14 carats »… « 56 zolotniki ».

— Je peux vous envoyer une liste par mail. Mais j'insiste, je ne vous demande pas de faire mon travail. Et si vous trouvez quelque chose, je pourrai naturellement solliciter les services d'un traducteur.

— Vous savez, Drew, je suis traducteur.

— Vraiment ?

— Pas le genre de traducteur auquel vous pensez, sans doute. Je traduis de la littérature. De la poésie russe.

— Ah ! J'adore la poésie.

— C'est vrai ?

Elle avait éveillé sa curiosité.

— Quels poètes aimez-vous ? reprit-il.

— Je ne suis pas très calée en littérature anglaise, mais j'aime lire de la poésie. J'ai suivi un cours à l'université, et j'ai conservé tous les ouvrages. J'aime Sylvia Plath et Howard Nemerov. Edna St. Vincent Millay. George Herbert et ee cummings. Ah, et je suis dingue de Shakespeare. Je crois que Pablo Neruda est le seul poète dont je possède l'œuvre traduite.

Jorge, avec lequel elle était brièvement sortie l'année où elle s'était installée à Boston, la lui avait offerte.

— Belle sélection.

— Rien de très original, je le crains.

— Quelle importance ? Tout ce qui compte, c'est que ces poèmes vous touchent.

— Il faudrait que je me tourne vers des œuvres moins grand public.

— Qui vous a mis une telle idée en tête ? Le simple fait que vous lisiez, Drew... je veux dire, que vous ouvriez de votre propre chef des livres. De la poésie, pas moins !

Elle s'esclaffa.

— Mon ex-mari écrivait des poèmes. Lorsque nous étions à la fac. Mais il considérait avec beaucoup de mépris ce qu'on nous apprenait en cours.

En se remémorant la foi qu'elle avait en son talent, elle éprouva soudain de la tristesse : il avait renoncé si facilement à ses ambitions littéraires en acceptant un poste dans le Service de communication d'un hôpital.

— Il avait échafaudé toutes sortes de théories. Je me souviens de son effroi lorsque je lui ai avoué que... Oh...

— Qu'y a-t-il ?

— Ça me gêne de vous l'avouer.

— Je vous en prie, je suis tout ouïe.

Drew entendit le sourire dans sa voix et se représenta la fossette sur sa joue.

— Très bien. À vrai dire, je me demande ce que vous en pensez en tant que traducteur. Même si j'ai des goûts très variés, aujourd'hui encore ma préférence va à… C'est terriblement gênant.

— Vous me mettez sur des charbons ardents…

— Eh bien… j'ai tendance à préférer les poèmes qui… riment.

Grigori Solodin poussa un petit soupir de soulagement.

— Pas le genre de rimes qu'on trouve sur les cartes de vœux. Ni celles qui se suivent et se répondent systématiquement. Non, les associations sonores plus subtiles. Vous voyez ce que je veux dire ?

— Oui. Exactement.

— Je ne suis pas très à l'aise avec le vers libre. Je ne sais pas comment réagir. Alors qu'avec les rimes, sans doute à cause de la structure formelle qu'elles introduisent, j'ai l'impression que les mots sont tenus, qu'ils ne risquent pas de se dérober.

Prenant conscience qu'elle parlait d'elle depuis trop longtemps peut-être, elle s'empressa d'ajouter :

— Quels poètes avez-vous traduits ?

— Un seul, dans un cadre universitaire. Viktor Elsin. Le mari de Nina Revskaïa.

Voilà donc ce qui le liait à la ballerine ! Même si elle avait mentionné Elsin dans les notes biographiques du catalogue, Drew ne savait pas grand-chose de lui. Mais elle comprenait, enfin, pourquoi Grigori Solodin possédait ce pendentif. Peut-être collectionnait-il les objets ayant appartenu au poète ? Mais, si c'était le cas, pourquoi le cacher à Drew ? Pour quelle raison ne lui avait-il pas simplement expliqué pourquoi il détenait ce collier ? L'imagination de Drew s'emballait déjà lorsqu'elle dit, avec un léger embarras :

— Je savais que son mari était poète, mais j'ignorais que ses poèmes étaient encore lus aujourd'hui... enfin... je suis maladroite. J'ignorais qu'on pouvait le lire en anglais...

— Sans doute parce que personne ne le lit, répondit-il de ce ton pince-sans-rire qu'il utilisait parfois.

— J'aimerais beaucoup les lire.

— Ses poèmes ?

— Vos traductions. J'aimerais beaucoup les lire.

— Bien entendu. Je peux vous en poster quelques-unes, il faut juste que je les photocopie...

— Je pourrais passer les prendre, et en profiter pour vous remettre la liste des termes qui guideront vos recherches sur Samoïlov.

— Ce serait formidable.

— Est-ce que demain, après le travail, vous conviendrait ?

Grigori prévoyait d'être très occupé, le lendemain, et le surlendemain, Drew participait à une dégustation de vin avec son amie Kate. Ils tombèrent d'accord sur le jeudi suivant.

— Dix-sept heures trente ?

— C'est noté, dit-il avant de lui donner l'adresse du département et les indications pour trouver son bureau.

— Parfait.

Bien après avoir raccroché, la voix de Grigori Solodin résonnait encore à l'oreille de Drew, avec son léger accent. *À bientôt...*

Peu après le rétablissement de Nina, Viktor et elle retrouvent Gersh et Vera dans une des rares boîtes de nuit de la ville. L'heure avancée et l'absence de représentants du Parti autorisent le groupe à jouer du jazz. Gersh, qui a bu plus qu'à son habitude, délivre un long toast qui les fait tous rire.

Soudain, les instruments ne jouent plus ensemble, comme s'ils avaient perdu le fil. Après quelques mesures cacophoniques, ils attaquent une chanson traditionnelle.

À l'instar de tout le monde, Nina tourne la tête vers la porte d'entrée. Un groupe d'hommes du Parti, engoncés dans leurs épais manteaux. Ils sont accompagnés de leurs femmes, qui portent, chacune, un renard argenté autour du cou. Alors, seulement, Nina repère parmi eux Polina, un renard argenté sur l'épaule gauche et les lèvres fardées en orange vif, suivant la mode.

Apercevant Nina et Vera, elle leur adresse de grands signes. Elle agrippe son compagnon par le bras et l'entraîne vers la table, la mine rayonnante.

— Regarde qui est là !

Polina leur présente son compagnon, Serge. Il est d'une beauté exceptionnelle, grand, la mâchoire carrée, sa chevelure dorée contrastant avec ses yeux sombres. Il a l'expression grave et légèrement distante d'un conducteur de trolley qui contrôle les titres de transport. Il est un peu plus jeune que les hommes que Polina fréquente habituellement. Son assurance semble provenir de sa force et non d'une consommation excessive d'alcool et de pommes de terre. Nina comprend, avec étonnement, à la façon dont Vera et Gersh le saluent, que ce n'est pas la première fois que les deux couples se rencontrent.

Serge est sur la réserve, craignant peut-être de se montrer trop amical avec Gersh devant des membres du Parti. Vera a tiré vers elle une chaise de la table voisine, tandis que Polina s'installe à côté de Viktor. Il lui décoche un sourire charmeur en se penchant vers elle... Nina sait que c'est sa façon d'être, et elle tressaille à peine lorsque Polina lui retourne timidement son sourire.

— Comment va votre tendon d'Achille ? demande Serge à Vera d'un ton concerné, presque intime. Mieux, j'espère.

Elle s'est blessée la semaine dernière, peu après la publication de l'article sur Gersh. Pour la taquiner, Viktor parle d'une « blessure de sympathisante ». Mais ça n'amuse pas Nina ; elle sait qu'il n'y a presque rien de plus frustrant pour une ballerine que de ne pas pouvoir danser.

— Si tout va bien, répond-elle de son air légèrement distant, je devrais pouvoir reprendre d'ici la fin de la semaine prochaine.

Elle passe ses doigts longs et fins dans ses cheveux.

— Bien, bien.

Même si Serge sourit à peine, ses manières trahissent une forme d'adulation. Vera produit cet effet sur tous les hommes. Viktor aussi semble parfois troublé par elle. Du même ton inquiet, qui paraît ignorer la présence de Gersh, Serge dit à Vera :

— Je sais que Polina vous regrette les soirs où vous ne partagez pas la loge avec elle.

— Je lui ai raconté nos petits rituels, ajoute gaiement Polina, en éclatant de rire.

Vera rit également, et tandis que Polina explique au reste de la tablée en quoi consistent ces rituels, Nina constate, non sans déplaisir, que Polina et Vera sont, à son insu, devenues amies.

Le sentiment qui la saisit alors lui rappelle ce qu'elle a éprouvé quelques semaines plus tôt, un soir de relâche, en se heurtant à la porte close de sa mère. Nina a patienté un moment avant de ressortir. Lorsqu'elle est repassée, un peu plus tard, mère venait tout juste de rentrer. Encore vêtue de son manteau, les joues rosies par la fraîcheur de la nuit, elle lui avait expliqué, comme si c'était la chose la plus naturelle du monde, qu'elle était allée au Bolchoï, où Vera dansait un nouveau solo.

Serge, qui a réussi à capter l'attention du serveur, commande deux autres verres et une bouteille de vodka pour la table. Nina se surprend à penser que Polina a fini par trouver un homme qui ne soit pas un rustre. Elle est passée, si l'on peut dire, du pique-assiette joufflu au bureaucrate établi. Du moins, c'est l'impression que donne Serge. Quoique plus jeune que ses précédents amants, il semble détenir un réel pouvoir. Mais Polina rêve-t-elle de devenir une de ces épouses grasses de la Nomenklatura ? Nina entend constamment parler de la disgrâce de tel ou tel officiel du Parti.

Avec une diligence étonnante, le serveur apporte la commande de Serge. Tous lèvent leur verre lorsque ce dernier porte un toast :

— À demain, magnifique bourgeon en fleur.

C'est un vers tiré d'un poème de Viktor, qui fait presque figure de slogan ces derniers temps. Nina, pourtant, est toujours étonnée d'entendre les mots de son mari dans la bouche de quelqu'un d'autre. Sa carrière, à l'image de celle de Nina, a pris son envol, et son salaire a été doublé. Le mois dernier, on lui a confié une rubrique dans un nouveau magazine culturel, et il écrit toujours dans la *Literatournaïa gazeta*. Également, il accompagnera, cette année, deux journalistes à Paris pour une mission de « conciliation », ce qui constitue une récompense en soi.

— Ah, on nous attend ! dit Polina. Nous ferions mieux de rejoindre les autres.

Serge et elle prennent congé, et à l'œillade que celui-ci jette à Vera, Nina comprend pourquoi il a accepté de s'arrêter à leur table.

Après leur départ, Gersh marmonne :

— Cet homme ressemble à une truite.

— Ne sois pas jaloux ! rétorque Vera. Il est de ceux qu'il vaut mieux avoir de son côté, ajoute-t-elle à voix basse. On devrait remercier Polina.

À la dérobée, Nina observe la tablée des officiels : elle est composée d'hommes du même monde que Serge (qui ressemble à tout sauf à une truite), et de femmes qui portent toutes du rouge à lèvres orange vif. Avec un bref soupir, comme s'il arrivait à la fin d'une histoire triste, Viktor lance :

— Pauvre Polina...

Lot n° 58

Diamant rose piriforme non serti : 2,54 carats, couleur naturelle, clarté VVS1. Estimation : 100 000 – 150 000 $

10

En gravissant l'escalier raide du département de langues étrangères, Drew entendit de plus en plus distinctement les voix qui lui avaient d'abord paru lointaines. Le secrétariat était vide, mais les bruits de conversation (en anglais, avec un accent espagnol) s'intensifiaient, venant du couloir. Elle trouva enfin le bureau de Grigori Solodin. Son nom était gravé dans une plaque en plastique fixée à la porte. Dessous était affiché un grand Post-it jaune comportant un mot griffonné à la hâte :

Drew,

J'ai été convoqué à une réunion de département, je suis vraiment désolé. J'ai téléphoné à votre bureau, mais vous étiez déjà partie. Je vous ai laissé le livre. Vous pouvez déposer les documents dans ma boîte. Je vous prie de m'excuser,

G. S.

Le cœur de Drew se serra. Elle n'aurait su dire pourquoi ; le livre était bien là, appuyé contre la porte. Elle le ramassa et le rangea dans sa sacoche en cuir, dont elle tira la liste qu'elle avait préparée. Tout en la glissant dans la boîte aux lettres de Grigori Solodin, elle se répéta qu'il valait mieux qu'il ne soit pas là.

Ainsi, elle pourrait rentrer directement chez elle et se coucher de bonne heure, pour une fois. Une soirée paisible suivie d'une longue nuit lui ferait le plus grand bien. Le lendemain, elle devait se rendre directement à l'aéroport après le travail : Kate l'avait convaincue de l'accompagner dans les îles Caïques – quatre jours, cinq nuits, vol et hôtel compris. Toute la semaine, Drew avait jeté des affaires en vrac dans son sac de voyage, qu'elle avait laissé grand ouvert dans un coin de sa chambre.

Des voix lui parvenaient depuis l'autre extrémité du couloir. Elle identifia un accent français à travers la porte close. Peut-être Grigori Solodin se trouvait-il justement derrière cette porte, dans cette salle de réunion.

De retour chez elle, elle constata qu'elle n'avait pas faim. Elle ouvrit un bocal d'olives et se servit un verre de vin avant de s'installer dans un coin de son grand canapé fatigué. Elle ouvrit le recueil de poèmes de Viktor Elsin et commença par la brève introduction, dans laquelle Grigori Solodin exposait les choix difficiles qu'il avait été amené à faire : de façon générale, il avait privilégié les images et le phrasé au détriment des schémas métriques et rythmiques. En tournant la page, Drew fut saisie d'une peur ancienne et familière, une peur qui remontait au cours élémentaire et qu'elle n'avait jamais, à cause d'Eric peut-être, surmontée : que les poèmes soient hors de son atteinte, qu'elle ne puisse les comprendre. À l'université, elle craignait encore de faire un contresens et de se ridiculiser devant les autres étudiants.

À sa surprise, elle trouva les poèmes – les premiers, du moins – simples et charmants. Certains ressemblaient même à des chansons, douces et joyeuses. D'autres, plus longs, avaient une tonalité tantôt mystérieuse, tantôt romantique, mais ils demeuraient accessibles. Elle recopia dans son calepin un des derniers, qu'elle aimait tout particulièrement :

Dimanche

Notre premier automne, comme du pain chaud,
Laissant des miettes en travers de la table,
Ou comme nos deux ombres inséparables,
Frémissant sous la lueur du petit réchaud.
Le soleil dévale du haut des collines,
Il éclabousse tes cheveux. Autour de toi,
Dans la danse des rayons, les branches flamboient,
Mais seul notre silence nous illumine.
Allongeons-nous donc près de la rivière,
Le vent nous jettera des feuilles pour habits,
Et nous chantera tous ses voyages, ses vies,
Faisant trembloter de l'eau les paupières.

Drew aimait la sensualité de cette évocation de la nature et des deux amants au sein de celle-ci, la pureté des images en dépit, ou peut-être à cause, de leur pouvoir suggestif : l'union de ces deux êtres, leur fusion. Drew s'entêtait à considérer l'amour ainsi, alors que la vie lui avait appris à être plus réaliste dans ce domaine. L'échec de son mariage lui-même était dû, en partie, à ces convictions romantiques, à cette mise en scène du sentiment amoureux : se coucher tard, puis traîner au lit pour rester avec l'élu de son cœur, glisser des mots doux dans les livres ou sous les portes, prolonger les coups de fil torturés par des réconciliations enfiévrées, et pouvoir enfin, après leurs fiançailles, raconter à tous leur histoire exceptionnelle et, comme tant d'autres, brandir à la face du monde son diamant étincelant comme preuve de cet amour.

Ce souvenir suffisait à la faire rougir de honte : son entourage avait révisé son jugement sur sa personne en découvrant sa bague de fiançailles. Ils aimaient l'idée que Drew soit aimée par quelqu'un, qu'elle soit digne de l'être. Elle n'avait jamais eu le sentiment de recevoir l'assentiment de ses parents pour aucune autre de ses décisions (sa spécialisation en histoire de l'art plutôt que dans une branche offrant de meilleurs débouchés professionnels, ou son travail dans une galerie dont personne n'avait jamais entendu parler). Elle s'était sentie parfaite lors de sa fête de fiançailles, dans sa jupe bleue bien sage et son corsage à col marin, ses cheveux coiffés en un carré impeccable. Pour une fois dans sa vie, au moins, elle avait fait ce qu'on attendait d'elle.

Drew tenta de chasser le flot des souvenirs, de ne pas se laisser entraîner sur la pente familière où son imagination l'attirait : où serait-elle aujourd'hui si elle n'avait pas changé de vie ? Elle serait peut-être mère à l'heure qu'il était – elle avait toujours pensé, toujours prévu, qu'elle aurait deux enfants (pour qu'ils puissent compter l'un sur l'autre, qu'ils ne deviennent pas réservés comme elle). À présent, qui savait si elle en aurait jamais ? À son âge, il ne lui restait plus beaucoup de temps, quelques années tout au plus, avant qu'il ne soit trop tard.

Mais c'était le prix à payer, lui semblait-il, pour avoir associé ses rêves – faire des enfants, fonder une famille – à cette conception d'un amour reposant sur une entente qu'elle n'avait encore jamais connue avec personne. Parfois, lorsqu'elle s'attardait trop longtemps sur ces pensées, elle paniquait presque, songeant qu'elle avait pris, d'une certaine façon, une décision allant à l'encontre de son désir de fonder une famille. En ne recherchant pas activement un nouveau mari, en ne faisant pas de cette quête sa priorité, en se reposant sur la chance, elle avait en quelque sorte renoncé à ce rêve.

La pauvre Jen avait engagé un combat perdu d'avance en inscrivant Drew sur un site de rencontre. Celle-ci haïssait les rendez-vous, les repas interminables dans des bars à sushis, des pubs irlandais ou des restaurants « fusion », avec des hommes étonnés ou légèrement gênés lorsqu'elle s'enflammait en parlant peinture ou cinéma d'art et essai, des hommes qui mâchaient du chewing-gum, bougeaient sans cesse les jambes et jouaient avec leur téléphone portable…

Arrête ! se répéta Drew, comme chaque fois que ses pensées l'entraînaient sur ce terrain. Elle se concentra de nouveau sur le recueil et lut quelques poèmes à voix haute. Ils étaient classés suivant l'ordre chronologique, et Drew nota une évolution : les textes restaient légers, mais avec une pointe de nostalgie, voire, parfois, de mélancolie. Elle savait que ce n'étaient que des traductions, qu'ils devaient sonner différemment en russe. Sans Grigori Solodin, elle aurait été incapable de les comprendre. Cette idée l'émut, le fait qu'il lui eût rendu ces vers accessibles en trouvant les mots justes.

Elle songea que la traduction devait être un travail solitaire, aussi solitaire que ses lectures à elle, le soir, et que les recherches qu'elle effectuait à la bibliothèque ou sur Internet, chez Beller. À moins que Grigori ne partageât avec d'autres personnes ses travaux, qu'il ne discutât des poèmes, et de ses traductions, avec des collègues ? Même si c'était le cas, un projet comme celui-ci – aussi méticuleux et sincère – venait forcément de l'âme. Drew l'avait appris dans son propre métier. En définitive, on était seul avec son cœur.

Elle prit alors conscience que Grigori Solodin et elle étaient tous deux des travailleurs de l'ombre, accomplissant des tâches ingrates mais nécessaires. Tous leurs efforts convergeaient vers un but : transmettre au public la beauté. Bien sûr, l'activité de Grigori Solodin nécessitait un talent réel quand celle de Drew se contentait de patience. Mais ils demandaient tous deux du soin, de l'exigence, et cette forme d'attention extrême qui frise la dévotion et qui est, en soi, une récompense pour celui qui l'exerce.

En se faisant cette réflexion, Drew se sentit moins seule, ou du moins plus heureuse dans sa solitude. Elle trouvait réconfortante l'idée que d'autres personnes prennent du plaisir à relever, seuls, des défis. Des personnes qui vivaient autant dans leurs pensées que dans le monde réel, physique. Cela lui rappelait que se consacrer à son métier, à son art – aussi discret et mineur fût-il –, était une profession de foi. Quant à Jen, Stephen et Kate, qui considéraient que Drew passait trop de temps le nez dans ses livres ou perdue dans ses pensées, eh bien, ils avaient probablement raison. Mais ils oubliaient que le monde intérieur était en permanente expansion, et riche de possibilités que le monde réel n'offrait pas nécessairement.

L'hiver 1951. Le clair de lune étire et déforme les ombres des immeubles, immenses et menaçantes, sur la place. Nina sent leur présence peser sur ses épaules lorsqu'elle la traverse, en frissonnant, pour rejoindre le Bolchoï. Le théâtre fourmille de gardiens de sécurité. Ceux postés à l'entrée tiennent des fusils à baïonnette en travers de leur poitrine. Bien que le visage de Nina soit à présent connu de tous, ils l'obligent à produire un laissez-passer avec sa photographie. Ils l'examinent froidement avant de l'autoriser à entrer. Toute la soirée, elle devra montrer son permis, pour pénétrer dans sa loge, dans la salle de maquillage, aux toilettes... même avant de monter sur scène (ce qui la forcera à glisser la petite carte rigide dans son costume en priant pour qu'elle ne s'échappe pas).

À l'intérieur, les employés du théâtre vaquent à leurs occupations, d'un pas vif et craintif, comme toujours lors des soirées de ce genre. Nina aurait pu partager leur nervosité et leur désir de plaire. Les apparitions publiques de Staline n'ont lieu habituellement que deux fois par an, sur la place Rouge pour le défilé de la fête du Travail, le 1er mai, et pour le Salon de l'aéronautique, en juillet ; sa venue au théâtre en est d'autant plus exceptionnelle. Nina n'aurait jamais imaginé que quoi que ce soit pouvait la préoccuper davantage que la présence de Joseph Vissarionovitch dans le public, ce soir. Mais tandis qu'elle se maquille et fixe son chignon au moyen d'une nuée d'épingles, Nina est obsédée par Vera, par Gersh qui est parti... Elle doit faire un effort pour ne pas se laisser entraîner plus loin par ses réflexions. Se concentrer. Ne penser qu'à la danse.

Ils donnent une représentation de *Don Quichotte*, et elle porte le costume espagnol de Kitri, avec un jupon constitué d'une superposition de frous-frous rouges qui se soulèvent lorsqu'elle se précipite vers le studio de danse. Elle enchaîne les échauffements habituels, la main délicatement posée sur la barre, balançant les jambes d'avant en arrière pour assouplir ses hanches. Inspirer profondément... C'est la première fois que le Guide suprême la verra danser, et dans le rôle-titre d'un ballet – techniquement exigeant, de surcroît.

La porte s'ouvre sur Polina, qui n'a pas encore quitté son manteau, son laissez-passer officiel à la main, ses jambières plissées autour des genoux (pour se préserver des tendinites, dont elle se plaint souvent).

— Ahhh... ils sont partout !

À travers la petite imposte carrée dans la porte, Nina aperçoit le front plissé d'un milicien. Ils doivent s'être déployés dans la salle de spectacle, vêtus comme des ouvreurs ou des spectateurs lambda. Certains prendront même place dans la fosse, au milieu des musiciens de l'orchestre.

— Je ne savais pas que tu dansais ce soir.

— Je suis la doublure de Vera. Son tendon d'Achille la fait à nouveau souffrir. Je suis tellement nerveuse !

Le parfum capiteux de Polina envahit la pièce tandis qu'elle étire ses jambes, tend ses pointes, l'une après l'autre, avant de faire quelques relevés, sur demi-pointes. Elle finit par confier d'une voix tendue ce qui lui brûle les lèvres depuis son arrivée :

— J'imagine que tu es au courant pour son soi-prétendu amour.

— Il a dû être acculé, rétorque Nina en tournant la tête à gauche et à droite pour assouplir son cou. Je ne vois pas d'autre explication.

Car Gersh, Nina vient de l'apprendre de la bouche de Viktor, a quitté Vera pour épouser Zoïa.

— Il est évident qu'il ne l'aime pas, ajoute Nina. Je parle de Zoïa. Simplement, il a besoin d'elle… Elle lui sert de façade.

— Que veux-tu dire ?

— Elle appartient au Parti et jouit d'une bonne réputation. Elle lui a dit qu'elle pourrait l'aider, maintenant que le vent a tourné.

— C'est ce qu'elle a dit ?

— D'après Gersh. Il a raconté à Viktor que Zoïa était venue le trouver pour lui faire part de son idée. C'est elle qui a suggéré cette union.

— Elle ? rétorque Polina en écarquillant les yeux. Cette femme ne recule devant rien ! Elle est prête à tout pour récupérer Gersh !

Nina ne s'explique pas pourquoi Zoïa a voulu s'unir à Gersh qui est dans une situation critique. À moins qu'elle ne se sente protégée par sa position au sein du Parti. Protection dont Vera, elle, ne jouit pas.

— Après tout, c'est une façon de préserver Vera.

C'est également l'avis de Viktor. D'après lui, Gersh ne pouvait se résoudre à faire subir un nouveau déferlement de violence à sa bien-aimée. Pas après ce qu'elle avait déjà vécu.

De toute façon, Viktor était persuadé que tout cela n'aurait qu'un temps. On connaissait la politique, ces périodes troublées ne duraient jamais...

— Eh bien, je le déteste, lâche Polina, sans venin.

Elle paraît épuisée, des cernes gris foncé soulignent ses yeux – le maquillage ne parvient pas à les dissimuler.

— Tout va bien ? lui demande Nina.

Ce n'est peut-être que le trac. Polina détourne le regard avant de répondre :

— Je dors mal.

— Oncle Felix aura peut-être un remède.

Ce surnom affectueux désigne le principal médecin du Bolchoï, auquel toutes les filles ont eu affaire, à un moment ou à un autre.

— Ça va passer... Je n'en reviens pas que Gersh ait agi ainsi, reprend-elle comme si elle souhaitait changer de sujet.

— Une signature au bas de quelques papiers officiels, ça ne changera peut-être rien.

— Si tu le dis..., rétorque Polina en se grattant le cou.

Nina remarque alors que celui-ci est semé de taches rouge pâle. La poitrine de Polina est également constellée de marques.

— Tu fais une allergie ?

Ce n'est pas la première fois que la visite du Guide suprême provoque des réactions nerveuses : Nina a déjà vu des danseurs si émus qu'ils faisaient une crise d'urticaire.

— Je ne sais pas ce que c'est, je les ai depuis plusieurs jours. Ça passe puis ça revient. Je pensais que le maquillage réussirait à les dissimuler.

— Tu devrais vraiment consulter oncle Felix.

— Je l'ai vu. D'après lui, j'ai dû manger un œuf pas frais.

— Eh bien, essaie de ne pas te gratter.

— Je m'y efforce, crois-moi, mais j'ai la peau si sensible...

La porte s'ouvre en grand, l'assistant régisseur annonce :

— Vous avez cinq minutes.

Elles se souhaitent mutuellement bonne chance, et Nina, qui entre sur scène juste après le prologue, prend congé.

— Et ne te gratte pas ! ajoute-t-elle.

Depuis les coulisses, Nina observe nerveusement la salle, puis son regard se pose sur une loge protégée du restant du public par des tentures rouges : la loge A, où une troupe de gardes du corps encerclent le Généralissime. Elle le distingue difficilement. Épaules larges, joues pleines, épais cheveux gris. Il est bien là, il la regardera exécuter les pirouettes et les profonds cambrés de Kitri.

L'ennui, c'est qu'il a ses favorites. Marina Semenova, pour commencer. Et l'intrépide, la charmeuse Olga Lepechinskaïa, qui est déléguée du Soviet suprême, pas moins, et que Staline a surnommée, en dépit de sa silhouette massive, « Libellule ». Peu importe, se rassure Nina en enduisant ses chaussons de colophane et en vérifiant que les petits cordons sur le dessus sont bien coincés à l'intérieur. À présent que le prologue est terminé, elle ressent des sueurs froides, comme parfois avant d'entrer en scène. Concentre-toi, se répète-t-elle, respire profondément et concentre-toi.

Mais les pensées se bousculent dans son esprit, elle songe à Gersh, à Vera… Un souvenir resurgit, celui de Gersh le jour du mariage de Viktor et Nina, souriant dans son costume informe qui sentait légèrement le renfermé…

Se concentrer. Tu es Kitri, l'intrépide fille de Lorenzo. Personne ne te dicte tes actes. Tu es fière, enjôleuse et amoureuse. Oublie tout le reste.

Elle sait que dès qu'elle aura posé le pied sur la scène, plus rien n'aura d'importance, que dès qu'elle dansera, le poids de ses malheurs, aussi graves soient-ils, s'allégera. Pendant la guerre, même, alors que chaque jour apportait son lot de dévastations et que la faim lui déchirait le ventre à la façon d'une pierre aiguisée, son corps anémié répondait toujours à l'appel de la danse, trouvait toujours une réserve d'énergie où puiser. Parfois, elle tombait même en extase, s'oubliant totalement dans la musique. Le bonheur physique que lui procure la danse, en dépit de ses pieds meurtris, des bleus aux jambes et des collants jaunis par la colophane, a toujours réussi à effacer les difficultés de la vie.

Les costumiers vérifient une dernière fois sa tenue et ses cheveux, et un accessoiriste lui tend son éventail en dentelle noire. Pour le premier acte, la scène a été transformée en place de marché. À la seconde où Nina s'élance, agitant son éventail d'un mouvement gracieux, le public applaudit. Elle sourit avec fierté ; cette première séquence pose la personnalité de Kitri, son assurance guillerette.

Se laissant porter par la partition entraînante de Léon Minkus, Nina exécute avec enthousiasme les sauts et pirouettes que son corps aime tant. Elle se sent forte et légère. Elle salue une amie et flirte avec quelques jeunes hommes, consciente du regard de Staline sur elle… Et lorsqu'elle entame une série de sauts autour de la place, frappant le sol de son éventail, elle reste parfaitement maîtresse de la situation. Tout en entrechoquant ses castagnettes, elle exécute des sissonnes impeccables, le dos cambré, la tête alignée avec la jambe de réception, le bras arrière effleurant la pointe tendue du pied. Piotr, qui campe son Basilio ce soir-là, ne s'est pas laissé gagner par le trac ; il accompagne les pirouettes de Nina avec fluidité, et ses portés à une main sont à l'image de son assurance d'airain. Il la soulève haut dans les airs comme si c'était la chose la plus facile et naturelle du monde.

Pendant l'entracte, Piotr et elle se retirent dans la loge qui leur est réservée, depuis laquelle ils ont une vue plongeante sur la porte de la loge A. Nina ne peut s'empêcher d'y jeter un coup d'œil de temps en temps. Elle se demande ce qui arriverait si elle s'ouvrait, ce qu'elle ressentirait s'il lui parlait. Elle en a rêvé si souvent, et chaque fois les battements de son cœur se sont accélérés. Elle essaierait d'être aimable, de faire bonne impression – si elle ne perdait pas connaissance. Puis une autre pensée lui vient : s'il était au courant de la situation de Gersh, Staline mettrait tout en œuvre pour l'aider.

À moins qu'il ne soit au courant ? Comment pourrait-il en être autrement ? L'homme le plus puissant de la nation…

Mais si cette porte s'ouvrait, serait-elle capable de lui parler, de lui réclamer de l'aide ? Les émotions la submergent. Elle s'efforce d'apaiser son esprit, de le fixer sur le ballet. Si seulement elle possédait la force de caractère de Kitri... Piotr garde le silence. Il doit également penser à la loge A, peut-être même à l'histoire de Youri, à sa convocation par Staline, à ce qu'il a dû ressentir.

À la fin de leur pause, ils doivent regagner la scène que Nina connaît si bien, où elle oublie ses peurs.

À la fin de la représentation, quand Nina vient saluer, en commençant, comme toujours, par les loges de côté, elle marque une pause en s'inclinant vers Staline. Elle s'adresse ensuite successivement à l'orchestre puis aux balcons. Après avoir attiré l'attention du public sur le chef d'orchestre et les musiciens, Nina fait une nouvelle entorse au rituel en s'inclinant, pour la deuxième fois, vers la loge de Staline. Cette fois-ci, elle exécute une révérence profonde. Ce n'est que lorsque les rideaux se referment, étouffant les applaudissements, que Nina se rend compte qu'elle l'a supplié, de tout son corps, de lui apporter son aide.

À la maison, bien plus tard, recroquevillée dans le lit qui ne s'est pas encore réchauffé, elle demande à Viktor pourquoi Zoïa a épousé Gersh alors qu'elle connaît les sentiments de celui-ci pour Vera.

— Zoïa est une arriviste, dit-elle, en tout cas, c'est l'impression qu'elle me donne. Qu'a-t-elle à y gagner ?

Depuis le couloir leur parviennent les hurlements du voisin arménien qui crie contre sa femme.

— Tu la connais, répond Viktor, elle s'enthousiasme facilement. Et c'est une organisatrice née. C'est son métier. Elle considère peut-être Gersh comme son dernier projet en date.

La femme du voisin hurle à son tour, encore plus fort que son mari.

— Un projet…

Nina se rappelle sa première rencontre avec Zoïa chez Gersh, les manières qu'elle faisait pour servir le thé dans les tasses ébréchées, trahissant son goût pour les situations compliquées.

— Mais il est dans une posture délicate. Je suis étonnée qu'elle se lance dans ce genre de projet.

Elle songe aussitôt, intérieurement, que la roue de la chance peut tourner, du jour au lendemain.

— D'après Gersh, elle est prête à tout pour ne pas rester chez ses parents avec ses sœurs. Mais tu connais son cynisme…

Nina repense aux paroles de Polina : Zoïa ferait n'importe quoi pour récupérer Gersh. Puis elle songe à ses propres sentiments pour Viktor, à la férocité de son amour, et en conclut que Polina est celle qui, sans même connaître Zoïa, parce qu'elle a laissé parler son instinct, se rapproche le plus de la vérité.

Viktor prend le visage de Nina dans ses mains.

— Nous avons tellement de chance de pouvoir suivre l'inclination de nos cœurs. Tout le monde n'a pas ce bonheur.

C'est vrai, songe-t-elle, c'est une chance incroyable d'être étendue auprès de Viktor dans ce lit, de sentir la chaleur de ses paumes sur ses joues, les caresses de ses pouces. L'odeur de la peau de son mari suffit à ranimer le corps de Nina, même lorsqu'il est à bout de forces.

— Et Vera? demande-t-elle. Que va-t-il lui arriver?

— Si Gersh se débrouille bien, leur relation ne changera pas. Seulement, ils devront être discrets. Je lui ai dit que je jouerais les entremetteurs.

Nina pousse un soupir, tandis que les mains de Viktor glissent sur ses épaules.

— Comme s'il s'agissait d'un jeu d'enfants…

Les hurlements des voisins ont provoqué les miaulements du chat, dans le couloir. Bien que ses membres tremblent de fatigue et que l'appel du sommeil se fasse pressant, Nina ne peut s'empêcher de se blottir contre Viktor afin d'abolir toute distance entre eux, de ne plus sentir que le mouvement de ses muscles contre les siens.

Lorsque la réunion «urgente» s'acheva enfin, Grigori était à deux doigts d'étrangler quelqu'un. S'il n'avait pas dirigé le département, s'il n'avait pas été aussi discipliné, aussi réservé, en un mot s'il n'avait pas été Grigori Solodin, il se serait fait excuser ou aurait, du moins, pris congé plus tôt. Mais non, il avait enduré ce pensum, quand bien même il savait qu'à un moment ou un autre, Drew Brooks allait pénétrer dans le bâtiment, le chercher et qu'elle ne le trouverait pas.

La réunion improvisée avait un réel caractère d'urgence: la personne recrutée pour s'occuper des études slaves venait subitement de se désister. Il leur fallait trouver un remplaçant dès que possible, mais, évidemment, Walter et Hermione étaient en désaccord complet au sujet des deux candidats, et ils s'étaient affrontés pendant plus d'une heure. Ils adoraient ce genre d'exercice ; plus il durait, plus ils étaient satisfaits. Pourquoi prendre une décision par téléphone, ou par e-mail, lorsqu'on pouvait mettre en scène une discussion interminable ? Grigori savait qu'il les jugeait sévèrement, mais il n'en était pas moins vrai qu'ils vivaient pour ces réunions. N'avaient-ils donc personne à retrouver ? Grigori ruminait encore lorsqu'il regagna sa maison obscure et glaciale. N'avaient-ils rien de mieux à faire ? N'avaient-ils donc aucune notion du temps qui passe, de la brièveté de la vie, surtout lorsqu'on la calculait (Grigori s'était souvent prêté à l'exercice avant la mort de Christine) en grille-pains cassés, en nouvelles couches de peinture, ou en cartes de vœux ?

Il monta le chauffage, rangea son manteau dans la penderie et se servit un scotch. Il repensait sans cesse à Drew, qui avait trouvé porte close et le livre négligemment posé contre le battant, à moins qu'il n'ait glissé sur la moquette, évoquant une pierre tombale… Enfin, se rassura-t-il, elle avait sans doute été heureuse d'échapper à une entrevue avec un vieux professeur de russe. Elle avait dû en profiter pour sortir, pour retrouver son petit ami, qu'il avait croisé au ballet.

Il tira de son attaché-case la page qu'elle lui avait laissée. Elle avait dressé la liste de tous les termes pouvant se rapporter aux bijoux en ambre et à leurs créateurs. Il alluma son ordinateur et configura le clavier en cyrillique. Après avoir tapé le nom du bijoutier associé à certains mots clés dans le moteur de recherche, il se sentit confiant. Il avait une mine d'informations à portée de main. Toutefois, après avoir essayé une autre combinaison de mots clés, il s'aperçut qu'il accédait aux mêmes sites, et qu'en définitive la mine s'épuiserait rapidement.

Déçu, Grigori tapa une autre expression en russe et s'attaqua, méthodiquement, à la longue liste de liens, qui n'avaient qu'un rapport très lointain avec le sujet qui l'intéressait. Ils renvoyaient principalement vers des ventes aux enchères ou des antiquaires. Quant à Anton Samoïlov, Grigori ne trouva aucune trace de lui. Il lança ensuite une recherche sur le nom seul du joaillier et ne tomba que sur des parents éloignés, alors qu'une fenêtre ne cessait de revenir au premier plan, indiquant : *Vous vous appelez SAMOÏLOV? Retrouvez tous les autres SAMOÏLOV sur Family-Tree.com. Recherche gratuite les premières vingt-quatre heures.*

Tout en cliquant dans le coin de la fenêtre pour la faire disparaître, Grigori songea à la première fois où il avait envisagé de se pencher sur son histoire familiale, à son arrivée en Norvège. Il avait dû, pour un devoir, dresser son arbre généalogique. Il s'était attelé à la tâche avec enthousiasme, traçant un arbre très stylisé et le renseignant avec les éléments que Katia et Fiodor lui avaient fournis sur leurs propres parents et grands-parents, leurs frères et sœurs, leurs oncles et tantes. Mais il manquait de détails, et s'était mis, comme souvent, à s'interroger sur ses parents biologiques. Fiodor et Katia ne lui avaient jamais caché son adoption, pourtant, chaque fois que Grigori leur posait des questions sur sa véritable identité, ils lui répondaient systématiquement qu'ils l'ignoraient.

C'est pourquoi, en interrogeant sa mère, ce soir-là, sur ses ancêtres et ceux de Fiodor, dans le but de compléter son arbre généalogique, Grigori avait eu le sentiment qu'elle lui racontait une histoire qui ne le concernait pas réellement.

— Qu'est-ce qui ne va pas ? Pourquoi fais-tu cette tête-là ? lui avait-elle demandé.

Grigori lui avait ouvert son cœur, lui avouant qu'il avait l'impression d'être coupé de son véritable héritage familial, et elle avait fermé les yeux. Puis elle s'était levée pour aller chercher dans sa chambre la petite pochette en vinyle.

« Tu es grand maintenant. Ces affaires te reviennent de toute façon. »

La pochette contenait, lui avait-elle expliqué, les seules informations qu'on leur avait remises : le certificat de naissance, des lettres pliées en un tout petit carré, deux photographies et quelques autres objets. Aucun papier d'identité. Aucun nom. Pourtant, il avait forcément une mère. Elle était danseuse, lui avait appris Katia, au Bolchoï – c'était la seule chose que l'infirmière avait été capable de lui dire. Ça et le fait que la danseuse, avait-elle ajouté, la mine grave, n'avait pas survécu à l'accouchement.

Le lendemain, en rentrant chez elle après avoir rendu visite à sa mère, Nina découvre Vera assise à la table en bois. Face à elle, altière dans sa robe souillée de fientes : Madame.

— Les hommes, de nos jours ! dit-elle d'un air désapprobateur. Ils n'ont aucune manière. Ils ne tiennent plus la porte aux dames, ils ne les aident plus à mettre leur manteau.

Elle secoue la tête si vivement que son énorme chignon tressé bouge d'avant en arrière – les minuscules diamants du peigne en écaille jettent des éclairs. Elle ne semble pas remarquer l'arrivée de Nina.

— Un pays de rustres ! Pas étonnant que mon cœur se soit arrêté de battre.

Vera est plus pâle et plus mince qu'à son habitude. Nina les salue : Vera relève la tête, mais pas Madame, qui n'a rien entendu.

— Quant à cette femme, elle ne vous arrive pas à la cheville, j'en suis persuadée. Tenez, ma chère, reprenez un peu de thé.

Il semblerait bien que même la mère de Viktor ait succombé au charme de Vera.

Un piaillement désespéré résonne derrière la paroi en contreplaqué. Lola est furieuse d'être abandonnée dans sa cage.

Nina songe alors que Viktor serait peut-être contrarié de savoir que Madame a étalé son passé aristocratique devant Vera. Mais celle-ci, assise bien droite, ne remarque rien de ce qui se passe autour d'elle. Elle essuie de temps à autre une larme sur sa joue.

— Je sais ce que vous éprouvez, reprend Madame d'une voix radoucie. Je sais ce qu'on éprouve lorsque l'on perd celui que l'on aime. J'ai perdu mon mari, on m'a tout pris.

Vera paraît si fragile avec ses épaules frêles, la nuque courbée dans une attitude vaincue… Nina la serre dans ses bras et lui chuchote :

— Ça va aller.

Madame aussi est au bord des larmes.

— Il me l'avait offert, dit-elle en indiquant le petit rang de perles qu'elle porte toujours autour du cou. Elles viennent du Japon. Ce sont des perles de culture, elles poussent dans les huîtres.

Elle retire le collier, et Nina constate que le cordon est en train de pourrir. Quelques perles menacent de s'échapper.

— Il faudrait les remonter sur un nouveau lien, dit-elle, je connais quelqu'un…

— Je ne les quitterai pas. Elles risqueraient de se ternir, ajoute-t-elle en redressant fièrement le menton. Je ne les enlève jamais.

— Je le proposais parce que vous pourriez perdre des perles… Vous voyez ?

Nina tend la main vers le cordon abîmé, mais Madame fait mine de la repousser.

— Je vous interdis de me toucher les cheveux !

Depuis la chambre, Lola s'égosille : « *S'il vous plaît !*[1] »

Nina se tourne vers Vera pour trouver un appui, mais son amie est trop occupée à sécher ses larmes de ses mains blanches et douces. La grand-mère de Nina aurait qualifié ses manières de « pétersbourgeoises » : ces gestes affectés, cette inclinaison orgueilleuse de la tête… Ignorant de nouveau Nina, Madame observe Vera en plissant les yeux, comme si elle venait de faire une découverte.

— Vous ressemblez à Sonia, dit-elle. Vous avez le même teint. Tenez, reprenez une tasse de thé.

Au cours des semaines suivantes, Vera accompagne souvent Nina chez elle après les répétitions ou

1. En français dans le texte.

les représentations, espérant recevoir un message par l'entremise de Viktor. Tant que son tendon d'Achille n'est pas complètement remis, elle se ménage et danse moins. À part les nuits, où elle dort chez mère, elle passe le reste de son temps chez son amie : Gersh risque de se manifester à tout instant. Il ne peut pas prévoir les absences de Zoïa. Vera boit du thé et joue aux cartes avec Madame pendant que cette dernière évoque ses souvenirs, compte l'argenterie, accable d'ordres la pauvre Daria ou prétend ne plus sentir son pouls. Vera ne semble pas se formaliser de son comportement, mais Nina ne peut s'empêcher de songer que, à présent, une personne de plus partage le secret de la naissance de Viktor.

— Zoïa est censée partir pour Kratovo ce soir, explique Vera un après-midi où Nina la trouve attablée avec Madame et Lola.

Daria est dans la cuisine commune, en quête d'un fourneau pour leur préparer leur dîner.

— Viktor me préviendra dès que le champ sera libre.

Nina se demande si Vera n'apprécie pas, d'une certaine façon, son nouveau statut de « maîtresse ».

Lola joue avec un objet posé sur la table. En s'approchant, Nina constate qu'il s'agit d'une photographie encadrée : un homme entre deux jeunes femmes.

— Je ne l'ai jamais vue, s'étonne-t-elle.

Madame ne dissimule pas le déplaisir que lui cause l'intrusion de Nina.

— C'est moi, dit-elle, avec ma sœur et mon frère.

À ces mots, l'expression de son visage s'adoucit. Le jeune homme, qui paraît plus âgé que ses sœurs, est grand et mince, il porte un uniforme. La jeune fille à sa gauche, tout aussi élancée, a des yeux sombres en amande et un regard légèrement distant, alors que celle de droite fixe l'objectif, l'ombre d'un sourire aux lèvres. En l'examinant, Nina constate qu'il s'agit de Madame. Mais comment est-ce possible, voudrait-elle demander avec une naïveté enfantine, comment une jeune fille aussi souriante a-t-elle pu devenir une vieille femme acariâtre ?

Madame indique sa sœur et dit d'une voix lointaine :

— Sonia…

— Elle est très belle, dit Nina.

Comme pour approuver, Lola donne des coups de bec sur la vitre du cadre brillant.

— Elle l'était, oui, et douée. Nous sommes d'une bonne famille. Le sang qui coule dans nos veines est fort… c'est une chance pour vous. Votre enfant aura au moins ça.

Au début, Nina croyait que c'était le fruit de son imagination, mais non : Madame se montre encore plus insultante avec elle depuis qu'elle a fait la connaissance de Vera.

Nina ne relève pas et ajoute :

— Votre frère était bel homme, lui aussi.

Madame acquiesce, et ses paupières retombent, comme pour masquer une vision indésirable.

— Voilà, vous avez rencontré ma famille, dit-elle d'une voix douce. Elle a été tuée. Remplacée par des rustres. Les Arméniens à côté…

Vera pose sa main sur celle de Madame, comme celle-ci le fait souvent pour elle. Chaque fois qu'elle assiste à ce genre de scène, Nina mesure combien

Madame regrette de ne pas l'avoir plutôt comme belle-fille. Se sentant de trop, elle va s'allonger sur le lit.

— Viktor est parti au bureau de bonne heure, l'informe Vera, comme si, consciente des sentiments de son amie, elle cherchait à l'inclure.

Le « bureau » est en réalité le siège de la revue dont Viktor dirige la rubrique poésie.

— Ils le font travailler si dur..., soupire Madame. Au moins, ils l'envoient en France l'an prochain. Toutes mes robes ont été faites là-bas. C'est une honte qu'il ne vous emmène pas, ajoute-t-elle à l'intention de Nina.

Celle-ci feint d'ignorer cette remarque, alors que les voyages de Viktor dans des pays qu'elle n'a jamais visités lui causent une véritable souffrance. Il ne s'agit pas seulement de la douleur de la séparation. Si seulement elle pouvait se représenter les endroits où il se trouve, comme elle le fait chaque fois qu'il se rend à Peredelkino, ou dans une autre ville qu'elle-même a déjà visitée...

Ce soir-là, lorsque, à son retour, Viktor invite Vera à rejoindre discrètement Gersh, une idée étrange traverse l'esprit de Nina. Elle s'en ouvre à lui une heure plus tard, après que Madame a refermé la porte de sa chambre.

— Si je ne la connaissais pas aussi bien, je penserais qu'elle a été envoyée pour nous espionner.

Viktor éclate de rire, tout en continuant à plier soigneusement ses vêtements.

— Tu parles d'une taupe !

Il pousse un long soupir puis reprend :

— J'ignore ce que je ferais à sa place.

Il se glisse rapidement sous les couvertures, frissonnant.

— Si tu avais agi de la sorte avec moi, Nina, si tu étais partie avec un autre homme…

— Tu sais pertinemment que c'est moi qui aurais pu craindre une chose pareille, lui rétorque Nina.

Même si elle ne doute pas de l'amour de Viktor, elle est parfois obligée de chasser les questions qui la taraudent : qui voit-il durant les longues heures qu'il passe loin d'elle, comment occupe-t-il ses soirées quand elle est sur scène ? Nina est consciente de l'attirance qu'il exerce sur les autres femmes, de l'énergie qu'il retire de son pouvoir de séduction. Elle le rejoint sous les couvertures et presse les pieds contre ses mollets pour les réchauffer.

— Je dors avec un glaçon, dit-il pour la taquiner.

Nina voudrait rétorquer quelque chose de spirituel, mais elle est trop fatiguée et sombre déjà dans le sommeil.

Lot n° 62

Montre-bracelet de soirée pour femme en or 18 carats : cadran doré avec trois rubis, logo et index en chiffres romains, mouvement mécanique à remontage manuel n° 263996, boîtier ovale en or blanc 18 carats n° 9138 FA, anses ornées de deux rubis en gouttes, remontoir dissimulé à l'arrière, bracelet maille en or jaune 18 carats, 18 cm de longueur, 54 g, Audemars Piguet. Estimation : 4000 – 6000 $

11

Pendant quelques années, en Norvège d'abord, en France ensuite, la pochette en vinyle avait largement alimenté l'imagination de Grigori. Dans ses rêveries adolescentes, son père s'apparentait à une sorte de Robin des Bois et sa mère, la ballerine, se rendait complice de ses crimes pour le bien commun. En entrant au lycée, cependant, ses pensées secrètes s'étaient déplacées vers la jolie rousse qu'il croisait dans la cour et il s'était concentré sur ses études, particulièrement sur les explications de textes, rédigées avec soin sur les feuilles à carreaux réglementaires d'une écriture serrée et appliquée. Son principal objectif était de s'intégrer, de trouver des amis avec qui fumer des cigarettes à la fin des cours, échanger des 33 tours ou aller au cinéma. Il se faisait appeler « Grégoire » et, suivant la mode lancée par ses camarades de classe, portait ou non un pull-over négligemment noué en travers des épaules. Au moment où il était parfaitement entré dans la peau de ce personnage, ses parents lui avaient annoncé qu'ils partaient s'installer aux États-Unis.

Il avait dû se familiariser avec une nouvelle langue, se replonger dans les études, consacrer ses efforts à décrocher une bourse pour l'université. Il n'avait plus le temps de rêver à ses parents biologiques, il y avait toujours des choses plus importantes à faire : apprendre à conduire, partir en week-end à New York et, surtout, passer du temps avec sa petite amie, une brune pétillante qui appartenait également au club d'échecs. Il avait obtenu son diplôme de fin d'études secondaires, s'était inscrit à la fac. Au cours de sa deuxième année universitaire, il avait subitement été appelé à Tenafly : son père avait eu une attaque, des suites de laquelle il devait décéder deux ans plus tard. Après les visites quotidiennes à Fiodor, cloué sur un lit d'hôpital, Grigori se retirait dans son ancienne chambre, où il n'avait vécu que deux ans, le cœur gonflé d'une peine qui lui avait été jusqu'alors inconnue. C'était trop pénible de les voir ainsi, son père diminué, sa mère marquée, tout à coup, par le poids des ans. Sans vraiment réfléchir à ce qu'il faisait, Grigori avait ouvert le placard où il avait, à son arrivée de Paris, remisé la vieille pochette en vinyle.

Il l'avait vidée de son contenu qu'il avait étalé sur le lit, comme les œuvres d'art d'une exposition, ou les instruments d'un chirurgien. Il les avait observés, en s'interrogeant sur les mains qui les avaient autrefois touchés. Sa curiosité s'était envolée pourtant. Il n'avait pas relu les lettres (qu'il connaissait encore par cœur), même s'il avait regardé, de nouveau, sans grande attention, les deux photographies. Puis il s'était laissé tomber sur le lit et avait senti un objet dur sous sa cuisse. Il s'était redressé et avait découvert qu'il s'était assis sur la pochette. Il avait méticuleusement palpé celle-ci jusqu'à détecter une bosse. Il avait glissé la main à l'intérieur pour explorer la doublure satinée et avait découvert un accroc, juste sous la couture. L'ouverture était si étroite qu'il avait dû retourner la pochette et guider l'objet pour l'en sortir. Une chaîne en or était soudain apparue, avec un pendentif : une pierre d'ambre insérée dans une monture en or tressée.

Il y avait vu un signe. Un message secret. Le collier avait toujours été caché là, attendant le bon moment – le moment où le seul père que Grigori avait jamais connu l'abandonnerait involontairement, ne lui laissant plus que cette histoire-là à explorer. Après tout, son autre père était peut-être encore en vie. L'ambre renfermait son propre secret. Une araignée figée en plein mouvement, avec une énorme poche pâle – comme un parachute, ou un ballon –, derrière elle.

Il avait pris la décision, sans réellement peser le pour et le contre, de ne pas en parler à sa mère. Elle traversait déjà une passe difficile, il était inutile d'en rajouter. De toute façon, qu'aurait-elle pu faire du collier ? Il avait dû coûter une somme importante. Sa mère biologique était peut-être une danseuse célèbre. Riche. À moins que ce collier n'ait constitué son bien le plus précieux... Puis rapidement, Grigori avait compris que si la découverte de ce collier constituait un signe, celui-ci ne pouvait pas lui apprendre grand-chose.

De retour à l'université, la même année, il avait fait une découverte encore plus capitale.

En lisant un livre intitulé *Le Réalisme socialiste et l'écrivain russe* à la bibliothèque de la fac, une photographie, en particulier, avait retenu son attention. La légende indiquait : « Réunion plénière de l'Union des écrivains, 1949 ». Plusieurs rangées d'hommes face à l'objectif, très sérieux dans leurs costumes sombres. Au premier rang, parfaitement reconnaissable, se trouvait l'homme des photos qu'il avait trouvées dans la pochette en vinyle.

Son cœur s'était emballé. Il avait examiné attentivement son visage jusqu'à avoir la certitude qu'il s'agissait bien du même homme. Mais qui était-il? Il avait feuilleté le livre fébrilement, s'attardant sur chaque photographie pour le cas où il apparaîtrait encore. Il s'apprêtait à déclarer forfait lorsqu'il avait trouvé ce qu'il cherchait. Cette fois-ci, l'homme se trouvait avec deux confrères. D'après la légende, ils collaboraient à une revue, la *Literatournaïa gazeta*, leurs noms étaient indiqués en dessous. Grigori avait aussitôt recopié celui de l'homme qui l'intéressait, le grand à droite, avec des yeux en amande. Viktor Elsin. Ce nom lui était vaguement familier. Ce n'était que plus tard qu'il s'était rappelé l'avoir croisé dans deux anthologies de poèmes qu'il avait consultées pour un devoir, le semestre précédent. Il s'était lancé dans des recherches exhaustives, passant des heures dans le sous-sol sombre de la bibliothèque pour étudier les microfilms reproduisant des articles de journaux et de revues remontant à plusieurs dizaines d'années. Il avait appris tout ce qu'il y avait à apprendre sur Viktor Elsin. Surtout, il avait fait une découverte extraordinaire : Elsin avait été marié à la danseuse classique Nina Revskaïa, qui, l'avait-il appris en compulsant d'autres microfilms, habitait à présent à Boston.

— Elle a entièrement réaménagé son intérieur, explique Vera, quelques semaines après le mariage de Gersh et Zoïa.

Vera, Nina et Polina sont à Berlin avec un petit groupe du Bolchoï. Nina découvre pour la première fois la ville aux rues dévastées, aux immeubles délabrés et aux places éventrées. Elles terminent leur repas à l'hôtel (un bâtiment mal chauffé, sur une avenue étonnamment déserte). Pas au restaurant – elles n'en ont pas les moyens. En dépit de sa promotion, Nina n'a droit qu'à de maigres défraiements lorsqu'elle est en déplacement à l'étranger. Comme les autres danseurs, elle a rempli sa valise de provisions : biscuits, haricots en boîte, choucroute et saucisses fumées. Tout ce qui leur permettra d'économiser quelques kopecks. Elle a réchauffé les haricots sur un réchaud portable dans la chambre de Vera et Polina ; les odeurs qui flottent dans la pièce leur rappellent le camping. Nina partage une chambre plus grande avec l'autre jeune première danseuse, dans une partie du bâtiment plus calme. Le temps de ce repas frugal, composé de haricots et de biscuits, Nina a l'impression d'être revenue à l'époque, il y a un peu moins d'un an, où elle partageait une petite loge sombre avec Vera et Polina.

— Les vêtements de Zoïa sont tous rangés sur un portant, poursuit Vera d'une voix calme, presque indifférente. Elle est chez elle, maintenant. Ah, et saviez-vous qu'elle collectionnait les enregistrements des discours de Staline ? Apparemment, elle se les passe en boucle sur le phonographe de Gersh.

— Ça doit être sa punition ! rétorque Nina en éclatant de rire.

— Je ne comprends pas comment tu peux lui pardonner, intervient Polina.

Ses problèmes de peau ne se sont pas arrangés : les rougeurs ont disparu, mais de petites taches sombres ornent ses pommettes.

— J'ai de la peine pour lui, répond Vera. Il est évident que Zoïa a des vues sur son appartement depuis le départ. Elle se sert de lui pour échapper à sa famille.

Voilà donc ce que Vera a choisi de se raconter, ou ce que Gersh l'a convaincue – et lui-même par la même occasion – de croire. Après tout, c'est sans doute un aspect de la vérité. Tandis que Nina se perd dans ses pensées, Polina annonce :

— On devrait y aller.

Elles n'ont que l'après-midi pour visiter la ville – en d'autres termes, pour faire du shopping. Quoique confinées dans le secteur soviétique, il y a de fortes chances qu'avec la proximité des Américains, des Français et des Anglais, elles puissent mettre la main sur des produits rares en Russie.

— Je vais prévenir Arvo.

Arvo est le représentant du Komsomol qui accompagne la troupe. Elles sont censées le tenir au courant de toutes leurs allées et venues.

— Oh, laisse-le le découvrir par lui-même, rétorque Nina.

De toute façon, elles sont sans doute attendues, en bas, par une poignée de chaperons est-allemands. Elles les ont rencontrés au dîner inaugural, la veille, et les croisent sans cesse depuis dans les couloirs.

Pourtant, il n'y a personne, ni dans le hall de l'hôtel, où elles tendent leurs clés à une femme à l'allure sévère, en faction près de l'ascenseur, ni à l'extérieur, lorsqu'elles sortent dans le jour gris et nuageux.

Vera hausse les épaules, et Polina se détend progressivement. Elles s'engagent dans des rues délabrées. Nina remarque que les passants les observent, et elle se demande si leurs vêtements les distinguent, bien qu'ils ne soient pas tellement différents des leurs. Mais non, il ne s'agit pas de cela ; c'est leur maintien et leur démarche altière, sans parler de leurs chignons hauts, qui révèlent à tous qu'elles sont danseuses. Polina, tout particulièrement, se déplace les pieds exagérément tournés vers l'extérieur, en quatrième position, comme si c'était là un trait constitutif de son identité. Nina mesure soudain qu'elles possèdent chacune leur style : la démarche de Polina est calculée, voire forcée – elle fait pivoter ses chevilles plutôt que ses jambes entières –, Vera, qui possède naturellement l'ouverture des hanches qui convient à la danse classique, glisse avec aisance sur ses pieds à la cambrure prononcée. Nina possède ses propres particularités : son long cou, son port de tête gracieux, son maintien parfait – les clavicules tirées en arrière, permettant d'étirer la colonne vertébrale en une ligne puissante. Elles offrent en effet un contraste frappant avec les piétons qui se pressent autour d'elles, courbés comme pour mieux se frayer un chemin à travers la cohue ou se protéger du froid.

Sans difficulté, elles repèrent la boutique de vêtements de danse dont on leur a parlé. Elles recherchent des collants en Nylon, qui ne plisseront pas aux genoux comme ceux en soie qu'elles trouvent chez elles. Malheureusement, le magasin est en rupture de stock. Après avoir fait le plein de baume pour les lèvres et de poudre, elles demandent au vendeur où elles pourraient trouver leur bonheur. Il note une adresse sur un morceau de papier et leur explique, à grand renfort de gestes, dans un russe maladroit, comment s'y rendre en métro.

Elles s'engouffrent dans l'U-Bahn avec le sentiment d'être de vraies aventurières. La rame est si bondée qu'elles doivent rester debout. Deux arrêts plus tard, l'annonce de la station est suivie par un message plus long au ton cérémonieux.

— Qu'est-ce qu'elle raconte ? demande nerveusement Polina tandis que des voyageurs descendent en hâte.

Ce n'est que lorsque les portes se referment qu'elle croit deviner le sens de l'annonce. Son cœur s'emballe, et elle n'ose rien dire à ses compagnes. D'ailleurs, le métro s'est déjà remis en marche. La station suivante est celle que le vendeur leur a indiquée. Suivie de Vera et Polina, Nina se dirige vers la sortie en se frayant un chemin à travers la cohue.

Elles émergent dans une rue très animée, et étonnamment lumineuse alors que le ciel est toujours aussi bouché. Les vitrines des boutiques, éclairées au néon bien qu'il fasse jour, sont surmontées d'immenses panneaux colorés. Nina n'a jamais rien vu de tel. Il y a des gens partout ; même leurs manteaux et leurs chapeaux paraissent plus neufs, plus éclatants.

— C'était le sens de l'annonce dans le métro, dit Nina, même si elle constate, à l'expression de leurs visages, que Polina et Vera ont compris, elles aussi.

— Nous ne sommes pas censées être ici, rétorque Polina.

— Nous ne savions pas, chuchote Vera.

Elle écarquille les yeux devant le spectacle qui s'offre à elles : le pas léger et insouciant des passants, et les immeubles qui, bien qu'abîmés, sont plus propres.

— Puisque nous sommes ici, reprend Nina, autant trouver ce pour quoi nous sommes venues.

Elle essaie de se montrer confiante, alors que dans sa tête se bousculent les avertissements qu'Arvo et leurs hôtes est-allemands leur ont rabâchés : ne quitter le secteur démocratique sous aucun prétexte, au risque de se faire enlever par de maléfiques capitalistes occidentaux. D'une voix faussement paisible, Nina lit l'adresse du magasin, tandis que Vera la cherche sur la carte.

— C'est par là, indique-t-elle enfin.

Nina et Polina lui emboîtent le pas. Arrivée à l'angle de la rue, pourtant, Vera s'immobilise. Devant elles se tient un marchand de primeurs. Et à l'extrémité de son étal, tout droit sorti d'un conte de fées, une montagne de bananes jaune vif.

Alors que Polina et Vera ne parviennent pas à détacher leurs yeux de l'étal du marchand, Nina examine les alentours, les passants qui déambulent calmement, sans sembler le moins du monde étonnés par les vitrines éblouissantes des magasins, les enseignes, les bananes. Leurs conversations nonchalantes et leurs visages détendus, le claquement sec et optimiste de leurs talons sur le trottoir…

— Nous sommes ici pour visiter une boutique, leur rappelle Polina en se détournant des bananes.

Nina est prise d'une envie subite d'acheter ces magnifiques fruits exotiques à la place des collants, mais Vera leur indique une ruelle adjacente :

— C'est là, allons-y.

La boutique, minuscule, ne possède pas d'enseigne. Elles y découvrent toutes sortes de perruques, de collants et des matières qu'elles n'ont jamais vues en Russie. Il y a aussi des bijoux, du parfum, du café et des cigarettes anglaises. Il n'y a qu'une seule vendeuse, une femme âgée avec une très longue tresse grise. Nina, Vera et Polina se perdent dans la contemplation de tous ces trésors, des étoiles plein les yeux, se demandant quelles folies elles vont pouvoir se permettre. Nina achète du tissu pour sa mère, des cigarettes pour Viktor et des collants pour elle, tandis que Vera et Polina hésitent toujours. Au moment de lui rendre la monnaie, la vendeuse lui glisse quelque chose dans la main et lui dit en russe, avec un accent allemand :

— En cas de besoin…

Elle a parlé d'une voix si douce et tranquille que Nina s'imagine un instant avoir rêvé. Mais elle sent soudain une pression insistante au creux de sa paume. La vendeuse lui a remis un morceau de papier. Nina est tellement surprise qu'elle n'ose pas regarder de quoi il s'agit. Elle se contente de hocher la tête en guise de remerciement avant de fourrer le papier dans sa poche avec sa monnaie.

— Oh ! s'écrie Polina en brandissant une montre de gousset. Pour Serge !

Subitement angoissée, Nina a l'impression d'avoir glissé dans sa poche une allumette enflammée ou des braises rougeoyantes. Elle s'approche pour examiner la montre.

— Vous deux, c'est du sérieux, alors? demande-t-elle à Polina en contrôlant le tremblement dans sa voix.

— C'est un homme merveilleux, Nina, j'ai beaucoup de chance, répond son amie avant de se tourner vers la vendeuse pour connaître le prix de la montre.

Pendant que Polina marchande, Nina s'interroge. Qu'y a-t-il d'écrit sur le papier? Et pourquoi la vendeuse le lui a-t-elle remis à elle? La curiosité la ronge, mais elle n'ose pas regarder.

Une fois qu'elles ont dépensé tout leur argent, elles retournent à la station de métro, toutes trois conscientes d'avoir commis une infraction. Nina s'efforce de ne pas regarder les vitrines, les manteaux et les chapeaux; elle a honte de son émerveillement et de la confusion qui règne dans son esprit: pourquoi les «capitalistes maléfiques» dont on leur a tant rebattu les oreilles évoluent-ils librement dans des rues bien entretenues, devant des étals luxuriants, où personne ne fait la queue, où personne ne se bouscule? Ce n'est que dans le métro qui les ramène à leur station, près du Lustgarten, qu'elle se détend.

Lorsqu'elles s'engagent dans la rue qui mène à leur hôtel, Nina ose enfin confier à ses compagnes, dans un murmure, ce qu'elle a remarqué depuis qu'elles ont quitté la boutique.

— J'ai l'impression que cette femme nous suit.

Sans tourner la tête, Vera demande:

— Celle avec le chapeau gris?

— Tu t'en es aperçue, toi aussi.

Nina se met à trembler. Et si cela avait un rapport avec le message dans sa poche ? Qu'en est-il de Vera et Polina ? La femme leur a-t-elle également remis un morceau de papier en leur rendant la monnaie ? Ou a-t-elle choisi Nina parce qu'elle était la première à payer ? Nina brûle de leur poser la question, mais n'ose pas.

— Nous ne pensions pas à mal, dit-elle pour se rassurer. Si elle nous suit vraiment, elle doit le savoir. Elle a vu que nous n'avons fait que des emplettes.

— Tu ne crois pas qu'elle s'imagine que nous essayions… de fuir ? murmure Vera.

— Bien sûr que non, rétorque Polina d'un ton outré. Comment pourrions-nous avoir une idée pareille ?

Pourtant, elle a l'air effrayé. Maintenant, elle sait. Elle a vu ce qu'il y avait là-bas, de l'autre côté. Elle a vu les gens passer devant les montagnes de bananes comme si c'était la chose la plus naturelle du monde.

Nina songe à Sofia, une danseuse du Bolchoï, qui, à la dernière minute, n'a pas eu l'autorisation de partir. On a raconté que c'était parce qu'elle avait de la famille à Berlin-Ouest. Aujourd'hui, seulement, Nina comprend la signification de ces rumeurs.

— Tout le monde sait que ce serait une folie, reprend Polina d'une voix plus forte.

Elle paraît plus pâle soudain, les taches sombres sur ses pommettes n'en ressortent que davantage.

— Ta peau m'inquiète, lui lance Nina.

Polina baisse les yeux.

— Oncle Felix dit qu'il faut être patient, que ça passera…

Puis elle ajoute, comme si elle était gênée d'avoir parlé d'elle :

— Il faudrait vraiment avoir perdu la tête pour vouloir partir.

— Ils retrouvent les fuyards et leur brisent les jambes, murmure Vera.

Polina est terrorisée.

— Où qu'ils aillent, poursuit Vera sur le même ton égal. Ils ont des agents dans le monde entier. Partout. De toute façon, que ferions-nous dans un pays où nous ne connaîtrions personne et où nous ne pourrions plus danser ?

Nina a entendu les mêmes histoires, bien qu'elle ait du mal à y ajouter foi. Pourquoi infliger à une simple danseuse la même punition qu'à une espionne ? Elle se retient de se retourner pour voir si la femme au chapeau gris les suit toujours.

D'une petite voix effrayée, Polina avoue :

— C'est ma faute, j'en ai peur...

— Comment ça ?

— C'est ma faute si cette femme nous file.

Polina a ralenti et elle reprend tout bas :

— Pourquoi moi ? Je ne suis qu'une ballerine, après tout. Je n'ai pas beaucoup d'amis proches, personne ne se confie jamais à moi.

— Avance..., lui enjoint Vera avant d'ajouter : On t'a demandé de faire quelque chose ?

Cela arrive fréquemment, même au Bolchoï : on sollicite les danseurs pour qu'ils écrivent des rapports. Nina est au courant, elle a été mise en garde contre certains membres de la troupe, les plus jeunes ou les moins expérimentés – les quadrilles, les éternels coryphées, qui ne progressent jamais. S'ils veulent voir leurs carrières avancer, il leur suffit d'ouvrir les yeux et les oreilles en échange. Mais elle n'a jamais imaginé qu'elle pouvait être victime de ce système. Après tout, elle n'a rien à se reprocher.

Vera se mordille la lèvre, elle paraît presque en colère.

— Vous me connaissez, poursuit Polina, j'aime tout le monde, je ne peux pas m'en empêcher. C'est dur pour moi, vous comprenez ?

Nina soutient le regard de Polina et, soudain tout s'éclaire : les crises d'urticaire, l'inquiétude.

— As-tu... fait quelque chose ?

C'est Nina qui a posé la question, même si elle ne parvient pas à se figurer Polina en train de commettre des actes graves.

— Je n'écris que des choses très générales, chuchote celle-ci, mais ils n'arrêtent pas de dire que ce n'est pas suffisant, que mon travail n'est pas satisfaisant.

Ses yeux se remplissent de larmes.

— Mais si tu dis la vérité, demande Nina, que peuvent-ils vouloir de plus ?

Le visage de Vera s'est refermé. Peut-être, songe Nina, Polina se fait-elle des idées sur les attentes de ses commanditaires. Peut-être a-t-elle mal interprété leurs propos. Elle cherche tant à plaire...

Soudain, une pensée lui traverse l'esprit : ai-je dit quoi que ce soit ? Leurs moqueries au sujet des discours de Staline... Et même la remarque sur Arvo... Nina tente de se souvenir de ses propos exacts, d'imaginer comment Polina a pu les interpréter... Sans parler du morceau de papier que la vendeuse lui a remis...

— Je n'ai rien à voir avec ce qui est arrivé à Sofia ! bafouille soudain Polina. Je vous le jure. Je n'aurais jamais supporté de faire du mal à quelqu'un.

Nina tente de contrôler le tremblement de ses mains, Vera ordonne à Polina de parler plus bas.

— Serge ne pourrait-il pas t'aider ? Te libérer de cette mission pour que tu n'aies plus de rapports à écrire ? C'est son boulot après tout.

— Son boulot ? répète Nina.

— Il veille sur la sécurité de l'État, répond Polina dans un murmure.

La police secrète…

— Il doit avoir des relations, insiste Vera. Il connaît sans doute quelqu'un qui peut intervenir.

— Mais est-ce que je ne donnerais pas l'impression de me plaindre ? Je ne voudrais pas qu'il croie que je refuse de collaborer. J'ai peur de le décevoir.

— Tu es danseuse, pas informatrice, répond Nina.

— C'est juste que… je l'aime sincèrement, gémit Polina. Je ne veux pas qu'il y ait le moindre problème entre nous.

Nina entend les sanglots dans sa voix.

— Je me sens si mal, reprend-elle, j'en ai assez.

Entre-temps, elles ont atteint l'hôtel. Vera tient la porte ouverte pour Polina, tandis que Nina sort un mouchoir de sa pochette et l'asperge d'eau de Cologne. La femme au chapeau gris s'attarde dans la rue.

Vera entraîne Polina vers un fauteuil dans le hall.

— Ferme les yeux et prends une profonde inspiration, lui conseille Nina en posant son mouchoir sur le front de la jeune femme. Tout ira bien.

Ce n'est que plusieurs heures plus tard, lorsqu'elle se retrouve dans sa chambre après avoir dansé, pris une douche et mangé, que Nina profite d'un moment de solitude pour sortir le morceau de papier de sa poche et le déplier. Elle y lit en petites lettres d'imprimerie : *Passeports, papiers d'identité. Ernst : 11 6275.*

Grigori avait consacré le reste de cette année-là, celle de ses vingt et un ans, à la poésie de Viktor Elsin. Il s'était souvent reporté à la pochette en vinyle et à son contenu, photographies et lettres. Il n'avait parlé du pendentif à personne. Il avait lu tout ce qu'il avait pu trouver sur le poète et sur sa femme, Nina Revskaïa, et rassemblé les pièces du puzzle comme un enquêteur. Puis étaient venues les désillusions : la réaction dédaigneuse de Grandes Oreilles à son devoir, et la fureur dans les yeux verts de Nina Revskaïa, qu'il avait pourtant approchée avec prudence et tact.

Tous ses efforts n'avaient cependant pas été réduits à néant. Il avait au moins choisi son sujet de recherche, un sujet qui lui avait d'ailleurs valu une bourse, lui permettant de se rendre, pour la première fois, en Russie. À Moscou, muni de l'adresse et des quelques informations qu'il avait glanées à partir du certificat de naissance, il s'était mis en quête de registres. Ses recherches s'étaient révélées vaines, et Grigori en avait éprouvé une frustration inédite. Lorsqu'il y était retourné deux ans plus tard, pour chaperonner un programme d'échanges entre étudiants, il avait retenté sa chance et s'était, de nouveau, mis au supplice. Il avait d'abord attendu toute une matinée qu'une employée désagréable de l'Office du logement accepte de lui accorder son attention ; quand Grigori avait pu enfin lui exposer sa requête, elle lui avait annoncé que c'était l'heure de sa pause déjeuner. À son retour, comme Grigori était toujours là, elle lui avait dit que les dossiers qui pouvaient l'intéresser n'étaient consultables, pour une raison mystérieuse, qu'entre neuf heures et dix heures et demie du matin. Grigori s'était donc présenté le lendemain à l'heure indiquée pour apprendre que la femme était absente ce jour-là et qu'elle était seule en charge des archives concernant le logement. Personne ne pouvait l'aider. Lorsqu'il était revenu le troisième jour, il s'était heurté, à une porte close.

— Tu as l'air de mauvais poil, lui lança Evelyn. Ne t'inquiète pas, on n'est pas obligés de rester longtemps.

Ils se rendaient ensemble en voiture chez Roger et Hoanh Thomson, deux collègues de l'université.

— Désolé… C'est juste un souvenir.

Evelyn lui adressa un regard compatissant. Elle s'imaginait sans doute qu'il pensait à Christine et que c'était ça qui le rendait triste. Elle s'était montrée très patiente avec lui depuis le jour de la Saint-Valentin, et avait même prétendu se réjouir qu'ils « prennent leur temps ». Grigori se redressa. C'était une soirée froide, le premier samedi de mars, et ils se rendaient à la fête annuelle des Thomson en l'honneur de la journée internationale des femmes. On la célébrait en réalité le 8, mais les vacances de printemps commençaient la semaine suivante, et beaucoup seraient absents à cette date. Grigori y était invité chaque année, parce que Hoanh – qui enseignait le français, le vietnamien et portait des tenues effroyablement vulgaires – occupait un bureau au même étage que lui. Elle n'était pas particulièrement jolie (elle avait une vilaine peau et des petits yeux froids), pourtant Roger semblait la considérer comme une bombe sexuelle, et tout le monde à la fac (à l'exception, peut-être, d'Evelyn, qui avait du goût) se comportait comme si c'était le cas. La plupart des collègues de Grigori viendraient sans doute en chaussures à semelle de gomme, cols roulés informes, et parkas conçues pour le trekking dans l'Himalaya ; ils donnaient toujours l'impression d'être parés à affronter une tempête. Sauf Evelyn, bien sûr. Elle avait choisi une blouse en soie sans manches, une jupe crayon noire et des bottines à talon qui lui allaient particulièrement bien.

« Bonne idée », lui avait dit Grigori lorsqu'elle lui avait proposé qu'ils fassent le trajet ensemble.

Elle avait employé ces mots exacts « faire le trajet ensemble », comme si une autre formulation – « Veux-tu venir avec moi chez les Thomson ? » – aurait pu le bousculer. Évidemment, le choix des termes n'aurait pas beaucoup d'importance lorsqu'ils arriveraient ensemble et que leurs collègues échangeraient des commentaires à voix basse. Mais quelle importance, après tout ? Qu'ils parlent, s'ils en avaient envie.

— Ah, bon sang, j'avais oublié qu'on était obligé de retirer ses chaussures !

Evelyn parut contrariée en découvrant l'alignement de chaussures sales et de baskets posées sur des feuilles de journal dans l'entrée. Il faisait chaud dans l'appartement spacieux des Thomson, sur Medfield Street, et cela sentait le feu de cheminée.

— L'équilibre de ma tenue reposait sur mes chaussures, lança Evelyn avec un rire bon enfant.

Elle ôta ses bottines tandis que Grigori se débarrassait de ses mocassins. Une fois déchaussée, Evelyn avait perdu cinq bons centimètres.

— Allons-y, dit-elle en ouvrant la porte du salon.

Pris d'une culpabilité subite, Grigori lui tint la porte.

— Bienvenus, lança Roger en remettant un minuscule bouquet de boutons de rose à Evelyn.

C'était une autre tradition de cette journée des femmes. La chaîne stéréo ne diffusait que des artistes féminines. À côté de la porte se trouvait une urne destinée à récolter des fonds pour des associations d'aide aux femmes.

— Mmmh, elles sentent bon, dit Evelyn en épinglant soigneusement le bouquet à son corsage bleu. Merci, Roger.

Les autres invités, en chaussettes épaisses et pulls qui boulochaient, sirotaient la liqueur de café que Roger fabriquait lui-même. Grigori avait honte pour eux – même si son propre pantalon était chiffonné. L'élégance et la Nouvelle-Angleterre n'allaient vraiment pas de pair… Même lors de son dernier hiver, Christine, elle, n'avait pas cédé à la facilité de porter des vêtements en laine polaire.

— Vous êtes très en beauté, Evelyn, lui dit Roger.

C'était vrai ; le tissu soyeux de son corsage faisait ressortir l'éclat de ses yeux, et elle se tenait bien droite, alors que les autres étaient avachis dans leurs tenues informes.

— Vous connaissez les lieux : vin et liqueur de café de ce côté-ci, buffet de ce côté-là, poursuivit Roger en indiquant une table près de la fenêtre. Ah, ma femme m'appelle, ajouta-t-il avant de rejoindre Hoanh, vêtue d'une robe en Stretch qui moulait jusqu'à son pubis.

Grigori fut soulagé d'échapper à son hôte. Il ne supportait pas Roger, ses études sociologiques sur la « pulsion sociale » et son cours sur « l'amitié ». Roger était affecté et poseur, et visiblement très fier d'avoir dégoté une poupée asiatique. Il travaillait toujours beaucoup son apparence, et quand il n'arborait pas une nouvelle cravate chatoyante, il mettait des Converse avec un costume. Dès que le temps se radoucirait, il viendrait travailler avec sa bicyclette de collection qu'il s'était fait expédier de Chicago. Même la décoration de son appartement était affectée : les masques africains et les marionnettes vietnamiennes côtoyaient une affiche de cirque, un plan du métro londonien et des photomatons sur lesquels Roger et Hoanh affichaient des sourires forcés. Des 33 tours (Joan Baez, Laura Nyro, Patti Smith et Joan Jett) étaient exposés, face visible, sur le dessus de la bibliothèque, alors qu'en réalité, la musique provenait d'un iPod – qui n'en avait pas un aujourd'hui ?

— Est-ce qu'ils possèdent seulement une platine tourne-disque ? demanda Grigori avec irritation.

— Arrête de jouer les grincheux ! répondit Evelyn en lui pinçant le bras.

— Tu sais bien que c'est mon trait de caractère le plus saillant.

Il remplit un petit verre de liqueur de café et le lui tendit.

— Mmmh, c'est délicieux. Tu devrais goûter, Grigori. Bonsoir, Zoltan !

— *Kezét csókolom*, rétorqua ce dernier en lui faisant un baisemain.

Grigori lui serra la main.

— Je dois dire que je suis étonné de te voir ici, Zoltan.

Zoltan répétait toujours à qui voulait l'entendre qu'il n'avait pas de temps à perdre avec l'« étalage mesquin de la prétendue supériorité des universitaires, y compris dans la frivolité ».

— Il m'a semblé que j'y étais obligé, puisque ce sera ma dernière apparition.

— Comment cela ?

Depuis le cancer de Christine, Grigori imaginait toujours le pire : le médecin avait peut-être annoncé une mauvaise nouvelle à Zoltan.

— C'est un secret, chuchota le vieil homme en les attirant à l'écart. C'est la dernière année où j'enseigne à l'université. En tant que président du département, je t'en informe, officiellement, en premier. Mais, je t'en prie, n'en parle pas encore aux autres. Je ne voudrais surtout pas qu'ils se figurent que je vais organiser, tu sais, une grande fête, une cérémonie ou quelque chose dans ce goût. J'aimerais éviter les manifestations de ce genre.

Grigori doutait que ses collègues, ou l'administration de l'université, se montrent aussi généreux, de toute façon. Il devrait trouver un moyen approprié de témoigner à Zoltan la reconnaissance du département.

Le vieil homme ajouta :

— Croyez-moi, cela vaut mieux ainsi. Disparaître tranquillement dans la nuit.

— Mais où irez-vous ? lui demanda Evelyn.

Grigori comprit la signification de sa question : le monde universitaire, avec sa foi sans faille dans l'intellect et l'érudition, était le seul endroit pour un homme comme Zoltan, dont l'engagement artistique passionné trouvait rarement un écho dans la vie quotidienne. Après tout, les universités étaient des musées à leur façon, des réserves d'originaux comme Zoltan, qui y passaient des années – pour ne pas dire leur vie entière – au chaud, en planchant sur le sujet de leur choix jusqu'à ce que tous leurs cheveux soient tombés et que les derniers vestiges de leur jeunesse se soient envolés.

— J'ai dans l'idée de rentrer chez moi, dit Zoltan.

— Chez vous ? demanda Evelyn.

— En Hongrie. Une maison au bord du lac Balaton.

— Depuis combien de temps nourris-tu ce projet ? l'interrogea Grigori.

Conscient qu'il y avait une pointe de reproche dans sa voix, il s'empressa d'ajouter :

— Ça va être triste ici sans toi.

Il était sincère. Avec qui d'autre pourrait-il débattre de Mahler, comparer les traducteurs de Baudelaire, déplorer le niveau de la fiction dans *The New Yorker* ? La lecture d'une critique inepte dans le *Times* pouvait mettre Zoltan hors de lui, quel que soit le livre concerné. Il lui arrivait de téléphoner à Grigori pour l'informer de la diffusion d'une œuvre de Schuman par tel ou tel interprète, et il montait sur ses grands chevaux quand un étudiant n'avait jamais entendu parler de Diaghilev, Joseph Brodsky ou Vanessa Bell.

— Tu vas me manquer, conclut Grigori.

— À moi aussi, renchérit Evelyn.

— Pendant un temps seulement, rétorqua Zoltan en se servant un scotch d'une main tremblante. Quant à moi, il faut que je rentre.

— Je ne savais pas que tu avais l'intention de retourner en Hongrie.

— Ce n'était pas le cas. En me replongeant dans mes journaux, j'ai eu comme un déclic. Les souvenirs ont resurgi. J'avais chassé tellement de choses de mon esprit… À la période des fêtes, en apercevant, depuis la rue, des sapins de Noël chez les gens, je me suis rappelé pour la première fois depuis des dizaines d'années – des dizaines ! – les bonbons que nous mangions, enveloppés dans un papier de couleur brillant. Nous nous en servions pour décorer les arbres. Il m'a fallu une journée entière pour retrouver leur nom. J'ai su alors que le temps était venu.

Grigori acquiesça. Il connaissait ce sentiment, ce besoin – pourtant, lui-même était ici chez lui, non ? Il se posait cette question depuis la mort de Christine. Dernièrement, il avait envisagé de déménager – pas de quitter Boston, mais la maison, pour un endroit plus petit.

— Comment s'appellent-ils ? demanda Evelyn. Ces bonbons ?

— *Szaloncukor !* répondit Zoltan avec des yeux brillants d'enfant. Je crois que ce sera merveilleux de redécouvrir un pays que j'ai dû fuir autrefois. De pouvoir y exprimer mes désirs sans aucune crainte pour ma sécurité. À moins que ne me revienne tout ce que j'ai oublié ici : les menaces mortelles. Il fallait toujours surveiller ses arrières, quand on était un intellectuel. Simplement à cause de ce que nous étions, de ce que nous appréciions, de ce que nous comprenions...

Ce que Zoltan avait accompli, dans ses limites peut-être, avec discrétion, était incroyable. Même s'il n'était qu'une note de bas de page dans la longue liste des victoires de l'art sur l'autoritarisme. Grigori songea soudain qu'en tant qu'exécuteur littéraire de Zoltan, il prendrait part à cette chaîne humaine s'il trouvait un traducteur et un éditeur pour ses dernières œuvres. Ce serait une tâche de longue haleine, mais, après tout, que valait la vie sans vrais défis à relever ?

— J'ai vécu ici longtemps, poursuivit Zoltan, mais ça n'était pas pareil. Je ne suis pas sûr d'y avoir jamais trouvé ma place. En lisant mon journal ce matin... J'ignore, Evelyn, si Grigori vous a dit que j'écris mes mémoires. J'ai relu les pages datant de mon arrivée en Amérique, et j'ai été surpris de constater que je remarquais à l'époque des choses qui aujourd'hui ne me frappent plus. J'avais vécu à Londres avant mon arrivée, et je n'imaginais pas que les États-Unis seraient aussi différents. À la minute où je suis descendu d'avion, pourtant, je l'ai su.

— Comment cela ? demanda Evelyn.

— Les gens couraient en tous sens, gesticulaient... La façon d'agir des Américains est différente. Ici, tout le monde est toujours pressé.

— Ce n'est pas le cas en Angleterre ?

— Les Anglais dissimulent leurs émotions. Les Américains ne gardent rien pour eux. Ils jurent, ils insultent, ils se tapent dans le dos. Je n'avais jamais rien vu de tel.

Grigori acquiesça, se rappelant parfaitement cette sensation de nouveauté.

— Moi, ce sont les maisons qui m'ont étonné. Je n'oublierai jamais le jour où j'ai découvert les banlieues américaines. Je n'en revenais pas de la taille des logements. Il y avait même des chambres en trop, réservées aux « invités ».

Zoltan hocha la tête.

— Ce pays a été généreux avec moi. Mais il ne gardera pas l'empreinte de mon corps sur son matelas, si vous m'autorisez cette image.

— Le mien pas davantage, ajouta Grigori.

— Égotistes ! rétorqua Evelyn en riant.

— Égotistes ? reprit Zoltan. J'ai justement passé la semaine avec un magnifique spécimen du genre. Je lis les mémoires de Berlioz.

Evelyn l'interrompit :

— Je vous prie de m'excuser, mais j'ai les pieds gelés. Je vous laisse tous les deux, je vais me réfugier sur la moquette.

Grigori constata soudain qu'elle frissonnait.

— Pauvre petite, dit Zoltan, allez vous réchauffer.

En la regardant se diriger vers la cheminée, Grigori se reprocha, comme à son habitude, de ne pas l'accompagner. Elle paraissait vulnérable sans ses talons. Il s'en voulait autant qu'il en voulait à Roger et Hoanh. Qu'avait-elle ressenti lorsque Grigori avait accepté de bon cœur de « prendre le temps » ?

Natalie Gluck, qui enseignait la sociologie, s'était approchée d'eux, et Zoltan se lança dans le récit des amours de jeunesse de Berlioz. Grigori perdit rapidement le fil. Ses pensées l'entraînèrent vers Drew Brooks. Elle lui avait téléphoné la veille. Grigori regrettait de n'avoir trouvé son message que tard dans la soirée. Les accents chaleureux de sa voix sur le répondeur… Elle pensait le rappeler plus tôt, mais elle avait eu une semaine très chargée et n'avait pas encore rattrapé le retard qu'elle avait accumulé… Grigori appréciait son assurance et son calme. Il appréciait qu'elle utilise le téléphone plutôt que d'envoyer un message électronique, qu'elle ne redoute pas, comme nombre de ses contemporains, de tomber sur une voix humaine au bout du fil. « J'ai lu vos traductions, expliquait-elle, j'aimerais beaucoup en discuter avec vous. »

Son soulagement avait été intense. Il n'avait pas eu de nouvelles d'elle pendant deux semaines, et il commençait à regretter de lui avoir prêté ce livre : peut-être n'oserait-elle pas le contacter tant qu'elle ne l'aurait pas lu. À moins qu'elle n'ait pas réussi à s'intéresser aux poèmes, ou qu'elle ne les ait tout bonnement pas aimés.

Après les recherches qu'elle avait menées sur la vie de Nina Revskaïa, il était naturel, pourtant, qu'elle soit attirée par la poésie de Viktor Elsin. Tout en faisant mine de s'intéresser à la conversation de ses collègues, Grigori se demanda comment elle réagirait s'il lui révélait la vérité : sur le collier, les poèmes, les lettres et les photographies contenues dans la pochette en vinyle. Il pourrait les lui remettre, pour le catalogue ou le supplément auquel elle travaillait d'arrache-pied. Elle avait lu les poèmes, après tout. Peut-être serait-elle intriguée par les correspondances entre eux et les lettres…

Non, ce n'était pas raisonnable… Et pourquoi pas, après tout ? Il pouvait aller la trouver, les lui montrer. Mais pourquoi s'y intéresserait-elle ? Personne ne s'y intéressait. À moins qu'elle ne soit différente…

Un collègue de Grigori, Bill Muir, s'était approché et avait engagé la conversation sur le dernier ultimatum lancé par le Président à l'Irak.

— Ils sont censés avoir commencé à démanteler leurs missiles, rétorqua Grigori, mû principalement par l'envie de contredire Bill. Peut-être que Hussein va accepter de coopérer.

— C'est ça ! Et les Sox vont remporter la World Series.

Bill Muir se lança dans une diatribe éculée sur le Président : il leur faudrait encore supporter sa folie pendant une année avant de pouvoir, heureusement, s'en débarrasser. Grigori acquiesça poliment. Il avait perdu l'envie d'échanger avec ces gens. Quand était-ce arrivé ? À la mort de Christine, ou à l'instant ? Il était peut-être au département depuis trop longtemps, à enseigner les mêmes matières, à donner les mêmes cours, à enchaîner les articles sur Viktor Elsin. Soudain tout cela lui semblait vain. Les collègues qu'il avait parfois considérés comme des amis l'indifféraient à présent.

Bill dut se rendre compte de son humeur, car il s'excusa et s'éloigna. Natalie et Zoltan passèrent de la corrida à Billie Holiday, puis à Mallarmé et Verlaine. Grigori écouta leur conversation sans y prendre part. Je devrais faire un effort, songea-t-il. Je devrais aller parler avec Evelyn.

Elle se trouvait non loin de lui, en compagnie du nouveau professeur de sociologie, Adam quelque chose, blond et sportif comme elle. Evelyn semblait apprécier la compagnie du jeune homme, même si elle croisait les bras, comme pour se rassurer. Grigori éprouva un élan de tendresse à son endroit. Il y avait différentes façons d'aimer quelqu'un, il y avait différentes formes d'amour. Après avoir rempli son verre de liqueur au café, il la rejoignit.

Le 8 mars, jour férié et pourtant travaillé. Les hommes offrent des fleurs, en général, mais Nina a reçu une petite montre en or ; elle n'a jamais rien vu d'aussi délicat. Elle vient de Suisse. Viktor l'a achetée à l'occasion de son voyage en France. Le bracelet est une chaîne en or, aussi souple qu'une anguille, et le cadran si petit et brillant que Nina doit plisser les paupières pour lire l'heure – elle est pour ainsi dire inutilisable, ce qui en fait l'incarnation parfaite du luxe.

Nina la glisse autour de son poignet après la répétition quand Vera pénètre dans la loge, essoufflée. Elle est déjà rhabillée.

— Tu es là ! s'exclame-t-elle, avant d'expliquer : C'est Gersh. Il a reçu un appel du secrétaire de Staline, ce matin. Il a été convoqué au Kremlin.

— À quel sujet ? demande Nina, écarquillant les yeux.

Vera secoue la tête avant de reprendre :

— Ça ne peut pas être une bonne nouvelle, si ?

— Quand a-t-il rendez-vous ?

— Cet après-midi. Mais je ne peux pas l'attendre chez lui, Zoïa doit y être.

— Je vais en informer Viktor. Nous ferons en sorte d'être là à son retour. Je te raconterai tout dès que possible. Je te le promets.

Nina et Viktor se trouvent donc chez Gersh en compagnie de Zoïa lorsqu'il revient du Kremlin, ce soir-là. Il a les traits tirés mais ne paraît pas accablé. Zoïa se précipite vers lui.

— Que s'est-il passé ? Qu'ont-ils dit ? Tu l'as rencontré ? Tu lui as parlé ?

Sa voix se teinte d'adoration lorsqu'elle l'évoque, « lui ».

— Je n'ai vu que son secrétaire, mais nous n'avons pas vraiment discuté. Il s'est contenté de me lire un décret.

— Quel décret ?

— Rien de nouveau, toujours la même chose...

Il semble soudain épuisé.

— Mais ensuite il m'a tendu ceci, reprend-il en produisant une page dactylographiée.

Zoïa s'en saisit aussitôt, Nina et Viktor lisent par-dessus son épaule. Il s'agit d'une note de service du vice-président du Comité pour l'art. « Sous l'égide du Conseil des ministres de l'URSS », Gersh a été renvoyé de l'Union des compositeurs.

Les boucles de Zoïa tressautent lorsqu'elle secoue la tête.

— C'est à cause de tes positions sur le bel canto. C'est forcément ça.

Elle ajoute à l'intention de Nina et Viktor :

— Il ne peut pas s'en empêcher ! Vous savez combien il adore Rossini...

D'un ton plus sec, elle ajoute en se tournant vers Gersh :

— Je t'avais dit de te débarrasser de ces enregistrements de Donizetti !

— Oui, madame.

Mais Zoïa est moins en colère qu'enflammée.

— Il s'agit d'un malentendu, ne t'inquiète pas, il faudra simplement convaincre quelques personnes…

C'est incroyable comme rien ne parvient à l'effrayer, à la faire douter. Elle est rarement déstabilisée par les événements qui se produisent autour d'elle. Nina, au contraire, a été souvent ébranlée dans ses convictions ces derniers temps. Encore récemment, elle croyait connaître les gens qui l'entouraient, mais à présent il lui semble impossible de savoir vraiment ce que les autres pensent ou font. Il y a eu la confession de Polina, à Berlin, le mois dernier, le message que la vendeuse lui a remis… Aurait-elle dû en parler à Vera et Polina ? Et si la femme l'avait choisie pour une raison particulière ? Avait-elle lu de la détresse dans ses yeux ? Pour la centième fois, elle se demande si ses compagnes ont reçu le même message. Nina a fini par rouler le sien bien serré et par le glisser dans un recoin de son vanity-case, trop effrayée pour le montrer à quiconque, surtout après les révélations de Polina.

Elles avaient fini par apprendre que la femme qui les filait était une des escortes qui leur avaient été assignées, une Est-Allemande répondant au nom de Bergit. Celle-ci avait rapporté leur incartade au représentant du Komsomol. Elles avaient été réprimandées devant le reste de la troupe, puis le directeur du Bolchoï leur avait fait la morale, leur expliquant qu'elles auraient pu trouver tout ce dont elles avaient besoin dans le secteur démocratique et qu'elles avaient couru le risque d'être enlevées par les capitalistes maléfiques. Nina, Polina et Vera avaient dû déclarer, devant les autres danseurs, qu'on leur avait volontairement remis des indications dangereuses, qu'elles étaient soulagées d'avoir pu rentrer saines et sauves en zone soviétique et qu'elles ne s'aventureraient plus jamais dans le monde non démocratique.

C'était un mensonge. Elles savaient bien ce qu'elles avaient vu à deux stations de métro de là. À l'évidence, d'autres connaissaient aussi la vérité. Et cependant, comme le disait Polina, il fallait être fou pour partir, pour prendre ce risque. *Ils retrouvent les fuyards et leur brisent les jambes.*

Zoïa explique à Gersh qu'il devrait écrire une lettre d'excuses.

— Je t'aiderai, bien sûr. Je n'ai pas une vilaine plume.

En reportant les yeux sur la note de service, elle ajoute :

— Je me demande si Staline l'a vue…

Il ne faut pas oublier qu'elle vénère le Guide suprême. Sur le mur, là où il n'y avait auparavant qu'un petit miroir ovale, elle a accroché un article encadré de la *Pravda* publié un an plus tôt :

> *« Si vous rencontrez des difficultés et venez à douter de vous, pensez à lui, à Staline, et vous regagnerez confiance. Si vous vous sentez fatigué, pensez à lui, pensez à Staline, et la fatigue vous désertera… Si vous avez un grand projet, pensez à lui, pensez à Staline, et le projet sera un succès… Si vous cherchez une solution, pensez à lui, pensez à Staline, et vous la trouverez. »*

— Je suis désolée, dit Nina, maladroitement, mais j'ai un autre engagement, et je dois y aller. Viktor, je te rejoins à la maison.

Elle pousse un soupir de soulagement en quittant la pièce. Mais son cœur se serre aussitôt en pensant à la nouvelle qu'elle doit annoncer à Vera.

À la première heure, le lundi matin, Grigori alla trouver Drew. Elle l'accueillit en souriant et se leva pour lui serrer la main, de sa poigne ferme et professionnelle.

— Quel plaisir !

— Je suis content de vous voir, Drew. Vous avez une mine superbe.

— Merci ! J'étais persuadée que mon bronzage avait déjà disparu. Nous venons de poster les catalogues, vous devriez recevoir votre exemplaire aujourd'hui ou demain.

Les événements suivaient donc leur cours, la vente aurait bien lieu. Peut-être en prendrait-il enfin conscience lorsqu'il tiendrait le catalogue entre ses mains.

Drew fouilla dans sa sacoche en cuir.

— Je vous remercie de m'avoir prêté votre recueil.

— C'est moi qui vous remercie de l'avoir lu. Mes traductions n'intéressent pas grand monde.

— J'ai été impressionnée. Les poèmes sonnent parfaitement en anglais. Si j'ignorais qu'ils ont été composés dans une autre langue…

Grigori se surprit à diminuer son mérite :

— J'y ai consacré la majeure partie de ma vie professionnelle. Jusqu'à présent.

Drew acquiesça, comme si elle était déjà au courant :

— J'adore ces poèmes. Pas seulement pour eux, mais aussi pour ce qu'ils m'ont appris sur Viktor Elsin.

En les lisant, je me suis surprise à tenter de l'imaginer. Les derniers m'ont interpellée, leur style est si différent...

— J'ai écrit des articles à ce sujet. C'est le genre de choses qui retiennent l'attention des universitaires désœuvrés.

— Et... à quelles conclusions êtes-vous parvenu ?

— Il ne faut pas me lancer là-dessus !

— Au contraire.

Elle le regardait droit dans les yeux.

— Eh bien, je crois que ces changements stylistiques correspondent à une évolution personnelle et littéraire. Le choix de nouvelles thématiques impliquait de nouvelles approches. Les poèmes n'en parlent pas explicitement, mais vous savez qu'Elsin a été arrêté peu après avoir écrit ses derniers textes. On s'est demandé s'il n'avait pas pris part à des activités subversives. Son meilleur ami avait été arrêté, on pourrait imaginer un lien entre les deux événements.

— Nina Revskaïa doit le savoir..., suggéra Drew.

— Oui... sans doute. Elle n'en a jamais rien dit.

Drew ouvrit le livre à la fin.

— Le dernier poème est particulièrement obsédant.

Rive, le texte le plus surprenant d'Elsin : il ne suivait aucun schéma métrique. C'était aussi son ultime poème.

Rive

I.
Glorieux secrets des bois !
Vent cruel qui les emporte

Une fois la saison morte.
S'écrie le noisetier en émoi :
Encore ! Et le temps se suspend.
Revenants. Ruisseaux.
Nuit silencieuse. Sanglots.
Les pins gémissent faiblement.

II.
Étoiles au loin : gouttes de rosée
Sur une immense toile d'araignée.

III.
À l'ombre des grands épicéas,
Se cache une colonie de chanterelles,
Évitant du soleil l'éclat.
Cœurs figés comme les larmes éternelles.
Rien, jamais, ne nous prépare.
Nuée de souvenirs épars.
Les visages étonnés des fleurs.

— Il a dû l'écrire dans la précipitation, suggéra Drew. En tout cas, c'est l'impression qu'il donne.

Grigori approuva. C'était particulièrement vrai de la troisième partie, qui semblait se déliter, comme si le poète était à court de mots, à court de temps. En voulant montrer la deuxième partie à Drew, il lui effleura le bras et fut agréablement surpris par ce contact.

— C'est presque un haïku, dit-elle.

— Ces deux vers m'ont donné du fil à retordre, lui expliqua-t-il. J'ai dû décider qui de l'araignée ou de la toile était gigantesque.

— Une immense toile au-dessus de leurs têtes, dit-elle en levant les yeux vers lui.

— Il aurait aussi pu s'agir de l'araignée, symbole d'un mal tout-puissant et menaçant.

— La rosée, juste après l'évocation des pins, m'a fait penser à des larmes. On les retrouve plus loin, dans la dernière section… Pensez-vous que les censeurs aient pu y voir quelque chose de subversif ?

— Je n'ai pas trouvé le moindre document étayant cette hypothèse. Néanmoins, en y regardant bien, ce poème contient des éléments subversifs. Ce vers-là, par exemple : *Rien, jamais, ne nous prépare.* « Soyez prêts » était le slogan du Mouvement des pionniers, l'organisation des jeunesses communistes que tous les enfants devaient rejoindre.

— Comme les scouts… C'est presque le même slogan.

— En effet. Alors, écrire « rien, jamais, ne nous prépare »…

— Vous pensez qu'il faisait référence à…

— Ou pas. Nous savons seulement qu'il a écrit ce vers, dans ce poème.

Grigori acquiesça, trop heureux d'avoir une alliée. Même avec Zoltan, qui comprenait son travail, qui savait d'où il venait, il n'avait jamais ressenti une telle proximité. Il n'avait jamais rien raconté de très personnel au vieil homme, n'en avait jamais éprouvé le besoin. Quant à Evelyn, il éprouvait pour elle de l'amitié mais ne partageait aucune intimité avec elle. Il n'était pas fier de son attitude, le samedi précédent. Il n'avait passé que peu de temps avec elle durant la soirée et, au pied de son immeuble, il s'était contenté d'un baiser rapide sur la joue.

— Il y a aussi l'avant-dernier poème, reprit Drew en tournant la page. *Baignade nocturne*. Il pleure sur la perte de… l'innocence, à moins qu'il n'exprime sa désillusion du monde.

— Oui. Le monde n'est pas l'endroit bon et honnête qu'il croyait.

Grigori rassembla son courage et s'éclaircit la gorge :

— J'ai en ma possession des lettres…

Drew leva vers lui ses grands yeux bruns pailletés de vert.

Le cœur de Grigori cogna contre ses côtes.

— Si vous trouvez le temps de les lire…, ajouta-t-il en sortant les lettres de son attaché-case avec leurs traductions. Maintenant que vous connaissez les poèmes, vous remarquerez que certaines formulations sont très proches.

Il lui tendit d'abord les originaux. Elle les prit délicatement, comme s'ils risquaient de s'effriter entre ses doigts.

— Qui les a écrites ?

— Elles ne sont pas signées. Elles se concluent sur : « avec mon amour » et « à toi, pour toujours ». Mais j'ai des raisons de penser que Viktor Elsin en est l'auteur.

— Vraiment ? Et vous savez à qui elles étaient destinées ?

— Elles indiquent seulement « ma chérie ».

— Les avez-vous montrées à Nina Revskaïa ?

Il prit une profonde inspiration.

— J'ai essayé. Elle a refusé de les voir.

Grigori s'apprêtait à recourir aux excuses habituelles – c'était douloureux pour elle de se tourner vers le passé, cette époque révolue ne l'intéressait guère –, mais il ne put se résoudre à mentir à Drew.

— Il y a longtemps, j'ai souhaité en discuter avec elle. Elle a refusé catégoriquement. Elle ne voulait pas entendre parler de ces lettres, ni de moi. Il m'a fallu une année supplémentaire pour trouver le courage de lui écrire afin de lui expliquer ma démarche.

Il ne pouvait en dire davantage. Il conclut donc :

— Elle n'a jamais répondu.

— Mais pourquoi ? demanda Drew, intriguée, avant d'ajouter : Ah, je comprends…

— Oui ?

— Il s'agit de lettres d'amour, n'est-ce pas ? Adressées à une autre…

— Oh, non, non, je ne crois pas. Enfin, oui, il y a une lettre d'amour, c'est vrai, mais c'est pour cette raison que le collier, le pendentif en ambre… Je vous ai apporté la traduction, afin que vous jugiez par vous-même.

Drew observait les originaux, les tournant et les retournant. Grigori percevait sa frustration devant cette langue qui lui résistait.

— Vous dites que ces lettres font écho aux poèmes ?

— Un passage en particulier…

Sentant son courage vaciller, il se ressaisit.

— Je n'ai pas l'intention de vous transmettre mes obsessions, mais j'ai pensé que cela pourrait vous intéresser. Pas tout de suite, bien entendu. Je… je sais que vous êtes débordée.

Elle posa la traduction sur son bureau.

—Je les lirai ce soir, vous avez éveillé ma curiosité. Peut-être qu'à nous deux…

Elle s'interrompit un instant, réfléchit.

—Peut-être qu'à nous deux, nous pourrons résoudre ce mystère.

Grigori aurait voulu la remercier de son intérêt, lui expliquer qu'elle avait illuminé sa journée. Pour cela, il eut un geste, presque inconscient : il lui prit la main, serra ses longs doigts dans sa paume. Elle le regardait calmement. De son autre main, il suivit délicatement le contour de son visage.

Une sonnerie retentit soudain : le téléphone. Drew s'écarta.

—Je suis désolé, je n'avais pas l'intention…, bredouilla Grigori.

—Je ne suis pas obligée de répondre, rétorqua-t-elle en se précipitant pourtant vers son bureau pour décrocher. Drew Brooks à l'appareil. Ah, bonjour… oui, c'est vrai… un instant, je finissais juste un rendez-vous.

Elle paraissait troublée.

J'ai fait quelque chose de terrible, songea Grigori. Je dois lui parler, m'excuser… Mais il ne comprenait pas lui-même ce qui venait de se passer. Dès que Drew eut raccroché, il dit :

—Je vous en prie, pardonnez-moi…

—C'était Lenore, je suis attendue en réunion. J'avais complètement oublié. Je suis désolée, je… dois y aller.

Elle ajouta, en évitant son regard :

—Je… je vais être contrainte de… vous rappeler plus tard.

— Ah, oui, bien entendu, mais… je vous assure, ce n'est pas… indispensable.

Grigori récupéra son manteau et l'enfila comme s'il s'agissait d'une armure.

— Je vous prie d'accepter mes excuses, ajouta-t-il avant de sortir à la hâte.

Lot n° 71

Bracelet en ambre de la Baltique, vers 1880 : cinq cabochons de 1,25 cm avec inclusion – trois diptères (*mycetophilidae*, *sciaridae*, *psychodidae*), papillon avec décolorations et insecte non identifié –, couleur miel à caramel, pierres biseautées serties, chacune, dans une monture en or jaune 14 carats tressée, poinçon de 56 zolotniki et poinçon du maître, AS, en cyrillique (Anton Samoïlov, Moscou), partiellement lisible, 63 × 55 mm avec fermoir et chaîne de sécurité. Estimation : 2000 – 3000 $.

Lot n° 72

Pendants d'oreilles en ambre de la Baltique, vers 1880 : deux cabochons de 1,25 cm avec inclusion (diptères), transparence exceptionnelle, pierres biseautées serties, chacune, dans une monture en or jaune 14 carats tressée, poinçon de 56 zolotniki et poinçon du maître, AS, en cyrillique (Anton Samoïlov, Moscou). Estimation : 1000 – 1500 $.

Lot n° 73

Pendentif en ambre de la Baltique*, vers 1880 : cabochon de 2 cm avec inclusion (araignée et son oothèque), bonne transparence, petites blancheurs en surface, pierre biseautée sertie dans une monture en or jaune 14 carats tressée, poinçon de 56 zolotniki et poinçon du maître, AS, en cyrillique (Anton Samoïlov, Moscou), chaîne en or filigrané de 76 cm, fermoir anneau à ressort en parfait état. Estimation : 20 000 – 30 000 $.

* Cette pièce ne provient pas directement de la collection de Nina Revskaïa, mais nous avons acquis la conviction qu'elle appartenait, à l'origine, à la même parure que le bracelet et les pendants d'oreilles créés par le maître Anton Samoïlov.

12

Au courrier, cet après-midi-là, Nina trouva une lettre de Shepley. Il lui adressait toujours de grandes cartes doubles illustrées d'une reproduction de tableau. Cette fois-ci, il s'agissait d'une peinture française du XIXe, une femme en robe longue, aux cheveux foncés, avec une ombrelle. À l'intérieur, il avait écrit d'une écriture petite et soignée :

Ma chère Nina,

Cette femme te ressemble, ne trouves-tu pas ? Robert est de mon avis, en tout cas.

Ma chère, je suis contraint de repousser mon séjour à Boston, probablement jusqu'en mai. Je vais être terriblement occupé en avril, d'autant que ma présence est requise la dernière semaine du mois : figure-toi qu'on va me remettre une récompense. Rien de très glorieux, une gratification locale, mais il serait grossier de me défiler. Je regrette de ne pouvoir venir plus tôt. J'espère que tu mettras cette carte sur la table à côté du Bonnard. Leurs couleurs s'accorderont à merveille, si ma mémoire ne me joue pas de mauvais tour.

Avec mon affection,

Shepley

Nina s'efforça de chasser la contrariété qui l'avait montait en elle. Elle n'accordait jamais un regard à la reproduction de Bonnard accrochée au mur, mais elle suivit les instructions de Shepley et plaça la carte sur la table à côté. « Une récompense, rien de très glorieux... » Voilà ce qu'il en était alors. Voilà ce qu'il en serait dorénavant. Mais à vrai dire, elle n'était pas d'une compagnie agréable. Qui pouvait le reprocher à Shepley ?

— Tout va bien ? demanda Cynthia, qui lisait un magazine dans le salon, le front plissé par l'inquiétude.

— Oui, oui.

Parler suffisait à réveiller la douleur.

Cynthia reprit sa lecture. Elle aimait les tabloïds. Avec son accent légèrement hautain, elle dit :

— À côté de vos bijoux, mon diamant fait triste figure. J'ignorais que vous aviez un tel trésor.

Nina comprit alors que Cynthia feuilletait le catalogue de la vente, et non un magazine. Il sortait de chez l'imprimeur, et Beller lui en avait adressé un exemplaire. Qui avait atterri sur les genoux de Cynthia.

— Je ne les porte plus, vous savez.

La douleur s'abattit de nouveau sur elle. Le médecin lui répétait toujours qu'il avait vu pire, qu'une de ses patientes était atteinte de raideurs telles qu'elle était incapable de s'asseoir dans un fauteuil et devait rester allongée toute la journée, attachée à un brancard.

— Aujourd'hui, mon élégance semble se résumer... à mes chaussons, reprit-elle.

Cynthia éclata de rire.

— En tout cas, je vous imagine très bien avec certains d'entre eux. Ceux-ci sont assortis à vos yeux.

Nina ne s'approcha pas pour voir de quels bijoux elle voulait parler.

— Vous pouvez emporter le catalogue chez vous.

— Vraiment ?

— Si je vous le dis.

— Vous croyez que vous allez vous débarrasser de moi aussi facilement ? Ne rêvez pas, trésor. J'attends que votre dîner soit prêt.

Au moins la vente appartiendrait bientôt au passé. Plus que trois semaines... Ses souvenirs la laisseraient peut-être en paix, ensuite. Nina soupira plus bruyamment qu'elle n'en avait l'intention. Pouvait-on succomber à la souffrance ? Elle ne s'était jamais vraiment interrogée sur sa mort, même si, ces dernières années, elle s'était surprise à passer en revue les différentes façons dont ses amis et connaissances avaient quitté ce monde. Sophie, une danseuse rencontrée à Paris, était morte d'une leucémie. Beatrice avait eu un Alzheimer alors qu'elle n'était même pas très âgée. Edmund était resté en parfaite santé jusqu'à ses quatre-vingt-douze ans, puis il s'était cassé la hanche et avait très vite décliné ensuite. Quant à la pauvre Veronica, elle avait perdu la tête (comment le dire autrement ?) et avait fini sa vie dans un hospice de Leeds.

Nina se rassura en songeant qu'elle avait tous ses esprits, du moins depuis qu'elle avait renoncé à prendre ses comprimés. Elle avait expliqué à Cynthia qu'elle était capable d'endurer la douleur ; elle avait été danseuse, après tout.

Depuis qu'elle avait interrompu son traitement, son esprit était sans cesse en quête de distractions, il cherchait à oublier la douleur. La veille, elle s'était surprise à raconter longuement à Cynthia ses années de guerre, les représentations qu'elle avait données dans un hôpital militaire devant des blessés, l'odeur nauséabonde du service des brûlés, qui la hantait encore parfois…

Elle se rapprocha de la fenêtre et observa les arbres grêles. Les bourgeons allaient bientôt percer, même si cela semblait difficile à croire pour le moment. Les jours avaient commencé à rallonger, Nina l'avait remarqué. C'était une période de l'année qu'elle appréciait habituellement, mais elle avait le sentiment qu'elle ne faisait que rendre son attente plus pénible, cette fois. Si seulement Shepley était là, si seulement la perspective d'une visite imminente pouvait lui apporter un soulagement. « Une récompense »…

— Voulez-vous que je mette un autre CD ?

Depuis combien de temps la musique – du Bach – s'était-elle arrêtée ?

— Oui, s'il vous plaît, Cynthia. Merci.

Une minute plus tard, les premières mesures de l'ouverture du *Cavalier de bronze*, de Glière, retentirent. Une nouvelle vague glacée remonta le long des jambes de Nina. Mais, les yeux clos, elle écouta la musique et, dans sa tête, commença à danser.

Avril 1951. Le temps est toujours gris et froid, seules l'égayent les fleurs d'or des branches de mimosa vendues dans les rues. La neige se mêle de pluie. Les routes sont presque impraticables, pleines de nids-de-poule et d'immenses flaques.

Viktor rentre plus tôt qu'à son habitude, au moment où Nina s'apprête à partir au théâtre.

— Tu es malade ? lui demande-t-elle aussitôt.

— Gersh a été renvoyé du Conservatoire.

Nina ferme les yeux. C'est le début de la fin, tout citoyen se devant de travailler – le chômage est considéré comme un crime.

— Je ne comprends pas, dit-elle en cherchant une réponse sur le visage de Viktor. Qui prend ces décisions ?

Viktor n'a pas encore retiré son manteau.

— Je vais là-bas. Il va avoir besoin de nous. Tu devrais peut-être prévenir Vera.

— J'ignore si elle danse ce soir. J'essaierai de la trouver.

— Je vais passer chez ta mère, au cas où elle s'y trouverait. Rejoins-moi chez Gersh après la représentation.

En traversant l'asphalte luisant de la place pour rejoindre le Bolchoï, Nina n'éprouve pas l'excitation habituelle. Pourtant, ce soir encore, elle dansera devant Staline. Il sera accompagné d'un émissaire laotien. Comme tous les étrangers, celui-ci a demandé *Le Lac des cygnes*. Pauvre Joseph Vissarionovitch, combien de fois a-t-il vu le mélodramatique, le larmoyant *Lac des cygnes* ? À quoi riment ces rêveries frivoles quand des événements affreux et inexplicables se produisent presque quotidiennement ? Elle paraît lointaine à Nina, l'époque où elle ne trouvait rien de plus charmant que les révérences des cygnes entourant Odette... À présent, elle n'y voit qu'une imposture.

Le théâtre est en effervescence, mais, exceptionnellement, Nina ne partage pas l'enthousiasme général.

Elle arpente les couloirs d'un pas vif à la recherche de Vera, dépassant les décorateurs qui effectuent des réparations de dernière minute, les cordonniers qui reprisent des chaussons dans l'atelier, les accessoiristes qui coiffent et bouclent des perruques. Un groupe de mécaniciens fument une cigarette dans un coin. Vera n'est nulle part.

Pendant la majeure partie des deux premiers actes, Nina parvient à oublier le malheur qu'elle vient d'apprendre. Mais au cours de l'entracte, qu'elle passe en compagnie de Piotr, la réalité la submerge : l'expression de Viktor, l'affaissement de ses épaules autrefois si solides. Une pluie de pensées terribles s'abat sur elle tandis qu'elle jette des coups d'œil furtifs vers la porte de la loge A. Si seulement elle avait le pouvoir de l'ouvrir…

Soudain, Piotr écarquille les yeux. Nina suit son regard : la porte a bougé. Le cœur de Nina s'arrête. Piotr se redresse sur son fauteuil, et elle comprend qu'elle n'est pas victime d'une illusion. Flanqué de deux gardes du corps, Staline s'avance.

Il paraît terrifiant avec sa large poitrine et son cou épais, son maintien fier. Sa démarche est à la fois indolente et majestueuse. Bouleversée, Nina est tentée de détourner la tête, mais il a les yeux rivés sur elle : il a remarqué qu'elle l'observait et se dirige lentement vers eux. Il a le regard sombre et perçant, ses cheveux grisonnants et coiffés en arrière sont brillants. Il mérite son surnom d'homme d'acier.

Il s'arrête devant eux. Les gardes du corps se tiennent légèrement en retrait.

— Papillon, commence-t-il lentement, vous avez particulièrement bien dansé. Vous faites la fierté de notre grande nation.

Nina est frappée par son accent, qui donne à sa voix un caractère intime, familier. Elle se lève, incline la tête et bredouille quelques mots, mais ce ne sont pas ceux qui lui tiennent véritablement à cœur. Si seulement elle trouvait le courage de lui poser la question qui lui brûle les lèvres… Ses oreilles bourdonnent, mais déjà il s'est tourné vers son partenaire et lui dit :

— Quant à vous, Piotr Filipovitch…

Le danseur bondit sur ses pieds, courbe les épaules en signe de soumission, le corps secoué de tremblements. Nina constate avec surprise qu'à côté de Piotr, Staline est plus petit qu'elle le croyait. Vu de près, il a le visage grêlé.

— Le camarade Staline est enchanté, poursuit-il. Votre interprétation est très intéressante. Oui. Dommage que l'intelligence ne soit pas une qualité plus… répandue.

Il sourit, découvrant des dents jaunes et ébréchées.

Piotr se met à bafouiller, mais Nina n'entend rien de ce qu'il dit. Staline les salue avant de disparaître avec ses gardes du corps. Nina pourrait croire qu'elle a imaginé cet entretien si son visage ne la brûlait pas.

Elle avait une occasion de dire quelque chose et elle a échoué. Elle s'est trahie, elle a trahi Gersh.

Pâle comme un linge, Piotr la dévisage.

— « Dommage que l'intelligence ne soit pas une qualité plus… répandue. »

Il répète une deuxième fois les paroles de Staline, puis une troisième. Au bout de quelques minutes de silence, il déclare :

— Tu sais, je crois qu'il a parfaitement raison.

Lorsque Nina arrive chez Gersh, après minuit, elle trouve celui-ci et Zoïa d'une humeur étonnamment enjouée.

— Je viens justement de lui acheter les œuvres complètes de Lénine ! s'exclame Zoïa. Il aura tout le loisir de les lire, maintenant !

Nina n'est pas dupe : Zoïa doit trembler pour leur avenir.

Elle les rejoint à table, autour d'un verre de vodka, et Zoïa l'interroge sur la représentation.

— Elle s'est bien déroulée, je crois.

Elle n'évoque pas la présence de Staline, ni leur conversation – si toutefois on peut l'appeler ainsi. Elle est rongée par la honte, persuadée qu'elle aurait pu faire quelque chose. Les autres discutent de tout et de rien d'un ton léger, et pourtant la soirée ressemble à une veillée, comme s'ils attendaient quelque chose. Nina aimerait pouvoir s'allonger et dormir.

Un coup frappé à la porte. Gersh et Viktor ne paraissent pas étonnés, malgré l'heure avancée. La crainte se lit dans les yeux de Zoïa lorsqu'elle s'approche de la porte et lance :

— Oui ?

Il s'agit du représentant du Comité de l'immeuble, accompagné de deux hommes en costume sombre. L'un d'eux porte une arme à la taille.

— On m'a demandé, explique le premier d'une voix hésitante, d'escorter les représentants de la quatrième section du Département d'enquêtes criminelles de la police de Moscou.

Les agents brandissent leurs cartes sous le nez de Zoïa. Puis le plus grand, celui qui est armé, produit un autre papier, expliquant qu'il s'agit d'un mandat de perquisition. Zoïa se met à pleurer.

— Faites ce que vous avez à faire, réussit-elle à articuler avant de retourner s'affaler sur sa chaise.

— J'imagine qu'il faut que je rassemble quelques affaires, dit tranquillement Gersh.

— Oh, mais non ! Je suis sûre que ce ne sera pas nécessaire ! s'écrie Zoïa.

Les deux hommes congédient le représentant de l'immeuble et entament leurs recherches.

— Crois-tu que nous devrions partir ? chuchote Nina à Viktor.

— Pas avant que Gersh ne nous le dise, souffle-t-il.

Il était au courant de la venue des policiers. C'est même pour cette raison qu'il a voulu rester aussi tard. Parce que ces visites n'ont jamais lieu en plein jour. Comme le dit la plaisanterie : « Les voleurs, les prostituées et le NKVD travaillent la nuit. »

Les agents ouvrent les tiroirs et les placards, examinent les papiers, les reçus, les carnets, les lettres. Ils prennent leur temps, leur méticulosité est répugnante. Ils n'ont pas refermé la porte de l'appartement, et, dans le couloir sombre, les rares voisins encore debout jettent un regard las au passage, avec une expression détachée, comme s'ils ne partageaient pas leur cuisine, leur salle de bains, leurs toilettes avec Gersh.

— Je ne comprends pas ce qu'ils cherchent, s'interroge Zoïa d'une voix inquiète. J'ignore ce qu'ils s'attendent à trouver. Je n'arrive pas à saisir…

Nina lui serre la main. Elle est froide et moite. Profitant des interrogations en boucle de Zoïa, Gersh se penche, l'air de rien, vers Viktor et lui murmure quelque chose avant de lui glisser un objet dans la main. Viktor hoche la tête de façon presque imperceptible.

Une heure s'écoule. L'un des agents s'est attaqué aux partitions contenues dans le tiroir sous le siège du piano. L'autre feuillette des cahiers reliés. Le concierge, un homme à l'air maladif, est monté. Adossé au chambranle, il observe avec indifférence les sbires du Parti qui se saisissent des livres et des carnets sur les étagères, des manuscrits sur le piano.

— Adieu mes notes sur Beethoven ! s'amuse Gersh lorsque le plus petit fourre une liasse de feuilles dans sa mallette.

Nina est prise d'un terrible mal de tête. Derrière la fenêtre, le ciel est toujours sombre.

Le concierge a abandonné son poste, mais il repasse furtivement, tous les quarts d'heure. Zoïa s'affaire comme si c'était son devoir de maîtresse de maison. Elle voudrait aider mais ignore comment et gêne constamment les deux hommes qui vident les placards et les étagères. Nina ne l'a jamais vue aussi calme, et elle se surprend à penser, non sans remords : Voilà ce qu'il faut pour lui rabattre son caquet.

Son mal de tête est remonté de la base du cou au sommet du crâne. Les agents examinent à présent des manuscrits roulés comme des diplômes. Le concierge, qui est de retour, tente d'attirer leur regard. Lorsqu'il y parvient enfin, il déclare d'un ton obséquieux :

— Nous vous devons notre sécurité. Je ne puis vous dire combien je vous suis reconnaissant de…

— Sortez d'ici ! lui hurle Nina.

Pour toute réaction, le concierge hausse les sourcils, puis il se détourne lentement, apparemment satisfait d'avoir réussi à glisser quelques mots.

Enfin, les agents ont fini. On ne lit aucun signe de fatigue sur leurs visages, alors que la pièce est sens dessus dessous. Ils remplissent leurs mallettes de livres et de documents appartenant à Gersh, et ajoutent une bouteille d'alcool. Le plus petit des deux réclame le passeport de Gersh, l'empoche.

— Si vous voulez bien nous accompagner…, dit celui qui est armé, sans la moindre trace d'animosité.

Gersh hoche la tête sans ciller, alors que Zoïa bondit :

— S'il doit vous suivre, puis-je venir aussi ?

— Ce ne sera pas nécessaire, lui répond le même homme, sur un ton presque amical, comme si elle lui avait proposé de lui rendre un service.

— Eh bien, alors, laissez-moi rassembler quelques affaires pour lui…

Elle sort du sucre et l'enveloppe dans un torchon.

— Tiens, prends ça aussi.

Elle dépose un salami dans la paume de Gersh comme s'il s'agissait d'un lingot d'or. Son visage a perdu toute couleur. Elle ne devait pas s'attendre à cette issue, songe Nina, étonnée.

— Bonsoir, leur dit Gersh, presque avec ironie, tandis que les deux hommes le dirigent vers la porte.

— À très vite ! répond Zoïa en se tamponnant les yeux.

Viktor adresse un signe de tête à son ami. Nina ne trouve rien à dire, elle le regarde disparaître dans les ténèbres. Dès qu'ils sont partis, Zoïa perd son sang-froid.

— Ils ont trouvé son journal, vous avez vu ? J'espère qu'il n'a rien écrit d'insensé ! Oh, là, là ! Oh, là, là ! Vous connaissez Gersh... Il ne mâche pas ses mots !

— Il tenait un journal ? interroge Nina, se demandant si Vera y est mentionnée.

— Pas un journal comme nous pourrions en rédiger un, toi ou moi. Plutôt un carnet d'artiste, en réalité, des pensées sur l'art, la musique et tout le reste... Oh, pourvu qu'il n'ait fait aucun commentaire imprudent. Il se conduit parfois comme un imbécile !

Nina la dévisage. Qu'aurait pu écrire Gersh de suffisamment grave pour être arrêté ? Et Zoïa, avec son patriotisme échevelé et ses enregistrements des discours de Staline, ne pourrait-elle pas avoir parlé à la police de ce journal ? Pourtant, son affolement paraît authentique. Mais qu'y a-t-il de plus difficile qu'aimer deux choses radicalement opposées, que vouloir désespérément croire aux deux ? Le mal de tête de Nina s'intensifie brutalement à l'idée que Gersh pourrait leur avoir caché certaines de ses activités.

— J'ai la certitude que tout ira bien, reprend Zoïa d'un ton plus enjoué.

Elle semble avoir réussi à s'en convaincre, bien que quelques larmes roulent encore sur ses joues.

— Je suis persuadée qu'ils n'ont pas de mauvaises intentions. Ils ont été très polis... même s'ils ont fichu le bazar ! Oh, j'espère seulement qu'il sera bien installé.

— Veux-tu t'allonger ? propose Viktor d'une voix si lente et triste que Nina n'arrive pas à décider si elle témoigne de sa sympathie envers Zoïa ou d'une lassitude extrême. Je peux rester. Ou partir, si tu préfères être seule.

— Je serai incapable de trouver le sommeil, dit Zoïa en se mettant à ramasser les papiers et les livres qui jonchent le sol. Oh, là, là ! Vous pensez qu'ils vont revenir ?

— Sans doute, soupire Viktor. Ils voudront s'assurer qu'ils n'ont rien oublié.

— Et s'il y avait autre chose ? Il faudrait peut-être vérifier. Passer tout en revue. Oh, là, là ! Qui sait...

— Je peux t'aider, lui propose-t-il.

— Merci, Viktor, oui. Ah, pourvu que tout aille bien pour lui, là-bas !

— Je dois vous laisser, dit Nina en jetant un regard lourd de sous-entendus à Viktor.

Il faut qu'elle parle à Vera.

En sortant, elle est surprise par la lumière du matin. C'est le début du printemps, et l'air paraît étonnamment doux après la pluie glacée de la veille. Le soleil brille faiblement, comme une ampoule fatiguée. Le raclement des balais en crin sur le trottoir – il doit être près de sept heures, les vieilles femmes sont déjà en train de balayer. La douleur lui enserre le front à présent, comme un chapeau trop serré. *Si vous voulez bien nous accompagner...* Les palpitations la forcent à plisser les yeux alors que les rayons blafards du soleil s'étirent dans le ciel. La neige a complètement fondu, formant de minuscules ruisseaux dans les fissures du macadam. Devant l'hôtel *Métropole*, les lumières vert vif d'un taxi attirent son regard. Mais Nina a besoin de sentir l'air sur son visage, le sol sous ses pieds. Elle dépasse des magasins avec des présentoirs en carton dans leur vitrine, des kiosques d'angle proposant friandises, boissons et sandwichs, un long alignement de *dom kommuny*, des maisons communes. Tout va mal, si mal… Soudain, ce monde qu'elle croyait meilleur lui paraît pourri. Les trottoirs neufs s'affaissent déjà, les peintures fraîches s'écaillent, comme le vernis à ongles. Lorsque Nina s'engage sur le boulevard, une ouvrière massive qui nettoie la chaussée vide volontairement son seau sur ses pieds.

Tout le monde est si méchant. Comme l'affreux concierge de leur immeuble.

Ses chaussures mouillées crissent sur les pavés de son ancienne rue. De l'eau sale se déverse des gouttières rouillées. Elle emprunte le passage en planches pour éviter la boue qui a envahi toute la rue. Au-dessus de sa tête, des locataires s'activent déjà, aérant leurs chambres, faisant leurs carreaux. Dans l'entrée de l'immeuble, une femme est occupée à récurer le sol. Il flotte dans l'air une odeur de détergent. Les tiges grêles des liserons s'accrochent aux balcons. Les parents de Vera ont été emmenés au printemps, eux aussi. Les arrestations massives ont toujours lieu au printemps ou à l'automne, elles sont saisonnières, comme les légumes ou les vacances.

Nina gravit l'escalier sombre jusqu'à son ancien appartement. Elle se demande si Vera a réussi à fermer l'œil de la nuit, si sa mère est déjà levée. Elle prend une profonde inspiration avant de leur annoncer la nouvelle.

Chaque fois que Drew repensait à lui, elle revivait la scène aussi intensément que la première fois. Elle aurait voulu en parler à quelqu'un, Kate ou Jen, leur raconter ce qu'elle avait éprouvé lorsqu'il lui avait caressé la joue…

Mais c'était ridicule, bien sûr. Non seulement ils travaillaient ensemble, mais il était plus âgé, probablement d'une vingtaine d'années ! Drew n'avait pas uniquement été touchée par son geste, d'une sincérité bouleversante, mais aussi par ses yeux, qui souriaient avec mélancolie. Son regard disait qu'il avait vécu, qu'il avait appris que la joie et la tristesse étaient inextricablement liées.

« Des yeux pleins de vie. » C'était une expression que grand-mère Riitta employait toujours lorsqu'elle évoquait le souvenir de son mari, Trofim. Elle pouvait également s'appliquer à Grigori Solodin.

Si seulement elle avait su où trouver une oreille attentive… Jen se contenterait de poser des questions dangereuses : « Comment peux-tu être sûre à cent pour cent qu'il n'est pas marié ? » Et Kate serait horrifiée par leur différence d'âge. Sans parler du fait qu'il s'agissait d'un client, et que leur collaboration ne s'achèverait pas avant trois semaines. Elle devait se reprendre. Tout en lui laissant entendre qu'il n'avait pas commis d'impair.

Elle resta perdue dans ses pensées un long moment, cependant. Dire qu'elle avait enfin éprouvé, de nouveau, quelque chose… Et avec le dernier homme auquel elle aurait songé ! Comme Riitta et Trofim.

Elle faillit éclater de rire, et ses yeux tombèrent sur sa bague. Riitta aurait compris, elle... Le souvenir de sa grand-mère lui donna une idée. Il lui fallut encore quelques minutes pour se décider à la concrétiser, puis elle décrocha le téléphone et composa le numéro de Grigori Solodin. Elle s'était à peine présentée qu'il commença :

— Je suis vraiment confus, j'espère que...

— Il n'y a aucun mal, rétorqua-t-elle d'un ton, l'espérait-elle, convaincant. Je tiens simplement à rester... professionnelle.

— Bien entendu, oui, je vous en prie, ne...

— Je vous appelle pour autre chose. Ça n'a rien à voir avec la vente, en réalité.

« C'est personnel », s'entendit-elle ajouter, consciente de franchir une limite – d'autant plus qu'elle l'appelait de son bureau.

— J'ai en ma possession un journal intime que je rêve de lire. Il ne contient pas beaucoup de pages, mais il est rédigé en russe. Il appartenait à mon grand-père. Le père de ma mère. C'est elle qui en a hérité à la mort de ma grand-mère, mais elle ne comprend pas davantage cette langue. Je me suis toujours demandé ce qu'il racontait...

Drew ne s'expliquait pas l'absence de curiosité de sa mère, même si elle se doutait qu'elle provenait moins de l'indifférence que de la crainte de découvrir cet homme à travers ses propres mots, sans le prisme de l'amour de Riitta.

— Je serais très heureux de vous aider, répondit-il avant d'ajouter : si c'est ce que vous souhaitez.

— Je vous en serais très reconnaissante.

Drew perçut du soulagement dans la voix de Grigori lorsqu'il reprit :

— Bien sûr, si l'écriture est difficile à déchiffrer, je ne comprendrai peut-être pas tout, mais j'aimerais beaucoup essayer.

Drew lui expliqua qu'elle allait demander à sa mère de lui envoyer le journal.

— Je me suis toujours figuré que je le montrerais à mes enfants, ou que je le leur transmettrais. Comme les histoires que me racontait ma grand-mère.

En prononçant ces mots, elle prit conscience qu'elle n'avait pas abandonné tout espoir de fonder une famille.

— Vous étiez très proches ? De votre grand-mère, s'entend.

— Oui. Elle était mon âme sœur, en quelque sorte. Je pense encore à elle tous les jours.

Après quelques secondes de silence, elle ajouta :

— Je regrette parfois de ne pas pouvoir lui parler de… certaines choses.

— Drew. Je…

Il inspira profondément, et Drew se mit à redouter ce qu'il allait dire.

— Les documents que je vous ai apportés aujourd'hui. Les lettres. Ce sont aussi des papiers de famille. Comme le journal de votre grand-père. Je voulais que vous le sachiez.

— De votre famille ?

L'esprit de Drew s'emballa aussitôt, imaginant les liens possibles entre Grigori Solodin et Viktor Elsin. Au bout de quelques secondes, il finit par répondre :

— Mon intérêt pour Viktor Elsin vient de là, voyez-vous. J'ai d'autres documents. Des photographies. Je pourrais vous les montrer, si…

Drew comprit que l'aveu qu'il venait de lui faire lui avait coûté, et qu'elle devait l'aider à son tour.

— J'aimerais beaucoup les voir. Mais seulement si vous êtes sûr de le vouloir…

D'une voix douce, il lui répondit que oui.

Quelques jours plus tard, par un après-midi frais, Nina rejoint Zoïa dans la longue file d'attente devant le bureau d'informations de la rue Petrovka. Elles veulent savoir si Gersh est toujours détenu à Moscou ; il n'a pas reparu depuis le soir où les agents l'ont emmené. Zoïa a seulement appris qu'il avait été arrêté pour ses « activités antisoviétiques ». En tout cas, c'est ce que Viktor a dit à Nina. Elle espère obtenir davantage d'informations aujourd'hui. Le bureau n'ouvrira pas ses portes avant dix heures et demie, mais Zoïa attend depuis cinq heures du matin, pour être bien placée à l'ouverture. Évidemment, lorsque Nina la rejoint, à treize heures, des centaines de personnes font la queue sur le trottoir. Nina a tout le temps de les compter.

D'épais nuages gris encombrent le ciel. Sans soleil, le froid est encore plus mordant. Nina a apporté du jus de fruit et des biscuits, que Zoïa engloutit.

— Tu es vraiment gentille de me tenir compagnie, répète-t-elle sans cesse. Surtout que je ne suis pas très amusante. Avant que tu arrives, je m'endormais debout ! Je déteste me lever aussi tôt, tu sais, mais hier je n'ai commencé la queue qu'à sept heures, et au bout de huit heures, alors que mon tour approchait, la femme du guichet a annoncé qu'elle fermait !

Nina a la preuve de ce qu'elle soupçonnait depuis le début : Zoïa aime Gersh d'un amour sincère.

— Je veux juste savoir s'ils l'ont envoyé quelque part.

Une odeur familière flotte dans l'air. Nina tente de l'identifier. De temps à autre, les gens derrière elles s'impatientent et les poussent. La première fois, Nina s'imagine qu'elle a été reconnue, qu'un admirateur va provoquer un incident, alors qu'elle est méconnaissable avec son grand foulard noué sur sa tête.

— J'ai profité de l'attente pour réfléchir à une lettre, explique Zoïa en sortant une feuille de papier et un stylo de son sac à main. Tu pourrais m'aider…

— Je crains de ne pas être très…

— « Cher camarade Staline… » La formule est trop impersonnelle, non ?

Zoïa griffonne quelque chose avant de reprendre d'une voix claire et fière :

— « Cher Joseph Vissarionovitch… » C'est mieux, qu'en dis-tu ? C'est plus direct. « Cher Joseph Vissarionovitch… » Oh, je devrais en adresser une copie au directeur de la Commission des arts, ne penses-tu pas ?

Elle note autre chose sur la feuille.

— « Cher Joseph Vissarionovitch, je vous écris au sujet d'une affaire urgente concernant mon mari, Aron Simonovitch Gershtein, musicien et compositeur reconnu. Permettez-moi d'abord de vous dire que je suis une citoyenne active et responsable, membre du Parti depuis 1947. J'ai grandi à Moscou et fait mes études au sein du département d'histoire du Parti à l'Institut des professeurs rouges. Après avoir obtenu mon diplôme, j'ai travaillé pour l'État, d'abord à la Commission des bourses, puis à la Commission pour l'éducation supérieure de la ville de Moscou. Je suis actuellement employée au ministère de l'Éducation, où j'organise des conférences… »

Nina écoute Zoïa évoquer, en détail, le parcours éducatif et professionnel de Gersh, et présenter chacune de ses étapes comme une preuve de son esprit patriotique. Elle s'interrompt fréquemment pour réfléchir à une meilleure formulation. Son ton plein d'espoir rappelle à Nina les lettres que ses camarades et elle envoyaient au président Kalinine lorsqu'elles étaient enfants. « Bonjour, tonton Micha ! » commençaient-elles avant de lui raconter ce qu'elles étudiaient en classe et lui présenter leurs requêtes. « Saluez tonton Staline et les autres de ma part »… À présent, Nina ne voit plus que puérilité dans ces marques de foi aveugle.

— « En dépit des nombreuses années au service de son pays, de son travail acharné en tant qu'enseignant et compositeur, mon mari a été arrêté en vertu de l'article 58. Je puis pourtant vous assurer, comme vous le constaterez sans doute par vous-même, qu'il n'a jamais rien fait ou dit contre le Parti, qu'il n'a jamais pris part à des activités contre-révolutionnaires, et qu'il n'a jamais ne serait-ce que lu quoi que ce soit à ce sujet. »

Nina ne peut retenir la question qui la taraude :

— Crois-tu que qu'il nous cachait quelque chose ? Qu'il complotait ?

Elle s'est efforcée de parler d'une voix calme pour minimiser la portée de ses propos.

— Je suis sa femme, j'aurais été au courant.

Nina frémit. Zoïa sait-elle qu'il continuait à voir Vera ? Elle inspire profondément, de nouveau assaillie par une odeur familière.

— J'ignore une chose, cependant…, reprend Zoïa. Qu'en est-il de sa famille. Peut-on lui faire confiance ? Je ne la connais pas. Il m'a dit qu'ils étaient tous morts, mais il se peut qu'ils aient appartenu… à la bourgeoisie. Qui sait ? Et pourtant, même si c'était le cas, nous sommes censés être lavés des péchés de nos pères. C'est un nouveau monde, après tout… Ah, voilà un bon argument ! ajoute-t-elle en prenant de nouvelles notes.

Nina a une illumination, soudain : cette odeur lui rappelle les studios du Bolchoï, c'est l'odeur de la sueur refroidie.

— « Je vous assure, poursuit Zoïa, que mon mari et moi-même avons toujours combattu pour une société meilleure. Depuis notre naissance, nous avons appris à être sincères, honnêtes et francs… »

— Excusez moi, camarade, savez vous de quelle queue il s'agit ?

Une femme qui n'a plus que quelques dents tire la manche de Nina. La première pensée qui lui vient, une fois de plus, c'est qu'elle a été reconnue. Malgré son foulard, elle se distingue, comme Zoïa d'ailleurs, des autres personnes qui attendent : leurs manteaux sont moins élimés, leurs chaussures moins usées.

— Est-ce la queue pour obtenir des informations ou celle pour retirer des paquets ?

Ses dents manquantes gênent son élocution.

— Pour les informations, répond sèchement Zoïa.

— Merci, camarade.

La vieille femme s'éloigne en traînant les pieds, et Nina s'aperçoit que l'arrière de ses bottines de feutre est troué.

— Où en étais-je… Ah, oui, là ! « … sincères, honnêtes et francs, et à affronter les ennemis de la révolution. Mon mari vit en appliquant fidèlement ces credo… »

Zoïa énumère ensuite les principales œuvres de Gersh, les récompenses qu'il a obtenues. Nina et Viktor devraient peut-être également lui témoigner leur soutien par écrit, au risque d'être punis pour « manque de vigilance politique ». Et cette pauvre femme aux chaussures trouées ? Qui écrira pour elle ?

La lettre de Zoïa est longue. Ce n'est qu'au bas de la troisième page qu'elle en vient à :

— « Je vous remercie, camarade Staline, pour l'attention que vous porterez à cette affaire des plus urgentes, et je me réjouis de continuer à servir notre grand Parti avec dévouement et enthousiasme, toujours prête à lutter pour la cause des travailleurs… »

Zoïa acquiesce pour signifier qu'elle a terminé.

— C'est une bonne lettre, dit Nina, qui aimerait partager la foi de Zoïa.

— Oui, nous verrons…, répond-elle avec un petit soupir las. Merci d'avoir attendu avec moi, c'est vraiment gentil de ta part.

Nina est prise de remords, car elle n'a pas agi par gentillesse. Elle veut simplement recueillir le maximum d'informations pour les transmettre à Vera. Savoir où Gersh se trouve, où il va être emmené. Quand elle songe que tous les gens dans cette file nourrissent les mêmes interrogations, qu'ils sont tous là parce qu'un de leurs proches a été arrêté et que, comme Zoïa, ils ignorent où il a été emmené, la tête lui tourne. Elle observe ceux qui accèdent au guichet : il est facile de deviner lesquels ont appris une mauvaise nouvelle. Ce sont ceux qui baissent la tête ou pleurent à chaudes larmes avant d'aller patienter devant un second guichet pour savoir dans quel camp le condamné a été envoyé.

Enfin, le tour de Zoïa arrive. Oui, il est toujours ici, lui apprend la femme d'une voix presque enjouée – on pourrait croire qu'elle est ouvreuse au cinéma.

— Il n'a pas encore été transféré, mais sa sentence a été prononcée.

Dix ans avec « droit de correspondance ». Lorsque Nina relaie l'information à Vera, plus tard cet après-midi-là, celle-ci dit :

— J'imagine que c'est un soulagement.

Son visage est gonflé par les larmes, des cernes bleu pâle soulignent ses yeux rougis.

— Sans ce droit, autant mettre fin à ses jours, poursuit-elle.

— Pourquoi ça ?

— Parce qu'ils peuvent tuer les condamnés en toute impunité quand ils ne sont pas autorisés à communiquer avec l'extérieur. Tandis qu'avec ce droit de correspondance, ceux-ci peuvent informer leurs proches du traitement qu'on leur fait subir.

Vera parle comme si l'expérience de ses parents lui avait permis d'accéder à un savoir particulier. Si les parents de Nina avaient été arrêtés, il est probable qu'elle aurait également creusé la question. Vera, elle, a une compréhension instinctive d'une réalité que Nina commence seulement à découvrir.

— Combien de temps as-tu dit qu'il restait avant son départ ?

— Je ne suis pas certaine, mais il sera encore là demain, c'est sûr.

— Alors je pourrai lui apporter un colis.

Vera s'approche de la table de chevet, près de son lit, et ouvre une grande boîte laquée de Palekh dont elle tire de l'argent qu'elle enveloppe dans un mouchoir propre.

— Je vais essayer de lui trouver des chaussettes et des sous-vêtements. Ainsi que des oignons... contre le scorbut.

Elle s'affaire autant que Zoïa.

Au bout de deux jours, Vera parvient à déposer son colis.

— Tu devrais voir les employés qui s'occupent de les récupérer, explique-t-elle à Nina. Ils ouvrent le paquet, le vident entièrement et brandissent chaque objet devant la lumière à la façon d'un échantillon de laboratoire. Ils ont tâté les oignons comme s'ils faisaient leur marché.

Elle rit, d'un rire triste, faible.

— J'avais caché une lettre dans une chaussette, reprend-elle, et la femme est tombée dessus. Elle s'est mise à crier : « Qu'est-ce qui vous a pris, pauvre folle ? » Elle hurlait si fort que les gens derrière moi m'ont dévisagée. Je lui ai répondu que je voulais simplement m'assurer que la lettre ne tomberait pas. Elle a rétorqué : « Nous allons être obligés de la lire, pour nous assurer qu'elle ne contient rien de... » Ah, Nina, je m'inquiète pour lui, j'ai peur du traitement qu'ils lui réservent...

— Que disait ta lettre ?

— Simplement que je l'aimais, que nous nous occupons de sa libération, et que nous trouverons bien quelqu'un qui aura le bras assez long...

Vera détourne le regard, et Nina se demande si elle y croit vraiment.

Il lui avait proposé de passer à l'université le lendemain, après le travail. Ainsi, ils pourraient parler librement, sans que Drew ait à se soucier de sa supérieure, tout en n'étant pas seuls, ce qui les obligerait à se comporter de manière « professionnelle » et interdirait à Grigori de se ridiculiser une nouvelle fois. La section des langues asiatiques se réunissait à dix-sept heures, et les locaux grouilleraient de professeurs.

Toutefois, Grigori se demandait par moments s'il n'avait pas rêvé le coup de fil de Drew. Elle avait évoqué une requête personnelle, sans rapport avec la vente. Sans doute cherchait-elle à lui témoigner par ce moyen qu'elle ne lui tenait pas rigueur de son geste. Comment avait-il pu imaginer qu'il se passait quoi que ce soit entre lui, l'austère Grigori, et cette jeune femme séduisante ?

Elle portait un manteau jaune pâle qui semblait annoncer le printemps. Avant qu'il n'ait eu le temps de la remercier de s'être déplacée, elle avait dit, le souffle court :

— Je crois comprendre ce que vous vouliez dire… Au sujet des lettres et du poème… Les descriptions de l'ambre et de la forêt.

— Vous voyez le lien, vous aussi ?

— Ils se répondent évidemment. Les images sont si proches…

— Je pense que vous… eh bien…, bafouilla-t-il en sortant les photographies. Tout finira peut-être par s'expliquer.

Il aurait pu lui montrer le certificat de naissance, également, mais il se trouvait dans un coffre. Et de toute façon, il ne pouvait pas divulguer cette partie-là de son histoire, qui l'aurait obligé à mentionner ses parents, la pochette en vinyle… D'autant qu'il sentait déjà sa résolution flancher.

— Puis-je voir les photos ?

La panique l'envahit : en montrant ces clichés à Drew, il exposait, en quelque sorte, Nina Revskaïa, et il le faisait à son insu. Mais il se ressaisit aussitôt : du moment que l'ancienne danseuse affirmait que rien de cela ne lui appartenait, ces documents n'étaient que d'inoffensives reliques.

Drew prit les deux photos dans ses doigts longs et fins. Elles étaient légèrement écornées, mais d'une grande netteté. La première montrait deux couples assis sur un canapé, l'air détendu et heureux.

— C'est elle, n'est-ce pas ? demanda Drew. Elle est si élégante… Elle n'a pas beaucoup changé. Ses traits se sont juste… durcis. Elle a vieilli… Est-ce son mari ? reprit-elle au bout d'un instant.

— Oui, c'est Viktor Elsin.

L'allure à la fois virile et enjouée, le poète, installé à une extrémité du canapé, tenait nonchalamment une cigarette à la main. À côté de lui, avec son maintien de danseuse, Nina Revskaïa avait un air guindé, malgré le sourire malicieux qui flottait sur ses lèvres.

À l'autre extrémité du canapé était assis l'homme que Grigori avait fini par identifier : Aron Gershtein. Sa légère coquetterie à l'œil droit l'avait aidé dans son enquête.

— C'était son ami, un compositeur talentueux.

En étudiant les documents qu'il avait trouvés sur Viktor Elsin, Grigori avait découvert que, selon certaines hypothèses, l'arrestation du poète était liée à ce compositeur. Grigori s'était donc également renseigné sur ce dernier, et il avait fini par l'identifier sur la photographie.

— Il a survécu à des années de persécution.

— Pour quelles raisons était-il persécuté ?

— Ah, par pur et simple antisémitisme. Après la création d'Israël, en 1948, Staline a décidé qu'il avait un nouvel ennemi. En vieillissant, il était de plus en plus sujet à la paranoïa, et Israël était, bien sûr, l'allié des États-Unis. Alors, il a lancé une campagne contre les Juifs. Et beaucoup de gens, comme cet homme, en ont fait les frais.

Sur la photographie, Gershtein riait. Une belle femme aux grands yeux sombres était appuyée contre lui. Grigori avait eu plus de mal à mettre un nom sur son visage. Après des recherches poussées, il avait fini par apprendre que le compositeur avait épousé un membre actif du Parti, une fonctionnaire de la ville de Moscou.

— C'est incroyable, dit Drew. On a l'impression qu'ils existent toujours… Cette photo est si vivante ! On peut lire sur leurs visages qu'ils sont amoureux.

Son expression à elle était mélancolique et sérieuse.

— Ces deux hommes ont été arrêtés, sans doute peu de temps après ce cliché. Un an ou deux tout au plus.

Grigori eut la sensation de jouer les rabat-joie.

— Et Nina Revskaïa a pris la fuite, ajouta Drew en acquiesçant gravement. L'autre femme, savez-vous ce qui lui est arrivé ?

— Non, mais elle a dû, elle aussi, être considérée comme une ennemie du peuple.

Drew soupira. Elle semblait avoir du mal à détacher son regard de la photo.

— Elle est si belle…

Sans prendre le temps de peser ses mots, Grigori affirma à Drew qu'elle lui ressemblait un peu.

— C'est un compliment de taille !

Il sentit son cœur battre un peu plus fort en lisant le plaisir dans ses yeux. Elle faillit dire quelque chose, mais elle se ravisa et reporta son attention sur l'autre photo. Celle-ci avait été prise à l'extérieur, devant une datcha sans doute. Nina Revskaïa et Viktor Elsin étaient en compagnie d'une autre femme. Les deux époux avaient ici l'air plus graves, le regard las et cerné. La femme – maigre, un long cou –, en revanche, souriait. Un homme était assis à côté d'elle, mais la photo avait été coupée, et seuls son bras et sa main étaient encore visibles.

— Quelqu'un ne voulait pas de lui sur la photo, dit Drew.

— Oui… Ou alors celle-ci ne tenait pas dans le cadre.

— Vous savez qui est cette femme ?

— Non.

Pourtant, ce n'était pas faute d'avoir examiné quantité de clichés associés à Viktor Elsin et à Nina Revskaïa.

— Est-ce qu'on sait ce qui lui est arrivé au juste ? demanda Drew, désignant le poète.

— D'après mes recherches, il a été envoyé au goulag de Vorkouta, où il est mort quelques années plus tard. Il y a sans doute beaucoup souffert.

Drew examina encore la photo quelques secondes avant de poser la question qu'attendait Grigori :

— Et vous êtes entré en possession de ces photos grâce à vos... liens familiaux ?

Grigori avait préparé une réponse :

— C'est une longue histoire, mais, suite à un enchaînement d'événements, on m'a remis, il y a plusieurs années de cela, une pochette pour femme. Il contenait ces clichés ainsi que les lettres que je vous ai fait lire.

Il attendit un instant avant d'ajouter :

— Le pendentif en ambre s'y trouvait aussi.

— Oh ! Mais à qui...

— C'est exactement la question que je me suis posée. On m'a expliqué que la pochette avait appartenu à une danseuse. Une femme qui avait donné le jour à...

Il était incapable de poursuivre. Quel insensé il avait été de croire qu'il parviendrait à se confier ainsi !

— ... un membre de ma famille, qui a été adopté par la suite, reprit-il en fermant les yeux, furieux contre lui-même, contre sa lâcheté. On lui a dit que la danseuse, sa mère biologique, était morte à présent.

— Vous pensez... que la mère biologique, la danseuse... C'est pour cette raison que vous avez tenté de les lui montrer. À Nina Revskaïa.

— Tenté, c'est le bon mot.

Drew poursuivit ses réflexions à voix haute :

— Et si je les lui apportais, moi ?

— Vous auriez peut-être plus de succès. Mais, Drew, ce n'est pas dans cette intention que je vous les ai montrées. Je n'attends rien de vous. Je n'attends pas que vous fassiez quoi que ce soit pour moi. J'espère que vous le comprenez. Je voulais que vous les voyiez parce que je vous fais confiance. Je… je tenais à ce que vous sachiez que je les avais en ma possession, et pour quelle raison…

La gêne commençait à le gagner.

— J'ai pensé, poursuivit-il, que vous vous impliquiez tant dans cette vente que ces documents pourraient vous intéresser.

La perplexité se lisait dans les yeux de Drew. Pourquoi ne pas lui dire, songea Grigori, que cet enfant, c'était toi ?

— Je crains d'avoir involontairement provoqué cette vente…, commença-t-il.

Il avait résolu de faire débuter son récit au mois de novembre, au deuxième anniversaire de la mort de Christine. Mais il parla surtout de son chagrin, de la perte de cette femme qu'il avait aimée plus qu'il ne l'aurait cru possible, même si les aléas du mariage avaient parfois masqué la portée réelle de son amour ; il évoqua la tristesse de l'avoir vue devenir l'ombre d'elle-même jusqu'à être, tout en restant Christine, une étrangère pour lui. Drew l'écoutait attentivement, impassible, et Grigori poursuivit, expliquant qu'il avait déjà perdu ses parents, qu'il ne se passait pas un jour sans qu'il éprouve le poids de cette disparition, et qu'avec la mort de Christine il avait pris conscience de l'importance de ces choses, pas seulement la famille, mais aussi l'amour, les liens affectifs… et que le temps lui était compté. Il possédait ces objets, et Nina Revskaïa était toujours en vie.

— Alors je lui ai écrit. J'ai glissé dans ma lettre une photographie du pendentif. Je pensais, évidemment, qu'il n'y en avait pas deux semblables, qu'elle le reconnaîtrait forcément, que personne ne pouvait avoir le même.

— Et au lieu de ça, dit Drew, elle a décidé de se débarrasser de ces bijoux. Je comprends, maintenant… Je suis désolée.

Elle semblait sincère, et Grigori fut profondément touché. À cet instant, on frappa à la porte, et Evelyn passa la tête à l'intérieur :

— Bonsoir ! Nous sortons prendre un verre, et…

Drew releva la tête, surprise par l'entrée fracassante d'Evelyn, qu'elle mit à peine une seconde à reconnaître, Grigori le lut sur son visage.

— Ah, je suis désolée, tu es avec une étudiante. Fais-moi signe lorsque tu auras fini.

La déconvenue se peignit sur les traits de Drew – Evelyn ne l'avait pas reconnue, elle. Celle-ci avait déjà tourné les talons, laissant la porte entrouverte. Le cœur battant à tout rompre, Grigori entendit Carla dire dans le couloir :

— Evelyn, pourrais-tu signer ces formulaires ?

Soudain, la situation était devenue terriblement gênante. Drew s'était levée et elle reboutonnait son manteau.

— Puis-je les prendre ? demanda-t-elle en indiquant les photographies sur un ton froidement professionnel.

— Oui.

— Plus exactement : puis-je les montrer à Nina Revskaïa ?

— Vous le pouvez.

— Et les lettres ?

Il acquiesça tandis qu'elle rangeait les documents dans sa sacoche.

— Ne vous inquiétez pas, ajouta-t-elle du même ton neutre. Je ne cherche pas à la mettre mal à l'aise. Je verrai si elle accepte de les regarder. Et peut-être d'en parler.

— Préparez-vous à un refus, lui répondit-il, le cœur lourd. Je ne pense pas que son attitude dépende de la personne qui aborde le sujet.

Drew se tenait très près de lui. Il reprit nerveusement :

— Qui sait, tout cela n'a peut-être aucun sens…

— J'en doute.

Elle soutenait son regard, exactement comme elle l'avait fait lorsqu'il lui avait pris la main et caressé la joue.

Il la remercia et, bien décidé à ne pas commettre d'imprudence, lui tendit la main dans un geste professionnel. Drew la serra brièvement et marqua un temps d'hésitation avant de lui dire au revoir et de se diriger vers la porte. Dans le couloir, Carla interrogeait à présent Evelyn sur son coiffeur.

Puis Drew se retourna et posa ses grands yeux sombres sur Grigori avant de parcourir les quelques pas qui les séparaient et de presser son corps contre le sien. Grigori la serra dans ses bras avec un long soupir.

Dehors, Evelyn dit quelque chose qui provoqua le rire de Carla.

Drew se recula, adressa un petit signe de tête à Grigori et s'éclipsa.

Jours d'attente. Le temps est si dense qu'il semble presque palpable. Depuis l'arrestation de Gersh, Viktor et Nina continuent à se rendre chez leur ami avec la même régularité, pour le cas où Zoïa aurait des nouvelles.

Un jour, elle leur apprend qu'il a été interné dans un centre de rééducation psychiatrique, à quelques kilomètres de Moscou, ce qu'elle attribue à ses courriers en haut lieu.

— On m'a dit le plus grand bien de cet endroit, leur dit-elle. Les médecins y sont très progressistes. Et le directeur est un homme de grande valeur !

— Mais que fait Gersh dans un centre psychiatrique ? demande Nina. Je ne comprends pas.

— Ah, le directeur m'a tout expliqué. Apparemment, ils ont trouvé des choses dans son journal intime, sur les impressionnistes français, sur Picasso... Mais tout va bien, il s'agit d'un malentendu, le pauvre Gersh était un peu perturbé, c'est tout. Il suffira de quelques séances pour le remettre dans le droit chemin. Il sera bien traité.

Le visage de Viktor ne trahit aucune émotion, et Nina essaie de donner un sens aux paroles de Zoïa. En quoi est-ce un crime passible d'un internement psychiatrique d'écrire son opinion sur les impressionnistes ou Picasso ?

— Ah, et j'ai d'autres nouvelles, poursuit Zoïa avec un sourire plein de coquetterie. Sa peine a été réduite. À cinq années, seulement !

— C'est merveilleux, commente Viktor.

Nina ne parvient pas à partager son enthousiasme. Seulement cinq années de brouet le matin, de soupe le midi et de pain et d'eau le soir – c'est le régime auquel a été soumis l'oncle de Nina, d'après mère. Mais bien sûr, ce n'est qu'une ruse supplémentaire : la peine est réduite pour que le prisonnier et sa famille se sentent redevables et reconnaissants. C'est exactement le même scénario qu'avec son oncle. Dans son cas, la remise de peine n'a pas suffi, pourtant. Il est mort avant d'être renvoyé chez lui.

— Ce centre de rééducation est vraiment un endroit formidable. Pauvre Gersh ! Si j'avais été plus attentive, j'aurais remarqué les signes… Ses opinions étaient insensées… Mais tout va s'arranger, les médecins vont l'aider.

Elle ne peut pas croire ce qu'elle dit, songe Nina. Elle doit faire semblant. Oui, c'est cela, elle joue la comédie, elle exécute, à sa façon, un ballet. Un ballet auquel ils doivent tous participer, en veillant aux paroles qu'ils prononcent.

À moins que Zoïa ne soit réellement aveuglée, qu'elle ne perçoive pas ce que Nina voit chaque jour plus nettement, qu'elle n'ait pas encore pris conscience de cette évidence terrible : tout cela n'est qu'une blague terrible, cruelle.

Un après-midi, quelques semaines plus tard, à son retour de répétition, Nina trouve Madame attablée. Elle n'est pas occupée à compter l'argenterie cette fois : une boîte en carton est ouverte devant elle. À l'intérieur, des bijoux en ambre et en or. De gros cabochons couleur miel, comme des bonbons dans du papier doré.

Il y en a trois : un collier, des pendants d'oreilles et un bracelet. Nina aimerait les toucher, sentir leur poids dans sa paume.

Remarquant qu'ils ont attiré son attention, Madame sourit fièrement.

— Ils avaient besoin d'être nettoyés.

— Ils sont à vous ?

Madame s'est toujours plainte d'avoir été dépouillée de ses bijoux pendant la révolution, prétendant qu'il ne lui reste que ses boucles d'oreilles, son collier de perles, et son peigne d'écailles à diamants.

— D'où viennent-ils ? poursuit Nina.

— C'est Viktor qui les a apportés.

— Viktor ?

Nina s'approche. À l'intérieur des pendants d'oreilles, elle aperçoit des petites taches qui ressemblent à des moucherons.

— Vous pouvez utiliser mon lorgnon, dit Madame en le lui tendant.

Grâce aux verres grossissants, Nina distingue les ailes des insectes. Observant ensuite le bracelet, elle découvre d'autres moucherons, une minuscule mouche et un tout petit papillon, au corps velu et aux ailes presque transparentes.

Nina se demande à quel moment Viktor a bien pu apporter les bijoux, étant donné qu'il a été absent la majeure partie de la semaine – il se reposait et écrivait à Peredelkino. Elle espère que ce séjour à l'extérieur de Moscou lui rendra le sourire. Depuis l'arrestation de Gersh, il est d'humeur taciturne, et il boit plus que de coutume. Nina ne lui a fait aucune remarque à ce sujet, mais elle s'inquiète.

— Il voulait les garder dans ma chambre, les cacher… Oh !

Madame se compose une mine contrite, comme si elle venait de se rappeler quelque chose.

— Je crois que c'était censé rester secret.

Il est évident qu'elle se réjouit d'avoir gâché la surprise. Elle ne peut s'empêcher d'être désagréable avec Nina à la moindre occasion. La semaine passée, tout à trac, elle a déclaré, comme pour elle-même, mais suffisamment fort pour que sa belle-fille l'entende :

— Je préférais Lilia.

Nina sent la colère monter en elle, puis elle se rappelle qu'elle ne peut rien y faire. Quelle importance, après tout, que Madame lui ait montré ces bijoux ? La surprise n'a finalement que peu d'importance : ce qui touche Nina, c'est qu'en les voyant Viktor ait pensé à elle. Leur anniversaire de mariage aura lieu dans quelques jours, ce qui n'a pas échappé à Madame. Ces bijoux ont dû coûter une petite fortune.

— Oh, bon ! soupire Madame. Maintenant que vous les avez vus, qu'y puis-je ? Il ne faudra rien dire à Viktor, c'est tout.

Nina garde le silence et reporte son attention sur la pierre du pendentif. Elle est plus grande que les autres. À l'intérieur, figée en plein mouvement, se trouve une araignée aux pattes courtes, et, sous elle, une sorte de petit ballon aux contours si réguliers qu'on dirait un immense œuf blanc. La minuscule créature a été interrompue en pleine gestation par la résine. Nina l'observe longtemps, sachant qu'elle contemple les derniers instants d'un être vivant. Puis elle rend son lorgnon à Madame et la remercie poliment, en feignant de ne pas lui en vouloir pour la surprise éventée.

Ils célèbrent le troisième anniversaire de leur mariage avec faste. Ils portent un toast à l'amour, et trinquent plusieurs fois à la vodka – Viktor l'a rapportée d'un voyage à l'étranger, elle est russe mais réservée à l'export, et donc bien meilleure que celle que l'on peut acheter dans le pays. Viktor vide son verre d'un trait et déclare :

— L'amour est tout ce que nous avons. Je le comprends à présent.

La première pensée qui traverse l'esprit de Nina est qu'elle a également la danse. La danse et l'amour… Ce sont peut-être les seules choses qu'elle a, mais ce sont aussi les seules dont elle a besoin.

Viktor enfouit son visage dans son cou.

— Fondons une famille, Nina, d'accord ?

Une famille. Des enfants, un enfant.

— Je voudrais bien, mais j'ai… j'ai eu des difficultés.

Ce n'est pas le bon moment. Une grossesse mettrait un frein à sa carrière alors qu'elle est à son apogée. L'air grave, Viktor lui répond :

— J'imagine que c'est fréquent chez les danseuses. Les difficultés.

— Oui, mais ne t'inquiète pas, nous avons le temps.

Nina ressent aussitôt la brûlure de la culpabilité : elle n'est pas prête à lui donner ce qu'il désire le plus, alors qu'il a désespérément besoin d'elle. Mois après mois, elle mesure combien certains sentiments et certains actes ont valeur de décisions, plutôt que l'inverse. Si cela n'impliquait pas un tel sacrifice, elle fonderait aussitôt une famille. Comme il serait formidable, dans un monde idéal, de pouvoir avoir les deux !

Viktor produit alors une boîte en carton.

— Joyeux anniversaire !

Ce n'est pas la boîte que Madame avait sortie l'autre jour. Celle-ci est carrée et beaucoup plus petite. Elle contient une autre boîte d'un vert brillant, en malachite.

— Elle est très belle, Viktor.

— Ouvre-la.

Deux cadeaux. Nina soulève le couvercle : à l'intérieur se trouve une paire de petites boucles d'oreilles vertes. Elle n'a pas besoin de feindre la surprise.

— Quand je les ai vues, j'ai tout de suite pensé à tes yeux.

Des émeraudes.

— Elles sont magnifiques.

Elle n'ose imaginer combien elles ont coûté. Elle est touchée par l'intention et par la beauté remarquable des pierres, même si elle ne peut s'empêcher de penser à la parure en ambre et de se demander pour quelle occasion Viktor la réserve.

Lot n° 89

Boîte en malachite et onyx, vers 1930 : couvercle en onyx avec incrustations de malachite, corps nervuré à panneaux d'onyx biseautés, 9,5 × 7,6 × 2,9 cm, signature garantissant l'origine russe et poinçon du maître (légère fissure sur le panneau inférieur). Estimation : 900 – 1 200 $.

13

Pendant que le porc décongelait, le lendemain soir, Cynthia feuilleta le catalogue sans dissimuler sa curiosité. Nina endura patiemment toutes ses questions : quel était le poids de tel diadème ? La photographie était-elle fidèle à la couleur de telle pierre ? De qui tenait-elle cette bague en opale ? Étonnamment, elle prit presque plaisir, par instants, à convoquer les souvenirs, à décrire ses voyages, son déménagement de Paris à Londres, la séance de photo avec le collier en rubis, les circonstances dans lesquelles le comte de Sheffield lui avait offert un bracelet de perles lorsqu'elle l'avait accompagné à Wimbledon…

La sonnerie de l'interphone fit sursauter Cynthia.

— Vous attendez quelqu'un ?

— La jeune femme de la salle des ventes. Elle porte un prénom d'homme.

Cynthia se leva pour aller répondre. Elle était occupée à couper des légumes dans la cuisine lorsque Drew Brooks pénétra dans l'appartement, les joues roses.

— Bonsoir !

— Quelle bonne humeur ! souligna Nina d'un ton, elle en avait conscience, désapprobateur. Retirez votre manteau, je vous en prie.

— Je vous remercie de m'accorder un autre rendez-vous. Ah, je vois que vous avez reçu le catalogue, parfait. J'en ai apporté un, au cas où.

— C'était inutile.

— Je le veux bien! lança Cynthia depuis la cuisine.

Drew parut étonnée de trouver quelqu'un chez Nina. Celle-ci voulut lui expliquer qu'il s'agissait de son infirmière, mais les mots qui lui échappèrent furent :

— C'est ma Cynthia.

Si seulement la douleur pouvait desserrer son étreinte et cesser d'interférer avec son cerveau... Sans lui laisser le temps de se reprendre, Cynthia s'était précipitée pour se présenter.

— Enchantée de faire votre connaissance, dit Drew avec son professionnalisme habituel.

— Je ne vous serre pas la main, j'étais en train de hacher de l'ail.

— Nous avons un rendez-vous de travail, lâcha Nina d'un ton sec.

Aucune des deux femmes ne parut s'en formaliser. Drew était enchantée de se débarrasser de son exemplaire du catalogue, et Cynthia prit son temps pour retourner dans la cuisine. Au cours de sa discussion avec Drew, Nina remarqua que le couteau ralentissait chaque fois que l'infirmière tendait l'oreille.

Drew avait sorti les documents qu'elle avait mentionnés au téléphone, ceux qu'elle souhaitait inclure dans le supplément au catalogue. Des photographies et des lettres.

— Ils m'ont été fournis par un interlocuteur sérieux, dit-elle de façon élusive, guettant la réaction de Nina.

Un interlocuteur sérieux ? S'agissait-il encore de Grigori Solodin ou y en avait-il un autre à présent ? Nina se pencha en avant jusqu'à ce que le nœud dans sa nuque se resserre. Les deux photos, en noir et blanc, avaient conservé leur netteté, même si elles étaient légèrement cornées. Drew les avait posées sur la table basse en jetant des regards nerveux à Nina.

— Je ne me serais évidemment pas permis de les utiliser sans votre accord. J'ai pensé que vous vous rappelleriez peut-être les circonstances dans lesquelles ces photographies ont été prises.

Ils avaient l'air si heureux, tous les quatre, sur ce canapé... Chez qui était-ce ? Ce n'était ni son appartement, ni celui de Gersh. Il devait s'agir de celui d'un de leurs amis, à l'occasion d'une fête, vraisemblablement.

— Elle a forcément été prise avant le printemps 1951. Cet homme, le meilleur ami de mon mari, a été arrêté à cette période. Je ne l'ai jamais revu depuis.

— Je suis désolée, dit Drew.

Elle paraissait sincère, son visage exprimait une tristesse authentique. Ce n'était pas quelqu'un de mauvais, au fond. Simplement, elle était jeune. Nina se reprocha soudain de s'être montrée aussi froide avec elle.

Elle repensa à Gersh, aux souvenirs qui envahissaient son esprit ces derniers temps. Si seulement elle pouvait les chasser – et avec eux, pourquoi pas, sa souffrance ? Elle poussa un soupir profond qui ne fit qu'intensifier la douleur dans ses épaules.

— Je n'ai pas compris ce qui se passait. Je savais qu'il y avait une campagne antisémite, mais j'ai d'abord cru que Gersh, l'homme de la photographie, avait commis un crime. J'étais ignorante, voyez-vous, je ne m'intéressais qu'à la danse. J'ai fermé les yeux. Je refusais de m'interroger sur ces gens qui disparaissaient du jour au lendemain.

C'était un soulagement d'en parler, même à cette jeune femme qui ne pouvait sans doute pas comprendre.

Le regard de Vera paraissait hanté sur le cliché.

— Cette femme aussi a eu une existence difficile. Ses parents ont été arrêtés, elle a déménagé à Leningrad. Elle a perdu beaucoup de proches pendant la Seconde Guerre mondiale… Et l'homme qu'elle aimait le plus au monde, cet homme, a été condamné.

Nina ferma brièvement les yeux.

— C'était ma meilleure amie…

Elles tourbillonnaient dans la cour sur la pointe de leurs chaussures…

— Et nous nous sommes fait beaucoup de mal…

Elle éprouva soudain le désir pervers d'entendre Drew lui demander : comment ? que s'est-il passé ? Cette question lui permettrait peut-être enfin de déposer son lourd fardeau. Peut-être sa confession interromprait-elle ce flot de souvenirs, de jour en jour plus puissant. Mais Drew se contenta de dire :

— Elle est si belle…

Évidemment. Comme toujours. Nina cacha la photo en la recouvrant avec l'autre. Elle plissa les yeux pour s'habituer à cet autre univers, qui se rappelait beaucoup plus aisément à son souvenir.

— Celle-ci date d'août 1951. Je m'en souviens. C'était à la datcha. Mon amie l'a prise. Ce n'était pas son appareil. Il appartenait à… cet homme.

Elle indiqua l'extrémité tronquée de la photo. Elle savait très bien qui était présent ce jour-là. Mais qui l'avait fait disparaître ? À qui appartenait ce tirage ?

— Qui est-ce ? demanda Drew en montrant Polina.

— On pourrait dire que c'était aussi une amie.

Nina sentit ses yeux se remplir de larmes, pourtant Polina et elle n'avaient jamais été très proches. Elle détourna la tête, autant qu'elle le pouvait.

— J'ai aussi ces lettres, ajouta Drew d'un ton nerveux. J'ai pensé que vous les reconnaîtriez peut-être…

Drew déplia les feuilles et les posa devant elle. Les larmes troublaient la vision de Nina, et même si l'écriture lui était vaguement familière, elle fut incapable de l'identifier. Elle fut horrifiée de sentir une larme rouler sur sa joue. Elle l'essuya maladroitement.

— Je n'ai jamais vu ces lettres. Reprenez-les, s'il vous plaît. Vous avez mon autorisation pour publier les photos.

La souffrance était intolérable, elle ne pouvait plus les regarder.

Cette année-là, ils ne sont que trois dans la Pobieda. Il pleut depuis plusieurs jours ; le chemin de terre est glissant, et les champs de seigle luisent. Les épicéas paraissent plus grands, plus touffus, plus verts. Mais la datcha est semblable à elle-même, avec sa terrasse de pierre bordée de lis, que picorent des pies à longue queue brillante. Des graines ont dû germer.

Il s'est remis à pleuvoir. Vera prépare une soupe d'orge, tandis que Viktor sort remplir un seau de framboises – il faut les manger avant qu'elles ne moisissent. Nina s'occupe du poêle, et l'atmosphère se charge d'une délicieuse fumée, puis elle alimente le samovar avec des pommes de pin.

Cette nuit-là, couchée dans son lit, elle ne trouve pas le sommeil. Une lumière pâle filtre par les fentes des volets. C'est un été affreux. Gersh est parti, Viktor est déprimé et boit trop, Vera est triste et plus maigre que jamais. Quant à Nina, elle est bourrelée de remords d'avoir fait à Viktor une promesse qu'elle n'a pas l'intention de tenir. Tout va mal. Elle finit par s'endormir lorsqu'un rossignol se met à chanter sous sa fenêtre. Son chant limpide et puissant, aussi précis qu'un métronome, lui rappelle Gersh et son sifflement parfait.

Un fantôme… C'est l'impression qu'elle a, bien qu'elle n'ajoute aucune foi à ces croyances. Elle se surprend à converser silencieusement avec Gersh. Qu'essaies-tu de me dire ? S'il te plaît, parle-moi. S'il te plaît, explique-moi ce qui est arrivé. Qu'as-tu fait exactement ?

Réveillée de bonne heure, le lendemain matin, elle décide de préparer du sirop avec le restant des framboises. La pluie s'est arrêtée, le soleil est éclatant, l'air chargé d'humidité. Malgré un bain dans la rivière, Nina a la sensation d'étouffer. Les rayons du soleil jouent dans le feuillage des arbres.

Viktor se lève beaucoup plus tard et entre dans la cuisine en se frottant les yeux. Heureuse de ne plus être seule, Nina lui souhaite le bonjour.

— Merci. J'ai à peine fermé l'œil avec le boucan qu'a fait cet oiseau. Ah, bonjour, Verochka !

Vera a traîné au lit elle aussi. Ses yeux sombres sont mouchetés de paillettes dorées. Muni du broc, Viktor sort puiser de l'eau.

— Tu l'as entendu, toi aussi ? demande Vera.

Nina se retient d'éclater de rire.

— Je ne vois pas comment j'aurais pu y échapper.

— Je n'ai pas pu m'empêcher de penser…

— Je sais, moi aussi.

— C'est comme s'il était parmi nous. Ça m'inquiète. Si c'est vraiment son âme…

— Il n'est pas mort. Ils ne tuent pas les gens, là-bas.

Vera est sceptique.

— Comment peux-tu en être sûre ?

Nina se retient de lui répéter les propos rassurants que leur a tenus Zoïa. Gersh a droit à une lettre hebdomadaire, et même un coup de téléphone, pour le récompenser d'avoir été un « travailleur modèle ».

— Ouhou… !

Quelqu'un les salue depuis la terrasse. Il s'agit de Polina, elle porte des lunettes de soleil et est flanquée de Serge.

— Je lui ai dit que nous serions ici, chuchote Vera, je ne pensais pas qu'elle viendrait.

Viktor, de retour du puits, accueille les visiteurs. Les deux femmes le rejoignent. Nina est tendue. Depuis qu'elle sait pour qui Serge travaille, sans parler de l'aveu que leur a fait Polina à Berlin, elle se tient sur ses gardes en présence de cette dernière.

— Nous rentrons à Moscou, explique Polina, et nous avons décidé de nous arrêter sur le chemin pour vous voir. Quel endroit charmant !

Serge et elle étaient dans un sanatorium d'État, explique-t-elle pendant que Viktor les invite à s'installer plus confortablement. Leur visite ne semble pas le déranger, mais Nina le soupçonne d'être un très bon comédien. Serge baise la main de Nina d'un air cérémonieux puis il prend délicatement celle de Vera, comme émerveillé d'être autorisé à la toucher. Ses lèvres effleurent à peine la peau de la jeune femme, il n'ose s'accorder ce plaisir. Pourtant, c'est d'un ton presque glacial qu'il déclare :

— Je suis content de vous voir.

Il a apporté des lis jaunes « pour la maison », mais les remet à Vera. Polina le couve du regard, d'un air de dire : « Vous avez vu comme il est galant ? Les gentlemen comme lui se font rares, ces temps-ci. » Elle a une certaine allure avec ses lunettes de soleil, pourtant, malgré la chaleur étouffante, elle porte une épaisse couche de maquillage – qui contraste fortement avec le teint naturellement clair de Vera. Elle cherche peut-être à couvrir de nouvelles taches. Pour quelle raison est-elle de nouveau angoissée ?

— Vous n'en reviendriez pas de toutes les fleurs qu'il y a au sanatorium ! s'exclame-t-elle. Et je ne parle pas des noisetiers tout autour. Oh, c'est un endroit si charmant !

Nina va chercher le sirop dans la cuisine, et Vera la suit.

— Il nous faut une chaise supplémentaire.

— Qu'est-ce qu'ils nous veulent ?

— Nous saluer, je suppose. Je suis désolée, je n'aurais pas dû leur dire que nous serions ici.

Nina les observe par la fenêtre : dans la lumière qui perce à travers les frondaisons, ils paraissent détendus. Vera les rejoint avec une chaise en osier.

— Vous avez passé de bonnes vacances, alors ? demande Viktor lorsque Nina revient avec le pichet de sirop et des verres.

Serge se laisse aller contre le dossier de son siège et d'une main sûre allume une pipe de bruyère semblable à celle de Staline.

— Nous étions très bien installés, s'émerveille Polina. Sur un terrain de vingt dessiatines, plein de bosquets de trembles.

— Elle a fait ses exercices de danse tous les jours, je peux le garantir, dit Serge.

— J'étais obligée, surtout avec les repas délicieux qu'on nous a servis. Un peu de gymnastique ne t'aurait pas nui, tu sais, ajoute-t-elle en tapotant le ventre de Serge d'un air taquin. Tu prends de la bedaine.

— Je joue au croquet, ça me suffit.

— Malheureusement, répond Polina avec un soupir, je n'ai aucun talent pour ce jeu, je le crains.

Pendant que Nina remplit les verres, Polina retire ses lunettes de soleil pour les nettoyer avec le bas de sa jupe.

— C'est Serge qui me les a offertes, précise-t-elle.

— Je me disais justement qu'elles étaient magnifiques.

Nina se demande si Serge a été en déplacement à l'étranger ou s'il les a achetées dans une boutique réservée aux officiels. L'appareil photo qui pend autour de son cou dans un étui en cuir ouvert provient sans doute du même endroit.

Serge propose un toast. Il lève son verre avec une assurance bourrue, presque agressive.

— Gloire au grand Staline !

Ils répètent tous avant de boire, puis Viktor complimente Serge sur son appareil photo.

— Un Leica, répond Serge. Je serais très heureux de prendre une photo de vous tous.

— C'est vrai que nous sommes très élégants, plaisante Nina en indiquant sa blouse d'intérieur en coton et le pantalon de pyjama rayé de Viktor.

Vera porte également une blouse d'intérieur.

— Allez, rapprochez-vous, déplace ta chaise, Viktor, s'il te plaît. Toi aussi, Polina, un peu plus près.

Viktor passe son bras autour des épaules de Nina. Le déclencheur de l'appareil cliquette, puis Polina propose à Serge d'échanger leurs places.

— Non, je vais le faire, intervient Vera.

Serge s'assied et enlace Polina, tout en regardant Vera droit dans les yeux. Un clic, et il laisse retomber son bras.

— Ah, la rivière est tout près, s'exclame Polina, je la vois d'ici !

— Vous aimeriez vous baigner avant de reprendre la route ?

Nina s'avise que sa question trahit sa hâte de les voir partir. Mais elle est incapable de se détendre avec Serge dans les parages, Serge et son Leica. Elle ne peut pas s'empêcher de penser qu'il est là pour une raison particulière.

— J'adorerais faire quelques brasses… La chaleur est accablante ! Serge, tu m'accompagnes ?

Il semble attendre les réactions des autres pour se prononcer.

— Vas-y, je te rejoindrai peut-être.

— Je viens, propose Viktor avec sa galanterie habituelle.

Nina ne se joint pas à eux, ne voulant pas laisser Vera seule avec Serge. À présent que Polina ne peut plus l'entendre, il cherche déjà à la séduire :

— Vos cheveux sont magnifiques, aujourd'hui.

— C'est parce qu'il a plu hier, s'esclaffe Vera, et que Viktor les a tressés.

— Viktor ! Je croyais que c'était une affaire de femmes.

— Si vous aviez vu la tresse en question, intervient Nina, vous auriez eu la confirmation de votre intuition.

C'est vrai que les doigts de Viktor étaient maladroits, mais il l'a fait avec une tendresse presque paternelle. Nina trouve touchantes les attentions qu'il a pour Vera. Après l'arrestation de Gersh, il lui a dit qu'il leur revenait, désormais, de prouver à Vera qu'elle est entourée d'amour.

— Je l'ai gardée pour dormir, reprend celle-ci, et lorsque je l'ai dénouée, ce matin, mes cheveux étaient ondulés.

Comme les champs de seigle la veille…

Nina débarrasse la table, multipliant les allées et venues entre la cuisine et la terrasse pour éviter Serge. Elle est soulagée d'entendre de nouveau Viktor et Polina, laquelle vante l'étendue des services offerts aux clients du sanatorium. Serge attrape aussitôt Vera par le bras et lui explique que Polina doit rentrer à Moscou, mais qu'il pourrait revenir la voir. Sans lui laisser le temps de répondre, il la lâche et se précipite pour accueillir Polina.

— Il est l'heure de reprendre la route.

Ce n'est qu'une fois qu'ils se sont éloignés dans la voiture poussiéreuse de Serge que Nina pousse un soupir de soulagement.

Ce soir-là, le rossignol est de retour, très tard. Son chant est régulier et limpide comme celui d'un piano. Le son a beau être entêtant, Nina est reconnaissante à l'oiseau de troubler obstinément le silence de la nuit.

Le lendemain matin, Nina et Vera se rendent au sauna ensemble. Il s'agit d'une petite baraque en bois juste derrière la datcha, à quelques pas de la rivière, si bien qu'elles peuvent aisément passer de l'une à l'autre. Il y fait sombre. Dans un coin se trouve un énorme poêle sur lequel sont empilés des galets. La vapeur s'élève en volutes chaque fois que Nina verse de l'eau sur les pierres chaudes. Allongée sur un banc en bois, elle est enveloppée par la chaleur intense, presque douloureuse, et par l'odeur des feuilles de bouleau. Allongée en face d'elle, Vera se redresse sur les coudes.

— Pourquoi le laisses-tu faire ? demande Nina.

La vapeur envahit sa bouche dès qu'elle l'ouvre.

— Qui ?

— Serge. Son comportement avec toi…

Vera marque un silence avant de répondre.

— Il pourrait nous aider. Enfin, Gersh. Serge connaît du monde. Il a peut-être le bras assez long.

Nina y réfléchit.

— Mais pourquoi aiderait-il Gersh ?

— Parce qu'il m'aime bien. Peut-être même pourrait-il faire lever les charges… Je ne peux pas m'empêcher de m'inquiéter pour lui, reprend Vera d'une voix tremblante. À ton avis, comment le traitent-ils là-bas ?

Ils empoisonnent probablement son esprit, songe Nina avant de se mordre la langue.

— Il est fort, Verochka.

Vera a un petit rire étrange, presque douloureux.

— Tant d'hommes se sont offerts à moi. Tant d'hommes ont versé des larmes pour moi, tant d'hommes m'ont promis la lune. Et il a fallu que je m'amourache d'un énergumène, avec un nom à coucher dehors et un œil louche, qui n'a pas voulu m'épouser !

Nina essaie de plaisanter.

— Pense au bon côté des choses : ça t'évite une belle-mère.

Vera soupire de tristesse.

— Je sais que tu t'entends mal avec elle, mais elle a été gentille avec moi.

— Enfin, Vera, tu as vu comment elle manipule Viktor ! Et comment elle me parle ! Je suis une déclassée, comprends-tu ? Elle se sent obligée de me rappeler que j'ai fait un « bon mariage ». Et que grâce à Viktor, ses petits-enfants ne seront pas des ratés.

Vera semble peser les paroles de Nina.

— Tu comptes lui en donner ?

— Des petits-enfants ? gémit Nina. Oh, Vera… Je suis de nouveau enceinte ! Je ne voulais pas l'admettre avant aujourd'hui.

— De nouveau…, répète Vera lentement. Tu ne fais pas une toilette intime après ?

— Chaque fois, avec du vinaigre, mais ça ne marche pas ! Et cette éponge de Budapest ne sert à rien.

Nina reste un moment immobile, son emportement lui a donné chaud. C'est sans doute le prix à payer pour l'attirance puissante et tyrannique qu'elle éprouve toujours pour Viktor, pour cette électricité qui lie leurs deux corps.

— Ce n'est pas grave, je prendrai rendez-vous dès notre retour.

— Tu aimerais avoir des enfants, un jour ?

Des enfants... Comme toujours, le mot la réchauffe, il réveille des souvenirs d'enfance, la seule période innocente de la vie. Retrouver cette pureté, aimer simplement, rire dans la cour, prendre la main de Vera lors de l'audition du Bolchoï...

— Des enfants, oui, mais une grossesse, un accouchement ?

Si seulement les choses pouvaient être plus simples.

— Tu sais ce qu'Alla m'a raconté ? Pendant qu'elle hurlait de douleur sur la table d'accouchement, le médecin lui a dit de se détendre.

Vera éclate de rire.

— Alla lui a rétorqué qu'il était impossible de se détendre alors que la douleur lui vrillait le ventre. As-tu idée de ce que le médecin lui a répondu ? « Récitez-vous du Pouchkine. »

— Une danseuse de Leningrad m'avait expliqué que son accouchement avait duré si longtemps que le médecin avait fini par se jeter sur elle pour essayer de faire sortir le bébé.

— Oh !

— Elle ne voulait même pas d'enfant. Mais elle n'avait découvert sa grossesse qu'au bout de six mois.

— Heureusement pour moi, je n'ai pas ce problème, au moins. Je connaissais une fille, avant ton arrivée à Moscou, qui ignorait qu'elle était enceinte jusqu'au jour où elle a fait une fausse couche. Elle en était déjà à cinq mois.

— Comment sais-tu que tu es enceinte ?

— J'ai la sensation d'avoir un poids dans le ventre. Et ma poitrine est douloureuse. Je suis habituée, à présent...

Elle secoue la tête avant de reprendre :

— Mais je n'ai pas le cœur d'en reparler avec Viktor. Il était si heureux la première fois. Il croyait que je voulais le garder. La deuxième fois, je ne lui ai rien dit. Et je lui ai promis que nous essaierions cet été. Je m'en veux tellement...

La vapeur retombe, elle se lève pour asperger les galets, et la tête lui tourne brièvement.

— Bien sûr, le fait que nous n'ayons pas d'enfant alimente la rancœur de sa mère à mon égard. Sais-tu ce qu'elle m'a dit ? Que si je sautillais moins sur scène, je réussirais à tomber enceinte.

Au bout de quelques secondes, Vera déclare :

— Elle met de la vodka dans son thé.

— La mère de Viktor ? demande Nina en se rallongeant. Vraiment ? Je n'en reviens pas...

Et pourtant, ça paraît évident, maintenant qu'elle y pense... Voilà pourquoi elle se sent toujours « fiévreuse ».

— Je n'arrive pas à croire que tu n'aies rien remarqué.

Nina croit percevoir une pointe de reproche dans la voix de Vera.

— Je travaille beaucoup depuis presque deux ans, réplique-t-elle. Je n'ai pas le temps de remarquer le moindre détail de la vie des autres.

Elle a beau s'efforcer de conserver son calme, elle sent la colère monter.

— Je danse tout le temps, poursuit-elle, je ne prends pas un congé quand ça m'arrange, je ne demande pas à oncle Félix de m'écrire un mot chaque fois que j'ai mal à un tendon.

C'est la vérité. Nina danse même lorsqu'elle a une foulure. Lors de la dernière représentation de la saison, elle est montée sur scène avec un orteil cassé ; après avoir endormi la douleur avec un anesthésiant local et comprimé l'orteil dans un bandage bien serré, elle a enchaîné les quatre actes sans un seul raté.

Vera s'est redressée, son corps entier se raidit, Nina le sent. Et pourtant, elle est incapable de s'interrompre :

— Je travaille. Je n'ai pas le temps de... me mêler des affaires des autres. De me prostituer avec le premier venu.

— Je ne me prostitue pas !

— Comment appelles-tu ça, alors ? répond Nina.

Elle se rassoit trop vite et le sang lui monte à la tête.

— Je me fais du souci pour Gersh ! riposte Vera. Je cherche à l'aider ! Je pense à quelqu'un d'autre que moi !

— Mais moi aussi, je pense aux autres !

Elles hurlent à présent.

— Ah oui ? reprend Vera d'une voix plus posée. Vraiment ? Mais tu es une première danseuse, à présent, une star. Comment trouverais-tu le temps de t'inquiéter d'autrui ? Tu es trop occupée. Si occupée que tu n'as même pas vu que ta mère est en train de… mourir.

Nina frissonne malgré l'air brûlant.

— Qu'est-ce que tu racontes ?

Un long soupir tourmenté.

— Elle est malade, Nina. Le médecin est venu juste avant notre départ… Il ne lui reste sans doute que quelques mois.

— Quelques mois ?

Nina se sent faible, sa sueur est glacée. Elle reprend sur un ton accusateur, comme si Vera était responsable de la santé de sa mère :

— Avais-tu l'intention de m'en parler ? Pourquoi n'as-tu rien dit ?

— Je pensais que tu avais remarqué qu'elle était très malade. Je pensais que tu avais vu qu'elle avait changé. Mais tu es toujours à droite et à gauche, tu ne t'intéresses qu'à toi, tu prends à peine le temps de passer la voir. Et même lorsque tu le fais, tu ne la regardes pas vraiment.

Nina s'est mise à trembler. C'est la vérité, elle ne la voit presque plus, sa mère avec sa jupe à fleurs…

— Oui, je suis une mauvaise fille. Heureusement qu'elle t'a…

Elle se relève et vacille.

— Je dois y aller…, lance-t-elle faiblement.

— Ce n'est pas ce que je voulais dire, je suis seulement…

Nina se précipite vers la porte, la peau en feu. Une fois dehors, elle s'enveloppe dans une serviette rêche. La rivière en contrebas paraît verte, les saules pleureurs y taquinent leur reflet et des canards glissent sur sa surface. En se précipitant vers la maison, Nina songe avec honte qu'elle doit avoir la peau rouge vif.

— Viktor !

— Qu'y a-t-il ?

— Je dois rentrer à Moscou, immédiatement. Je suis désolée. Je prendrai le train si tu veux bien m'accompagner à la gare.

Une nouvelle couche de sueur a perlé ; elle l'essuie trop vivement avec la serviette, s'écorchant les bras.

— Arrête, Nina, tu vas finir par te faire mal. Que se passe-t-il ?

— Je dois aider ma mère. Elle est malade. Tu peux rester ici, j'en saurai bientôt davantage. Il faut que je rentre.

Drew tenait à relire les épreuves avec soin, et elle était contrainte de s'interrompre régulièrement pour se concentrer. Elle se surprenait parfois à secouer la tête pour chasser les pensées qui la détournaient de son travail. Le souvenir des bras de Grigori, de son étreinte… Elle avait du mal à croire qu'elle s'était réellement blottie contre lui, qu'elle s'était jetée à son cou de la sorte. Mais il lui suffisait de se rappeler la plénitude qu'elle avait éprouvée en faisant ce qu'elle s'autorisait rarement à faire – se laisser guider par ses sentiments – pour se sentir apaisée.

Elle s'admonesta une nouvelle fois : elle n'avait pas de temps à perdre avec ces divagations. Elle devait superviser l'exposition des bijoux avec Miriam, répondre aux questions du service de presse, donner du travail à sa nouvelle assistante... Une fois qu'elle aurait relu les épreuves du supplément au catalogue, elle aurait un sujet de préoccupation en moins. L'imprimeur en tirerait cinq cents exemplaires sur papier glacé pour le dîner précédant la vente, afin de distraire les convives pendant les nombreux discours et toasts qu'ils auraient à endurer. Puis ils seraient abandonnés sur les tables et finiraient avec les ordures.

Étrangement, tout cela ne lui semblait plus avoir réellement d'importance. Ni la vente, ni les bijoux, ni le bénéfice professionnel qu'elle espérait en retirer. Tout ce qui lui importait à présent, c'était de trouver l'origine du collier de Grigori.

Pas plus tard que le matin même, elle avait contacté un énième « expert » censé lui procurer des archives de joailliers. Peu importait si elle se berçait d'illusions, peu importait si elle avait peu de chances d'obtenir des réponses avant la vente. En temps normal, Drew aurait eu hâte, à ce stade, d'en terminer avec ce projet, pour se sentir libérée. À présent, elle avait envie de continuer à chercher, d'aider Grigori à découvrir si ses soupçons étaient fondés.

Drew songea, pour la millième fois, aux liens qui pouvaient exister entre le bracelet et les boucles d'oreilles de Nina Revskaïa d'un côté et le pendentif de Grigori de l'autre – tous trois enfermés, pour l'heure, dans des sachets en plastique transparent. Le pendentif contenant une minuscule araignée... Les lettres que Nina Revskaïa avait prétendu ne pas connaître...

Le cœur de Drew se serra au souvenir des larmes qu'elle avait vues glisser sur les joues de la danseuse quand elle lui avait présenté les deux photos... Drew elle-même avait été émue par l'acuité de ces images qui ressuscitaient le passé et qui, par là, invitaient à une prise de conscience : les gens dont nous sommes le plus proche peuvent disparaître du jour au lendemain, même ceux qui sont le plus ancrés dans nos vies, ceux que nous croyons éternels. Jen, Kate et Stephen ; sa mère, son père. Eux aussi, à l'instar de Drew, n'existeraient plus un jour que sous cette forme figée.

À cette pensée, Drew secoua la tête. Il y avait encore des blancs dans les épreuves, à l'endroit où les photos viendraient s'insérer. Elle se tourna vers son ordinateur pour effectuer une dernière vérification. Elle afficha d'abord une photo de la jeune Nina Revskaïa en plein saut, ses jambes formant une ligne horizontale dans les airs, puis un article de journal annonçant sa fuite d'URSS et un portrait pris lors d'une séance organisée par Van Cleef & Arpels. Il y avait ensuite une image de Nina Revskaïa et de son mari, recadrée à partir d'une des photographies de Grigori.

Pour la quatrième de couverture du supplément, Drew avait choisi un cliché représentant Nina Revskaïa et trois autres danseuses du Bolchoï, à la barre. Drew l'avait trouvée sur un site Internet contenant de nombreuses photographies de danseuses en train de s'exercer. Ces images prises sur le vif captaient parfaitement l'essence de ces ballerines, qui n'étaient encore que des fillettes pour la plupart, avec leurs corps d'enfant et leur regard naïf, et dont plus personne ne se souvenait. Certaines d'entre elles resteraient éternellement dans l'anonymat : leur nom n'apparaissait d'ailleurs pas dans les légendes. Bien qu'ayant réussi à intégrer l'une des meilleures compagnies de danse au monde, elles n'étaient pas passées à la postérité.

En vérifiant cette dernière photographie, Drew eut soudain une intuition. La femme à droite de Nina Revskaïa, avec son air éthéré et son regard sombre, lui était familière. Elle fouilla quelques secondes dans sa mémoire avant de compulser le dossier contenant les documents que Grigori lui avait prêtés. Elle avait vu juste : c'était la même femme, la « meilleure amie » de Nina Revskaïa. Ainsi, elle était également danseuse. D'après le site Internet, elle s'appelait Vera Borodina.

En entrant ce nom dans le moteur de recherche du site, Drew découvrit deux autres photos de la danseuse, dont une, magnifique, la montrant dans *Le Lac des cygnes*. Elle avait donc été célèbre, elle aussi… ou en passe de le devenir. Derrière elle, dans la forêt, se tenaient cinq ballerines anonymes qui rêvaient sans doute d'interpréter un jour, elles aussi, le premier rôle du ballet.

Drew reconnut soudain une autre danseuse parmi ces anonymes. Après avoir examiné l'image sur l'écran, elle se reporta à la seconde photographie en noir et blanc de Grigori, celle prise à la datcha. Oui, c'était bien elle, l'autre « amie » de Nina Revskaïa. Elles avaient dû également se rencontrer au Bolchoï, même si la jeune femme maigre n'avait pas dû connaître le même succès que les deux autres.

Drew pourrait demander son nom à Nina Revskaïa, puis contacter les documentalistes du site pour les informer de l'identité de cette danseuse. Elle la sortirait ainsi de l'anonymat. Cette perspective suffit presque à lui faire décrocher son téléphone, mais elle n'osa pas, pas après ce qui était arrivé l'autre jour, pas après avoir bouleversé Nina Revskaïa. De surcroît, elle avait d'autres problèmes plus urgents à régler. Sans compter que, pour cette danseuse, le fait d'apparaître ou non sous son nom n'avait sans doute plus grande importance.

Nina se réinstalle dans son ancien appartement, où elle veille sur sa mère même pendant sa propre convalescence, après l'intervention qui a remédié à son petit problème. Il valait mieux qu'elle règle cela avant le retour de Viktor et se repose dans son vieux lit en fer, qui est désormais celui de Vera.

Elle a demandé à Daria de passer chaque jour, en sortant de chez Madame, pour l'aider avec la cuisine et le ménage. Mère paraît amaigrie et marquée par les ans. Son corps est affaibli, son sourire noirci parce qu'elle a perdu ses dents, ses épaules sont voûtées, tant elle a sillonné la ville avec son panier à commission… Sa vie semble se résumer à une longue journée de courses. À une longue journée de corvées. Comme ces travailleuses que Nina croise le long des routes, et qui s'entassent à l'arrière de camionnettes, le soir venu, sur des sacs de ciment, comme autant de planches, de bûches ou de poutres métalliques…

Nina reste là jusqu'à la fin du mois d'août, c'est-à-dire jusqu'au retour de Viktor, qui l'aide alors à installer mère chez eux, dans leur lit. Nina et lui dormiront sur un matelas à même le sol. Elle est tellement faible qu'elle reste alitée toute la journée. Parfois, elle ne sait plus où elle se trouve, ne comprend plus ce qui se passe autour d'elle.

— Est-ce contagieux ? demande Madame lorsqu'elle sort de son antre, à l'heure des repas.

Elle n'a jamais daigné saluer mère. Daria, aussi, l'ignore. Bien que Nina continue à lui verser un supplément, elle refuse de faire davantage que ses corvées habituelles au service de Madame. Il faut plus d'une semaine à Nina pour comprendre la raison de sa mauvaise volonté : c'est Madame qui lui en a donné l'ordre.

Sa colère se réveille, mais elle en a assez de se battre, elle en a assez de sentir la fureur bouillir constamment en elle. C'est mesquin et usant. Elle n'a pas reparlé à Vera, elle n'en a pas l'énergie, et elle n'en éprouve pas le besoin. Lorsque Viktor lui raconte leur séjour à la datcha, rien dans ses propos ne laisse supposer qu'il est au courant de leur dispute.

— D'une certaine façon, tu as bien fait de partir. Tu aurais dû composer avec ce Serge.

— Il est revenu ?

— Deux fois. Je ne l'aime pas.

Elle perçoit la jalousie dans sa voix. Et pour la première fois, elle songe qu'elle a peut-être commis une imprudence en laissant Vera et Viktor seuls à la datcha. Même si elle a confiance en son mari, personne ne peut, apparemment, résister au charme de Vera.

— Où est-elle partie ? demande Madame un jour de septembre où elle est sortie de sa chambre pour manger le bouillon préparé par Daria. La belle Vera. Je ne l'ai pas vue depuis une éternité.

La mère de Nina réclame également sa visite.

— Elle est très occupée, répond Nina en guise d'excuse pour ne pas avouer qu'elle ignore à peu près tout de la nouvelle vie de Vera.

Une nuit, Viktor ne rentre pas.

Nina veille jusqu'à une heure avancée. Lui est-il arrivé la même chose qu'à Gersh ?

Lorsqu'elle trouve le courage de réveiller sa belle-mère pour l'interroger, Madame lui reproche bruyamment d'avoir troublé son sommeil. Elle ne semble guère inquiète de l'absence de son fils. Il est près de quatre heures du matin lorsque Nina entend sa clé dans la serrure, ses pas dans la chambre obscure. Elle doit se retenir de crier :

— Où étais-tu ? Que s'est-il passé ? Tout va bien ?

— Je vais très bien. Mais tu es toute pâle... Qu'est-ce qui t'arrive ?

— Ce qui m'arrive ? Tu rentres à quatre heures sans me donner d'explication. J'ai cru que tu avais été... je me suis fait un sang d'encre.

— J'avais prévenu ma mère, elle ne t'a rien dit ? J'ai emmené Vera voir Gersh.

Évidemment que Madame ne lui a rien dit. Nina éclate en sanglots, trop épuisée, trop bouleversée pour se mettre en colère. Viktor la prend dans ses bras et murmure, en la serrant, que tout va bien.

Lorsqu'elle réussit enfin à se maîtriser, elle frotte son visage contre la poitrine de Viktor pour sécher ses larmes. Elle déteste le bruit de ses propres reniflements. Maintenant qu'elle a retrouvé son calme, elle a aussi les idées plus claires.

— Tu as emmené Vera ? demande-t-elle tout doucement, pour ne pas réveiller sa belle-mère. Je croyais que seule la famille était autorisée à rendre visite aux prisonniers…

— Oui, mais il existe des moyens de persuasion.

Nina hausse un sourcil interrogateur, et Viktor poursuit :

— On peut toujours resquiller…

Il s'affale dans un des fauteuils. A-t-il soudoyé quelqu'un ou inventé un mensonge ? De nouveau, Nina se crispe à la pensée qu'il s'est mis en danger. Si seulement elle pouvait cesser d'être en colère contre lui…

— Comment va Gersh ?

— D'après Vera, il n'est pas très en forme.

— Tu ne l'as pas vu ?

Viktor secoue la tête.

— Seule Vera a été autorisée à entrer. En tant que « membre de la famille ».

Nina se laisse tomber à son tour dans un fauteuil, à côté de Viktor. Peut-être Vera a-t-elle obtenu ce qu'elle voulait en cédant à l'horrible Serge…

— Je ne comprends pas comment elle a obtenu un passe-droit. Et Zoïa ?

— Il semblerait que, depuis la nomination du nouveau directeur, elle ne lui rende plus visite.

Ce qu'ils soupçonnaient, Viktor et elle, était donc vrai : c'était l'ancien directeur, et non Gersh, que Zoïa venait voir.

— Moi qui avais fini par me convaincre qu'elle l'aimait sincèrement.

— C'était peut-être le cas…

La désinvolture de Viktor la froisse. Comment Zoïa peut-elle être aussi volage ? Puis Viktor l'enlace, et elle presse sa joue contre la sienne, en quête de réconfort. Si seulement elle parvenait à chasser la colère qu'elle nourrit contre lui. Si seulement elle réussissait à s'abandonner, à se persuader que tout ira bien, que Viktor ne s'est pas compromis pour aider Vera.

Ce n'est qu'une fois étendue à côté de lui, la tête posée sur son épaule, qu'elle ose demander, sans être sûre pourtant de vouloir connaître la réponse :

— Comment est-ce, là-bas ?

— Je te l'ai dit, je n'en sais rien, je ne suis pas entré.

La note d'agacement qu'elle a perçue dans la voix de son mari la pique au vif :

— Pourquoi as-tu fait tout ce chemin alors ?

— Pour accompagner Vera, je te l'ai dit.

Il s'écarte, roule sur le côté.

Nina se répète que cela vaut mieux qu'une vraie dispute. Et pourtant, elle n'est pas satisfaite. Vera n'est peut-être qu'une excuse. Une ruse, un moyen pour Viktor de se rendre… où ? Dans quel but ? Nina se rappelle leur rencontre, Lilia et le plaisir que lui procure la présence des femmes. Naturellement, un homme qui réussit a des admirateurs. Les pensées se bousculent dans l'esprit de Nina, et elle ne parvient pas à trouver le sommeil. Elle soupçonne tout le monde à présent, comme si elle évoluait sur un sol mouvant. Chaque jour, elle perd un peu plus confiance dans les autres.

Le lendemain ou le surlendemain de la visite de Drew Brooks, Cynthia vint s'asseoir en face du fauteuil roulant de Nina après avoir mis la soupe à réchauffer.

— J'ai repensé à ce que vous avez dit à cette jeune femme, l'autre jour. Au sujet de votre amie. J'ai eu l'impression que vous vouliez en parler.

Elle était donc incapable de se contenter de préparer le repas ?

— La vie ne lui a pas fait de cadeau. Elle a beaucoup souffert.

Depuis deux jours, elle était assaillie, sans relâche, par des souvenirs cruels. Toute la journée, elle avait tenté de se distraire – elle avait écouté du Bach en feuilletant un ouvrage sur Gauguin, un magnifique livre d'art qu'elle n'avait pas ouvert depuis des années, et qui contenait des reproductions toutes plus belles les unes que les autres. Mais la douleur continuait à la transpercer.

— Parfois, je me dis que ses souffrances ont été sa punition.

— Son crime devait être terrible alors, répondit Cynthia.

Nina pesa ses paroles, en songeant combien son propre corps l'avait trahie.

— Je suis persuadée que nous récoltons ce que nous avons semé. Regardez-moi, dans mon fauteuil roulant.

La surprise se peignit sur les traits de Cynthia.

— Je me fiche de ce que vous avez fait, personne ne mérite de finir coincé dans ce truc.

Sa sincérité, associée à son léger accent des îles, eut sur Nina un effet étrange : elle se mit à pleurer.

— Oh, trésor…

Cynthia se pencha et essuya quelques larmes avec un mouchoir. À la surprise de Nina, les larmes ne se tarirent pas. Lentement, elle dit :

— J'ai été d'une cruauté infinie avec elle.

— Ne m'en parlez que si vous en avez envie. Que si ça vous soulage.

Nina aurait secoué la tête, elle l'aurait même laissée retomber sur sa poitrine, si elle l'avait pu. Mais le nœud dans sa nuque était trop serré. Il ne lui rappelait plus l'écharpe nouée avec amour par sa grand-mère, mais une corde qui l'étranglait.

— Rien ne me soulagera jamais. Il est trop tard.

Cynthia tamponna encore le mouchoir sur ses joues.

— Il n'est jamais trop tard. Mon père disait toujours : quand on ne voit pas de solution, c'est qu'on n'a pas assez réfléchi.

— Je vous en prie, Cynthia, vous allez m'achever avec vos bons sentiments.

Cynthia éclata de rire et, comme par magie, le nœud se desserra légèrement. Mais Nina se garda bien de le dire, de peur que l'infirmière ne lui inflige un nouveau lieu commun extrait du catalogue de son père.

À la reprise des répétitions, fin septembre, Nina et Vera ne s'adressent toujours pas la parole ; chaque fois qu'elles se croisent, Vera détourne le regard, l'air gêné, presque coupable. Nina ne comprend toujours pas pourquoi elle lui a caché la maladie de sa mère. D'une certaine façon, depuis que Vera est rentrée dans sa vie, deux ans plus tôt, Nina n'a jamais complètement résolu le mystère qui l'entoure. Comment occupe-t-elle son temps libre, maintenant qu'elle ne rend plus visite en secret à Gersh, qu'elle ne joue plus aux cartes avec Madame ? Elle habite seule dans l'ancien appartement de mère, à laquelle elle ne rend visite qu'en l'absence de Nina.

Nina évite aussi Polina. Son urticaire est revenu, les plaques rouges constellent son cou et des taches noires sont apparues sur ses pommettes. Nina en conclut qu'elle continue à être sollicitée pour rédiger des rapports. Elle a beau n'avoir rien à se reprocher, elle préfère se préserver. Malgré tout, elle ne peut s'empêcher d'éprouver de la peine pour Polina, si maigre et anxieuse.

Le mois d'octobre commence à peine lorsque mère s'éteint. Penchée au-dessus d'elle, Nina guette un ultime battement de cœur, une respiration. Mais il n'y a plus que le silence, et un énorme poids s'abat sur elle. L'espace d'une seconde, elle croit que sa mère est revenue à elle, puis elle comprend : il s'agit de son propre cœur, du tambourinement qui accompagne la prise de conscience terrible que c'est bel et bien terminé. Plus tard seulement, elle songe que mère a eu de la chance de partir de mort naturelle, contrairement à beaucoup d'autres, emportés par la maladie, la faim, la guerre, l'emprisonnement ou une autre barbarie.

Le jour de l'enterrement, sous un ciel dégagé, dans le petit cimetière du quartier, Nina et Vera échangent à peine quelques mots. À présent qu'elles ont perdu la personne qu'elles ont toutes deux aimée comme une mère, leur silence paraît absurde. Nina est soulagée de voir Vera s'attarder près de la fosse, où le cercueil a été recouvert de gueules-de-loup.

Elle laisse Viktor et les autres prendre de l'avance et attend que Vera la rejoigne.

— Je suis désolée, dit celle-ci, je l'aimais. Je veux que tu le saches.

— Je le sais.

Nina entend la voix de sa mère qui lui répondait lorsqu'elle frappait à la porte : « Oui, oui, oui », et le bruit de ses chaussons quand elle traînait les pieds sur le plancher.

— Je me dis que, sans elle, je n'aurais pas eu la même vie. Je ne parle pas seulement de ma vie ici, à Moscou. Je pense surtout à ma carrière.

L'audition pour entrer au Bolchoï. Nina acquiesce.

— Je me faisais la même réflexion l'autre jour. Je nous ai revues la suivre comme deux canetons jusqu'au théâtre. Et je me suis rappelé notre visite au *Métropole*.

Vera ferme les yeux.

— Nous sommes toutes les deux entrées par la même porte à tambour, mais j'ai toujours eu l'impression que nous étions ressorties dans deux mondes différents.

Elle doit penser à ses parents, à ce qui leur est arrivé, à son déménagement à Leningrad et à l'école du Kirov.

— Les deux chasseurs devaient vouloir la séduire, tu ne crois pas ? reprend Nina. Pourquoi nous auraient-ils laissées jouer avec la porte, sinon ? Elle était si belle...

Elle aimerait pouvoir sourire à nouveau, et rire. Entendre la voix tendre de sa mère…

Vera fixe sur elle ses yeux tristes et sombres.

— Je sais que j'aurais dû te parler plus tôt de sa maladie, mais tu dois comprendre…

La fin de sa phrase se perd tandis qu'elle détourne les yeux.

— Comprendre quoi ?

— Ce n'était pas… aussi simple.

— Comment ça ?

— Le médecin n'avait pas dit qu'elle était en train de mourir. Je trouvais qu'elle avait l'air mal en point, mais le médecin… il ne me l'a jamais exposé en ces termes.

— Tu es en train de m'expliquer que tu… l'as inventé ?

— J'ai dû le sentir… Elle semblait si faible.

— Au lieu de me dire simplement que ma mère était malade, tu… tu m'as raconté ça ?

La mâchoire serrée, Nina ajoute :

— Il a suffi que tu le dises pour que ça devienne vrai.

— Je ne l'ai jamais souhaité !

— Quel genre de personne se permet de jouer avec… la vie et la mort ?

— Ce n'était pas intentionnel ! J'ai dit ça comme ça, mais je devais sentir qu'il y avait quelque chose de grave. J'étais en colère, tu accumulais les succès, tandis que moi…

— Oui, oui, je sais, tu veillais sur elle, quotidiennement, alors que moi, j'étais la mauvaise fille. C'est pareil avec la mère de Viktor. Je ne le sais que trop bien, crois-moi, tout le monde te préfère.

— Ce n'est pas du tout ce que je dis. Tu ne comprends pas, je l'aimais sincèrement.

— Et elle aussi. Plus que tu ne l'imagines.

Nina est sur le point d'exploser. Et soudain, elle lâche :

— C'est elle qui t'a envoyé ces télégrammes… Ceux qui étaient censés venir de tes parents.

Le visage de Vera exprime le désarroi.

— C'est faux, finit-elle par dire.

Nina voudrait pouvoir effacer ses paroles.

Vera laisse échapper un gémissement.

Nina s'éloigne d'un pas rapide, dépasse Viktor et les autres, sort dans la rue que balaient des vieilles femmes. Elle tremble, saisie d'un vertige. C'est la première fois qu'elle se découvre capable de trahir.

Lot n° 93

Barrette en platine, or 18 carats, diamants et topazes : alternance de diamants, par deux, et de topazes, par trois, sur une monture à cannelures, gravée sur les côtés, 1 g, 20 cm. Estimation : 4900 – 5400 $.

14

Les jours précédant une vente étaient toujours éprouvants : le téléphone sonnait en permanence, il fallait répondre aux questions de dernière minute (cette bague était-elle en or quatorze ou seize carats ?), et le répondeur de Drew était saturé d'offres officieuses. Sans parler de la foule d'acheteurs potentiels qui se bousculaient pour examiner les bijoux, avides de trouver leur bonheur. Tout l'après-midi, la galerie avait fourmillé de la cohue habituelle : femmes qui essayaient colliers et bagues devant leur mari ou fiancé et qui s'admiraient dans les miroirs prévus à cet effet tandis que les employés de la salle des ventes les félicitaient de leur bon goût ; experts sérieux comme des papes, qui examinaient les lots à la loupe, cherchant à détecter d'éventuelles imperfections… Cette fois, pourtant, parmi les visiteurs se trouvaient aussi des danseuses, sylphides au long cou, très jeunes pour certaines, découvrant avec curiosité le contenu des vitrines.

Le responsable de l'événementiel passait son temps à distribuer des ordres aux stagiaires : le dîner avait lieu le soir même, et tout était loin d'être prêt. Depuis son bureau, Drew les entendait s'affairer, tandis que, sur le trottoir, les fêtards de la Saint-Patrick, arborant qui le maillot des Celtics, qui de grands chapeaux mous décorés de trèfles et qui de grands colliers à perles vertes brillantes, dérivaient de pub en pub, même si l'après-midi commençait à peine. C'était un jour férié, et tous les Bostoniens semblaient de sortie.

Jusqu'à présent Drew avait toujours considéré que les gens se servaient du 17 mars comme excuse pour fuir le bureau et rejoindre des amis au bar. Mais ce jour-là, pour la première fois, elle fut frappée par la coïncidence des deux fêtes, par le fait que l'on célébrait dans le même temps les Irlandais et l'évacuation pacifique des troupes britanniques de Boston par George Washington, en 1776. Les gros titres de la presse quotidienne étaient beaucoup plus terrifiants : « Les États-Unis se préparent à la guerre » ou « Échec des efforts diplomatiques en Irak ». Un article annonçait même que ce n'était plus qu'une question de jours avant que le Président envoie des troupes là-bas. Les rires avinés dans la rue sonnaient faux, d'une certaine façon. Malgré tout, en voyant passer une autre troupe de fêtards sous ses fenêtres, Drew ne put s'empêcher de penser qu'eux non plus, peut-être, ne voulaient pas croire ces gros titres et se raccrochaient à l'espoir d'une issue moins sanglante.

Alertée de l'arrivée d'un mail par un petit *bling*, Drew détacha ses yeux du spectacle de la rue. Stephen lui proposait de le retrouver pour boire une bière. Il y avait également un message de sa mère. Drew l'ouvrit sans enthousiasme. Sa mère lui transférait essentiellement des mises en garde contre des virus informatiques, mais, cette fois, il s'agissait d'un lien vers un article du *Seattle Times* consacré à des cours de cuisine pour couples. «Eric est cité!» avait écrit sa mère.

Karen et lui s'étaient inscrits à un cours de pâtisserie. Drew se plongea dans la lecture de l'article, poussée par la curiosité et par cette pensée familière : «Ç'aurait pu être moi, cette vie aurait pu être la mienne.» *Originaires de la côte Est, Eric Heeley et Drew Brooks, couple marié, la trentaine, avaient d'abord arrêté leur choix sur un cours consacré aux beignets et tempuras*... Le confort d'une vie de couple, dédiée aux activités habituelles des couples.

Puis la rêverie se dissipa. Drew s'apprêtait à effacer le message lorsque son attention fut attirée par celui qui venait de lui parvenir.

Mademoiselle Brooks,

Paul Lequin m'a fait suivre votre requête concernant les archives d'Anton Samoïlov. Tous les documents ayant appartenu à ma famille se trouvent à la Société russe du Minnesota. J'ai transmis votre demande à la Société ainsi que les descriptions des bijoux en ambre que vous avez envoyées à Paul. La documentaliste en charge du dossier s'appelle Anna Iakov. N'hésitez pas à la contacter à l'adresse suivante : iakov.anna@mrs.org

En vous souhaitant d'aboutir dans vos recherches,

Theresa Samoïlov-Dunning

Drew poussa un petit cri de joie et rédigea aussitôt un message à l'attention d'Anna Iakov. Malgré son envie, elle se retint d'appeler Grigori aussitôt après pour lui annoncer la nouvelle. Elle ne l'avait pas revu depuis ce fameux jour, dans son bureau, et ne lui avait pas parlé non plus. Elle avait résolu de ne le contacter que si elle obtenait une information fiable, voire une réponse. Elle devait d'abord s'assurer que cette piste aboutirait.

Fraîcheur automnale aux bouffées hivernales, feuilles mortes jonchant le sol. Des courants d'air glacés traversent les couloirs et les cages d'escalier du Bolchoï. Chaque matin, Nina prend place devant la barre sans un regard vers l'autre extrémité, où se trouve Vera. Elles ne se croisent que rarement dans le théâtre, leurs loges étant situées à des étages différents. Elles peuvent facilement passer un mois sans échanger un seul mot.

Polina, contrairement à son habitude, ne se place plus à côté de Vera, mais de l'autre côté de la salle de danse, devant le miroir que toutes fuient parce que légèrement grossissant. Ce qui ne pose aucun problème à Polina, plus maigre que jamais. On voit chacun de ses muscles se tendre. Ses doigts, qui devraient à peine reposer sur la barre, sont crispés, trahissant sa nervosité. Elle donne parfois l'impression d'être au bord du malaise, mais chaque fois que Nina tente d'accrocher son regard, elle se dérobe.

Un matin, elle pulvérise violemment un gros morceau de colophane, comme si elle passait sa colère dessus. Il est arrivé quelque chose de grave, mais Nina ignore quoi. Elle s'efforce de s'en tenir à son principe essentiel : se consacrer entièrement à la danse.

Un après-midi, en rentrant du Bolchoï, Nina trouve Viktor assis à la table en bois. À son expression, elle comprend immédiatement qu'il y a un problème. Il ne desserre pas les dents, forçant Nina à le questionner.

— Il est peut-être temps de discuter de ce que tu as jugé utile de passer sous silence, lâche-t-il.

— De quoi parles-tu ?

Son regard est douloureux.

— Apparemment, ton départ précipité, cet été, n'était pas seulement motivé par la santé fragile de ta mère.

— Bien sûr que si !

— Vraiment ? Tu n'avais pas un autre problème à régler, alors ?

— Mais...

Comment est-il au courant ?

— Viktor, reprend-elle, se sentant subitement brisée. Je suis désolée. Sache, cependant, que ce n'est pas pour cette raison que je suis rentrée. Je suis réellement revenue pour ma mère. Mais j'ai compris que j'étais enceinte et j'ai décidé de m'en occuper...

— Je note le choix des mots...

Nina se laisse tomber dans un fauteuil, trop éreintée pour trouver une repartie qui ferait mouche.

— Ne nous disputons pas, Viktor. Tu sais bien qu'elle était malade, je ne t'ai pas menti.

— Tu n'as pas dit la vérité. J'ai dû l'apprendre de la bouche de ma propre mère.

— Ta mère ?

Nina suffoque de colère, se demandant comment Madame est au courant. Puis elle comprend. Vera.

— Pourquoi as-tu fait ça, Nina ?

Dans un murmure, elle lui répond ce qu'elle n'avait jamais formulé jusque-là :

— Comment pourrais-je donner le jour à un enfant dans un monde pareil ?

Viktor se laisse aller contre le dossier de sa chaise comme pour l'observer avec davantage de recul.

— Qu'est-ce que ça signifie ?

Un monde où les êtres que l'on aime sont enlevés au beau milieu de la nuit. Où ils sont traqués sans relâche, où on les empêche d'épouser qui ils veulent, où on les dépouille de leur réputation, de leur métier.

— Gersh..., se contente-t-elle de répondre.

Viktor pousse un soupir peiné.

— C'est temporaire. C'est un mal... nécessaire. Tu connais le proverbe : « On ne fait pas d'omelette sans casser d'œufs. »

— Comment peux-tu dire une chose pareille ? Comparer Gersh à un œuf ? Et Vera ? N'ont-ils donc aucune valeur à tes yeux...

— Bien sûr, qu'ils ont de la valeur. J'essaie seulement de t'expliquer...

— Oh, tais-toi ! s'écrie Nina, elle-même surprise par le ton de sa voix. Comment peux-tu continuer...

À prétendre qu'il ne se passe pas des choses terribles. Nina s'avise brusquement que c'est non seulement ce qu'elle ressent, mais que c'est aussi la vérité. Des crimes innommables se produisent sans arrêt, dans le secret.

Un bruit. La porte en contreplaqué s'ouvre en grand, Madame les dévisage.

— Pourquoi haussez-vous le ton ainsi ? Êtes-vous donc des sauvages ?

— Tout va bien, maman, la rassure Viktor d'une voix lasse.

Nina voudrait hurler. Si Madame avait tenu sa langue, elle n'aurait pas cette conversation avec Viktor. C'est entièrement sa faute. Elle est prête à n'importe quelle bassesse pour se débarrasser d'elle… *Vous n'êtes pas Lilia.* Interdire à la pauvre Daria de cuisiner pour mère… Montrer à Nina les bijoux en ambre pour gâcher la surprise de Viktor… À ce souvenir, Nina se demande si Viktor les réservait pour la naissance de leur premier enfant.

— Vous ne valez pas mieux que ces Arméniens, conclut Madame avant de retourner dans sa chambre.

L'étui à cigarettes de Nina – où elle range son mouchoir – est posé sur la table. Sans réfléchir, elle s'en saisit et le jette en direction de la porte. Mais il atteint le mur et tombe par terre avec un tintement pathétique.

— Arrête…, lui dit Viktor d'un air fatigué.

Il se lève et va s'asseoir sur le lit. Nina remet son manteau, qu'elle n'a retiré que quelques minutes auparavant.

— Où vas-tu ?

— Travailler.

— Tu rentres tout juste. Et tu n'as pas de représentation ce soir.

— J'ai besoin de m'entraîner.

Elle a surtout besoin de sortir, de s'éloigner de Viktor, de Madame. Il n'esquisse aucun geste pour la retenir. Lorsqu'elle franchit la porte, il est toujours assis sur le lit, la tête dans les mains.

Elle décide de se rendre au Bolchoï, de transformer cet accès de colère, cette décharge d'adrénaline en pirouettes et en sauts puissants. Ses mains tremblent encore lorsqu'elle pénètre dans le théâtre.

La représentation du soir ne commence pas avant deux heures, mais les couloirs sont déjà encombrés de costumières et de danseurs. Nina avait l'intention de rejoindre directement sa loge pour se changer puis trouver une salle de danse vide où travailler, mais elle se surprend à dépasser sa porte, gravir les marches et suivre le couloir qui mène à son ancienne loge.

Vera a dû aller trouver Madame pendant mon absence. Elle a dû lui faire cet aveu, à dessein, pour la dresser contre moi.

Nina frappe fort. Aucune réponse. Vera ne danse peut-être pas ce soir. Nina aimerait lui hurler après, lui laisser un message incendiaire, casser quelque chose… N'importe quoi pour se débarrasser du sentiment affreux qui la ronge. Elle ouvre la porte si violemment que celle-ci va taper contre le mur.

Ses yeux tombent aussitôt sur deux jambes squelettiques en collant de soie. Elles appartiennent à Polina. À côté d'elle, renversé sur le sol, se trouve le vieux tabouret en bois.

Il faut quelques secondes à Nina pour retrouver l'usage de sa voix et de ses jambes. Elle se précipite en hurlant dans le couloir pour obtenir de l'aide. Il lui faut plus d'une heure pour comprendre, et accepter, la vérité : Polina n'est plus, elle s'est infligé cette mort affreuse, en nouant une écharpe en laine autour de son cou.

Toute la semaine, les couloirs du Bolchoï bruissent de rumeurs. *Elle a été abandonnée par son amant, tu ne le savais pas ? Il s'est débarrassé d'elle comme une vulgaire chaussette…* Mais comment Polina a-t-elle pu se suicider, comment a-t-elle pu commettre cet acte, le plus antipatriotique qui soit ? *Tu connaissais Polina, elle n'avait plus rien, plus aucun goût pour la vie...* Mais pourquoi ici, au Bolchoï? *Elle était persuadée que c'était Vera, tu l'ignorais ? Elle pensait que Vera était la cause de son malheur...*

Vera qui, depuis la découverte du corps, n'a pas été vue une seule fois au théâtre – *Tu sais comment sont les hommes, ce sont des chasseurs, et la persévérance finit toujours par payer...* –, Vera qui est absente la semaine suivante également – *Il paraît que c'est son tendon d'Achille, mais d'après certains... Enfin, je ne vais pas colporter des on-dit.*

Bien sûr, il reste un fait indiscutable : ce n'était pas Nina, mais Vera, qui était censée trouver Polina.

Installé à la table de la salle à manger, devant un set de table tressé, une serviette en tissu et une batterie de plats élégants qu'il sortait rarement lorsqu'il dînait seul, Grigori souriait en réponse aux compliments que Zoltan venait de lui adresser.

— Tu ne m'avais jamais dit que tu étais un cordon-bleu, Grigori. Et je dois reconnaître que cette idée ne m'avait pas effleuré.

— Christine m'a appris deux ou trois recettes.

Grigori avait préparé deux beaux filets de saumon, qu'il avait servis avec de l'aneth et du citron. En accompagnement, il y avait du riz cuit à la vapeur et des brocolis sautés.

— Je ne cuisine presque jamais quand je suis seul, reprit Grigori sans ajouter que, depuis quelques jours, il s'était redécouvert de l'appétit.

En portant un morceau de saumon à sa bouche, il résista à l'envie nouvelle et pressante qui l'assaillait : celle d'évoquer Drew, pour le seul plaisir de prononcer son prénom. Mais Zoltan et lui n'abordaient jamais ces sujets-là ensemble.

— J'ai découvert quelque chose, aujourd'hui, annonça Zoltan. En me replongeant dans mes journaux, j'ai été surpris par certaines de mes idées. Ou plus exactement, avec le recul, j'ai repéré des phénomènes de répétition, d'échos... Les réflexions de ce jeune homme étrange courent sur des pages et des pages. Et ce jeune homme étrange n'est autre que moi. En relisant ce que j'ai écrit, j'ai compris... Sais-tu ce que j'ai compris, Grigori ? Je suppose que je le pense, ou le sais, instinctivement, depuis le début. Il n'y a que deux choses qui comptent dans la vie. La littérature et l'amour.

Grigori sourit.

— Je suis bien obligé de te suivre sur ce point.

Il avait le sentiment d'être devenu un autre depuis que Drew avait fait un pas dans sa direction. Et ses amitiés, comme celle qu'il partageait avec Zoltan, semblaient parfois être ses seuls repères. De la même façon qu'il pourrait toujours compter sur Tchekhov, T.S. Eliot et Musil. Il y avait eu un jour terrible, à la fin de la maladie de Christine, où il avait perçu soudain qu'elle avait entrepris un voyage solitaire, dont elle ne reviendrait jamais. Il avait alors ouvert *La Mort d'Ivan Ilitch*, et, après l'avoir relu, il avait eu le sentiment, non pas d'être consolé, mais d'avoir compris quelque chose, d'être capable d'aborder différemment ce que Christine traversait. Et il s'en était trouvé moins démuni, moins seul.

— Je me rappelle, avant mon départ de Hongrie, poursuivit Zoltan, avoir pris conscience que la littérature pouvait me sauver autant qu'elle pouvait me faire tuer. Bien sûr, c'est différent ici. Mais n'est-il pas amusant que, d'une certaine façon, le prix à payer pour retrouver la liberté d'expression soit… une forme d'indifférence.

Grigori faillit lui avouer qu'il avait vraisemblablement trouvé la traductrice idéale pour ses poèmes, une Hongro-Américaine qui avait manifesté son intérêt pour le travail de Zoltan des années plus tôt, lors d'une conférence à laquelle Grigori avait également assisté. Il était fier de s'être souvenu d'elle – elle enseignait aujourd'hui à Syracuse. Mais il tint sa langue, parce qu'il n'avait pas encore d'éditeur, et que cela pouvait prendre du temps.

— Évidemment, continuait Zoltan, on ne peut se permettre d'être prudent en poésie. Ni en art de façon générale. Comme en amour… C'est tout ou rien.

Il grignota un bouquet de brocoli avant de reprendre :

— C'est pour cette raison que l'amour aussi est dangereux. On se bat pour l'amour. On accepte de courir des risques. Si quelqu'un est en mesure de le comprendre, c'est bien toi : le soviétisme a visé à décourager toute autre forme d'amour que celui de la nation.

Parce que ce sentiment rendait les gens individualistes, parce qu'il les poussait à s'occuper d'eux-mêmes et des êtres qui leur étaient chers. En acquiesçant, Grigori répondit :

— L'amour rend fort, on ferait toutes sortes de folies en son nom.

Il revoyait Drew dans son bureau, il sentait encore ses bras autour de sa taille lorsqu'il l'avait serrée contre sa poitrine, alors que ses collègues étaient juste derrière la porte.

— Exactement, approuva Zoltan d'un air triomphant. C'est pourquoi il n'y a rien de plus important. À l'exception de la littérature, bien sûr.

Réfléchissant à voix haute, Grigori lança :

— Parfois, je me dis que c'est ce qui me retient à l'université. C'est l'un des rares endroits dans ce pays où on n'a pas à se battre pour convaincre les autres de l'importance de la littérature et de l'art. Ah, Zoltan, ajouta-t-il en soupirant, que vais-je devenir sans toi, l'année prochaine ?

— Tu continueras à faire ce que tu fais très bien : fumer en cachette dans ton bureau et limiter au maximum les réunions du département.

Grigori s'esclaffa, puis retrouva aussitôt son sérieux.

— Pour être honnête, je me sens de moins en moins lié au département ces derniers jours. De moins en moins impliqué.

Il se demanda si cela avait un rapport avec Drew, avec ce qu'il ressentait en sa présence. Il devait être prudent, malgré tout. Il risquait d'effrayer la jeune femme. Pourquoi la charger du poids de ses secrets ? Et dire qu'ils se connaissaient à peine ! Et qu'elle était encore si jeune, alors qu'il avait cinquante ans !

Toute la journée, ses pensées avaient suivi le même chemin : il songeait avec une culpabilité diffuse à Evelyn, aux attentes des amies de Christine et de ses collègues, à ce que diraient les gens s'il se passait quoi que ce soit entre Drew et lui. Puis il se demandait en quoi les avis de ces personnes qui n'avaient rien d'autre à faire que parler des autres pouvaient lui importer... Mais alors il imaginait les efforts qu'il lui faudrait déployer pour découvrir une nouvelle femme comme il avait découvert Christine, pour se sentir vraiment proche d'elle... C'était tout ou rien, Zoltan avait raison. Mais atteindre cette complicité parfaite, cet amour total... Si Grigori avait le sentiment d'être face à une montagne trop haute, qu'il n'était pas sûr de pouvoir gravir une seconde fois, il avait pourtant envie d'y parvenir, ou, au moins, d'essayer.

La nouvelle saison du Bolchoï est aussi trépidante que les précédentes, la carrière de Nina est à son apogée. La danse est son meilleur partenaire, depuis que ses amitiés se sont distendues et que son mariage traverse une crise. Elle a évité Vera tout l'hiver, détournant le regard les rares fois où elle l'a croisée dans un couloir ou dans les coulisses. Puis Vera s'est mise en arrêt maladie, à cause de son tendon d'Achille – cette fois une opération s'est révélée nécessaire, suivie d'une convalescence de six semaines. Vera n'a pas dû se remettre aussi bien que prévu, car elle n'est toujours pas revenue.

Pendant ce temps, Nina a pris part à plusieurs tournées hors de Moscou, à Riga, Kiev et Minsk. À présent, le mois de mai est arrivé, l'air est doux, les feuilles d'un vert vif. Viktor se trouve à la datcha. Il a prétendu qu'il avait besoin de quitter la ville, mais Nina sait pertinemment que c'est leur vie de couple et l'atmosphère confinée de leur appartement qu'il fuit. Il s'est même arrangé pour revenir après que Nina sera partie en tournée « éclair » – trois salles en trois jours – avec les stars du Bolchoï.

Aussi, la veille de son départ, quand la voisine frappe à la porte en disant que l'hôpital appelle « pour Viktor », Nina s'imagine aussitôt qu'il lui est arrivé quelque chose. Il lui faut quelques secondes pour reprendre ses esprits et répondre à la voix à l'autre bout du fil :

— Je suis désolée, il n'est pas là. Il ne reviendra pas avant plusieurs jours.

— J'appelle parce qu'il apparaît dans le dossier de Vera Borodina comme la personne à contacter en cas d'urgence. Elle ne va pas bien. S'il pouvait venir…

— Je crains de ne pas comprendre…

— Vera Borodina est ici, et nous sommes inquiets… pour sa santé. Si M. Elsin pouvait se déplacer…

— J'arrive, dit Nina, le cœur battant. Indiquez-moi juste l'adresse.

À l'hôpital, on l'introduit dans une salle commune. Vera est alitée dans un coin, derrière un grand paravent. Elle est pâle, les yeux clos.

— Que lui est-il arrivé ? demande Nina à l'aide-soignante qui l'a accompagnée à son chevet.

La femme lui intime le silence et l'entraîne derrière le paravent, pour la dissimuler aux regards indiscrets. Les visites ne sont pas autorisées ; Nina a dû payer pour être introduite auprès de Vera. Avant qu'elle n'ait le temps de répéter sa question, l'aide-soignante s'est éclipsée.

Avec son teint diaphane et ses cheveux brillants, à peine emmêlés, Vera ressemble presque à un ange.

Nina lui prend la main et, à son soulagement, sent battre son pouls.

— Je suis là, Verochka.

La malade tressaille.

— Tu m'entends ? Vera, que s'est-il passé ?

Aucune réaction. Nina ne lui lâche pas la main, elle tente de se convaincre qu'ainsi elle pourra lui insuffler une partie de sa propre force. Si elle tient bon, elle réussira peut-être à lui rendre la santé.

Le médecin, une petite femme sévère, choisit ce moment pour venir examiner Vera.

— Que lui est-il arrivé ? demande Nina.

— Une hémorragie. Elle semble arrêtée pour le moment, mais on ne peut être sûr de rien. Certaines personnes ont des prédispositions.

Elle griffonne à la hâte dans son calepin.

— Des prédispositions ? répète Nina. Je ne comprends pas.

Mais le médecin s'est déjà approché d'une autre patiente, dans le lit voisin, à droite de Vera – il n'y a pas de paravent pour les séparer –, et passe à la page suivante de son calepin. Nina se met en quête d'une chaise pour s'asseoir, mais elle ne trouve que des lits. Une infirmière aux hanches larges s'active, portant un nouveau-né qui vagit – comme s'il n'y avait pas assez de bruit et de souffrance dans la pièce.

— Il est affamé, explique l'infirmière en tendant le pauvre enfant à la femme alitée en face de Vera.

Nina la regarde guider le bébé vers le sein maternel.

— Non, non, dit-elle, vous vous y prenez mal, il ne pourra pas téter dans cette position.

La mère le déplace.

— Je n'y arrive pas.

— Ah ! s'exclame l'infirmière. Vous comptez le laisser mourir de faim, alors ?

Nina dirige son regard au-delà des paravents, vers le lit voisin de celui de Vera, puis vers le suivant, et le suivant…

— Ça y est, il l'a pris ! s'exclame la jeune mère d'une voix où percent le soulagement et la joie. Et il y a du lait !

— Vous voyez ? reprend l'infirmière. Il sait parfaitement comment faire.

— Excusez-moi…, les interrompt Nina.

L'infirmière se retourne vivement vers elle.

— Mon amie, là, reprend-elle. A-t-elle eu un bébé ?

— Quelle question ! Vous êtes à la maternité, non ?

— Mais… je ne comprends pas. Où est l'enfant ?

— À la pouponnière. Vous pouvez le voir si vous le voulez, ajoute-t-elle presque avec malice.

Abasourdie, Nina répond :

— Oui, s'il vous plaît.

L'infirmière revient avec un minuscule bébé emmailloté. Nina examine le nouveau-né avec appréhension, s'attendant à découvrir une créature fripée, comme celle qui tète le sein de sa mère. Mais lorsque, après une courte hésitation, l'infirmière le lui tend, elle constate que ce bébé-ci est magnifique. Ses yeux grands ouverts sont d'un bleu étonnant. Ce tout petit être est déjà une personne, parfaitement humaine, au nez et au menton étonnamment bien dessinés.

— Il est parfait.

— Oui, c'est un bel enfant. Je l'ai coiffé.

Le nouveau-né n'a qu'un léger duvet, presque invisible, mais l'infirmière s'est donné la peine de lui tracer une raie.

Nina examine son visage pour y retrouver les traits de Vera et de… qui ? Qui est le père de cet enfant ?

Elle interroge l'infirmière.

— Il y a un blanc à cet endroit, répond-elle sur un ton désapprobateur.

Les paroles de Vera lui reviennent : « Tant d'hommes ont voulu m'épouser… » Elle ne repoussait pas les avances de Serge. Comme si cela pouvait sauver Gersh… Serge qui a abandonné Polina… Mais non, Vera n'aurait jamais fait une chose pareille. Même si elle a eu l'appartement pour elle seule lorsque mère est venue s'installer chez Viktor et Nina… En vérité, le père pourrait être n'importe qui.

— Ce petit gars n'a pas de père, officiellement, reprend l'infirmière.

Une nouvelle loi vient de qualifier les enfants illégitimes de citoyens de seconde classe.

— Comment vous appelez-vous ? lui demande Nina.

— Maria. Encore trois, et j'aurai vu naître mille bébés ici !

Nina acquiesce sans détacher les yeux du nouveau-né, si délicat et vulnérable. Le tissu qui l'enveloppe lui monte jusqu'au menton. Elle tire un peu dessus, dévoilant le haut de sa petite chemise en calicot. Oui, il a la bouche de Vera – minuscule et aussi parfaite que son nez et ses yeux. Nina lui caresse la joue.

— Oh, il a une petite fossette !

— Comme une star de cinéma, rétorque Maria.

Le bébé pousse alors un cri en s'agitant.

— Il faut que je le ramène, maintenant.

Maria le prend des bras de Nina et sort à la hâte, alors que le bébé continue à se tortiller en vagissant comme un chat blessé.

Nina rejoint Vera, qui paraît encore plus pâle.

— Verochka, dit-elle en lui caressant le front, pourquoi ne m'as-tu rien dit ?

Les paupières de Vera frémissent. Nina lui serre la main.

— Tu n'étais pas forcée de faire ça… Le voulais-tu ?

Peut-être n'a-t-elle découvert sa grossesse que trop tard. Ou peut-être a-t-elle désiré cet enfant. Mais comment cela se peut-il, si le père était l'horrible Serge… Non, elle ne l'aurait jamais gardé si elle n'avait pas aimé le père de son enfant. Nina se penche pour lui chuchoter au creux de l'oreille.

— Je t'aurais aidée si j'avais su.

Vera remue les lèvres, mais elle est trop faible. Nina lui demande de répéter, elle attend en vain.

L'infirmière est de retour. L'air inquiet, elle pose une main sur le front de Vera.

— Elle est brûlante… Je suis désolée, il faudra que vous repassiez plus tard.

Elle soulève la couverture, jette un coup d'œil au corps de Vera et se tourne aussitôt vers la porte pour appeler quelqu'un.

— Mais… elle va guérir ?

Un médecin et une autre infirmière se précipitent, écartant Nina sur leur passage.

Sans lui répondre, ils font rouler le lit de Vera vers la porte.

Troisième livre

Lot n° 100

Bracelet boucle en or blanc 18 carats et saphirs : saphirs cabochons de 250 carats, sertis griffes sur une large bande en or blanc de 18 cm, Bailey, Banks & Biddle. Estimation : 5 000 – 7 000 $.

15

Dans un premier temps, Maria a cru être la seule à avoir remarqué le sac à main de la patiente. C'était une pochette crème, en cuir doux, onctueux – on le voyait aux petits plis autour de la fermeture, des petits crochets dorés qui s'imbriquaient comme deux minuscules mains. Maria la lorgnait depuis que la femme avait été victime d'une hémorragie, car elle savait que ses chances de survie étaient minces. Puis elle a remarqué que Lydia, l'aide-soignante, avait également repéré la pochette. Elle en a conclu que celle-ci ne tarderait pas à disparaître.

Maria se repasse la scène en boucle alors qu'elle quitte la maternité d'un bon pas pour rejoindre une artère large et poussiéreuse. Elle avait la certitude que Lydia en avait seulement après l'argent. Maria, elle, avait des vues sur la pochette. Elle était magnifique, d'un cuir si délicat qu'elle ignorait où on pouvait en trouver de pareilles, à supposer qu'on ait les moyens de se les offrir. Si seulement elle avait pensé plus tôt à l'empocher… Mais il était trop tard, et elle a donc décidé de passer un accord avec Lydia.

Elles se sont cachées dans un petit cabinet de consultation pour vider la pochette et n'en ont d'abord sorti que des papiers et des souvenirs sans valeur : des photographies, un mouchoir taché, un tube de rouge à lèvres rose presque terminé… Pourtant, en dessous, elles ont trouvé un peigne ouvragé, un poudrier en or avec miroir et un flacon de parfum assorti. Le portefeuille était neuf, du même cuir crème que la pochette. Sans doute les cadeaux d'un homme riche. À moins que la femme n'ait acheté ces objets elle-même. D'après Lydia, elle était danseuse, mais Maria n'a jamais entendu parler d'elle. Le portefeuille contenait une somme coquette. Lydia a exploré en détail chacune de ses petites poches et fentes pour s'assurer qu'elle n'avait rien oublié. Maria a procédé au même examen avec la pochette.

Et elle est tombée sur le collier.

Une grosse pierre lisse au bout d'une chaîne. Au moment de les sortir de la petite poche intérieure, Maria s'est interrompue. Elle distinguait mal la pierre, mais elle ne voulait pas risquer que Lydia l'aperçoive. La monture semblait en or massif ; ce bijou pouvait valoir de l'argent, elle pourrait en tirer davantage que tout le reste. Elle a donc résolu de ne pas partager cette part-là du butin avec Lydia.

Elle s'apprêtait à remettre le collier dans la poche intérieure quand Lydia lui a pris la pochette des mains.

« Fais voir ! »

Maria a donc fourré le collier dans sa propre pochette, de piètre qualité, en vinyle noir. Après avoir passé en revue tous les objets contenus dans le petit sac en cuir, Lydia les a rassemblés en promettant de partager le produit de leur revente à parts égales. Doutant de la parole de sa collègue, Maria lui a proposé de garder le portefeuille, l'argent et tous les objets de valeur (le peigne, le poudrier et le flacon de parfum) tandis qu'elle récupérerait ce qui l'intéressait depuis le début : la pochette elle-même.

« On n'a qu'à l'échanger contre la mienne, pour ne pas avoir d'ennuis. On remettra les objets dont tu ne veux pas à l'intérieur de celle-ci... », a-t-elle ajouté en désignant sa pochette.

Elle a donc interverti les pochettes en veillant à ne pas montrer le collier à Lydia. Seulement, à vouloir être trop discrète, Maria ne s'est pas assurée qu'elle avait bien celui-ci : elle s'est contentée de retourner la pochette en vinyle au-dessus de celle en cuir en la secouant fermement. Puis Lydia a rempli la pochette en vinyle avec le restant des affaires de la patiente – les photographies, les lettres, le mouchoir et le tube de rouge à lèvres –, et chacune est repartie de son côté.

Maria revoit dans sa tête chacun de ses gestes, tout en cheminant d'un pas vif dans la douceur printanière, la tête couverte d'un foulard à motifs cachemire, une pochette coincée sous chaque aisselle. Le paquet le plus précieux est caché sous son manteau, contre sa poitrine. Elle s'est déjà arrêtée une fois, dans une ruelle, pour passer en revue le contenu de la pochette en cuir, puis de l'autre, mais elle n'a pas réussi à remettre la main sur le collier. Peu importe, après tout. Elle a une affaire bien plus importante à régler. Près de la station de métro de Krasnye vorota, elle s'engage sur la berge Kotelnitcheskaïa et accélère l'allure. Ses chaussures poussent un couinement bref à chaque pas. Ce bruit lui rappelle les piaillements des oisillons affamés, abandonnés dans le nid. Elle soupire, comme souvent, songeant à la tristesse de la situation. Elle ne s'habituera jamais à la réalité banale et implacable de la mort.

Bientôt elle arrive devant un immeuble cossu, où une femme du nom de Katia vit avec son mari Fiodor. D'après l'ami qui les a mis en relation, Katia est chimiste, et Fiodor géologue. C'est pour eux que Maria a payé Boris, qui travaille au service administratif de l'hôpital : il s'occupera de tous les documents.

Katia introduit précipitamment Maria dans l'appartement. Son visage exprime un mélange de joie et d'inquiétude. Elle a la quarantaine bien avancée ; ses cheveux coiffés en une grosse natte sont fixés sur le dessus de sa tête par une large barrette. Elle embrasse Maria, jette un coup d'œil au paquet et fond en larmes. Maria n'arrive pas à savoir s'il s'agit de larmes de joie ou de pitié. L'enfant dort.

— Tu es sûre qu'il n'a pas de parents ? demande Katia.

— Il n'y avait qu'une amie, répond Maria. Après avoir identifié le corps, elle a filé.

— Elle devait être sous le choc…

— Elle se donnait de ces airs… Apparemment, elle est célèbre, une autre infirmière m'a dit qu'elle dansait également. Je ne l'ai pas reconnue. Je lui ai proposé de garder les affaires de son amie, mais elle n'a voulu de rien.

Maria a jeté la robe de grossesse et les bas déformés de la morte dans une poubelle de l'hôpital. Tout le monde sait que les orphelinats sont des endroits difficiles, surtout pour les bâtards. Pour Maria, il ne fait pas l'ombre d'un doute qu'elle assure un avenir meilleur à cet enfant en lui offrant une mère et un père, une légitimité et l'amour.

Katia finit par se détendre.
— Est-ce que je peux le prendre ?
— Il est à toi.
Maria lui remet le précieux paquet, la poitrine du nouveau-né se soulève légèrement à chaque respiration. Katia recommence à pleurer.
Maria pose la pochette en vinyle sur une table en bois.
— C'est tout ce qu'il reste. Elle ne possédait rien d'autre.
Katia ne pose pas une seule question. Elle n'en a aucune face à un tel cadeau, qui répond à toutes ses prières. Elle dépose un baiser sur le front du bébé. Maria patiente, ne voulant pas gâcher ce moment en réclamant son argent. Elle entend alors les pas de Fiodor dans leur dos ; Katia se retourne pour lui montrer qu'un miracle est enfin arrivé.

Anna Iakov était absente pour une semaine. Drew avait été déçue en découvrant le message de réponse automatique dans sa boîte mail. Elle n'avait donc reçu le fax que le lundi suivant. *Je crois que c'est le document que vous recherchez*, avait écrit Anna Iakov. *En m'excusant pour le retard*. La page suivante, recouverte de colonnes pleines d'indications manuscrites, semblait être la photocopie d'un registre. Les lettres étaient légèrement estompées, mais le fax était lisible – ou il l'aurait été si Drew avait été capable de comprendre le russe. Pendant quelques secondes, elle l'avait fixé intensément, comme si la patience et la concentration avaient pu lui rendre les mots intelligibles.
— J'ai une bonne nouvelle, mon lieutenant !

Drew releva la tête et découvrit Lenore dans l'embrasure de la porte.

— J'ai déjà reçu trois messages nous complimentant sur le supplément, poursuivit-elle.

Drew serrait si fort le fax qu'elle en froissait le papier.

— Tous proviennent de vieilles dames, évidemment ! compléta Lenore en éclatant de rire.

Drew posa le fax sur son bureau comme s'il s'agissait d'un document sans importance. En temps normal, elle n'aurait pas attendu pour en parler à Lenore. Mais elle avait le sentiment étrange que cette page, quel que fût son contenu, ne concernait personne chez Beller, comme si elle n'avait aucun rapport avec la vente.

Elle lança d'un air aussi naturel que possible :

— Tu sais, je crois qu'il est temps que tu arrêtes de m'appeler comme ça.

Lenore leva les sourcils.

— De t'appeler… mon lieutenant ?

Drew acquiesça, satisfaite d'avoir exprimé ce qu'elle pensait, ce qu'elle ressentait. Elle n'avait jamais vu Lenore rougir avant.

— Bien sûr. Je comprends. Je n'avais pas songé… Je suis désolée, Drew. Si tu m'avais dit que ça te posait un problème…

— Le cas ne se posera plus, répondit Drew d'un ton égal.

— Bien vu, reprit Lenore en se redressant.

Avec un sourire professionnel, elle ajouta, avant de s'éclipser, qu'elle reverrait Drew à la réunion de dix heures trente.

Soulagée d'un poids énorme, Drew décrocha aussitôt son téléphone pour appeler Grigori Solodin.

Sur le formulaire d'admission de l'hôpital, Vera a écrit, en face de la mention « personne à prévenir en cas d'urgence » : Viktor Elsin.

L'esprit de Nina y revient longtemps après qu'elle a signé les papiers nécessaires et quitté la maternité. En l'absence de mère, Vera n'a pas indiqué le nom de Nina mais celui de son mari... *Il y a un blanc à cet endroit*... À la place du nom du père de l'enfant. Elles étaient en froid, certes, et pourtant...

Nina se rend directement à son ancien appartement – celui de mère, celui de Vera – pour y chercher des indices qui lui permettraient de comprendre ce qui s'est passé.

La pièce paraît vide sans les affaires de mère. Le vieux lit est toujours là, de même que la commode qui renfermait autrefois les vêtements de Nina, soigneusement pliés. Elle contient à présent des couvertures, des gants et des écharpes, l'odeur laineuse de l'hiver. Puis il y a la grosse malle de Vera. Nina l'ouvre avec précaution et la referme presque aussitôt, ne supportant pas la vue des vêtements de son amie.

Elle regarde d'abord sous le matelas et y trouve justement une boîte, avec un petit crochet sur le côté. Après avoir essuyé la poussière qui la recouvre, elle l'ouvre. Elle est remplie de papiers que Nina parcourt à la hâte en quête de lettres d'amour.

Mais il ne s'agit que de la correspondance professionnelle de Vera, de contrats, de bulletins de salaire. En dessous se cachent des documents officiels et une série de lettres concernant ses parents. Nina range tous les papiers dans la boîte et la remet à sa place, sous le lit.

Elle se relève, se frotte les genoux. Sur la table de chevet, elle aperçoit un flacon de parfum et une grande boîte laquée. La table possède un petit tiroir, mais, pensant qu'il n'a qu'une fonction décorative, Nina est étonnée de pouvoir l'ouvrir. Peu profond, il contient quelques coupe-ongles et une boîte plate en métal. Nina découvre à l'intérieur de petits morceaux de papier jauni. En essayant de reconstituer les messages dactylographiés, elle comprend soudain de quoi il s'agit et le remords lui déchire la poitrine. Elle referme la boîte, puis le tiroir, dévorée par la honte.

Elle poursuit pourtant ses recherches en examinant la boîte laquée. Sous un plateau vide, elle découvre, à son grand étonnement, plusieurs bijoux en ambre.

Un bracelet et une paire de boucles d'oreilles, ceux-là mêmes que Madame avait étalés un jour sur la table. Seul manque le collier ; le cœur de Nina se serre à la pensée que Vera devait le porter quand elle a été hospitalisée.

Vera. Les bijoux de Vera.

Non, non, non… C'est impossible. Impossible.

Bien sûr que c'est possible. Évidemment ! À quoi pensait-elle en les laissant tous les deux seuls à la datcha ?

Elle lâche le bracelet. Non, elle doit se tromper. Comment auraient-ils pu faire une chose pareille ? Comment auraient-ils osé ? Elle tremble de tout son corps.

Ça ne lui avait pas suffi de monter Madame contre elle, de monter Viktor contre elle…

Voilà pourquoi elle ne lui adressait plus la parole, n'osait pas affronter son regard.

Et Viktor, c'était donc là qu'il était ? Pas à la campagne, mais au chevet de Vera… Mais dans ce cas, l'hôpital ne l'aurait pas appelé chez lui. Nina l'aurait croisé à la maternité… À moins qu'ils n'aient gardé le secret : *Il y a un blanc à cet endroit.* Un secret… leur secret. Et dire qu'elle leur avait accordé sa pleine confiance. Elle sent, à présent, son cœur se fissurer. Oui, c'est exactement ce qui est en train de se passer, ce qu'elle éprouve, son cœur se fend en deux, comme une noix.

La pensée qui lui vient ensuite, aussi vive qu'absurde, est que sa vie est terminée. Elle va l'étrangler, le décapiter, le poignarder mille fois. Elle comprend, soudain, comment un pareil crime est possible. La fureur lui brûle la peau.

Les deux seules personnes qui lui restaient, les deux personnes qu'elle aimait le plus… Ensemble, derrière son dos. Oui, voilà ce qu'on éprouve face à la trahison : la poitrine déchirée, le cœur arraché. Sa souffrance est si intense qu'elle lui coupe le souffle. Elle entend un gémissement : c'est sa propre voix, elle s'est mise à sangloter.

Elle pleure longtemps, jusqu'à ce que sa voix soit cassée, ses yeux douloureux. Une fois calmée, elle réfléchit à toute vitesse.

Elle va devoir quitter Viktor, déménager. Mais pour aller où, si ce n'est ici ? Dans cette pièce remplie des affaires de Vera. Dans cette pièce où Vera et Viktor ont dû se retrouver, alors que Nina et mère y vivaient, autrefois, en toute innocence.

Je dois partir d'ici, abandonner cette vie.

Tu ne peux pas, personne ne le peut, tu le sais bien.

Je les hais, je les hais de tout mon être, je ne suis que haine.

Dieu merci, nous partons demain en tournée.

Je ne supporterai plus jamais de le voir.

Je ne reviendrai jamais.

Ils retrouvent les fuyards et leur brisent les jambes.

Je quitte cet endroit pour de bon.

Impossible. Comment fuir ?

Ils brisent les jambes des fuyards. Et que feras-tu, sans argent, sans la danse…

Ses yeux se posent sur le bracelet et les boucles d'oreilles, et sa décision est prise. Elle les glisse dans son sac à main.

Tandis qu'elle se précipite dans la rue, elle a l'impression de jouer dans un film ou de vivre un rêve. Elle dépasse les miliciens qui s'ennuient aux carrefours, soufflant sans conviction dans leurs sifflets, les vendeurs de glaces, de vodka et de pastèques, la vieille femme avec la balance que les gens paient pour se peser… C'est une abomination que le monde continue à tourner alors qu'un drame vient de se produire.

Comme pour lui donner raison, le destin place Serge sur sa route. Nina ne l'a pas revu depuis l'enterrement de Polina, où il s'est tenu en retrait, immobile et fier, la mine triste mais les yeux secs.

Aujourd'hui, il a revêtu son habituel masque de gravité, même s'il paraît moins orgueilleux, moins sûr de lui. Il la salue sans un sourire.

— Bonjour, Nina Timofeïevna.

L'impudence avec laquelle il baisait la main de Vera…

— J'imagine que vous ignorez qu'elle est morte.

— Qui donc ?

Elle lui apprend tout : son visage perd toute couleur. Pendant quelques secondes, elle craint même qu'il ne s'évanouisse.

— Non, c'est impossible… Comment cela ? Je… je ne savais même pas qu'elle était enceinte.

Il fait alors un geste que Nina n'a jamais vu : il tire sur la peau juste en dessous de ses yeux, comme pour voir plus distinctement. Il finit par laisser retomber ses mains et secoue la tête.

— Je ne l'avais pas vue depuis si longtemps. Nous étions devenus très proches. Mais elle m'avait dit qu'elle ne pouvait plus me fréquenter.

Une tristesse infinie se peint sur ses traits.

— Eh bien, reprend Nina d'un ton sec, apparemment il y avait quelqu'un d'autre.

Serge la dévisage en silence, puis il hoche la tête, signifiant qu'il a compris.

— J'aurais dû m'en douter quand je les ai vus ensemble l'été dernier, dit-il enfin. Vous n'étiez pas là. Vous…

— Ma mère était malade. Je devais me rendre à son chevet.

En prononçant ces mots, Nina comprend soudain que Vera lui a sans doute confessé la maladie de mère afin de se débarrasser d'elle. Afin de rester seule avec Viktor.

— Dire que j'en ai été le témoin, reprend Serge, frémissant de colère. Mais j'ai pensé… je ne voulais simplement pas y croire, je suppose. L'ordure. Je suis désolé, Nina. Et maintenant, elle est morte.

— Elle est morte, répète Nina comme pour s'en convaincre.

— L'ordure, répète Serge. C'est sa faute. J'aurais dû m'en douter. Il était si attentionné avec elle à la datcha, ça sautait aux yeux, et pourtant je n'ai pas… Il agissait si ouvertement, on aurait dit… qu'il n'avait rien à cacher.

« Et ce n'est pas tout ce qu'il cache. » Une pensée dangereuse. L'espace d'une seconde, Nina se croit capable de la livrer à haute voix. Parce qu'elle n'éprouve que du dépit. Madame, derrière sa mince paroi en contreplaqué… Même si elle se retient, Nina pressent qu'il est déjà trop tard, qu'elle a trop parlé, et que sa colère la trahit.

Serge la dévisage comme s'il essayait de lire dans son esprit, et Nina est prise d'un malaise. Il ne ressortira rien de bon de cette rencontre fortuite. Dès que Serge s'est éloigné, elle se réfugie dans une ruelle pour vomir. Elle tremble encore lorsqu'elle essuie sa bouche sur sa manche.

Grigori ne put retenir un sourire en entendant Drew lui dire :

— Je suis contente de vous voir.

Grigori aurait voulu la toucher, ne serait-ce que lui serrer la main, mais elle semblait fébrile – peut-être était-elle impatiente de lui montrer ce qu'elle avait découvert. Elle veilla à laisser une distance suffisante entre eux lorsqu'elle lui tendit le fax.

— Pensez-vous que ce document correspond à ce que nous cherchons ?

— Voyons voir… Voici quels sont les titres des colonnes : « Date », « articles », « Prix » et « Acheteur ».

— Ça a l'air de coller.

Il commença par la première entrée :

— « Date : 7 juin 1882. » Il doit s'agir du calendrier orthodoxe prérévolutionnaire, qui a douze jours de retard sur le nôtre…

Il s'éclaircit la gorge et poursuivit, subitement nerveux :

— « Bracelet en ambre, cinq cabochons, contenant chacun un insecte, monture tressée en or 56 zolotniki. »

— C'est celui-là, l'interrompit Drew, c'est forcément « notre » bracelet.

Il lut le prix à voix haute, le cœur battant à tout rompre.

— La ligne d'en dessous indique : « Pendants d'oreilles en ambre, deux cabochons, contenant chacun un insecte, monture tressée en or 56 zolotniki. »

— La description correspond également.

Drew avait les joues en feu.

— « Broche en ambre, monture tressée en or 56 zolotniki… » Mmmm. « Épingle à cheveux en or 56 zolotniki avec petit cabochon en ambre. »

Drew se rapprocha de lui.

— Est-il aussi question d'un collier ?

Grigori fit courir son doigt le long de la colonne.

— Ah… ici ! « Pendentif en ambre, gros cabochon contenant une araignée, monture tressée en or 56 zolotniki ».

Il prit une profonde inspiration et suivit la ligne des yeux jusqu'à la dernière colonne. À voix haute, il lut, non sans étonnement :

— « Acheteur : Avrim Chlomovitch Gershtein, rue Maroseïka, Moscou. »

— Avrim Chlomov... ?

— Gershtein. C'était le nom de famille du meilleur ami de Viktor Elsin. Le compositeur, sur la photo que je vous ai montrée. Cet Avrim est peut-être un de ses ancêtres.

Drew repassa derrière son bureau et fouilla dans ses dossiers pendant que Grigori s'interrogeait sur la signification possible de cette découverte. L'ami de Viktor Elsin...

— Est-ce lui ? demanda Drew en lui tendant le cliché qu'il lui avait confié.

Dans le supplément, qu'elle lui avait fait adresser, Gershtein et sa femme n'apparaissaient pas sur la photographie recadrée. Drew répéta :

— C'est bien lui, n'est-ce pas ?

— Oui.

— Alors c'est à lui que devaient appartenir les bijoux en ambre, il les tenait sans doute de son père et de sa mère, ou de parents plus éloignés. C'étaient les siens.

Grigori acquiesça.

— Oui, il a dû les donner ou les vendre à Viktor Elsin. Vraisemblablement au moment de son arrestation... Gershtein les aurait remis à Elsin, reprit-il après un moment de réflexion, pour les mettre en sûreté pendant qu'il était en prison. Puis Elsin les aurait offerts à Nina Revskaïa, et elle en aurait emporté deux avec elle en fuyant l'URSS.

— Mais pourquoi n'en aurait-elle emporté que deux ? demanda Drew. Viktor Elsin a peut-être offert le bracelet et les boucles d'oreilles à sa femme, et le pendentif à quelqu'un d'autre.

— Mais qui ?

— La femme à qui appartenait la pochette, la destinatrice des lettres...

Grigori s'avisa qu'elle le soupçonnait d'en savoir davantage qu'il ne l'avouait.

— J'ai des raisons de penser que cette pochette appartenait à Nina Revskaïa, dit-il. J'en ai presque la certitude.

— Mais, insista Drew, le front plissé, imaginez qu'elle ait appartenu à quelqu'un d'autre... De même que les lettres.

Comme Grandes Oreilles ! Grigori eut un mouvement qui trahissait son impatience, pourtant Drew conserva son calme et poursuivit :

— Je crois que nous devons procéder par étapes. Commencer par les faits. À savoir que ces bijoux ont été initialement achetés par la famille Gershtein.

Elle reporta son attention sur la photographie avant d'ajouter :

— À la place de cet homme, qu'auriez-vous fait si vous aviez reçu des bijoux en héritage ?

— Je les aurais offerts à mon épouse, répondit Grigori en indiquant la femme sublime à côté de Gershtein.

— Nina Revskaïa m'a expliqué que c'était une amie à elle, qu'elles étaient très proches. Elles dansaient toutes les deux. Peut-être...

— Non, l'interrompit Grigori. La femme de Gershtein n'était pas danseuse, mais fonctionnaire.

C'était l'un des rares éléments qu'il avait réussi à établir au fil de ses recherches. Drew réfléchit un instant avant de dire :

— Eh bien, dans ce cas, ce n'était pas sa femme. C'était...

Drew consulta le bloc-notes sur son bureau.

— Elle s'appelait Vera Borodina.

Grigori répéta le nom avec circonspection.

Drew cliqua sur l'icône d'un fichier informatique et une image apparut sur l'écran : la photo d'une ballerine penchée sur une barre dans une salle de danse. La même femme que celle de la photographie.

— La légende indique : Vera Borodina, poursuivit Drew.

— Mais ce n'est pas le nom de la femme de Gershtein ! s'exclama Grigori, pris d'un vertige.

— Vera Borodina, répéta Drew. Pensez-vous que la pochette aurait pu lui appartenir ?

— Non ! rétorqua sèchement Grigori. Non, cela voudrait dire que...

Il ne parvenait pas à clarifier ses idées.

— Je suis désolé, conclut-il, j'ignore pourquoi tout cela me semble soudain terriblement confus.

— Peut-être ce Gershtein a-t-il offert le pendentif à Vera Borodina, à qui la pochette et les lettres appartenaient également. Et non à Nina Revskaïa.

Grigori repensa à ce que Katia lui avait appris lorsqu'elle lui avait remis la pochette – elle lui avait dit que sa mère était une ballerine.

— Mais... et les poèmes ? dit-il. Il faut que je prenne le temps de réfléchir à tout cela.

— Nous devrions relire les lettres. En nous demandant si Gershtein aurait pu les écrire. Et j'appellerai

Nina Revskaïa pour savoir si, à sa connaissance, il y avait des Gershtein dans la famille de son mari. Même si cela paraît peu probable… Pensez-vous que son amie aurait pu lui confier ses bijoux ?

Grigori se rendit compte qu'il grinçait des dents.

— Je vous prie de m'excuser, j'ai besoin de prendre l'air.

— Vous vous sentez bien, Grigori ?

— Non, je ne me sens pas bien.

Il tourna les talons, mais pas assez vite pour que l'expression à la fois surprise et blessée de Drew lui échappe.

Nina arrive à l'appartement, les jambes encore tremblantes, et découvre Madame endormie dans son fauteuil, le front posé sur la table, le corps soulevé par les ronflements bruyants d'alcoolique auxquels elle a fini par s'habituer. Perchée sur son énorme chignon, Lola joue avec le peigne en écaille.

C'est Viktor qui les a apportés. Je crois que c'était censé rester secret. La cruauté de son sourire…

Nina veut simplement remplir sa valise et partir. C'est mon destin, se répète-t-elle. Je n'ai pas le choix à présent.

Elle se réfugiera au Bolchoï et, de là, elle gagnera l'aéroport en voiture. Ensuite… *Ils retrouvent les fuyards et leur brisent les jambes.*

Si d'autres ont réussi, pourquoi pas elle ? Tout devient possible lorsqu'on met le prix, lorsqu'on graisse les bonnes pattes. Elle se précipite sur la boîte qui contient ses objets de valeur. Elle met les boucles d'oreilles en émeraude et passe la montre en or à son poignet, tout en surveillant Madame. C'est sa faute, si Viktor a renoué avec ses mauvaises habitudes. Sa faute. C'est elle qui a trahi le secret, elle qui l'a monté contre Nina.

Quitter cet endroit. Ces gens.

Dans le petit pot de cold-cream, elle immerge sa broche de mariage et ses clous d'oreilles en diamants. Elle fourre les bijoux en ambre et la petite boîte en malachite au fond de deux chaussettes en laine épaisse, qu'elle glisse dans sa valise, déjà prête. Lola l'observe en silence, puis se remet à jouer avec le peigne en écaille. Il est décoré de petits éclats de diamants… Nina n'y aurait pas pensé sans l'oiseau, et, après tout, il pourrait se révéler utile. Elle l'ôte délicatement, Lola pousse un piaillement : « *S'il vous plaît*[1] *!* » Cette survivante ridicule d'une époque révolue…

Madame ne soulève même pas la tête. C'est alors que Nina a une illumination.

Je vous INTERDIS de toucher mes cheveux !

Nina dénoue l'énorme chignon. Elle procède avec délicatesse, écartant les mèches de cheveux grisonnants les unes après les autres. Elle n'a pas besoin de chercher très loin. Elle aurait dû se douter depuis le début que la chevelure emmêlée recelait des trésors.

En peu de temps, elle a mis la main sur cinq pierres, dont une très grosse. Madame ronfle encore plus bruyamment à présent. Nina prend trois de ces pierres, qui pourraient bien être des diamants – une en forme de larme, une autre aux reflets jaunes –, et les cache dans son soutien-gorge. En cas de besoin. Elle laisse les deux autres sur la table, pour que Madame les trouve. Puis elle enfile son manteau, attrape sa valise et son vanity-case, et se rend, en hâte, au Bolchoï.

---

1. En français dans le texte.

— Pourquoi me posez-vous cette question ? demanda Nina dans le combiné, qui lui semblait particulièrement lourd.

— Parce qu'un pendentif, un bracelet et des boucles d'oreilles en ambre, correspondant exactement à ceux de votre collection, ont été achetés, avec une broche et une épingle à cheveux, par un certain Avrim Chlomovitch Gershtein à Moscou en 1882.

La voix de Drew Brooks était différente aujourd'hui, elle tremblait presque.

— Si l'un des ancêtres de votre mari portait ce nom, poursuivit-elle avec une pointe de timidité, nous aurions la certitude que les bijoux répertoriés dans ces archives sont bien ceux que vous avez en votre possession, et que le pendentif appartenait donc à la même parure.

La tête de Nina se mit à bourdonner.

— Gershtein, répéta lentement Drew, comme si Nina était subitement devenue sénile, avant de lui épeler le nom.

Gersh les avait-il remis à Viktor, ou Viktor les lui avait-il achetés ? Nina revoyait encore le petit sourire mesquin de Madame. *Viktor voulait les garder dans ma chambre, les cacher*... Et si Viktor les avait cachés pour Gersh ? Et si c'était un cadeau pour Vera ?

— Madame Revskaïa ?

Nina ferma les yeux. Bien sûr ! Viktor ne dissimulait pas les bijoux à cause de Nina, mais des voisins. Il les avait cachés comme il aurait caché de l'argent. Bien sûr ! Mais pourquoi n'en avait-il pas parlé à Nina alors ? Il en avait sans doute eu l'intention. Il l'aurait sans doute fait si Nina avait été présente lorsqu'il les avait rapportés de chez Gersh. Mais ils avaient eu chacun des préoccupations bien plus graves : l'arrestation de Gersh, sa condamnation, son transfert dans la prison psychiatrique…

La douleur dans la poitrine de Nina était insupportable. Si Gersh était le père de l'enfant, alors cela expliquait que Vera ait décidé de le garder. Cela signifiait qu'elle lui avait réellement rendu visite en prison. Et qu'elle était restée seule avec lui, que Viktor n'était pas présent, qu'il avait dit la vérité.

Oh, Viktor…

Vera avait-elle obtenu ce droit de visite en accordant ses faveurs à Serge ? L'immonde Serge que Nina avait croisé au sortir de la maternité. Quel hasard funeste ! Mais non, si le père de l'enfant avait été Serge, Vera ne l'aurait jamais gardé ! À moins, peut-être, qu'elle ait eu des doutes sur l'identité du père… Et pourtant, si l'enfant était celui de Gersh…

— Madame Revskaïa !

Le bébé de Gersh et de Vera… Et Nina n'avait rien fait pour lui, elle lui avait tourné le dos, elle s'était enfuie de l'hôpital et l'avait abandonné. Alors que personne ne connaissait ses parents aussi bien qu'elle… Viktor et elle étaient sa seule famille.

— Je vais raccrocher et appeler une ambulance.

— Non, ce ne sera pas nécessaire. Je vous en prie…

Nina sentait pourtant son cœur s'affoler, il battait si fort que c'en était douloureux. On n'échappait pas à son destin. Mais Vera… Ce cher Gersh… Et Viktor !

— Vous êtes sûre que ça va ?

— Un instant, s'il vous plaît. Laissez-moi… réfléchir.

Ce n'était pas le destin. Comment avait-elle pu être aussi aveugle? Cette rencontre avec Serge... C'était la faute du contexte politique. La méfiance était partout à cette époque, chaque jour apportait son lot de trahisons, de secrets. Elle n'avait peut-être jamais eu pleinement confiance en Viktor. Le doute avait dû se loger dans sa poitrine, comme dans celle de tous, de tous les autres.

Ce n'était pas le destin, c'était tout simplement inévitable.

— Je vous assure, insista Drew, j'aurais l'esprit plus tranquille si je pouvais appeler un médecin.

— Mon infirmière ne va pas tarder. Elle arrive à dix-sept heures.

Nina parlait d'une toute petite voix.

— Bon... entendu. Mais promettez-moi de me rappeler si vous avez besoin d'aide avant son arrivée.

Nina rassembla l'énergie qui lui restait pour répondre :

— Oui. Au revoir.

Tout l'après-midi, Grigori avait essayé de comprendre. Si les suppositions de Drew étaient exactes, il se pouvait bien que son père fût Gershtein. Et la femme qu'il avait prise pour sa mère... Mais alors, pourquoi Nina Revskaïa avait-elle deux des bijoux en sa possession? Et pourquoi avait-elle eu un comportement aussi étrange? Sans oublier qu'elle avait déclaré à la télévision qu'elle tenait ces bijoux de la famille Elsin. Pourquoi aurait-elle menti à ce sujet?

Peut-être Viktor Elsin ne lui avait-il pas dit que les bijoux lui avaient été remis par Gershtein ? À moins que ce dernier les eût offerts lui-même à Nina Revskaïa ? Qu'il eût été amoureux d'elle ? Mais non, on voyait bien sur la photo qu'il était fou de cette autre femme, si belle. Son visage était illuminé par l'amour…

Les hypothèses qui se bousculaient sous son crâne lui donnaient la migraine. Grigori avala un comprimé d'aspirine et s'installa à son bureau pour relire, une fois de plus, les lettres dont il s'était depuis longtemps persuadé qu'elles avaient été écrites par Viktor Elsin. Pour commencer, il y avait ce « je te prie de me pardonner », dans lequel Grigori avait toujours vu une allusion à une dispute conjugale. Puis ce « filet si grand qu'on ne peut espérer y échapper », qu'il avait rapproché de la toile d'araignée du dernier poème de Viktor Elsin. Il voulait bien admettre que c'était un peu tiré par les cheveux… Mais que penser de cette image qu'on retrouvait dans *Baignade nocturne* : « … nous réfugier sous un arbre. Mais le sol était humide, et tu t'es inquiétée de ne pouvoir enlever les traces de sève sur ta jupe. Je peux encore sentir l'odeur des aiguilles de pin, l'hiver tapi sous elles, frais et délicieux, le damier ombrageux des branches ».

Grigori n'avait pas besoin d'avoir le poème sous les yeux pour y entendre, distinctement, les échos de cette lettre : *Ombres reprisées, tapis d'aiguilles de pin, gouttes fauves de soleil. Mélopée dans l'air…*

Comment ne pas y voir l'évocation d'une même journée d'été étouffante ? Le « damier ombrageux » transformé en « ombres reprisées », les aiguilles de pin… Quant aux «gouttes fauves de soleil» n'évoquaient-elles pas la sève des arbres?

«Je pense parfois que c'est la raison pour laquelle je vis, pour des journées comme celle-ci, parfaites. Mais il y avait les taches de sève sur ta jupe. La résine fauve, cette larme coulant doucement de l'arbre, comme si lui-même connaissait l'avenir.»

Dans *Baignade nocturne*, Viktor Elsin transformait la sève en «gouttes fauves de soleil». Tout comme dans son dernier poème, il évoquait l'«éclat du soleil» et les «cœurs figés comme les larmes éternelles» – ce qui, pour Grigori, avait toujours constitué une référence supplémentaire à l'ambre, serti dans une monture en or… Ce que l'auteur de la lettre appelait des «petites gouttes de soleil». Il y avait de la poésie dans cette missive. Rien de remarquable, peut-être, mais suffisamment pour s'autoriser à penser qu'un poète – Viktor Elsin – l'avait écrite.

Comme elle était triste, et sa vision de l'«avenir» désespérée… Elsin avait dû la rédiger après un drame. L'arrestation de son ami Gershtein, sans doute… N'était-ce pas à cet événement que se référait le dernier poème, avec ce «vent cruel» et ce «noisetier en émoi»? On pouvait y voir une allusion musicale, comme dans ces vers de *Baignade nocturne*: *Mélopée dans l'air… Invisible, le rossignol qui, trop tard, vient faire entendre son chant entêté…*

Grigori s'aperçut qu'il serrait sa tête dans ses mains, comme si cette pression pouvait lui faire voir les choses sous un angle différent. Il se reporta à la fin de la lettre, «à toi, à toi seule»: comment Gershtein aurait-il pu écrire cela s'il avait une femme et une maîtresse? Mais les gens prenaient parfois des libertés avec la vérité. Surtout lorsqu'ils cherchaient à s'excuser.

«Le damier ombrageux des branches» et la sève de pin sur sa jupe. Quelle jupe? Et s'il n'y avait pas eu qu'une seule femme? S'il y avait eu deux couples, ou trois? Après tout, c'était ce que laissait supposer la photographie prise devant la datcha. «La perfection incroyable de cet été»...

Arrête, Grigori. Rappelle-toi les mots de Drew: commence par les faits.

Il savait que l'auteur de la lettre l'avait adressée à une femme qu'il aimait. S'il s'agissait de Gershtein, la mélancolie s'expliquait – tout comme le sentiment d'avoir perdu celle qu'il n'avait pas épousée, la belle femme sur la photographie. Jusque-là, ça se tenait.

Notre cher V. propose de t'amener. Nous sommes si chanceux d'avoir de tels amis! Mais je t'en prie, mon amour, ne viens que si le temps le permet. Et n'oublie pas d'apporter tes papiers. Une chanson me trotte dans la tête, celle qui parle d'un mari qui se languit de sa femme comme une vague du rivage – sans relâche. Voilà à quel point tu me manques.

Grigori ne s'était jamais attardé sur l'identité de ce «cher V.» – tant de prénoms commençaient par cette lettre, autant chercher une aiguille dans une botte de foin. Il fut soudain frappé, pourtant, par une possibilité qu'il n'avait pas envisagée jusque-là: et s'il s'agissait de Viktor Elsin? Il y avait également la phrase qu'il n'avait jamais réussi à élucider: «Et n'oublie pas d'apporter tes papiers. » L'avertissement paraissait étrange, pour ne pas dire inutile, à une époque où personne ne devait sortir de chez soi sans eux. Quel besoin de le rappeler ? Sauf s'il s'agissait d'un code secret. Auquel cas la précision « ne viens que si le temps le permet » était peut-être également un message crypté. Grigori ferma les yeux, submergé par l'émotion. Sa tête semblait sur le point d'exploser.

Les deux hypothèses lui semblaient aussi crédibles l'une que l'autre, à présent. La lettre pouvait en effet évoquer l'emprisonnement de Gershtein. Mais les poèmes étaient bien de la main d'Elsin. Là-dessus, au moins, il n'y avait aucun doute.

Une idée étonnante traversa alors l'esprit de Grigori, et il s'y attarda. Viktor Elsin aurait-il pu avoir connaissance de ces lettres et leur avoir emprunté certaines tournures ?

Impossible. C'était un poète, il n'avait pas besoin de piller la correspondance d'autrui.

C'étaient pourtant les mêmes images. Ou en tout cas des images très proches... Suffisamment proches pour émettre une hypothèse et rédiger un devoir sanctionné par un A. Mais pouvait-il en tirer la conclusion que Viktor Elsin avait volé ces images à Gershtein ? Ses derniers poèmes étaient très différents de ses précédents. Mais pas au point de laisser soupçonner un plagiat... Et pourquoi Viktor Elsin aurait-il fait une chose pareille ?

Et si ce n'était pas intentionnel ? S'il avait lu les lettres – au moment de les transmettre peut-être –, et si leur contenu l'avait marqué à son insu ? Après tout, il s'agissait de son meilleur ami... Ou alors, il ne connaissait pas les lettres, mais avait assisté à la scène décrite dans l'une d'elles, avec Nina Revskaïa, une amie proche de cette autre danseuse, Vera. Les deux couples se seraient retrouvés ensemble à la datcha, au bord de la rivière, ils se seraient réfugiés sous un pin pour échapper au soleil…

Grigori prit une profonde inspiration qui ne suffit pas à le calmer. Il examina à nouveau les photos qu'il connaissait par cœur et qu'il était heureux d'avoir pu montrer à Drew. Il tenta de reprendre depuis le début, de réinventer son histoire. Il ne ressemblait pas plus à Gershtein qu'à Viktor Elsin, Nina Revskaïa ou l'autre femme. Il y avait bien cette fossette au menton qui rappelait un peu celle d'Elsin. Mais ses yeux évoquaient davantage ceux de Gershtein. Et la bouche de Vera Borodina n'avait-elle pas le même dessin que la sienne ? En même temps, il avait les mêmes pommettes hautes que Nina…

Il faillit éclater de rire : il se retrouvait avec quatre parents au lieu de deux. Six en comptant Katia et Fiodor. Ses chers parents, les seuls véritables… Après tout, quelle importance avait le passé ? C'était sa vie présente qui comptait. Drew avait été là, à ses côtés, et il avait fui.

Grigori regarda sa montre. Il était dix-sept heures passées, toutefois il composa le numéro du bureau de la jeune femme. Il lui laissa un message pour s'excuser, mais ce n'était pas suffisant. Il consulta l'annuaire sur son ordinateur : il y avait trois Drew Brooks à Boston, mais une seule ne semblait pas vivre en couple. Grigori appela immédiatement ce numéro-là.

Le répondeur se déclencha au bout de quelques sonneries et la voix de Drew s'éleva. Grigori sentit son cœur se serrer, mais il se consola aussitôt : il avait maintenant le bon numéro, son numéro. Vérifiant une dernière fois l'adresse, il enfila son manteau et sortit.

Cynthia lâcha ses affaires pour se précipiter vers Nina.

— Trésor, vous avez une mine atroce.

— C'est parce que je me sens atrocement mal.

— Pourquoi ne m'avez-vous pas appelée ? Avez-vous prévenu un médecin ?

Cynthia avait déjà saisi le poignet de Nina pour lui prendre le pouls.

Si Vera avait réellement rendu visite à Gersh en prison et que Viktor l'y avait réellement accompagnée, alors il n'avait sans doute jamais trompé Nina, ni avec Vera ni avec personne. Gersh avait dû lui confier les bijoux pour que Zoïa ne mette pas la main dessus, pour qu'ils puissent revenir à Vera. Quant à Madame… eh bien, elle avait sincèrement cru gâcher la surprise de Nina et n'avait sans doute jamais rien su de la méprise qu'elle avait provoquée ainsi.

— Votre pouls est faible, mais ce n'est pas alarmant.

Cynthia tira un thermomètre de sa sacoche.

— Quand avez-vous ressenti les premiers symptômes ?

Comme Nina ne prenait pas la peine de répondre, Cynthia lui colla le thermomètre dans la bouche.

— Nous allons peut-être devoir faire un saut à l'hôpital, reprit Cynthia. Je ne veux courir aucun risque.

Mais Nina ne l'écoutait déjà plus. Ses pensées l'entraînaient vers Viktor… Elle l'avait haï profondément dans les heures qui avaient suivi la mort de Vera. Elle songeait aussi à son amie, à son amour pour elle, si sincère qu'elle aurait dû sentir, au fond d'elle, qu'elle était incapable d'une telle trahison. Était-ce pour cette raison qu'elle avait pris la fuite devant ce jeune homme, Grigori Solodin, des années auparavant ? Elle avait dû pressentir qu'il avait ce pouvoir, le pouvoir de lui révéler la vérité.

Tant qu'elle était restée dans l'incertitude, elle avait réussi à supporter l'idée qu'elle était à l'origine des souffrances de Viktor. En fuyant, cette nuit-là, elle avait attiré les soupçons sur lui. Sans ce départ précipité, ils n'auraient eu aucune preuve contre lui. Elle leur avait donné un motif, épargnant ainsi à Serge la tâche d'en forger un de toutes pièces. Alors qu'elle n'avait aucune raison de partir, en réalité, aucune. Elle savait combien Vera aimait Gersh, elle savait ce qu'elle était prête à faire pour lui. Si elle n'avait pas rencontré Serge, cet être abject… « Il a peut-être le bras assez long », avait dit Vera. Quel hasard tragique que leurs routes se soient croisées ce jour-là !

Si seulement elle ne l'avait pas vu… Leurs vies auraient été si différentes ! Elle repensa à son regard, où se lisaient la colère, le chagrin et la vengeance. Et Polina, qui flottait dans l'encadrement de la porte comme un fantôme…

Le désespoir envahit Nina en dépit des efforts qu'elle faisait pour se convaincre que tout cela n'était pas aussi grave qu'il y paraissait. Les pensées se précipitaient dans son esprit, les visions de ce qui aurait pu arriver chassées par le souvenir de ce qui s'était réellement produit. Il y avait Inge, songea-t-elle sans vraiment trouver de réconfort à cette idée, pourtant.

Si Nina était restée en Russie, elle n'aurait jamais pu aider celle-ci à s'installer à Bonn. Elle pouvait se raccrocher à ça, au moins.

Cynthia s'était penchée vers elle pour essuyer les larmes qui roulaient sur ses joues. Nina demeurait impassible, la douleur que lui coûtait chaque mouvement, même le plus infime, était insupportable.

Lorsque Cynthia eut acquis la certitude que Nina n'allait pas faire une syncope, elle tira une chaise pour s'asseoir à côté d'elle. Son visage était serein, et Nina se surprit à songer : voilà l'expression de la compassion.

— Vous êtes trop bonne avec moi, Cynthia, je ne le mérite pas.

— Vous comptez me resservir votre vieille rengaine sur le mérite ?

— J'ai commis une erreur terrible.

— Il n'est jamais trop tard pour réparer ses erreurs.

— Bien sûr qu'il est trop tard. Ils sont tous morts.

Tous. Pas seulement Viktor et Vera, mais aussi les parents de Vera... et même l'oncle de Nina. Un véritable charnier. Bien sûr qu'il était trop tard. Tous ces gens étaient morts pour de mauvaises raisons et ils n'existaient plus que dans le souvenir d'une femme si faible qu'elle serait incapable de survivre un jour sans l'aide de Cynthia.

— Je ne peux même pas essuyer mes propres larmes, comment pourrais-je réparer mes erreurs ?

Cynthia serra ses mains.

La main de Vera dans la sienne durant l'audition au Bolchoï...

Nina ferma les paupières, le cœur douloureux.

— Qui se souviendra d'eux quand je serai morte ? Ils ont existé pourtant...

La formulation était maladroite, imbécile, elle ne traduisait pas le fond de sa pensée : c'était un crime que leurs idées, leurs vies, leur passage sur terre aient été réduits à néant avec leur disparition. Personne ne serait là pour sauvegarder leur vérité... Nina eut soudain un sursaut.

— Cynthia, dit-elle en ouvrant grand les yeux, animée d'une énergie retrouvée, vous voulez bien m'accompagner jusqu'à mon secrétaire ?

La solution à un problème s'imposait parfois avec une telle évidence qu'on ne pouvait s'empêcher de penser qu'on la portait en soi depuis le début.

— Est-ce raisonnable ? demanda Cynthia en poussant le fauteuil de Nina. Vous êtes sûre de vous sentir mieux ?

— Oui, je vous remercie. Je vous remercie pour tout. Et je vais encore avoir besoin de vous.

Elle réfléchit quelques instants avant de déboucher son stylo. Elle avait une lettre à écrire, ainsi qu'une note officielle, et des coups de fil à passer. L'espace d'une seconde, elle se demanda par où commencer. Il y avait tant à dire. Bien plus que ce qu'une lettre pouvait contenir. Mais il fallait commencer quelque part. Nina se pencha et posa la plume sur la feuille.

Cher Grigori,

Je voudrais vous parler de votre magnifique mère...

La première représentation avait lieu à Berlin – Nina et Youri devaient interpréter les plus belles scènes de *La Belle au bois dormant*. Ils quitteraient le théâtre immédiatement après pour être à Varsovie le lendemain matin et ne pourraient donc pas regarder les autres danser.

Nina aimerait avoir du temps pour s'organiser. Du temps pour y voir clair. Elle a rangé la boîte en malachite tout au fond de son vanity-case, où le petit morceau de papier de la vendeuse de Berlin-Ouest (qui contient des informations sans doute obsolètes à présent) est toujours caché, avec ses porte-bonheur, ses aiguilles, son fil, ses épingles à cheveux, ses tubes de fard à paupière… et son pot de cold-cream, dans lequel elle a dissimulé les pierres de Madame. Le peigne en écaille est rangé au milieu de peignes sans valeur. Nina a cousu les bijoux en ambre dans la doublure d'un épais cardigan. Elle est parée à toute urgence.

— Tu rêvasses encore, dit Youri en lui donnant une tape amicale sur le sommet du crâne.

Ils sont en train de s'échauffer. Youri porte son costume de prince, Nina son tutu et son diadème. Sa nuque et son dos sont poudrés, ses jambières remontées sur ses cuisses pour éviter que ses muscles ne se refroidissent.

— Désolée. Ne t'inquiète pas, je suis prête.

Elle se répète ce mantra bien après qu'ils ont achevé leur pas de deux et leurs variations, bien après que le public les a acclamés et leur a jeté des bouquets de fleurs, bien après qu'elle est retournée dans la loge de « star » qu'on a mise à sa disposition pour la soirée. Elle est voisine de l'immense pièce que partagent les danseuses du corps de ballet. Nina les entend à travers la porte qui sépare les deux pièces.

Quelqu'un frappe à la porte de sa loge ; c'est le directeur de la troupe.

— On ne traîne pas ! Départ dans vingt minutes !

Les yeux clos, Nina tente de se concentrer. Si elle quitte cette ville, où les contrôles sont moins fréquents, où la liberté est à portée de main, ses chances diminueront. Sans parler du bout de papier, de cette vendeuse qu'elle sait où trouver. Non, elle doit agir maintenant.

Quelqu'un risque de la repérer si elle sort de la loge. Et il n'y a nulle part où se cacher à l'intérieur de celle-ci, à l'exception de la cabine de douche – le premier endroit où on la chercherait. Quant à la grande loge, qui communique avec la sienne, elle grouille de danseuses.

— Vingt minutes !

La porte qui sépare les deux loges est en bois bon marché et joue légèrement dans l'encadrement : la lumière filtre à travers le jour, tout comme le brouhaha des conversations des ballerines. Nina entend si distinctement la voix de l'une d'elles qu'elle a l'impression d'être dans la même pièce. Elle parle en allemand d'une voix excitée, provoquant le rire d'une autre danseuse. Leurs tables de maquillage doivent se trouver juste à côté de la porte.

Nina colle son œil contre la fente. La loge est mal éclairée, mais elle en distingue l'essentiel : une pièce exiguë, avec en son centre un portant circulaire pour les costumes, et des tables surmontées de miroirs bordés d'ampoules nues le long des murs. Éparpillés un peu partout au sol, des vêtements et des costumes. Une vingtaine de filles enfilent des tutus à plateau blancs ou placent des petites couronnes de plumes sur leur tête, de sorte que les plumes viennent leur caresser la joue. Elles vont danser *Le Lac des cygnes*.

Dire qu'il y a cinq ans, à peine, Nina était l'une d'elles… Il lui semble qu'hier encore elle cherchait son nom sur la feuille de distribution, exultant à chaque petite promotion. Pourtant, sa vie n'a plus rien à voir avec celle de cette époque, même si peu de temps s'est écoulé en réalité.

Très peu.

Elle s'en souvient comme si c'était hier.

C'est ainsi qu'une idée lui vient. De nouveau, elle colle son œil contre la fente, pour apercevoir les deux danseuses qui discutent en riant. Elles sont jeunes, elles viennent sans doute de rejoindre le corps de ballet. Leurs visages ne lui apprennent pas grand-chose d'autre.

Nina échafaude un plan à toute vitesse. Lorsque les autres danseuses sortent de la loge, Nina essaie de déchiffrer l'expression de la fille la plus proche de la porte, comme si elle pouvait décider, sur un regard, de tenter, ou non, sa chance. Ce qu'elle lit dans les yeux de la danseuse la convainc de sauter le pas. Elle n'a pas le temps de peser sa décision, l'autre ballerine risque de revenir d'un instant à l'autre. Nina approche sa bouche de la porte :

— Pssst !

La fille ne montre aucune réaction.

Nina hésite. C'est une folie…

— Pssst !

La danseuse l'a entendue, cette fois. Elle se fige et se tourne vers la porte. Nina l'entrouvre à peine.

— Entre ! murmure-t-elle en espérant que la fille comprend le russe. Vite !

L'espace d'un quart de seconde, elle passe la tête par la porte, en l'entrebâillant un peu plus, pour que la fille puisse la reconnaître.

— *Bitte!* Entre vite!

Elle recule aussitôt et referme la porte, de crainte d'être surprise dans cette situation.

Pendant un instant, il ne se passe rien. Puis, à travers le battant, la danseuse chuchote, dans un russe teinté d'un fort accent allemand:

— Que voulez-vous?

— *Bitte*, aide-moi. *Bitte*, viens.

Soudain, Nina a une illumination. Elle ouvre son vanity-case et en sort l'un des diamants de Madame, le plus gros de tous, dissimulé dans le pot de cold-cream. Elle l'essuie et entrouvre de nouveau la porte, pour que la fille puisse apercevoir la pierre dans sa paume.

— Il est pour toi, dit-elle en russe.

La danseuse a beau s'efforcer de feindre l'indifférence en enfilant ses collants, ses yeux s'écarquillent en découvrant le diamant. Elle n'en a évidemment jamais vu d'aussi près.

— *Bitte*... aide-moi, s'il te plaît.

Le silence s'installe pendant ce qui semble une éternité à Nina. Puis soudain, la danseuse se faufile dans sa loge et referme silencieusement la porte derrière elle.

L'immeuble de Drew se trouvait au sommet de la colline de Beacon Hill, où même les appartements dont le loyer était élevé possédaient un plafond bas et une plomberie ancienne. Mais c'était le centre historique de Boston, situé à un arrêt de métro de la rivière, à quelques pas du Common et du quartier de Back Bay. En cherchant le nom de Drew sur l'interphone antédiluvien, Grigori se demanda combien d'hommes éperdus d'amour, pour ne pas dire insensés, avaient gravi cette rue en pente avant lui, combien s'étaient tenus exactement à cet endroit, se préparant au pire.

— Oui ?

La voix de Drew.

— C'est moi, Grigori. Je suis venu vous présenter mes excuses.

Un silence insupportable, qu'elle finit pourtant par rompre :

— Montez.

Lorsqu'il atteignit le sommet de l'escalier, il la découvrit, dans l'encadrement de la porte. Elle portait une robe qu'il lui avait déjà vue une fois, en laine verte, et elle était pieds nus.

— Je suis désolé d'être parti comme ça. Ce n'est pas mon genre.

Elle lui fit signe d'entrer sans ajouter un mot.

— Je devais relire ces lettres, expliqua-t-il. Votre hypothèse sur l'identité de leur auteur et de leur destinataire se tient. Même si je continue à avoir des doutes sur les poèmes.

Elle acquiesça et dit d'un ton neutre :

— Venez vous asseoir.

Il s'installa à côté d'elle sur le grand canapé affaissé.

— Lorsque je vous ai dit qu'un parent m'avait remis la pochette contenant les lettres, les photographies et le collier, j'ai omis de vous préciser qu'il s'agissait de ma mère. Ma mère adoptive. Elle m'a expliqué que ces affaires avaient appartenu à ma mère biologique.

—Oh! fit Drew, surprise. Je comprends maintenant…

—Je me suis senti ridicule. Durant toutes ces années, j'avais cru être… quelqu'un d'autre.

Drew hocha lentement la tête.

—J'avais bâti toute une mythologie autour de mon passé. J'avais avancé le regard tourné en arrière pour construire quelque chose qui n'était qu'un mensonge. Et… mes parents sont morts quand j'étais encore jeune, voyez-vous, mais j'ai eu la chance de rencontrer ma femme, qui est devenue ma famille… puis je l'ai perdue, elle aussi. Aujourd'hui, j'ai l'impression d'être confronté à un nouveau deuil, d'une certaine façon. La mort d'une famille que je croyais avoir.

Il réfléchit un instant puis reprit avec un petit rire :

—C'est idiot, je sais, mais j'ai l'impression de ne plus savoir qui je suis. Tout ça parce que je me suis trompé sur l'identité de mes parents biologiques.

—C'est tout sauf idiot. C'est même parfaitement naturel. Mais vous êtes-vous demandé ce que cette découverte remettait vraiment en question ?

—Ma foi dans mon pouvoir déductif, répondit Grigori en souriant. J'ai interprété tant de signes de travers… Tous, peut-être.

Drew plongea ses yeux dans les siens.

—J'ai beau chercher une ressemblance, entre Gershtein et vous, entre cette magnifique danseuse et vous, je ne vois que vous.

Elle était si douce… Une douleur vrilla la poitrine de Grigori.

— Vous savez ce que je regrette ? Je regrette de ne pas avoir gardé le pendentif.

Elle ne dissimula pas sa déception.

— Vous ne parlez pas sérieusement, si ?

— Non, pas vraiment. Je ne vous aurais pas rencontrée autrement. Seulement... Et si je voulais le retirer de la vente ? Serait-ce possible ?

— Oui, moyennant le paiement d'une pénalité égale à trente-cinq pour cent de l'estimation moyenne. Pour le collier, cela ferait...

— Non, non, l'interrompit Grigori en se reprochant de se montrer sentimental quand tout ce qui importait vraiment était de se débarrasser de ce bijou. J'ai dit que j'en faisais don, et je ne reviendrai pas sur ma décision. Mais, est-ce que cela arrive ? ne put-il s'empêcher de demander. Que des gens retirent des objets de la vente ?

Drew acquiesça.

— Il arrive aussi qu'on retire des objets perdus, ou sur lesquels on ne parvient pas à remettre la main à temps, mais...

Elle prit un air pensif. Même s'il doutait que ce soit réellement le cas, Grigori sentit la panique le gagner à l'idée qu'elle pourrait envisager d'égarer volontairement le pendentif, pour lui.

— Je vous en prie, Drew, ne vous faites pas de souci, tout va très bien. Ça n'a pas d'importance. Simplement, j'ai pensé que... le collier serait très joli sur vous.

Un sourire s'épanouit sur les lèvres de Drew, faisant apparaître de petits plis au coin de ses yeux.

— Maintenant vous savez tout de ma famille, ajouta-t-il. Parlez-moi de la vôtre. Avez-vous des frères ou des sœurs ? Êtes-vous proche de vos parents ?

Elle lui apprit qu'elle était fille unique, que son père, un homme d'affaires, venait du Canada, et que sa mère était née en Finlande mais avait grandi à New York. Elle lui expliqua que, d'une certaine façon, la personne dont elle se sentait le plus proche était sa grand-mère maternelle.

— On a toujours dit, dans ma famille, que nous avions le même caractère. Même si nous avons eu des vies radicalement différentes.

Drew évoqua l'enfance campagnarde de Riitta, son installation à la ville et son remariage, à la suite de la mort de son grand amour – le père de sa mère –, avec un médecin spécialiste des questions respiratoires, qui avait été invité à exercer à New York.

— Voilà comment ils sont arrivés aux États-Unis… Ce qui me rappelle, ajouta-t-elle subitement, que le journal dont je vous ai parlé est arrivé aujourd'hui.

Elle se leva pour aller le chercher mais, se ravisant aussitôt, elle se rassit.

— Vous savez, c'est merveilleux, d'une certaine façon, que vous ayez fait cette découverte sur vos parents, aujourd'hui.

— Vraiment ?

— Oui. Même s'ils n'ont pas réussi à bâtir la famille dont ils rêvaient, vous êtes là, vous. Vous avez la possibilité d'accomplir ce qu'ils n'ont pas pu accomplir. D'avoir la vie que vous souhaitez. De fonder votre propre famille.

Grigori sentit sa poitrine se déchirer, son cœur se fendre en deux : il reprenait vie. Il prit Drew dans ses bras. Son corps se souvenait, à présent, de cette sensation si longtemps oubliée, de ce désir, de ce besoin de l'autre. Il lui caressa les cheveux, puis laissa courir ses doigts le long de son dos, perdant toute notion du temps. Puis Drew se leva et l'entraîna dans sa chambre ; il fut émerveillé de la simplicité avec laquelle tout se déroula, alors qu'il avait la certitude de vivre une chose si exceptionnelle qu'elle en était pour ainsi dire inédite.

Nina entend le directeur de la compagnie appeler son nom, puis pénétrer dans la loge qu'elle vient de quitter. Une minute plus tard, secondé par le représentant du Komsomol et le directeur du théâtre, il se met à arpenter les couloirs à sa recherche. Ils sont déjà entrés à deux reprises dans la loge commune, soulevant les protestations de l'habilleuse et des danseuses à moitié nues. Ils n'ont pas expliqué ce qui se passait, qui avait disparu, sans doute pour tenter de sauvegarder les apparences, de ne pas avouer encore qu'un événement terrible vient de se produire. Les deux fois, Nina, qui avait déjà enfilé son costume de cygne et rabattu les plumes de sa couronne sur ses joues et ses oreilles, s'est penchée sur ses pointes en courbant les épaules dans un mouvement qui lui est tout sauf naturel. L'immense portant encombré de tutus a contribué à la masquer. À sa droite, sous le manteau de la danseuse du corps de ballet, se trouvent ses chaussures, son gilet et son vanity-case.

Déjà, elle sent le doute l'envahir. Et le remords d'avoir entraîné cette pauvre Allemande dans son projet. À quoi lui servira d'avoir gagné un diamant si elle est prise sur le fait, si on apprend qu'elle a aidé Nina ? Elle s'inquiète autant pour la jeune fille que pour elle-même.

Elle doit surtout conserver son sang-froid. Feignant une concentration extrême, elle se penche et se masse les mollets tandis que les danseuses autour d'elle lissent leurs plumes. Pour la première fois de sa vie, elle se réjouit du narcissisme des ballerines : elles sont toutes si obsédées par elles-mêmes, par leur costume, leur coiffure, leur maquillage qu'elles n'accordent aucune attention à leurs voisines. Chaque fois que l'une d'elles se tourne dans sa direction, Nina fait mine de redresser les plumes de sa couronne ou de fixer son chignon afin de masquer son visage. Elle répète ce manège lorsqu'on les invite à rejoindre les coulisses.

En chemin, des cris, à l'autre extrémité du couloir, attirent son attention. Nina reconnaît le timbre de voix du directeur du Bolchoï.

— Comment ça ? Vous êtes sûr ?

— Elle est partie, répond un homme avec un fort accent. Franz vient de me l'apprendre. Une femme portant exactement le manteau que vous avez décrit.

Un troisième interlocuteur s'exprime en allemand.

— Il ignorait, traduit le second, il dit… Il aurait juré que c'était une danseuse qu'il était habitué à voir. Il a cru qu'elle rentrait chez elle.

— Vite, allons-y ! s'écrie le directeur du Bolchoï.

Nina sent le poids qui lui écrasait la poitrine se soulever, même si le bâtiment grouille sans doute de miliciens. Et même au milieu de la foule de cygnes qui attendent d'entrer en scène, elle risque d'être reconnue si le regard de quiconque s'attarde sur elle. Mais elle parie sur le fait que tous les regards seront braqués sur les danseurs principaux et non sur les cygnes qui les entourent. Les étoiles savent capter l'attention de leur public. Et quand bien même certains spécialistes pourraient repérer Nina, les miliciens ignorent probablement à quoi elle ressemble. À présent que le directeur et son assistant sont partis, personne ne sera en mesure de l'identifier. Il ne lui reste plus qu'à trouver une issue.

La danseuse berlinoise, sa complice, lui a indiqué sa place dans la file des cygnes – par chance, elle se trouve en bout de rang. Cette fille devait être une débutante. Quand Nina s'insère dans la colonne, elle a le sentiment d'un retour en arrière, elle retrouve la nervosité, le bruissement du tulle. Ce soir, elle n'aura pas besoin de feindre le tremblement craintif des cygnes, car elle est terrifiée.

Pour la première fois depuis des années, elle fera partie d'un ensemble. Il lui faudra veiller à aligner ses bras, ses jambes et sa tête sur les autres danseuses – qui doivent éviter de se distinguer, contrairement aux étoiles. Son rôle de ce soir constitue, en quelque sorte, le plus grand défi de sa carrière : oublier tout ce qu'elle a appris, dissimuler les qualités qui ont fait d'elle une star, danser bien mais pas trop. Elle prie pour que son corps se souvienne, pour qu'il soit capable de se fondre dans la masse. Et pour que personne ne la remarque. Jusqu'ici, elle n'a pas été démasquée. Même alors que les danseuses attendent leur entrée, pressées les unes contre les autres, elles sont trop préoccupées par leurs chaussons ou leurs cheveux pour s'étonner de la présence d'un visage inconnu parmi elles. Les accessoiristes sont, quant à eux, si débordés qu'ils n'ont pas le temps de leur accorder ne serait-ce qu'un regard.

Nina garde la tête baissée. Si une fille la repère, elle lui fera un clin d'œil, comme pour signifier qu'il s'agit d'une plaisanterie. Mais, déjà, le signal est donné et, à la suite des autres cygnes, Nina s'élance sur scène.

Un rayon de soleil familier éclairait le couvre-lit décoloré.

— Ça va être la folie toute la journée, tu sais, affirma Drew en ramassant son sac à main.

La vente ne commencerait pas avant seize heures, mais elle avait largement de quoi s'occuper avant.

Grigori acquiesça.

— Je comptais passer avec un ami, mais ne t'inquiète pas, je sais que tu seras débordée.

Drew ne put retenir un sourire.

— Attends-moi à la fin, je n'en aurai pas pour plus d'une heure.

Elle avait beau se sentir parfaitement à l'aise avec lui, elle éprouvait toujours une sorte de fébrilité, à mi-chemin entre la peur et l'excitation. La seule présence de Grigori chez elle était une source de réconfort et d'inquiétude : elle avait l'impression d'être exposée, vulnérable. Elle avait subi une mue : son ancienne peau était tombée, et la nouvelle était encore à vif. Ce qui laissait le champ libre aussi bien à la douleur qu'à la tendresse et à l'amour.

Grigori l'aida à enfiler son manteau. Ils allaient franchir le seuil lorsqu'il la retint.

— Tu voulais me montrer quelque chose… Le journal de ton grand-père…

— C'est vrai !

Il était arrivé la veille, dans une petite enveloppe matelassée, mais il semblait à Drew que cela faisait des siècles. Aujourd'hui se trouvait à des milliers de kilomètres d'hier.

Il s'agissait d'un petit carnet carré, assez mince pour tenir dans la poche d'un manteau. En le feuilletant devant Grigori et en découvrant toutes les pages blanches à la fin, Drew fut émue.

— Il est mort peu après l'avoir entamé. Ma grand-mère me le montrait quand j'étais petite.

Grigori l'ouvrit et examina la première page. Après avoir acquiescé, il demanda :

— Je peux le prendre ?

Elle lui répondit que oui. En sortant dans Myrtle Street, ils trouvèrent qu'il faisait presque chaud. L'atmosphère était chargée d'une douce humidité printanière. Des parents emmenaient leurs enfants au square, le manteau grand ouvert. Qui aurait pu croire qu'il était tombé deux jours plus tôt, dans un dernier sursaut hivernal dont le mois de mars a le secret, d'épais flocons qui avaient surpris tout le monde et avaient fondu presque aussitôt ?

Serrant la main tiède de Grigori dans la sienne, Drew l'entraîna vers Joy Street. De là, ils rejoindraient le Common, où il pourrait prendre la ligne verte pour rentrer chez lui. Drew, bien sûr, aurait aimé faire le court trajet – deux stations jusqu'à Beller – en sa compagnie, pour le plaisir de rester un peu plus longtemps avec lui, mais elle résolut pourtant de marcher. Le temps était si clément qu'elle voulait savourer – seule, et non au milieu d'une foule d'inconnus – cette exaltation étrangement apaisante, cette sensation déroutante d'avoir, enfin, trouvé sa place.

Le corps se souvient.

De la même façon qu'un chat retrouve, d'instinct, le chemin de la maison. C'est ce que se dit Nina, de retour dans la loge, en faisant glisser le tutu sur ses hanches. Chaque mouvement lui est revenu, avec autant de naturel qu'une respiration. Elle n'a jamais éprouvé une telle gratitude pour son corps, pour la chaleur familière des projecteurs, pour la musique entêtante que ses muscles connaissent par cœur.

À présent, elle enfile sa jupe, ses chaussures et son cardigan, les mains tremblantes. Les autres cygnes ne resteront que quelques minutes supplémentaires sur scène ; Nina ne peut pas courir le risque de s'attarder davantage, le rideau va bientôt tomber. Les battements de son cœur résonnent dans ses oreilles au moment où elle glisse ses bras dans les manches de son nouveau manteau – celui de la ballerine allemande, de moins belle qualité que le sien, ce qui en fait précisément l'intérêt. Elle doit disparaître. Elle n'a aperçu ni le directeur de la compagnie ni les représentants du Komsomol. Ils la cherchent sans doute encore, à l'extérieur.

Nina s'engage dans le couloir avec son vanity-case. Une flèche indique une sortie au fond. À la première occasion, elle se faufile dans un couloir plus petit et plus sombre sur sa droite, et elle attend. Bientôt des voix lui parviennent : un petit groupe emprunte le couloir principal. Lorsqu'elles l'ont dépassée, Nina jette un coup d'œil et découvre qu'un gardien est posté à la sortie du bâtiment. Il n'arrête personne en particulier, mais semble connaître tout le monde.

Soudain, les bavardages joyeux des danseuses du corps de ballet s'élèvent. La soirée est finie pour elles, et elles se hâtent vers la loge. À peine quelques minutes plus tard, elles ressortent et se dirigent vers la sortie, par petits groupes, sans cesser de glousser et de discuter. Nina hésite, le cœur battant à tout rompre. Lorsqu'un groupe plus important s'avance dans le couloir, elle décide de tenter sa chance.

Elle leur emboîte aussitôt le pas, espérant passer pour une ballerine ordinaire, pressée de rentrer chez elle. Elles ont atteint la porte, où le milicien armé monte la garde. Sois naturelle, ne te presse pas, tu sors d'une représentation… Les filles devant elle éclatent soudain de rire, et elle sourit pour montrer qu'elle partage leur amusement. Puis, comme dans un rêve, elles franchissent la porte sans que le gardien, fatigué, fasse le moindre geste pour arrêter l'une d'elles.

Lot n° 108

Bague de soirée en saphirs et diamants : saphir carré épaulé par dix petits diamants (poids total de 0,33 carat, couleur I, clarté VS1) et vingt saphirs baguettes (poids total de 0,66 carat), jonc en or jaune 18 carats, taille 54. Estimation : 960 – 1 090 $.

16

Arrivée au bureau, Drew se rendit compte qu'elle avait oublié son grenat.

L'espace d'un instant, elle se sentit toute nue. Ce jour-là, comme par hasard... Drew n'était pas superstitieuse, pourtant, en allumant son ordinateur, elle eut le sentiment de n'être pas armée, sans sa bague, pour affronter cette journée.

Le premier e-mail dans sa boîte de réception provenait de sa mère. Cette fois, elle lui avait transféré un message de son amie Germaine, dont le fils participerait au marathon de Boston au profit des orphelins du sida en Ouganda ; il contenait un lien vers un site où l'on pouvait faire un don. Le message en lui-même était parfaitement innocent, mais il raviva dans l'esprit de Drew le souvenir d'une conversation récente avec sa mère : Eric et Karen, qui pratiquaient la course de fond, s'entraînaient pour participer au marathon de Dublin l'automne suivant. Agacée, Drew faillit répondre à sa mère que, si elle tenait à lui faire suivre ce genre de message, elle pouvait au moins les envoyer à son adresse personnelle.

Quelque chose, pourtant, l'en empêcha. C'était à cause de Grigori. Pas seulement parce qu'elle se sentait heureuse dès qu'elle pensait à lui, mais aussi parce qu'il lui avait parlé, la veille, de ses parents adoptifs, de sa longue quête et de ses déceptions. Drew mesurait à quel point elle avait de la chance d'avoir sa propre mère, une mère sur laquelle elle pouvait compter même si elle était parfois irritante – en résumé une mère comme les autres, que l'on aime et à qui l'on fait des reproches. Grâce à elle, Drew avait pu éprouver la complexité inhérente à l'amour.

Sans doute sa mère avait-elle connu les mêmes sentiments ambivalents. Grand-mère Riitta, avec sa volonté implacable, sa franchise inexorable, sa réserve inépuisable d'anecdotes, avait dû exaspérer sa fille par moments. N'était-ce pas pour cette raison que celle-ci avait volontairement occulté son histoire familiale ? Qu'elle s'était détournée de sa langue natale, de son propre passé ? Qu'elle en avait effacé les derniers vestiges en donnant à sa fille un prénom typiquement américain ?

À cette pensée, Drew éprouva un sentiment jusque-là inconnu d'elle. Elle décrocha son téléphone et composa le numéro de ses parents.

Sa mère répondit, et Drew commença par la remercier pour le journal.

— Je l'ai déjà remis à un traducteur.

D'un air détaché, comme si tout cela n'avait, au fond, pas grande importance, sa mère répondit :

— Tu me raconteras ce que tu auras appris.

— Je me suis dit qu'on le lirait ensemble, suggéra Drew. Je pourrais apporter la traduction quand je viendrai vous voir.

— Ah ? fit sa mère, étonnée. Tu comptes nous rendre visite ?

—Pour l'anniversaire de papa, oui... C'est un dimanche, et je ne travaille pas le lundi, puisque c'est le Patriots' Day[1]. J'ai réfléchi à un cadeau, et j'ai pensé...

—Il sera tellement heureux de te voir !

Drew attendit que sa mère ajoute qu'elle serait également heureuse, ce qu'elle ne fit pas. Pourtant, le ton de sa voix trahissait son bonheur.

Toute la matinée, Grigori fut sur un petit nuage. Il avait suffi d'un événement, merveilleux, pour bouleverser sa vie, pour lui redonner l'impression que rien n'était impossible. S'il avait retrouvé l'amour – lui, un veuf de cinquante ans –, n'était-il pas permis d'espérer pour les autres ?

Comme un fait exprès, son répondeur contenait justement le message d'un éditeur intéressé par les poèmes de Zoltan, qui venait de créer sa propre collection au sein d'une maison respectable. « J'admire depuis longtemps le travail de Zoltan Romhany et rien ne me ferait plus plaisir que de le publier. Alors lançons-nous ! »

Pris d'une griserie qu'il ne se rappelait pas avoir jamais connue auparavant, Grigori sentit que son cœur se libérait, en même temps, d'un autre poids. Si Viktor Elsin n'était pas l'auteur des fameuses lettres, Grigori ne saurait sans doute jamais s'il leur avait emprunté les images de ses derniers poèmes. Mais

1. Soit, littéralement, le « jour des Patriotes ». Il s'agit d'un jour chômé dans le Massachusetts, le troisième lundi d'avril, commémorant le début de la révolution américaine. Le marathon de Boston a lieu ce même jour.

ce qui importait finalement, c'était que ces lettres en elles-mêmes existaient, qu'elles contenaient les mots, la vie de quelqu'un. Il ne découvrirait peut-être jamais l'identité de cette personne, et, même si l'envie de résoudre cette énigme demeurait, elle avait été occultée par une autre, plus puissante encore, ainsi que par une conviction que Grigori portait sans doute en lui depuis le début : les incertitudes faisaient partie du mystère de la vie et coexisteraient toujours avec les certitudes – son amour pour Christine, et à présent pour Drew, ses amitiés et ses passions. Bien sûr, il pourrait passer, encore et encore, les poèmes au crible pour tenter de répondre à la question qu'il se posait. Mais si cette question le titillait encore, elle ne le tourmentait plus. Son corps, même, lui semblait plus léger, comme libéré d'un fardeau.

S'installant à son bureau, il sortit le petit journal que Drew lui avait remis. Il n'avait que peu de temps, mais il pouvait au moins y jeter un coup d'œil pour mesurer la difficulté de la tâche.

Il reconnut l'écriture caractéristique de l'école soviétique, petite, courant d'un bout à l'autre de la feuille sans laisser de marges.

« J'écris ce journal pour Elli, ma fille de deux jours.

« Je suis né en 1910 dans un village du nord de l'Ukraine, près de Sumy. C'était un village assez important, mais, crois-moi, on n'y croisait pas tous les jours des étrangers. Il était très éloigné de la capitale, et même de la première ville, si bien qu'on ne pouvait pas y arriver par hasard. C'était un endroit très joli, avec de grands arbres centenaires, qui inclinaient la tête au passage des villageois. Les hivers y étaient parfois rudes, mais mars venu, de petits points verts perçaient la terre avec une confiance inébranlable, annonçant le retour du printemps.

« Je n'ai pas été à l'école au-delà du cours élémentaire, car, à la mort de mon père, ma mère nous a demandé, à mes frères et moi, de prendre sa place. C'est dommage parce que j'aimais apprendre, à lire et à écrire surtout, même s'il n'y avait pas beaucoup de livres et un seul instituteur pour tous les niveaux. Mais nous savions cultiver la terre et la chance était de notre côté. Quand j'ai atteint ma quinzième année, nous avions gagné assez pour louer d'autres terres et recruter de la main-d'œuvre en vue des récoltes. Nos affaires marchaient bien, et nous mangions largement à notre faim même si nous n'avions pas de quoi économiser. En tant qu'aîné, j'étais le chef de famille. J'ai construit des baraques et embauché des ouvriers agricoles. Je dois dire que je m'en tirais plutôt bien, même si je n'ai jamais aimé donner des ordres – quand il y avait un problème, j'écrivais des messages amusants et des petites comptines que je laissais traîner comme des mots d'amour. »

Grigori sourit. Encore un écrivain... Et, aussi incroyable que cela paraisse, il entendait distinctement sa voix, malgré les années. La voix de l'homme sans lequel Drew n'existerait pas.

« Puis la rumeur a commencé à enfler ; on parlait de gens contraints d'abandonner leur ferme, leurs tracteurs et même leur maison pour aller travailler dans des kolkhozes. Je me suis demandé ce que je ferais si quelqu'un essayait de nous prendre notre terre. Puis le printemps de mes vingt et un ans, des hommes sont arrivés au village et les plus riches propriétaires terriens, les Chevtchenko et les Ilitchov, ont été expropriés sous prétexte qu'ils étaient des koulaks. On les a chassés, on leur a volé tout ce qu'ils possédaient. Nous étions tous effrayés, mais aussi furieux, et nous nous sommes réunis, entre villageois, pour décider de notre réaction si la situation se reproduisait.

« Deux ans se sont écoulés, puis les hommes sont revenus, et cette fois ils nous ont ordonné de leur remettre tout notre grain, nos bêtes et nos machines. Nous avons résisté, crois-moi, mais ils nous ont confisqué nos terres et nous ont emmenés vers le nord. Ma mère, mes frères et leurs familles respectives ont été autorisés à faire le voyage ensemble, mais, pour ma part, j'ai été arrêté en tant que chef d'exploitation et dangereux activiste contre-révolutionnaire.

« Ma mère est morte sur la route. C'était l'hiver, ma famille n'a pas pu lui creuser de tombe, et les hommes qui les accompagnaient les ont forcés à l'abandonner sur le bas-côté comme un sac de navets pourris. Mes frères m'ont écrit pour m'en informer.

« J'ai pris le train pour la première fois. Après des semaines et des semaines de voyage en direction du nord, j'ai été interné dans un camp de travail avec une poignée de prétendus criminels. Je partageais ma cellule avec un type qui s'appelait Lev : ce n'était pas un mauvais bougre, mais j'ai appris à son contact qu'on n'aime pas forcément tout le monde. Nous avons fini par découvrir que nous étions près de la frontière avec la Finlande, parce que certains des hommes avec qui nous travaillions parlaient cette langue (la tienne, Elli).»

Le cœur de Grigori battait plus fort à mesure qu'il progressait dans sa lecture. Il regarda sa montre : il n'avait plus que quelques minutes... Tant pis, il serait en retard à son rendez-vous.

«Au camp, nous avons été affectés à la mine. Une mine d'ambre. Je passais mes journées dans une fosse, profonde de trente mètres et si large qu'on aurait pu y faire tenir un village entier. J'étais chargé de creuser ce qu'ils appelaient la terre bleue, qui était en réalité d'un vert gris. C'était de l'argile qui formait des mottes, comme sur les routes chez nous, après la saison des pluies. À l'intérieur de cette pâte vert-de-gris se trouvaient des morceaux d'ambre qui rappelaient les myrtilles dans la pâtisserie de ma mère.

«Je creusais presque toute la journée. Pendant un temps, j'ai travaillé au plan d'eau, où je devais extraire les pierres d'ambre de l'argile, ce n'était pas si mal. Même si nous étions souvent malades et toujours affamés, j'inventais des chansons et racontais des blagues pour nous aider à tenir.

«Au risque de passer pour vantard, sais-tu le surnom qu'on m'avait donné ? Le Joyeux Travailleur forcé. Les autres me traitaient de fou parce que je riais, mais ils riaient aussi. Je n'aime pas beaucoup me rappeler cette époque, alors laisse-moi simplement te dire que j'ai perdu douze années et demie de ma vie là-bas.

«Elli, il y a une chose que je ne t'ai pas racontée. Avant d'être arrêté, j'avais une femme, Masha, et une fille, Liza ; elles sont restées au village quand je suis parti. Un hiver, elles ont attrapé la diphtérie toutes les deux et sont mortes. Je ne les avais pas revues depuis cinq ans, mais leur image était encore nette dans mon esprit. Comprends-tu pourquoi tu es un vrai cadeau du ciel pour moi ? Je n'avais aucune raison de rentrer à la maison, j'avais tout perdu, même ma première fille, ta sœur, que tu ne connaîtras jamais – mais dont tu auras entendu parler grâce à ce journal.

« Mes frères aussi sont morts d'un méchant rhume qui leur est tombé sur la poitrine, c'est ce que les lettres de la famille m'ont appris. À ma libération, je n'avais donc aucune raison de retourner chez moi. J'ai sauté dans un train avec un Finlandais, et nous sommes allés aussi loin que possible. Quand nous avons été contraints de descendre, il m'a aidé à passer la frontière. Ensuite, j'ai erré. Jusqu'à ce que je rencontre ta jolie maman sur un chemin boueux.

« J'aimerais te raconter cette histoire en entier, mais je suis très malade à cause de la poussière que j'ai respirée dans les mines d'ambre. Je vais faire une pause maintenant, et la prochaine fois je te parlerai de ma nouvelle vie avec ta maman.

Le monde m'a donné neuf vies.
La première, j'ai tété le sein blanc de ma
[maman,
La deuxième, j'ai grandi comme un enfant
[turbulent,
La troisième, j'ai été grand frère, jeune homme,
[la quatrième,
Lorsque, sous l'œil des grenouilles, j'apprenais
[comment l'on aime.

Le monde m'a donné neuf vies.
La cinquième, vingt-cinq dessiatines j'ai [cultivées,
Ce n'était pas à moi, mais au ciel, que la terre [obéissait.
La sixième, j'ai épousé une fille aux tresses relevées,
Et la septième, j'ai été papa d'un petit [bleuet.
La huitième, je l'ai passée en prison. Dans le [froid de l'hiver,
À regarder le temps ramper comme un ver.
Le monde m'a donné neuf vies.
Celle-ci est la neuvième. Et cette famille mon [nid douillet.
Chaque jour, je trouve pour mon manteau un [nouveau crochet.

Un poème pour Elli, écrit par son papa. »

Le reste du carnet était vide. Dans un premier temps, Grigori resta immobile, les yeux rivés sur l'encre craquelée, sur les pages à peine jaunies. C'est vrai, songeait-il, nous sommes tous liés. Et il m'a fallu cinquante années pour le comprendre… Il se rendit compte que ses yeux s'étaient remplis de larmes et les essuya avec son mouchoir. C'était sans doute cette fin abrupte qui l'émouvait : encore une vie arrêtée en plein vol… Se reportant à la première page, il chercha à quelle date celle-ci avait été rédigée. Il n'y avait aucune indication.

Grigori reprit sa lecture depuis le début. Il trouvait fascinant que ces quelques pages parviennent à en dire autant sur leur auteur : sur sa façon de voir les choses, sur son bon caractère et sur son sens de la langue malgré son manque d'éducation. Les pages blanches à la fin n'étaient pas seulement vides, elles signifiaient douloureusement l'absence. Grigori était dévoré par une curiosité aussi forte qu'à la découverte des poèmes d'Elsin, mais moins intéressée. Il admirait cet homme qui, à travers des mots purs et sincères, se dévoilait aussi simplement... Il ne visait pas à l'art, seulement à la vérité, et atteignait ainsi à la beauté de l'art.

Le grand-père de Drew. Le père de sa mère, un homme sans instruction, un fermier, un prisonnier. Un homme doté d'un grand sens de l'humour, un homme qui comprenait l'importance de consigner ses pensées, son histoire. Combien d'autres, anonymes comme lui, avaient laissé des témoignages comparables ? Grigori se rappela soudain que les archives du KGB venaient d'être ouvertes : elles devaient contenir de nombreux journaux et lettres confisqués. Et ces documents avaient autant de valeur que n'importe quel poème de Viktor Elsin. Combien d'histoires attendaient d'être lues par quelqu'un comme Grigori, qui les ferait partager au monde ?

Rempli d'une énergie nouvelle, il entreprit de saisir sa traduction des quelques pages du petit carnet. Ce serait son cadeau (son premier cadeau, songea-t-il) à Drew.

La salle des ventes commença à se remplir à quinze heures. Les gens jetaient des regards curieux autour d'eux – peut-être espéraient-ils apercevoir Nina Revskaïa ? Drew identifia certains acheteurs réguliers, professionnels ou particuliers : un homme séduisant, venant de Washington, spécialisé dans les diamants, une femme d'un certain âge qui enchérissait toujours sur une vingtaine de colliers mais acquérait rarement quoi que ce soit, un jeune millionnaire qui amenait une nouvelle petite amie à chaque vente – qu'il s'agît de bijoux, de meubles ou de vin –, un type chauve et maigre qui ne participait jamais à la vente et se ruait sur le buffet pour manger des petits-fours à l'œil. Aujourd'hui, le traiteur avait prévu des crudités, des biscuits à la cannelle et des grands thermos de café. L'une des carafes d'eau était déjà vide. Drew le signala à un stagiaire.

Elle n'avait pas parlé à Lenore de la journée. À l'approche de la vente, celle-ci semblait enfin gagnée par l'excitation et l'inquiétude (les assistants avaient eu du mal à mettre la main sur des chaises supplémentaires, et il y avait eu un léger cafouillage avec le traiteur). Les rides de son front s'étaient creusées, particulièrement entre ses sourcils.

Alors que l'horloge s'apprêtait à sonner quatre coups, Lenore s'avança d'un pas assuré jusqu'au pupitre en bois brillant, où un ordinateur portable et deux verres d'eau l'attendaient. Elle avait toujours la bouche pincée, mais ses rides s'étaient estompées, comme par magie. Tout le monde rejoignit son poste : Mark, le jeune vigile costaud au sommet des escaliers, et Drew, avec d'autres employés – une dizaine de femmes et deux hommes –, près de la longue rangée des téléphones, à l'avant de la salle. On avait assigné à Drew un enchérisseur argentin qui vivait à Miami Beach.

— Quel temps avez-vous ? demanda-t-il à l'autre bout du fil.

Sans doute avait-il entendu parler de la tempête de neige qui avait touché Boston au début de la semaine.

— Un temps très agréable, répondit-elle, songeant à la brise matinale et aux manteaux grands ouverts, aux cheveux de Grigori que l'humidité faisait boucler. Certains après-midi, on a presque chaud.

Elle aperçut alors Grigori, en compagnie d'un homme plus âgé et décoiffé.

— Ici, il fait un temps magnifique, reprit l'Argentin, en tirant bruyamment sur une cigarette. Ces derniers jours, il y avait trop de vent à mon goût, mais, aujourd'hui, c'est parfait.

Drew vit que Grigori la cherchait du regard. Elle se pencha légèrement en avant pour ne pas attirer l'attention et leva la main. Dès qu'il l'eut repérée, elle se passa la main dans les cheveux. Grigori sourit, et ses fossettes se creusèrent. Distraite par le faible écho signalant que les micros venaient d'être branchés, Drew se tourna vers Lenore. Derrière elle, le grand écran affichait un fond bleu clair uni.

Assis à côté de Zoltan, Grigori devait se retenir de regarder Drew toutes les minutes. Il ne l'apercevait qu'en partie, car elle était assise devant, mais son regard était comme aimanté par elle – peut-être avait-il besoin de se convaincre qu'elle existait vraiment. Zoltan et lui observèrent l'assistance nombreuse. Presque tous les gens avaient un catalogue ouvert à la main. Près d'une table haute se tenait un jeune homme très élégant, accompagné d'une femme en courte robe moulante. À la façon dont elle s'accrochait au bras de son compagnon, Grigori en déduisit qu'ils devaient être là pour acheter une bague de fiançailles. Derrière eux, au sommet des marches, se trouvait un vigile, un jeune homme au visage grave mais juvénile, vêtu d'un costume aux manches un brin trop longues.

Sur l'estrade, le commissaire-priseur consultait des papiers. C'était une femme séduisante, la quarantaine élancée, les cheveux attachés en un chignon lâche. Le silence tomba sur la salle lorsque d'une voix calme et fluide elle souhaita la bienvenue à l'assemblée en lui demandant de bien vouloir s'assurer que les portables étaient éteints.

— À moins que vous ne les utilisiez pour enchérir, bien entendu.

Sa voix avait un accent un peu précieux, comme celle des présentateurs des stations de musique classique.

Grigori reporta son attention sur l'écran où venait de s'afficher une photo des premiers bijoux.

— Lot numéro un. Deux bracelets en or vingt-quatre carats pavés de diamants. J'ai ici une offre, dit-elle en consultant son ordinateur, de dix mille dollars.

Elle parlait vite mais distinctement.

— Quelqu'un souhaite-t-il offrir onze mille ?

Une femme au premier rang leva la pancarte indiquant son numéro.

— J'ai onze mille sur ma droite. Douze mille ?

Un jeune homme assis devant l'un des téléphones fit un signe, et lorsque le commissaire-priseur relança les enchères, un gros homme à l'allure négligée, avachi sur une table dans un coin, se manifesta.

— Treize mille, annonça le commissaire-priseur. Nous en restons donc à treize mille ?

Grigori se surprit à retenir son souffle jusqu'à ce que la femme du premier rang lève de nouveau sa pancarte.

— Quatorze mille. Une fois…

Le gros homme enchérit à plusieurs reprises sur la femme, faisant monter le prix rapidement, mais il finit par renoncer.

— Nous nous arrêtons donc à dix-huit mille ? lança le commissaire-priseur à la cantonade. Parfait. Adjugé vendu au numéro 310.

— Ça va à toute vitesse, chuchota Zoltan.

Grigori songea : Oui, ces objets vont être dispersés en un éclair, même le collier auquel j'accordais tant de valeur, pour ne pas dire une sorte de pouvoir. Il sera confié à quelqu'un sur un hochement de tête. Comme ça.

— Adjugé vendu, disait le commissaire-priseur dans le microphone, ayant déjà trouvé preneur pour le deuxième lot.

Pendant que les lots suivants apparaissaient sur le grand écran, les gens évoluaient dans la salle, qui se servant du café, qui feuilletant le supplément ou le catalogue. L'homme assis juste devant Grigori notait scrupuleusement chacun des prix dans son exemplaire du catalogue. Sa voisine avait témoigné de l'intérêt pour plusieurs bijoux, mais n'avait, pour chacun, enchéri qu'une seule fois avant de se retirer. Du côté des téléphones, « le client de Samantha » remportait enchère sur enchère, tandis que « le client de Brian » ne se manifestait qu'occasionnellement. Drew n'était pas encore intervenue une seule fois, et Grigori ne cessait de jeter des coups d'œil dans sa direction, espérant croiser son regard.

Elle paraissait perdue dans ses pensées. Pour la énième fois de la journée, Grigori ressentit, physiquement, qu'il avait fait son deuil, grâce au passage du temps, bien sûr, mais aussi grâce à Drew et à la vente, grâce à Zoltan, et oui, aussi, grâce à Evelyn.

Il faudrait qu'il explique à celle-ci où son cœur l'avait mené, bien sûr. Mais il avait le sentiment qu'elle l'avait compris, qu'elle savait qu'ils ne deviendraient pas davantage que ce qu'ils étaient déjà l'un pour l'autre.

Le tour de la parure en ambre n'arriva qu'au bout d'une heure. Quand on annonça le lot numéro soixante et onze – le bracelet –, pourtant, aucune photographie n'apparut sur l'écran.

— Cet article a été retiré de la vente, annonça le commissaire-priseur d'une voix posée.

Un murmure de déception parcourut une partie de l'assemblée. Grigori se tourna vers Drew pour voir si elle était au courant. L'expression de son visage lui indiqua que non.

— Je vous assure, expliqua le commissaire-priseur alors qu'un homme au premier rang se levait et quittait bruyamment la salle, qu'il s'agit d'une décision de dernière minute. Autrement, nous vous en aurions informés.

Elle avala une longue gorgée d'eau, et Grigori fut impressionné de constater que ses mains ne tremblaient pas. Reposant le verre sur le pupitre, elle reprit :

— Je suis au regret de vous informer qu'il en est de même pour le lot suivant, les pendants d'oreilles en ambre de la Baltique. Ils ont également été retirés.

Une femme dans la rangée de Grigori poussa un soupir et se leva pour partir, tandis qu'il s'interrogeait sur la raison de ces retraits. Le commissaire-priseur demanda le silence à quelques personnes et annonça que le lot numéro soixante-treize, le pendentif en ambre de la Baltique, était toujours disponible. La grosse pierre couleur de miel et sa tresse d'or apparurent sur l'écran. L'araignée et sa poche blanche semblaient énormes, et l'agrandissement renforçait le côté tragique de leur destin. Grigori sentit son cœur s'affoler comme le commissaire-priseur ouvrait les enchères.

Aussitôt, le numéro 99 se manifesta – un vieillard en pull informe. Immédiatement contré par le numéro 176, il réagit à son tour sans attendre. Les deux acheteurs se renvoyèrent la balle jusqu'à ce que le prix eût atteint la somme de vingt-six mille dollars.

— Y a-t-il une offre à vingt-sept mille ?

Un client au téléphone enchérit, suivi par plusieurs autres enchérisseurs à distance, et le prix monta à trente-cinq mille dollars. Le commisseur-priseur demanda si quelqu'un comptait faire une offre à trente-six mille.

L'espace d'un instant, le silence tomba sur la salle. Puis, pas très loin de Grigori et Zoltan, une nouvelle acheteuse se manifesta.

— Numéro 102.

— Y a-t-il une offre à trente-sept mille ?

Le numéro 176 tenta encore sa chance, mais la femme tint bon, même lorsque le vieil homme fit monter le prix à trente-neuf mille. La femme proposa quarante mille, et tous les regards se tournèrent vers elle.

C'était la seule personne de couleur de l'assistance, et elle affichait une expression décidée mais sereine. Grigori fut étonné, malgré lui : ses vêtements ne laissaient pas supposer qu'elle était en mesure de débourser une telle somme d'argent. Elle portait des chaussures d'infirmière en faux cuir blanc, à lacets épais, et une sorte d'imperméable rose vif, alors qu'il ne pleuvait pas. Même le commissaire-priseur se départit de son impassibilité en la voyant lever la main avec assurance.

Drew se demanda d'abord si la femme n'avait pas été recrutée par le commissaire-priseur pour faire monter artificiellement les enchères. Pourtant, en la voyant bondir de sa chaise et brandir sa pancarte pour contrer le numéro 99, elle révisa son jugement. Depuis sa place, elle ne voyait qu'une manche rose vif et une main fine. Pas de doute, cette femme était là pour gagner.

À l'exception de cet incident, la fin de la vente se déroula sans grande surprise. L'Argentin de Miami Beach ne remporta aucune des enchères, et son ton, au moment de raccrocher, indiquait qu'il tenait Drew pour responsable de son échec. À dix-huit heures, il ne restait plus rien à manger, et les curieuses venues en simples spectatrices étaient parties faire les boutiques. Drew lançait sans cesse des regards dans la direction de Grigori pour voir s'il était encore là avec son ami. Enfin, le dernier lot fut vendu, et tout le monde se leva en s'étirant.

Drew voulut saluer rapidement Grigori, lui serrer la main pour sentir sa peau contre la sienne. Elle le cherchait dans la foule quand elle entendit quelqu'un la demander.

— Oui, un instant, elle est là, répondit Lenore.

Drew se retourna et découvrit la femme en manteau rose. Elle reconnut alors l'infirmière de Nina Revskaïa.

— Mademoiselle Brooks, quel plaisir de vous revoir ! dit Cynthia avec son léger accent.

Drew lui donna une poignée de main.

Cynthia lui révéla alors à qui Nina Revskaïa souhaitait offrir le bracelet et les pendants d'oreilles ; elle avait sur elle une garantie de la banque et une lettre pour Drew, ainsi qu'une seconde pour Grigori Solodin.

Sachant que Drew serait encore occupée pendant une heure ou deux, Grigori décida de raccompagner Zoltan chez lui. Comme il faisait doux, ils marchèrent d'un pas tranquille jusqu'à Kenmore Square. Grigori regrettait de ne pas avoir dit un mot à Drew avant de partir, mais elle comprendrait certainement pourquoi il ne l'avait pas attendue.

Le ciel rosissait au-dessus de leurs têtes.

— Je me demande ce qu'on ressent en se séparant ainsi de sa collection, lança soudain Zoltan. Une collection qu'on a mis une vie entière à rassembler. En quelques heures, elle est dispersée pour toujours, éparpillée entre des personnes tellement différentes les unes des autres.

— Je suppose, répondit Grigori, que c'est un soulagement de se débarrasser de quelque chose dont on ne veut plus. C'est sans doute pour cette raison que je n'ai jamais rien collectionné. Quel fardeau ce doit être...

En toute honnêteté, il avait cru, l'espace d'un instant, se mettre à pleurer lorsque la femme en rose avait remporté l'enchère. Ce n'était pas tant parce qu'il aurait voulu récupérer le collier qu'à cause de ce qu'il représentait à ses yeux : ces deux malheureux qui, aient-ils ou non été ses vrais parents, avaient payé le prix fort pour s'être aimés en dépit des lois. « Chacune d'elles renferme son propre univers. Elles me rappellent la datcha (tous ces insectes !) et le soleil de fin d'après-midi, lorsqu'il plongeait dans le lac. »

— Oui, je vois ce que tu veux dire, reprit Zoltan, même si, pour ma part, j'ai du mal à me séparer de quoi que ce soit.

— Je suis persuadé que toute collection finit par devenir oppressante. On cherche sans cesse à la compléter, on doit l'emporter avec soi quel que soit l'endroit où l'on va, quel que soit celui que l'on devient. Quand bien même on change du tout au tout.

— En t'entendant, dit Zoltan, je comprends que je suis un collectionneur à ma façon. Je collectionne ma propre vie. Je tiens un journal depuis l'âge de seize ans, et, aujourd'hui encore, je continue de l'écrire, de le relire, afin d'y piocher de la matière pour mes mémoires.

Grigori se rappela le petit journal dans sa poche, celui du grand-père de Drew, et la traduction qu'il avait rédigée plus tôt dans la journée.

— Sais-tu que j'ai fait une découverte fantastique ce matin ? Je crois même qu'elle pourrait donner naissance à un nouveau projet de recherche.

— Vraiment ?

Comme ils approchaient de l'immeuble de Zoltan, Grigori lui parla du journal, et de l'idée qui lui était venue : examiner les archives du KGB pour y trouver d'autres témoignages rédigés par des citoyens soviétiques.

— Naturellement, la tâche ne sera pas aisée, mais elle mérite qu'on s'y attelle, non ? Faire entendre toutes ces voix, briser le silence…

L'approbation de Zoltan rendit Grigori encore plus impatient. Il souhaita une bonne soirée à son ami alors que la lueur blafarde des lampadaires se substituait peu à peu au jour déclinant. Lorsque Zoltan fut entré dans l'immeuble, Grigori tourna les talons pour retourner à la salle des ventes ; il se demandait si Drew serait déjà libérée de ses devoirs.

Les fenêtres de la façade étaient éteintes, et il vit, en jetant un coup d'œil à l'intérieur, que la réceptionniste était partie. Il s'apprêtait à sonner à la porte lorsqu'il aperçut un mouvement dans le hall faiblement éclairé : Drew venait de se lever du banc où elle était assise. Elle n'avait ni son manteau ni son sac, et Grigori crut qu'un imprévu l'empêchait de partir. Mais en voyant son visage, il comprit qu'il s'agissait d'autre chose : il lui sourit comme elle lui ouvrait et lui faisait signe d'entrer.

Note de l'auteur

Ce roman est une œuvre de fiction et, bien qu'elle soit fortement ancrée dans la réalité, j'ai pris des libertés avec certaines des informations récoltées au gré de mes recherches. Le camp de travail évoqué dans le journal de Trofim, en particulier, ne correspond à aucun camp réel mais m'a été inspiré par Victoria Finlay, qui, dans son livre *Jewels : A Secret History*, évoque la possibilité que les mines d'ambre de Kaliningrad aient été exploitées par des prisonniers du goulag.

Pour l'essentiel, le reste de mes connaissances sur l'ambre me vient de l'ouvrage de Benjamin Zucker, *Gemmes et joyaux : mystères, passions, magies.*

Je me suis efforcée de rendre fidèlement les conditions de vie d'un artiste en Russie soviétique, tout en me forgeant ma propre vision de ce monde. Pour un compte rendu minutieux des changements du quotidien en URSS, de décennie en décennie, *Les Chuchoteurs : vivre et survivre sous Staline*, d'Orlando Figes, m'a été extrêmement utile. Les mémoires de Nadejda Mandelstam, Ilya Ehrenbourg et d'autres encore m'ont donné un excellent aperçu de la vie culturelle à cette époque. Les *Moscow Memoirs* d'Emma Gerstein, en particulier, dépeignent avec beaucoup de vivacité l'existence d'un intellectuel juif dans le milieu littéraire – elles m'ont notamment inspiré le personnage de Zoïa. La lettre que celle-ci adresse à Staline se nourrit de celles que j'ai pu trouver dans *Stalinism as a Way of Life*, de Lewis Siegelbaum et Andreï Sokolov.

Je dois aussi beaucoup aux récits de voyages, journaux et études – trop nombreux pour être cités ici – d'Occidentaux ayant franchi le rideau de fer à une époque particulièrement difficile, et ayant pris le temps de consigner leurs impressions, aussi partiales et personnelles soient-elles.

Parmi les mémoires de danseuses, je citerai la passionnante autobiographie de Maïa Plissetskaïa[1], qui m'a fourni un témoignage incisif sur les combats d'une artiste en URSS et sur les coulisses du Bolchoï. *Ballet to the Corps*, de Marie Paquet-Nesson, où l'auteur relate sa tournée avec une troupe américaine dans les années 1950, m'a également été très utile. Au livre de Galina Vichnevskaïa, *Galina*, je dois de précieuses informations sur le Bolchoï, notamment les descriptions des visites de Staline. Les deux ouvrages de Solomon Volkov, *Magical Chorus* et *Shostakovich and Stalin*[2] donnent des aperçus captivants de la vie artistique sous le régime soviétique, notamment pendant la vague d'antisémitisme.

Mes descriptions de Berlin-Ouest, tel que perçu par les visiteurs soviétiques, s'inspirent en partie de celles de Nora Kovach et Istvan Rabovski dans *Leap Through the Curtain*.

1. *Moi, Maïa Plissetskaïa* (Gallimard, 1995).
2. *Chostakovitch et Staline : l'artiste et le tsar* (Éditions du Rocher, 2005).

Les très émouvants témoignages rassemblés dans *Intimacy and Terror: Soviet Diaries of the 1930s*, sous la direction de Véronique Garros, m'ont suggéré la scène d'arrestation et la visite en prison du deuxième livre, tout en me donnant l'idée d'inclure des extraits de journal dans mon roman.

Remerciements

J'ai eu la chance incroyable de commencer et de finir ce livre dans deux lieux de résidence pour artistes, la MacDowell Colony et la fondation Yaddo. Entre-temps, j'ai reçu le soutien indispensable de la fondation La Napoule, de la Ledig House, du Virginia Center for the Creative Arts, de la fondation Christopher Isherwood, du Seaside Institute, sans oublier, bien sûr, la bourse W. K. Rose du Vassar College.

Ma gratitude va, dans des proportions égales, aux personnes suivantes :

Mes mentors éternels, Leslie Epstein et Margot Livesey.

Les lecteurs et confrères qui m'ont aidée à avancer, étape après étape, Eve Bridburg, Morgan Frank, Jill Kalotay, Leah Kalotay, Jhumpa Lahiri, Judy Layzer, Jynne Martin, Chris McCarron, Ron Nemec, Rishi Reddi, Julie Rold, Suzanne Qualls, et Ted Weesner Jr.

Pour les précisions qu'elles m'ont apportées sur la Russie, je tiens à remercier : Maria Gapotchenko, Ludmilla Leibman, Katherine O'Connor et Vera Sapozhnikova.

Pour les détails concernant la danse : Faye Arthurs et Dana Hanson, Denise Lipoli, Clyde Nantais et Jill

Roberts, et Nancy Upper. Merci pour leur lecture attentive.

Pour les informations sur les ventes aux enchères, la joaillerie et les expertises, je tiens à remercier : Elisabeth Benson-Allott et John Colosacco de Skinner, Inc. ; Anne Bentley de la Massachusetts Historical Society ; Linda Davis ; et Julie Reber d'Antiques Roadshow.

Pour ses souvenirs d'Allemagne de l'Est et de sa fuite à Berlin-Ouest en métro, je remercie Inge Neumann.

Pour avoir répondu à mes questions sur l'ambre et les araignées, je tiens à exprimer ma gratitude à Jon Reiskind de l'Université de Floride ; Naomi Pierce, Brian Farrell et Gonzalo Giribet du musée de Zoologie comparée de Harvard ; ainsi que David Grimaldi du Muséum américain d'histoire naturelle.

Merci à Patrice Vidal pour m'avoir renseignée sur les Antilles.

Je remercie également, pour leur aide, les employés de la bibliothèque du Boston Athenaeum et du département Coolidge Corner de la bibliothèque municipale de Brookline ; Brian Haskell de la bibliothèque de Peterborough ; Howard Pincus du musée du Chemin de fer de Nouvelle-Angleterre.

Pour avoir permis à ce livre de voir le jour, toute ma gratitude va à Dorian Karchmar et Claire Wachtel ; Jonathan Burnham et Michael Morrison ; Anika Streitfeld ; et Jennifer Joel.

Pour leur soutien et tout ce qu'ils m'apportent, je remercie enfin les membres de ma famille – avec un coup de chapeau particulier à George Bolgar, qui m'a inspiré le Joyeux Travailleur forcé.

Composition : Soft Office (38)

Achevé d'imprimer par GGP Media GmbH, Pößneck
en août 2010
pour le compte de France Loisirs,
Paris

N° d'éditeur: 60629
Dépôt légal : août 2010

Imprimé en Allemagne